庆 祝 中 国 共 产 党 成 立 一 百 周 年

中国戏剧家协会

—— 百部 ——
优秀剧作

典藏

1921—2021

5

作家出版社

目 录

·话 剧·

霓虹灯下的哨兵

沈西蒙（执笔） 漠 雁 吕兴臣

人　物　路华、阿荣、鲁大成、童阿男、林媛媛、赵大大、罗克文、陈喜、林乃娴、洪满堂、胖妈、通信员、解放军战士若干、曲曼丽、非非、春妮、老K、阿香、老七、童妈，短打甲、乙，周德贵，美国记者，修女甲、乙，卷发女人及其丈夫，资本家及其女人，戴眼镜的及其女人，卖冰激凌的，卖馄饨的，舞女，银圆贩子，擦皮鞋的，过路群众若干，护士、英国兵、美国兵、日本兵，女学生，阿男爹，示威群众若干。

第一场

〔仲夏。南京路。

〔夜雾蒙蒙。

〔炮声依稀。

〔童阿男悄悄出现在街头工事里。回头，一声唿哨，林媛媛奔上，显得惴惴不安。

童阿男　林媛媛！

林媛媛　童阿男！

童阿男　你怎么才来？

林媛媛　我妈把我关在房间里，亏了娘姨帮我逃出来的。学生会的人呢？

童阿男　早跟周老伯欢迎解放军去了，我特地赶来等你的。

林媛媛　那赶快走吧！

童阿男　（止步）前面有人！

林媛媛　是不是解放军？

童阿男　不清楚。

林媛媛　是不是我妈？表哥？

童阿男　不像。

〔林媛媛和童阿男两人躲进工事。少顷，复又探出头来。

　林媛媛　童阿男，我怕！……

童阿男　怎么，你后悔了？

林媛媛　我怕撞见他们，妈一定会把我送到美国去的。

童阿男　那先到我家去躲一躲。

林媛媛　我不。你看，这些慰劳品，我一定要亲自送到解放军手里。

　　　　〔一阵枪声。

童阿男　嘘——蹲下！

　　　　〔三两匪徒，簇拥着穿国民党军服的老K，鬼鬼祟祟地走来。

老　K　当心有人盯梢。

老　七　（从大楼里迎出来）马处长！

老　K　嘘——从现在起，我的代号，K。

老　七　K先生，请吧！小舢板准备好了。笃定！马上送你出黄浦江。

老　K　计划变了，美国人要我们蹲下来。

老　七　蹲下来？

老　K　让共产党红的进来，不出三个月，我们叫他趴在南京路上，发霉、变黑、烂掉！（进大楼）

老　七　好！

　　　　〔匪徒们随老K进大楼。

　　　　〔童阿男跃出工事，跟踪。林媛媛追上。

林媛媛　快走吧！

童阿男　不！这批脚色来路不明。林媛媛，我望风，你快去联络解放军。

林媛媛　你一个人……

童阿男　我会对付，你快去。

　　　　〔幕后传来"媛媛——"的喊声。

林媛媛　表哥来了！（拉童阿男又躲进工事）

　　　　〔西装笔挺的罗克文，一手提着提琴匣，一手拎着旅行皮箱过来。

　　　　后面随着林乃娴，她身着旗袍，脚穿高跟鞋，胖墩墩的。

林乃娴　克文，看见没有？

罗克文　（耸耸肩）眼睛一眨，连影子也不见了！

林乃娴　（呜咽起来）……找不到囡囡，我什么都完了！

罗克文　姑妈，你别哭，你一哭我的心更乱了。

林乃娴　你真是个书呆子，连一个女孩家都看不住！

罗克文	我不相信表妹她真有勇气抛开我们，投到共产党怀抱里去。她的歌声已接近西洋水平，她已经看见自己艺术的顶峰，难道她愿半途而废，从此虚度一生吗？这是不可思议的，不可思议的！
林乃娴	废话少说好吧！快去找找吧！
童阿男	（探出身来）喂，此路不通！
林乃娴	（失色）唷，吓死人啦！
罗克文	（神定）哦，原来是你。
林乃娴	什么人？
罗克文	学生会的。一个穷学生，码头上扛过箱子，南京路上擦过皮鞋。
童阿男	怎么，皮鞋要擦吧？
林乃娴	好像是囡囡的同学？
童阿男	高攀不上，是两个学校。（跳出工事）
林乃娴	对了，是在一个会里的。那天反饥饿是你领着囡囡去参加游行的！
童阿男	后来在半路上，你又把她拉回去了。
林乃娴	因为她肚皮不饿。小阿弟，不瞒你说，在这乱世当口，我家囡囡又不见了。
童阿男	是吗？
林乃娴	是的，你要是看见……
童阿男	对不起，我没看见。
罗克文	姑妈，跟这种人搭讪没好处。
童阿男	林太太，还是回家保险！共产党来了，不会碰你们一根汗毛的！
林乃娴	讲这话，说不定你也是个共产党？
童阿男	还不够资格。（进工事）
罗克文	共产党要这种人？！姑妈，走！
童阿男	喂！（见罗克文走近）当心吃流弹！

〔这时，匪徒走出大楼。他们换上解放军服装。

短打甲	什么人？举起手来！
罗克文	老，老百姓，不要开枪！
短打甲	我们是解放军，不要惊慌。
罗克文 林乃娴	（大惊）啊！解放军！（忙回头跑）

短打甲　跑什么，回来！（走近）怪不得，一个戴眼镜，一个穿高跟鞋，都不是好东西！

〔老K和老七出现在大楼门口。

林乃娴　先生，我们是安分守己的人家……（认出老七）哎呀，你不是丽丽舞厅的老板么？请你说句好话吧！

老　七　噢，林太太。同志，他们是安分守己的好老百姓。

老　K　哼！太太？老子就是来革你们的命的！（丢眼色）

短打乙　（指箱子）这是什么？

罗克文　箱子。

短打乙　小赤佬，里面一定是子弹。

罗克文　谁说的，是钱！

〔短打乙夺过箱子。

短打甲　（指提琴）这是什么？

罗克文　梵娥琳。

短打甲　什么？

罗克文　这叫小提琴。

短打甲　一定是机枪！（抢走）

罗克文　野蛮！

林乃娴　克文，算了，走吧！（拖罗克文下）

〔老K率匪徒们走去。

〔童阿男突然出现在老K跟前，挡住他们去路。

童阿男　（张臂）哎呀，解放军，辛苦了！我是来欢迎你们的。

老　K　你是？……

童阿男　学生纠察队。

老　K　那我们会师了！

童阿男　会师了。请，去办事处休息吧？

老　K　用不着，我们还有任务。

老　七　解放军同志还有事。

童阿男　喂！那边有地雷！

〔老K等改变方向。

童阿男　那边也有！

老　K　那，请你带路。

〔老K见童阿男转身，猛不防一拳打倒童阿男，短打甲上前将童阿男打昏。

老　K　搞干净，塞进阴沟洞里去。不然，我们在南京路上的计划，就前功尽弃！

〔老K、老七跑下，短打甲、乙将童阿男拖下。

〔少顷，"阿男！童阿男！"林媛媛边喊边奔上。

林媛媛　童阿男，阿男——（进大楼）

〔陈喜率班长赵大大及战士上。

林媛媛　（出）解放军同志，反动派跑了。我的同学童阿男也不见了！

陈　喜　八班长，追！（进大楼搜索）

赵大大　是！

林媛媛　我也去！

赵大大　（一愣）子弹不长眼睛，把你打伤了，咱可赔不起。（顿足）不要来！（下）

陈　喜　（出）回来，你回来！

〔林媛媛跑远了。

〔"三排长，陈喜！"周德贵边喊边上，连长鲁大成和指导员路华上。

鲁大成　那几个散匪呢？

陈　喜　溜了！

鲁大成　这帮土匪，在南京路上和我们打游击了。（拔出枪）周老伯，看我抓活的！（下）

路　华　那两个青年学生呢？

陈　喜　女的跟八班长追去了，那个叫童阿男的不见了。

周德贵　不见了？快走！

路　华　周老伯，你们地下党领导工人、学生护厂护校，迎接了解放；搜索残匪，你又亲自带路，够辛苦了，你休息吧！

周德贵　怎么？你们看我周德贵年老了是吧？不中用了是吧？同志，想当初我在这条马路上和英国人打过仗，冲过锋，二十五年前，我就是个兵了。闲话少说，（招手）跟我来吧！

路　华　　（向陈喜）走！

〔通信员上。

通信员　　报告：紧急命令！

路　华　　（接过命令）快到前边去，请连长回来！

〔通信员跑下。

〔赵大大奔上。

赵大大　　报告：发现一个妇女，起先见我害怕，后来向我要箱子，说她的箱子给抢了。

路　华　　（惊）什么箱子？什么人抢的？好好请她过来。

〔赵大大喊了一嗓子。

路　华　　别粗声粗气的，叫上海人害怕。

赵大大　　是。（润润嗓子）喂，大嫂，别害怕。过来，过来，俺们指导员请你。

〔林乃娴胆战心惊地走来，抬头见一排解放军站在跟前，忙又回头。

赵大大　　回来，解放军你怕什么？

林乃娴　　不怕，一只箱子，小意思，算了。

路　华　　请别走。一只箱子，什么形状？

林乃娴　　（比画着）不大，里面……里面……

路　华　　什么人抢的？穿什么衣服？什么样子？

赵大大　　（冲出一句）说啊，是不是穿我这号衣服的？

林乃娴　　（点头）是的，他，他说是解放军！

赵大大　　（大惊）什么？

林乃娴　　（退缩）长官，真的，是解放军。

赵大大　　解放军会抢东西？你——

〔林乃娴吓得后退。

路　华　　你别走，我们要调查清楚。

林乃娴　　（心惊胆战）算了，当兵的，拿一点总是难免的。不过一只箱子，哪位长官捡到了，请打个招呼。（由手提包内取出一沓钞票伸向路华）喏，一点小意思，给弟兄们喝杯老酒。（见路华在笑，于是又加两根金条）那，那，就算我慰劳慰劳各位劳苦功高的将士吧!

路　华　收回去吧。告诉你,我们是人民解放军,是毛主席的兵,我们不拿群众一针一线。

林乃娴　不要不好意思,上海滩当兵的我见过不少,拿两根条子算不得啥!

赵大大　(来火了)走!你把解放军当成什么人啦?!

〔林乃娴砰地一跳,旋即满脸赔笑,走了。

路　华　赵大大,你干什么?

赵大大　这是什么作风!

路　华　这是人家的习惯。

陈　喜　真是大白天活见鬼了!

路　华　到了这儿,只好学着忍受点。

陈　喜　我看这是故意在破坏我们人民解放军的名誉!

赵大大　我去把她抓回来!

路　华　不要妄动。没调查清楚,我们这样做,反而会把事情弄糟的!入城守则怎么学的?

〔通信员领着鲁大成、周德贵回来。

鲁大成　指导员,什么事?

路　华　有新任务!

鲁大成　好哇!上海解放,我正愁没仗打,舟山?还是台湾?

路　华　南京路!

鲁大成　什么意思?(看命令,失色)什么?叫我们站马路?

路　华　对,就在这儿站岗放哨,守卫大上海!

周德贵　(上前握住鲁大成的手)好极了,我们热烈欢迎你们!

鲁大成　周老伯!我们野战军打仗在行,站马路,还是头一回哩!

陈　喜　好嘛!上海从我们手里解放,当然要由我们来站几天,看看大上海到底是什么玩意儿!

鲁大成　你少啰唆,(示命令)这是叫你来看玩意儿的?

〔战士甲奔上。

战士甲　报告!在阴沟洞里发现一个青年学生。

路　华　人呢?

　战士甲　来了。

〔战士抬一副担架上，林媛媛跟在后面。

周德贵 （上前）阿男，阿男！

童阿男 （苏醒）周老伯！……那个特务……马处长……把我打伤了……他现在的代号……（昏迷）

路 华 赶快送医院！

〔战士甲、乙护送童阿男下，林媛媛跟下。

周德贵 连长，指导员，那个马处长，就是当年在南京路上杀害阿男父亲的凶手。现在，他又在南京路上潜伏下来了！

路 华 同志们，看来在南京路上站岗还不简单哩！胜利了，可是一场新的阶级斗争任务又摆在我们面前了！

鲁大成 有党的领导，有工人阶级的支援，站就站，走！

赵大大 上哪儿？

鲁大成 我说你跟我一样，脑子里是少根弦儿嘛。站马路！

〔他们迎着朝霞，朝着欢迎的腰鼓声走去。

〔幕落。

第二场

〔南京路。

〔华灯初上。

〔摩天楼上霓虹灯光闪闪烁烁，海报《白毛女》和美国电影广告《出水芙蓉》争艳夺目。游园会门口附近，一阵腰鼓声过去。

〔解放区歌声和爵士乐声此起彼落。

〔叫卖"晚报""夜来香"的阿荣、阿香，和兜售好莱坞电影画报、影戏票的非非，在奇装异服的人群中穿梭，人来人往，熙熙攘攘。

阿 荣 夜报看哎！要看到美国赤佬在吴淞口吃败仗；要看到解放军演出《白毛女》，要看到旧社会把人变成鬼，新社会把鬼变成人。夜报来哉！要看到游园会今朝开幕有特别精彩节目，欢迎参观，欢迎白相……

非 非 （在阴暗处）影戏票要哎，《出水芙蓉》；画报要哎，好莱坞明星照片；夜总会，买一送一……（见阿荣，伸出手指，弯了弯）晚报！（见阿荣过来）共产党给你多少钞票？

〔阿荣无意理睬。

非　非　（拦住）今朝晚报，我统统包销！

阿　荣　滚开！

非　非　看见吧，（拍拍钞票）钞票！

阿　荣　（推开）送给阎罗王去吧！（走）

非　非　晚报！我要看好莱坞消息。

阿　荣　你听好：（大声）要看到美国赤佬吃败仗，要看到解放军演出《白毛女》，要看到游园会有特别节目……

〔非非捏拳，无可奈何。阿荣高喊过去。

〔老七奔上。

老　七　非非，不妙，解放军把住游园会门口，混不进去！

非　非　看我的，摆点噱头嘛！

老　七　不行，碰着一张熟面孔，真见鬼，万万没想到，塞进阴沟洞里的小赤佬爬出来，一跃变成解放军了。就是他在游园会门口站岗！你看，过来了！

非　非　（起腿）阿哥，你让我走吧！

老　七　（抓住他）挡一挡，我去和老K碰碰头。今晚非把这个小赤佬扳掉不可。不然——（见童阿男着解放军军装追来，溜走）

非　非　（嬉笑迎上）解放军同志，敬礼！你们赶走了外国赤佬，消灭了反动派，替我们上海人出了口气，你们劳苦功高！你们辛苦了，吸支烟。

〔童阿男将非非推开。

非　非　（迎上）请接受我对你十二万分的敬意！（塞过去两张电影票）好莱坞的，我请客。还有明星照片，（照片在童阿男眼前一闪一闪）背后还有歌曲。（扭动腰身，唱起黄色歌曲）

童阿男　好极了，跟我走一趟！（一把抓住非非衣服）

非　非　自己人，这算啥？！

童阿男　这张传单，谁撒的？（示手中传单）

　非　非　什么？传单？（念）"游园会，洗脑筋，要中毒，请当心！"哎呀，我不知道！

童阿男　刚刚从你跟前跑过去的人呢？戴鸭舌帽的？

非　非　男的？女的？老的？少的？

童阿男　不要装佯！你当我这个解放军是洋盘？走！你们是穿连裆裤的！

非　非　同志饶命！不是我，是他。（遥指）喏，那边——

　　　　〔童阿男一回头，非非脱手逃逸。

　　　　〔传来喊声："童阿男！"

童阿男　有，班长！等一等，我去对过跳舞厅抓个阿飞。

赵大大　（一怔）什么，跳舞厅？阿飞？回来！这个浪荡兵！

　　　　〔赵大大正欲转身，两个修女悄悄走来。见赵大大，忙站住。赵
　　　　大大见修女打扮，愕然，手摸枪托。两个修女见状失色，忙掉头
　　　　走。赵大大松了一口气。修女见他无所作为，便从他身后飘然而
　　　　过，边走边向赵大大画十字，彬彬施礼后，匆匆跑走。

　　　　〔卷发女人抱着大包小包礼物走过，见赵大大，向她身旁男人
　　　　示意。

卷发女人　唷，这个兵，好黑！咯咯……（回头，向赵大大献上一只小狗熊）

　　　　〔不经意间，一个小钱包落地。

赵大大　回来！（还小狗熊，挥手）去吧。

卷发女人　唷，这个兵好厉害啊！（下）

赵大大　（转身，见地上钱包，捡起）喂，喂……

　　　　〔"夜来香要哦！""卖夜来香！"卖花的大辫子小姑娘阿香，走
　　　　近赵大大身旁，拦住他的去路。

阿　香　夜来香，要吧？（见赵大大躲开）请赏光，买一枝吧！（见赵大大
　　　　背身）花是香花，你看看，有白兰花、栀子花、茉莉花、代代花，
　　　　还有夜来香。请你随便拣一枝吧！不相信，你拿一枝回去，放在
　　　　房间里，插在枕头旁边，到夜里保你特别香。你太太一定喜欢！

赵大大　（不知所措）小大姐，你，你站远些好不好！

阿　香　不要你钱，你闻闻好吗？（把花送到赵大大面前）

赵大大　走开！（捂鼻）

阿　香　唉！解放军同志，做好事，买一枝吧！你能买我一枝花，就叫我
　　　　阿香少饿一顿饭，少挨一顿打。你不晓得我卖花的苦衷，我是借

了印子钱来做生意的。家里妈妈还在等我回去开伙仓,难道你不能可怜可怜我一个卖花的阿香吗?

〔赵大大给她说得有些同情了。

阿　香　买一枝吧!(上前将花向赵大大军衣小口袋插去)

〔这时,镁光灯一闪,一美国记者持照相机过来。那记者若无其事。镁光灯又是一闪,操英语说:"谢谢!"扬长而去。

赵大大　回来,不准跑!(正欲追去)

〔非非伪装醉汉,跨狐步,摇摆过来,直向赵大大身上撞去。赵大大推开,非非就势倒在地上。

赵大大　(边把非非扶正,边喊着)抓住他!抓住他!

〔谁知赵大大刚撒手,非非复又倒向他怀中。

〔其时,童阿男追来。

童阿男　班长,出什么事了?

赵大大　快上去把那个外国记者捉住,把照相机缴下来!

童阿男　班长,这就是那个阿飞!

赵大大　快去,他对准我拍照!

童阿男　是!哈啰!(追去)

赵大大　(不解)阿飞?阿飞?……

非　非　……对,我姓非,叫非非。我是码头工人。

赵大大　码头工人?(同情地)三轮车,三轮车……

〔三轮车夫上。

非　非　谢谢,今天解放了,我心头痛快,喝了几盅。真是这个……(唱)解放区的天是明朗的天……

赵大大　快拉走!把他送到家里!

非　非　再见……(向赵大大,一个立正,又一个飞吻)格得拜!

〔三轮车夫拖非非下。

〔童阿男推记者上来,后面跟着看热闹的。

童阿男　走!堂堂美国记者,偷偷摸摸做啥!班长,是不是他?

赵大大　是他。把照相机交出来!

记　者　你们有什么权利向一个外国记者要照相机!这是违背国际公法的。你知道吗?

童阿男　　公法？现在是什么皇历？此地是什么地方？难道还是你们冒险家的乐园吗？谁叫你胡乱拍照！你这是破坏我们军事岗哨，破坏我们游园会！你该当何罪？

〔群众哄然。

记　　者　　什么？游园会？笑话！我奉劝诸位，这完全是骗人的把戏！完全是政治宣传！完全是洗脑筋……

赵大大　　住口！

记　　者　　你们的民主呢？自由呢？可怜，连一个人说话的权利都给剥夺了！

赵大大　　现在，就是没有你说话的资格！

记　　者　　我要控告！向联合国控告！

赵大大　　联合国？哈哈！新鲜！他认识我，我还不认识他哩！

童阿男　　照相机拿来，不然我们就不客气了！（端正枪柄）

记　　者　　（愕然）怎么？你们要开枪？要用武力？你们的约法八章到哪儿去啦！我希望大家说句公道话，我希望今天在南京路上能听到真正自由的声音！

〔一位戴眼镜的先生，拉赵大大到一旁。

戴眼镜的　　适可而止吧！美国人不好惹。现在贵军解放上海之初，立脚未稳，乱子闹大了不好收拾。

卖冰激凌的　　（身穿美女牌冰激凌背心）喂，眼镜朋友！不要成事不足，败事有余好吧！胆子放大些，走开点！天塌下来有解放军顶着！

群　　众　　还有我们上海人。

〔一位资本家在提心吊胆。

资本家　　不要闹僵了，上海滩还是要和美国人做生意的！不做生意，上海人吃什么？

卖冰激凌的　　放心，要饿，不会饿到你们这帮资本家头上的！

资本家　　我是替大家担心，再闹下去，上海滩真要坍了！

〔周德贵背着修电灯的工具包，由人群中站出来。

周德贵　　怎么？上海滩要坍？

童阿男　　周老伯。

周德贵　　（走近戴眼镜的）看样子这位是好心肠的先生，这位是大老板是吧？我们都是中国人，都是吃一条黄浦江的水对吧？那么在外国人面前，枪口为啥要对准自己人？胳臂为什么要朝外弯？我们上海人，过去在这些帝国主义面前，卑躬屈膝，做牛做马有百多年了，对吧？今朝我们解放了，对吧？站起来了，对吧？那么把胸脯挺起来！把奴隶腔收起来！拿出中国人的派头来！只要我们大家团结牢，上海滩就决计不会坍！美国狼，快滚蛋！

〔群众呼应。

童阿男　（挥舞拳头，唱起）"团结就是力量"……

〔于是，歌声的浪潮把美国记者包围起来。

周德贵　（走近记者）记者先生，听听，南京路自由的声音！

〔记者走投无路，到处受到歌声的撞击，没有办法，只好举起双手，走到赵大大和童阿男跟前。

记　者　请你们维持秩序！（献出照相机）其实，我们之间完全可以和平解决。

赵大大　走！上军管会。

记　者　军管会？我没兴趣。

〔歌声又起。

记　者　走吧！

赵大大　去哪儿？

记　者　军管会。

童阿男　那个阿飞呢？

赵大大　送他上三轮了！

童阿男　哎呀，他们是联党的呀！

赵大大　是吗？哼！你注意岗哨，我就回来，走！（押记者）

记　者　（走，又回身）解放军先生，请你们不要得意，你们可以红的进来，但是，不出三个月，就叫你们趴在南京路上完蛋！

〔记者狼狈而下，人们笑声四起。

卖冰激凌的　喂！美国赤佬，棒冰来哉！（一支棒冰朝美国人掷去）

周德贵　各位，游园会快开幕了，请大家入场吧！

〔人们向游园会拥去。

童阿男　（上前）周老伯，你的话说得太好了！

　周德贵　阿男，当心，敌人一心一意想破坏我们的游园会，我们一定要给他们点颜色看看！

童阿男 是，到我们连去坐坐吧！

周德贵 不了，电灯厂派我到游园会值班，怕今晚线路出毛病。再见！（下）

童阿男 再见。

戴眼镜的 （擦去头上的汗珠，上来拍拍童阿男肩膀）小战士，好险哪！

戴眼镜的夫人 怎么，游园会还去吗？

戴眼镜的 唔，应付应付吧！免得叫共产党难堪。（下）

资本家 我看美国人的话有道理。

资本家的太太 听说白毛女真怕人，是个鬼魂！还是去看《出水芙蓉》吧！

资本家 对，美国人回来，不好办。向后转！

童阿男 喂！你这算什么话？

资本家 对不起，你我桥归桥，路归路，大家不来去。（下）

童阿男 我看美国人的阴魂附在你身上了！

〔曲曼丽拎着腰鼓，挽着罗克文一路找上来。

罗克文 曼丽，你说媛媛在哪儿呢？

曲曼丽 走吧，刚才还和我在一起打腰鼓的。

罗克文 她天天在打这个……腰鼓！

曲曼丽 回头她还要去游园会参加演出《白毛女》呢！……

罗克文 赶快找她去。（由小口袋里取出小木梳梳头，不小心，两张入场券落地）

童阿男 喂，入场券掉了。（拾起入场券）

罗克文 对不起，我没兴趣……原来是你？……嗨，没想到，（摇头）当兵了？可惜！（走）

童阿男 回来！

罗克文 （习惯地举起双手）你，你……（又放下手）

童阿男 （命令地）拿回去！

曲曼丽 （接过入场券）我看你啊，思想真有点落后。走吧！（挽罗克文下）

〔林媛媛手上拎着一只腰鼓，由一边走来，见童阿男，轻步走到童阿男背后，将童阿男手中的晚报抽去。

童阿男 （转身）媛媛。

林媛媛	（热烈地与童阿男握手）想不到，你也是个解放军了。让我仔细看看，真好看！
童阿男	林媛媛，马路上不要这样！
林媛媛	（笑）告诉我，你出医院以后为什么不给我写信？我到处打听你的消息。
童阿男	我也到处打听你的消息。我想，你现在是个大演员了，名字也登报了，还会认识我这个当小兵的童阿男吗？
林媛媛	别刺人好吧。（低下头来）我现在不过在《白毛女》里客串，跑跑龙套，合唱合唱。
童阿男	报上不是说特别邀请你参加游园会的独唱表演么？
林媛媛	那是在闭幕式上。反正也没什么了不起。
童阿男	可是我觉得你很了不起，你们的演出很重要，连我们解放军也在为你们出力。
林媛媛	是吗？
童阿男	当然啦！
林媛媛	那你肯来看我们的演出吗？今晚是开幕式，据说市长也要来，我心里很紧张。阿男，你来好吗？（见童阿男犹豫）你来我会好些。
童阿男	我很想来，不过现在我有任务！
林媛媛	什么任务？
童阿男	替游园会站岗放哨。
林媛媛	我们就在游园会里演出，看看戏又有什么？走吧！（拉童阿男膀子）〔罗克文迎面走来，曲曼丽隐去。
罗克文	媛媛！
林媛媛	表哥？
	〔静场。
罗克文	媛媛，你跟我回去。媛媛，你听见没有，姑妈在等你！
林媛媛	等我演完戏再说。
罗克文	我反对你参加这种演出，这不是歌剧，不是音乐，是一种胡闹！
林媛媛	（着急）表哥，你不要说了好吧！
罗克文	我要说，这完全是政治宣传！完全是政治利用，完全是……
童阿男	（大声）住口！罗克文！你不要做美国人的应声虫！

罗克文　什么？你……我不想辩论！（挽住林媛媛膀子）媛媛，你醒醒吧，不要做他们的牺牲品，不然你就完了！（拉林媛媛走）

童阿男　不准你拆台，你想破坏游园会么？你这样做，小心上敌人的当！

〔林媛媛抽出手来躲到童阿男身后。

罗克文　什么？你居然和他站在一起！（抱头）我找姑妈去。（奔下）

林媛媛　表哥，你等等，你回来……（惊慌起来）阿男，你看怎么办？

童阿男　（决然）挺起胸膛，参加游园会的演出。

林媛媛　那你送送我，我还没吃晚饭哩。

童阿男　好！

〔陈喜走来。

童阿男　排长来了，我请个假。报告排长，有位同学约我。

陈　喜　谁？

林媛媛　排长，你好！（鞠躬）

陈　喜　哦，我们见过。

童阿男　排长，她……（缺乏勇气）

林媛媛　（连连点头）我……我想……

陈　喜　什么事？尽管讲吧。

林媛媛　我想请阿男陪我吃点晚饭，然后送我去游园会演出。陈排长，你同意么？

陈　喜　（对童阿男）你看呢？

〔童阿男丢个眼色给林媛媛。

林媛媛　同意吧！你能同意，那真是莫大的幸福。

陈　喜　既然如此，只好同意喽！

林媛媛　（雀跃）你真好！谢谢你。（握手）

陈　喜　（向童阿男招招手）过来！帽子戴正，风纪扣扣好。你是个解放军，大方些，别叫上海人笑话！要钱用吗？

林媛媛　不需要……

陈　喜　小心影响！

童阿男　是！

林媛媛　谢谢排长。（挽童阿男下）

〔曲曼丽注视着他们的背影走去，未提防碰上陈喜。

曲曼丽	（马上应付）陈排长，你好！（热情握手）不认识了？我是中华的，庆祝"七一"大游行，我们在一起搞过宣传，你还到我们学校做过报告，讲过故事，忘了？
陈　喜	记得记得，可惜把名字忘了。
曲曼丽	我叫曲曼丽，你有本子吗？
陈　喜	有。（掏出本子）
曲曼丽	（为陈喜签名）今晚游园会，我们和解放军联欢，你能参加吗？
陈　喜	我不会跳舞。
曲曼丽	随便得很，有跳舞的，有唱歌的，有表演的，有讲故事的。我们欢迎你再去讲故事，好吧？你能去，那一定增加许多光彩！
陈　喜	（笑笑）是吗？
曲曼丽	当然喽，来吧，这是你们宣传教育的好机会，难道你愿意错过吗？
陈　喜	好吧！
曲曼丽	热闹得很，还有电影明星呢！我在门口等你。（一扬手）一会儿见！（下）
陈　喜	再见！（也下意识地跟着扬了扬手）
	〔通信员上。
通信员	三排长！有人来看你。
陈　喜	谁？
通信员	嫂子，春妮儿。（招手）老班长。
陈　喜	咋呼什么！就说我不在这儿，叫她去连部。
通信员	（一把抓住陈喜）什么话，媳妇来了不接接，瞧你还害羞呢！（喊）老班长，三排长说他不在这儿。
陈　喜	你干什么……
	〔炊事班长洪满堂挑着一副菜担，领着春妮走来。春妮手上拿着一根支前扁担和一个红布包袱。
洪满堂	喜子，谁来啦？瞧你们俩，还不好意思哩，过去！
	〔通信员"扑哧"一声。
陈　喜	老班长，在南京路上，正规些好吧！
洪满堂	唔？倒怪严肃的！
陈　喜	本来嘛，这么多眼睛在瞅着咱们。（走近春妮）你，你来了，来

干什么?

〔春妮低着头。

洪满堂　废话,来干什么还用你问!来相你的!

〔春妮含羞地笑笑。

陈　喜　(着急)别嚷嚷好吧,小心影响!(走近春妮)你拿根扁担干吗?扑扑棱棱的,打着人怎么办?

洪满堂　干吗?人家是支前模范,上海解放有她一份功劳!扁担还没有放下就来看你,这是多大的情分!

春　妮　大叔,别说啦!

陈　喜　这么说,你也辛苦了。

洪满堂　净是废话,快带你媳妇去逛逛大上海。

陈　喜　我带班。

洪满堂　我准你假。

春　妮　你们怪忙的,别耽误了他的工作。

洪满堂　这么说,倒是我老头儿错了?

春　妮　大叔,别说啦!

陈　喜　老班长,别叫我为难。

洪满堂　不成,千里姻缘,我引的线,到了还是我不对。

春　妮　大叔,别生气嘛。

陈　喜　敬礼,好吧。(护送他们走去)

〔阿香喊着:"阿男,阿男!"奔上。见童阿男不在,又奔向游园会门口。

〔赵大大回来。阿香又急忙奔回。

阿　香　(见赵大大)解放军,请问阿男呢?我有要紧事找他商量,他在哪儿?

赵大大　你是他什么人?

阿　香　我是他姐姐。

赵大大　他在游园会门口站岗。

阿　香　他不在了。

赵大大　不在了?(看望)

阿　香　(默然泪下)解放军,(向赵大大猛然跪倒)请你救救我吧,救救

	我吧！
赵大大	（忙扶着）什么事？站起来说。
阿 香	印子钱，今天期满，有人在追我，逼我，打我……
赵大大	（见阿香口角淌血，忙拉起）你起来，有我在这儿，谁敢打！
	〔老七又换了装束上。
老 七	同志，你好！这是我的家务事，请原谅。
赵大大	家务事？她是你什么人？
老 七	我家老板的干女儿。（对阿香，伪善地）阿香，过来，过来，来，肚子饿了吧？阿哥陪你去，老板在旅馆里等你吃晚饭。
阿 香	我不饿。（不断地哆嗦）
老 七	不要怕，过来，老板那儿我多说两句好话。印子钱我去替你垫，只要你把那个人找来，一切都好说。（一把抓住阿香辫子）看你往哪儿跑！（一掌把阿香打倒在地）
赵大大	不准动！（推开老七）再动老子揍死你！
老 七	好，好！今天看在这位解放军面上，饶过你。阿香，你心中有数！（速去）
赵大大	小大姐，过来。（给阿香手巾）
	〔阿香抹去口角血斑。
赵大大	他到底是你什么人？对你为什么这么狠？
	〔阿香失声悲泣。
赵大大	告诉我赵大大。
阿 香	不能说，实在一言难尽……
赵大大	你说好了，没有你弟弟，我照样替你报仇。
阿 香	（摇摇头）我怎么能连累你同志呢！（走）
赵大大	上哪儿去？
阿 香	找弟弟。
赵大大	等等。（从口袋内掏出一手绢包，塞在阿香手里）这钱，你先拿去用。
阿 香	我不能要。
赵大大	拿去吧！
阿 香	这……（欲跪）

赵大大　去吧。

　　　　〔赵大大目送阿香慢慢走去。

　　　　〔《白毛女》中喜儿"北风吹，雪花飘"的歌声，轻轻传来。

　　　　〔赵大大带着愁闷的心情向前走去。陈喜上。

赵大大　看见阿男没有？

陈　喜　陪女同学吃晚饭去了。

赵大大　陪女同学吃饭？还了得，非关他禁闭不可！（拔腿）

陈　喜　回来，马路上小点声好吗？是我批准的。

赵大大　能准吗？排长！

陈　喜　你呀，脑子里少根弦，领导上海兵就得放灵活些，得讲究点情
　　　　面，大炮筒子不能解决问题！

赵大大　我，我还有意见哩！

陈　喜　有意见回去提！

赵大大　是！我带班去。

陈　喜　算了，黑不溜秋的，靠边站站吧！

　　　　〔赵大大扭头走去，见鲁大成、路华过来，敬礼，闷头下。

鲁大成　（目送赵大大走出）什么意思？陈喜！

陈　喜　有！

鲁大成　你这儿有什么情况？

陈　喜　情况？没啥，一切都正常。

鲁大成　照你看，南京路太平无事啰？

陈　喜　就是，连风都有点香。

鲁大成　（惊讶）什么，什么？你说什么？

陈　喜　（嘟哝）风就是有点香味！（走去）

鲁大成　你！你……

路　华　（自语）连风都有点香……

鲁大成　不像话！

路　华　是啊！南京路上老K果然可恨，但是，可恼的倒是这股熏人的香风！

鲁大成　这种思想要不整一整，南京路这地方——不能待！

　　　　〔爵士乐声荡漾，霓虹灯耀眼欲花。

　　　　〔幕落。

第三场

〔当晚。

〔部队驻地。

〔只见一幢洋房，院落幽静。

〔背景中霓虹灯光仍隐隐现现，乐声恼人。

〔黑影中，赵大大在蒙头睡觉。

〔路华打着电筒走来，手电光落在赵大大床头。鲁大成跟上。

路　华　谁？大大吗？赵大大！

〔赵大大不作声。

路　华　睡觉不把鞋脱了，也不把被盖好啊？（动手为赵大大盖被、脱鞋）

赵大大　（突然坐起）指导员，我睡不着！

路　华　（开灯）你，你怎么啦？（摸赵大大上额）不舒服？手有些凉，是不是病了？

鲁大成　我叫卫生员去。

赵大大　（激动）指导员……

路　华　怎么？出什么事了？赵大大，你尽管说。

赵大大　让我到前方去吧！到有仗打的地方去。南京路我不想待！

路　华　为什么？

赵大大　（不服气的口吻）我……脸黑！

鲁大成　脸黑？脸黑就不能站岗，不能当家做主人了？你这算个什么问题？（走出，到窗口又探出头来）脸黑怎么的？脸黑说明你行军打仗太阳晒的，说明你健康、光荣！（下）

路　华　大大，在战场上，你向来是挺胸前进的，到南京路反倒垂头丧气了？

赵大大　我有气！你看看这地方，你听听这声音，简直乱七八糟！资产阶级说我脸黑，我不在乎，脸黑我就不革命了？别说他看不惯我，我还看不惯他呢！没有我这黑脸，他能解放？可是领导上也嫌我脸黑！

　路　华　谁说你脸黑？

赵大大　排长，说我是大炮筒子，童阿男这个上海兵我不会带。刚才他和女学生去上馆子，我反对，可是排长他反批评我脑子里少根弦！

路　华　嘎！怪不得童阿男这么晚还没回来，是他批准的。

赵大大　（点头）今天晚上游园大会，连部规定我带班，可排长说他要亲自出马，说："你黑不溜秋的，靠边站站吧。"

路　华　连部今晚不是准他假了吗？不准他去！

赵大大　他说有政治任务，讲故事。

　　　　〔通信员上。

通信员　指导员，你的房子腾出来了，也打扫好了。

路　华　床呢？

通信员　都安置好了，是老班长亲自动手的。指导员，你房让了，床也让了，你自己怎么办？

路　华　哪儿都可以。今晚把我的铺就统到这儿来。赵大大，怎么样？今晚我们俩做伴儿，欢迎吗？对了，小鬼，我们把三排长的被子抱过去。回头你再去找找童阿男。看见三排长叫他回来休息。

　　　　〔路华和通信员把陈喜的被子、洗脸用具抱走。

路　华　赵大大，等着啊，我一会儿就来啊！（下）

　　　　〔陈喜唱着小调回来，掏出一双花花袜子，解绑腿。

赵大大　（跃起）别唱了好吧！再唱，脑壳都要炸了！

陈　喜　（笑笑）你这个人啊，脑袋瓜子就这么古板，怪不得上海人见你就有点怕。（又唱起来）

赵大大　（耐住性子）排长，我，我有话想和你拉拉。

陈　喜　有话改天再拉吧！

赵大大　不成，我憋不住了，要冒了！我对你有意见！

陈　喜　你呀，部队到了南京路，就算你的意见多，什么事总不顺眼，这还行吗？

赵大大　指导员说了，今晚要你在家休息，我去带岗。

陈　喜　行吗？这种场合，算了，还是靠边站站吧！唔？

赵大大　什么？（立刻叠被子，打背包）

陈　喜　打背包干啥？

赵大大　上前方！

陈　喜　谁批准的？

赵大大　报告已经送给连部了。

　　　　〔陈喜听了心不在焉，走向内室。

　　　　〔院子里传来敲门声。

陈　喜　（在内室）谁？赵大大，去看看。

　　　　〔赵大大放下背包，出门一看是阿香，十分诧异。

赵大大　阿香？……

阿　香　阿男在吗？

赵大大　他还没回来。

阿　香　那，我走了。

赵大大　什么事？和我说一样。要不等他回来，叫他去看你。

阿　香　来不及了，同志，钱，你拿回去吧。

赵大大　为什么？

阿　香　我用不着了。

赵大大　（一把抓住阿香）到底出了什么事？你说吧！

阿　香　此地不是说话的地方，你能出来一下吗？

赵大大　你先走一步，我随后就到。

　　　　〔阿香出院子，赵大大回宿舍背枪，随去。陈喜拎着一双老布袜子出来。

陈　喜　唉！再见了。

　　　　〔布袜扔出窗外。洪满堂走过院子，捡起袜子，扔进屋里。

陈　喜　（见袜）怎么，还不愿走？好，靠边站站吧！（将袜子扔至角落，拿过小镜子梳头）

　　　　〔春妮上，双手捂住陈喜眼睛。

陈　喜　谁？一定是春妮！松手，松手嘛！别打打闹闹的，给部队见了多难看！瞧，有人来了。

　　　　〔春妮夺下陈喜手上的梳子，藏在一边。

陈　喜　给我，快给我！你还这么淘气，看你还跑。（追）

春　妮　坐好，不准动！

　　　　〔陈喜无奈，端正坐下。

024　春　妮　（走近）喜子，今天是什么日子？忘了？两年前，就是今天，我们在干吗？

陈　喜　干吗？我在干民兵，你在闹支前。

春　妮　还有，想想看？

陈　喜　忘了。

春　妮　（刮了陈喜一下鼻子）真该打！洪大婶把你送到我家里干什么？

陈　喜　（似乎记起来）唔，我们今天成的亲。

春　妮　（甜蜜回忆）那天晚上，我们俩也是面对面坐着，没有一句话，可心里感到多么高兴。第三天，天刚蒙蒙亮，我就送你参加了部队。自那以后，心就跟着你走了……你倒好，一过江，信也不写了……

陈　喜　人家忙嘛。

春　妮　再忙，写信的时间总有的，托人带个口信也好呀！这颗心，跟着你担了多少惊怕！（过分激动，泪珠滚出）

陈　喜　你看你，别这样，叫人家看见！

春　妮　我高兴。喜子，今晚你一定要去上岗吗？

陈　喜　要去，这是任务。

春　妮　不能带我去看看？

陈　喜　你？我一个解放军，身边带着个妇女，拖拖拉拉的，像话吗？

春　妮　（觉得陈喜讲的字字有道理）别怪我，喜子。见了你，一步都不愿离开。好，你去吧，我在家等你。喏，把这两个鸡子揣着，饿了好垫垫饥。（将鸡蛋往他新军衣口袋中塞）

陈　喜　（忙躲闪，已来不及了）你看，你看，把新军装给弄脏了。（将两个鸡蛋掏出扔在桌上）

春　妮　（忙用绣花手绢给他揩拭军衣）看！干净了吧？

陈　喜　（闻闻手）糟糕，手上也有味了！

春　妮　（用手绢替他揩手）哟，别那么娇贵了！好了吧？（给陈喜手绢）把它带着。

陈　喜　算了，够腥的了。（将手绢丢一边）

春　妮　好，都怪我！（瞅他一眼）

　　　　〔游园会里的乐声阵阵传来。

陈　喜　糟糕！（急不可待）

春　妮　（见陈喜衬衣破了袖子）看，我不在跟前，就不知道照看自己。来，缝两针。

陈　喜　算了，没时间了。

春　妮　几针就行了。（捡起他床上的绣花针线包）这还是我给你的针线包？一直带在身边？

　　　　〔陈喜点点头，春妮满意地看他一眼，替他缝袖子。

陈　喜　春妮。

春　妮　嗯？

陈　喜　你出来一直没有回过家？

春　妮　没。

陈　喜　你不想妈妈？

春　妮　想。

陈　喜　你打算什么时候回去？

春　妮　你叫我什么时候回去，我就什么时候回去。一切听你的。

陈　喜　情况你都看见了，紧张得很，恐怕我没时间陪你玩。

春　妮　我都想过了。看你工作忙，本想看看你就走，可又好像有许多话要说。

陈　喜　什么话？说吧。

春　妮　守着你，又好像没有什么话好说。（笑了）

陈　喜　春妮，我看你明天就走吧，好不好？

春　妮　你这话是真的？

陈　喜　真的。部队刚进城，我怕别人有意见。等安定下来，我回家看你。

春　妮　喜子，你，你……

陈　喜　就这样，好吧！

　　　　〔游园会乐声在催促。

陈　喜　不行，我要走了。（站起来）

春　妮　你等等。（跟着站起来）

陈　喜　来不及了！（一把将线扯断）

春　妮　（提着断了的线和针，默然）你……陈喜！

陈　喜　（停步，回头）春妮，怎么啦？我句句都是好话，我不能上哪儿都把你带在身边，特别在大庭广众面前。不回去，你在屋里待

着，可别上街，好吗？瞧你，别生气了。我就回来！（招招手）回头见！（下）

春　妮　陈喜！（捂脸扑到陈喜床上）

〔路华抱着一床军用被子回来。见状，沉重起来，捡起鸡蛋、手绢，走到春妮跟前。

路　华　怎么？春妮……

春　妮　（抬头）没啥。

路　华　两口子吵嘴了？是不是他欺负人？

〔沉默片刻。洪满堂走过院子，停立。

春　妮　怪我不好，不该来打搅他。

路　华　（解说）陈喜这个同志性子犟，好顶撞人，倘若他有不是的地方，别在意他。他的心对你还是好的。

春　妮　（将针线交给路华）你看，他把线扯断了！

路　华　（愕然）什么……断了？是真的？他人呢？

春　妮　到游园会去了。

路　华　（起来）我找他去。

春　妮　指导员，不要去，别妨碍他工作。

路　华　（回头）万万没想到。春妮，别难过。

春　妮　我不难过，我担心他……指导员，你和他很要好，在你给我的信里经常表扬他，你告诉我，你很欢喜他，他聪明、能干、战斗勇敢、做事伶俐，而且还是个好党员。这些我都相信，我春妮但愿他，别辜负党对他的培养。

路　华　春妮，你也是个好党员。我老实告诉你，陈喜的情况我们本来有些了解，在他思想深处隐藏着虚荣、爱面子的毛病。但不知来得这么凶，露得这么快……

春　妮　好了，指导员，（把针线包交给路华）这，交给你。

路　华　（接针线包）要走？你不能走。你走了，比打我骂我还狠！春妮，你不能走！

〔春妮忍住泪，咬着下唇，低着头向外走去。洪满堂手持旱烟管走来，春妮见他，又走回。他们三人低头不语，只听得洪满堂的旱烟管滋啦作响。

〔鲁大成怒气冲冲上。

鲁大成 老路，刚才我到各班去转了一圈。一、二排情况不错，你看，一排的决心书，二排的保证书。三排可倒好，赵大大打了个报告，要求离开南京路！还有童阿男，跟个女学生去吃馆子，到现在还没回来！这些兵，这……都是些什么兵！

洪满堂 这儿还有个好样的呢！

鲁大成 什么？（费解）

洪满堂 陈喜嫌春妮跟不上趟了！

鲁大成 啊？

洪满堂 （捡起老布袜）瞧，甩啦！

鲁大成 好哇！（接过布袜）香风吹进骨髓来了！（把布袜装进兜里）他人呢？（走）

路　华 连长，别走，我们三个人都在这儿，马上开个支委会。

鲁大成 完全同意。我的意见，先把陈喜找回来整他一顿。通信员，通信员！

路　华 连长，整一顿，怕不解决问题吧？

鲁大成 任务这么紧，凭他胡闹下去，三排非趴在南京路上不可！（对路华）这些人早整一顿早好了，都是叫你惯的！

洪满堂 连长！

春　妮 同志们，都怪我春妮不好，叫你们大家不和睦。（走）

路　华 春妮。

春　妮 （回头）我看清楚了，这里工作很重要，像在前线打仗一样。我这次回去，一定高高兴兴工作，一定像过去一样来支援你们打胜仗。（奔下）

〔沉默。

洪满堂 就让她这样走了？他们用小米把我们养大，用小车把我们送过长江，送到南京路上，就让她含着眼泪回去了？乡亲们知道了会怎么样？……怎么都不吭气啦？耷拉着脑袋干啥？不然向上级打个报告，要求把我们这伙人撤下来吧……

鲁大成 什么什么？！撤退？你开什么玩笑！（激奋起来）我当班长的时候，你就是个老兵，我们这个连的底细，你还不清楚？你说，我们什么仗没打过？什么炮弹没挨过？什么阵地没守过？撤退？不错！原先叫我们站马路，我思想没扭过弯来，可是，既然来了，钉子就钉在这个阵地上了！有党和上级领导，打不退这股资产阶级香风我就不姓鲁！

洪满堂 对啦，这我就放心啦！

〔童阿男越墙进院子，见室内有人说话，站住谛听。

鲁大成 我的意见，要打退这股香风，先把童阿男遣散回家，不然部队有危险，说不定陈喜就是给上海兵带坏的！

路 华 上海兵绝大多数是很好的，他们给部队带来新鲜血液，个别有缺点是难免的。

洪满堂 怎么说人家是个新兵，又是个孩子，还是苦人家出身。

鲁大成 苦人家出身，不错。可是他身上沾染了南京路上的旧习气，不然他为什么跟这些资产阶级女学生一块儿混？趁早送走，免得影响大家！

洪满堂 送走阿男，我反对！我的意见，先把陈喜找回来好好整一顿！

路 华 遣散回家，整一顿，我都不能同意。童阿男是我们的基本群众，他不被我们争取改造，就要被资产阶级争取改造，我们不能团结教育好童阿男，说明我们在南京路上缺乏思想力量。打思想仗，不能简单化。好在问题刚刚露头，防微杜渐不算晚。咱们按照毛主席的指示做，发扬三查三整精神，借借东风，从阶级教育着手，来个敌前练兵，怎么样？我看马上行动起来，老洪去劝劝春妮，连长去找陈喜，我去找童阿男，嗯？

鲁大成
洪满堂 好吧！

〔通信员上。

通信员 报告，童阿男没找到！（悄悄走近鲁大成）连长！赵大大叫一个大辫子给拖走了！

鲁大成 你胡扯什么？他会干这种事？

通信员 真的。不信，你去看。

鲁大成 乱了套了，带我走！（走进院子，见一个黑影）谁？

童阿男 报告，童阿男！

鲁大成	你不错呀！肯回来！（耐住性子）好了，进屋吧，伙房给你留着饭。
童阿男	（解释）一位女同学有困难要我帮忙，叫我陪她吃晚饭，把她送进游园会，我又不好推辞！
鲁大成	不好推辞就不推辞了？你现在穿上军装了，懂不懂？穿上军装就是中国人民解放军，解放军就要懂得三大纪律、八项注意，不然就不能打胜仗……
童阿男	连长，何必大惊小怪呢！我不过到国际饭店吃吃而已！
鲁大成	嗬？好大口气，到国际饭店吃吃，还"而已"？国际饭店是咱们去的地方吗？
童阿男	为什么去不得？解放了，平等了，有钱人去得，为什么我去不得？
鲁大成	（被问得一时难以回答）嗬，了不起！还一大套呢！你是来革命的还是来和人家比享受的？
童阿男	革命——当然啦！（嘟哝地）连国际饭店都不能去啦？！
鲁大成	好吧，你去得。国际饭店、咖啡馆、跳舞厅，你都去得，你去吧！你呀，好好想想吧，这样下去怎么配穿这套军装！（与通信员下）
童阿男	（愕然）怎么，不要我了？开除了？（进屋，遇见路华）指导员，我走了。
路　华	你往哪儿去？
童阿男	解放了，哪儿都可以去，哪儿都一样革命。（充满感情地）你需要我的时候，打个招呼，我还会回来。再见！
路　华	站住！回来！
童阿男	唔，对了。（将搭在肩上的军装送到路华跟前）你的交情我是不会忘记的。（说完悄悄走去）
路　华	（愕然）阿男，你回来！老洪，把这套军装保存好。（冲至门口）童阿男！……（下）
洪满堂	这，这说走就走啦！

〔幕落。

第四场

〔林乃娴家小客厅。

〔沙发、钢琴。钢琴盖上放着放大的林媛媛相片、花瓶。罗克文在弹琴，情绪似愤似泣。

〔林乃娴回来了。

林乃娴　克文，克文，罗克文！

〔罗克文转身。

林乃娴　你倒轻松，一个人弹起琴来了。囡囡呢？

〔罗克文摇头。

林乃娴　我不是叫你到游园会门口去等她么？唉！你呀，真是饭桶！怎么办，要是没有囡囡，我真是活不下去了……解放军的文工团里我也厚着脸皮去过了！

〔罗克文抬头。

林乃娴　（摇头）音信全无。告诉你，外面风声很紧，好像又要打仗的样子。

罗克文　是吗？打就打吧！打得越大越好，最好把这世界打个精光！

林乃娴　克文，你发疯了是吧！

罗克文　反正这个世界，不是为我们安排的。它使我空虚，叫我痛苦！它夺去了我心爱的一切！（垂头又弹琴）

林乃娴　你不要再弹了好吧！要弹死人啦！我给公安局打个电话去。

〔曲曼丽上。

林乃娴　噢，曼丽小姐。

曲曼丽　林伯母，你好。

林乃娴　真是稀客，怎么有空来？

曲曼丽　路过，看见你们家还没有熄灯，我就闯进来了。密斯特罗，这么晚了，还没回去睡觉。

罗克文　睡不着。曼丽，你来得好，陪我出去走走好吗？我觉得这世界上只有我一个人，寂寞得很！

曲曼丽　外面正下着大雨。

罗克文　我喜欢在雨里散步，把我淋个够，淋个痛快！

曲曼丽	你别小资产情调好不好？把你的罗曼蒂克调子收敛收敛。你应该振作起来，跟上时代，不然真要请你去改造改造。
罗克文	你？在学校里不过……现在竟摆起革命家的派头了！
曲曼丽	密斯特罗，何必呢？我不过是为你好，你是有希望的。你是个艺术家，你要爱惜自己。我看你成天愁眉不展，我心里也为你难过、担心。好了，别生我气，我们还是好朋友，把手伸过来，我是来向你告辞的。
罗克文	上哪儿去？
曲曼丽	最近解放军在我们学校里招募女兵，不久我就要到前线去。
林乃娴	（大惊）是吗？你妈怎么舍得！
曲曼丽	当然反对。
林乃娴	这样说，真要打仗啦？
曲曼丽	大家都这样讲，你们还是早做打算为好。
林乃娴	（惊慌起来）我家媛媛怎么样？解放军会不会把她招去？
曲曼丽	很难说。刚刚在游园会她和我商量过要到南京去，投考军政大学，并且要和她另外一个男朋友一起去！
林乃娴	天啊！她走了没有？
曲曼丽	还没有。刚才我在马路上还看见她，那个男朋友还在她身边！
林乃娴	克文！赶快！
罗克文	好的，找回来，我们马上动身去美国。曼丽，请你带路。（挽曲曼丽下）
林乃娴	你们等等。胖妈，把囡囡的雨衣、雨鞋拿来，还有羊毛背心。〔胖妈上。
胖　妈	太太，心放宽点，小姐会回来的。
林乃娴	不是你心上肉，当然说得轻巧！
胖　妈	现在世界不同了，有解放军，小姑娘不会出毛病的。不像我小时候，在南京路上给人家拐去当养媳妇！
林乃娴	胖妈，政治方面闲话少讲讲好吧！我做人，向来是吃饭困觉，不问天下大事的。（走）
胖　妈	噢，太太，有封信。（给信）
林乃娴	（拆信，失色）胖，胖妈！（拎着信好似拎着炸弹一样）

胖　妈　　太太，怎么啦？

林乃娴　　信从哪来的？

胖　妈　　一个戴大礼帽的人送来的。

林乃娴　　这两天小心点，门窗关好，听说解放军要开走！

胖　妈　　恐怕是谣言吧？

林乃娴　　你懂啥，讨厌！

〔前门电铃响。

林乃娴　　胖妈快去看看！

胖　妈　　谁呀？

〔林媛媛幕内声："我呀，胖妈，快来开门。快点！"

胖　妈　　太太，小姐回来了。

林乃娴　　快去开门，快点！

〔胖妈下。

林乃娴　　（扪心自白）我的上帝！（收拾东西）

〔少顷，林媛媛缓步走来。

林媛媛　　妈，我回来了。

〔林乃娴不理。

林媛媛　　妈，那我走了。

林乃娴　　（忙回头）囡囡，我的心肝，你不要再伤我的心了，好吗？（拖住林媛媛）告诉我，你这一向在什么地方？和什么人在一起？在做什么？你是妈唯一的贴心人，妈为了你，和你爸爸分开住，你不能再欺骗我了！

林媛媛　　妈，你怎么啦？要是我有什么不轨的行为让天雷打死！

林乃娴　　（捂她嘴）别瞎说！看，身上淋得稀湿，赶快淋浴换衣服。毛背心套上。

林媛媛　　等一等。妈，你看谁来了？（向门外）你进来，来！（拉童阿男进屋）

〔童阿男有些尴尬，林乃娴一惊。

林乃娴　　是你？

〔童阿男扭头要走，林媛媛上前拦住。

林媛媛　　妈，你欢迎吗？是他送我回来的。我要他今晚在我家住一夜，你

同意吗？我想你会同意的，是吗？（停顿，林乃娴不表示态度）
不然，我送他回去。阿男，走。

林乃娴　囡囡！

林媛媛　答应了？那请你安排一个睡觉的地方好吗？

〔林乃娴无可奈何，站起。

林媛媛　可怜的妈妈，去吧。

〔林乃娴被她推下。

林媛媛　阿男，为什么不说话？为什么不坐？（推童阿男坐下）喏，吃糖。

童阿男　林媛媛！我好像在做梦，我走了！

林媛媛　你把我送回来，结果把我一个人留下，过意吗？你喜欢听音乐吗？

〔童阿男点头。

林媛媛　（开收音机）梦幻曲……你听，静静地听，它会把你带到银色的
世界里去！唉，阿男！告诉你，我现在正走在人生的十字路口，
我想彻底离开这个家庭，游园会，打腰鼓，我也觉得疲倦。你能
再助我一臂之力吗？

〔童阿男一时无从说起，苦笑。

林媛媛　真的，我能像你多好，当上解放军，背上枪，在南京路上巡逻。
特别是夜深人静，大地在沉睡，黄浦江水静悄悄，只听见我们人
民解放军的脚步声在行进。阿男！你在想什么？是疲倦了，还是
不舒服？我送你去休息好吗？

童阿男　媛媛，我想告诉你件事，我希望你给我力量。我已经不是解放
军了！

林媛媛　真的？为什么？

童阿男　我自己也莫名其妙……

〔静场。

林媛媛　你打算怎么办？

童阿男　进厂，做工去。

林媛媛　没有挽回的余地了吗？

〔童阿男点头。

林媛媛　也好！那我们到南京去！

　童阿男　做什么？

林媛媛	投考军政大学。
童阿男	投考军大?(涌起一线希望)我够条件吗?
林媛媛	当然够。走吧阿男,现在是再好没有的机会了。投考军大比你在南京路站岗,更富有诗意。你想,军政大学,读书、唱歌、骑马、打仗……而且我们俩又在一起,互相帮助,互相鼓励……
童阿男	(握手)林媛媛,这是你的真心诚意?
林媛媛	真心诚意。
童阿男	林媛媛,谢谢你给我指明了出路。
林媛媛	定了?
童阿男	定了!
林媛媛	改天我来接你。(握手)

〔林乃娴上。

林乃娴	好了,该休息了!胖妈,带客人休息去。

〔胖妈上,带童阿男下。

林乃娴	囡囡,你与阿男到底是什么关系?
林媛媛	(想了想)朋友关系。
林乃娴	囡囡,我求你,听妈一句话,以后不要和他来往好吗?不然我只好死在你眼前!
林媛媛	妈!你怎么啦?
林乃娴	你要知道,解放军在上海蹲不长,说是要拉女学生到火线去开仗!
林媛媛	妈,这话是谁说的?
林乃娴	不用问,你答应我,以后不要再和姓童的解放军来往。
林媛媛	好。那你答应我一件事,你给我一笔钱,明天送他到内地去。
林乃娴	为什么?
林媛媛	他现在已经脱离上海解放军,想到内地去。
林乃娴	(大惊)什么?他脱离解放军了?你还把他藏在我家里,还要给他钱!囡囡,你闯祸了!赶快叫他离开我的家门!
林媛媛	妈妈,你听我说——
林乃娴	你不去,我去。
林媛媛	妈妈!
林乃娴	走开!

〔罗克文匆匆回来。

罗克文　媛媛……

林乃娴　克文，你来得正好，你和你表哥说。

罗克文　姑妈，什么事？

林乃娴　我想，还是请她的朋友自己来说。

林媛媛　（拦住）妈！

〔林乃娴正推开林媛媛，童阿男上。静场。

童阿男　你们的话我都听见了！

罗克文　你？一个当兵的到这里干什么？半夜三更，弄得我们全家不太平！

〔童阿男走，林媛媛挡住。

林媛媛　表哥，你懂得礼貌吗？客人是我请来的。

罗克文　媛媛，你怎么可以把他引到家里来呢？你不是知道我们向来和兵不来往的吗？

林乃娴　而且是个开小差的兵，他们要是找来——

林媛媛　（激出泪珠）你们不要侮辱人！

〔童阿男欲申辩，结果扭头奔下。

林媛媛　阿男！

罗克文　媛媛！（挡住她去路）

林媛媛　（泣）……

罗克文　媛媛，（走近）我真为你担心！难道你真愿不顾一切地去毁灭自己吗？要革命，要进步，我不反对。只要你有本钱，有本领，有好嗓子，革命自然会来敲你的大门。你跟这种人走，真叫人费解。（温情地）媛媛，你要爱惜自己，要冷静下来。听你表哥一句话，你赶快回来，回到学校去，埋头练声吧！这两个月来，我很苦恼，很空虚！我好像失去了最心爱的东西！惶惑得很，现在唯一能和我做伴儿的，是我的琴房。可是天知道，连我唯一仅有的这块小天地，也有些不太平了！夜里经常听见有人敲我的房门，警告我当心抓去改造！

林乃娴　是吗？

罗克文　我在想，阿男到这儿来，是不是与我这件事有关？

　林乃娴　我的天！怪不得，你看！（给罗克文看黑信）有人在劝告我们。

罗克文　（看完信）阿男一定是当局派来调查我的！

林乃娴　我的好女儿！咱们赶快走吧！

罗克文　姑妈，我们赶快离开上海，趁早走的好。媛媛，走吧！

林媛媛　讨厌！讨厌！我讨厌这一切！从今以后，我们一刀两断！（愤然奔下）

罗克文　媛媛！（倒在沙发里）

林乃娴　囡囡！（追下）

　　　　〔幕落。

第五场

〔紫竹调的乐声，把人们带进公园的一个僻静的角落。

〔一列红绿灯在树丛中闪烁。

〔游园会已近尾声。

〔阿香不安地在靠椅前走动，片刻，赵大大走来。

赵大大　好了，这儿什么人也没有，就我一个当兵的和你一个卖花的。

阿　香　我，我总觉得后面有个人在追我，我有些怕！

赵大大　天塌下来，有我顶着，你说吧。

阿　香　不过这件事，只能你知道，我知道，不能让第三个人知道。阿香死了事小，连累你们解放军，我良心过不去。

赵大大　我保证！

阿　香　（四顾）有个人，今天半夜，要逼我去香港，卖给个大老板。

赵大大　为什么？

阿　香　为了抵押欠债。后来那个大亨说，除非叫我弟弟去苏州河见一面，这债才能了……

赵大大　大亨？大亨是什么玩意儿？

阿　香　就是大好佬，大流氓。听说他和美国人有来往。

赵大大　（一把抓住阿香手腕）他在哪儿？你带我去看看。

阿　香　放了我吧，我是冒着性命危险来告诉你这件事的。你千万要替我瞒着。不然我全家人性命都完了！求你做做好事，告诉我弟弟，今晚千万不要回家！（走）

037

赵大大　不行，我赵大大不能眼看着他们把你带到香港去，他到底是个什么人？是不是在南京路上打你的那个人？（顿足）说啊！

阿　香　我怕……（躲闪）

赵大大　（厉声）你回来！

阿　香　放我走吧！

赵大大　不要怕，我是个粗人，嗓门大。

阿　香　不，你是个好人！

赵大大　走吧，（抓着她手）你指点一下，我不会让人知道是你说的。

阿　香　有人来了。（挣脱跑开）

〔赵大大正回头，通信员带着鲁大成上。

鲁大成　哈哈，赵大大，你真有两下子。花花绿绿的，地形倒选得不错呀！

赵大大　连长……

鲁大成　少啰唆，我都看见了。好吧，现在你说怎么办？

赵大大　现在我要马上去南京路找个人！（走）

鲁大成　是嘛！有人在等你是吧？

赵大大　（点头）有人在等我，有要紧事情！

鲁大成　嗨，赵大大，赵大大！想不到你的魂给南京路上一条大辫子勾引去了！怪不得指导员说你这两天总是神魂不定、愁眉不展。起先我不信，我想，你赵大大肚子里有什么货还能瞒住我，我以为你和我一样，看不惯南京路，要求到有仗打的地方去，闹了半天，我这个连长还蒙在鼓里打呼噜！你是个老同志，我真为你难过，为你担心！你也替我想想！你知道，我这心里……你是个党员，我们现在的全部精力都要集中到站马路这任务上来！可是你……

赵大大　连长，我知道打从来到南京路，我思想有不少毛病。现在我明白了，我原来的想法是错误的。我要检讨，我要求上级给我批评。

鲁大成　只要你能回心转意，你还是个好同志。走吧！

赵大大　不过，今晚你还是让我跟她去一趟！

鲁大成　怎么，跟你说了半天，你还是个你！——赵大大！

赵大大　有！

鲁大成　你的报告我批准了。

赵大大　连长，请你把报告退给我，我哪儿也不去了。

鲁大成　好嘛，你马上回去打背包，马上离开南京路到前方去！

赵大大　连长！前方在这儿，这儿有情况。

鲁大成　（见赵大大态度挺严肃，一怔）什么情况？

赵大大　刚才那个小姑娘是阿男的姐姐，她说今晚有人逼她去香港，咱们解放军能见死不救吗？

鲁大成　（又一怔）你为什么不早说？（稍一思索）快去把她找来！

赵大大　是！（下）

鲁大成　这么说还是我脑子里少根弦！（对通信员）你怎么汇报情况的？

通信员　我……我也不大清楚！

赵大大　（复上）她害怕，跑没了，我们赶紧到她家里去！

鲁大成　不，我们把情况向上级汇报，马上处理！走！（与赵大大、通信员下）

　　　　〔雨珠点点。童阿男茫然走来，猛听后面有人喊："童阿男！"他转身消失在树荫丛中。

　　　　〔路华奔上。

路　华　童阿男，阿男！

阿　荣　（跑来）解放军同志，你看见阿男没有？

路　华　我正在找他。

阿　荣　刚刚我碰见他阿香姐，她要我告诉阿男，叫他今晚不要回家！

路　华　什么意思？

阿　荣　叫他好好当解放军，替阿香姐报仇！

路　华　（一怔）报仇，发生什么事情了？

阿　荣　不清楚。

路　华　你带我到她家看看好吗？

阿　荣　好！

　　　　〔阿荣带路华下，童阿男随后出现。

童阿男　姐姐找我？报仇？糟糕！（走）

　　　　〔林媛媛奔上。

林媛媛　阿男，你别生气，我向你赔不是！刚才你走后我和家里闹翻了，阿男，我们马上走吧！

童阿男　媛媛，你稍等等，让我回家去一趟。

林媛媛　阿男！你不要再犹豫了！

曲曼丽　（突然出现在他们中间）媛媛，让他回家去一趟吧，等游园会结束后，还来得及，放心吧！我替你们搞车票，送你们上火车！

林媛媛　好！那后天在老地方见面，再见！

童阿男　再见！（奔下）

曲曼丽　媛媛！你的行为真叫我感动，你啊，真像暴风雨中的海燕！（挽林媛媛膀子下）

　　　　〔大雨倾盆，灯火闪闪。

　　　　〔幕落。

第六场

　　　　〔苏州河畔。

　　　　〔子夜，稠雨迷漫。海关钟响十二记。

　　　　〔棚户，路灯，大厦的剪影。

　　　　〔童阿男家。

　　　　〔路灯下，一个挑馄饨担的过来。

　　　　〔童妈手中拿着香，提着一串长锭。

卖馄饨的　深更半夜，才回来？

童　妈　到关帝庙，求个签，签倒是个上上签。

卖馄饨的　还是为了阿香的事？

　　　　〔童妈点头，卖馄饨的过去。

　　　　〔童妈进屋，点香。至门口化长锭毕，回屋磕头。

　　　　〔短打甲跟踪，窥探，短打乙跑上。

短打乙　过来一个解放军！

短打甲　阿男吗？

短打乙　像，马上动手！

短打甲　不，太招摇，叫阿香带他上小舢板！（拉短打乙下）

　　　　〔阿荣领指导员路华上，后面跟着通信员。

阿　荣　指导员，到了，这就是阿男哥家。

　　　　〔童妈拎着小包袱走出。

阿　荣　童妈妈，有人找。指导员，这就是童妈妈。（对童妈）这位是南京路上的指导员，阿男的上司。

童　妈　长官！

路　华　童妈妈，你老人家好？

　　　　〔两人进屋，通信员站在门外。

阿　荣　指导员，我领报去，发好报再来接你。再会！（下）

童　妈　长官请坐。

路　华　童妈妈，我姓路，你就叫我路同志吧！

童　妈　好，路同志，坐，坐。这么晚了，同志来有什么事？

路　华　阿男今天回来过没有？

童　妈　没有。

路　华　好像阿香去找过他？

童　妈　是呀。

路　华　找阿男干吗？

童　妈　说起来同志不要见笑，我们是穷人家，只指望阿男这孩子今晚能回来一趟，想想办法，救救急。

路　华　老人家，有什么紧急事情，和我讲也一样，我是阿男的好朋友。

童　妈　（支吾）有笔印子钱压在头上，日子有些过不下去了。

路　华　印子钱？呵！有多少？

童　妈　（忙掩饰）没多少。（转身提小包袱）同志请坐坐，我就回来。

路　华　童妈妈，你这干什么？

童　妈　这是他爹的一件皮背心，我想……

路　华　（接过童妈手中包袱）我这儿有些钱，（送过去）你看够吗？

童　妈　不，不，怎么能要你的钱。

路　华　老人家，收下。这，不是我的……是阿男的。

童　妈　阿男的？

路　华　是阿男每月积蓄下来的津贴费，我替他保存的。（将钱塞在童妈手中）

童　妈　真的？

路　华　真的，阿男让我带给你的。

童　妈　（泪珠夺眶）真没想到，阿男他能积蓄钱，他能想到家！能想到

他快要活不下去的姐姐！同志，这是救命钱哪！我要给解放军磕头！（跪下）

路　华　（忙扶起）童妈妈，你不要难过！

童　妈　我……我高兴，我喜欢。我做梦也没有想到他会碰着你们这般好同志。嘎，请坐一坐，我去叫碗馄饨你吃。

路　华　童妈妈，我不饿。阿香她出了什么事了？

童　妈　就为了还不起这断命印子钱，有人逼她去香港。

路　华　什么人？

童　妈　是个跳舞厅老板，叫老七。

路　华　这人在哪里？

童　妈　苏州河小舢板上，在等阿男回来。老七讲，只要能跟阿男这孩子碰碰头，见见面，说什么往事就一笔勾销了。我正担心孩子回来出差错。现在好了，不用他回来了。好了，阿香有救了……你坐坐，我就回来。（出门）

路　华　（十分纳闷）老七怎么敢逼阿香去香港？这是个什么人？为什么和阿男见见面，往事就一笔勾销了？这倒有些蹊跷！往事？什么往事？为什么要到苏州河的小舢板上去？奇怪！通信员！

通信员　有！（进屋）

路　华　打电话给连部，说这儿有情况！

通信员　是！（下）

　　　　〔这时阿香推门进来。

阿　香　（大声）弟弟！你快走！

路　华　（转身，见阿香呆若木鸡）你，你是阿香吗？（见阿香点头）你妈告诉我，有人要逼你去香港？

阿　香　是的，同志！你，你到这儿干什么？

路　华　我和阿男是好朋友，好同志。眼前阿男离开了自己的岗位，一切，你跟我说一样。

阿　香　快走吧！求你告诉阿男，千万千万，今晚不要回来了！有人要暗害他！

路　华　什么人？老七？

阿　香　听说，还有个人叫老K！

路　华　老K？他在哪儿？

阿　香　在苏州河上。

路　华　你带我去。

阿　香　不行，他们人多。他们原本来要我把阿男骗回来，他们想借我的手来杀害我的亲弟弟！（哭）我差一点上他们当。……同志，请你告诉我弟弟，叫他好好当解放军，只要阿男当好解放军，我阿香会有出头的日子的！你快走吧！（转身）

路　华　阿香，你上哪儿去？

阿　香　我决定跟他们去香港。

路　华　回来，你不能往火坑里跳。

阿　香　放我去吧，死了我一个阿香不要紧，我不能连累弟弟，连累你们。同志，快走吧！

〔路灯下，老七指挥着短打甲、乙、丙。

老　七　（跷跷大拇指）动手！

〔短打甲、乙、丙，冲进屋内，吹灯，与路华厮打起来。

阿　香　（奔出）解放军同志！……

〔老七捂住阿香嘴。

短打乙　（指倒在地上的路华）昏过去了！

短打甲　啊！上当了，不是阿男！是军官！

老　七　糟——装麻袋！

〔远处"卖五香茶叶蛋"声传过来。

老　七　有人，来不及了。（对阿香）你去联络解放军？好，把她掼到苏州河里去！

〔匪徒将麻袋套住阿香，抬走。

〔路华挣扎起来，追出。少顷，童妈妈端着一碗馄饨回来。

童　妈　路同志，（点灯）人呢？（喊）路同志，唉！真是馄饨不吃就走啦！

〔童阿男上。

童　妈　（回身见童阿男站在门口）阿男！

童阿男　（迎上）妈！

童　妈　（放下碗抓住童阿男）我的好儿子，快给妈看看！

童阿男　家里出了什么事情啦？

童　妈	好了，没事了。亏得带回来这笔钱，你阿香姐有救了。等明早，妈就把债还清了。
童阿男	钱？谁送来的钱？
童　妈	阿男，你怎么了？不是你托路同志带的钱来家么？
童阿男	我的钱？
童　妈	是呀，你看。（取钱给童阿男看）这是笔救命的钱哪！
童阿男	姓路的？是什么人？
童　妈	说是南京路上的指导员。你的上司！
童阿男	啊！是他？
童　妈	是啊，他说这些钱是你积蓄下来的津贴费。
童阿男	妈，他人呢？
童　妈	刚刚还在。阿男，你怎么了？
童阿男	我，我……（奔走，又回，坐下）
童　妈	阿男，你得罪人了？闯祸了？啊？
童阿男	妈，我对不住他！（抱头）

〔阿荣上。

阿　荣	童妈妈！童妈妈！（见童阿男）阿男！不好了！老七把阿香掼进苏州河啦！
童　妈 童阿男	啊！
阿　荣	亏得指导员，他跳下去把阿香救起来了。
童阿男	带我去！
阿　荣	是！

〔正欲动身，路华抱着阿香回来。

童　妈	阿香！
路　华	（忙将阿香放在躺椅上）还来得及，快送医院。（看到童阿男）你？阿男！（伸开双臂，欲昏倒）
童阿男	指导员，我没脸见你……指导员，你上哪儿去？
路　华	追老七！
童阿男	你负伤了，让我去！
路　华	你脱下了军装，离开了连队，又没有带枪，你去干什么？

童阿男　我去报告连长！

路　华　已经有人去了。你还是在家里好好想想吧！（追去）

童阿男　妈妈你照应阿姐。指导员！（追下）

　　　　〔幕内声："连长！到了。在这儿。"鲁大成率陈喜、赵大大等人上。通信员将他们引进童家。

通信员　这是阿男妈妈。

鲁大成　童妈妈，我们来迟了。

赵大大　（到阿香跟前）阿香，怪我不好，我来迟了。

鲁大成　（对陈喜）我的三排长同志，瞧见了没有！南京路太平无事了？

陈　喜　（支吾）没想到……（低头）

鲁大成　没想到的事多着呢！赵大大留下，其余的跟我走！

赵大大　连长，我留下干吗？

鲁大成　我说你跟我一样，脑子里少根弦，马上护送阿香进医院！

赵大大　是！

鲁大成　剩下的跟我走！

　　　　〔幕落。

第七场

　　　　〔部队驻地，院子里，小树林平添了一幅标语："欢迎大会"，陈喜及八班的战士们面前，堆着花生、糖果，但每个人都肃然端坐，严阵以待。

　　　　〔半晌，鲁大成走来。

鲁大成　怎么啦？像泥菩萨似的，这像欢迎的样子？开斗争会的架势嘛！（命令）陈喜，叫你们排的人吃糖，吃花生，听见没有？这是任务。

陈　喜　（嗷着嘴，机械地看着大家）吃，想吃的就吃。

鲁大成　不想吃的就不吃啦？你带头。

陈　喜　我，吃不下。（见连长在瞪眼，便对赵大大下命令）赵大大，你是班长，你带个头，动动嘴好不好？

赵大大　开了小差不处分，还欢迎，还联欢，我想不通！

鲁大成　想不通也得通！指导员的话当耳边风了。

赵大大　我欢不起来嘛！

鲁大成　欢不起来也得欢！（停顿）这是支部决定，你们当儿戏！陈喜，你耷着脑袋干吗？兵跑了，你逛公园；兵来了，你搭拉着脑袋！你这个排长啊……大家听着，我指挥，唱支歌，唱《八路军进行曲》！（发音）向，向，向……（音总是发不准，总是在向上飘，逗得大家都捂着嘴在扑哧扑哧发笑）严肃点，赵大大，你起个头。

赵大大　（猛然发出雄壮之声）向前，向前，向前……

鲁大成　起步——走！向前……

　　　　〔于是，在连长指挥下，战士们响亮地唱起歌来。

　　　　〔路华上，他头上还裹着纱布，笑着欣赏连长。

鲁大成　（边指挥边和指导员说话）来了吗？

路　华　（点头）连长，你真有两手啊！

鲁大成　人是我轰走的，当然我更要使上点劲欢迎他！人呢？

路　华　一头钻进伙房就不出来了。

鲁大成　那还是我去请吧！

路　华　不用，我把童妈妈、周老伯他们请来了，我们先欢迎童妈妈、周老伯。

鲁大成　好！（向大家招呼）大家跟我走，欢迎童妈妈去。

　　　　〔连长指挥着战士们唱着歌走出树丛。洪满堂走来。

路　华　怎么样了？

洪满堂　不行，说什么也不出来。

路　华　你没本事！

洪满堂　算了，我弄点东西给他吃，今晚就跟我睡一起，明天一早跟大家一块儿出出操，上上课，就下了台了。

路　华　不行，不能那么随便。今天咱们请了他妈妈和周老伯一起来，我是有打算的，请他们来玩玩，讲讲话。上海兵的脾气，我稍微摸到了一点点，爱面子。好了，今天我们不把他当成欢迎对象，让他和我们一起欢迎他妈妈，你看怎么样？啊？

洪满堂　指导员，你呀，可真会摸人的性子。

路　华　你告诉他，说他妈妈和周老伯来了。

洪满堂	（跷大拇指）你行！（笑着走下）

〔院子外面一阵锣鼓声。通信员跑上。

通信员 指导员，客人到了。

路　华 请到这儿坐。

〔少顷，鲁大成引童妈妈、周老伯走来，路华迎上。

童　妈 （将一盒礼物送给路华）指导员，收下吧！这是一点心意。

路　华 童妈妈，我们心领了。礼物带回去，留给阿香吧。

童　妈 不，指导员，我没有别的报答解放军，这点东西是……

周德贵 礼轻情义重，指导员，收下吧。

童　妈 还有这钱，我用不着了。

路　华 不，不，童妈妈……

童　妈 我都清楚了，阿男都讲了。指导员，没有你们，多少钱也救不了我阿香的命啊！我报答都来不及，怎么肯花你的钱呢？

路　华 童妈妈，如果你不把我当外人，就请你收下，算我们全连给阿香的住院费吧！

鲁大成 这笔钱，是指导员的一点残废金，他要你收下，就收下吧！

童　妈 指导员，同志们，这叫我说什么好！（拭泪）

鲁大成 童妈妈，你别难过。

童　妈 我不是难过，我是高兴……（流泪不语，边拭泪边回忆着）阿男爹要活在现在，该多喜欢！

〔洪满堂领童阿男上。

路　华 童妈妈，阿男的父亲也叫反动派杀害的吗？

童　妈 （点头）唉！早先他阿男爹和周老伯一道在厂里，为了和外国人斗争，给反动派打死在南京路上！

周德贵 提起南京路，同志们，老话说不完了！我周德贵活了五十年，亲眼看见英国海盗、东洋鬼子、美国赤佬在南京路上奸淫烧杀，横冲直撞！几十年来，单单倒在南京路上的革命同志和工人兄弟就不计其数！从跑马厅到黄浦滩的块块砖头上，都淋过我们烈士的鲜血，有的资本家说南京路是外国人的金镑、银镑堆起来的！我说，不！是我们劳苦大众双手开出来的！是烈士们用鲜血铺出来的！我记得那年……

〔倒叙。

〔一列着英格兰花衫军衣的英国兵，敲打着军鼓，耀武扬威地走来。戴瓜皮帽、拖着辫子的人们纷纷回避、鞠躬、逃散。

〔一个拉黄包车的没来得及鞠躬，被英国兵刺了一刀！

〔于是，"打倒列强"的歌声响起来，红旗满天飞舞。几个衣衫褴褛的工人，手挽手向英国兵走去，英国兵开枪，工人一个个倒下。最后剩下一个工人，由血泊中站起。他就是阿男的父亲——童阿大。童阿大挥动着一面大红旗向英国强盗冲去。

〔雪花飘零，童妈妈身背着幼小的童阿男，手牵着阿香，慢步走来。

〔童妈画外音："有一年冬天，东洋人打来了，他爹和周老伯被厂里开除，整年整月不回家，我只好身背着阿男，手牵阿香，流落在南京路上沿路讨饭。……事过几年，阿男爹回来了，我们全家团圆了，谁知道花旗兵又打来了！"

周德贵　　那年夏天，反革命头子蒋介石勾结帝国主义，重新占领上海。我们工人联合各界同胞，配合你们解放区打胜仗，发起游行示威，罢工斗争，我和阿男爹也参加了。正当阿男爹带着群众向美国兵冲过去，谁知国民党侦缉队队长上来了，他，就是现在潜伏在南京路上的老K！

〔一支疯狂的美国进行曲传过来。

〔童阿大离开童妈妈转身奔去。

〔一伙儿叽叽喳喳的美国兵，从吉普车里倾倒出来。一群男女学生，包围着美国兵，呼喊口号："美国狼快滚蛋……"美国兵摇头晃脑不以为然。一个女学生冲上去，被一个美国兵抱住，女学生与他厮打，美国兵用刀将女学生刺倒。

〔童阿大带着群众上来，老K带着警察上来，警笛四起，开枪，童阿大倒地。周德贵上来抱起童阿大，群众四散。童阿大又从血泊中站起来，身上鲜血斑斑，屹立不动。周德贵带领群众逼上，老K惊逃。童妈妈奔上，抱着童阿大……

周德贵　　阿男爹就这样英勇牺牲在南京路上！我不会忘记，那年我与童妈妈去收尸的时候，童妈妈一手领着阿男，一手拉着阿香，哭倒在血泊之中。

童阿男 （奔到妈妈膝前大恸）妈！

童　妈 （抚着童阿男的头发）总算盼到了解放，盼到了你们！（对童阿男）解放军肯要你，这是你阿爸前世修来的，妈万没想到你会办出这种丢人的事情！怎么对得起你死去的爸爸！

周德贵 不要叫你爸爸的血白流，要牢牢站在你爸爸鲜血淋过的地方，让它在你面前开花结果。

路　华 同志们！记住老人家的话，我们站在这条马路上，要把父辈为他流血牺牲的革命事业继承下来！担当起来！

〔通信员抱着童阿男脱下的军装，隆重地走到连长跟前。

鲁大成 （接过军装）你脱下这套军装，是指导员替你把它保存下来，又亲手把它洗干净，希望你回来再穿的。

路　华 （接过军装）这军装，是无数先烈用鲜血把它换来的！现在，你把它穿上吧，穿它一辈子！

〔童阿男接过军装，热泪盈眶。

赵大大 （走近童阿男，把冲锋枪送过去）欢迎！欢迎你回到班里来！

〔鲁大成和战士们热烈鼓掌。

〔童阿男捧着枪和军装，捂头悲恸。

鲁大成 好啦，咱们又是同志啦，对我有意见尽管提。我这个人哪，就是性子躁，那天我不过说了几句气话，你倒当了真。好了，是我的错，八班长，回头开个会，让阿男提提意见，我也来参加做做检讨。

童阿男 （反而抽泣起来）不，是我，是我错了。我对不起大家，我对不起你……

洪满堂 （过去给童阿男擦了擦泪）看你，（塞一个大苹果给童阿男）给！

赵大大 走，换军装去。（领童阿男下，一部分战士热情地拥下）

鲁大成 童妈妈，周老伯，你们今天给我们上了堂很好的政治课，不仅对大家，对我这个连长教育也很大。看来，我们往后得经常请你们来上上课，是不是，指导员，啊？

路　华 对，我赞成。

鲁大成 周老伯，我们是南京路上的子弟兵，你就担任我们解放军的政治教员吧！

周德贵 那不敢当，不敢当！

童　妈　指导员，连长，孩子就交给你们了。

路　华　童妈妈，你放心吧！我们会像亲兄弟一样地对待他。

周德贵　走吧。

洪满堂　别忙，晚饭好了，在厨房里。不是别的意思，就想请你俩尝尝我
　　　　洪满堂手艺灵光勿灵光。走，咱俩还得先来两盅。

周德贵　那我去弄两个熏鱼头。

洪满堂　鱼头？我这儿有香干炒大蒜，小葱拌豆腐，走！

　　　　〔童妈妈道谢，鲁大成、路华和余下的战士送他们走下。

　　　　〔剩下陈喜一人默默地坐在一角。

　　　　〔少顷，鲁大成和路华回来。

路　华　陈喜，（见陈喜不语）童阿男归队了，你不去照看一下么？（见陈
　　　　喜仍不语）

鲁大成　说话嘛！

陈　喜　调我去学习吧！

鲁大成　排长不想当了？

陈　喜　当不好。

　　　　〔洪满堂叫着陈喜名字回来。

洪满堂　三排长，阿男的军装都换好了，你快去照应照应，带他一起过来
　　　　吃晚饭。你也来陪陪。

鲁大成　打退堂鼓了，想"伸腿"！

陈　喜　谁说我想"伸腿"了？我要求去学习。

洪满堂　学习？到哪里去学习？你就好好在南京路上学习学习吧！你呀，
　　　　同志啊！思想没扎根，一阵香风差一点把你脑袋瓜吹歪了！（欲
　　　　走，听陈喜说话又站住）

陈　喜　干吗都朝我使劲？为什么把问题都算在我的账上？为什么对阿男
　　　　客客气气，对我就这么……

鲁大成　（勃然打断陈喜的话）对你就要严格，要批评！

路　华　你还觉得委屈吗？以为连长在你面前小题大做吗？不！你的思想
　　　　深处已经发霉了，已经出现腐烂的斑点了！虽说才露头，但不马
　　　　上给你指出来，它马上就会遍布你的全身！

　　　　〔陈喜不禁为之一震，瞠目若惊。

路　华　对我们支部，对我们全连来说，你的问题要严重得多！

洪满堂　你呀……同志，好好想想吧！（下）

鲁大成　不要再捧老皇历过日子了！是么，你自以为只要能打仗，思想上有些小毛病没关系，无所谓，别人给提点意见，不过下点毛毛雨，你头一歪，根本听不进！现在好了，来到南京路，气候、雨水都合适了，叫香风一吹，暴芽露头了。就成天价遛马路、逛公园，再不拿出个小本子，签名啊，留地址啊，这是干什么？让女学生一捧就昏了头！因此，让阿男随便离开岗位，你"纰漏"搞大了！老K的线索就从你们的位置上滑掉的！我不知道，你自己怎样看法。我和指导员交换过意见，认为做一个共产党员要把毛主席的话牢牢记住，反正艰苦朴素的老传统不能丢！

通信员　报告！连长电话！

鲁大成　（走，又回，掏出洗好补好的布袜子）你啊，赶快把那双花花袜子脱下来，换上这双老布袜吧！还是它结实、耐穿，穿着它，脚底板硬，站得稳！过去穿着它，能推倒三座大山，今天穿着它照样能改造南京路！

通信员　连长，司令部电话！

鲁大成　希望你的检讨从这儿开始，（指布袜）就从这上面找找思想根源吧！（下）

〔陈喜捧着自己丢下的老布袜。

路　华　不要以为拿枪的敌人被打倒了，就万事大吉了。对我们革命者来说，这不过是万里长征刚刚走完第一步。你以为花花绿绿的上海滩太平无事了？是安乐窝？不！这是战场，是另一种战场！敌人没有睡觉！美帝国主义的阴魂还不散，他们乘着香风，驾着烟雾，飘飘忽忽，时刻出现在我们周围，形形色色，从各个方面向我们攻来。老K不过是其中的一个，敌人一刻也没忘记暗算我们。而你呢？想放下武器，举手投降！

陈　喜　举手投降？（瞪着路华，十分吃惊）

路　华　不是吗？你捧掉老布袜，瞧不起赵大大！撇开春妮，扔下针线包，这与童阿男脱下军装，放下枪支，有什么两样？

陈　喜　组织上给我处分吧！

路　华　处分要能解决问题倒好办了。重要的问题在于认识这一战斗的意义：要么我们倒在南京路上，要么我们改造南京路。这是一场你死我活的斗争！……两三天来的事情，给了我很大的教育，我才慢慢懂得一点毛主席在七届二中全会上所指出的真理。虽说在入城前我都看过了、学过了，但吃了不少苦头，才理解一点毛主席话里的深情厚谊……我也有错误，没有把三排的工作做好。

陈　喜　指导员，你别戳我的心了！

路　华　（掏出针线包）春妮临走，叫我把针线包藏起来，我想还是还给你好，它跟着你行过军，打过仗，立过功。记得有一回，我负了伤，你用它缝过我被子弹打穿了的军装。……拿去吧，里面还有封信是春妮给我的，说不要给你看，我想你应该看看。

　　〔陈喜接过针线包，拿信看，灯光暗。有一聚光灯照着他。

　　〔春妮的声音："指导员，我非常难过，不是为自己，是为陈喜。我们俩从两小无猜，到参加革命，没有发生过一点口角。我觉得有这样一个好爱人，真是幸福。婚后第三天，我亲自送他参加自己的队伍，听说他常立战功时，欢喜得我啊，挑着担子唱着歌把军粮送往前方。谁想到刚刚胜利，刚刚进入大城市，陈喜的思想就起了变化，多大的变化呀！我密针细线给他缝的布袜扔掉了，那绣着一双鸳鸯的针线包，是我做姑娘时，背着人偷偷给他缝的，也当着我的面扔掉了！……指导员，他是把部队的老传统扔掉了，把解放区人民的心意给扔掉了！指导员，我多么为他难过，党培养他这么多年，没倒在敌人的枪炮底下，却要倒在花花绿绿的南京路上了！……我真为他的前途担心！指导员，我知道，你一直对他很好，你拉他一把吧！……"

　　〔陈喜呜咽一声扑在桌子上。

鲁大成　（匆匆回来）指导员，刚才司令部来电话说，虽然老七落网，老K对林家还是没有松手，他们想利用林媛媛的关系继续瓦解我们部队，把童阿男搞走！（警报声起）好嘛，天上地下都配合上了！（对陈喜）革命还没有成功，同志，还得好好干！通信员！

　　〔通信员闻声上。

　鲁大成　通知所有岗哨，严加警戒！

〔通信员应声下。

〔赵大大带领战士全副武装过场。

〔童阿男武装跑步上场。

童阿男 （向陈喜）报告！童阿男前来报到！

陈　喜 跟我上岗！（二人跑下）

鲁大成 刚才电话上司令员说，游园会是一场新旧上海的政治斗争，现在
　　　　敌人十分惊慌，担心三个月内在南京路上孤立我们、腐蚀我们的
　　　　计划全部落空。敌人想进一步使用各种手段来破坏游园会，因此
　　　　市委指示我们，必须保卫游园会善始善终。我们连的任务……

　　　　〔幕落。

第八场

〔南京路。

〔花店门口。

〔非非站在一角等人。

〔少顷，曲曼丽拎着提琴走来，将提琴匣塞在非非手里。

非　非 你要的两张火车票。（把车票交给曲曼丽）

曲曼丽 东西在里面，把指针对到九点半，你手脚干净点！

非　非 老K在游园会等你！

曲曼丽 知道！

非　非 有人盯梢。

曲曼丽 我会对付！

非　非 （会意）曼丽，等着我！（进花店）

曲曼丽 非非！快点！

　　　　〔陈喜不经意地走过来。

曲曼丽 陈排长。

陈　喜 曼丽。

曲曼丽 你看，多巧，我们俩又碰面了。

陈　喜 真巧，今晚游园会有什么新节目？

曲曼丽 嗯……今晚是游园会最后一天，有唱歌……

陈　喜　有唱歌、跳舞、划船，还有讲故事，对吗？

曲曼丽　对，对，还有林媛媛的独唱表演，你能去吗？

陈　喜　是吗？我……

曲曼丽　你去不大方便吧？

陈　喜　没问题！

曲曼丽　不怕人家说你闲话？（改口）当然，你陈排长能去，那我们还是
　　　　非常欢迎的……你的故事讲得真是太好了。

陈　喜　是么？这回要讲一个最精彩的。

曲曼丽　太好了，那我在老地方等你。

陈　喜　不，我想和你一道走。

曲曼丽　唔，哦……有人托我买一束花，送给林媛媛。然后，我还要去约
　　　　个人。

陈　喜　啊，如此，那我就不打扰了。

曲曼丽　会场上见好吗？不要失约，我要听你讲最精彩的故事。

陈　喜　好，一定把最精彩的先讲给你一个人听。

　　　　〔曲曼丽笑着进花店。赵大大走过来。卷发女人卷着大包小包礼
　　　　物过场。

卷发女人　唭，巧。（向他身旁男人示意）这个兵，好……

赵大大　好黑是吗？

卷发女人　好威武啊！

赵大大　回来！（取出小钱包）这个钱包，是你的吗？

卷发女人　啊呀，是的。谢谢，谢谢你啦！（向赵大大竖大拇指）这个
　　　　兵，真崭！（下）

陈　喜　注意！提琴匣子，东西可能在那里面！

赵大大　是！

陈　喜　问问阿香，他们到花店干什么？

赵大大　我看，先把那个女妖精抓起来算了……

陈　喜　别打草惊蛇！主要目标是老K。告诉阿男，叫他准时赴约，一刻
　　　　也不要离开林媛媛的身边！

赵大大　是！排长！要是阿男不愿去，我代表代表算了！

　陈　喜　靠边站站吧！这种事你代表不了。我先走一步了。（下）

〔曲曼丽和非非走出花店，曲曼丽手拿花束向左走去。

〔非非手提提琴匣向右走去，赵大大突然站在他面前。

非　非　解放军同志，你好！你辛苦了！今天我是特地来拜望你，向你表示敬意。你解放了我，你又把我从醉生梦死中扶起来，使我重见天日，重见光明。你真是……（唱起来）"解放区的天，是明朗的天，解放区的人民好喜欢……"

赵大大　住口！（指提琴匣）打开看看！

非　非　提琴，哦！你要听小提琴？好！（打开琴盒）

〔赵大大拿过提琴，没有发现什么。

非　非　需要的话，可以奉送，算我慰劳。

赵大大　不！今天我慰劳，一回生二回熟，走！去喝两盅！

非　非　改天吧！（佯作酒嗝）……改天奉陪……（晃动起来）

赵大大　怎么？又喝醉了？（猛喝）站起来！（笑笑）嘿嘿，你还当我是洋盘？三轮车！

〔阿荣手臂上扎一块"人民纠察队"臂章跑来。

阿　荣　哟！阿飞，认得我吧？

赵大大　你替我好好招待他，回头我就到！

阿　荣　是！（对非非）走！

赵大大　（对阿荣，指指提琴匣子）当心！

阿　荣　晓得！（押非非下）

〔阿香送走客人，见赵大大。

阿　香　赵大大同志！

赵大大　你好！

阿　香　你好！

赵大大　忙吧？

阿　香　忙。赵大大同志！你别走！（进店）

〔一忽儿，阿香捧着纸匣和一束花出来。

阿　香　我第一次领到工钱，买了样东西，不知你喜欢不？

赵大大　什么东西？

阿　香　你自己看。（给纸匣）

赵大大　（看看里面是件花衬衣）挺好看，给谁的？

阿　香	你猜？
赵大大	嘿，猜不着。
阿　香	我要送给一个人，一个顶好顶好的人。
赵大大	噢，你忙，想叫我替你送去，对吧？你告诉我地方，保险送到。你笑什么？高兴的，嘿嘿，你呀，阿香，嘿嘿，还不好意思哩！
阿　香	我是送给一个穿军装的。
赵大大	穿军装的多得很。张三？还是李四？
阿　香	这个人，远在天边，近在眼前。
赵大大	（抹汗）又是天边，又是眼前，可真复杂啊！谁的？
阿　香	你的！
赵大大	我？（汗珠如豆）阿香，我看你思想有问题！（走）
阿　香	（慌张起来）别见怪，这是我妈说的，要我……
赵大大	你妈说的也不行，你是你，我是我，稀里糊涂要我穿你的花衬衣，什么意思？（走，又回头）问你，刚才那个阿飞进去干什么？
阿　香	买花！
赵大大	后来呢？
阿　香	后来，开开提琴箱子。
赵大大	干吗？
阿　香	噢！他拿出一盒松香交给一个女学生。
赵大大	后来呢？
阿　香	后来，女学生把松香放在花里！
赵大大	什么花？
阿　香	白玫瑰。
赵大大	后来呢？
阿　香	后来那个女学生把花拿走了。
赵大大	再见！（走）
阿　香	看你！出了什么事了？
赵大大	（回）告诉你，南京路还不太平，要提高警惕，别光想着花衬衣，懂吗？（走）
	〔阿香连连点头进店内。

　　　　〔童阿男上。

童阿男	报告！
赵大大	童阿男，你马上去游园会找到林媛媛，一步也不要离开她！
童阿男	班长，我真不想再看见她！
赵大大	不！这是任务！（耳语）
童阿男	好！（下）
赵大大	对，我也买一把花，买一把红玫瑰！

〔暗转。

〔在马路上咖啡店门口，老K提着箱子，遇曲曼丽，对对表，走去。罗克文醉意十足。

曲曼丽	密斯特罗！
罗克文	曼丽，能见到你就很高兴。现在只有你使我觉得最亲近。走，跳舞去。
曲曼丽	你不是从来不跳舞的吗？密斯特罗，你醉了。
罗克文	人生难得几回醉。
曲曼丽	我知道，一定又是为了林媛媛。告诉你，她没有走，还在上海。
罗克文	在上海？你不要寻开心了。
曲曼丽	真的，今晚闭幕式上有她的节目。那儿热闹得很，听说市长也要来参加！我带你去玩玩，顺便和媛媛见见面好吗？
罗克文	那谢谢！不过，我想总不能空着两只手……
曲曼丽	你看！这是什么？
罗克文	哦，美啊！（吻花）曼丽，我现在非常需要它，你能成全我的好事，我再一次谢谢你！
曲曼丽	我早替你准备好了，我想你应该有勇气，把它送上舞台，献给林媛媛，这样才能表达你对她的诚意。
罗克文	那当然！我一定鼓起勇气……曼丽，我的心有点跳，我预感到幸福即将来临！（与曲曼丽下）

〔赵大大和童阿男悄悄跟上。

赵大大	看见没有，花转到罗克文手上去了。
童阿男	嗯！
赵大大	喏！（给童阿男花）把他手上的花换下来，可不能惊动曼丽小姐！

童阿男	笃定！

〔童阿男追踪。

〔暗转。

〔游园会一角，林媛媛歌声伴和琴声习习传来。

〔童阿男捧着一束花走来，站在长椅的一角。

〔少顷，罗克文捧着一束花走来，站在长椅的另一角。他俩相觑半天，尴尬得很。之后，两人只好背对背地坐在一条长椅上。

〔静场。

童阿男	贵姓？
罗克文	罗。贵姓？
童阿男	童。巧，想不到在游园会上……
罗克文	在一条长椅子上……
童阿男	又见面了。
罗克文	又见面了！

〔静默片刻。

童阿男	（赞叹地）这歌声真动人啊！
罗克文	真动人！
童阿男	是林媛媛在表演吗？
罗克文	不知道！
童阿男	你是来给她献花的吗？
罗克文	献花的！怎么样？
童阿男	你看我这束花好看吗？红色的！
罗克文	讨厌！
童阿男	它象征着前途光明、远大；象征着幸福和安宁，不妨我们交换一下……
罗克文	不必多此一举！
童阿男	换一束吧！你不要错过天机良缘，而一失足成千古恨！
罗克文	什么？笑话！请站远点！我不想和你站在一起！
童阿男	看来，你对我还是有不少成见。我相信事实会判明一切的。我希望你不要听信谣言，上了坏人的当。你该醒醒，不要再糊涂了！

为什么一定要到美国去呢？为什么你不去参加游园的行列，把你的小提琴献给伟大的祖国呢？

罗克文 又来了，请你不要向我宣传。再见！（站起，走）

童阿男 罗克文，你站住！

罗克文 你想干什么？

童阿男 想和你再谈谈。

罗克文 天哪，现在我没有空。（转身）

童阿男 罗克文，你不要走。

罗克文 那你走开！让我一个人留在这里！

童阿男 我不能离开你，今晚我对你们有责任！我要保护你们的安全！你知道吗？

罗克文 无稽之谈！（走去）

〔前面传来一阵热烈掌声。

童阿男 罗克文，你回来，回来。

〔有人在喊：花！花！

〔童阿男看看手中的花，闪至树丛中。

〔曲曼丽上。

曲曼丽 （轻轻喊着）花！花！（招手）媛媛，来！这儿来坐坐吧！真没想到，今晚头一档节目就是你的独唱。（见林媛媛走来）你唱得太好了。多糟糕，有个人要给你献花，看，到现在连影儿还不见，这个人真是开玩笑！

林媛媛 算了！都是自己人，曼丽，你替我办的车票呢？

曲曼丽 放心！都办好了。（掏出车票）喏，两张。

林媛媛 谢谢你，曼丽，快给我……

曲曼丽 等一等。最后，你不是还要参加大合唱吗？（见林媛媛点头）合唱以后不是还要谢幕吗？

林媛媛 这些，我都不想参加了，等阿男一到，马上就走！

曲曼丽 谢幕以后，市长不是还要接见吗？市长接见，这多光荣！等接见完了再走，还来得及……不过你空着两只手好意思吗？我去把送花的人找来，你等我！（下）

〔片刻，童阿男走到林媛媛面前。

童阿男　花！请你收下！

林媛媛　（雀跃）阿男！原来是你……（接过花来）

童阿男　喜欢吗？

林媛媛　是你送的，我都喜欢！没想到，你已经在等我！

童阿男　对！在等你。

林媛媛　这说明你对我……是很坚定的！好了，马上我们俩就要展翅高飞了！

童阿男　不过，我不想飞了，我要回到大地上来，老实告诉你，我不走了！

林媛媛　别开玩笑了，车票都买好了，你看！（给他车票）我们马上就走！

童阿男　现在，我们哪儿也不能去！（将车票撕碎）

林媛媛　你！疯啦？

童阿男　不！清醒了，我归队了。我觉得，我认识你是个错误。

林媛媛　既然如此，请你走开！

童阿男　暂时我还要和你坐在一起。

林媛媛　何必要和错误坐在一起？（欲走）

童阿男　请你坐下别动！我知道，你不会谅解我，会恨我，骂我，什么我都可以承担。告诉你，指导员的话提醒了我，南京路苦难的声音唤醒了我，我不能忘记过去，更不能愧对未来，我要从歧路上回头向前！

林媛媛　你说些什么，我一点也不明白。

童阿男　你现在是不会明白，不过将来也许你会明白的。革命要我们脚踏实地地进行工作，进行斗争，敌人还在我们身边，我们却还在做虚无缥缈的幻梦！

林媛媛　你说什么？敌人在身边？

〔幕后罗克文喊声："媛媛！"

童阿男　罗克文来了，你替我马上把他手上的花换下来！（退入树后）

〔林媛媛持花呆立，罗克文上。

罗克文　媛媛，终于又见到你了。可惜我晚了一步，没有能在热烈的掌声中，把花献给你。（将林媛媛手上的花扔掉）哎！你看这束花多美！（给林媛媛）走吧，我陪你去见市长。

〔林媛媛挪动步子。

童阿男　（跃出）好了，（向林媛媛）谢谢你，把你手上的花交给我！

罗克文　你……你不要欺人太甚！你走开！

童阿男　媛媛！快给我！

罗克文　（挡住）别睬他！

童阿男　给我！里面有炸弹！

〔林媛媛一惊，花跌落地上。阿男捡起，从花束中取出一块松香大的东西。

童阿男　这是什么？

罗克文　不，不知道。

林媛媛　那是什么？

童阿男　定时炸弹！哼！也许你是他们的同伙！难道你真要炸死林媛媛，炸毁游园大会，在南京路制造惊人事件吗？

罗克文　不！不！我，我，这是别人给我的！快！快扔掉！

林媛媛　阿男，你自己小心！

童阿男　你们躲开！（奔去）

林媛媛　阿男！

童阿男　不要来！

林媛媛　（惊恐）万一，他有什么意外……

罗克文　（自责）我的罪过，是我的罪过，但愿他……我去看看。

林媛媛　不，让我去。

〔幕内童阿男声："有危险，不要过来！"

〔罗克文与林媛媛相偎在一起。

〔曲曼丽上。

曲曼丽　哎呀！你们真热乎啊！待着干吗？我们一同去散散步。咦！花呢？

罗克文　狗特务！

曲曼丽　密斯特罗，可不好开这种玩笑！媛媛！我们走！

罗克文　问你，花里放了什么东西？

曲曼丽　放了东西？噢，密斯特罗，你啊！真是忘恩负义！

罗克文　走，公安局去！

曲曼丽　站开！（拿出枪，向童阿男方向走去）

罗克文　抓特务！（拦上）

〔曲曼丽开枪将罗克文打倒。

林媛媛　（急扶罗克文）抓特务！

　　　　〔曲曼丽正欲放枪击林媛媛，侧面飞来一枪，正中曲曼丽的手腕，枪落。陈喜抢步前来，脚踏曲曼丽落地的手枪。

陈　喜　曼丽，没失约吧。我按时到达。可惜稍晚了点。别忙，我的故事快完了，说时迟，那时快，话说，解放军一枪击中她手腕，顺手就夺下她手中枪。解放军把枪顶住她胸口，那曼丽小姐，便乖乖地把手举起来了。怎么样？精彩吗？

曲曼丽　精彩！

陈　喜　最精彩的还在后头。

　　　　〔童阿男上。

童阿男　报告！炸弹引信卸掉了。

林媛媛　阿男！罗克文负伤了。

童阿男　什么？

陈　喜　赶快送他进医院！

　　　　〔童阿男下。

陈　喜　听到没有，连你们的炸弹也失灵了，你们的老K也难逃法网了。

曲曼丽　老K？（冷笑）你们休想见到他！（警报声）听见没有？陈排长，美国飞机就到你们上空了。你们唱吧！跳吧！嘿！骗人的游园会闭不了幕啦！

陈　喜　好吧！我们且听下回分解，请吧！（押曲曼丽下）

　　　　〔暗转。
　　　　〔医院走廊。
　　　　〔宁静、肃穆。
　　　　〔林媛媛坐在长靠背椅上，长时间地等待着。护士甲走过。林媛媛起立。

护士甲　林小姐，现在你不能见他。

林媛媛　让我见他一面，也许能增添他一份力量。

护士甲　他一直在昏迷中，现在正在输血。

林媛媛　输血？

护士甲　安静些，不要过分感情用事。（下）

〔林媛媛凝望着手术室的门，良久，泪花……路华拎着小皮箱和提琴匣轻步走来，见林媛媛便坐下。林媛媛回身，见路华，低下头来。

路　华　（打破僵局）贵姓林，叫林媛媛吗？我们在解放上海的那天晚上见过面，在南京路上你也来欢迎我们。

〔林媛媛视线转向窗外。

路　华　见到表哥了吗？

林媛媛　（摇头叹息）万万没想到，但愿他平安无事。

路　华　不要难过，医院会尽力使他恢复健康的。

林媛媛　我难过，他毕竟是我的表哥，而且过去确实有过亲密的友情，在学习音乐的过程中，他给过我不少帮助。但是我痛苦，因为他处处成为我生活中的绊脚石！现在我才明白一点，原来认为埋头音乐，不问政治，是艺术家的清高，结果呢，恰好堕落到自私自利的泥坑里，上了反革命分子的当！多么可怕可耻！我知道，我不该在这种时候向你说这些不该说的话，但是我抑制不住自己，我想得到你的帮助。

路　华　我能给你什么帮助呢？倒希望你对我们解放军提些意见。

林媛媛　不要使我难堪吧，指导员。我很惭愧，对阿男，对解放军，我有过错。

路　华　这是很难免的。一个人在前进的道路上，总要经受一些波折。在南京路上，我们认识你和你的一家，使我们当兵的增长了不少见识。

林媛媛　我从阿男身上见到了你的力量。

路　华　嗬？

林媛媛　真的！阿男的行为是令人钦佩的，他的精神是美丽的。而表哥呢？他的生命是可贵的，而他的灵魂是可怕的！

路　华　很有意思。不过，我要和你辩论了。我说他的灵魂会变的，会和他的生命一样可贵起来的。

林媛媛　你相信他？

路　华　相信。刚才为了游园会的安全，他不是起来与敌人搏斗，付出了代价么？要相信时代，革命的时代会让所有爱国青年都变好起来，你自己不是也在变么？

林媛媛　我？很惭愧，我没有跟上时代。我恨我自己，恨我为什么生长在上海，出身在这样的家庭，有这样的母亲，还有这样的表哥！

路　华　家庭出身，并不能决定一个人一生的命运，主要在于自己改造的决心。

林媛媛　我现在不知如何是好，不知该往哪儿走。（泣）

路　华　一切从现在开始吧！

〔林媛媛望着他。

路　华　你还应该更全面地认识自己，不要埋怨家庭，不要埋怨上海，更不要以为抛弃母亲、表哥、家庭，就万事大吉，就算很革命了。这仅仅是个开始。恕我率直一点说，你不能割断历史和环境，它们和你精神上有着割不断、理还乱的千丝万缕的联系。不是一刀就能两断的。你应该有勇气，参加革命行列，在改造自己的过程中去改变环境，这才是你真正的生活道路！

〔沉默。

路　华　在革命队伍中，有许多出淤泥而不染的女革命家、女英雄，我想，有机会给你介绍一两个认识认识。

林媛媛　（神往，声音非常小地）谢谢你……

路　华　我想，别人能做到的事，你林媛媛也能做到。当然你还要准备多淌几次眼泪。

〔林媛媛羞笑。

林媛媛　（少顷）你还是帮助我离开上海吧！种田或者做工都行。

路　华　嗬！这么大的决心哪！为什么把你的钢琴丢了？

林媛媛　音乐，（笑笑）太抽象！

路　华　（笑起来）这可把我难住了！不过！人民需要的，你可没有权利把它丢弃，对不对？我看音乐是好东西，我就很喜欢听音乐。聂耳不是用音乐来唤醒民众、激励青年的吗？（唱起）"巨浪，巨浪！不断地增长；同学们，同学们！快拿出力量担负起天下的兴亡！"你听，他在号召人民起来战斗！不是很具体吗？

林媛媛　认识你，感到很幸运，这些话我好像从来没有听说过。真想不到，你，有这么美好的语言。指导员，你说我现在应该怎么办？

路　华　现在，你应该马上回到游园会去，闭幕式上不是还有你的节目吗？回去，用歌声跟敌人斗争，号召人们冒着敌人的炮火前进；用歌声鼓舞人们建设新上海，建设新中国！

林媛媛　（热泪涌出）我去，我马上就去。

　　　　〔这时手术间门开开，护士甲陪童阿男出来。

路　华　（迎上）怎么样？

童阿男　他很好。

护士甲　他苏醒了。

林媛媛　是你……（与童阿男热烈握手）

童阿男　他在叫你的名字，还提起那只小提琴。

路　华　全都在，先去看看他吧！

　　　　〔路华挽林媛媛进手术间。

　　　　〔林乃娴上。

林乃娴　护士小姐，罗克文怎么样？

护士甲　嘘！（摆摆手入内）

童阿男　他很好。

林乃娴　你也在这儿？我林乃娴总算认得你了。为了你，弄得我家破人散，弄得罗克文如此下场！（哭）

童阿男　林太太！

林乃娴　好了，我们没有什么可说的了。我相信解放军千千万万像你这样的人是少见的。你回去，请告诉那位救罗克文的解放军，我向他磕头。没有他，我家克文不知要闯出什么样的滔天大祸。解放军中有这种人，我从心里佩服。

童阿男　（实在无话可答，只好连连点头）好吧，再见！（下）

　　　　〔护士甲将罗克文的病床推出来，后面跟着路华、林媛媛。

林乃娴　（迎上）克文！

　　　　〔罗克文露出一丝微笑。

护士甲　真亏那位解放军救了他，还给他输血。（将罗克文推下）

林乃娴　指导员，共产党伟大，我服了！那位同志叫什么名字？我一定要拜望他。

路　华	他叫童阿男。
林乃娴	（失色）什么，童阿男？
路　华	媛媛，闭幕式在等着你，再见！（下）
林媛媛	妈妈！我走了。（下）

〔暗转。

第九场

〔景同第七场，是转过年来的秋天，节日气氛。阳台上挂下一幅标语："抗美援朝，保家卫国。"

〔小树丛中，陈喜在缝制一双棉手套。

〔老班长悄悄走来，向陈喜招呼。

洪满堂	喜子，有人来送行啦！
陈　喜	谁？
洪满堂	咱们的劳动模范——春妮。
陈　喜	她根本不会来。
洪满堂	你呀，小喜子，你当人家像你呢。（见春妮拎了一篮苹果走来）你看，这是谁来了？
陈　喜	春妮！
洪满堂	好了，我们的心意算尽到了，我给你们做吃的去了。（下）
陈　喜	你真的来了。
春　妮	意外么？
陈　喜	没想到。谁写信告诉你的？
春　妮	指导员。

〔沉默。陈喜继续缝制手套，春妮拿过陈喜手中的针线。

春　妮	谁的？
陈　喜	阿男的。

〔沉默。陈喜倒了杯水端给春妮。

春　妮	线。

〔陈喜在背包内掏出春妮送给他的针线包，走到春妮跟前。

| 陈　喜 | 给。 |

〔春妮看着针线包。

陈　喜　指导员又把它还给我了，给。

〔春妮拿过针线包丢在地上。

陈　喜　你看你，你看你，（捡起针线包拍拍，吹吹）人家是准备带到前线去的。（抽出一根线交给春妮，鼓起勇气）春妮，你批评吧，你骂吧！现在你能骂我一顿才痛快。

春　妮　谁跟你来讨债的！

陈　喜　我心里……

春　妮　你的心真狠！

陈　喜　怎么？

春　妮　为什么连个信都不给，就偷偷走了。

陈　喜　我想，等到了朝鲜再给你写信。

春　妮　怕我扯你后腿？

陈　喜　到了朝鲜彻底向你检讨，彻底认错，像过去一样，和立功喜报一起捎给你。我想这样做，也许会使你更加谅解。

春　妮　我恨死你了！（依偎在陈喜怀中，泪下）

陈　喜　南京路一年多的生活教训，够我用一辈子的。请相信我陈喜，到了朝鲜一定会对得起党，对得起连队，对得起你春妮同志！

春　妮　谁要你发誓赌咒的。喜子，你现在想的做的都比我好。去吧，美国鬼子打来了，你能走在前头，我也感到光荣。只是觉得我们在一起的时候太短，太少……

〔赵大大上。

春　妮　赵大大别走！（揣苹果）

赵大大　排长，你看！

陈　喜　给你，你就吃。

赵大大　是，（咬一口）好甜哪，嫂子。

春　妮　赵大大，你和喜子一起走啦？

赵大大　唔，我和排长缘分好，我们俩一起过长江，一起上了南京路，现在又要一起去跨鸭绿江。嘿，放心，到了朝鲜，我们俩一起向老解放区人民报喜，向你报功。

春　妮　你真好。

〔童阿男上。

童阿男　报告排长，一切准备完毕。

陈　喜　好。

春　妮　（持手套）阿男，套套看，你排长的针线活儿怎么样？

童阿男　谢谢你，敬礼！

春　妮　不用谢我。

童阿男　排长的活儿是你亲手教的，现在排长又把活儿教给了我。（掏出针线包）看，我把它带到朝鲜，好叫我常想起你春妮嫂子。

〔鲁大成上。

陈　喜　（口令）立正！

〔陈喜、赵大大、童阿男三人并排站着。

鲁大成　不错，个个都雄赳赳气昂昂的！童阿男，来，你连长说话像唱大花脸，猛一听怪吓人的。

童阿男　开头吓了我一跳，往后就会想你的。

鲁大成　开头你也吓了我一跳。（从皮挎包里拿出一双布鞋来）坐下，把这双鞋换上。

童阿男　连长……

鲁大成　这双鞋，还是我当战士的时候，有一回在战场上，我的班长从脚上脱下来送给我的。之后，他就光着脚朝敌人冲去。战斗结束，他牺牲了，我就一直留着没舍得穿……现在你去抗美援朝，把它穿上，去打美国鬼子！

童阿男　（捧着鞋子）连长，我一定不忘记你对我的教导。

〔一群战士拥着指导员回来。

路　华　阿男，你要走了，我们连、我们党支部没有别的可以赠给你，现在在你临走的时候，向你宣布一件事，上级批准你入团了。

〔在场人热烈鼓掌。

童阿男　指导员，我还很不够。

路　华　同志们，事情是这样：（取出三张破碎的和一张完整的入团申请书来）一年前，阿男曾写过一张申请书，在背后，他写着："我忘了南京路的过去，我还不配成为一个战士。"结果把它撕了。事隔三个月，他又写了一张，在背后又写着："我为什么要躲避南京路？在南京路跌倒，应该在这里站起来。我缺乏勇气，虚荣心、爱面子，我没有资格入团。"结果也把它给撕了。又隔了三个月，他写了第三张申请书，在背后他又写着："我还不像我们的排长，不像班长，更不像老班长，我不能入团。"又撕了。直到写了第四张，才把申请书交给党。在这张申请书上，他写着："我要永远听毛主席的话，永远跟着党走，把我的青春，我的一生贡献给伟大的共产主义事业。"党就根据童阿男同志对革命的热情追求和决心，根据他的表现，批准他入团了！（大家热烈鼓掌）阿男，这撕碎的三张，你应该把它牢牢保存着，这是你一生中最有意义的记录！

童阿男　（隆重地接过三张破碎的申请书）指导员，你都知道？

鲁大成　你一张张撕，指导员给你一张张地捡，什么事他都知道。

〔洪满堂激动地擦眼泪。

鲁大成　老洪！你干什么？

洪满堂　拦不住了，翅膀长全了，要飞了，要跑了！我觉得南京路在前进，我看见部队在成长，后继有人了！你们到了朝鲜以后，有用着我老班长的时候，就打个招呼，我老班长，扛扛行军锅什么的还中！

路　华　同志们！过去的一年，给了我们不少教育，使我们初步懂得了，不要因为革命战争的胜利，认为阶级斗争从此结束了。不！我们面前还摆着长期的严重的阶级斗争任务。你们到朝鲜，我们在南京路，目标只有一个：将革命进行到底！陈喜啊——

〔陈喜、赵大大走向路华。

路　华　你们俩是老兵，一路上要多多照应阿男。

陈　喜
赵大大　是！

童阿男　指导员，我请求，在我离开连队的时候，让我在南京路站完最后一班岗。

路　华　好吧！

〔通信员上。

通信员　指导员，他们来了。

〔这时锣鼓声起，战士们拥着童妈、阿香、周德贵上。

童　妈　（走近童阿男跟前）阿男！北边冷，把这件皮背心带上，别忘了你爸爸在南京路上流的血。

周德贵　阿男，要替工人阶级争口气！替朝鲜人民报仇。

童阿男　老人家的话句句都记在我心上。

阿　香　妈！（把衬衣匣子交给母亲）

〔童妈将匣子转给周德贵，周德贵将匣子交给洪满堂，洪满堂走到赵大大跟前。

洪满堂　喏喏，叫你带着你就带着，到了朝鲜准用得上。

赵大大　你……

鲁大成　我说你跟我一样吧！脑子里少根弦。

周德贵　同志们，今天工会派我当代表，到你们这儿来，一来是欢送我们的子弟兵去抗美援朝，二来是欢迎同志们继续站在南京路上，保卫祖国的社会主义建设。我代表南京路的全体职工向你们表示最高的敬意。（将一面绣着"南京路上子弟兵"的锦旗，展示在部队面前）

〔路华隆重接过锦旗。

路　华　好吧，童妈妈，周老伯，部队有这样的好战士，这是你们的功劳，是上海工人阶级的功劳。

童　妈　是你们大家，是毛主席！

〔礼炮轰鸣。

鲁大成　跑马厅烟火开始了，同志们，各就各位！

〔焰火中暗转。

〔"中华人民共和国万岁""毛主席万岁"的霓虹灯闪闪发光。

〔童阿男全副武装在站岗。

〔阿荣已是个新兵，他前来接岗。

阿　荣　报告！周阿荣前来接岗。

童阿男　我们的任务——

阿　荣　坚守岗位，保卫大上海！再见！

童阿男　再见！（向阿荣走去）

〔路华背着童阿男的背包，偕陈喜、赵大大走来。

童阿男　指导员，别送了。

路　华　（深情地）不！让我陪你们在这马路上再走一趟。

〔林媛媛赶来。

林媛媛　阿男！等等！

童阿男　（回头）媛媛，你……

林媛媛　要到朝鲜？

童阿男　（点点头）对！

林媛媛　你跑得真快，我真的赶不上你了。（给童阿男一个本子）留作纪念，我在争取参加二十军文工团，也许我们会见面！

童阿男　那让我们再见在前线吧！

〔春妮拎着一篮苹果跑来。

春　妮　家乡苹果，带走吧！

阿　香　（挥着一束鲜花跑来）弟弟！早点回来！

〔童阿男敬礼，奔往前去。

〔林媛媛、春妮、阿香挥手送别。

〔周德贵、童妈走来，挥手。

〔林乃娴和罗克文走来，挥手。

〔不少欢乐的人群走过。

〔灿烂的灯光下，一列解放军，唱着歌走过。

——剧　终

　　《霓虹灯下的哨兵》创作于1961年，取材于1959年7月23日吕兴臣发表在《解放军报》头版头条的长篇通讯《南京路上好八连》。1962年9月由中国人民解放军南京军区前线话剧团首演，导演漠雁，主要演员有马学士、陶玉玲、袁岳等，演出后引起"香花还是毒草"的争论。1963年2月奉解放军总政治部调令进京内部演出，取得了巨大成功，毛主席和周总理观看了演出。它被誉为"反映部队现代生活的光彩夺目、鲜艳芬芳的戏剧之花"。1964年由上海天马电影制片厂改编为同名电影。

作者简介

沈西蒙　(1919—2006)，笔名沈西门，男，上海人。著有歌剧剧本《买卖公平》，话剧剧本《重庆交响乐》《甲申记》（合作）、《杨根思》，电影文学剧本《霓虹灯下的哨兵》（合作）、《南征北战》（合作）等。

漠　雁　(1925—2009)，原名栾为伦，笔名韧风，男，山东福山（今烟台）人，剧作家、导演。1942年参加八路军，1943年开始发表作品，1950年加入中国共产党。曾任胶东军区宣传队副分队长、华东野战军纵队纵队文工团教员、第九兵团军文工团戏剧队队长。参加了济南、淮海、渡江、上海等战役，曾任中国人民志愿军文工团副团长，曾获三级解放勋章。

吕兴臣　男，1925年出生，山东海阳人。

· 越 剧 ·

祥林嫂

（根据鲁迅先生小说《祝福》改编）

吴　琛　庄　志　袁雪芬　张桂凤

人　物　祥林嫂、婆婆、阿根、卫老二、鲁四老爷、鲁四太太、阿牛、高
　　　　老夫子、卫老婆子、贺老六、贺老大、老大妻、阿毛、老孔、柳
　　　　妈、阿花、山里人、阿贵、三叔婆、九斤太公、阿发婆婆、七
　　　　斤、邻女等。

第一幕

〔幕启。

〔时间：辛亥革命后的某一年腊月上旬的傍晚。

〔地点：浙东卫家山祥林家。

〔幕内伴唱：

　　　　"年年腊月年年多，

　　　　卫家山人家家穷，

　　　　最穷要算祥林家，

　　　　世世代代做长工，

　　　　祥林一死债满身，

　　　　愁得老娘心事重。"

〔小屋角落里供着祥林的灵台，祥林嫂的婆婆刚烧好饭从后屋
出来。

婆　婆　（走到门口看外面）太阳已经落山了，应该回来啦。（进屋坐下贴
　　　　锡箔）唉，债务越逼越紧，叫我拿什么钱来还呵！（唱）

　　　　过一天，熬一天，

　　　　真是度日如度年，

　　　　别人家苦苦总有出头日，

　　　　我的出头在哪一天？

　　　　丈夫死后十年整，

　　　　撇下了孤儿寡妇苦难言。

　　　　我好容易把祥林、阿根扶养大，

实指望百年有靠老来甜，

谁知道我燕子生儿空劳碌，

儿子死在娘前面。

（看见祥林灵位）祥林，我的短命儿呀！（接唱）

娘疼儿子儿疼娘，

你熬冷熬热去做长年，

真是苦藤结苦瓜，

一直做到死一天，

你死的管自死了去，

留下了千斤重担压娘肩。

〔卫老二哼唱着绍兴大班《赵匡胤借头》上。

卫老二　（唱）催马加鞭进高关，

遇着狮子将马攀。

玄郎抬头来观看，

哇呀……（走到窗口）

祥林娘！（进屋）

婆　婆　卫大哥，坐坐。

卫老二　祥林娘，你又在哭了。啊呀，死了算啦，活着想开一点，你还有
阿根啦。

婆　婆　唉……

卫老二　（坐下）祥林嫂呢？

婆　婆　打柴去了。

卫老二　阿根呢？

婆　婆　一起去了。

卫老二　祥林娘，阿根今年不小啦吧，十二还是十三？

婆　婆　十四啦！

卫老二　啊，已经十四啦，好讨老婆啦。

婆　婆　讨老婆？祥林的棺材钱都还不出，这是瞒不过你的。

卫老二　是呀！为了这笔棺材债，我这个中保人头都夹扁了。不过债是死
的，人是活的，可以想办法嘛。

婆　婆　想什么办法呢？家里是无田无地，好卖的都卖了，要么只有两间

破草屋了。

卫老二　祥林娘，你真是聪明一世，懵懂一时，勿会在你媳妇身上打打
　　　　算盘？

婆　　婆　打什么算盘？

卫老二　祥林娘呀——（唱）

　　　　　　祥林死去已半年，

　　　　　　你留着媳妇少主见。

　　　　　　有钱人家守守节，

　　　　　　无钱守节为哪点？

　　　　　　寡妇再嫁常常有，

　　　　　　也没有什么不体面。

婆　　婆　（唱）不是我懵懂少主见，

　　　　　　寡妇再嫁能得几个钱！

　　　　　　我一家生活半靠她，

　　　　　　剜肉补疮顾不全。

卫老二　（唱）祥林娘你说寡妇再嫁不值钱，

　　　　　　我倒有个好主见。

　　　　　　贺家坳山中有个贺老六，

　　　　　　打猎为生已多年。

　　　　　　曾经托我做个媒，

　　　　　　村里姑娘哪个肯嫁到山间？

　　　　　　祥林娘，要是祥林嫂嫁过去，

　　　　　　他愿出财礼八十千。

婆　　婆　八十千？

卫老二　是八十千！（唱）

　　　　　　阿根讨老婆，

　　　　　　还了棺材钱，

　　　　　　至少剩下二十千，

　　　　　　舒舒服服好过年。

婆　　婆　（唱）主见倒是好主见，

　　　　　　可以换来八十千。

　　　　　　我把她半当媳妇半当囡，

　　　　　　从小拖大在身边。

　　　　　　吃食随便做勤俭，

　　　　　　受冻挨饿无怨言。

　　　　　　人心终究是肉做，

　　　　　　我怎能忍心把她去变钱！

卫老二　（唱）卖儿卖女多得是，

　　　　　　你何必顾后又顾前？

婆　婆　（唱）就是我硬硬心肠不念婆媳情，

　　　　　　也对不起死去祥林面。

卫老二　（唱）祥林娘，你连活人都顾不过，

　　　　　　还顾什么死鬼祥林面。

婆　婆　啊呀，我媳妇是不肯的呀。

卫老二　那你放心，我有办法。（唱）

　　　　　　只要你答应，

　　　　　　一切我周全。

　　　　　　通知贺老六，

　　　　　　打轿到门前，

　　　　　　捆捆绑绑塞进花轿里，

　　　　　　清清爽爽蛮简便。

婆　婆　那么贺老六这个人终究好不好？

卫老二　人呀，你放心，拿了金丝灯笼去找也找不到，老老实实，规规矩矩。

婆　婆　那么几时来要人呢？

卫老二　只等你一句话，明天就来抬人。

婆　婆　明天？

卫老二　说做就做。

婆　婆　那太快了。

卫老二　祥林娘，夜长梦多，越快越好。

婆　婆　那么钱呢？

卫老二　一手交人，一手交钱。

〔祥林嫂、阿根各背着一筐柴上，进屋。

祥林嫂 卫大叔。
阿　根

卫老二 嗳，祥林嫂，你们回来啦。

〔祥林嫂、阿根进后屋去。

婆　婆 阿根，夜饭已经烧好啦。

卫老二 （站起来向后屋看了一看，与婆婆耳语几句）祥林娘，就这样讲
定了。（下）

婆　婆 明天……就要……

〔祥林嫂从后屋提了水桶出来，准备打水去。

祥林嫂 娘，吃夜饭了。

婆　婆 我吃不下。

〔祥林嫂想问又止，提了水桶下。

〔婆婆看着祥林嫂背影，出神地呆想。

〔阿根一边吃着饭，一边从后屋走出来。

阿　根 娘，吃饭了，（见婆婆好像有心事）刚才是不是卫大叔又来讨棺
材钱？

婆　婆 是呀！阿根，债越逼越紧，日子一天比一天难过，娘实在没有办
法。刚才卫大叔倒出了一个好主意。

〔祥林嫂恰巧提水上，在窗口听到婆婆的话，站定。

婆　婆 想叫你嫂嫂嫁出去。

阿　根 嫁出去？

婆　婆 贺家坳贺老六，倒肯出八十千，还了债还可以替你讨老婆，娘想
想倒也是个办法，已经讲好明天要来抬啦。

阿　根 娘，你怎么想出来的？

婆　婆 轻点，轻点。

〔祥林嫂提水桶进屋。

婆　婆 媳妇快吃夜饭了。

〔祥林嫂进后屋。

阿　根 娘，你不对呀，嫂嫂肯去吗？

婆　婆 管她肯不肯，娘已经答应了，肯也要去，不肯也要去。

〔阿根准备进后屋去。

婆　婆　（一把拉住阿根）刚才娘对你讲的话，不要响。

阿　根　娘……

婆　婆　我还不是为了你呀，给你阿哥还债，给你讨老婆。

阿　根　我不要。

婆　婆　小鬼！

〔祥林嫂从后屋走出。

婆　婆　（见祥林嫂，故意叹气）唉！媳妇！日子一天比一天难过，债越
　　　　逼越紧，刚才卫大叔又来讨钱了，娘实在没有办法。

阿　根　那么明年我们多采点茶叶，多养点蚕，总可以还掉一些。

婆　婆　你懂什么？（唱）

　　　　　　　明年日子长又长，

　　　　　　　眼前的时刻最难当。

　　　　　　　祥林一死债一身，

　　　　　　　千斤肩担压在我婆媳俩身上。

　　　　　　　为娘是早年死丈夫，

　　　　　　　你也会年纪轻轻做孤孀。

　　　　　　　这总怪你命不好娘命苦，

　　　　　　　婆媳两代命一样。

　　　　　　　你虽不是我亲生，

　　　　　　　我当你亲生一般样。

　　　　　　　媳妇苦处娘全知，

　　　　　　　娘的苦处你也明亮，

　　　　　　　为娘受苦为儿女，

　　　　　　　我担心你年轻守寡没收场。

〔祥林嫂泣。

阿　根　娘……

婆　婆　（扫了阿根一眼）……唉，娘是有苦无处叹啦！媳妇，你也不要
　　　　难过，辰光不早，早点困吧！（转身去关门）

〔祥林嫂在纺车前坐下，阿根走到祥林嫂面前。

婆　婆　阿根，困觉去，明天一早还有事。（向祥林嫂）媳妇，你早点

困吧！

祥林嫂　　噢。

〔婆婆拉着阿根，用纸点了火，走到房门口，用力把阿根推进去，自己也进屋。

〔祥林嫂一面纺织，一面静听婆婆房里的动静。半晌，她轻手轻脚地走到婆婆房门口去，听了一会儿，没有动静，小叔房里也没有动静，二人好像入睡了，然后伏到桌上低泣。

祥林嫂　　（唱）我当婆婆是亲娘，

　　　　　　　谁知她要卖我到山坳。

　　　　　　　她与卫癞子商量好，

　　　　　　　明天就要抢上轿。

〔婆婆内声："媳妇，好困啦！"

祥林嫂　　（低声唱）

　　　　　　　祥林呀！我从小到你家里来，

　　　　　　　日做夜做到今朝，

　　　　　　　受苦受难从不怨，

　　　　　　　只怨自己命不好。

　　　　　　　祥林一死无指望，

　　　　　　　我指望服侍婆婆同到老。

　　　　　　　谁知婆婆心肠狠，

　　　　　　　将我去换八十吊。

　　　　　　　祥林，祥林，我叫祥林叫不应，

　　　　　　　求恳婆婆也枉徒劳。

　　　　　　　人家是有爹有娘有商量，

　　　　　　　我是无爹无娘无依靠。

　　　　　　　见月亮西斜半夜过，

　　　　　　　明天的日子就要到。

　　　　　　　只有逃……逃到哪里去？

　　　　　　　若是此刻再不走，

　　　　　　　明天我就逃不了。

　　　　　　　趁此夜深人不知，

打定主意只有逃。

〔幕内伴唱：

"只有逃，只有逃，

不愿嫁到贺家坳。

临去匆匆回头望，

依依难舍旧时巢。"

〔暗转。

第二幕

〔同年腊月下旬的下午。

〔鲁镇鲁府大厅。

〔幕内伴唱：

"爆竹连天震耳响，

鲁镇处处火药香。

年终大典都依旧，

迎接福神赐吉祥。

掸尘送灶煮福礼，

鲁府今年分外忙。"

〔柳妈、阿花和短工阿贵正在忙碌地掸尘，有的扫地，有的擦锡
器，大家乱成一团。阿贵忙累后，坐下吸烟。

阿　贵　柳妈，这里生活是重头呀，你们年年有这样忙吗？

阿　花　重头生活还没有来啦呢。

柳　妈　阿贵哥，这里房头多，今年祝福又碰到四老爷值年。

阿　贵　这样我是吃不落做。

〔鲁四太太内声："阿花、柳妈，花厅、客堂、厢房，一点都没有
动过。"看见阿贵在闲着吸烟，心里很不高兴。

鲁四太太　（故意骂阿花）死丫头，你当我眼睛瞎的，一转背，就偷懒，
抽掉你几根懒筋才会好啦。（眼睛向周围一扫）照这样做下去，
明朝灶君菩萨也不好上天啦。

阿　贵　（听出鲁四太太话中有刺，站起来）四太太，你另外去找一个短

工吧。

鲁四太太　阿贵，讲好要帮到年底呀。

阿　贵　你家里生活实在不少，四太太，只好对不住了，下次再来帮忙。（下）

鲁四太太　（望着阿贵背影）有钱还会雇不到人？死了杀猪人不会吃带毛猪。（回身扫了阿花一眼）

　　　　　〔阿花连忙提了一桶污水下。

柳　妈　太太，今年不雇短工是忙不过来的，杀鸡、宰鹅、煮福礼……你知道我是吃素的。

鲁四太太　是呀，雇短工总是淘气……短命卫老婆子，没有事来得起劲，托她找个人，连影子都不见了。

　　　　　〔阿牛奔上。

阿　牛　娘，高老师来啦，还带了一副礼担。

鲁四太太　阿牛，快叫爹去。

　　　　　〔阿牛奔下。

　　　　　〔高老夫子上，黄福挑着礼担随上。

鲁四太太　高老先生请坐。

　　　　　〔柳妈见有客来，下。

高老夫子　四太太，这是大埠头黄家请四老爷做礼赏的谢礼担。

鲁四太太　啊呀，太客气了。

　　　　　〔鲁四老爷上，阿牛随上。

鲁四老爷　（拱手）高老夫子，请坐，请坐。

高老夫子　（拱手）四老爷。

　　　　　〔柳妈送茶和烟上。

高老夫子　（接过茶、烟）这是大埠头黄家的谢礼。

　　　　　〔黄福连忙从担里拿出一个红漆铜盘，里面放着九件礼品和一张红帖，送到鲁四老爷面前。

鲁四老爷　（看过红帖）那又何必呢。

高老夫子　黄老爷委托兄弟，再三致意，这一点点总要笑纳的。

鲁四老爷　不敢，不敢，黄老爷过于见爱，惶恐，惶恐。

高老夫子　过谦，过谦。

鲁四老爷　那么，喜礼略收一二件，礼担璧还，请老夫子代为谢谢。

高老夫子　（略现为难之色）叫小弟如何回复黄老爷。

鲁四老爷　然而……

鲁四太太　老爷，我看不要叫高老先生为难了，既然黄老爷诚心诚意，那么就……

高老夫子　好。（挥手示意黄福把礼担挑进去）

　　　　　〔鲁四太大和柳妈带着黄福下。

　　　　　〔阿牛看着铜盘里的九件礼品不走开。

鲁四老爷　（看了阿牛一眼）阿牛，老师见过么？

高老夫子　见过，见过。

阿　牛　（作揖）老师。

鲁四老爷　到书房念书去！（阿牛下）老夫子，小犬天性愚鲁，万望老夫子多加教诲。

高老夫子　哪里，哪里，令郎天资聪颖，前程未可限量，只怕青出于蓝，将来超过我辈多矣。

鲁四老爷　谬赞，谬赞，虽然老夫子慧眼独具，恐怕不宜过奖，还须费心严加教诲。

高老夫子　好说，好说。（叹了口气）唉！可惜变法以来，科举被废，新党执政，文风大变，否则将来令郎文场夺魁，真易如反掌耳。

鲁四老爷　（也叹口气）唉……可恶，可恶！（唱）

　　　　　　　康梁变法已荒唐，

　　　　　　　如今民党更猖狂，

　　　　　　　改官制，变法令，

　　　　　　　废八股，立学堂，

　　　　　　　真才实学全不讲，

　　　　　　　把孔孟之道撇一旁，

　　　　　　　最可恶是剪发辫，

　　　　　　　把父母发肤都遭毁伤。

高老夫子　（唱）女的像尼姑，

　　　　　　　男的像和尚。

　　　　　　　男女居然讲平等，

姑娘们走出闺房上学堂。

古人云，女子无才便是德，

三纲五常岂能忘。

目前是世风日下伤风化，

道德沦亡乱纲常。

鲁四老爷 （唱）国之将亡出妖孽，

我看民党逆天行事绝不长。

高老夫子 快哉，快哉，真是快人快语，当浮一大白！

〔鲁四太太、黄福上。

黄　福 （向鲁四老爷及鲁四太太道谢）谢谢四老爷，四太太。

鲁四太太 这一点不算数格。

高老夫子 也只有四老爷，敢道人所不敢道，为人所不敢为，真是听君一
席话，胜读十年书，可惜小弟今日俗务羁身，不能畅聆高论，只
得改日再来请教。

鲁四老爷 哪里，哪里，老夫子既有贵忙，不便强留，请代转言黄老爷说
我谢谢，改日再去拜访。

高老夫子 好说，好说，留步，留步。

〔老孔收租从外面进来。

老　孔 东翁，高老夫子。

鲁四老爷 你回来啦。

高老夫子 有事请便，有事请便。（带着黄福下）

鲁四老爷 租收得怎样？

老　孔 租难收呀，只有半把光景。

鲁四老爷 为什么？

老　孔 一则年成不好，二则可能与民党有关。

鲁四老爷 （吸着水烟）可恶，明年与我把田一齐收回来。

老　孔 老爷，账……

鲁四老爷 老孔，你先去吃饭吧。

〔老孔下。

鲁四太太 现在世道变了，人心越来越坏。阿贵也变啦，讲好做到年底，
今天跑啦。

鲁四老爷　哼!

鲁四太太　唉……（坐下折锭）

　　　　　〔卫老婆子带祥林嫂上。

卫老婆子　四老爷，四太太。

鲁四太太　你怎么会想着来的?

卫老婆子　四太太，我找不到人不敢来。（向祥林嫂）祥林嫂，见过四老
　　　　　爷，四太太。

祥林嫂　（福了一福）四老爷，四太太。

卫老婆子　太太——（唱）

　　　　　　　她是卫家山中人，

　　　　　　　是我娘家近乡邻。

　　　　　　　今年春天丈夫死，

　　　　　　　可怜留下债一身。

　　　　　　　还有婆婆和小叔，

　　　　　　　单靠打柴难度生。

　　　　　　　因此同我来商量，

　　　　　　　凑巧府上要用人。

　　　　　　　我看她，人老实，手脚勤，

　　　　　　　粗细生活样样能，

　　　　　　　老太婆愿意做中保，

　　　　　　　不知太太可称心?

鲁四太太　（唱）老爷在一旁皱眉头，

　　　　　　　分明是厌憎她寡妇不肯留。

　　　　　　　我看她，模样周正人忠厚，

　　　　　　　手脚壮大力气有。

　　　　　　　老爷只会挑不是，

　　　　　　　他哪管过年过节少人手。

　　　　　（向祥林嫂）你挑水、劈柴、杀鸡、宰鹅可会做?

　　　　　〔祥林嫂点头。

卫老婆子　（唱）太太呀，这些生活她都能够。

鲁四太太　（唱）让她先试三天工，

一切规矩都照旧。

卫老婆子 好格，好格，谢过四老爷，四太太，祥林嫂你好好做，我过三天再来。（下）

〔祥林嫂送卫老婆子下。

〔鲁四老爷跑到鲁四太太面前。

鲁四太太 我看人还不错，试几天看看。

鲁四老爷 然而……

〔祥林嫂上。

鲁四太太 祥林嫂，（指一对大锡器）把锡器先擦干净。

〔祥林嫂把袖子一卷，拿布擦起锡器来，擦得又快又好，引起鲁四老爷、鲁四太太注意，二人连连点头。

〔幕内伴唱：

"祥林嫂，手轻巧，

袖子卷得半尺高，

一声不响就动手，

擦擦擦，擦得又快又是好。

老爷暗中点点头，

太太一旁微微笑。"

〔幕闭。

第三幕

〔幕启。

〔第二年春天。

〔鲁镇鲁府大厅。

〔鲁四太太边折银锭，边念佛。

〔鲁四老爷内声："柳妈，柳妈。"上。

鲁四老爷 柳妈呢？

鲁四太太 （站起身）阿花点心还没有送过？

鲁四老爷 柳妈呢？

鲁四太太 柳妈病了。（向里屋）阿花，阿花，（见无人答应）这死丫

头。（下）

鲁四老爷 哼！（坐下）

〔阿花端着桂圆汤随着鲁四太太上。

〔阿花把桂圆汤放在鲁四老爷身旁的茶几上。

鲁四太太 阿花，去看看祥林嫂。

〔阿花应声下。

〔鲁四老爷拿起碗来喝了一口桂圆汤。

鲁四太太 柳妈三日黄，四日胖，阿花又是派不着大用场，全亏祥林嫂来，你还厌憎她寡妇不好。人家都讲四老爷家里用着了女工，比勤快的男人还勤快。

鲁四老爷 你一说好，就好上天了。

鲁四太太 是么，明朝过清明，今天她一早挑了担子就赶集去了。没有她，谁去呀。

鲁四老爷 就是好也不要一天到晚挂在嘴上，过于称赞这种人，就要头大尾巴翘了。

鲁四太太 （唱）有一句，说一句，

祥林嫂勤快谁能比。

不说话她尽做事，

有力气，工钱低。

去年年夜祝福时，

幸亏她掸尘、扫地，通夜不睡煮福礼。

〔阿牛拿着风筝奔上。

鲁四老爷 阿牛，（向鲁四太太）阿牛今天为什么不上学？

鲁四太太 今天放清明呀。

鲁四老爷 放清明？（向阿牛）今天功课温过没有？（见阿牛摇头）真孺子不可教也。

鲁四太太 清明节么，让他玩一两天吧。

鲁四老爷 （唱）你可晓，玉不琢，不成器，

人不学，不知礼。

有道是棒头出孝子，

筷头出忤逆，

畜生年纪已不小，

还不与我读书去！

〔阿牛将下。

〔祥林嫂挑担上。

祥林嫂 （唱）冤家狭路难躲避——

（见到鲁四老爷、鲁四太太，站住，欲言又止，失魂落魄地进到厨房）

鲁四太太 （唱）祥林嫂神色慌张叫人疑。

〔阿花提油瓶上。

鲁四太太 阿花，祥林嫂失魂落魄的，出了什么事？

阿 花 （放下油瓶）太太——（唱）

我见她慌慌张张逃回来，

她只说后面有人追。

还说是夫家堂叔叔，

今天看见已是第二回。

我问她堂叔叔追你为什么？

祥林嫂吞吞吐吐不肯说。

鲁四老爷 （挥手示意阿花下去）看情形只怕是逃出来的。

〔阿花下。

鲁四太太 管她逃出来不逃出来，反正我们有来头。

鲁四老爷 然而……

〔卫老婆子带着婆婆上。

卫老婆子 见过四老爷，四太太。

婆 婆 （福了一福）四老爷，四太太。

卫老婆子 这就是祥林嫂的婆婆，她家里……（向婆婆）你自己讲吧。

婆 婆 老爷，太太，话是很难出口，实在对不起——（唱）

老爷太太请原谅，

老太婆有件事情要商量。

媳妇能在府上做，

真好比老鼠跳进白米缸。

就是家里人手少，

开春以来农事忙。

因此想叫我媳妇回家去，

想老爷太太宽宏大量一定肯体谅。

鲁四老爷　哼！

鲁四太太　卫老婆子！（唱）

你荐她来时说是可做长，

不到三个月就出花样。

开春时节家家忙，

临时要人我问你中保怎样讲！

卫老婆子　太太！（唱）

太太是宰相肚里好撑船，

大人要帮小人忙。

鲁四太太　（唱）水有源，树有根，

我只凭中保把话讲。

婆　婆　太太！

〔祥林嫂拿淘米箩上，一见婆婆，回身欲走。

婆　婆　媳妇。

祥林嫂　娘。

婆　婆　（唱）年轻人做事少分寸，

出来帮佣也该对我讲一声。

害得我东寻找，西打听，

今日看见你才放心。

祥林嫂　娘！

婆　婆　媳妇呀！（唱）

媳妇心事我明白，

娘的苦处你也该体谅二三分。

春来农忙人手少，

因此我特来领你回家门。

祥林嫂　我不回去。

婆　婆　（唱）常言道树高千丈叶落归根，

难道你一生一世做佣人。

089

鲁四太太　是呀！（唱）

　　　　佣人是呒没立过卖身文，

　　　　道理总要讲讲清。

　　　　哪里有要来就来去就去，

　　　　我家又勿是菜园门。

　　祥林嫂烧饭去。

婆　　婆　太太！媳妇！

祥林嫂　娘，把我几个月工钱，先拿去家用吧！（下）

卫老婆子　（埋怨地）祥林娘！

婆　　婆　太太千万不能生气，我是没有办法，家里穷，祥林死啦，老的
　　　　老，小的小，媳妇不回去，叫我怎么办……（哭了起来）

鲁四老爷　好啦，好啦，哭哭啼啼成何体统！（对内）老孔——

　　　　〔老孔应声上。

鲁四老爷　把祥林嫂的工钱算出来。

　　　　〔老孔下。

鲁四太太　老爷。

鲁四老爷　既然她婆婆要她回去么……

鲁四太太　就是要回去，也应该做到月底，这是规矩么。

婆　　婆　啊呀！老爷，太太，真是量大福大，谢谢老爷太太。老爷太太看
　　　　得起我媳妇，过了忙头我再叫媳妇来帮忙，不过做到月底么……
　　　　老爷，太太，你大户人家人手多，不在乎个把人；我们小户人
　　　　家，要靠她吃的，顶好今朝就给我带回去。

鲁四太太　介便当呀，老爷，明朝还要过节呢！

鲁四老爷　（踱步，犹豫）好吧！就到月底。

婆　　婆　老爷……

鲁四老爷　讲定算啦，你还啰嗦什么？

　　　　〔老孔上。

老　　孔　方才我算了一算，一共一千七百五十文，祥林嫂俭省，一文钱都
　　　　没用。

鲁四老爷　给她。

　　　　〔老孔将钱交给婆婆。

婆　婆　（收钱）这叫我……

卫老婆子　祥林娘……（暗示婆婆不要讲下去）

婆　婆　好得是老爷太太宽宏大量。

卫老婆子　祥林娘！（欲拉婆婆走）

〔婆婆没带走祥林嫂，在为难中。

鲁四老爷　哼！

〔幕闭。

第四幕

〔幕启。

〔紧接上场。

〔河埠头。

〔卫老二蹲在河埠头吸烟，不时地站起来向左侧探视。

〔山里人甲上。

山里人甲　老癞，还没有响动？

卫老二　是呀，一进去就不出来哉！

山里人甲　辰光不对啦呢！（见卫老二焦急地徘徊）会不会漏风？

卫老二　迭格勿会格，祥林娘也是老口，你放心。

山里人甲　再勿出来，今天要回不了山啦。

卫老二　这，你放心好啦，有我，我老癞这种事情经手得多，只拖时辰，勿拖日脚，今天不到手不过门。

〔婆婆和卫老婆子上。

卫老二　（迎上去拉住婆婆）祥林娘，怎么啦？

婆　婆　已经讲好了，要到月底。

卫老二　要到月底？你真是老婆旦在唱新戏了！（唱）

　　　　不是我怪你老太婆，

　　　　你真是越老越糊涂。

　　　　上次是你口风不紧闯了祸，

　　　　格桩亲事一拖拖仔三月多。

　　　　贺家坳等煞贺老六，

害得我夹仔钉鞋雨伞不晓得跑仔多少冤枉路。

今朝媳妇摆在你眼面前，

介好机会会错过。

你还会答应到月底，

你分明通风报信差不多。

叫你媳妇再逃走，

你简直是存心同我癞子有难过。

我癞子只好同你搭头吊，（搭头吊，含有拖人落水的意思）

贺家坳就来抬你老太婆。

婆　　婆　（唱）你也不要埋怨我，

我为这断命婆娘有苦无处诉。

老爷太太不答应，

我总不好去硬拖。

我是连哭带笑都做过，

现在要看你老癞去对付。

卫老二　　格好个！（唱）

文不成功就动武，

一切事体交给我。

卫老婆子　　四老爷门口勿好乱来格呢？

卫老二　　放心，没有你的事情。

婆　　婆　卫老婆子，事情已到这样地步，自己人总要帮忙。你当不晓得好啦，来，你跟我来！（拉卫老婆子下）

〔卫老二与山里人甲耳语，山里人甲下，卫老二仍旧坐下，吸烟，看见祥林嫂上，连忙躲开。

祥林嫂　（唱）今日里，我婆婆，寻找上门，

倒叫我，苦命人，心神不宁。

怕的是，卫癞子，诡计多端，

我婆婆，贪钱财，哪顾情分。

纵然是，四太太，尚未答应，

看起来，从此后，定有祸根。

　　　　　（到河埠头淘米）

〔卫老二悄悄向后招手，山里人甲、乙上，偷偷地绕到祥林嫂背后，同时下手缚住祥林嫂，卫老二急忙用布塞进祥林嫂嘴巴，三人拖祥林嫂下。

〔阿花上。

阿　花　（向内看见祥林嫂被拖下背影，不觉呆住，又看见祥林嫂被强拉下船，突然醒悟，大声地）啊呀！船开啦，船开啦！（拿起淘米箩高呼）老爷，太太，快来呀！

〔鲁四老爷，鲁四太太上。

鲁四老爷　什么事大惊小怪？

阿　花　老爷，太太，不好了……祥林嫂到河边去淘米，被两个男人拖进一只白篷船里抢走了。

鲁四太太　啊！抢人抢到我家门上来了。

鲁四老爷　可恶，简直是无法无天！

〔卫老婆子上。

鲁四老爷　（见卫老婆子）可恶！

鲁四太太　你是什么意思呀，亏你还会再来见我们，你自己荐她来，又合伙劫她去。

卫老婆子　啊呀！我也真上当，勿晓得她婆婆已经把她卖掉了。

鲁四太太　啊呀！她婆婆为什么把她卖掉？

卫老婆子　太太，你真是大户人家，小户人家算得了什么？把她嫁到山里去，可以到手八十千，还掉债还好娶房小媳妇，伊格婆婆是会打算的。

鲁四老爷　哼！

鲁四太太　卫老婆子，你不替我找一个像祥林嫂一样的人，你不要上我的门。

卫老婆子　太太放心，我一定办到，一定办到。

〔幕闭。

第五幕

〔幕启。

〔同日傍晚。

〔贺家坳贺老六家。

〔幕内伴唱：

"贺家坳在山里山，

只见树木无田畈。

女的采茶男打猎，

猎户家家多艰难。

勤俭半生的贺老六，

今日才得把亲攀。"

〔老大妻在新房里张罗，三叔婆坐在一旁喝茶。

三叔婆 老大家里呀，你真会做人呀，老六也真亏有你这样的兄嫂，今朝老六总算成家了，真是不容易呀。你是又做嫂嫂又做娘，你良心好呀。

老大妻 三叔婆，这是你讲得好，还不是托三叔婆的福呀。

三叔婆 老大家里呀，听人家讲，新娘子是……

老大妻 卫家山人，她男人在一年前死了。

三叔婆 怪不得人家讲是二婚头。

老大妻 ……听说人倒还勤俭。

三叔婆 只要会做人，也是一样的，多少茶礼？

老大妻 八十千。

三叔婆 八十千？！

老大妻 谢媒礼还不在内。

三叔婆 格是贵呀！讨一个黄花闺女也不要介许多呀。

老大妻 是格话呀，老六老实不过，都让卫老癞讲讲过。

三叔婆 （放下茶碗，拿过小手巾包）喏，老大家里呀，我是没有什么东西好送，就是格两只头生鸡蛋，算我一点点心意。

老大妻 啊呀，三叔婆，自己人不要格，你留着自己吃吧。

三叔婆 一点点，一点点。

〔九斤太公和贺老大上。

贺老大 九斤太公走好。

九斤太公 喏，老六呢？

老大妻 老六打猎去了，还没有回来。

贺老大　还没有回来呀！

九斤太公　今朝是啥日脚，年轻不懂事，做好日是天赦日，还要去打什么猎呢？

三叔婆　九斤太公坐坐呀。

九斤太公　三叔婆，你也在这里，老大，东西有预备好了吗？

贺老大　简简便便一点老规矩。

九斤太公　格好呀。

　　〔幕内小孩声："新官人来了，新官人来了。"

　　〔贺老六用猎枪挑了几只刚猎着的山鸡上，两小孩跟上。

贺老六　九斤太公，三叔婆。（挂好猎枪，放下山鸡）

贺老大　老六，今朝还打什么猎？

九斤太公　老六，你是打过酒小菜去。（见贺老六怕羞）老六还老嫩了。

三叔婆　老六是老实格。

九斤太公　都是介个，老六爹好日格辰光，人也是寻不着格啦。

　　〔幕内声："新娘子来啦，新娘子来啦！"

老大妻　新娘子来了，快换衣裳。

　　〔贺老大下。

　　〔三叔婆和老大妻七手八脚给贺老六换干净衣服，并系上红带。

小孩甲乙　（绕着贺老六）新官人。

　　〔幕内声："新娘子下轿啦""新娘子下轿啦"，其中夹杂着祥林嫂的骂声，乱成一片。

小孩甲　（对三叔婆）新娘子在哭啦？

三叔婆　不要多讲，二婚头出嫁总是格呀。

　　〔老大妻点上四两头红烛，卫老二和山里人甲、乙拥祥林嫂上。

祥林嫂　放我回去，你们这班强盗。

　　〔贺老六闻言愣住。

卫老二　祥林嫂，我也是为你好呀。

祥林嫂　我叫了你多少年的大叔，你欺侮我寡妇，你是要绝子绝孙呀。

卫老二　贺老六有什么不好，比你祥林不晓得要好几倍了。

众　人　拜堂，拜堂——

〔众人七手八脚地拥着祥林嫂和贺老六拜堂，冷不防祥林嫂向桌角上撞去，额上撞开了一个窟窿，鲜血直流。

众　人　（愣住了，七嘴八舌）头有没有撞开？头撞开了！头撞开了！

九斤太公　香灰，香灰。（随手抓起香灰向祥林嫂额上一搭）

三叔婆　啧啧啧。

〔卫老二连忙在贺老六身上撕下一块红布来替祥林嫂包扎，扶她到床上躺下。

九斤太公　在读书人家帮过工，终究两样。

众　人　这怎么办，这怎么办？

卫老二　不要紧的，房门一关，明天就会好的。老大，酒准备好了吗？

贺老大　酒准备好了，大家吃杯酒去。

九斤太公　不要忘记把老六打来的山鸡炒一炒。

三叔婆　好格，好格，大家吃喜酒去。

老大妻　老六，等她醒过来，好好劝劝她。

〔大家一拥而下，并把门关上，屋里只剩下贺老六和祥林嫂两人。

〔贺老六呆呆地看着祥林嫂，看见祥林嫂翻了身，慢慢走过去。

祥林嫂　（昏迷中呓语）强盗……

〔贺老六连忙退后几步。

〔祥林嫂醒来，挣扎起来又倒下。

贺老六　（走上前去）你好点吗？

祥林嫂　（像被刺戳一样）走开，强盗！

〔贺老六只得退后。

祥林嫂　让我回……去……呀……（嗓子哭得哑了）

贺老六　（倒了一杯茶送到祥林嫂面前）你喝点茶吧。

〔祥林嫂打落茶杯，泼了贺老六一身。

贺老六　（抖抖湿衣裳，捡起茶杯，放下）都是卫老癞，为什么不讲讲好呢？

祥林嫂　你们会不讲好，你们抢我来会不讲好？！

贺老六　真是天晓得呀！（唱）

　　　　我老六今年三十岁，

　　　　今日这样事情还是第一回。

> 我自小父母双亡靠兄嫂，
>
> 打猎为生到今日。
>
> 向来是安分守己过日子，
>
> 强凶霸道我不会。
>
> 我省吃俭用多少年，
>
> 辛辛苦苦把钱积起来，
>
> 总希望讨房妻子成家业，
>
> 拜托老癞做个媒。
>
> 总以为欢欢喜喜成双配，
>
> 哪里晓得要哭哭啼啼闹不开！

祥林嫂 （唱）黄花闺女多多少，

> 寻着我苦命寡妇为何来！

贺老六 （唱）此事要怪卫老癞，

> 我到今日才明白。
>
> 他说道姑娘不肯嫁山里人，
>
> 寡妇倒是有一位。
>
> 他说你手勤脚俭人忠厚，
>
> 十人倒有九称赞。
>
> 只因家穷难守寡，
>
> 你自己愿意嫁出来。

祥林嫂 我自己愿意？（唱）

> 短命癞子强盗坏，
>
> 绝子绝孙将人害。
>
> 无非是要赚我几个卖身钱，
>
> 赚去铜钱买棺材。
>
> 放我回去！放我回去！

贺老六 放你回去？这怎么办呢？（唱）

> 只怪我上癞子当，我受骗又遭累。

祥林嫂 你受骗？你受什么骗？

贺老六 （唱）我为你花去财礼八十千，

> 谢媒钱还不在内。

祥林嫂　八十千?

贺老六　是八十千啊!（唱）

看来你还不相信,

你道我八十千钱从哪里来?

我不做强盗不做贼,

全靠双手做出来。

每日里,翻山越岭五更起,

风餐露宿落半夜。

日晒雨打山间守,

冰天雪地把猎围。

猎户四季靠一冬,

我一年能聚多少财。

我是小钱换大钱,

你来看只剩钱罐一大堆。

八十千钱我半是积蓄半是借,

拼拼凑凑凑拢来。

早知道穷人娶妻这样难,

何苦今日活受罪。

人家是夫妻成双对,

我老六是一场欢喜一场悲。

我十余年的积蓄化灰尘,

今生莫想再把妻房配。

我是娶妻不成反欠债,

八十千钱反落得了一个强盗坏。

祥林嫂　（唱）听老六一番辛酸话,

倒叫我有口也难开。

有钱人娶亲是寻常事,

穷人无钱亲难配。

八十千钱非容易,

他多少血汗去换来。

狠心人得了我的卖身钱,

害老六负下了阎王债。

恨癞子，怨婆婆，

我刚才责怪老六不应该。

只见他又是懊恼又是悔，

独坐一旁发了呆。

倒叫我要走不能走，

欲退却不能退，

这真是留也难走也难，

进退两难难安排。

（不觉哭了起来）我好命苦呀！

贺老六 （走到祥林嫂身边）你不要哭……（随手倒杯茶递给祥林嫂）

祥林嫂 （接过茶杯，哭）你的债怎么还法呢？

贺老六 只要你不怕吃苦，债有办法，你看我有的是力气。

〔祥林嫂看看贺老六强有力的双手，再看看自己的双手，点点头。

〔幕内伴唱：

"祥林嫂看贺老六，

心地善良人不错，

只要双双勤劳作，

夫妻定能同甘苦。"

〔幕闭。

第六幕

〔幕启。

〔四年后的春天的下午。

〔贺家坳贺老六家。

〔幕内伴唱：

"一个是山中勤打猎，

一个是采茶忙纺纱。

隔年生下小阿毛，

四年光阴快乐多。

　　　　　　　不幸老六得下了伤寒症，

　　　　　　　贫病交迫日难度。"

〔贺老六生病躺在床上。

〔祥林嫂背着一大捆柴上，阿毛拿了一小篮蚕豆跟上。

〔祥林嫂把柴放下，关上门。

阿　毛　（奔到床前）爹爹……

祥林嫂　（招手）阿毛。（看贺老六熟睡未醒，轻声地）爹刚睡着，不要吵。

　　　　　〔阿毛坐下，祥林嫂背柴进内屋。阿毛看见桌子上有饭，爬到桌
　　　　　子上去看，祥林嫂从内屋出来。

阿　毛　妈妈，我要吃饭。

祥林嫂　阿毛，饭冷的，吃不得，等一会儿妈妈去烧热的给你吃。

阿　毛　我要吃茶。

祥林嫂　好。（倒茶给阿毛）

　　　　　〔阿毛吃茶。祥林嫂拿篮子来与阿毛一起剥豆。

阿　毛　（唱儿歌）妈妈我要豆，

祥林嫂　（唱）什么豆？

阿　毛　（唱）罗汉豆。

祥林嫂　（唱）什么罗？

阿　毛　（唱）三斗罗。

祥林嫂　（唱）什么三？

阿　毛　（唱）破雨伞。

祥林嫂　（唱）什么破？

阿　毛　（唱）斧头破。

祥林嫂　（唱）什么斧？

阿　毛　（唱）状元府。

祥林嫂　（唱）什么状？

阿　毛　（唱）油车床。

祥林嫂　（唱）什么油？

阿　毛　（唱）芝麻油。

祥林嫂　（唱）什么芝？

阿　毛　（唱）白花子。

祥林嫂　（唱）什么白？

阿　毛　（唱）柏子白。

祥林嫂　（唱）什么柏？

阿　毛　（唱）老娘舅。

祥林嫂　阿毛轻一点。

　　　　〔贺老大上。

贺老大　阿毛娘。

祥林嫂　大伯。

贺老大　老六这几天好一点吗？

祥林嫂　好是好多了，就是没有力气。

贺老大　老六这场病日子也太长了，欠下的债三头六逼。

祥林嫂　是呀，我也晓得大伯为难，好在老六已一点点好起来，再过些日
　　　　子……

贺老大　再过些日子，人家不肯呀。

祥林嫂　大伯——（唱）

　　　　　　真是一家不知一家事，

　　　　　　我家苦处大伯知。

　　　　　　老六一病到现在，

　　　　　　借债典卖过日子，

　　　　　　如今虽然病渐好，

　　　　　　还需将养来调治。

　　　　　　大伯呀，老六只有你亲兄长，

　　　　　　总要大伯想法子。

贺老大　（唱）老六是我亲兄弟，

　　　　　　阿毛是我亲侄子，

　　　　　　要是大伯有办法，

　　　　　　早就替你想法子。

　　　　　　阿毛娘，我的苦处无说处，

　　　　　　债主每天要逼三四次。

　　　　　　今朝说，再要推三与推四，

　　　　　　三天之内押房子。

贺老六 （醒来）什么，要押我房子？

贺老大 又不是我要押你房子，是债主。

贺老六 （唱）你叫我老婆儿子一家三口到哪里住？

贺老大 你是生病生到现在，我和阿毛娘每日在过年三十夜，只缺少拿香烛向人家叩头求拜啦。

贺老六 砻糠里是逼不出油来，逼死人也没有办法。

贺老大 所以要想法子呀。

贺老六 法子？要命有，要房子办不到。

贺老大 这不是叫我为难，你要替我阿哥想想，我是为你呀。

贺老六 （嘟囔）为我？债主逼，自己阿哥也来逼……

贺老大 喏，我来逼你？我这个阿哥总算对得起你啦吧。

祥林嫂 大伯……

贺老大 好啦，好啦，以后债主要房子，我都不管了。

祥林嫂 大伯，大伯。

〔贺老大头也不回地下。

祥林嫂 老六，你真是……

贺老六 阿毛娘——（唱）

　　　　好汉只怕病来磨，

　　　　一病就是三月多。

　　　　家穷又无隔宿粮，

　　　　一日三餐口难糊。

　　　　打柴采茶全亏你，

　　　　还要看病吃药服侍我。

　　　　东拖西借负重债，

　　　　债主逼债你受苦。

　　　　这些日子真难为你，

　　　　你叫我怎么不难过。

祥林嫂 （唱）苦难日子我能熬，

　　　　只要望你病早好。

　　　　阿毛爹，有病有痛家常事，

　　　　你何苦自己找烦恼。

常言道，只要留得青山在，

何愁没有柴来烧。

贺老六 （唱）将我老六比青山，

可惜是风雪满山发青难。

去冬一场伤寒后，

度日又如度年关。

刚才老大已说过，

他限期三天债要还，

纵然我有千斤力，

还清债务是难上难。

〔祥林嫂把阿毛抱来，让他坐在自己膝上。

〔贺老六起身，拿起猎枪，跟跟跄跄地欲外出。

祥林嫂 （一把拉住贺老六）阿毛爹！你到哪里去？

贺老六 我打猎去。

祥林嫂 （唱）你真是把自己性命作儿戏，

尽管债务逼得紧，

这样拼命我不依。

（把贺老六手里的猎枪拿下，放在墙脚根）不要急，急有什么用呢？明天我和大伯商量去……我去烧点东西来，阿毛，好好地坐在这里剥豆。（下）

阿　毛 （剥豆，唱儿歌）

爹爹我要豆，

什么豆？

罗汉豆。

什么罗？

三斗罗。

什么三？

破雨伞。

什么破？

斧头破。

什么斧？

状元府。

什么状?

油车床。

什么油?

芝麻油。

什么芝?

白花子。

什么白?

柏子白。

什么柏?

老娘舅。

一颗星!

不仑登。

二颗星!

挂油瓶。

油瓶油,

好炒豆。

豆花香,

炒辣酱。

辣酱辣,

挂水塔。

水塔矮,

夸只蟹。

蟹脚长,

夸只羊。

羊头短,

夸口碗。

碗底袋,

夸神仙。

神仙,度……答答答。

〔贺老六拿布擦猎枪,擦了一会儿,觉得肚子饿了,看见桌上有冷饭，拿起冷饭狼吞虎咽吃下去了。

阿　毛　爹爹，我也要吃。

贺老六　（给阿毛吃了几口饭）阿毛，你还是坐到那边去剥豆。

〔阿毛仍去坐着剥豆，贺老六看看猎枪，然后拿起猎枪悄悄出门。

阿　毛　（跟到门外）爹爹，我也要去。

贺老六　（悄悄地）阿毛，你好好剥豆，爹爹去去就来。

阿　毛　我也要去，我也要去。（走到门口）

贺老六　（恐怕让祥林嫂听见）阿毛，你就坐在这里剥豆，不要走开，爹
　　　　爹打只鸟来给你玩。（下）

〔阿毛目送贺老六走远，然后跟下。

〔半晌，祥林嫂端了一碗点心上。

祥林嫂　老六，吃点心了，（见贺老六不在，看到空的冷饭碗）人呢？（发
　　　　现猎枪不在了）打猎去啦？（走到门口望）老六……（唱）

　　　　　　真叫人心着急，

　　　　　　老六你怎么可以打猎去，

　　　　　　要是伤寒再复发……

　　　　　　我去找他回来。（欲出门）

〔乡邻甲内声：“阿毛娘，老六不好了——”扶贺老六上。祥林嫂
连忙扶贺老六到床上去。

乡邻甲　阿毛娘，老六病还没有好，怎么能让他出去打猎呢？刚才昏倒在
　　　　山沟里，要好好的养养啦。

祥林嫂　多谢，多谢。

〔乡邻甲下。

祥林嫂　阿毛爹……

贺老六　阿毛娘，刚才吃了一碗冷饭，肚子痛得厉害，看来我是不行了。

祥林嫂　阿毛爹。

贺老六　（唱）一阵阵腹中如绞痛难当，

　　　　　　两眼昏花心发慌。

　　　　　　心中想说千句话，

　　　　　　倒叫我一时无从讲。

祥林嫂　阿毛爹！

贺老六　阿毛娘！（唱）

　　　　　你嫁到我家四年长，

　　　　　四年的光景梦一场。

　　　　　我老六家穷靠双手，

　　　　　你是从早操劳到夜三更。

　　　　　我一病害你双肩重，

　　　　　你是愁苦的心事从不响。

　　　　　实指望贫贱夫妻同到老，

　　　　　谁知道半途将你撇一旁。

祥林嫂　阿毛爹！

贺老六　阿毛娘呀！（唱）

　　　　　倘若我有长和短，

　　　　　真要苦煞你母子俩，

　　　　　留给你两间破屋债一身，

　　　　　阿毛要你好扶养。

　　　　　阿毛呢？

祥林嫂　阿毛？阿毛！

贺老六　阿毛在门口剥豆。

祥林嫂　阿毛，阿毛，没有啊！

贺老六　当心狼，你快去看看。

祥林嫂　阿毛，阿毛。（冲下）

贺老六　（从床上挣扎起来，跌跌撞撞走到门口，唱）

　　　　　阿毛是我亲生子，

　　　　　乡亲们，老大，大嫂！

　　　　　快快找寻阿毛小儿郎。

　　　　（支持不住，接唱）

　　　　　刹时间天昏地黑难支撑，

　　　　　阿毛，阿毛！……

　　　　（倒下死去）

〔半晌，祥林嫂一手拿了一只小篮子，一手拿了阿毛一只小鞋，失魂落魄地上。

祥林嫂　阿毛被狼吃了，阿毛……（看见贺老六倒在地上，不觉愣住，小鞋和篮子都从手上掉下来，向贺老六身上扑去）阿毛爹……（摇贺老六，知已死去）阿毛爹……

　　〔幕内伴唱：

　　　　"屋漏偏逢连夜雨，

　　　　行船又遇当头风。"

　　〔幕闭。

第七幕

　　〔幕启。

　　〔同年腊月的一个上午。

　　〔鲁镇鲁府大厅。

　　〔鲁四老爷在看书，鲁四太太一边念佛，一边手拿皇历走到鲁四老爷面前去。

鲁四太太　午夜三边，断命格短工都叫勿着，掸尘都勿掸好。老爷，翻翻皇历看，几时好掸尘？

鲁四老爷　（接过皇历看了一下）十九、二十、廿四是大好日子。

鲁四太太　哎呀！十九已经过去了，今天是二十了。

鲁四老爷　你为什么早点不提醒我。

鲁四太太　你又没有空过，东家礼赏，西家祝寿。

鲁四老爷　廿一不好动土，廿二诸事不宜，只有廿四是好日子。

鲁四太太　廿四是灶君菩萨已经上天了。

鲁四老爷　那么只好是今天了。

鲁四太太　今天还来得及？短工还没有叫着。（坐下）

　　〔阿花端上点心，放下点心后下。

鲁四老爷　（唱）妇道人家多唠叨，

　　　　家务事难道还要我照料。

　　　　年年祝福是常规，

　　　　分内之事也忘掉。

　　　　日子早该挑选好，

为什么穿耳朵一定要等临上轿。

鲁四太太 （唱）你总怪我多唠叨，

我想来想去还是想着祥林嫂。

自从她，离开后，

每年为，断命短工把气淘。

不是懒，便是馋，

哪个能及祥林嫂。

鲁四老爷 （唱）祥林嫂，祥林嫂，

你开口闭口总是祥林嫂。

几年来家里事情多多少，

难道全靠祥林嫂。

鲁四太太 （唱）你不要厌烦祥林嫂，

要她再来办不到。

自从嫁到贺家坳，

日子过得倒蛮好。

鲁四老爷 （起身踱方步）哼，唠唠叨叨，（向外）老孔！

〔老孔应声上。

鲁四老爷 你去找一个短工来。

鲁四太太 老孔，要雇一个好点的。

老　孔 是。（下）

鲁四老爷 都是饭桶。

〔老孔上。

老　孔 老爷，太太，卫老婆子又带了祥林嫂来啦。

鲁四太太 祥林嫂来啦？

〔卫老婆子带祥林嫂上，祥林嫂头上戴孝，手里提着竹篮和包裹。

卫老婆子 四老爷，四太太。

祥林嫂 老爷，太太。

〔鲁四老爷看见祥林嫂头上的白髻，皱起眉头。

鲁四太太 祥林嫂，几年不见，老得多了么？

卫老婆子 老爷，太太，这真是天有不测风云呀！（唱）

自从嫁到山里后，

　　　　　　头几年过得倒顺溜，

　　　　　　谁知道丈夫得了伤寒死，

　　　　　　阿毛又被狼拖走。

祥林嫂　阿毛，阿毛。

卫老婆子　（唱）可怜留下债一身，

　　　　　　屋子又被大伯收。

　　　　　　逼得她走投无路难度日，

　　　　　　还望太太来收留。

鲁四太太　怪不得啦，又戴孝了。

　　　〔鲁四老爷听了不断皱眉摇头。

祥林嫂　我真笨，我真傻，真的，我单知道下雪天野兽在山坳里没有东西吃，会到村子里来，我不知道春天也会有……我拿了一只小篮盛了一篮豆，叫阿毛坐在门槛上剥豆……他是很听话的，我的话他句句听……他出去了。当我要叫阿毛的时候，阿毛不见了，我急了，我就到处去寻……寻……寻到山坳里，找到了阿毛一只小鞋子，我怕他被狼吃了，果然阿毛躺在草窝里，肚子里五脏都给狼吃空了，手里还紧紧捏着那只小篮子……（呜咽）

鲁四太太　啧啧啧……前世作孽。

卫老婆子　太太，府上总要用人呀，生手不如熟手，就可怜可怜她吧。

鲁四太太　（想到祥林嫂劳动力强）好吧，你把包裹拿到下房去吧。

　　　〔祥林嫂不待指引，自己提了包裹、竹篮到下房去，旋即复上。

卫老婆子　（仿佛卸了一肩重担似的嘘了一口气）阿弥陀佛，多谢老爷、太太。

祥林嫂　多谢你卫老婆婆。

卫老婆子　勿要谢格，祥林嫂，你好好在这里做。（千恩万谢地下）

　　　〔祥林嫂和老孔下。

鲁四老爷　（唱）这种人虽然似乎很可怜，

　　　　　　败坏风俗罪不浅。

　　　　　　用她帮忙还可以，

　　　　　　祝福祭祀叫她避开点。

　　　　　　祭祀用品不许她沾手，

109

否则是不干不净祖宗看见要讨厌。

鲁四太太　（唱）寡妇本来不吉利，

两次寡妇更犯忌。

你也知道用人难，

我是贪她勤快有力气。

祝福祭祀有我在，

叫柳妈阿花多留意。

鲁四老爷　然而……（想起什么，向内）老孔——

〔关照柳妈、阿花掸尘。

〔鲁四老爷、鲁四太太下。

〔半晌。柳妈、阿花、祥林嫂、老孔手里拿着掸尘用具上。

柳　妈　祥林嫂，你男人死了，不是还有阿毛吗？

祥林嫂　阿毛……（哭了起来）我真笨！（唱）

我真傻，我真笨，

我又是懊恼又是恨。

我以为雪天野兽无食吃，

才会寻找食物下山岭。

开春三月野食多，

哪知道野狼也会到山村。

那一日阿毛坐在门槛上，

又唱又笑真高兴。

他拿着一只小篮一只碗，

他一面剥豆一面看门。

我阿毛虽然年纪小，

我的说话他句句听。

总怪我一时大意太粗心，

再要叫阿毛叫不应。

不见阿毛我心着急，

我拼着命不顾山高路窄到处寻，寻，寻。

山上山下都寻遍，

不见阿毛我命根。

在山坳里寻到了阿毛的一只小鞋子，

我怕阿毛被那饿狼伤性命。

果然阿毛躺在草窝里，

血肉模糊看不清，

五脏已被狼吃空，

小篮一只还捏得紧……（呜咽）

〔阿花、柳妈也陪着流眼泪。

柳　妈　罪过，罪过。祥林嫂，你也不要哭了，这是命里注定，前世不修今世苦，怪来怪去你命不好，嫁一个，死一个，连儿子也会被狼拖去。咳！想开点吧，依我看，你还是吃吃素修修来世吧！

老　孔　好啦，好啦，快点动手吧，等会儿太太又来催了。

〔柳妈、阿花忙着动手掸尘，祥林嫂揩干眼泪，动作迟钝地去抹桌椅。

祥林嫂　（想起阿毛又呆住了）阿毛……我真笨……

〔众人回头看祥林嫂。

〔幕内伴唱：

"我真笨，我真傻，

总是反复这些话。

鲁府上下都瞪眼看，

祥林嫂手脚没有当年快。"

〔幕闭。

第八幕

〔幕启。

〔几日后的下午。

〔鲁镇鲁府后天井。

〔天阴沉沉的，像要下雪的样子。

〔柳妈、阿花忙着擦洗祝福时要用的蜡器、碗盏等用具。

〔阿发婆婆牵着小孙子七斤，阿牛和邻女等围着祥林嫂听她在讲阿毛的故事。

111

祥林嫂　我真笨，我真傻，真的……

阿　牛　哎呀！又是这两句。

阿发婆婆　不要吵，不要吵。

祥林嫂　我单知道下雪天，狼在山坳里没有东西吃，才会到村子里来，我不知道春天也会有。我拿了一只小篮盛了一篮豆，叫阿毛坐在门槛上剥豆，他是很听话的，我的话他句句听……当我要叫阿毛的时候，他不见了，我急了，我就到处去寻，寻……寻到山坳里，找到了阿毛的一只小鞋，我怕他被狼吃了，果然阿毛躺在草窝里，肚子里的五脏已经被狼吃空了，手里还紧紧捏着小篮子……（呜咽）

〔阿发婆婆也陪着祥林嫂一起伤心掉泪。

阿发婆婆　（揩眼泪）罪过，罪过。

邻　女　还有吗？

阿　牛　还有，（学祥林嫂）"我真笨，我真傻，真的……"

〔阿花、柳妈都笑了起来。邻女打了阿牛一下，阿牛拉一下邻女的辫子逃下去，邻女追下。

七　斤　阿毛会不会活转来呢？

祥林嫂　（摸摸七斤的头）唉，如果我的阿毛还在，真有这么大了。

七　斤　（吓得缩在阿发婆婆背后，拉拉她的衣角）娘娘，回去吧。

阿发婆婆　唉！总怪你命不好，祥林嫂想开点吧，下次我叫七斤娘一道来听。（牵着七斤下）

〔祥林嫂呆呆地望着七斤的背影。

〔鲁四太太上。

鲁四太太　（扫了祥林嫂一眼，皱眉头）阿花，去叫阿贵来，只有吃饭人，没有做事人，今天杀鸡宰鹅都没有人。

〔阿花揩手欲下。

祥林嫂　太太，杀鸡宰鹅我会的。

鲁四太太　（白了祥林嫂一眼）你……（见阿花还不走，对阿花）去叫来。

〔阿花下。

鲁四太太　（坐下，唱）

明朝就是祝福夜，

　　　　一切事情都未安排。

　　　　吃饭人倒一大班，

　　　　做事都要点一点拜一拜。

　　　　碟子碗盏未洗好，

　　　　红漆铜盘未曾汰。

　　〔祥林嫂连忙去揩铜盘。

鲁四太太　祥林嫂你放着吧。

　　〔祥林嫂讪讪地缩回手来，退立一旁。

鲁四太太　（唱）桌围椅披去理一理，五祀蜡器擦一擦。

　　〔祥林嫂又去擦蜡器。

鲁四太太　叫你不要动，你听见吗？

　　〔祥林嫂茫然地站着不动。

鲁四太太　柳妈——（唱）

　　　　半夜子时煮福礼，

　　　　卯时以前上供祭，

　　　　碟子碗盏当心点，

　　　　属猪属羊要回避。

（回头见祥林嫂，接唱）

　　　　你在这里做什么？

　　　　还不快点劈柴去。

　　〔祥林嫂下。

鲁四太太　真像死尸面孔，一天到晚没有笑容。（下）

　　〔柳妈洗好碗盏，在擦蜡器。

　　〔祥林嫂搬了一大捆柴上。一边劈柴，一边呆呆地出神想着什么……

　　〔天上点点微雪飘下来了。

柳　妈　天倒落雪了。

祥林嫂　落雪了……我单知道下雪天，野兽在山坳里没有东西吃，才会到村里来，谁知道春天也会有。

柳　妈　（不耐烦地看着祥林嫂的脸）哎呀，你又来了，我问你，你额角上的伤疤，不就是那时撞破的吗？

祥林嫂　（含糊地）唔唔。

柳　妈　我问你，你那时怎么后来依了呢?

祥林嫂　我么?……

柳　妈　你呀，我想，这总是你自己愿意了，不然……

祥林嫂　啊啊，你不知道他力气多么大呀。

柳　妈　我不信，我不信你这么大的力气，真会拗他不过，你后来一定是自己肯了，倒推说他力气大。

祥林嫂　啊啊，你……你倒自己试试看。

〔柳妈也笑起来，看祥林嫂的额角，又盯住她的眼，祥林嫂似乎很局促，立刻敛了笑容，旋转眼光，自去看雪花。

柳　妈　祥林嫂，你实在不合算呀! （唱）

　　　　　祥林嫂你实在笨，

　　　　　索性撞死倒干净。

　　　　　如今是第二个丈夫又丧命，

　　　　　倒落了一件大罪名。

　　　　　将来你到阴司去，

　　　　　那两个死鬼男人还要争。

　　　　　到那时你左也难来右也难，

　　　　　阎王只好把你一锯两半分。

　　　　〔幕内伴唱:

　　　　　"阎王只好把你一锯两半分。"

　　　　〔祥林嫂脸上显出恐怖神色。

柳　妈　（唱）你还是去到镇西土地庙，

　　　　　捐条门槛做替身。

　　　　　千人踏，万人跨，

　　　　　赎了你这一世大罪名。

祥林嫂　捐条门槛?

　　　　〔柳妈见雪大了，搬蜡器下。

　　　　〔幕内伴唱:

　　　　　"祥林嫂，实在笨，实在笨，

　　　　　索性撞死倒干净，倒干净。

如今是两个丈夫在阴司等，

等你死去把你两半分。"

祥林嫂 （唱）不如去到镇西土地庙，

捐条门槛做替身。

千人踏，万人跨，

赎了我这一世大罪名。

〔幕内伴唱：

"千人踏，万人跨，

赎了我这一世大罪名。"

〔幕闭。

第九幕

〔幕启。

〔一年后又是祝福的日子。

〔鲁镇鲁府大厅。

〔幕内伴唱：

"从今后，整日里，紧闭了嘴唇，

她头上，带着那，耻辱的伤痕。

默默地，积下了，工钱一年，

土地庙，捐门槛，去赎罪名。"

〔两张八仙桌并在一起，柳妈、阿花在系红桌围椅披，把五祀蜡
器放好。

阿 花 柳妈，祥林嫂呢？

柳 妈 下午倒还看见她在灶前打瞌睡，晚上不知道她到哪里去了。

阿 花 柳妈呀，祥林嫂真变得多了，时常淘米忘记淘箩，最近一年来越
来越木啦。

柳 妈 人倒是阿弥陀佛，就是被命害煞啦。

〔阿花下。

〔祥林嫂兴冲冲地上。

祥林嫂 （唱）捐好了，捐好了，

捐好了门槛一条。

柳　妈　什么门槛？

祥林嫂　（唱）若不是你柳妈提醒我，

　　　　　　我自己犯罪都不知道。

　　　　　　好容易聚了一年多，

　　　　　　积下大钱十二吊。

　　　　　　为了赎我一身罪，

　　　　　　去到镇西土地庙。

　　　　　　庙祝起初还不答应，

　　　　　　求恳半天才肯让我捐一条。

　　　　　　从今后让千人踏万人跨，

　　　　　　我的罪孽好赎了。

柳　妈　好好好，你的罪孽都有门槛代了去了，那你可以转运了。

祥林嫂　多谢，多谢。你有空的时候也替我去踏一踏。

柳　妈　唔！唔！（下）

祥林嫂　（唱）今日我赎了罪，

　　　　　　好像重生投娘胎。

　　　　　（摸摸头发，好像重新获新生，接唱）

　　　　　　从此后杀鸡宰鹅我能做，

　　　　　　我也可以擦蜡台，

　　　　　　今夜晚祝福摆供有我份，

　　　　　　我也不用再避开。

　　　　　　活着不会惹人厌，

　　　　　　死到阴司也无罪。（下）

　　　　〔老孔上。

老　孔　（高声）时候到了，老爷关照上福礼。

　　　　〔幕内伴唱：

　　　　　　"起福礼，一声叫，

　　　　　　好时辰，已经到。

　　　　　　先摆果品茶和酒，

　　　　　　再摆如意与元宝。

一面豆腐一面血,

还有粽子与年糕。

三牲福礼快端上,

一把筷子一把刀。"

〔鲁四老爷、鲁四太太、阿牛衣服都换得整整齐齐地上。

鲁四太太 (唱)最要紧一条元宝鱼,

老爷,少爷好把龙门跳。

还有一碗万年粮,

我一眼勿到就忘掉。

〔柳妈、阿花、阿贵川流不息地摆上供品、福礼。祥林嫂拿了一
碗米最后上。

鲁四太太 (见祥林嫂拿着一碗米,吃惊,连忙喝住)祥林嫂!

〔祥林嫂被喝站住,一眼看到鲁四老爷、鲁四太太发怒的脸色,
不觉米碗脱手落地。

众　人 千岁,万岁……

鲁四老爷 谬种!

〔祥林嫂赶紧拾碗。

鲁四太太 (赶上前把祥林嫂用力推,祥林嫂倒在地)你要……今天是什么
日子呀!

鲁四老爷 (厉声)还不滚开!

祥林嫂 (站起来)老爷,太太,我捐过了。

鲁四太太 什么捐过了!

祥林嫂 我门槛捐过了……

鲁四太太 什么门槛不门槛!

鲁四老爷 我早关照过你,这种伤风败俗的贱胎留不得。

鲁四太太 谁知道她会变得这个样子。

鲁四老爷 多说些什么,叫她滚,谬种!

鲁四太太 老孔,工钱算出来,柳妈,去把她的包裹拿来。

〔柳妈下。

老　孔 工钱她全拿去了,只剩几十文零头。

鲁四太太 拿给她。

〔老孔下。

鲁四太太 我早知你这样，倒不如当时不收留你。

〔柳妈拿包裹上，把包裹放在祥林嫂手上，老孔拿钱上，把钱放在祥林嫂手里。

〔祥林嫂好像失去知觉似的，茫然地一步一步地往外面走去，钱散满地。

鲁四太太 老爷，百无禁忌，祝福吧。

鲁四老爷 真是一个谬种。祝福。

〔外面响起爆竹声。鲁四老爷点上香烛，叩头。

老　孔 祝福。

〔爆竹声持续。

〔幕闭。

第十幕

〔幕启。

〔五年后的除夕晚上。

〔鲁镇鲁府大门前。

〔幕内伴唱：

"世情无常多变迁，

乞讨生涯年复年。

愁深不对西风泣，

鲁府依然尽欢颜。"

〔天在下雪，远近的锣鼓声、鞭炮声，闹成一片。鲁府门前悬挂着两只灯笼，阿贵正在大门上贴春联。老孔肩背钱褡，手拿灯笼，出门去收账，下。

〔黄家账房手提灯笼匆匆过场。

〔阿发婆婆带着七斤到庙里去守岁。

〔祥林嫂上，她五年前的花白头发已经全白，全不像四十上下的人，脸上瘦削不堪，黄中带黑，而且消尽了先前悲哀的神色，仿佛是木刻似的，只有那眼珠间或一转，还可以表示她是一个活物。她一手捏着竹篮，内有一个破碗，空的。一手拄着一支比她更长的竹竿，下端开了裂，她分明已经是一个乞丐了。

祥林嫂　又是一年了……我在世上过了多少年了，四十年了……长呀……

〔一阵风雪吹来。

祥林嫂　（唱）雪满地，风满天，

寒冬腊月又一年。

长长的日子怎样过？

似梦似真在眼前。

曾记得婆婆领我十一岁，

祥林只有一岁多一点。

我又是媳妇又做姐，

与婆婆拖大带小过了十几年。

并亲半年祥林死，

留下了两代寡妇度日艰。

婆婆是负下了重债将我卖，

就此抢我到山间。

多亏老六待我好，

隔年又有阿毛添。

谁知道伤寒夺去老六的命，

阿毛……阿毛……

我真笨，我真傻，我只知道像这种下雪天，野兽在山坳里没有东西吃，才会到村子里来，我不知道春天也会有……阿毛，阿毛……（似看到阿毛，上前抱阿毛，扑空）老六，你不要怪我啊，是呀，我真笨呀，老六老六。（似看到贺老六，上前，又扑空，接唱）

伤寒夺去老六命，

阿毛又遭饿狼衔。

剩下我无夫无儿无依无靠无田地，

那大伯又收去屋两间。

还记得二次重把鲁府进，

只求得免受饥饿度残年。

都说我两次寡妇罪孽重，

老爷太太见我厌。

我为要赎罪捐门槛，

积下了工钱十二千。

捐了门槛让千人踏，万人跨，

谁知道我罪孽仍旧没有轻半点。

人家说天大罪孽都可赎，

为什么我的罪孽却难免，却难免。

我要告诉去……我要告诉去……（走了两步又站住，抬头望天）

天呀！（接唱）

抬头问苍天——

〔幕内伴唱：

"抬头问苍天，

苍天不开言，

苍天不开言。"

祥林嫂　我问你，一个人死了之后，究竟有没有魂灵的？有没有魂灵的……

你说地狱有没有的？……死了的一家人，都能见面吗？……

〔幕内伴唱：

"低头问人间，

人间也无言。

半信半疑难自解，

似梦似醒离人间。"

〔祥林嫂慢慢地在大雪中倒下去。

〔幕内伴唱：

"百无聊赖的祥林嫂，

被人们弃在尘芥里。

现在总算被无常打扫净，

魂灵有无也不仔细。"

〔天渐亮，老孔开门出来，燃放开门爆竹。

〔鲁四老爷、阿牛上。

120　　老　孔　（看见祥林嫂倒在雪堆里）东家，祥林嫂……（突然想起鲁四老

爷忌讳很多，不便讲下去）

鲁四老爷 不早不迟，偏偏在这时候，这就可见得是一个谬种。

　　〔幕内唱念：

　　　　　"则无聊生者不生，

　　　　　即使厌见者不见。

　　　　　为人为己都不错——"

阿　牛 （吐口唾沫）呸！

　　〔高老夫子上，他是来向鲁四老爷贺年的。

　　〔高老夫子与鲁四老爷相互打拱。阿牛也跟着作揖。

　　〔高老夫子和鲁四老爷相互谦让好久，才进门去。

　　〔老孔看了看祥林嫂，迅速地关上大门。

　　〔幕内伴唱：

　　　　　"一片升平笼大地。"

　　〔远近爆竹声连天。

——剧　终

　　1946年，南薇根据鲁迅小说《祝福》改编为越剧《祥林嫂》，1946年5月由袁雪芬领导的雪声越剧团在上海明星大戏院上演，袁雪芬、范瑞娟、吴小楼、张桂凤主演，轰动了上海，这是鲁迅的作品第一次被搬上舞台，被誉为越剧改革的里程碑。1956年，为纪念鲁迅逝世二十周年，由吴琛、庄志、袁雪芬、张桂凤组成创作集体，对该剧作了全新修改，1962年又作了一次较大的艺术加工，使剧目的思想性和艺术性都达到了较高的水平，成为上海越剧院优秀保留剧目，被称为越剧四大代表作之一。1978年由上海电影制片厂摄制成彩色宽银幕戏曲艺术片。

作者简介

吴　琛 （2012—1988），原名吴朝琛，笔名魏于潜、殷鸣慈等，男，江苏省无锡人，早年话剧界"四小导演"之一。创作了话剧《寒夜曲》《甜姐儿》《钗头凤》，历史剧《则天皇帝》《天国风云》和传统剧《十一郎》，导演了话剧《李秀成殉国》《日出》《原野》《国破山河在》，越剧《祥林嫂》《西厢记》《红楼梦》等。1954年华东区戏曲会演中，对越剧《梁山伯与祝英台》《白蛇传》《西厢记》，吕剧《李二嫂改嫁》，黄梅戏《天仙配》，锡剧《双推磨》，甬剧《两兄弟》等剧进行辅导加工，使之成为优秀剧目在会演中获奖。

庄　志　（1920—2003），原名曹永福，曾用名郑永福，男，上海市人，编剧。整理改编的主要作品有《国破山河在》《珍珠塔》《女飞行员》《西园记》《祥林嫂》（合作）、《关汉卿》（合作）。

袁雪芬　（1922—2011），原名袁雪雰，女，浙江绍兴人，越剧表演艺术家，工青衣、闺门旦，越剧袁派创始人，第二批国家级非物质文化遗产项目越剧代表性传承人。首届中国戏剧奖"终身成就奖"获得者。历任上海越剧院院长、名誉院长。主演代表剧目有《西厢记》《梁山伯与祝英台》《祥林嫂》（参与剧本改编）、《香妃》《相思树》等。

张桂凤　（1922—2012），女，浙江萧山人，越剧表演艺术家，工老生，越剧张派老生创始人，是袁雪芬倡导的越剧改革第一批参与者之一。曾为华东戏曲研究院实验越剧团、上海越剧院演员，有"性格演员"之称。主演代表剧目有《打金枝》《二堂放子》《凄凉辽宫月》《祥林嫂》（参与剧本改编）。

· 芭蕾舞剧 ·

红色娘子军

工农兵芭蕾舞剧团集体创作

人　物　吴清华——贫农女儿，娘子军连战士。

洪常青——男，娘子军连党代表。

连　长——女，娘子军连连长。

小　庞——男，红军通信员。

小　娥——女，娘子军连战士。

老炊事员——男，娘子军连伙夫。

南霸天——恶霸地主，民团司令。

老　四——南霸天的爪牙，团丁头目。

妇女、战士、乡亲、赤卫队员若干。

土豪、劣绅、国民党匪军官、团丁若干。

序　幕

〔第二次国内革命战争时期。在苦难深重的海南岛，恶霸地主南霸天的土牢内。

〔阴森的土牢里，吊捆着被打得遍体鳞伤的贫农女儿吴清华和两个无辜的妇女。

〔二妇女的舞蹈。

〔几代的冤仇啊，使吴清华的双眼射出了强烈的复仇的烈火，她要反抗！要斗争！

〔沉重的牢门打开了。

〔团丁头目老四带着团丁贼眉鼠眼地窜了进来。他奉南霸天之命，要将吴清华卖掉。

〔怀着满腔怒火的吴清华，趁老四不防猛地将他踢倒在地，夺门逃走。

第一场

〔当日夜晚。黑云密布，在椰林中。

〔南霸天的走狗老四率领一群团丁，提着"南府"的灯笼，拿着皮鞭、绳索，恶狗似的四处追逐、搜捕吴清华。

〔集体场面舞蹈。

〔藏在椰树后面的吴清华，见团丁离去，机警地从树后面闪出来。

〔这血海深仇一定要报！南霸天啊，南霸天，总有一天要将你千刀万剐，万剐千刀！一定要逃出去，去找我们穷人的救星。

〔吴清华独舞。

〔突然，狡猾的老四从黑暗中扑出来，截住了吴清华。

〔吴清华和恶霸走狗老四展开了一场生死大搏斗。

〔双人舞。

〔吴清华狠狠地咬了老四一口，正要逃走，却又被赶来的团丁围住。吴清华终因寡不敌众，重新落入魔掌。

〔南霸天在团丁、丫头的簇拥下，慌忙赶来，见吴清华如此倔强，暴跳如雷，拿起鞭子狠命毒打吴清华，又令团丁将吴清华拉下去狠狠鞭笞。

〔丫头们听着这阵阵鞭声，就像打在自己身上一样，关切地注视着吴清华。她们多么迫切希望能救自己的阶级姐妹脱险啊！

〔众丫头舞。

〔狠毒的南霸天直到吴清华昏死过去，才算罢休。

〔霎时，雷声隆隆，暴雨倾盆而下。南霸天以为吴清华已死，便率众奴仆，仓皇而去。

〔暴雨浇醒了吴清华。她忍着剧痛慢慢挣扎起来。为了要找到穷人的救星，为穷人报仇，她艰难地一步一步向前走着……但救星又在哪儿啊？走了没多久，一阵剧痛，吴清华又晕了过去。

〔吴清华的一段慢板独舞。

〔这时，红军干部洪常青和通信员小庞化装执行任务，路过这里，遇见了从昏迷中苏醒过来的吴清华。看着被恶霸地主打得遍

125

体鳞伤的吴清华，他们怀着深厚的阶级感情，问明她的身世，指引她去投奔红军。

第二场

〔红色根据地。晴空万里，彩旗飘扬。革命军民共同欢庆"红色娘子军连"的成立。

〔远处传来了嘹亮的《娘子军连歌》。娘子军连的战士个个飒爽英姿，迈着矫健的步伐来到了操场。群众万分激动，孩子们欢呼跳跃，一个劲儿地挥动着手中的小旗。

〔连长庄严地宣告："中国工农红军第一支妇女武装正式成立了。"

〔连长独舞。

〔群众热情欢呼，娘子军连战士在连长的带领下表演了射击动作。

〔练兵舞。

〔党代表洪常青挥舞着明晃晃的大砍刀，气势豪迈。

〔洪常青刀舞。

〔女战士们跟着洪常青挥舞大刀。刀光闪闪，杀声震天。

〔女战士刀舞。

〔战士小娥，年岁最小，也不甘示弱，心里充满对阶级敌人的无比仇恨，认真地练习投弹。

〔小娥独舞。

〔军事操练在一片刺杀声中结束。

〔女战士集体刺杀舞蹈。

〔五个强壮的赤卫队员，情不自禁地拔出五寸短刀，练将起来，表现出游击队员机智勇敢的性格。

〔赤卫队员五寸短刀舞。

〔见到这一派雄壮的革命战斗景象，军民们情绪异常热烈，孩子们也做着打倒南霸天的表演。

〔小孩舞，紧接大集体舞。

〔吴清华克服了千难万险，终于来到了会场。军民们看到满身伤痕的吴清华，立即关切地围了上去。

〔儿童团的小鬼告诉吴清华："这里就是苏区，是红色根据地。你看，那是红旗。"

〔红旗！吴清华热泪盈眶。红旗，我找的就是你啊！穷人的救星啊，我终于找到你们了！过于激动的吴清华昏倒在亲人的怀抱中。

〔洪常青、小庞闻讯赶来，由于他们穿着军装，吴清华没有马上认出来。等到他们脱下了军帽，吴清华一下子就认出了。原来他们就是自己的救命恩人，自己的指路人。

〔连长端来一碗清凉的椰子水递给吴清华。这个当丫头挨打受骂的吴清华，第一次感到阶级友爱的亲切、温暖，激动地喝下了椰水。她低头看见自己的浑身伤痕，激起了阶级仇恨，向亲人愤怒地控诉南霸天的滔天罪行。

〔吴清华诉苦独舞。

〔这血淋淋的阶级压迫的残酷事实，教育了全体军民。洪常青和连长告诉大家：要推翻压在中国人民头上的三座大山，只有拿起枪杆子来，跟着共产党闹革命。

〔军民们举行了声势浩大的示威，决心消灭南霸天，解放椰林寨。

〔在吴清华坚决要求下，连长代表娘子军连接受吴清华入伍。

第三场

〔椰林寨南霸天的庭院。

〔这一天是恶霸地主南霸天的狗生日，成群结伙的土豪劣绅、国民党匪军官纷纷前来庆寿。南府里外一片混乱嘈杂。

〔南霸天出厅迎客，土豪、匪军官相继给南霸天献礼、拜寿，南霸天欣喜若狂，请土豪们入席开宴。

〔老四招呼团丁，强迫一群被抢来的黎族少女跳舞助兴。姑娘们的舞蹈充满着对南霸天和这群土豪的仇恨。

〔黎族舞。

〔一团丁急忙跑进来，呈给南霸天一个大红帖和一份礼单，南霸天贪馋丰厚的礼品，忙令整衣，列队起迎贵宾。

〔洪常青化装成归国探亲的华侨巨商之子，带着小庞和许多化了装的男女红军，深入虎穴，假装拜寿，约定午夜与娘子军里应外合一举歼灭南霸天。

〔南霸天慌忙请洪常青入上席。为炫耀自己，南霸天虚张声势，便令老四率众团丁操练大刀。

〔团丁大刀舞，老四拳术舞蹈。

〔洪常青将一大包银圆赏给众团丁。银圆落地，众团丁你争我夺，丑态百出。南霸天尴尬地请洪常青入后厅安歇。

〔入夜，吴清华和另一女战士摸掉了匪哨兵后，悄悄进入匪巢侦察敌情，并和小庞取得联系，待机行动。

〔吴清华和女战士侦察舞蹈。

〔突然传来咚咚的脚步声，吴清华和女战士警惕地躲到假山后面。

〔两个团丁厮打一个小丫头，匆匆从这里过去。

〔三人托举舞蹈。

〔吴清华满腔怒火，要冲上去将小丫头救出来。女战士连忙劝住了，并告诉她：只有解放了椰林寨，才能解放这些受苦人。

〔机警的小庞用暗号和吴清华联络。

〔小庞舞蹈。

〔吴清华听到暗号立即出来与小庞见面，两人交换了情况，约定以枪声作为行动信号。

〔在吴清华正要撤离南府的时候，遇上了出来送客的南霸天。几代的血海深仇顿时涌上心头，吴清华按捺不住心头怒火，不顾女战士的阻拦，开枪打伤了南霸天，过早地暴露了战斗信号。

〔听到枪声，红军大队立即杀入了南府，迅速地消灭了匪军。但南霸天和老四却不知去向。洪常青率小庞去后院搜查。

〔红军打开了南霸天的粮仓，把粮食分给贫苦群众。

〔洪常青从后院抓住南霸天的亲信土豪，知道南霸天和老四在吴清华开枪的时候，从地洞潜逃了。

〔吴清华因自己违反了纪律，没有捉住南霸天，十分懊悔。

第四场

〔万泉河边红军宿营地。

〔金色的曙光斜照在宿营地上。洪常青正在给娘子军连上政治课，大黑板上醒目地写着："无产阶级只有解放全人类，才能最后地解放无产阶级自己。"

〔通过党的教育，吴清华懂得了，干革命不是为了报私仇，而是为了天下劳苦人民；不只是要消灭一个南霸天，而是要消灭一切反动派。她下定决心，改正错误，跟着共产党，跟着毛主席干一辈子革命。

〔吴清华独舞。

〔连长看着吴清华改正了错误，阶级觉悟提高了，非常高兴地和她一起苦练杀敌本领。

〔连长与吴清华双人舞。

〔连长亲自把手枪还给了吴清华。吴清华激动地向连长表示了决心。

〔火红的太阳升起来了，根据地一片太阳红。秀丽的万泉河，雄伟的五指山显得更加动人。

〔战士们有的出操，有的争着为战友缝补衣服。

〔洪常青和战士们抱着满筐的青菜和鲜鱼来到河边。

〔女战士小娥一边洗菜，一边顽皮地用水泼那几个女战士。她们快活地追打起来。

〔快乐的女战士舞蹈。

〔老炊事员挑着水桶过来，女战士们一拥而上，抢着把他的水桶挑走了。

〔远处传来乡亲们欢乐的声音。他们编了带有五星的斗笠，采了新鲜的荔枝前来慰问红军。万泉河河水深又深，怎能比得上这军民之间深厚的阶级感情啊。

〔斗笠舞。

〔远处突然传来隆隆的炮声，小庞骑马赶来报告：国民党匪军又向根据地大举进攻了。

〔连长命令集合队伍。

〔战士、民兵、担架队告别了乡亲，满怀胜利信心，迎接新的战斗，夺取新的胜利。

第五场

〔黎明前。在红军阵地上。

〔为了歼灭敌人有生力量，我主力部队迅速转移，插入敌后。洪常青率领小分队坚守山头阵地，截击敌人，掩护主力部队安全转移。

〔炮火映红了山口，娘子军的旗帜高高飘扬着。

〔吴清华和战友们一次又一次打退了敌人的疯狂进攻。

〔小分队舞。

〔战斗中的男女红军、赤卫队员，充分发扬了我军勇敢战斗不怕牺牲的精神，有的战士受了伤仍坚持不下火线。

〔敌人再一次发动进攻，小分队的子弹打光了。洪常青号召战士：我们要敢于刺刀见红，准备同敌人肉搏，绝不能让敌人占领阵地。

〔一场激烈的白刃战展开了。吴清华用匕首杀死了一个团丁。

〔双人舞。

〔英雄的战士们用手榴弹、短刀、拳头，猛冲狠打，终于彻底消灭了冲上来的敌人。

〔四人对打。

〔鲜红的娘子军旗帜依然高高飘扬在阵地上。

〔洪常青看时间已到，狙击任务胜利完成，便把公事包交给吴清华，命她率小分队先撤，自己和两个战士留下掩护撤退。

〔山下又响起了密集的枪声。洪常青和两个战士见小分队已撤出，就边打边撤。敌人的一排机枪打过来，洪常青不幸中弹负重伤，昏迷中被俘。

过　场

〔我红军主力以排山倒海之势，追歼匪军，奋勇前进。

〔雄壮的集体舞蹈。

第六场

〔红军节节胜利，解放区不断扩大，步步逼近南霸天老巢。

〔南霸天老巢一片混乱。

〔老四慌慌张张指挥团丁、丫头们搬运东西，准备逃跑。

〔南霸天苦苦哀求国民党匪军官，请求匪军留下。匪军官早已被红军吓得丧魂失魄，见大势已去，恶狠狠地一把推开南霸天，抢先逃命去了。

〔面临灭顶之灾的南霸天，如癫似狂。

〔南霸天和老四的一段疯狂的舞蹈。

〔团丁接二连三地前来报告红军步步逼近的消息。垂死挣扎的南霸天，妄想威胁利诱洪常青给红军写退兵书。

〔洪常青看着敌人溃逃的丑态，知道胜利就在眼前，抑制不住内心的激动和喜悦。洪常青蔑视地看着面前这个凶残的敌人，大义凛然。他将退兵书撕得粉碎，掷在南霸天的脸上，然后从容地走向燃起熊熊大火的大树旁，高呼着革命口号，慷慨就义，显示了共产党人大无畏的英雄气概。

〔洪常青独舞。

〔红军攻入椰林寨，团丁们吓得魂飞胆丧，屈膝求饶。

〔南霸天正想逃跑，被吴清华碰上了。

〔狡猾的南霸天一面苦苦哀求，装疯卖傻，一面摸出匕首准备进行顽抗。吴清华连发两枪，当场将南霸天和老四打死。

〔苦难深重的椰林寨解放了。世世代代受苦受难的人民见到了太阳。整个椰林寨沉浸在一片欢乐中。

〔小庞和吴清华在人群中到处寻找洪常青。在得知洪常青同志已英勇就义的时候，军民们悲痛万分，群情激愤，决心化悲痛为力量，誓为彻底解放全人类而斗争。

〔一个洪常青牺牲了，千万个革命者站了起来。为了继承先烈遗志，将革命进行到底，在火线上光荣入党的吴清华，接任了党代表职务。广大革命群众纷纷参加了红军。

〔向前进，向前进，在毛泽东的旗帜下，红色娘子军胜利前进！

——剧　终

《红色娘子军》由王希贤、李承祥等根据同名报告文学和梁信电影文学剧本《琼岛英雄花》改编，1963年开始创作，中央歌剧舞剧院芭蕾舞剧团于1964年在人民大会堂首演。白淑湘、钟润良饰演琼花（后更名为吴清华），刘庆棠、王国华饰演洪常青。

·歌 剧·

江 姐

（根据小说《红岩》改编）

阎 肃

时　间　1948年春至1949年冬。

地　点　四川。

人　物　江姐、华为、孙明霞、双枪老太婆、蓝洪顺、杨二嫂、老陈、小华；众游击队员、众难友、众力夫、报童、小贩；沈养斋、甫志高、魏吉伯、唐贵山、警察局长、蒋对章；乡丁、特务、匪兵、看守。

第一场

〔重庆，朝天门码头。黎明之前。

〔"川江号子"声中幕启。

〔几个力夫搬运有U.S.A.字样的箱子过场。

〔川江号子声：

　　　　"长江流水长又长，

　　　　波浪滚滚向远方。

　　　　高山悬崖挡不住，

　　　　冲出三峡到海洋。

　　　　嘿佐佐、嗨！

　　　　江上浓雾漫四方，

　　　　乌云重重盖长江。

　　　　'连手'挥动桡和桨，

　　　　拨开云雾迎太阳。

　　　　嘿佐佐、嗨！"

〔一个报童和一个小贩叫卖着。

报　童　卖报，卖报，卖《大公报》《时事新报》《新民报》《中央日报》……

小　贩　炒米糖开水！……

报　童　看报！看今天重要新闻，国军主动撤出洛阳！……刘勘军长为国捐躯！……

〔一力夫扛箱子与报童擦肩而过。

力　夫　掩护江姐上船！（扛箱子下）

报　童　看报！看蒋委员长沉痛吊唁西北阵亡将士！

小　贩　炒米糖开水！

　　　　〔特务唐贵山疲惫地走上。

报　童　卖报！卖《中央日报》……（下）

　　　　〔唐贵山与小贩交换了一下目光，正要走开，魏吉伯上。

魏吉伯　（扫视四周，低声地）唐贵山！

唐贵山　到！（急凑上前）

魏吉伯　近来共党活动频繁，据可靠情报……这个码头要严密监视！……
　　　　今天沈区长可要亲自来检查！你要加倍小心！

唐贵山　是！

　　　　〔远处"砰""砰"两枪。幕后传来喊声："有人跳水啦！""壮丁
　　　　逃跑了！"

　　　　〔魏吉伯一愣，急奔下。唐贵山一摆手，小贩随下。

　　　　〔一中年妇女挟着包袱匆匆上。

妇　女　（对唐贵山）先生，船还赶得上吗？

唐贵山　（劈手一把夺过包袱，检查了一下，扔还给她，一扬下巴）去
　　　　去去！

　　　　〔妇女惊恐地走下。唐贵山巡视了一下四周，走下码头。报童
　　　　走上。

报　童　卖报——卖《大公报》！

　　　　〔华为提行李上，报童走上前。

华　为　（买了一份报，低声地）江姐来了！

　　　　〔华为在一边看报，报童至一旁警戒。

　　　　〔幕后伴唱：

　　　　　　"挥双手，拨开云雾迎太阳，

　　　　　　看江姐，乘风破浪向远方。"

　　　　〔伴唱声中，江姐上场。

江　姐　（唱）看长江，战歌掀起千层浪，

　　　　　　望山城，红灯闪闪雾茫茫。

一颗心，似江水奔腾激荡，

乘江风，破浓雾飞向远方。

飞向高高华蓥山，

飞向巍巍青松岗。

岗上红旗招手笑，

唤我快把征途上。

上征途，挥刀枪，

巴山蜀水要解放。

带去山城星星火，

让川北遍地腾烈焰，满天闪红光！

今日告别雾重庆，

包云沉沉夜未央。

待等明朝归来时，

迎回一轮红太阳。

〔华为提行李走下码头，孙明霞上。

孙明霞　江姐！

江　姐　明霞，甫志高把箱子送来了吗？

孙明霞　还没来！会不会出什么事呀？

江　姐　不要紧。箱子是按照我说的那样包装的吗？

孙明霞　是，省委指示和文件都……（做了一个手势，示意，又拿出一串钥匙）这是箱子的钥匙。

江　姐　（接过）嗯。

孙明霞　江姐，这次到川北，见着彭松涛同志，可别忘了替我们问好啊。

江　姐　好。

孙明霞　你告诉他，孩子留在重庆，我们会照顾得很好的。

江　姐　我倒是担心同志们太溺爱他了。

孙明霞　你放心吧。

〔远处传来卖报声、汽笛声。

〔江姐与孙明霞两人兴奋地走向江边。

孙明霞　江姐呀。（唱）

祝你像江上白帆乘风破浪，

　　　　　　祝你像山间高松傲雪凌霜。

　　　　　　明霞身愿插双翼，

　　　　　　随你一同上战场。

　　　　江姐，你走了以后，留给我的这副担子，我真怕挑不起来呀！

江　姐　明霞，去年老彭走的时候，我也有这种心情，可是，你还记得吗？就在这个码头上，老彭临走，不是还写过一首诗吗？

孙明霞　《红梅赞》？

江　姐　对，《红梅赞》！（唱）

　　　　　　红岩上，红梅开，

　　　　　　千里冰霜脚下踩。

　　　　　　三九严寒何所惧，

　　　　　　一片丹心向阳开。

江　姐
孙明霞　（二重唱）

　　　　　　红梅花儿开，

　　　　　　朵朵放光彩，

　　　　　　昂首怒放花万朵，

　　　　　　香飘云天外。

　　　　　　唤醒百花齐开放，

　　　　　　高歌欢庆新春来。

　　　　〔华为上。

华　为　行李送上船了，特务检查得很严。

孙明霞　箱子还没有送来，怎么办？

　　　　〔报童上。

报　童　看报，看《中央日报》！

江　姐　这里不能久留，（对孙明霞）你回去吧，我们送你。

　　　　〔三人走下。小贩上。

小　贩　（盯着三人去的方向，要跟踪而去）炒米糖——开水……

报　童　（上前，叫住）炒米糖开水！来一碗！

　　　　〔小贩无奈，蹲下，倒水，但仍在盯着那个方向。

报　童　哎，好多钱一碗哟？

小　贩	（气恼地）五十万！
报　童	咋个又涨了？昨天才三十万嘛，算了！吃不起！（径自走去）
小　贩	你！（回头再盯时，"目标"早已消失，气急败坏地泼掉开水，突然发现了什么事，转身蹲下，大叫）开水，炒米糖！

〔唐贵山上，也向那个方向望去——只见甫志高身穿西装，肩扛皮箱匆匆走上。唐贵山冷冷地观察着。

〔甫志高放下箱子。四望，似在等人。

报　童	（急走上前）你先生看报！《中央日报》！

〔甫志高猛然惊觉，提起箱子，欲下码头。唐贵山早笑嘻嘻地拦住去路。

〔报童见势不妙，急喊着"《中央日报》"奔下。

唐贵山	喂，你先生要上船？
甫志高	我是送人的。
唐贵山	箱子呢？
甫志高	上船！
唐贵山	打开！
甫志高	干什么？
唐贵山	检查！
甫志高	检查？有水上稽查处，也轮不到你！
唐贵山	我？嘿……（露一"派司"）
甫志高	噢，二处的……不是外人，你们刘科长，兄弟认识，哈哈……
唐贵山	哦，自己人好说话，嘿嘿……
甫志高	抽烟——
唐贵山	不客气。
甫志高	噢，缺钱花啦？说话嘛！……
唐贵山	过不着这个！咱们公事公办！
甫志高	咳，箱子里不过是些日用衣物，何必在这儿耽搁时间呢？
唐贵山	是呀，何必在这儿耽搁时间呢？

〔江姐走上，华为跟在后面。

甫志高	怎么？不留点面子？
唐贵山	好说！

甫志高　那么你的意思是——

唐贵山　打开看看，过过手续！

甫志高　一定要检查？

唐贵山　一定要检查！

〔江姐一抬手，一串钥匙"啪"的一声，扔在箱子上，唐贵山一愣。

江　姐　打开吧。

唐贵山　这……

甫志高　快打开嘛。

唐贵山　（眼珠一转）嘿嘿……是得打开！（打开箱子，翻出一封信，忙拾起观看，念信封）"西南长官公署副官处张……"哦！您是张处长的……

〔汽笛声响。

甫志高　快检查嘛，要开船了！

唐贵山　嘿嘿……（盖上箱子，交还钥匙）小姐，例行公事，对不起！

〔小贩悄悄溜下。

甫志高　哼！真没想到，二处还有像你这样不够朋友的人！

江　姐　好啦好啦，忙你的公事去吧！

唐贵山　对不起，对不起，小姐，我给您送上船去！

江　姐　麻烦你了，表弟，领他去！

华　为　走吧。

唐贵山　小姐，以后遇事，您多关照。

〔唐贵山提箱子下，华为随下。

甫志高　江姐……

江　姐　老甫，你为什么不找个力夫？

甫志高　箱子不算太重，艰苦点也是应该的，而且，自己搬，不是更安全些？……

江　姐　你不想想，在这种地方，哪有穿西装的人，自己扛箱子的？

甫志高　啊！对对对！……

江　姐　处处都得留心哪。

甫志高　是啊是啊，江姐，这一次你带着省委这样重要的任务到川北去……

〔江姐示意此处不便说这些话。

甫志高 啊，总之啊，你此一去，可真叫我——（唱）

　　　　羡慕啊……

　　　　此一去华蓥山下百花开放，

　　　　万紫千红迎春光。

　　　　恨不能跟随你开山引水，

　　　　留山城我也要斩棘辟荒。

　　　　栽种出牡丹花满城怒放，

　　　　光灿灿红艳艳焕发奇香。

　　　　单等那春风化雨从天降，

　　　　牡丹花搭彩门迎你回乡。

江　姐 老甫呀，牡丹艳丽花不长，经不起酷暑与严霜啊！……（听到汽笛响）好，我要上船了！……

甫志高 我送你。

〔江姐与甫志高下。唐贵山望着他们的背影。

〔小贩奔上，向唐贵山做一手势。二人惊望去，魏吉伯率二特务陪沈养斋上。

唐贵山 （上前）区座，您老人家……

〔魏吉伯一摆手，打断唐贵山的话。

〔汽笛又响，轮船驶去。

沈养斋 （盯着船去的方向，良久，叹了口气）唉！……（唱）

　　　　局势如麻乱纷纷，

　　　　长空阵阵起红云。

　　　　漫山野草斩不尽，

　　　　叫人触目也惊心。

　　　　朝天门前暗沉吟，

　　　　大小船只密如林。

　　　　我怀疑江上的每一条船，

　　　　我怀疑船上的每一个人。

　　　　漫江撒下天罗网，

　　　　海底要捞绣花针。

戡乱剿匪灭赤祸，

还须铁掌定乾坤。

魏吉伯 报告吧！

唐贵山 是，都检查过了，嘿嘿，刚才差点儿还出了岔子……

沈养斋 唔？

唐贵山 哦，是长官公署副官处的家眷。

沈养斋 哼！

唐贵山 噢，还有个穿西装的，给她扛来口皮箱……

沈养斋 穿西装扛皮箱？是她什么人？

唐贵山 看样子是她……

沈养斋 跟她说了些什么话？

唐贵山 好像说……

沈养斋 好像说?! 废物！

〔魏吉伯扬手打了唐贵山一个嘴巴。

〔甫志高上，众特务立即各自装出另一副面孔，暗暗避开。

〔川江号子声又起。

〔甫志高与沈养斋目光碰在一起，甫志高不觉打了个寒噤，转身忐忑地走下。

〔沈养斋冷冷地观察着甫志高，掏出打火机点烟。

唐贵山 （忽然想起）是他！就是他！

沈养斋 唔！（"噗"的一口，吹灭了打火机）

〔众特务齐盯着甫志高离去的方向。

〔川江号子声大作。

〔幕落。

第二场

〔川北某县，城门附近。

〔细雨蒙蒙的早晨。

〔伴唱声中幕启。

〔幕后伴唱：

　　　　　　　　"冲破层层封锁线，

　　　　　　　　　展翅飞向华蓥山。"

　　　　〔江姐持雨伞布包与华为走上。

华　为　（唱）华蓥山，莽苍苍，

　　　　　　　　万年青松遍山岗。

　　　　　　　　松涛阵阵如海啸，

　　　　　　　　好一片雄伟气象。

　　　　　　　　当年红军闹革命，

　　　　　　　　青松林内红旗扬。

　　　　　　　　扎起松枝作火把，

　　　　　　　　烈焰熊熊照四方。

江　姐　（接唱）你看那高山顶白云间，

　　　　　　　　隐约约露出了红星一点。

　　　　　　　　我好像看见那里红旗在招展，

　　　　　　　　我仿佛听见妈妈在召唤。

江　姐　你妈妈？双枪老太婆……

华　为　（唱）我妈妈跟着红军闹革命，

　　　　　　　　风雨中战斗了多少年。

　　　　　　　　到如今两鬓如霜人未老，

　　　　　　　　双枪震撼华蓥山。

江　姐　回到妈妈身边了，看你高兴的。（坐在一棵树下）

华　为　江姐，你不也一样吗？和彭政委分别一年了，这回又到一起工作，你不高兴？

江　姐　小声点！……你呀！……

华　为　哎，说真的，江姐，我还没见过我这位——"姐夫"呢，他，是个什么样儿呀？

江　姐　他呀，叫我怎么说呢？……

华　为　听说他身材魁梧，浓眉大眼，去年在川北，凭着三支鸟枪、五颗手榴弹，拉了好几百人上山哪，哦，对啦，这一带老百姓还有个山歌，就是唱的他……（唱）

　　　　　　　　老彭他点起一把火，

烧得狼虫虎豹没处躲。

老彭他点起明灯一盏，

照亮川北半个天。

江　姐　咳，他还不是和咱们一样，一个普通的革命者……

华　为　哎！……

（远处传来"当当"锣声。

〔江姐、华为站起。

〔远处乡丁喊声："鸣锣通知，鸣锣通知，县警察局出的有告示，命令各乡各保各甲，都要挨户来看，不来看者就有通匪嫌疑，一律严惩不贷！特此鸣锣通知！"

〔华为一怔，欲上前查看，被江姐拦住。

江　姐　你先去一号联络站，把关系接上。

华　为　好！（下）

〔江姐正欲上前，乡丁敲锣奔上。

乡　丁　（敲锣）鸣锣通知……

〔警察局长率匪兵上。

警察局长　算了！他妈的老子不来，你不打锣，老子一到，你就喊丧！喊你妈的鬼！

乡　丁　是，局长！

警察局长　挨家挨户都给我赶出来，看人头，看告示！再要没人来看，我就把你的脑袋也挂上去。

乡　丁　是，局长！（跑下）

警察局长　走……嗯？（对江姐）干什么的？

匪　兵　说！我们局长问你哪！

江　姐　进城。

警察局长　搜！

匪　兵　是！（搜查江姐手中布包、雨伞）报告局长，净是些书。

警察局长　书？带这些书，你进城找哪个？

江　姐　县立女中吴校长。

警察局长　吴校长？……噢，你是个教书的，老师！（挥手示意匪兵将雨伞、布包还给江姐）喂！如今正在闹匪患，你单身出外有危险，眼前就有证据在。你往那边看！

江　姐　……雾茫茫，遮断高山！

警察局长　唔！你往那高处看！

江　姐　……雨蒙蒙，不见青天！

警察局长　你到这里来看！城墙上，木笼高悬！那就是有名的共产党，华蓥山纵队政委彭松涛！

江　姐　彭松涛?！不……

警察局长　唔?

江　姐　不知道……

警察局长　不知道，你自己去看！走！

　　　　　〔警察局长率匪兵下。

江　姐　……不！不可能！

　　　　　〔杨二嫂哭泣着上，乡丁返回。

乡　丁　杨二嫂，看到没有？共产党的人头！

杨二嫂　（闻声擦去泪）造孽哟！你等着嘛！总有一天……小心你们的脑壳。

乡　丁　你！小心戴红帽子！（下）

杨二嫂　（对乡丁背影）你莫凶！你们凶不到好久了！（欲下，气愤悲痛难抑止，回身望着城墙）彭政委！我们老百姓，忘不了你呀！老彭啊！（哭着跑下）

江　姐　（震惊）老彭?！（定睛望去，大恸）老彭！

　　　　　〔幕后伴唱：

　　　　　　　"啊……

　　　　　　　天昏昏，野茫茫，

　　　　　　　高山古城暗悲伤……"

江　姐　（唱）寒风扑面卷冰霜，

　　　　　　　心如刀绞痛断肠。

　　　　　　　实指望满怀欣喜来相见，

　　　　　　　谁知你一腔热血洒疆场。

　　　　　　　多少年朝夕相处心连心，

　　　　　　　多少年患难相依甘苦共尝。

老彭啊，我亲爱的战友，
你在何方？你在何方？……
曾记得长江岸边高山上，
红旗下是你介绍我入党。
曾记得罢工怒潮卷巨浪，
浪涛中你昂首挺立最前方。
你曾说华蓥山下凯歌起，
燃起那燎原烈火迎曙光。
你曾说永远要握紧手中枪，
战斗到五洲四海得解放。
你的话依然在我耳边响，
一字字一句句从未遗忘。
华蓥山胜利消息传遍四方，
同志们颗颗心常把你向往。
这一回千里迢迢来川北，
带来了多少任务和希望。
只说是并肩战斗迎解放，
谁知你壮志未酬身先亡。

〔闻风声、锣声，接唱）

　　　　风声紧锣声响敌人在身旁，
　　　　我怎能在这里痛苦悲伤！

〔江姐镇静下来，隐约地像听见彭松涛的声音。

〔幕后伴唱：

　　　　"红岩上，红梅开，
　　　　千里冰霜脚下踩。
　　　　三九严寒何所惧，
　　　　一片丹心向阳开。"

江　姐　（唱）老彭的声音响耳旁，
　　　　　　　　我全身添力量。
　　　　　　　　怒火烧干眼中泪，
　　　　　　　　革命到底志如钢。

别担心苦痛悲愁我受不住，
再重的担子我也能承当。
别惦念我们的孩子年纪小，
他会像你一样地勇敢坚强。
誓把这血海深仇记心上，
昂起头挺起胸奔向战场。

〔幕后伴唱：

"奔向战场！"

〔华为上，游击队员老陈随上。

华　为　江姐，江姐！……你怎么啦？

江　姐　嗯？……噢。

华　为　山上派人接我们来了。

江　姐　好！上山！

〔老陈下，华为随下。

〔江姐回头望了望，转身大步走下。

〔幕后伴唱：

"誓把这血海深仇记心上，
昂起头挺起胸奔向战场！"

〔幕落。

第三场

〔华蓥山上，东海寺后院。

〔上午。

〔伴唱声中幕启。

〔幕后伴唱：

"战鼓震天雷滚滚，
仇深似海浪滔滔。
华蓥山上风云动，
万丈怒火冲九霄。"

〔游击队员小华在门口守卫。

〔蓝洪顺匆匆走上。被小华拦住。

蓝洪顺　咳！（唱）

　　　　华蓥山上松涛吼，

　　　　声声呼唤好战友。

　　　　千条山泉淌热泪，

　　　　万重云雾压山头……

　　　　松林内还有你的歌声响，

　　　　山路上还把你的足迹留。

　　　　到如今不见你的身影在，

　　　　这敌人未灭，山河未变，

　　　　旧恨未消，又添新仇！

　　　　新仇旧恨心头绕，

　　　　男儿有泪不轻流。

　　　　举钢刀，挥铁手，

　　　　革命人一代一代前仆后继，

　　　　用热血头颅换自由！

　　　　〔众游击队员拥上。

游击队员们　蓝队长！到底打不打呀？

　　　　怎么还不去请战呀？

　　　　同志们眼都急红了！

　　　　心都快炸了！

蓝洪顺　好！走！

　　　　〔蓝洪顺率众正欲上前，突止步。

　　　　〔歌声中，双枪老太婆走上。

老太婆　（唱）热血染红满天云，

　　　　革命人，永青春，

　　　　身虽死，志长存，

　　　　老彭好比苍松翠柏在山林，

　　　　你万古长青！

　　　　松涛澎湃震大地，

　　　　壮怀千秋撼人心。

147

　　　　　　　　铁流滚滚流不尽，

　　　　　　　　旗帜红，主义真，

　　　　　　　　蓝天高，大海深。

　　　　　　　　干革命，后继有人，

　　　　　　　　干革命，后继有人！

蓝洪顺　司令员！

老太婆　蓝胡子，你怎么又来了？

蓝洪顺　司令员，你快下命令吧！（唱）

　　　　　　　　杀敌报仇在今天，

　　　　　　　　蓝洪顺一马愿当先。

　　　　　　　　岩石可裂不可卷，

众　人　（唱）钢刀能断不能弯。

蓝洪顺　（唱）龙潭虎穴也要闯，

众　人　（唱）哪怕血染华蓥山。

老太婆　（唱）暴躁莽撞有何用，

众　人　（唱）仇不报来心不甘。

老太婆　（唱）猛虎无谋入陷阱，

众　人　（唱）纵死沙场也情愿！

老太婆　同志们！怒火燃烧在心间！面对这豺狼遍地、风雪漫天、枪声阵阵、血迹斑斑，哪一个不想报仇冤?!

蓝洪顺　好！走！（率众欲下）

老太婆　站住！

蓝洪顺　（回身）咳！拼了一身剐，王爷拉下马！他烧咱也烧，他杀咱也杀！

老太婆　老蓝同志！

蓝洪顺　司令员哪！

老太婆　你平素可不像这样啊！

蓝洪顺　平素！可今天——

老太婆　今天！今天你这好几年没犯的性子，又犯了！我问你们，要是彭政委在，他会同意你们去打县城吗？

　蓝洪顺　彭政委他……

老太婆	他会同意就这样去硬拼硬闯吗？
蓝洪顺	他……
老太婆	他会同意我们这样冒险蛮干，轻举妄动吗？
蓝洪顺	他！他！他牺牲了呀！
老太婆	不！他永远活在我们心上，同志们，重庆派来的人马上就到，一定会带来上级党的指示，我们不光要看到华蓥山，还应该看到全国的形势呀……

〔老陈上。

老　陈	报告，司令员，江姐到了！
众　人	江姐到了?!
老太婆	同志们，江姐她千里风尘，一路辛苦，满怀高兴地来到这里，我们要很好地体谅她的心啊，关于彭政委牺牲的事……你先回去。
众　人	是。（下）
老太婆	老蓝，你留下。

〔蓝洪顺止步。华为上。

华　为	蓝大叔！妈！江姐来了，你看……

〔江姐上。

华　为	妈，这是江姐，江雪琴同志！
江　姐	司令员！
老太婆	可把你们盼来了，一路上还好哇，走累了吧？
蓝洪顺	快坐下，歇一歇。
老太婆	他叫蓝洪顺，是我们纵队二支队支队长，人家都管他叫蓝胡子。
江　姐	老蓝同志。
蓝洪顺	江姐，你快请坐嘛……
华　为	嘿，回到华蓥山，这空气都新鲜哪！
老太婆	华为，这里斗争可是很残酷，你，要经得住啊！
华　为	妈，您放心吧，这一路上，我想了很多，来的时候，我们经过了县城……
老太婆	怎么？你们进了城？
华　为	没有。
老太婆	哦……

华　为　路上听说，有同志牺牲，我们心里……

老太婆　（打断他的话）华为呀，一路上，你没把江姐照顾好吧？

江　姐　他照顾得很好，司令员。

老太婆　（笑着说）唉，什么司令员，人家都叫我老太婆！老蓝哪，你领华为去把东西安置一下。

蓝洪顺　是。（领华为下）

江　姐　司令员，我把情况汇报一下……

老太婆　不忙，不忙嘛，小华，倒茶呀！

小　华　哎！（上前倒茶，与江姐目光一碰，勉强地笑了笑，倒茶后，退到一边，偷偷擦去夺眶而出的泪珠）

〔老太婆发现小华在擦泪，看了她一眼。小华低头走下。

老太婆　（上前）这几天，敌人封锁得紧，路上很不好走哇，我也没有去接你们，一路上你们没有碰到什么意外的事吧？

江　姐　我们……没有……

老太婆　你，身体不舒服？

江　姐　不，我身体很好！我请求马上参加工作！

老太婆　对，对！应该马上参加工作，这里很需要人哪……不过，你刚来，总要休息几天哪……

江　姐　不，司令员，我不需要休息，我请求参加战斗！我不能……

老太婆　是呀，是呀，要用战斗来……

〔二人相对，又同时把目光闪开。

〔静场，伴唱声缓缓而起。

〔幕后伴唱：

　　　"相对无言难开口，

　　　各有话儿在心头。"

老太婆　（唱）她满怀欢欣初到此，

　　　　　怎能把这噩耗来经受。

江　姐　（唱）老妈妈待我情谊厚，

　　　　　不愿把伤心事说出口。

老太婆　（唱）一定要为江姐——

〔幕后伴唱：

"分担悲与愁。"

江　姐　（唱）万不能给战友——

〔幕后伴唱：

"增添苦和忧。"

老太婆　（唱）一颗心好似箭穿透，

江　姐　（唱）千滴泪偷往肚里流。

老太婆
江　姐　（二重唱）

　　　　强颜欢笑掩愁肠，

　　　　且把悲痛藏心头。

老太婆　江姐！

江　姐　司令员，这次省委在重庆召开了会议，会上传达了中央的指示。

老太婆　中央的指示？

江　姐　党中央指出，目前的形势已经达到了一个转折点，这是一个伟大
　　　　的转变，它必然地走向全国的胜利。

老太婆　对呀！

江　姐　根据中央的精神，省委对华蓥山地区的武装斗争也作出了决
　　　　定……（与双枪老太婆低语）

老太婆　好哇！……

〔华为匆匆奔上，蓝洪顺紧追上。

华　为　妈！怎么？听说老彭……

蓝洪顺　华为！唉！

老太婆　华为！你个不懂事的孩子！

江　姐　司令员，不怪他，他不知道哇！

老太婆　你——？

江　姐　我全都知道了，我看见了！

蓝洪顺　江姐，我——咳！（冲下）

江　姐　（对华为）一路上，我没有告诉你，因为我不愿意让你也……

华　为　江姐！……（哭着跑下）

江　姐　（对老太婆）我知道，同志们怕我难受，我知道你……

老太婆　本来，想过一阵再告诉你……

江　姐　司令员！

老太婆　江姐！

江　姐　妈妈！（扑在双枪老太婆怀中）

老太婆　孩子啊！（唱）

　　　　　　　千重苦，

　　　　　　　万重恨，

　　　　　　　莫压在心头，

　　　　　　　莫压在心头。

　　　　　　　当着我，

　　　　　　　亲人面，

　　　　　　　有泪尽情流，

　　　　　　　有泪尽情流。

　　　　　　　我和你发不同青恨同深，

　　　　　　　甘末同尝苦同受，

　　　　　　　应像那山上青松枝干硬，

　　　　　　　任风吹雨打永不低头。

　　　　　　　且把那悲痛仇恨化为满腔火，

　　　　　　　要踏着先烈足迹照直向前走！

江　姐　（唱）眼泪早流干，

　　　　　　　只剩恨与仇，

　　　　　　　妈妈深情话，

　　　　　　　句句记心头。

　　　　　　　遥对长空告战友，

　　　　　　　青山不改水长流。

　　　　　　　前仆后继干革命，

　　　　　　　赤心耿耿照千秋。

　　　　　〔小华拿一面红旗上，交与双枪老太婆。

老太婆　这面红旗，是彭松涛同志留下的遗物！

江　姐　（接过红旗，唱）

　　　　　　　手捧红旗贴心上，

　　　　　　　老彭遗志我承当。

记住旗上亲人血，

接过松涛手中枪。

司令员　（接唱）请把我派到战斗的岗位上。

　　　　〔蓝洪顺、华为等上。

蓝洪顺　对！为老彭报仇，为江姐雪恨！司令员，你就下命令吧！（领
　　　　唱，众合唱）

刀枪明晃晃，

子弹推上膛。

单等一声命令下，

立刻上战场。

血债要用血来偿，

刀对刀来枪对枪。

粉身碎骨不退后，

誓把敌人消灭光。

老太婆　江姐……（深情地望着江姐）

江　姐　同志们！（唱）

我懂得同志们的一片心，

阶级情谊海样深。

要为战友报仇恨，

眼前不能去硬拼。

敌人正设下狠毒计，

妄想斩草又除根。

越是急越是恨越要谨慎，

想良策讨还血债杀敌人。

老太婆　同志们，江姐给我们带来了省委的重要指示。

江　姐　同志们，我人民解放军粉碎了蒋介石的进攻之后，现已开始了全
　　　　面反攻，我西北、中原、东北各路野战大军，战无不胜，捷报频
　　　　传，连克名城，威震全国，我们的胜利就要到来！党中央毛主席
　　　　发出了指示。

众　人　党中央！毛主席！

江　姐　毛主席指示我们，要发动群众，抗丁抗粮，发展游击战争，加强

153

人民武装，配合解放大军，打倒蒋介石！解放全中国！

众队员　好哇！打倒蒋介石，解放全中国！（唱）

战鼓震天雷滚滚，

仇深似海浪滔滔。

华蓥山上风云动，

万丈怒火冲九霄！

〔幕落。

第四场

〔川北某县城郊，大石桥边"么店子"。

〔中午。

〔幕后伴唱：

"尖尖山，二斗坪，

茅草棚棚笆笆门。

年年苦，辈辈穷，

一生劳累两手空。

吃人的老天，

太不平，太不平！"

〔伴唱声中幕启。

〔"么店子"旁有一棵大黄桷树，树上贴着告示，乡丁在桥头巡哨，蓝洪顺在"么店子"喝酒，乡丁盯着蓝洪顺的酒，直咂嘴。

乡　丁　（走下桥头）杨二嫂，杨二嫂……

〔杨二嫂自室内走出。

乡　丁　杨二嫂！杨二嫂——

杨二嫂　喊啥子嘛？喊魂哪！

乡　丁　嘿嘿，给我也来点。

杨二嫂　来好多？

乡　丁　嘿嘿，二两。

杨二嫂　拿来！

　乡　丁　啥？

杨二嫂　钱！

乡　丁　钱？嘿嘿，先记账。

杨二嫂　账本本都记满啰！

乡　丁　咳，常来常往，都是熟人，好说啰！

杨二嫂　哼！没得钱就莫吃酒！

乡　丁　这是怎么说的！今天欠你纸票子，明天还你袁大头！伺候好了我，有你的好处。

杨二嫂　哪个稀奇你的好处！

乡　丁　老子二天发了财，你想高攀还高攀不上呢！

杨二嫂　啥子？啥子？背时哟！（唱）

　　　　　茄子开花像灯笼，

　　　　　你们发财我们穷。

　　　　　铜盆烂了分量在，

　　　　　我们人穷志不穷！

乡　丁　哎！说话小心点啊，难道你就不怕……

杨二嫂　怕啥子？（唱）

　　　　　胆大骑龙又骑虎，

　　　　　胆小只骑“抱鸡母”。

　　　　　天下穷人拉紧手，

　　　　　斧头劈开通天路。

乡　丁　你想造反哪！老子今天把你抓起来！

蓝洪顺　算了，把她抓走了，到哪儿去喝酒？

乡　丁　你不知道，她这个人哪……

蓝洪顺　算了，算了，坐，我请客！（对杨二嫂）再添一副杯筷！

杨二嫂　哼！粑到别个吃“抹合”！

乡　丁　你！

蓝洪顺　坐，坐嘛！（拉乡丁坐）

　　　　〔杨二嫂添上一副杯筷。

蓝洪顺　（倒酒）来来来，干！

乡　丁　大曲？……真香！

蓝洪顺　（唱）大曲酒开缸喷喷香，

乡　丁　（唱）豆腐干夹花生米味道悠悠长，

　　　　　　　　　三杯下肚心情爽。

蓝洪顺　（唱）且把那气闷愁烦丢一旁。

乡　丁　嘻嘻……

蓝洪顺　来，再干一杯！

乡　丁　不行了，还要站岗哪。

蓝洪顺　咳！站岗站岗，路边一躺。有事吆喝，没事晃荡。

乡　丁　今儿个可不行。

蓝洪顺　一样！一不过军车，二不送壮丁，有啥大不了的。来，喝！

乡　丁　就是要过军车呀，三车军火呢。

蓝洪顺　三车军火？你别蒙我了！

乡　丁　清剿指挥部，今天运军火，下午两点半，就要打这儿过——

蓝洪顺　哎，莫谈国事哪！

乡　丁　嘿，你哥子我兄弟，又不是外人。

蓝洪顺　真往这儿运军火？干啥？

乡　丁　围剿华蓥山的游击队！

蓝洪顺　游击队闹得挺厉害吗？

乡　丁　咳！双枪太婆谁不害怕，过去还有个彭松涛，现在又出了个江队
　　　　长，搞得我们是吃不好饭、睡不着觉……

蓝洪顺　哦！

乡　丁　不信你看这告示！

蓝洪顺　（念）"悬赏捉拿江队长！"

乡　丁　游击队的！你看这儿！通风报信者赏大洋五百，打死打伤者就是
　　　　一千，抓住活的，现大洋两千块！

蓝洪顺　嗬，这江队长是个什么样儿？

乡　丁　什么样儿？连警察局长还不知道呢！

蓝洪顺　噢！

乡　丁　咳，其实呀，江队长就是老太婆，老太婆，就是江队长，一个
　　　　人，姓江，当队长，是个老太婆！

蓝洪顺　哦！

〔小华、江姐、华为、老陈等游击队员上。

乡　丁　（忙上前拦住）站住，哪儿来的？

小　华　余家场。

乡　丁　到哪儿去？

小　华　进城。

乡　丁　进城？不行！这条路戒严了！

小　华　连路都不让走了？

乡　丁　不让走就是不让走嘛！你想干什么？

华　为　那我们就在这儿歇会儿吧。

　　　　〔华为等停下，杨二嫂上前招呼。

杨二嫂　你这位大姐要吃点啥呀？来碗醪糟蛋嘛？

　　　　〔乡丁又上桥头上巡哨。

小　华　来碗开水。

杨二嫂　是啊，来碗"玻璃"！

华　为　怎么老戒严，啥时候才让走哇？

蓝洪顺　小伙子，歇会儿吧，下午两点半要过军车！

乡　丁　咳！你！

　　　　〔杨二嫂拿碗过来，倒水。

小　华　三天两头戒严，县城边上也不太平！

杨二嫂　哎呀，你们怕是没有走过这一方哟。哎呀，前两天哪，是凡长胡子的，噢，就像他（指蓝洪顺）这号的，都不敢出门哪！

蓝洪顺　为啥呀？

杨二嫂　说是县里要抓个蓝胡子，哎呀，把赶场的胡子老汉都抓完了，白胡子、黑胡子、花白胡子，啥胡子都抓！就是没抓到那个蓝胡子！后来才说是搞错了，要抓的不是蓝胡子，是个姓蓝的胡子！共产党呀！

蓝洪顺　嘿嘿，我说嘛，哪有长蓝胡子的？又不是窦尔敦！

杨二嫂　你们住在余家场，看没看到共产党？

小　华　余家场倒是闹得凶啊，有钱人家胆战心惊，县里又不派兵！……

杨二嫂　县里？县里也"恼火"哟！泥菩萨过河——他也不"撒脱"！你们还不晓得呀！（唱）

　　　　　共产党里能人多，

157

有个双枪老太婆。

双手打枪百发百中哟，

说打你的脖子，

就不打你脑壳！

蓝洪顺　嗬！那么厉害！

杨二嫂　（唱）这一阵又出了个江队长，

　　　　能文能武到处闯。

　　　　抗丁抗捐又抗粮哟，

　　　　吓得那个警察局长，

　　　　就不敢坐大堂！

乡　丁　（从桥上下来）你又乱说！那游击队的彭政委还不是……

杨二嫂　哎呀，人家彭政委是星宿下凡，天上的星宿，哪能久住人间哪！

　　　　（唱）三月十五那一晚，

　　　　大风大雨黑了天。

　　　　城上人头都不见，

　　　　人人都说华蓥山上，

　　　　出了个神仙！

乡　丁　你得了吧！

杨二嫂　真的呀，你不信，说彭政委通灵显圣，双河场那边，天天有人到他升天的地方烧香磕头哇！

乡　丁　你见过？

杨二嫂　见过的人多了！穷人见了消灾免祸，你这号人见了，要掉脑壳！

乡　丁　行了！就听你一个人在这儿嚷！我看你就像个共产党！

杨二嫂　咳！这才怪哟！未必然话都不准说了！你要哪个吗？你有清稀饭，我有大肚汉！你有长笋索，我有翘扁担！我们干人又怕哪个？

乡　丁　你是想找死！

　　　　〔远处汽车声。

华　为　喂！汽车来了！

乡　丁　军车来了，糟了糟了，误了公事！快闪开！（跑下）

小　华　二嫂，今天我们借你这个地方……（附耳低语）

杨二嫂　啊？……噢！

小　华　帮个忙嘛！

杨二嫂　要得，要得。

　　　　〔小华、杨二嫂下。

蓝洪顺　同志们，准备行动！

　　　　〔游击队员们拿出武器，埋伏桥两侧。

华　为　车停了！

蓝洪顺　车停了！它在哪儿停，就在哪儿打！上！

江　姐　等等！这里离城很近，我们要争取一枪不放！

蓝洪顺　那它要是老在那儿停着不走呢？

华　为　有个当官的朝这边来了！

江　姐　好，我来对付这个当官的。（示意）

蓝洪顺　同志们，隐蔽！（率众人分头下）

　　　　〔场上只留江姐，她像过路人的样子坐下喝茶。

　　　　〔"就在那儿歇着！不准下车！"……唐贵山边骂边上。

唐贵山　把闲人都给我赶开！混蛋！出了事我枪毙了你！（焦急地摘下帽子，擦汗，唱）

　　　　　　这火辣辣的太阳当头照，

　　　　　　晒得我心里好烦恼！

　　　　　　在重庆没把戏唱好，

　　　　　　罚到川北来跑龙套。

　　　　　　盼只盼早灭游击队，

　　　　　　唐贵山戴罪立功劳。

　　　　〔小华自室内出，收拾茶具。唐贵山走过来。

唐贵山　听说大石桥的凉水醪糟甜得安逸，给我来一碗！

小　华　是啊！（下）

唐贵山　（扭头忽然见江姐）干什么的？怎么还不走？

江　姐　（未理）……

唐贵山　听见没有？不准在这儿停留，都得给我走！

江　姐　（慢慢放下茶杯）要是不走呢？

唐贵山　不走？嗯？我们好像在哪儿见过呀？

江　姐　怎么，不认识了？

唐贵山 啊！哈哈，长官公署副官处的小姐，朝天门码头一别，不想今日又在此地相逢啦，哈哈……这一回又是什么联络任务啊？……说吧！说出来，我给你立功请赏！

江　姐 哼！你倒挺大方啊！

唐贵山 大方？上回在朝天门码头，就因为我太大方了，才丢官卸职，罚到川北来当了这么个小小的副官。没想到天无绝人之路，该我唐贵山时来运转，哼哼……（掏出手枪）说！你们的老太婆，江队长，现在什么地方？

江　姐 （一笑）就在这里！

唐贵山 （一惊）来干什么？

江　姐 接收你这批军火！

唐贵山 什么？你别吓唬我……

〔小华端一碗开水上。

小　华 先生，开水！

〔唐贵山伸手来接，小华将碗一泼，烫得唐贵山怪叫一声。与此同时，老陈旁边闪出，劈手夺过了唐贵山的枪。唐贵山想抵抗，被老陈一拳打了一溜滚。

唐贵山 哎哟！……

老　陈 （用枪逼住唐贵山）别动！

唐贵山 哈哈……（撕开上衣，拍着胸脯）冲这儿来！你们也不想一想，四处都是我的人！这里一响枪，还跑得了你们！（冷不防大叫）来人！

〔蓝洪顺、华为等四面逼上。

唐贵山 （大惊）啊？

江　姐 说吧，你来干什么？

唐贵山 我……

江　姐 说，你来干什么？

唐贵山 我……

蓝洪顺 说！

唐贵山 是！押送军火。

江　姐 几车？

唐贵山　三车。

江　姐　嗯？

蓝洪顺　胡说！

唐贵山　是三车呀！

〔江姐、蓝洪顺交换目光，会意。

江　姐　多少人押送？

唐贵山　四个人。

江　姐　什么？

蓝洪顺　你要是不说实话，我就……

唐贵山　报告，没敢说假话呀，是每车四个人，加上俩司机，除我之外，一共三六一十八个人。

江　姐　还有什么？

唐贵山　没有了……

蓝洪顺　什么？

唐贵山　啊，沿途还有乡丁放哨！

蓝洪顺　带下去！

〔华为押唐贵山至一边。

江　姐　老蓝，根据现在的情况，我看还是按照司令员指示的第二套作战方案执行。你带同志们迂回到那边小树林去！记住，最好不要放枪！

蓝洪顺　好！同志们，跟我来！（率众人下）

江　姐　叫他喊话。

华　为　（对唐贵山）站过来！叫他们下车集合！

江　姐　到那边小树林集合！

唐贵山　是！……

华　为　重说一遍！

唐贵山　叫他们下车到那边小树林集合！

华　为　上去！（推唐贵山走上桥头）说！

唐贵山　（对后台喊）李德贵，叫他们下车，到那边小树林集合！

〔幕后有人应声。随即传来"不许动！""缴枪不杀！"的喧哗声，喊叫声。

〔锣鼓声中，蓝洪顺上。

蓝洪顺　江姐呀，全部缴械！

　　　　〔唐贵山大惊。

江　姐　好！

　　　　〔幕后突然传来一声枪响。

江　姐　怎么回事？

　　　　〔游击队员甲跑上。

江　姐　为什么打枪？

游击队员甲　有个家伙想逃跑……

蓝洪顺　咳！不是不让打枪嘛！

江　姐　同志们，迅速转移！老蓝，你们支队押车，原车开走！我们从这
　　　　边走！

蓝洪顺　好！（率游击队员甲由桥头下）

　　　　〔汽车驶去声。

　　　　〔幕后伴唱：

　　　　　　　"这山没得那山高，

　　　　　　　那山顶上出梭镖。

　　　　　　　这山没得那山尖，

　　　　　　　那山旗杆顶破天。

　　　　　　　山上世道大不同，

　　　　　　　青天白日黑洞洞。

　　　　　　　有朝一日天地变，

　　　　　　　五湖四海太阳红。"

　　　　〔杨二嫂自室内出。

杨二嫂　哎呀，你们才是……哎呀，你坐嘛，我再去给你泡碗茶！

江　姐　谢谢你，不用了。二嫂，今天打搅你了，等会儿我们走了，你也
　　　　去找个地方躲一下。

杨二嫂　怕啥子，没来头！

小　华　二嫂，茶钱！

杨二嫂　哎呀，不消了，不消了。哎呀，你们不坐一下了？哎呀，硬是
　　　　哟，慢走啊，慢走啊……

　　　　〔老陈等押唐贵山下，江姐、小华下，华为走在最后，临走把一

张纸条钉在"捉江队长"的告示上。

杨二嫂　（目送他们远去）哎呀，这才是些好人啰！（唱）

　　　　　　太阳出来辣焦焦，

　　　　　　众人捧柴火焰高。

　　　　　　不怕鬼来不怕难，

　　　　　　受苦人一定要翻梢！

　　　　（收拾碗筷，进入室内）

　　　　〔少顷，乡丁领警察和警察局长悄悄摸上。

警察局长　（低声催促）快！上！

　　　　〔众人硬着头皮冲进屋去，大呼"不许动！"……押杨二嫂出。

警　察　报告，就她一个！

警察局长　啊？张老么！

乡　丁　有！

警察局长　那游击队呢？

乡　丁　呃，这，怎么都跑了呀！

警察局长　（对杨二嫂）游击队跑哪儿去了？

杨二嫂　我啷个晓得呀！

警察局长　（指挥警察）顺这条道，给我追！

　　　　〔两警察下。

警察局长　（对幕后）方殿彪！带人顺小路追！

　　　　〔幕后有人应声："是！——"

警察局长　（回头瞪着乡丁）过来！他妈的人都跑了，你才来报告！（一耳
　　　　光）给我押起来！（见杨二嫂要走）站住！

杨二嫂　干啥子？

警察局长　干啥子！我问你，来了游击队，你啷个不报告？

杨二嫂　我晓得哪个是游击队呀！

警察局长　都有谁到你这儿喝茶嘛？

杨二嫂　那就多得很！有大人、细娃，姑娘、媳妇，有包帕子的，有长胡
　　　　子的！哦，还有你们那个唐副官！

警察局长　我看你是私通共产党！

杨二嫂　吔，你啷个不讲理哟！

警察局长　哪有那么多理跟你讲哟！押起来带走！

杨二嫂　（一路骂着被押下）这叫啥子世道啊！你们抓不到游击队，拿我们干人来垫背！你个砍脑壳的！……

警察局长　（大怒，追去，忽见树上纸条，忙撕下观看，念）"要问军火去何方？上山来找江队长！"……又是江队长！那一回谢家湾聚众闹事抗丁抗粮，是江队长；上个月劫走壮丁大闹余家场，也是江队长；这如今军火被抢，头头又是江队长！江队长，他他他……怎么到处都是江队长！……

〔警察跑上。

警　察　报告局长！

警察局长　什么？

警　察　小的们抓到了江队长！

警察局长　这么快，我不信！

警　察　千真万确，连他自己都承认是江队长！

警察局长　咦——这才怪呀！

〔幕后伴唱：

"这才怪呀，这才怪，

江队长居然被抓来。"

警察局长　（唱）红光照我天灵盖，眼看升官又发财。

大喜出望外，心里好自在。

〔幕后伴唱：

"警察局长，喜笑颜开。"

警察局长　（唱）恰好似推牌九——

〔幕后伴唱：

"摸到了天牌！"

警察局长　哈哈……我说嘛，一个小小的江队长，还能跑得出我的手掌心？今天我倒要看一看这个江队长，是三头六臂，还是铁打的金刚！给我押上来！

警　察　是！（下，押蒋对章上）

警察局长　唔？你是谁？

　蒋对章　蒋、蒋对章……

警察局长　你就是江队长，撒谎！

蒋对章　不，不敢说假话，我就是蒋对章。

警察局长　多大岁数？

蒋对章　去、去年才满一个花甲，六十一了。

警察局长　哼哼，老而不死！

蒋对章　是，老而不死，是为贼嘛！

警察局长　多久入的党？

蒋对章　入党？民，民国二十五年。

警察局长　介绍人是谁？

蒋对章　龙，龙头大爷王九龄。他……

警察局长　有哪些活动？要老实招供！

蒋对章　没，没得啥子活动。

警察局长　放屁，不说实话，我枪毙了你！

蒋对章　哎呀，这不能怪我啥，是王、王九龄王大爷坑害人。他，他说参加了好，人、人多，势力大，还说我姓蒋，蒋委员儿也姓蒋！一笔嘛难写两个"蒋"字！中、中央军都入川了，还是参、参加了好，听王大爷吩咐嘛，我，我就才参，参了……

警察局长　你到底参加的什么党啊？

蒋对章　我也搞不清楚啊，王大爷说的，叫啥子龟儿"刮民党"嘛！

警察局长　啊？你不是江队长吗？

蒋对章　是蒋对章呀。蒋委员长的蒋，冤家对头的对，签名盖章的章，蒋对章嘛。

警察局长　蒋对章？他妈的，你不是江队长呀！

蒋对章　我是蒋对章呀！

警察局长　混账！……咳！搞错了啊！

　　　　〔幕后伴唱：

　　　　　　"搞错了呀，搞错了，

　　　　　　错把茄子当辣椒。"

警察局长　（唱）一肚子高兴全报销，

　　　　　　　　老天爷送来个大草包。

　　　　　　　　庸人常自扰，

165

越想越糟糕。

〔幕后伴唱：

"警察局长，晕头涨脑。"

警察局长 （唱）恰好似上钟表——

〔幕后伴唱：

"扭断了发条！"

〔警察局长正气急败坏，忽传来汽车声。

警　察 （对汽车方向）站住！站住！

〔魏吉伯怒冲冲上。

魏吉伯 混蛋！没长眼睛？

〔沈养斋走上。

沈养斋 谁在拦我的车呀？

警察局长 （大惊，忙上前）哎呀，区座！电报上不是说，你老人家明日才莅临本县么？

沈养斋 愚蠢！你们在这儿干什么？

警察局长 报告区座，部下在这里抓游击队的江队长……

沈养斋 唔？

警察局长 刚才他们在这里劫走了我们三车军火……

沈养斋 什么？这里离城多远？

警察局长 八里多路……

沈养斋 离城仅仅八里之遥，游击队的活动　就如此猖獗！足见你的工作成绩很不小哇！你知道我这三车军火是运来干什么的？

警察局长 围，围剿华蓥山的。

沈养斋 好嘛，这一下，你等于送给人家一座军火库哇！

警察局长 部下一步来迟，没想到就……

沈养斋 唔，真是呀！不到下面，不知流弊之多，不出华堂，不知形势之危呀……（忽发现蒋对章）唔？你是做什么的？

蒋对章 回禀官长，我就是你们抓来的蒋对章呀！

沈养斋 什么？这就是你们抓来的江队长？荒唐！直到如今，连江队长是男是女，都还搞不清楚，废物！

〔魏吉伯扬手打了警察局长一耳光。

警察局长 报告区座，前些日子，部下还打死他们一个彭松涛呢……

沈养斋 那是局本部特遣行动组一手包办的，你没有丝毫功劳！玩忽职守，早该严办！

警察局长 是，部下该死。

沈养斋 唉！遗憾的是，我们这里像你这样的人太多了，而共产党里像甫志高那样的人又太少了！

魏吉伯 押下去！

〔警察局长还想说什么。

魏吉伯 下去。

〔警察局长和蒋对章被押下。

蒋对章 （连呼）冤枉，我是国民党，冤枉！……（下）

魏吉伯 区座，这个蒋老头儿……

沈养斋 当共产党抓来的嘛，当共产党处理！

魏吉伯 是。

沈养斋 甫志高呢？

魏吉伯 还在车上。

沈养斋 这里离城很近，甫志高应该和我们分开单独活动。游击队刚走不远，正好乘虚而入。叫他来！

魏吉伯 是，请甫专员！

〔甫志高上。

沈养斋 甫先生，你应该开始行动了！

甫志高 是！这一带我很熟悉，我亲自为区座带路。

沈养斋 不，你应该和我们分开，单独行动啦！

甫志高 这！……

沈养斋 有什么为难之处吗？魏处长你协助甫先生行动。

魏吉伯 是。

沈养斋 记住！不惜任何代价，不计一切牺牲，一定要抓住江雪琴！

甫志高
魏吉伯 是！

〔幕落。

第五场

〔川北某县，城郊，联络站。

〔下午。

〔伴唱声中幕启。

〔幕后伴唱：

　　　"乌云盖顶满天愁，

　　　小河清泉静静流。

　　　树儿摇，草儿抖，

　　　山雨欲来风满楼。"

〔华为在屋内收拾东西——在窗台上摆了一盆红辣椒。

〔游击队员甲、乙上，看了看那盆红辣椒，入室。

游击队员乙　老陈！（见华为转身）噢，是你呀。华为，老陈呢？

华　为　有事出去了。

游击队员甲　通知我们来，啥事呀？

华　为　江姐今天要在这儿召开一个会议。

游击队员甲　江姐来了？

〔小华、江姐及游击队员小张走上，华为迎进屋来。

江　姐　（对游击队员甲、乙）哦，你们先来了。老陈呢？

华　为　他到一号联络站接重庆来的同志去了。

江　姐　华为，你到紫竹林，把那份文件拿来，今天开会要用。

〔华为应声欲走。

江　姐　文件很重要，关系到好多同志的安全，路上要小心！回来的时候，注意暗号！

〔华为背背兜下。

江　姐　（对游击队员甲、乙）最近我一直在余家场一带工作，很少到这边来，你们那里情况怎么样？

游击队员甲　群众情绪很高，一听说抗丁、抗粮，都抢着参加。

游击队员乙　还要求武装暴动呢！

168　　**江　姐**　哦！

游击队员乙 自从劫了那三车军火，对群众影响可大了，有的还提出来要求摆开阵势打个大仗。

江　姐 仗是要打的，但是目前最主要的还是要继续深入发动群众，特别是老君庙、九尺坎、大巴山区更要加强活动，把基础搞扎实，把力量准备充足，好迎接解放大军入川。

游击队员甲乙 好哇！

江　姐 司令员有指示，咱们先到里面研究一下吧，等蓝队长他们一到，咱们就开会。

游击队员甲 好。（进入内室）

〔小张守在门口。

〔少顷，老陈拿着草帽走上。

老　陈 （唱）一条大路过山头，

　　　　　　唱起山歌上巴州……

小　张 （对内室）江姐，老陈回来了。

〔江姐、小华等自内室出。

江　姐 重庆的同志来了没有？

老　陈 没有，重庆出了问题，孙明霞被捕了！

江　姐 明霞！被捕了？……

老　陈 一号联络站还报告说，最近城里发现了重庆来的便衣特务。城里正在清查户口。嗯，对了，今天清早，我也发现有两个不常见的人，从门口走过去！

江　姐 这一定和重庆出事有关！……今天这里的会，不能开了！

老　陈 你是说这里也——

江　姐 对，马上转移。

老　陈 马上转移？

江　姐 嗯，万一出了问题，再想撤退，就来不及了。（对游击队员甲、乙）你们俩赶快回去，按照我们刚才研究的办法，发动骨干加强活动。（对老陈）你马上去向司令员汇报！（对小华）你赶快通知蓝队长他们，会议延期！

〔老陈、小华及游击队员甲、乙应声分头下。

169

江　姐　小张，我们快收拾东西。

　　　　〔两人收拾东西。

江　姐　把暗号撤掉。

小　张　是！（取下窗台上的红辣椒）

　　　　〔江姐烧毁了几张文件，收拾了一下，进入内室。

　　　　〔幕后伴唱：

　　　　　　"叫声江姐好战友，

　　　　　　赶快转移赶快走。

　　　　　　特务已到门外边，

　　　　　　就要对你下毒手。"

　　　　〔甫志高出现在窗外，窥伺着四周，然后悄悄地踱了进来。

　　　　〔江姐拿一小包自内室出。

甫志高　江姐！我找了你好久哇！

江　姐　甫志高？

甫志高　这里没有外人吧？老太婆呢？

江　姐　不在，你怎么来了？

甫志高　给你们送电台来了！还有一台发电机！

江　姐　是吗？

甫志高　哎呀，这一路哇！啧啧……唉！不提了！情况很紧急，马上就得
　　　　卸货，咱们走吧！……啊，是老许同志亲自派我来的，原计划不
　　　　是让孙明霞来吗？她病了！

江　姐　孙明霞病了？

甫志高　是啊！（唱）

　　　　　　孙明霞害重病终日躺卧，

　　　　　　这一次的任务就交给了我。

江　姐　噢，老许同志有信给我吗？

甫志高　没有。（唱）

　　　　　　唯恐怕一路风险出差错，

　　　　　　他叫我口头汇报当面说。

江　姐　嗯，重庆最近情况如何？

　甫志高　（唱）重庆城工运学运遍地烈火，

　　　　　　声势猛，直吓得敌人打哆嗦。

　　　　　　哈哈……

江　姐　最近有同志被捕吗？

甫志高　没有哇！

江　姐　没有？嗯！……

甫志高　哈哈……（唱）

　　　　　　你不想我在重庆搞工作，

　　　　　　有这事还不早就对你说。

江　姐　唔……哎，（唱）

　　　　　　你怎么能到这里来找我？

甫志高　（唱）不找你我向何人去联络？

江　姐　（唱）联络站你过去从来没到过。

甫志高　（唱）这……

　　　　　　这地点老许他亲口告诉我！

江　姐　噢……

　　　　〔甫志高低头喝茶。

　　　　〔幕后伴唱：

　　　　　　"为什么，甫志高言语有差错？

　　　　　　为什么，甫志高变脸又变色？"

江　姐　（唱）这地点重庆原本不知晓，

　　　　　　他却讲老许同志亲口说。

　　　　　　孙明霞分明已经遭逮捕，

　　　　　　他却说身染重病受折磨。

　　　　　　莫非他，他他他他，是毒蛇？

　　　　〔幕后伴唱：

　　　　　　"是毒蛇！"

　　　　〔小张欲掏枪打甫志高，被江姐止住。

江　姐　你看，茶都凉了，你还没吃饭吧，我给你做饭去。

甫志高　不了，工作要紧。江姐，车上的同志们正等着我们去搬运哩！

江　姐　这里人手不够呀。那，这样吧，你到根据地走一趟，我给你写个
　　　　条子，你把它送上华蓥山，山上就会立刻派人来。

171

甫志高	呃呃，上山的路，我不熟。
江　姐	你不也是本地人吗？顺东边那条路，一直走就上山了。
甫志高	那时间可就来不及了，就咱们这几个人也够了。走，咱们现在就走吧！
江　姐	不！咱们等一等吧，回头就有人来。
甫志高	也好……也好。

〔江姐坐窗下梳头。

〔甫志高在一旁喝茶。

〔门口有特务身影晃过。

〔小张紧张地监视着门外特务的动静。

〔幕后伴唱：

　　　　"假意儿梳头窗下坐，

　　　　啊，镜子里看见了什么！"

江　姐	（唱）门外有豺狼，
	身边是毒蛇，
	胸中无限恨，
	心头万丈火！
甫志高	（唱）她神色安稳难捉摸，
江　姐	（唱）他笑里藏刀诡计多。
甫志高	（唱）且把她当鱼饵——
	再抓双枪老太婆。
江　姐	（唱）拖住他不让走——
	也免得战友遇风波。
甫志高	（唱）明枪容易防，
	暗箭最难躲，
	甫志高今日到此有把握。
江　姐	（唱）只要组织得安全，
	个人的安危又算什么！

〔江姐示意，小张进入内室。

〔门外，华为上。

172　　华　为　（唱）这一份文件身上带，

　　　　　绕小路匆匆赶回来……

　　　　　为什么暗号已撤掉？

　　　　　难道说竟然出意外？

　　　　　江姐走是没有走？

　　　　　江姐出来没出来？

　　　　　进不是，退不是，可把我急坏！

　　青菜好喂，青菜鲜哟……

　　〔屋里，江姐一惊。

江　姐　（唱）为什么他偏在此时往回走？

甫志高　（唱）为什么江雪琴沉吟这样久？

华　为　（唱）为什么一点声音都没有？

　　　　〔幕后伴唱：

　　　　　"这才叫人心担忧！"

江　姐　（唱）万不能让华为也遭毒手！

甫志高　（唱）莫非说江雪琴她、她想逃走？

华　为　（唱）难道说江姐她已入虎口？

江　姐　（唱）形势急如火，

华　为　（唱）火上更加油，

甫志高　（唱）这情景不对头。

华　为　（唱）打开突破口，

甫志高　（唱）撒下钓鱼钩，

江　姐　（唱）我要粉碎这阴谋。

华　为　（唱）闯进去！

江　姐　（唱）赶快走！

甫志高　（唱）要把网来收。

江　姐　（唱）不能再停留，

华　为　（唱）不能再拖延，

甫志高　（唱）不能再等候。

华　为　（唱）我要救江姐，

甫志高　（唱）我要先下手，

江　姐　（唱）我要救战友。

173

江 姐
华 为 （唱）我要救战友。

甫志高 （唱）我要先下手。

华 为 （唱）冲!

甫志高 （唱）抓……

江 姐 （唱）走!

〔幕后伴唱:

"哎……

还需要当机立断想计谋!"

〔华为欲冲入,小张自内室出,向江姐示意:内室也被包围,冲
不出去了!

甫志高 江姐,走吧!

江 姐 甫志高! 你这叛徒!（打甫志高一耳光）

〔华为一惊。

甫志高 你!（逼上前）江雪琴!

〔华为又欲冲入。

〔江姐抓起那盆红辣椒,佯做打甫志高,甫志高弯腰一躲。花盆
直摔出窗外。

江 姐 走开! 不许靠近我! 我叫你走开!

〔华为一怔,急转身走下。

〔特务甲急走上,看着华为去的方向,要去追赶华为。

〔小张奔至窗前,一枪打死特务甲。

〔特务乙由门外闪出,一枪打中小张。

〔江姐逼住甫志高,扬手打了他两个耳光。甫志高退后掏枪。

〔小张踉跄上前,护住江姐,尽最后力量打了甫志高一枪,甫志
高被击倒。

小 张 叛徒! ……（力不支,欲倒）

〔江姐上前扶住小张。

小 张 江姐! ……（倒在椅子上,死去）

〔魏吉伯率众特务一齐拥上,逼住江姐。

174 魏吉伯 （大吼）不许动!

〔甫志高缓缓从地上爬起。

〔江姐哀悼地望着小张，抬头愤怒地看着魏吉伯等。

〔江姐镇静如山。特务乙掀起门帘。

〔幕后伴唱：

　　"乌云染不黑天边月，

　　狂风吹不落满天星。

　　梅花怒放把春报，

　　战胜严冬百丈冰！"

〔幕落。

第六场

〔重庆，中美合作所渣滓洞集中营审讯室。

〔夜。

〔幕启，两个看守当门而立，魏吉伯焦躁地坐立不安。

〔幕后传来"立正"声。

〔沈养斋上。

沈养斋　（随手脱下帽子、手套，扔在桌上）甫志高！

看　守　是，请甫专员……

沈养斋　吉伯，今天晚上可是背水一战哪！自从江雪琴押来重庆，连续审讯这样久的时间，一无所得！

魏吉伯　是。

沈养斋　我们一无所得！人家活动可是大有进展，这几个月来他们绝食、抗议、斗争，搞得我们手足无措。试问，堂堂中美合作所，如今闹了个什么样！

魏吉伯　是，部下办事不力。

沈养斋　很不力！狱中狱外，共产党地下组织，一直没有破获。美国顾问，非常不满，南京来电，十分震怒，今天晚上再要是搞不到重庆共产党地下组织名单……可确实不好交代呀！……

魏吉伯　是，部下明白！

沈养斋　你不明白！光知道老虎凳，上电刑！用这些手段对付共产党，对付江雪琴，只是下策！别忘了总裁手谕：攻心为上！

魏吉伯 是！

〔甫志高上。

甫志高 区座，您叫我……

沈养斋 唔，回头叫江雪琴来……

甫志高 我在这里不大方便吧……

沈养斋 唔？哼！（下）

〔甫志高拿起桌上沈养斋的帽子、手套下。

魏吉伯 带江雪琴！

看　守 是！

〔幕后声："江小姐，请。"

（两看守押江雪琴上。

江　姐 （唱）黑夜将晓风更紧，

残冬欲尽雪更寒。

风雪狂处战歌起，

红梅青松迎春天。

魏吉伯 江雪琴！你想得怎么样了？

江　姐 （不语）……

魏吉伯 我劝你要放明白一点，我们已经掌握了你的全部材料！

江　姐 （微微一笑）……

魏吉伯 你！你要知道，这是中美合作所，进来了就出不去！除非你交出重庆共产党地下组织名单，那我们就可以……

江　姐 你们所需要的，我全知道！

魏吉伯 噢！

江　姐 上级的姓名我知道。

魏吉伯 嗯！

江　姐 下级的姓名我也知道。

魏吉伯 好！

江　姐 可这是共产党的秘密！你们永远也无法得到！

魏吉伯 江雪琴！你……老实告诉你！你们的组织，全在我们掌握之中！

江　姐 那你又何必问我？

魏吉伯　这……

江　姐　嘿嘿……还是把你的后台老板请出来吧！

魏吉伯　你……（恼羞成怒）来人！准备老虎凳！

〔沈养斋哈哈大笑从屋内走出，甫志高随上。

沈养斋　哈哈……江小姐可真是有胆有识，令人钦佩呀！（挥手令众看守
　　　　下）嘿嘿……不过，江小姐，总要考虑一下你目前的处境啊！

江　姐　目前的处境？目前的处境对你们非常不利！在辽沈、淮海、平津
　　　　三大战役中，你们的老本儿已经输尽了！

沈养斋　不要忘记，还有一条扬子江！

江　姐　你还在妄想依靠长江天险，来挽救你们覆灭的命运吗？这只是做
　　　　梦！我们一定要打过长江，解放全中国！

沈养斋　不，不可能！

江　姐　那就叫历史来作见证吧！

沈养斋　这……哎，我们何必在这些政治术语上绕圈子呢？甫先生，你可
　　　　以谈谈你的见解嘛！

甫志高　呃……

魏吉伯　甫专员。

甫志高　……江姐呀，唉！（唱）

　　　　　　你如今一叶扁舟过大江，
　　　　　　怎敌这风波险恶浪涛狂。
　　　　　　你如今身陷牢狱披枷锁，
　　　　　　细思量何日才能出铁窗。
　　　　　　常言说英雄豪杰识时务，
　　　　　　何苦再宁死不屈逞刚强。
　　　　　　倒不如——
　　　　　　激流猛转舵，
　　　　　　悬崖紧勒缰。
　　　　　　干戈化玉帛，
　　　　　　委曲求安康。
　　　　　　人逢绝路回首是常事，
　　　　　　退后一步道路会更宽广。

江　姐　无耻！（唱）

说什么退后一步道路广，

我问你你走的是哪条路，滚向何方？

你苟且偷生，

叛变革命叛变党，

把烈士的鲜血，

捧给敌人做酒浆！

说什么风波险恶浪涛狂，

眼看着百万雄师渡长江！

蒋家王朝就要树倒猢狲散，

我看你无耻的奴才如何下场！

说什么不要宁死不屈逞刚强，

我已看见一轮红日出东方。

正为了共产主义伟大理想，

愿抛头颅，洒热血，

敢教山河换新装！

而你！（接唱）

贪生怕死出卖灵魂，

为反动派当走狗，

有何脸面在我面前摇头晃脑作势装腔。

你就像西湖旁那尊秦桧像，

让天下后世、亿万人民都来看看你这叛徒嘴脸，下流模样，

奴才本性，野兽心肠！

沈养斋　江小姐！你未免太……太过分了吧，根据共产党的规定，从你被捕那天起，你就已经脱党了，现在你和我们的关系，不是两个政党之间的关系，而是你个人和政府之间的关系。

江　姐　不！我，是革命者，你，是反革命！我们之间，是革命与反革命，你死我活的阶级斗争关系！

沈养斋　开口阶级斗争，闭口武装暴动！你们那一套马列主义阶级斗争学说，早已陈腐不堪！马克思死了多少年啦？列宁死了多少年啦？

178　江　姐　可是还有斯大林，还有毛泽东！听到他们的名字，你们就会浑身

发抖、胆战心惊！无产阶级的革命学说将与天地共存，永世常青！马列主义武装了全世界劳动者，和所有被压迫人民，必将消灭一切反动派，包括你们这群美帝国主义豢养的走狗！

沈养斋 你说的是什么！

江　姐 我说要消灭一切反动派，包括你们这群美帝国主义豢养的走狗！

魏吉伯 江雪琴！你怎么敢……

沈养斋 你们都出去。

〔魏吉伯、甫志高退下。

沈养斋 江小姐，不要这样意气用事嘛，到了如今这步田地，也应该回头为自己想想了。唔，据我所知，你从小就失去了父母，现在虽然才二十多岁，却又失去了丈夫，只剩下一个孩子，可咫尺天涯，又根本不能见上一面。唉！四十年来，沈某也经历过不少人间的辛酸坎坷，可类似你这样的悲惨身世，也还少见，难道对这一切，你就丝毫无动于衷么？……江小姐！（唱）

　　　　我也有妻室儿女，父母家庭，

　　　　我也曾历尽沧桑，几经飘零。

　　　　将心比心也悲痛，

　　　　我为你惆怅无语怨东风。

　　　　有道是好花能有几日红，

　　　　难道你不珍惜自己锦绣前程。

　　　　你这里空把青春来葬送，

　　　　又有谁知道你，思念你，

　　　　把你铭刻在心中？

　　　　岁月如流，浮生若梦，

　　　　人世间有几番明月清风？

　　　　莫将这幸福安乐轻抛却，

　　　　为一念之差，遗恨无穷，

　　　　——你要三思而行！

江　姐 （冷笑）……

沈养斋 你笑什么？

江　姐 我笑你们！像你们这样把杀人放火当作终身职业的刽子手，怎么能理解我们共产党人！

沈养斋 共产党人，是呀是呀，特别是像江小姐这样的有多年党龄的共产党人要改变立场是困难的，甚至是痛苦的，所以我要以更大的耐心，等待着你的醒悟，我想我们终究还是可以找到共同语言的！

江　姐 革命者和反革命没有共同语言！

沈养斋 不，有些情感是人所共有的，比如说博爱、幸福、和平，这都是人类共同需要的。战争总不是好东西，社会有问题，国家有缺点，尽可以协商改良嘛，何必非要武装暴动，刀光血影，致使无辜百姓妻离子散、家破人亡呢？

江　姐 胡说！是谁害得百姓妻离子散、家破人亡？是你们！是谁撕毁协定挑起内战？是你们！是谁投靠美帝，出卖了祖国大好河山？也是你们！你们专制独裁几十年，屠杀人民千千万！你们满嘴和平、幸福、博爱，可两只手却是血迹斑斑！

沈养斋 江雪琴！别忘了这是什么地方！（按电铃，行刑室大门洞开，可见里面打手、刑具等）你再冷静地想一想！（下，大门关上）

江　姐 （唱）春蚕到死丝不断，
　　　　　　留赠他人御风寒。
　　　　　　蜂儿酿就百花蜜，
　　　　　　只愿香甜满人间。
　　　　　　一颗心儿忠于党，
　　　　　　征途上从不怕火海刀山。
　　　　　　为劳苦大众求解放，
　　　　　　粉身碎骨心也甘。
　　　　　　为革命粉身碎骨心也甘！
　　　　　　谁不爱阳光灿烂春意暖，
　　　　　　谁不爱锦绣万里好河山。
　　　　　　正为了东风浩荡人欢笑，
　　　　　　面对着千重艰险不辞难。
　　　　　　正为了祖国解放红日照大地，
　　　　　　愿将这满腔热血染山川。
　　　　　　粉碎你旧世界奴役的锁链，

　　　　　　为后代换来那幸福的明天。

　　　　　　我为祖国生，我为革命长，

　　　　　　我为共产主义把青春贡献。

　　　　　　不贪羡荣华富贵，

　　　　　　不留恋安乐温暖。

　　　　　　威武不屈，贫贱不移，

　　　　　　百折不挠志如山。

　　　　　　赴汤蹈火自情愿，

　　　　　　早把生死置等闲。

　　　　　　一生战斗为革命，

　　　　　　不觉辛苦只觉甜……只觉甜！

　　　〔沈养斋率特务上。

沈养斋　江雪琴！不要执迷不悟！生命只有一次！

江　姐　如果能有十次，甚至千次万次，我也要毫无保留地献给我们的党。

沈养斋　我可以叫你坐一辈子牢！

江　姐　为了免除下一代的苦难，我愿把这牢底坐穿！

沈养斋　我可以叫你死！

江　姐　（唱）一死有何难？

　　　　　　　　到处是青山。

　　　　　　　　为党能舍己，

　　　　　　　　热血换新天！

沈养斋　江雪琴！（唱）

　　　　　　　　这是中美合作所，

　　　　　　　　歌乐山下黑铁牢。

　　　　　　　　美国刑法有四十八套，

　　　　　　　　渣滓洞白骨比天高！

江　姐　（唱）你何必虚作声势张牙舞爪，

　　　　　　　　我坚如泰山不动摇！

　　　　　　　　山高何惧风雪大，

　　　　　　　　革命者哪怕你毒刑拷打烈火烧！

沈养斋　（唱）谅一个女共产党还制服不了？

少时间定叫你低头求饶!

江　姐　（唱）山可移，海可填，

我的心不变!

头可断，血可流，

我的志不挠!

沈养斋　你可知我杀人有多少?!

江　姐　（唱）江雪琴挺胸站，

宁死不弯腰!

沈养斋　好! 来人!

〔行刑室大门应声洞开。

〔看守应声上。

沈养斋　把她的十个手指，给我一根一根地钉上竹签!

〔看守上前。江姐挺立，看守吓得后退，江姐从容地大步向行刑室走去。

〔音乐声中——

〔幕落。

第七场

〔重庆，中美合作所，渣滓洞集中营女牢，

〔黎明之前。

〔幕后伴唱：

"风萧萧，夜漫漫，

铁窗黑牢日如年。

忽闻天外春雷响，

喜迎红霞出东山。"

〔伴唱声中幕启：孙明霞、杨二嫂等数人囚居室内——江姐在写一纸条。

〔几个看守，搬运东西过场。

孙明霞　江姐，你看。

难友甲　敌人这几天，一直在搬运东西。

孙明霞　看样子敌人要逃跑了。

难友甲　天，就要亮了！

杨二嫂　国民党垮杆了！

江　　姐　明霞，这是我对目前狱中斗争的几点建议，把它交给党组织。

〔孙明霞接过纸条，走到墙角。

江　　姐　同志们，胜利就在眼前，可是不要忘了，毒蛇临死，还会咬人
　　　　　一口。

难友乙　是呀，这种时候，我们的斗争会更加残酷的……

〔一阵木梆声，"立正"声。魏吉伯率看守们上，打开牢门，魏吉
伯入内。

魏吉伯　江雪琴，你考虑得怎么样了？

江　　姐　考虑什么？

魏吉伯　重庆共党地下组织名单！

江　　姐　（挺立不语）……

魏吉伯　好，再给你五分钟！

江　　姐　一秒钟也不需要！

魏吉伯　（走出牢门）提五七三八号！

看　　守　五七三八号！五七三八号！出来！

〔看守押着一位抱婴儿的女同志上，铁钉声中，缓步从牢门外
走过。

孙明霞　（惊呼）孩子？

众难友　江姐，孩子！……监狱之花！……

江　　姐　（走至牢门）把门打开！

魏吉伯　你要干什么？

江　　姐　打开！

〔传来男牢、女牢的吼声："把牢门打开！""把孩子留下！"

〔魏吉伯挥手，看守打开牢门，江姐走出，上前接过那女同志手
中的婴儿。

江　　姐　同志，你的名字？

女同志　（微微一笑）共产党员！

魏吉伯　走！

183

〔那女同志昂然而下，看守随下。

〔突然，传来两声枪响。

〔婴儿哇的一声哭了，难友也哭了。

魏吉伯　两条路由你选，再给你五分钟，最后的五分钟！记住！这是你最后的时刻！

〔江姐不理他，径自走回牢内。众难友迎上前，看着婴儿。

魏吉伯　哼！（率看守下）

江　姐　（对着手中的婴儿，深情地唱）

孩子啊，孩子啊！

革命的后代，祖国的花。

别忘了今天哪，

别忘了你的爹妈。

是他们用鲜血染成了红旗，

用生命换来了遍地胜利花。

孩子啊，你快成长吧，

快接过红旗去打天下。

别怕那豺狼虎豹，

别怕那风吹雨打。

要记住这千万代血泪仇恨，

用战斗去迎来那人民的新国家！

〔隔室传来敲墙声，孙明霞跑到墙角，杨二嫂接过熟睡的孩子。

孙明霞　（拿过来一个纸卷）江姐！信！

江　姐　（接过信，越看越激动）啊！同志们！同志们！

众难友　江姐！

江　姐　10月1日！今年10月1日！毛主席在北京天安门上向全世界宣布，中华人民共和国成立了。

难友乙　明霞，江姐！……中华人民共和国！

难友甲　我们的国家！我们人民自己的国家成立了！

江　姐　（念）"全世界劳动人民欢欣鼓舞，新中国屹立在世界的东方！中华人民共和国国旗，五星红旗，飘扬在天安门上。"

　众难友　五星红旗！……

孙明霞　二嫂，你听见了吗？中国人民翻身了，当家做主了。

杨二嫂　哎呀，不枉自活了这一辈子哟！……江姐，我心头的话，多得很
　　　　哪……说不出来呀！……

江　姐　二嫂，我懂得，我懂得你心里的话。

孙明霞　可盼到了，可盼到了这一天了！

难友乙　亲爱的战友们，新中国的同志们，我们向你们祝贺！向你们致以
　　　　革命的敬礼！

江　姐　同志们，让我们在这黑牢铁窗之下，向新中国致敬，为我们的新
　　　　中国欢呼！

江　姐
难友们　(小声地欢呼)中华人民共和国万岁！中国共产党万岁！毛主席万岁！

　　　　〔众人合唱《义勇军进行曲》。

江　姐　……同志们，我这里还有一面红旗！这是一个烈士留下的遗物，
　　　　我们就用它绣一面五星红旗！

众难友　好！绣一面五星红旗！

　　　　〔众人打开被面，拿出红旗，刚要绣。

　　　　〔魏吉伯突然率看守走上，众人急收起红旗。

魏吉伯　(在牢门外)江雪琴！时间到了，你——

江　姐　死亡，威胁不了共产党人！

魏吉伯　好！行刑队，准备！(率看守下)

众难友　江姐！

江　姐　同志们，来！绣我们新中国的红旗！

　　　　〔江姐镇静地领着同志们绣红旗。

众　人　(唱)线儿长，针儿密，

　　　　　　含着热泪绣红旗。

　　　　　　热泪随着针线走，

　　　　　　与其说是悲，

　　　　　　不如说是喜。

　　　　　　多少年哪多少代呀，

　　　　　　今天终于盼到了你。

　　　　　　千分情，万分爱，

185

化作金星绣红旗。

平日刀丛不眨眼，

今日里心跳分外急。

一针针哪一线线啊，

绣出一片新天地！……

〔她们无言地沉浸在这激情的海洋里。

〔少顷，沈养斋率看守们上，正要打开牢门，魏吉伯奔上。

魏吉伯 区座，刚才来电话……

沈养斋 镇静！

魏吉伯 飞机已经准备好了，徐处长他们……

沈养斋 哼！让那些怕死鬼先跑去吧！不把重庆共党分子斩尽杀绝，难解我心头之恨哪！……

魏吉伯 那甫志高，还一再纠缠，求我们带他到台湾！

沈养斋 带他去台湾？（摇头）他的作用已经起完了！

魏吉伯 那干脆把他——

沈养斋 用不着，留下他让共产党去杀好了！

魏吉伯 如果——

沈养斋 如果共产党不杀这个人，那就会在他们内部产生搞不清的矛盾！

魏吉伯 我想的是，如果共产党没有发现他这段历史——

沈养斋 那好嘛，将来反攻大陆，他对我们就很有用处！唔？

魏吉伯 区座真有远见！

〔甫志高奔上。

甫志高 沈区长！

沈养斋 甫专员！你应该服从决定！云、贵、川、康任你潜伏，后会有期！（对看守）提人！

甫志高 （跪下）沈区长！你们不能丢下我不管哪！我为你们奔走，供你们驱使，替你们效力！我为你们出卖了我的一切呀！

沈养斋 可保全了你的性命，你也没有亏本呀！

甫志高 可你们一走，我就……（抱住沈养斋的腿，哭叫）沈区长！我求求你，带我走吧！台湾、香港、美国，哪儿都行！当间谍，当特务，干什么都可以，沈区长！

沈养斋　（一脚踢开）滚！

甫志高　怎么？你们不能把我一脚踢开呀！

魏吉伯　（提着甫志高的领子）去你的！（拉甫志高下）

沈养斋　（拍打着自己的裤子）这条狗！（对看守一摆手）

　　　　〔看守打开牢门，沈养斋进入牢内。

沈养斋　唔！……江小姐，又是许久未见了，我今天是特来给你报告一个
　　　　好消息：时局的发展正如江小姐所预料的那样，大局已定，共军
　　　　已经入川，重庆危在旦夕！

江　姐　这是历史发展的必然规律！

沈养斋　嘿嘿……即使是这样，可是你却看不到自己的胜利，遗憾得很
　　　　哪！不知此时此地江小姐是怎样的心情？

江　姐　我倒想问问你，你此时此地的心情又是如何呢？你们已经到山穷
　　　　水尽、土崩瓦解的王朝末日！……也许你可以逃跑，可是你们无
　　　　法逃脱历史的惩罚和人民的审判！

沈养斋　这……哼！谁胜谁负，还很难说！二十年后看世界，知是谁人坐
　　　　天下？

江　姐　劳动人民！劳动人民是世界的主人！而你们，捣乱，失败；再捣
　　　　乱，再失败，直至灭亡。这就是你们反动派的逻辑！

沈养斋　哼！死到临头还不知悔悟，在外面闹事作乱，到了这里还是如此
　　　　厉害，你们这些共产党人哪！……

江　姐　我们共产党人无论在任何场合都要革命，都要斗争！

沈养斋　这……

江　姐　怎么，你害怕了？你们这中美合作所就要摘招牌了！

沈养斋　这……好！那就请吧！我送佛送到西天！（出牢门，走下）

看　守　江雪琴！走！

众难友　江姐！

江　姐　明霞，你看我头上还有乱发吗？

孙明霞　……

江　姐　（拿起红旗）等重庆解放了，把它交给党。

孙明霞　（默默接过，热泪盈眶）……

江　姐　（拿起一个布包）二嫂，这是我的一些衣物，你留着用吧。

187

杨二嫂	江姐……
	〔江姐向门外走去。
众难友	（哭着跑上前）江姐！……
江　姐	同志们哪！……（唱）

不要用哭声告别，

不要把眼泪轻抛。

一人倒下万人起，

燎原烈火照天烧。

黎明之前身死去，

脸不变色心不跳。

满天朝霞照着我，

胸中万杆红旗飘。

回首平生无憾事，

只恨不能亲手——

把新社会来建造！

到明天山城解放红日高照，

请代我向党来汇报。

就说我永远是党的儿女，

我的心永远和母亲在一道。

能把青春献给党，

正是我无上的荣耀！

到明天家乡解放红日高照，

请代我向同志们来问好。

就说在建设祖国的大道上，

我的心永远和战友在一道。

我祝同志们身体永康健，

为革命多多立功劳！

到明天全国解放红日高照，

请代我把孩子来照料。

告诉他胜利得来不容易，

别把这战斗的年月轻忘掉。

告诉他当好革命接班人，

莫辜负祖国的期望党的教导！

啊——

云水激，

掀怒潮，

风雷震，

报春到。

青山到处埋忠骨，

天涯遍地皆芳草。

狂飙一起，

牛鬼蛇神全压倒，

红旗漫天，

五洲人民齐欢笑。

〔《红梅赞》歌声起。

〔江姐向外大步走去。

〔歌声中，牢房消失。

〔台上出现"红岩"。

〔江姐在"红岩"上昂首挺立，满面笑容。

〔《红梅赞》歌声大作：

"红岩上，红梅开，

千里冰霜脚下踩。

三九严寒何所惧，

一片丹心向阳开。

红梅花儿开，

朵朵放光彩，

昂首怒放花万朵，

香飘云天外。

唤醒百花齐开放，

高歌欢庆新春来！"

——剧　终

《江姐》根据小说《红岩》改编，创作完成于1964年。作曲羊鸣、姜春阳、金砂，剧本历经十二次修改,音乐也曾两度重写，创作过程历经两年之久。1964年由空政歌剧团首演于北京，音乐以四川民歌为基调，其中《红梅赞》《绣红旗》等曲为广大人民群众所熟知。

作者简介

阎　肃（1930—2016），男，河北保定人。创作歌词《我爱祖国的蓝天》《红梅赞》《敢问路在何方》《化蝶》《军营男子汉》《长城长》《雾里看花》《故乡是北京》《前门情思大碗茶》等；创作歌剧《江姐》《特区回旋曲》《忆娘》《党的女儿》等；创作现代京剧《红岩》《夜渡》《红色娘子军》《平原作战》《红灯照》及芭蕾舞剧《纺织姑娘》等。

·京 剧·

杜鹃山

王树元　黎中城　汪曾祺　杨毓珉

人　物　柯　湘——女，三十岁，杜鹃山农民自卫军党代表。

　　　　雷　刚——三十五岁，农民自卫军队长，后入党。

　　　　李石坚——三十岁，农民自卫军骨干，后入党，为支部委员。

　　　　杜妈妈——六十岁，贫农妇女，烈士家属。

　　　　田大江——三十二岁，雇农，后参军入党。

　　　　郑老万——四十五岁，农民自卫军战士，后入党。

　　　　杜小山——十五岁，农民自卫军战士，杜妈妈的孙子。

　　　　罗成虎——二十岁，农民自卫军战士，后入党。

　　　　温其久——农民自卫军队副，后投敌为内奸。

　　　　邱长庚——温其久在旧军队时的勤务兵。

　　　　毒蛇胆——豪绅，反动地主武装靖卫团团总。

　　　　匪连长——靖卫团连长。

　　　　农民自卫军战士、工农革命军战士、杜鹃山乡亲、靖卫团团丁若干人。

第一场　长夜待晓

〔1928年春，深夜。

〔湘赣边界，杜鹃山上，狮子口。

〔幕启。山深崖险，夜色沉重。

〔犬吠、枪声、人声，自远而近。内喊："抓雷刚！"

〔数靖卫团团丁提灯笼跑上，四处搜索。

〔毒蛇胆急上。团丁提灯笼随后。

一团丁　（指着一山岩的顶端，惊叫）看！

〔一人影攀野藤，悠过断涧，隐没于对面险崖的树丛深处。

毒蛇胆　（鸣枪）追！（率众团丁追下）

〔灯光渐暗。

〔灯光复明。同前景。清晨。远处，层峦起伏，云雾弥漫。近处，险崖对峙，状如斗狮；杂木丛生，野藤倒悬；杜鹃初绽，红白相映，生气蓬勃。台左前方卧一磐石，右后方有一大石块。

〔雷刚自险崖后闪出。拨开草丛，警惕四顾。继而跃出草丛，挺身亮相。他脚拖重镣，步履跟跄，挥汗喘息，倍感饥渴。向右"横磋步"，张望，搓手顿足，转身觅石。提镣链向左"单腿磋步""翻身"，坐于磐石上，捡石砸镣。石块碎裂，镣仍未开。忽觉有人，猛然站起。

〔杜妈妈背柴架，持柴斧走上，发现雷刚。两人对视片刻。

〔杜妈妈缓步走向雷刚，递柴斧。雷刚一怔，趋前接斧，砸开铁镣，扔于石后。杜妈妈放下柴架。雷刚将柴斧送还。

〔杜妈妈取出一块番薯，递与雷刚。

雷　刚　（接番薯，激动地）久旱的禾苗逢甘霖，点点记在心！

杜妈妈　千枝万叶一条根，都是受苦人！

雷　刚　（将番薯掖入怀内）滴水之恩，也当涌泉相报。老人家，留个姓名吧！

杜妈妈　我姓杜。

雷　刚　（一怔）姓杜？家里还有什么人？

杜妈妈　儿子杜山，被豪绅逼得没处安身，跟着雷刚，扯旗造反，至今没有音信！

雷　刚　杜山？您就是杜妈妈？

杜妈妈　你是……

雷　刚　（惭愧地）雷刚。

杜妈妈　（一惊）雷刚？（急切地）杜山呢？

雷　刚　（沉痛地）您的好儿子，咱穷人的亲骨肉，他、他、他……英勇就义啦！

〔杜妈妈身子一晃，柴斧落地。复咬牙挺住。

〔雷刚扶杜妈妈坐于磐石上。

杜妈妈　（唱【西皮散板】）

　　　　数不尽斑斑血泪账，

　　　　想不到他父仇未报身先亡。

雷　刚　（唱【慢二六】）

193

莫道是烈士的鲜血空流淌，

点点滴滴化杜鹃红遍家乡。

老人家，莫悲伤，讨血债，有雷刚，

从今后您就是我的白发亲娘。

娘！（倒身一跪）

杜妈妈　（刚强地）孩子！砍不尽的南山竹，烧不死的芭蕉根！（扶起雷刚）我丈夫死了，有儿子；儿子死了，还有孙子。他叫小山，交给你们，磨筋炼骨，报仇雪恨！（拾斧）

〔罗成虎奔上。

罗成虎　大哥！（向后招手）

〔郑老万、温其久、战士丙和邱长庚上。

众　人　队长！

雷　刚　弟兄们！（迎上，携郑老万、温其久手，引见）这是杜山大哥的老母，也是我雷刚的亲娘！

众　人　杜妈妈！

杜妈妈　（慈祥地抚摸着罗成虎）孩子……

〔战士丙放哨下。

郑老万　（向雷刚）昨晚听说你越狱逃出祠堂，我们连夜分几路四处查访。终于脱险，重新相见啦！

罗成虎　又是欢喜，又是心伤！

雷　刚　（感慨地）唉！咱们自卫军，几十个患难弟兄……

温其久　死的死，散的散，旗倒人亡啊！

罗成虎　大哥……

〔雷刚击拳长叹。罗成虎拄刀蹲下。

〔杜小山内喊："奶奶！"

杜妈妈　小山？

〔杜小山跑上。

杜小山　奶奶，我爹他……

〔杜妈妈不忍卒听，以手急阻。杜小山跪抱杜妈妈，泣不成声。

雷　刚　（崇敬而激昂地）他是一棵永不枯朽的青松，屹立在杜鹃山上！

194　杜小山　（激愤地）那杀人不眨眼的毒蛇胆，他……

雷　刚　（急问）他怎么?

杜小山　他张贴告示，四处敲锣叫嚷，将我爹人头，挂在旗杆顶上。他还说……

雷　刚　说什么?

杜小山　"谁要再当自卫军，叫他全家遭殃! 斩尽，杀绝，抢光，烧光!"

雷　刚　（怒极）啊! 豪门不入地狱，穷户难进天堂! 弟兄们，跟我走!

　　　　（一把夺过罗成虎的刀）

　　　　〔众人怒不可遏，欲随雷刚冲下。

杜妈妈　（急阻）站住!

雷　刚　（止步）娘?

杜妈妈　（坚决地）把刀给我!

　　　　〔雷刚再次恳求，仍未被允。无奈，交刀与杜妈妈。

杜妈妈　（语重心长地）青藤靠着山崖长，羊群走路看头羊。得找个带头引路的，再不能瞎碰乱闯啦!（坐于磐石上）

雷　刚　（感叹地）唉! 听说去年9月，共产党领穷人秋收暴动，轰动了赣水湘江。土豪劣绅威风扫地，劳苦弟兄挺起胸膛。（走至石块前，蹬石举拳，亮相）我雷刚找不到共产党，无奈何，比着葫芦画个瓢，学着样子往前闯。这才扯旗造了反，杜鹃山上举刀枪。可谁知，闹来闹去……唉!（击拳，唱【西皮原板】）

　　　　　　三起三落几经风浪，

　　　　　　有多少好弟兄血染山冈。

　　　　　　遭失败更渴望找到共产党，

　　　　　　群雁无首难成行。

　　　　　　黑夜沉沉盼天亮，

　　　　　　党啊，指路的明灯!

　　　　　　你今在何方?

　　　　（翘首企足，心驰神往）

　　　　〔众人随雷刚探身举手，热切期望。

　　　　〔战士丙跑上。

战士丙　队长! 李石坚来啦!

　　　　〔李石坚快步上。

李石坚	（登上石块）大哥！
雷　刚	（急迎）石坚！

〔李石坚跳下石块，紧抱雷刚双臂。

〔战士丙放哨下。

郑老万	为什么来得这么晚？
李石坚	三官镇上转了转。
邱长庚	大家都愁眉不展，
温其久	你倒是自在清闲！
李石坚	别叹气，莫心烦，我带来喜讯一件。
温其久	什么消息？
李石坚	共——产——党！（跃上石块）
众战士	共产党？
李石坚	对！
郑老万	在哪儿？
李石坚	远在天边，近在眼前！
雷　刚	怎么讲？
李石坚	近在眼前！（跃下石块，"翻身""卧鱼亮相"）
众战士	快说！
李石坚	（站起）你们听着！（转身，脚蹬磐石）市镇上纷纷传言，杜鹃山来了两个共产党员。遭遇敌人，英勇奋战。一个中弹，不幸牺牲；一个负伤，被捕入监。明天一早，祠堂门前，游乡示众，开刀问斩！
雷　刚	啊！开刀问斩？
众战士	怎么办？
李石坚	不下汪洋海，（"蹋步蹲相"）难得夜明珠！（"翻身"侧指）
郑老万	（有所悟）你是说……
李石坚	咱们乔装改扮——
郑老万	星夜下山。
李石坚	出其不意——
罗成虎	劫法场，大闹三官镇。
众战士	搅他个人慌马乱！（转身扬手亮相）

李石坚　这共产党……

雷　刚　（抢步上前，抓住李石坚手臂）你是说：抢？

李石坚　抢！

众战士　（惊喜地）抢！

李石坚　找不到就抢嘛！

〔众人活跃，雷刚兴奋地思考。

温其久　大哥！咱们——人，只有三四十；枪，不过十几杆。可不能以卵击石，冒此风险哪！

李石坚　什么险不险！

罗成虎　说干就干！

郑老万　干吧！

罗成虎　干吧！

众战士　干吧！（围拢雷刚，期待决策）

雷　刚　（毅然地）好！（踮脚挺身，神采焕发。走"圆场"唱【西皮快板】）草木经霜盼春暖，

　　　　　却未料春风已临杜鹃山。

　　　　　待明晨劫法场天回地转——

杜妈妈　拿去！（递刀）

〔雷刚接刀，舞刀，众人随之转身，分组亮相。

雷　刚　（接唱）抢一个共产党领路向前。

〔雷刚跃上磐石。众人簇拥雷刚造型。

雷　刚　苍天保佑！（拱手）

〔众人亮相。

〔切光。

第二场　春催杜鹃

〔翌日清晨。三官镇，佘氏宗祠前，圩场。

〔幕启。天低云暗。祠堂门墙，敝旧阴森。古柏丛竹，探出墙外。门前一侧，有石座旗杆一柱。

〔圩场上，冷落萧条。李石坚及战士若干，或扮买者，或扮卖

者，背向观众，夹杂在人群中。罗成虎背身坐于小车上。

〔人丛中，一讨米少女扶失明老人走至旗杆旁，坐下。

〔杜小山扮猎户，执猎叉，携山鸡走上。

杜小山 （吆喝）大雁、山鸡、狐狸、野羊——

〔郑老万扮小贩，挎竹篮走上。

郑老万 （吆喝）金针、木耳、蘑菇、生姜——

〔雷刚裹头巾，着鹿皮坎肩，荷钢叉，挑狐狸、山兔快步走上。招手，脚踏罗成虎小车。李石坚、郑老万、罗成虎急靠拢雷刚，各视一方。战士们警戒四周。

雷　刚 准备情况怎样？

李石坚 都已安排妥当。

雷　刚 那位共产党员？

郑老万 就要押出祠堂。

罗成虎 听说是个女的。

雷　刚 女的？（愕然）

罗成虎 抢不抢？

雷　刚 只要她是共产党，（决断地）抢！

〔忽闻锣声，雷刚等蓦地散开。

〔雷刚、郑老万、杜小山等分下。

〔一团丁敲锣上。

团　丁 今日逢圩，处决共党，禁止喧哗，违者上绑！

〔数团丁急跑上，驱散群众。

〔一团丁用枪托打倒失明老人。少女跪扶老人，手中竹篮落地。团丁踢飞竹篮。少女怒视团丁。自卫军战士护持老人下。

〔群众被赶下。

〔四团丁持枪警戒。

〔匪连长上。

匪连长 团总有令：带——共——党——

四团丁 带——共——党——

〔祠堂大门内团丁齐号："带——共——党——"

〔匪连长暗下。

〔柯湘内唱【西皮娃娃调导板】："无产者等闲看惊涛骇浪——"

〔四团丁暗下。

〔祠堂大门缓缓打开。六团丁刺刀上枪，窜出大门，"二龙出水"，拥向门口。

〔柯湘戴铁铐，昂首阔步自大门内上。侧身甩发，迈过门槛，巍然屹立，器宇轩昂，亮相。

〔六团丁齐以刺刀逼向柯湘。

柯　湘　（接唱【回龙】）

　　　　洒热血，求解放。

　　　　生命不息斗志旺，

　　　　胸臆间浩气昂扬。

六团丁　走！

〔柯湘目光炯炯，怒视敌人。

〔六团丁悚然退向两旁。

〔柯湘整发，托铐，从容迈地步下石阶。

〔六团丁"塌身"。

柯　湘　（快步向前，左手提链亮相。唱【原板】）

　　　　党指示进深山寻找雷刚——

一团丁　走！

〔柯湘转身撩链，怒视团丁，疾步至台中亮相。

〔六团丁架枪急围。

柯　湘　（接唱）虽陷魔掌，使命不忘。

　　　　冲开这——

　　　　（拨开刺刀，冲出刀丛，举链击一团丁，转身亮相）

　　　　冲开这刺刀丛极目远望，

　　　　（向左侧后方走动，复往后闪身遥望，"跨腿转身"，抚伤处，"单腿磋步"，甩发，捧链击众团丁，转身亮相，唱）

　　　　似看见密林中银光闪闪红缨枪，红缨枪……（凝神向往）

　　　　我恨不能——

　　　　（转身，双手抓枪，别腿侧身亮相，唱）

　　　　恨不能飞身跃上——

199

（甩枪，蹲身，起身，接唱）

万仞岗。

（转身亮相）

六团丁　走！

〔柯湘猛回头怒视团丁。两团丁急架枪。柯湘抓枪，走半"圆场"，"双腿磋步"，直逼众团丁。众团丁急退。

〔部分乡亲拥上。柯湘甩开刺刀，举双手召唤众乡亲。

〔团丁驱乡亲下。

〔柯湘逼视团丁，回绕于刺刀丛中，走小"圆场"，连续转身，甩发提链亮相。

柯　湘　（唱【流水】）

且把刑场变战场，

畅谈革命斥贼党。

揭谎言，明真相，

驱迷雾，迎曙光，

驱迷雾，迎曙光，

将火种播向这万里山乡！

〔柯湘牵引众匪。大幅度迂回，至台后部中心，突然转身，冲向台前。众匪挺枪急围。柯湘抓住双枪，甩枪，双手振链，英武"亮相"。

〔毒蛇胆上。匪连长、两团丁随上。

毒蛇胆　（凶狠毒辣，色厉内荏）女共党！上海、长沙，没把你们杀绝斩尽，今天我要杀一儆百，以正乡风。

柯　湘　（字字千斤，气壮山河）哪里有压迫，哪里就有斗争。甘洒一腔血，唤起千万人！

毒蛇胆　（急向众人）别听她的赤色宣传，大家都要安守本分。只有蒋总司令的党规国法，才是中华民族的救国之本。

柯　湘　〔出其不意）请问，现在是哪一年？

毒蛇胆　（脱口而出）民国十七年。

柯　湘　（致命一击）可是你们的田赋钱粮、苛捐杂税，已经收到民国三十七年啦！这就是你们的党规国法，这就是你们的救国之本！

毒蛇胆 （张口结舌）你……

柯　湘 乡亲们！

〔乡亲们拥上。

柯　湘 （转身跃上旗杆石座）蒋介石叛变革命，是帝国主义的狗奴才。南京政府屠杀工农，是祸国殃民的黑衙门。只有马列主义才能救中国，只有中国共产党才是工农的救命星！

〔雷刚内喊："说得好！"

毒蛇胆 什么人？

雷　刚 雷——刚！（手执钢叉自人丛中跃出）

毒蛇胆 （惊恐万分）啊！

〔众匪惊乱。

〔雷刚以钢叉刺中毒蛇胆左臂。

〔毒蛇胆掏枪向柯湘射击。

雷　刚 闪开！（一个箭步飞向柯湘，以身掩护，左臂受伤）

〔在雷刚、李石坚的卫护下，杜小山等急拥柯湘下。

〔雷刚飞叉掷毒蛇胆，毒蛇胆逃下，传来一声惨叫。

〔数团丁扑向雷刚。雷刚左臂伤痛。李石坚从扁担内抽出红缨枪，迎战数匪，救护雷刚。

〔数团丁欲刺雷刚。罗成虎推小车上，截住团丁，从车把内抽出双刀，追团丁下。

〔雷刚夺一团丁刀，利用小车与众匪格斗。雷刚刺死团丁，复掀翻小车，砸扣一团丁。

〔柯湘、杜小山等急上。

〔雷刚接住空中飞刀，脚踏小车与柯湘、李石坚、郑老万、杜小山等英勇亮相。

〔自卫军战士追众团丁过场。

〔柯湘急撕衣襟，为雷刚裹伤。

〔罗成虎、战士甲奔上。

罗成虎 靖卫团溃不成军，鬼哭狼嚎。

战士甲 毒蛇胆身负重伤，向县城逃跑。

雷　刚 继续侦察，加强岗哨！

201

罗成虎 战士甲	是！（下）
柯　湘	（热情地）你是雷刚？
雷　刚	（点头）你是……
柯　湘	柯湘。
李石坚	从井冈山来？
柯　湘	受党委托，来找雷队长。
雷　刚	还有一位？
柯　湘	（沉痛地）赵辛同志……
雷　刚	赵辛！（庄严地）烈士虽未见，英名永记牢。

〔众人低头默哀。

郑老万	山乡春来早，
李石坚	荒地吐新苗。
雷　刚	（紧握柯湘手）你就是我们日盼夜想的党代表！（振臂高呼）欢迎党代表！

〔众人欢迎党代表。

〔柯湘登上旗杆石座招呼众乡亲。战士和乡亲们热情洋溢地拥向柯湘。造型。

〔切光。

第三场　情深如海

〔当天下午。

〔祠堂后院。

〔幕启。天际卷云层叠，正面是一堵石座瓦顶的灰墙，右边是厢房一角。透过月亮门，可见前院正厅屋檐。墙内墙外，翠竹古柏，兵器架上，列树刀枪。

〔两战士张贴标语："打土豪，分田地！""拥护工农革命军！""中国共产党万岁"过场。

〔数战士扛谷米，荷兵器，挑鞭炮，抬酒坛，络绎过场。

〔数战士与邱长庚围桌饮酒。

〔罗成虎与杜小山抬朱漆木箱上。

罗成虎 喂！温队副有令：“按照往日规定，浮财全归弟兄！”（打开箱盖）

众战士 好！马上就分！（一拥而上，各取所好）

〔李石坚扛米箩上。

李石坚 弟兄们！先别动！（放下米箩）

〔众人诧异。

李石坚 这次分浮财，要按新章程。

罗成虎 （不解地）新章程？

李石坚 花边光洋，一律归公；部分谷米，留作军用；其余粮食衣物，全部分给乡亲。

众战士 这是谁的命令？

李石坚 党代表。（下）

罗成虎 哼！咱们流血拼命，

战士丁 她倒干做人情。

战士丙 外乡人总归隔一层啊！

战士乙 读书人没吃过苦哪能带兵？！

〔战士们不满地将手中衣物摔入木箱，将木箱抬至墙角。

邱长庚 （发泄地）哼！女的能带兵，男爷们儿还有什么威风？她的命令，咱们不听！

罗成虎 不听！

众战士 不听！

邱长庚 （拍案站起）走！找她讲理，这是什么章程？

众 人 （吵嚷）“走！走！”“这是什么章程！”“这是革的什么命！”（拥向月亮门）

战士甲 （指门外，紧张地）别吵，她来啦！

〔嘈杂之声，戛然而止。

〔柯湘肩挑米箩，面带笑容，出现于月亮门口。

〔众人愤然不语，背向柯湘。

〔柯湘略一思索，走至厢房前，放下担子，利落地将米箩搬起放在箩堆上，用肩布掸尘。

〔李石坚、郑老万、杜小山扛粮上。

| 柯　湘 | （沉默良久，微笑地）哎？刚才好像电闪雷鸣，怎么忽然风平浪静啦？ |

〔罗成虎气呼呼地夺过一战士手中包袱，丢进木箱，用力关上箱盖，走向邱长庚。

罗成虎	别喝啦！（一把打掉邱长庚的酒杯）
邱长庚	（醉醺醺地）啊！女……共产党，来管我们！（拔出腰中短枪）这是什么？不是绣花针！
柯　湘	他喝醉了，把枪下掉！
郑老万	是！（欲下邱长庚的枪）
邱长庚 李石坚	你敢！（甩开郑老万）
郑老万	（急忙喝止）邱长庚！

〔邱长庚举枪，向柯湘冲去。众人惶恐。

〔柯湘镇定异常，上前，一把抓住邱长庚手腕。僵持少顷。邱长庚用力挣扎。柯湘从容熟练地下掉邱长庚的枪。邱长庚一个踉跄，倒吸一口冷气，跌坐木凳上。

| 柯　湘 | （将枪交与杜小山，平静地）带下去，醒醒酒。（顺手为杜小山整整衣领） |
| 杜小山 | 是！（带邱长庚下） |

〔部分战士跟下。

郑老万	（钦佩地）想不到，看不透，打仗干活儿，行家里手！
柯　湘	（谦虚地）风里来，雨里走，终年劳累何所有？只剩得，铁打的肩膀粗壮的手……（不自禁地沉入回忆）
罗成虎	（意外地）你也是穷苦出身？
柯　湘	唉！吐不尽满腹苦水、一腔冤仇！（坐下，唱【反二黄中板】）

　　　　　家住安源萍水头，

　　　　　三代挖煤做马牛。

　　　　　汗水流尽难糊口，

　　　　　地狱里度岁月，

　　　　　不识冬夏与春秋。

　　　　（转唱【原板】）

闹罢工，我父兄怒斥工头，英勇搏斗，

壮志未酬，遭枪杀，血溅荒丘。

（那）贼矿主心比炭黑又下毒手，

一把火烧死了我亲娘弟妹，一家数口尸骨难收。

郑老万　（激愤地）矿主、工头，

罗成虎　毒蛇、野兽！（拍桌）

李石坚　要雪恨！

众战士　要报仇！

柯　湘　（唱【二黄摇板】）

秋收暴动风雷骤，

明灯照亮，明灯照亮我心头。（转唱【原板】）

才懂得翻身必须枪在手，

参军、入党，要为那天下的穷人争自由。（转唱【流水】）

工友和农友，一条革命路上走，

不灭豺狼誓不休！

不灭豺狼誓不休！

郑老万　团结一心向前走，

李石坚　革命到底不回头。

众战士　（兴奋地）对！对！对！

〔温其久暗上，身后跟着邱长庚。

温其久　吵什么！

〔众人惊，哑然。

温其久　队长负伤，需要安静！（将所披长袍，扔给邱长庚）

〔罗成虎及众战士下。

李石坚　队副，抓来的团丁？

温其久　照老章程！（做砍头手势）

郑老万　扣留的商人呢？

温其久　货物充公！

柯　湘　（语气缓和地）温队副，对俘虏，应教育释放，对商人，要买卖公平。这是党的政策，应该贯彻执行。

郑老万　（担心地）党代表，要是放过俘虏商人，雷队长会跟你拼命！

205

柯　湘	（笑了笑）革命的道理，他会想得通。（向温其久）队副，你说呢?

柯　湘　（笑了笑）革命的道理，他会想得通。（向温其久）队副，你说呢?

温其久　（抑制着内心的不满）我什么都不是，说了也没用!

〔悻悻然走进厢房，身后跟着邱长庚。

李石坚　（急喊）温队副!（向柯湘解释）党代表，你别在心。因为他当过军官，养成了军阀作风。

柯　湘　哦? 他是什么出身?

李石坚　原先也是豪门。为争一块风水宝地，和毒蛇胆结下怨恨。打官司把家产荡尽，先投军阀刘二豹，后又找我们。和雷刚结了把兄弟，参加了自卫军。

柯　湘　哦!

〔哨声突起。温其久内喊:"全队集合!"

〔众战士急跑上。

〔邱长庚自厢房跑出。

邱长庚　（挑衅地）队长发火啦!

〔雷刚臂吊绷带，怒气冲冲走出厢房，立于台阶上。

〔柯湘欲上前招呼，雷刚不理。

〔气氛紧张。

〔温其久暗上。

雷　刚　（走下台阶，一脚踏上桌旁木凳，厉声地）谁要把俘虏、商人给我放走，他就是雷刚的冤家对头!

〔罗成虎持扁担自月亮门上。

罗成虎　报告，抓到一个土豪!

雷　刚　押进来!

罗成虎　是!（向门外招手）

〔雷刚怒立桌后。战士们持刀枪分立于雷刚两旁。

〔温其久矜持地坐于桌旁。

〔柯湘立于台阶上，细心观察。

〔两战士内喊:"走!"押双手被捆的田大江上。

田大江　为什么把我抓来?

罗成虎　你帮土豪运米到山外!

田大江　我田大江做雇工是出于无奈，推车挑担，为的是养家还债，一天不干，全家人饥饿难挨！

雷　刚　宁愿饿死，不当奴才！

田大江　（气极）你？

雷　刚　单凭这一点，就该狠狠打！

罗成虎　是！（欲按倒田大江）

田大江　（用力挣扎）什么自卫军？！简直是军阀！（顿足）

温其久　你敢骂？打！

邱长庚　打！

柯　湘　（高声地）不准打！

温其久　（站起）就要打！

　　　　〔邱长庚从罗成虎手中夺过扁担，向田大江打去。

柯　湘　（上前急拦）住手！（夺过扁担）真不像话！

　　　　〔郑老万接过扁担。

雷　刚　（拍桌大怒）柯湘！（唱【西皮快板】）

　　　　　　自卫军舍生忘死将你救下，

　　　　　　实指望领头带路把仇敌杀。

　　　　　　你不为穷苦人撑腰说话，

　　　　　　反与豪绅是一家。

　　　　　　抓来的土豪（你）不准打，

　　　　　　商人俘虏竟要放回家。

　　　　　　你这个共产党，是真还是假？

　　　　　　当着这众弟兄，你要回答！

　　　　（踹凳，拍刀，脚踏木凳，横刀怒向柯湘）

　　　　〔战士们举刀挺枪，威逼柯湘。

　　　　〔李石坚、郑老万和战士甲急忙围护柯湘。

　　　　〔罗成虎惊惶观望。

　　　　〔温其久立于桌后，幸灾乐祸。

　　　　〔静场。局势严重。

　　　　〔柯湘从容镇静，拨开李石坚等人，缓缓走向雷刚。

柯　湘　（平静地）雷刚同志，（指田大江）他是土豪？

雷　刚　为土豪做事！

柯　湘　那就该打？

雷　刚　打是轻的！

柯　湘　（稍一思索，转向众人）同志们！咱们这里，谁给土豪做过事，
　　　　把手举起来。（举手）

　　　　（众人疑惑不解，收回刀枪。

柯　湘　怎么？都没给土豪干活儿？也没受财主剥削？

李石坚　（突然打破寂静，举手）我干过！我是石匠，给豪门刻碑造墓。

罗成虎　（举手）我打短工，给财主舂米推磨。

郑老万　（举手）我给土豪……这怎么说呢？什么活儿都干过！当年盖这
　　　　祠堂，咱们谁没来过?!那是旧世道，不干没法活呀！

战士甲　我干过！（举手）

战士丙　我干过！（举手）

战士乙　我干过！（举手）

众战士　我干过！（举手）

李石坚　（缓缓走向雷刚）大哥！为土豪帮工抬轿十几年，难道你忘记了
　　　　受过的苦难？

雷　刚　（有所触动）唔？（一想）嗯！（缓缓把手举起）

柯　湘　同志们！难道咱们都是土豪？都要挨革命的扁担？

　　　　〔众人思考，放下手臂。

　　　　〔温其久见风头不对，暗暗溜下，身后跟着邱长庚。

柯　湘　毛委员说过："谁是我们的敌人？谁是我们的朋友？这个问题是
　　　　革命的首要问题。"所以，白军俘虏，要宽大处理。一般商人，
　　　　应该争取。豪绅列强，是我们的死敌。而劳苦大众，乃是革命的
　　　　主力！可你，杀俘虏，抓商人，还要毒打推车的雇工，我们的阶
　　　　级兄弟。你，这是革谁的命？造谁的反？灭谁的威风？长谁的志
　　　　气？（痛心地）雷刚同志！（唱【反二黄原板】）

　　　　　　普天下受苦人同仇共愤，（为田大江解绑，转唱【二六】）
　　　　　　黄连苦胆味难分。

　　　　　　他推车，你抬轿，同怀一腔恨，
　　　　　　同恨人间路不平，路不平。

　　　　　　可曾见他衣衫破处留血印，

怎忍心——

怎忍心（哪）旧伤痕上又添新伤痕？

雷　刚　（唱【西皮二六】）

见伤痕往事历历涌上心，

受苦人，肩上压的都是豪绅。

（拿起扁担，悔恨交加，接唱）

我良莠不辨，是非含混，

错把亲人当仇人，

错把亲人当仇人。

说不尽心中悔和恨！

（猛掷扁担）

〔柯湘示意罗成虎去取衣物。

雷　刚　田大江，我的好兄弟！（一把抱住田大江，接唱）

原谅我眼不亮心不明，是个糊涂人！

柯　湘　（紧握雷刚、田大江手，唱【西皮流水】）

阶级情，海洋深，

同命运，一条心！

往年同受同样苦，

今朝同把冤仇申。

愿天下工农团结紧！

众战士　（唱）愿天下工农团结紧！

柯　湘
众战士　（唱）砸开铁锁链，

翻身做主人。

砸开铁锁链，

翻身做主人。

翻身——

柯　湘　（接唱）做主人！

众战士　（唱）翻身做主人！

〔阳光灿烂，彩霞绚丽。

〔罗成虎取包裹上。

柯　湘　（深情地）大江！你运过多少绫罗绸缎，穿的却是破衣烂衫。（捧包裹）这点衣物、银圆，带回去，暂度饥寒。

田大江　（接包裹，热泪盈眶）几十年来受苦受难，从未有人问饥问寒。（振奋地）亲人哪！给我一杆枪吧，跟你们一块儿干！

柯　湘　（热情握手）大江同志，欢迎你！

众战士　欢迎你！

雷　刚　党代表！我雷刚不懂共产党的王法，从今后该怎么办，由你当家。

柯　湘　那……俘虏？

雷　刚　放掉！

柯　湘　商人？

雷　刚　送走！

柯　湘　粮食、浮财？

雷　刚　分给穷苦人家！

众战士　（欢腾地）好！

柯　湘　我建议：分衣分粮，发动群众，扩大武装，然后整训上山冈！

雷　刚　（爽朗地）对，听党代表的！

柯　湘　打开谷仓，马上分粮！（接过一卷分粮榜，示意雷刚）

　　　　〔众乡亲拥上。少女扶失明老人上。杜小山扶杜妈妈上。

　　　　〔柯湘主持分粮。众乡亲欢天喜地。

　　　　〔失明老人自米箩中捧起稻谷，激动万分。

　　　　〔柯湘高举分粮榜，众人簇拥亮相。

第四场　青竹吐翠

　　　　〔半个月后，上午。

　　　　〔杜鹃山山腰，坪场。

　　　　〔幕徐启。蓝天白云，风和日丽，远山重叠，梯田层层；新竹泛绿，青翠欲滴；杜鹃盛开，绚丽多彩，远处可见瓦顶白墙的农舍。一块巨石，横于台侧。

　　　　〔李石坚在石壁上涂写标语，已经写好"提高警惕，严防……"几个字。

〔数乡亲送谷米、南瓜过场。

〔数男女自卫军战士执红缨枪、马刀、三节棍、藤牌、流星等武器欢快地舞动着过场。

〔李石坚执棕笔目送战士们远去，满心喜悦。

李石坚　（唱【西皮娃娃调原板】）

　　　　　　杜鹃山青竹吐翠蓬勃向上，

　　　　　　自卫军整训忙扩建武装。

　　　　　　打土豪分积谷群情欢畅，

　　　　　　放旗卷战歌壮标语满墙。

〔杜妈妈和几个乡亲持扁担、背竹篓上。

杜妈妈　（风趣地）嘿，小石匠！

李石坚　杜妈妈，又为我们劳碌奔忙！

杜妈妈　送来点番薯、咸盐，

少　女　茶油、辣酱。

杜妈妈　吃了有劲儿。

众乡亲　多打胜仗！

李石坚　（感动地）深情厚谊，暖人胸膛！

杜妈妈　再见吧，多多保重！

李石坚　决不负乡亲的期望！

杜妈妈　好！

李石坚　（忽然想起）哎，毒蛇胆要卷土重来，您可要多加提防啊！

杜妈妈　（笑，豪迈地）你看，这满坡的山茶树，三九严寒都没落叶，何况眼下，已是早春时光啦！（大笑）

〔众人畅笑。

〔李石坚扶送杜妈妈等下。

李石坚　（转身沉思，接唱）

　　　　　　虽然是冰消雪化春雷响，

　　　　　　只怕春寒有严霜。

　　　　　　谨防隔山烟尘涨，

　　　　　　必须要时刻勤擦手中枪。

（回身在巨石未写完的标语"严防……"上补写好"奸细"二字）

〔雷刚边看习字本，边念："打土豪，分田地……"上。

〔杜小山欢快地跑上。

〔田大江背盛草药的竹篓、带药葫芦和郑老万同上。

〔杜小山、郑老万、李石坚轻步走向雷刚。

〔田大江坐于一旁整理草药。

杜小山　（猛拍雷刚肩部）嗨！

〔雷刚一惊，抬头。众人笑。

李石坚　老雷，最近学文化，你可真带劲儿！

雷　刚　嗯！学政治，读课本儿，不识字可没有门儿。如今参加了共产党，更不能做睁眼瞎子一抹黑！（笑）

李石坚　对！

雷　刚　哎，石匠老师，快来看看我写的字，有没有安错胳膊腿儿？

杜小山　（抢过雷刚的习字本，念）"打土豪，分田地"。对劲儿！

郑老万　对劲儿！

李石坚　（接过习字本，仔细一看）哎？就是"土豪"的"豪"字，怎么少了一条腿？

雷　刚　啊？（拿过习字本细看，大笑）这是咱们打土豪，叫我老雷打折了！

〔众人畅笑。

雷　刚　（用铅笔添上一撇）嗯！我看学文化，并不十分难。一天认它五个字，十天就是一个排；认它一个月，就是一个连；认它半年，就是一个团；认它一二年，（一顿）我就能当司令官啦！

〔众人大笑。

〔哨声起。

杜小山　（调皮地）报告司令官，新兵就要练刀啦！

雷　刚　哦！还等我去教哪！

李石坚　你的枪伤全好啦？

雷　刚　多亏了大江兄弟深山采药，细心照料。

杜小山　今天一早，大江叔又去采药，攀青藤下绝壁，挂在半山腰。撕破了衣服划破了肉，才弄到这点儿（从田大江腰中扯下药葫芦）石仙桃！

〔田大江腼腆地抢过药葫芦。

杜小山　不信，你瞧！（撩起田大江衣袖）

雷　刚　啊！青一道、紫一道……（沉思）

田大江　（赶快将下衣袖，笑着）别说这些啦，新兵等你练刀哪！

雷　刚　（一挥手）好！走！（转身欲走）

〔柯湘内喊："老雷！"

众　人　（回头）党代表！

〔柯湘背大捆草鞋，手拿打草鞋的用具上。

柯　湘　老雷，新战士的草鞋，你给带去。

雷　刚　（接过大捆草鞋）太好啦！雪里送炭，正是急需。（欲下）

柯　湘　慢！

〔雷刚止步。

柯　湘　抬起脚来。

〔雷刚不解，抬脚。众人见草鞋底磨穿，大笑。

柯　湘　看，你更急需。

雷　刚　不，这些鞋太小，穿不进去。

柯　湘　喏，（从腰间抽出一双草鞋）还有双大的，给你！（扔给雷刚）

〔雷刚接鞋，抬脚比试。

杜小山　嘿！司令官，真神气，穿的草鞋没有底！

〔众人大笑。

雷　刚　（推扯杜小山，故做严肃状）别笑了，上操去！

杜小山　（做立正状）是！

〔杜小山调皮地做正步走。雷刚大笑，搭杜小山肩，同下。众人
欢笑。

田大江　雷队长入党后，学习、练兵非常努力。

李石坚　自卫军整训以来，面貌一新、充满朝气。

〔柯湘从竹篓上拿起田大江的衣服，坐于石上补缀。

郑老万　不过，十个指头有长短，哪能一般齐？有的人就胡言乱语，一肚
子不满意！

李石坚　说些什么？

〔李石坚、田大江盘腿坐于石旁，整理草药。

郑老万　整天立正稍息，顿顿南瓜红米，躲进山沟放空枪，叫人真憋气！应该走州过府大吃大喝，那才是称心如意。

李石坚　岂有此理！是谁说的？

郑老万　还能有谁？队副的影子。（蹲下）

田大江　刚才杜妈妈说，他俩一早就在酒馆里。

柯　湘　（断线收针，随手将补好的衣服交给田大江。意味深长地）蚂蚁上树，预示着满天风雨。（立起）蝼蛄钻洞，能毁掉百里长堤。咱们都是共产党员，更应该……（顺势指标语）

李石坚等　（会意地）提高警惕！

〔罗成虎、战士甲急上。

罗成虎　报告！我们化装侦察，摸进城里，发现毒蛇胆抓夫派款，扩充兵力。

战士甲　看来快要进犯此地。

罗成虎　我看，给他来个迎头痛击！

柯　湘　敌强我弱，力量悬殊，迎头痛击，于我不利。

罗成虎　怎么打法？

柯　湘　（胸有成竹，斩钉截铁地）敌进我退！（唱【西皮慢二六】）

　　　　　　杜鹃山山深林密回旋有余地，
　　　　　　辗转游击方能胜强敌。（对李石坚，唱）
　　　　　　你快去井冈山请求指示，
　　　　　　刻不容缓，十万火急。
　　　　　　还须找雷队长仔细商议，
　　　　　　操胜券全凭着志坚心齐。

　　　　走！

〔柯湘等下。

〔温其久自石壁后走出。

温其久　走？往哪儿走！逃不出我的手！（向前几步，诡秘地）刚才，毒蛇胆通过刘二豹暗地里与我联系，扫平杜鹃山，叫我助他一臂之力。事成之后，归还我的风水宝地，靖卫团给我坐把金交椅。到那时，再不受共产党的窝囊气！柯湘啊，雷刚！叫你们死无葬身之地！（得意狞笑，回身突然看见标语）"严防奸细！"

（疑惧地）哑！

〔收光。一束金黄色的光映向标语，一束蓝光射向温其久。

第五场　砥柱中流

〔数日后，黄昏。杜鹃山上。

〔幕启。林深路隘，峭石刺天。鹃花似火，劲松迎风。群山莽苍苍，晚霞如血染。

〔台后方一隘口通山下，台前左侧有岩石、树桩。

〔枪声时断时续。

〔雷刚焦虑地瞭望山下。

雷　刚　（转身，唱【西皮摇板】）

　　　　自卫军转山绕岭不应战，

　　　　靖卫团耀武扬威逞凶残。

　　　　何日里冲下山刀劈毒蛇胆，

　　　　杀他个落花流水人仰马翻！

　　　　（挥舞马刀，左砍右杀，猛劈树桩，以泄心中愤懑）

〔温其久暗上。

温其久　（煽惑地）可惜呀！杀人的钢刀，只能把树桩砍。（阴险地走向雷刚）

雷　刚　仇报仇，冤报冤，总有这一天！

温其久　大哥！心字头上一把刀——你就忍了吧！没有她的命令，哪个敢下山？

雷　刚　（烦躁地）唉！（坐在树桩上）

温其久　有些闲话在流传，大哥可曾听见？

雷　刚　闲话？

温其久　弟兄们说……（故做吞吐难言状）

雷　刚　说嘛！何必为难！

温其久　他们说："一片乌云遮住了队长的双眼，一个女人治住了堂堂七尺的男子汉！"

雷　刚　（猛受刺激，霍地站起，抓住温其久的手腕）你说清楚！

215

温其久 大哥！（按雷刚坐下，唱【西皮二六】）

　　　　党代表是矿工生在安源，

　　　　与毒蛇胆无怨无恨毫不相干。

　　　　山下的众乡亲正遭涂炭，

　　　　她无动于衷，

　　　　她无动于衷倒也情有可原。

（突然语锋一转，别有用心地，唱）

　　　　可是有人——

　　　　从小喝的家乡水，

　　　　如今忘了杜鹃山！

雷　刚 （站起，浑身颤抖）什么？忘了杜鹃山？

温其久 过河就丢船。

雷　刚 此话不可信，

温其久 到处有人谈。

雷　刚 恶语中伤！

温其久 苦口良言！

雷　刚 （双手揪住温其久的前襟）你给我滚！

温其久 大哥……

雷　刚 滚！滚！滚！（猛力推开温其久，愤然背立）

温其久 （长叹一声）想不到，温某人鞍前马后跟你跑，出生入死为你干，好处没沾边儿，倒落得……咳，令人心寒！我滚，我滚！再见，再见！（阴险地扫了雷刚一眼，退下）

　　〔山下浓烟滚滚，火光闪闪。

雷　刚 （转身，心绪烦乱地）"从小喝的家乡水，如今忘了杜鹃山！"

　　〔山下火光愈烈。雷刚上坡眺望，心如火燎。

雷　刚 （唱【二黄小导板】）

　　　　大火熊熊浓烟卷，（下坡，转唱【回龙】）

　　　　心似江水波浪翻。（转唱【原板】）

　　　　党代表隔岸观火不许交战，

　　　　难道说她的心冰冷雪寒？

　　　　难道她炮火声中吓破了胆，吓破了胆？

（思索）不！她在那刑场上面对强敌，神色不变，慷慨陈词，大义凛然，她是一个好党员！（转唱【摇板】）

　　思绪万千，心烦意乱——

（思考，走向隘口；转身"磋步"扑向树桩，欲拔马刀；一想，猛然转身，转唱【散板】）

　　闹革命为什么这样难！

（击拳）

〔李石坚急上。

李石坚　雷队长！

〔温其久暗上，身后跟着邱长庚。

雷　刚　（急迎李石坚）石坚，上级怎样指示？

李石坚　"敌众我寡，形势严重，马上撤离杜鹃山！"

雷　刚　（惊愕）什么？撤离杜鹃山？

李石坚　对！保存兵力，转移出山，会合主力部队，粉碎敌人进犯。党代表说："军情紧急，必须坚决照办。"

〔罗成虎内喊："队长！"自隘口跑上。

罗成虎　不好啦！

雷　刚　怎么？

罗成虎　毒蛇胆抓住了杜妈妈！（紧抓雷刚手）

雷　刚　啊？

罗成虎　绑在镇口，受尽摧残！（顿足）

雷　刚　（震惊）啊！（猛甩罗成虎手，冲向隘口）

温其久　杜妈妈待大哥恩重如山，可不能袖手旁观哪！

雷　刚　集合部队，马上下山！（冲向树桩欲拔刀）

李石坚　（力阻）敌强我弱，不能蛮干！

温其久　（对雷刚）火烧眉毛，你要果断！

李石坚　上级命令，岂能违反！

〔雷刚翻身扑向树桩，李石坚再阻。

雷　刚　嗳！（挣脱，唱【二黄散板】）

　　人命关天不容缓，

　　心急好似箭离弦。

> 哪管山崩地又陷，
>
> 不杀那毒蛇胆——
>
> （扑至树桩，拔刀，接唱）
>
> 我誓不回山！
>
> （挥刀欲冲下）
>
> 〔柯湘急上，迎面拦住。田大江、郑老万随上。

柯　湘　老雷！

雷　刚　杜妈妈身遭不幸……

柯　湘　（同样难过，但镇静地）我胸中烈火一团。（向罗成虎）老人家现押何处？

罗成虎　绑在镇口大树前！

柯　湘　绑在镇口？（思索）

罗成虎　敌人还敲锣呐喊、骂声连天！

柯　湘　他们骂谁？

罗成虎　（难以启齿）单骂雷队长！

雷　刚　好你个毒蛇胆！

柯　湘　单骂雷队长？（思索）

雷　刚　骂什么？

罗成虎　"忘恩负义，胆小如鼠，不敢下高山。"

雷　刚　（咬牙切齿）这条毒蛇，我跟你誓不两立、不共戴天！（挥刀欲走）

柯　湘　（急阻）哪里去？

雷　刚　下山！

柯　湘　正合敌人心愿。

雷　刚　怎么讲？

柯　湘　为什么，敌人把杜妈妈绑在镇口大树前？

〔雷刚茫然。

柯　湘　为什么，又敲锣呐喊、骂声连天？

〔雷刚茫然。

柯　湘　敌人在欺负你。

雷　刚　他欺我胆小手软。

| 柯　湘 | 不，他欺你性情莽撞，思想简单。设的是金钩钓鱼计，引你上当，一举全歼。 |

〔雷刚茫然。

郑老万	是啊！此处去往三官镇——
李石坚	必走要道一线天。
郑老万	那里定有重兵埋伏——
李石坚	岂不是自投罗网？
李石坚 郑老万	有去无还！（按住雷刚手臂）

雷　刚	他就是张网捕鱼，（甩开李石坚、郑老万的手）我也拼他个鱼死网破，打他个稀巴烂！
柯　湘	棋错一着，要输全盘。
雷　刚	山下亲人遇险，岂能坐视不管！
柯　湘	首先转移出山，然后设法救援。
雷　刚	我主意已定。
柯　湘	要考虑再三。
雷　刚	你太主观！
柯　湘	这是蛮干！
雷　刚	不救亲人，我绝不出山！（又欲冲下）
柯　湘	（再急阻）这样救法，后果更惨！
雷　刚	（一惊，不解地）什么？后果更惨？
柯　湘	（平心静气地）"鱼不上钩，钓饵犹存；鱼若上钩，饵鱼同尽。"你不下山，杜妈妈尚可有救；你若下山，母子俩就可能同归于尽。（越说越激动）到头来，害了你自己，害了自卫军，也害了白发苍苍的老母亲！
雷　刚	这……（沉重地坐于树桩上）
温其久	（见势不妙，别有用心地）党代表说得很对，大哥要三思而行。

（拿过雷刚的刀）

〔柯湘欲向雷刚说话。

| 温其久 | （抢先地）休息会儿吧，冷静冷静。 |
| 雷　刚 | （烦躁地）唉！ |

〔温其久拉雷刚下，身后跟着邱长庚。

田大江 （突然）看，山下大火越烧越猛！

〔众人回头。柯湘急上高坡同眺望，观察少顷，转身下坡。

柯 湘 （少顷，上坡，向李石坚轻声地）老李，马上召开支部会，分析
敌情，统一行动。

〔李石坚点头。

〔战士甲内喊："党代表！"自隘口急跑上。部分战士闻声上。

战士甲 毒蛇胆手辣心狠，大树前架起了干柴数捆，扬言要活活烧死杜妈
妈，老人家她、她、她……危急万分！

〔柯湘焦虑异常。

〔温其久内喊："党代表！"跑上，身后跟着邱长庚。

〔杜小山与部分战士闻声急上。

温其久 （故做着急状）不好啦！

柯 湘 怎么？

温其久 听说杜妈妈要遭火焚——

邱长庚 雷队长带人冲下山林。

温其久 我再三劝阻——

邱长庚 他就是不听。

温其久 一直奔向三官镇！

〔众人震惊。

温其久 队长入险境，情况更严重。火速带兵下山，不能犹豫不定！

战士甲 赶快下命令！

战士乙 下山救亲人！

数战士 血债要血还！

众战士 杀尽白匪军！

〔山下枪声骤起。

〔柯湘猛然转身，飞步走上高坡。

温其久 （趁机向众人鼓动）走啊！

众战士 走！

〔众人如潮水涌向隘口。

柯 湘 （突然转身，拦住人群）慢！

〔众人惊异地止步。

〔柯湘欲语。

温其久 （急忙岔开）弟兄们，雷大哥与我们患难相依，有兄弟之谊；祸福与共，是骨肉至亲。如今，为救白发人，孤身陷敌阵。我们要是按兵不动，怕死贪生，袖手旁观，不闻不问，于心（佯泣）何忍哪！（拭泪）

（众人骚动。有人顿足、叹气。

〔柯湘示意李石坚冷静观察。

温其久 弟兄们，只要咱们一息尚存，就不能忘恩负义、丧尽良心！

邱长庚 （煽动地）有骨气的冲啊！

部分战士 冲啊！

〔温其久、邱长庚领头冲向隘口。

〔李石坚、田大江、郑老万和罗成虎跃上高处，站在柯湘身前，挡住人群。

柯　湘
李石坚
田大江 （厉声地）站住！
郑老万
罗成虎

〔众人止步。

柯　湘 （严重地）队长下山，已经大错铸成。若再盲目行动，势必毁灭全军。

温其久 小山！（拉过杜小山）你奶奶眼看就要烈火烧身，我们心急如焚，难道你能安稳？

杜小山 （扣胸）我……

温其久 别人可以不管，难道你能忍心？

〔杜小山心痛欲裂，蹲下。

温其久 你是谁家的后代？你可是杜鹃山的子孙！

杜小山 （猛然站起，悲愤已极，气哽声咽）奶奶！孙儿我，就是救不出您，也愿同您老人家，一起化为灰烬！

〔杜小山一跺脚，扯开衣襟，唰地抽出两把匕首，扭头冲向隘口。

221

〔众人随涌动。

柯　湘　小山！（一阻）

〔杜小山转身又冲。

柯　湘　小山！（再阻）

〔杜小山转身再冲。李石坚急拦。

〔杜小山拨开李石坚，猛力冲上隘口。

柯　湘　（凄楚地）小——山——

杜小山　（猛然止步，回身，大恸失声）党——代——表——（手中匕首落地，伤痛地扑向柯湘）

〔柯湘一把抱住杜小山，热泪夺眶而出。

〔战士们纷纷落泪。

柯　湘　（深切诚挚地）小山，此刻我的心情，和你一样地急切、一样地悲愤！如果这样下山，能够解救亲人，我就是赴汤蹈火，死也甘心！可是，不能啊不能，不能贸然行动！

温其久　（气焰嚣张地）弟兄们！她的话不可信！她是外乡人，心坎儿里根本没有杜鹃山父老乡亲！

田大江　（忍无可忍，揎拳怒喝）你！

〔柯湘以手阻止田大江，怒目谛视温其久。

温其久　（避开柯湘目光）弟兄们！她和雷大哥远，咱和雷大哥近，她不痛心咱痛心！

〔柯湘、李石坚、田大江、郑老万等目光犀利，射向温其久。

温其久　（外强中干地）弟兄们，走！

邱长庚
少数战士　走！

〔少数战士欲走。

柯　湘　（严峻地）温其久！

〔欲走的战士止步。

柯　湘　（对温其久）你身为队副，又是军官出身，敌人设的什么计、摆的什么阵，这是一般的军事常识，难道你真的看不清？

〔众人沉思。

222　温其久　（慌乱地）我……

柯　湘　如此盲目行动，就会全军覆没，一蹶不振，这严重后果，十分明
　　　　显，难道你也看不清？

温其久　这……

柯　湘　（扬手高呼）同志们，紧要关头，莫让沙泥眯住眼。危急时刻，
　　　　是非曲直要辨明。人民军队，要坚决执行党的指示，大家暂回寮
　　　　棚，整装待命！

　　　　〔众战士犹豫欲下。山下几声枪响。众人急回头，欲再请战。

　　　　〔柯湘心潮翻滚，但又坚定地以手势阻之。

　　　　〔众战士思索着，缓缓向两边退下。

　　　　〔温其久示意邱长庚，同溜下。

　　　　〔李石坚、郑老万、田大江和罗成虎关切地走近柯湘。

　　　　〔暮色苍茫。

柯　湘　（坚毅地）疾风知劲草，烈火见真金。同志们，咱们开个支部
　　　　会，研究对策，作出决定。

　　　　〔众人警惕地环顾四周，然后围聚于树桩。

李石坚　我看，转移任务，要坚决执行。

田大江　可是，亲人遇险，十指连心哪！

罗成虎　下山救应！

郑老万　敌军封锁，无法通行。

罗成虎　那马上撤离？

柯　湘　不救队长，军心浮动，转移任务也难完成。

罗成虎　（焦灼地）这……

众　人　怎么办？

柯　湘　（果断地）如今形势突变，营救队长已成关键。天亮之前，必须
　　　　救出亲人，然后撤离，方能转危为安。

众　人　对！

柯　湘　（向罗成虎）你再去找乡亲，把情况查探，除了镇口一线天，有
　　　　无别的路径下山？（向李石坚等）你们快去组织尖刀班，做好准
　　　　备，待命救援。

众　人　好！（转身欲下）

柯　湘　慢！

223

〔众人返回。

柯　湘　（稳静而坚决地）今夜行动，非同一般。准备工作要细，保守秘密要严。

众　人　（会意地点头）是！（下）

〔山风骤紧，乱云飞渡。山下枪声又起，火光更烈。

〔柯湘走上高坡，倾听枪声，举目远眺，思绪纷纭。

柯　湘　（唱【二黄导板】）

乱云飞松涛吼群山奔涌——

（下坡，转唱【回龙】）

枪声急，军情紧，

肩头压力重千斤，

团团烈火烧（哇）……

烧我心！

（转唱【慢板】）

杜妈妈遇危难毒刑受尽，

雷队长入虎口（他）九死一生。

战士们急于救应，人心浮动，难以平静，

温其久一反常态，推波助澜，是何居心？

（转唱【原板】）

（那）毒蛇胆施诡计险恶阴狠，

须提防内生隐患，腹背受敌，危及全军，危及全军。面临
　　着胜败存亡，我的心、心沉重——

（背身踱步）

〔幕后女声齐唱：

"心沉重，

望长空；

望长空，

想五井。"

柯　湘　（转身，接唱）

似看到，万山丛中战旗红。

毛委员指航程，

　　　　　光辉照耀天（哪），天地明！

　　　　〔幕后男女声合唱：

　　　　　"光辉照耀天地明，天地明！"

柯　湘　（接唱）想起您——

　　　　　想起您，力量倍增，从容镇定，从容镇定。

　　　　　依靠党，依靠群众，

　　　　　坚无不摧，战无不胜，

　　　　　定能够力挽狂澜挫匪军，

　　　　　壮志凌云！

　　　　〔乌云沉沉，夜色渐重。

　　　　〔李石坚、田大江、郑老万急上。

李石坚　党代表，尖刀班已经组成。

郑老万　什么时候开始行动？

　　　　〔柯湘欲言。

　　　　〔罗成虎气喘吁吁自隘口上。

罗成虎　（低声地）党代表！

柯　湘　（急忙迎上，递毛巾与罗成虎）情况怎样？

罗成虎　已经查清。（擦汗）

柯　湘　杜妈妈？

罗成虎　转移祠堂监禁。

柯　湘　雷队长？

罗成虎　果然中计被擒。

柯　湘　现在哪里？

罗成虎　全部押往三官镇。

柯　湘　三官镇……那下山的路径？

罗成虎　除了镇口一线天，无路可行。

柯　湘　无路可行？

　　　　〔闪电明灭，隐雷沉沉。

　　　　〔众人焦急万分。

柯　湘　（紧张思索，甩发转身）同志们！能不能穿山越岭，绕到镇中？

郑老万　穿山越岭？困难重重啊！

225

李石坚	怎么？
郑老万	山崖险峻——
罗成虎	我们有铁骨钢筋！
郑老万	杂木丛生——
李石坚	我们斩棘披荆！
柯　湘	夜色沉沉——
罗成虎	正能够麻痹敌人！
柯　湘	暴雨将临——（"跨腿"，转身，亮相）

李石坚 田大江 罗成虎	更利我隐蔽行军！（"翻身"，亮相）

郑老万	好得很！不过，听说有道百丈深涧——
田大江	名叫鹰愁涧。
郑老万	两岸如斧劈刀削——
田大江	涧下有急流飞溅。
郑老万	无法通过，怎么办？
田大江	（信心百倍）有办法。为采药我到过鹰愁涧边，见两岸绝壁上（"跨腿"，转身，"腾空劈腿"）青藤高悬。（转身，"单腿蹲势"，亮相）
柯　湘	能不能攀藤到对岸？
田大江	我曾经悠去又回还。

李石坚 郑老万 罗成虎	对！攀藤越涧！

田大江	我一马当先！（"弓箭步"，亮相）
柯　湘	（果断地）好！（领众人走向树桩，以树桩为沙盘布置战斗）我带领尖刀班，趁黑夜绕道下山，飞兵直插三官镇——
李石坚	等救亲人解脱危难。
柯　湘	（对李石坚）你派出侦察小组，假装从后山转移。
李石坚	调虎离山？
柯　湘	（点头）大队人马，隐蔽山间。党内职务，由你承担。切记住：

既要躲明枪，又要防暗箭！

李石坚　暗箭！

〔众人会意点头。

〔电闪雷鸣。

柯　湘　同志们！（登上树桩，唱【西皮摇板】）

　　　　惊雷振起英雄胆——

李石坚等　（接唱）激战在前志更坚。

柯　湘　（接唱）奇兵飞渡鹰愁涧，

　　　　（自树桩跃下，接唱）

　　　　披夜色——（"蹋步"）

李石坚等　（唱）乘风雨——（"跨腿"转身，"劈腿"）

柯　湘
众　人　（唱）勇往直前！

　　　　〔以柯湘为中心，冲至台前，威武亮相。

　　　　〔闪电，巨雷。

　　　　〔切光。

第六场　铁窗训子

　　　　〔当天夜晚。

　　　　〔三官镇，佘氏宗祠后院牢房。

　　　　〔幕徐启。夜雨淅沥，牢房阴森，檐角悬一昏暗马灯，假山竹丛
依稀可见。牢内有铁栅囚笼，笼内置一具大石锁。

　　　　〔囚笼内，杜妈妈面色憔悴，鬓发蓬乱，手扶铁栏，焦虑张望，
步履蹒跚走向石锁。

杜妈妈　（唱【二黄摇板】）

　　　　恨白匪残暴阴险设下陷阱，

　　　　怕只怕雷刚儿莽撞下山，一意孤行。

　　　　（昏沉沉偎身于石锁旁）

　　　　〔乌云翻滚，雨声更骤。

　　　　〔团丁内喊："带囚犯！"

〔雷刚内唱【二黄导板】："连番血战陷入敌阵——"

〔团丁内喊："走！"

〔雷刚手戴重铐，额有血痕，被四团丁推上。雷刚"趋步""趔步"向前，"单腿后磋步"。一团丁喊："走！"推雷刚。雷刚"蹦子"，以铁链击一团丁，踢另一团丁，挺立亮相。

〔电闪雷鸣。

雷　刚　（唱【散板】）

　　　　　负伤被困锁链缠身，

　　　　　大仇未报难消恨——（晕眩）

〔团丁开铁栅门，推雷刚入囚笼，立即上锁，下。

〔雷刚以铐链击铁栅。

〔杜妈妈闻声苏醒。

杜妈妈　（轻声地）谁？（挣扎站起）

雷　刚　（蒙眬难辨）娘？

杜妈妈　雷刚？

雷　刚　（激灵地）娘！

〔母子"磋步"向前，互相扶持。

〔电闪雷鸣。

杜妈妈　（接唱）想不到在牢中母子相逢。

　　　　　（捧雷刚铐链）孩子，你……

雷　刚　咳！为救娘亲，身落陷阱。

杜妈妈　只你一人下山？

雷　刚　还有弟兄数人。

杜妈妈　（急切地）可是党代表的命令？

雷　刚　我自己的决定。

杜妈妈　柯湘的话，你果然不听！（气愤地坐于石锁上）

雷　刚　我与毒蛇胆，结下世代冤仇；她与毒蛇胆，并无切骨之恨哪！

杜妈妈　什么？（站起）并无切骨之恨？你哪里晓得真情！

〔雷刚扶杜妈妈坐下，单腿跪于杜妈妈身边。

杜妈妈　可记得半月前，井冈山派来几个人？

　雷　刚　一男一女两个人。

杜妈妈　女的是柯湘，

雷　刚　男的叫赵辛。

杜妈妈　柯湘受伤被捕，

雷　刚　赵辛不幸牺牲。

杜妈妈　你可知，那赵辛，他是柯湘的什么人？

雷　刚　什么人？

杜妈妈　结婚三载的贴心人哪！（掩泣）

雷　刚　（震惊，站起）啊！丈夫？呀！如此深仇大恨，却从未吐露半分！

杜妈妈　（崇敬地）她，党的嘱托记在心里，个人仇恨咽在肚里，天下大事看在眼里。（站起）可你，一时任性，不顾大局。明知这是诡计，却要固执到底。连累大家，害了自己。你、你、你……怎能对得起杜鹃山父老兄弟！（唱【二黄原板】）

　　　　　　杜鹃山举义旗三起三落，

　　　　　　一蓬火眼见得柴尽烟消。

　　　　　　多亏了，井冈山，派来了党代表，

　　　　　　自卫军，归正道，大路通天步步高。

　　　　　　又谁知，往事前因你全忘掉，全忘掉；

　　　　　　到如今，蒙头转向上圈套，

　　　　　　怎不叫乡亲心疼，为娘心碎，

　　　　　　党的心血一旦抛！

　　　　（坐于栅门石阶上）

雷　刚　（唱【二黄原板】）

　　　　　　娘的话如闪电——

　　　　（转唱【反二黄原板】）

　　　　　　明我心窍，

　　　　　　却原来党代表强咽深仇，

　　　　　　任劳任怨。

　　　　　　肩挑重担，

　　　　　　品格崇高！

　　　　〔巨雷。

雷　刚　（接唱）悔不该莽撞下山乱了步调，

　　　　　　若招致全军毁灭，我万死难饶。（顿足，摔链）

　　　　　　悔恨交加，心似刀绞——

杜妈妈　（站起，接唱）

　　　　　　扶铁栏念亲人泪如涌潮。（拭泪）

雷　刚　（接唱）但愿得——

　　　　　　但愿得自卫军火速转移，早传捷报。

杜妈妈　（接唱）杜鹃山云开雾散，

雷　刚
杜妈妈　（重唱）凯歌冲九霄！

　　〔杜妈妈扶雷刚坐于石锁上。

　　〔一团丁挑灯笼引毒蛇胆巡视上。另一团丁及匪连长跟后。

　　〔雷刚欲站起，被杜妈妈按住。

毒蛇胆　（对匪连长）兵力部署，是否妥善？

匪连长　里里外外，戒备森严。

毒蛇胆　（指囚笼）这个囚笼，更要保险。

匪连长　每根铁条，都已检查几遍。

毒蛇胆　要接受上次教训，再不能放虎归山。

匪连长　团总，既然目的已经实现，何不马上杀头，以绝后患。

毒蛇胆　笨蛋，目光短浅！要钓大鱼，须放长线。留着抬轿汉，柯湘必下
　　　　山。一根钓鱼竿，可钓一大串！

雷　刚　（站起，怒不可遏）好一条毒蛇！恨不得把你碎尸万段！

毒蛇胆　嘿，好大的气焰！别着急，但等柯湘下了山，请您三位一起上
　　　　西天！

　　〔雷刚以铁链砸栅门。毒蛇胆惊退。

　　〔杜妈妈扶雷刚坐于石锁上，为之护理伤口。

　　〔团丁甲内喊："报告！"跑上。毒蛇胆示意低声，走至一侧。

团丁甲　（低声地）团总，情况有变！

毒蛇胆　你快谈！

团丁甲　自卫军向边界方向转移，被我哨兵发现。

毒蛇胆　转移？

　　〔团丁乙内喊："报告！"急上。

团丁乙　（低声地）团总，密件！（交密札与毒蛇胆）

　　　　　〔团丁甲、乙下。

毒蛇胆　（拆信）"自卫军今夜转移出山……"不好！我的计划要完蛋！

匪连长　怎么办？

毒蛇胆　我马上带兵去后山。

匪连长　镇上呢？

毒蛇胆　只留你这个连，小心看管。不过，你的大部兵力，要把守镇口一线天。

匪连长　这里呢？

毒蛇胆　就留一个班。

匪连长　一个班？

毒蛇胆　只要守住要道一线天，他们插翅也难到祠堂前。

匪连长　（仰面拱手）祖先保佑，一切如愿！

　　　　　〔雷刚、杜妈妈谛听。

毒蛇胆　（挥动手中密札，放声狞笑）柯湘啊，柯湘！你就是假转移、真劫狱，我也有备无患。走！

　　　　　〔毒蛇胆带众团丁急下。

　　　　　〔雷刚、杜妈妈焦急万分。

　　　　　〔光渐收。

杜妈妈　（遥望夜空）党代表，千万不要下山哪！

雷　刚　千万！千万……

　　　　　〔母子探身抬手，遥寄心愿。

　　　　　〔电闪雷鸣，暴雨倾盆。

　　　　　〔收光。

第七场　飞渡云堑

　　　　　〔当天深夜。风雨交加，电掣雷鸣。

　　　　　〔杜鹃山到三官镇之间的深山野岭。

　　　　　〔田大江领路，柯湘、杜小山、两男战士披蓑衣急上，亮相。

　　　　　〔柯湘招手，众人急下。

231

〔男、女六战士急上，做顶风雨、踩泥泞、同心协力、英勇挺进的舞蹈。下。

〔坡陡泥滑。六男战士连续跳"弹板"跃上，"飞脚""滚背"，立起，奔下。

〔四女战士"腾空跃"上，"滑叉""绞柱"，立起，奔下。

〔杜小山"虎跳""前扑"上，翻"倒三点"，欲倒。柯湘英武矫健"腾空跃"上，托住杜小山。

〔数男战士上，"滑叉"，柯湘一一搀扶，依次而下。

〔一排女战士飞舞蓑衣，"串蹦子"；一排男战士"串飞脚"过场。

〔纱幕跑云。流云过处，出现雾中层峦。

〔田大江持竹竿自树丛中跃出，"亮相""翻身""腾空跃"，挡风，挥雨水，拨草，"探海"，辟路前进。草深苔滑。田大江以竹竿拄地，"单腿蹦子翻身""劈叉"，滑跌于地。奋力站起，复又滑下。顽强挣扎，终于立起，向后招手。

〔两男战士自树丛中跃出，挥刀。连续"缠头裹脑"，披荆斩棘。

〔田大江舞竹竿，连续"压脖蹦子"。

〔三人同"翻身""大跳""翻身飞脚""亮相"，开路下。

〔山风猛烈，摧人欲倒。众男战士与暴风雨激烈搏斗，连续"扫蹚腿""旋子"，急下。

〔田大江率众战士急行军过场。

〔田大江等上，攀草木爬山。挽手搭臂，互相搀扶。"跨腿""滑跪"，复又站起。

〔杜小山等翻"单蛮子"。

〔众人攀上山崖，俯视崖下，同亮相。

〔纱幕跑云。流云过处：鹰愁涧，巉岩壁立。青藤高悬。

〔田大江悠藤条，飞越深涧。

〔众战士悠藤条，连续飞越深涧。

〔众战士龙腾虎跃，翻山滚坡，翻"蹑子"等过场。

〔纱幕跑云。

〔流云过处：佘氏宗祠附近。

〔田大江与战士甲上，卧倒。

〔匪连长披雨衣查哨上，一团丁撑伞随后。

〔田大江俘虏匪连长，剥其雨衣，搜出其腰间的牢房钥匙。

〔战士甲杀团丁。田大江披雨衣伪装。

〔柯湘率自卫军战士上，众战士潜进祠堂。

〔暗转。

〔灯复明。祠堂后院，可见牢笼一角。

〔雷刚、杜妈妈被关在囚笼内。

〔众团丁抱枪坐于囚笼门外石阶上，瞌睡沉沉。

〔田大江、战士甲伪装上。

〔一团丁站起，走向田大江，施礼。

〔田大江闪身走向铁栅门。

〔团丁忽有怀疑，被战士甲刺死。

〔众战士急上。

〔众团丁惊醒，欲动。

田大江　（持枪威喝）不准动！

〔众战士缴了众团丁的枪，将众匪捆绑并以布堵嘴。

〔田大江开栅锁，拉开栅门。

〔柯湘与雷刚相见，雷刚欲语，柯湘急用手示意勿语。

〔柯湘与杜妈妈相见，激动地拥抱。柯湘挥手令战士将众团丁锁
　于囚笼内。

〔一战士将缴获的数支步枪扛起。

〔柯湘、雷刚等机警地撤退。

〔收光，聚光于栅门。囚笼内众团丁哭丧着脸，挣扎着乱作一团。

〔暗转。

〔灯复明。鹰愁涧附近的一个山坳，山崖陡立，地势险要。

〔柯湘指挥被救出的战士和乡亲撤退。

〔雷刚和杜小山扶杜妈妈急上。罗成虎、郑老万、田大江随上。

〔杜妈妈、杜小山下。

〔枪声渐近，众人止步谛听。

田大江　听枪声，好像是敌人大队来追赶。

柯　湘　一定是毒蛇胆发觉上当，去而复返。

郑老万	前面就是鹰愁涧,行进困难。
罗成虎	后面敌军已迫近,情况危险!
柯　湘	(稍一思索)老雷,你领大家攀藤越涧,火速回山!
雷　刚	你?
柯　湘	我带几人,居高凭险,掩护你们安全过涧!
雷　刚	不,弟兄们急需你行船掌舵。
柯　湘	战友们盼你归望眼欲穿。
雷　刚	我雷刚莽撞冒险,造成如此局面,断后任务,应由我承担。(一阵晕眩,被郑老万等扶住)
柯　湘	你身负枪伤,血迹斑斑,饥寒交困,不宜再战。
雷　刚	敌众我寡,枪少力单,形势危险,我心不安!
柯　湘	(意气风发地)你来看:(甩蓑衣转身亮相)这丛林是屏障,碎石是枪弹,(握拳亮相)峡谷是壕堑,("卧鱼"双手指)峭壁("蹋步""翻身",亮相)是雄关,(撩蓑衣,蹬石坡亮相)任凭那(下坡)追兵来势(半"圆场")似潮卷,(三"掸手")我自岿然如山。(舞蓑衣转身亮相)

〔众人随舞。

〔枪声紧急。

柯　湘	形势更紧迫,
雷　刚	敌人已近前。
柯　湘	你赶快撤离!(急拽雷刚)
雷　刚	我绝不回山!
柯　湘	这是党的决定,不容再迟缓!
雷　刚	(恳求地)党代表!(又一阵晕眩)
柯　湘	快走!
雷　刚	党代表!
柯　湘	快走!

〔两战士拥扶雷刚走上高崖。

〔雷刚用力甩开两战士,回身向前猛跨一步,欲冲下高崖。战士们急架住雷刚。

234　　雷　刚	(自崖上探身向下,激烈地)党代表!

柯　湘　（挥手）快!

雷　刚　（竭力嘶喊）党代表! 党代表!

柯　湘　（坚决地）快! 快!

　　　　〔雷刚边喊边被拖下。

　　　　〔数战士急随下。

　　　　〔枪声更紧。

　　　　〔柯湘、田大江、郑老万、罗成虎射击，扔出一排手榴弹，阻击
　　　　敌人。

柯　湘　同志们，节省子弹，准备近战!

　　　　〔四人持刀枪亮相。

柯　湘　（唱【西皮流水】）

　　　　　　风雨如磐天地暗，

　　　　　　自有明灯在心间。

　　　　　　满腔热血化雷电——

　　　　〔喊杀声骤起。

　　　　〔数团丁拥上。

　　　　〔柯湘率战士们与敌搏斗。战斗炽烈。

　　　　〔田大江手持单刀，勇猛格斗，杀死团丁，又高举石块向敌人砸去。

　　　　〔敌被击退。

柯　湘　（挥手）撒!

田大江
郑老万　是!（冲上高崖）
罗成虎

　　　　〔一声枪响，田大江中弹。

柯　湘
郑老万　（惊呼）田大江!（急扶）
罗成虎

　　　　〔田大江右手按胸，顽强地抬起头来，怒视敌人，热血涌出指缝。

　　　　〔幕后男女声气势磅礴地唱：

　　　　　　"光华照河山!

　　　　　　光华照河山!"

〔柯湘等雄伟地屹立险崖。造型。

〔电光划破夜空，霹雳震撼大地。

〔收光。

第八场　雾岭初晴

〔翌日凌晨。杜鹃山上。

〔幕启。风雨初过，苍山浩瀚，流云疾驰，星月隐现。

〔坡上红旗迎风招展。

〔山下枪声时疏时密。

〔温其久望山下，听枪声，焦躁不安。

温其久　山下枪声时缓时急，莫非柯湘下山劫狱？

〔邱长庚神色慌张地跑上，温其久急招之靠近。

温其久　情报？

邱长庚　已经送去。

温其久　枪声？

邱长庚　是柯湘劫狱。

温其久　（惊慌失措）啊？可能我已露了马脚，中了奸计！

邱长庚　快投毒蛇胆去！

温其久　不能去！咱们错送了情报，毒蛇胆肯定有怀疑！

邱长庚　那……

温其久　（眼珠一动）此路不通，我另有主意。（掏出纸笔，写信）送给刘
二豹。

邱长庚　（接信）刘二豹？什么妙计？

温其久　我以转移为名，把部队带进他的防地……（做围奸手势）

邱长庚　（会意）哦！

温其久　快去！快去！

邱长庚　是！（跑至崖口）

温其久　（发现有人，掩饰地提高嗓门）呃！你到那个山头，再去探探
虚实。

　邱长庚　是！（跑下）

〔李石坚上。

温其久 老李，时间已过，还不转移？

李石坚 哎，你着的什么急！（向邱长庚所去方向张望）

〔枪声紧密。

温其久 算了吧！枪声已经说明了问题。柯湘孤军深入，势必一败涂地。我身为队副，不能不出来收拾残局。（吹哨）

〔战士们急上。

温其久 大家听着！队长下山，毫无消息。党代表已陷虎口，危在旦夕。

众战士 （一惊）啊？

温其久 上级指示，不能违抗，马上出发，向边界转移！

众战士 （群情骚动，议论纷纷）"是得赶紧转移呀！""转移？""是啊，天快亮啦！""党代表还没有回来。"……

李石坚 （高呼）同志们！不要听他胡言乱语，党代表有任务，暂离此地。嘱咐我们坚持不动，她不回来，决不转移！

战士乙 对！不能转移！

众战士 不能转移！

温其久 党代表回不来啦，你们不要顽固到底！

李石坚 满口谎话，毫无根据！

温其久 我是现任队副，有权指挥全局！

李石坚 军队归党领导，调动岂能由你！

温其久 千钧一发时，谁敢误战机！

李石坚 纵然天塌下，我们顶得起！（怒指）温其久！（唱【西皮娃娃调二六】）

>　　　你鼓动雷队长贸然下山违抗命令，
>　　　转眼间却又说上级的指示要服从。
>　　　翻手云覆手雨变幻不定，
>　　　妄想把自卫军推向火坑！

温其久 （唱【快二六】）

>　　　情况变须机动方能取胜，

李石坚 （接唱）分明是用诡辩混淆视听！

温其久 （接唱）形势紧急，岂能久等？

237

李石坚	（接唱）关键时更应当坚定从容。
温其久	（接唱）摘袖标落红旗立即行动！
	（一把扯下袖标，命令战士）摘下袖标！
	〔个别战士犹豫，多数战士不理。
温其久	落下红旗！
	〔众战士不动。
温其久	你们好大的胆！（冲向山坡欲拔红旗）
李石坚	（声震山谷）你敢！（奋力推开温其久）
	〔众战士挺身护旗，亮相。
李石坚	（唱【散板】）

守阵地卫红旗众志成城！

温其久	（拔枪）我毙了你！
李石坚	（拔枪）不准动！
	〔李石坚与温其久紧张地持枪相峙。
	〔众战士急劝阻。
	〔内喊："老李！"
战士丙	队长回来啦！
	〔李石坚、温其久收起手枪。
	〔杜妈妈、杜小山和回山的战士上。
众战士	（惊喜地迎上）队长！
	〔雷刚快步走上。
李石坚	（抱着雷刚手臂）大哥！党代表呢？
雷　刚	（沉重地）为了掩护我们——
雷　刚 杜小山	正在阻击敌人。
雷　刚	现在枪声已停……
杜妈妈	实在叫人担心！（晕眩）
	〔雷刚急扶杜妈妈。一战士搀扶杜妈妈随部分战士下。
温其久	（向雷刚）大哥……
雷　刚	（反感地瞪了温其久一眼）哼！（走开）
温其久	（假惺惺地）大哥！白天贸然下山，小弟也有责任。都因我救人

心切，太重感情，促使你造成大错，我非常沉痛！千错万错，不该违抗命令，上级指示，必须坚决执行。赶快转移吧，时间不等人哪！

李石坚 （急步走向雷刚）党代表没回来，不能轻举妄动。

雷　刚 （深有同感）嗯！

温其久 船到弯处须转舵！

李石坚 鬼话难骗众弟兄！

温其久 （向雷刚）大哥！要是天一亮，想走也不成。到那时落得个全军覆没，你后悔莫及，罪名不轻！你对不起杜妈妈，你对不起众乡亲，你对不起九泉下烈士英魂，你辜负了党代表一片苦心！

雷　刚 （殷切地）党代表！（转身极目远方）

少数战士 大哥，走吧！

多数战士 队长，不能啊！

雷　刚 （心焦意乱）咳！（唱【西皮二六】）

　　　　党代表拼性命救我脱险，

　　　　到如今人未还，我心似万箭穿。

　　　　部队要听党调遣，

　　　　我就是人死千次，也要把她找回还。

　　　　（转唱【快板】）

　　　　大队转移莫迟缓，

　　　　我带领几人去救援。

　　　　寻不见党代表我誓不回转！（晕眩，挣扎，转身欲下）

众战士 （或催促雷刚下山或极力阻止）"队长！""队长！""队长！"

　　〔内喊："党代表回来啦！"

　　〔众人惊喜地拥向路口。温其久急闪至一侧。

　　〔柯湘披蓑衣飞步走上。

雷　刚
众战士 （无比激动）党代表！

　　〔郑老万、罗成虎上。

柯　湘 （唱【散板】）

　　　　战友们重相见，

（与雷刚、李石坚、杜小山、女战士等握手，亲切致意，接唱）

　　　　说不尽万语千言！

雷　　刚　（向柯湘）你可回来了！

温其久　（抢上前）大家非常惦记你。

　　　　〔沉默少顷。柯湘缓缓转身向温其久。

柯　　湘　（意在言外地）温队副，你也很着急呀！

温其久　对！眼看月落星稀……

柯　　湘　应当赶快转移？

温其久　哎，这里不是久留之地。

柯　　湘　你说说，从哪里突围比较有利？从后山？

温其久　敌军封锁很严密。

柯　　湘　那，只能绕道迂回？

温其久　（连忙附和）好。

柯　　湘　（突然）穿过刘二豹的防地？

温其久　（正中下怀，大喜过望）对！英雄所见略同，我也这么考虑。刘
　　　　二豹和毒蛇胆一向不和，与咱们并非仇敌。凭我和他的老关系，
　　　　求他让路，料无问题。

柯　　湘　温队副，想得很周密，你真是费尽了心机！

温其久　（得意忘形地踱步）为了革命，理当尽心竭力！

李石坚　哼！你到底为谁尽心？

郑老万　你究竟为谁竭力？

战士乙　为什么要摘掉袖标？

女战士们　为什么要落下红旗？

罗成虎　什么居心？

多数战士　什么用意？

温其久　（走向柯湘）党代表……

柯　　湘　（严峻地）你出卖革命，叛变投敌！

温其久　〔妄图挣扎）你血口喷人，胡乱猜疑！

柯　　湘　（雷霆万钧）铁证如山，有凭有据！带上来！

　　　　〔一战士内喝："走！"押邱长庚上。

　　　　〔温其久拔枪射击邱长庚。邱长庚臂部受伤，"抢背"，跪地。

〔李石坚下了温其久的枪。

邱长庚 （手捂伤口）好一个温其久，你比豺狼还狠！告诉你，刚才我一出山口，就被党代表抓住审问。你的信，已交给了党代表；你的事，我已全部招认！

〔柯湘示意一战士带邱长庚下。

柯　湘 同志们！温其久和敌人暗中勾结，他们早就来往频繁。毒蛇胆张罗布网，引咱下山；他里应外合，推波助澜。如今又想乘我危急，把部队骗进刘二豹的包围圈，胁迫战士为土匪，坐地分赃当本钱。温其久！你，置革命于死地，推全军下深渊，卖灵魂以投敌，踏鲜血而求官。这就是你给刘二豹的亲笔信，一字一句，罪证斑斑！（取出温其久的密札，目光如炬，逼视温其久）

〔众战士举刀挺枪，怒不可遏。温其久战栗退避。

柯　湘 （唱【西皮快板】）

　　　　口含蜜语腹藏剑，

　　　　处心积虑夺兵权。

　　　　背后伤人施暗箭，

　　　　勾结白匪罪滔天。

　　　　扯破画皮原形现——

众战士 （唱）不杀叛徒心不甘！（挥举枪刀）

温其久 （匍匐跪地，爬向雷刚）大哥！

雷　刚 （气得浑身发抖，一把揪起温其久）嗯！（猛力将温其久摔倒）

〔温其久爬起，以为雷刚有意放他，随即夺路奔逃。

〔雷刚从李石坚腰中拔出手枪击毙温其久。温其久坠落崖下。众战士投以石块。

〔杜妈妈上。

李石坚 加强警戒。

柯　湘 待命出山。

众战士 是！（下）

雷　刚 （愧痛难言）党代表！（晕眩）

〔柯湘、郑老万、杜妈妈扶雷刚坐于树桩上。

柯　湘 （向郑老万）刀伤草药，快给敷上。

〔郑老万取出田大江的药葫芦，为雷刚敷药。

雷　刚　（苏醒，见葫芦上的字样）田大江？（四处巡视）大江？（大声追问）大江呢？

〔郑老万沉痛无言。罗成虎蓦地扑向雷刚，抽泣不已。

柯　湘　（取出田大江的袖标，悲壮地）烈士的鲜血洒落在杜鹃山冈！

雷　刚　（似雷轰顶，猛然站起，接过袖标，唱【二黄散板】）

　　　　怒火烧，热泪淌，

　　　　（拭泪，转唱【回龙】）

　　　　我有罪，罪难偿！

　　　　九江水洗不尽悔恨悲伤，

　　　　悲伤撕裂我胸膛！

　　　　（转唱【原板】）

　　　　大江啊！

　　　　你苦熬半世，

　　　　才盼到翻身入党；

　　　　献身革命年方壮，

　　　　却为我血洒战场！

　　　　大江啊……

　　　　（掩面抽泣）

〔众人哀痛拭泪。

郑老万　（接唱）温其久出身豪门，心地肮脏，

李石坚　（接唱）咱受苦人怎和他同烧一炉香？

雷　刚　（接唱）老娘亲险些因我把命丧，

杜妈妈　（接唱）党代表出生入死，身临虎穴，

　　　　才能够扭转败局，

　　　　挽救危亡。

雷　刚　（接唱）杜鹃花红似血年年怒放，

　　　　为什么我雷刚一错再错，

　　　　屡遭挫伤，

　　　　屡遭挫伤？

　柯　湘　（唱【反二黄小导板】）

血的教训一层层牢记心上，

（与杜妈妈同扶雷刚坐树桩上，为雷刚敷药，转唱【慢板】）

痛定思痛，你要把——

你要把前因后果细思量。

为什么砸开的铁镣又戴上？

（转唱【原板】）

为什么三起三落，旗竖旗倒，人聚人亡？

为什么听不进肺腑言，

识不破（那）弥天谎？

追根寻源，

（转唱【吟板】）

狭隘的复仇思想——

（转唱【原板】）

遮住了你目光。

只看到一村一户血泪账，

望不见（哪），

望不见革命（的）征途万里长。

奴隶代代求解放，

战鼓连年起四方。

只因为行程渺茫无方向，

有多少暴动的英雄，

怒目苍天，

空怀壮志饮恨亡！

农民武装必须步步跟定共产党，

才能够节节胜利，蒸蒸向上，

涓涓细水入长江，

细水入长江。

革命真理："党指挥枪"，"党指挥枪"，

你千万不能忘。

（转唱【快板】）

乘风破浪向前方，永不迷航！

乘风破浪向前方，永不迷航！

〔众人兴奋激昂地亮相。

〔东方破晓。

雷　刚　（无比激动地）党代表！雨过天晴云雾已散，你擦亮了我的双眼。从今后我跟党走南北转战，做一个胸怀宽广、奋斗终生的优秀党员！

〔柯湘、雷刚紧紧握手。

众　人　（昂扬地）永远跟着共产党！永远跟着毛委员！

〔战士甲内喊："报告！"持信件急上。

战士甲　上级派人送来急件。

〔众战士闻声上。

〔柯湘拆看信件，兴奋地递与雷刚。

柯　湘　主力部队已经靠近，命令我们向狮子口迂回行进。

李石坚　敌人一定跟踪追击。

柯　湘　正好把它一网打尽！

众　人　好啊！

柯　湘　还有一个惊人喜讯。

众　人　什么喜讯？

柯　湘　战斗结束后，咱们部队编入工农革命军！

众　人　（欢声雷动）好啊！咱们也是工农革命军啦！可盼到这一天啦！

柯　湘　同志们！（唱【西皮流水】）

　　　　　　朝也思来暮也盼，

众战士　（唱）朝思暮也盼。

柯　湘　（唱）喜讯传来尽开颜，

众战士　（唱）（我们）尽开颜。

柯　湘　（唱）消灭毒蛇胆，

众战士　（唱）开赴井冈山，

柯　湘　（唱）转眼可见毛委员，

众战士　（唱）可见毛委员。

柯　湘　（唱）看眼前，又是一场新考验，

　众战士　（唱）一场新考验。

柯　湘　（唱）定要把——定要把靖卫团，

柯　湘　（唱）尽扫全歼！
众战士

〔众人威武亮相。

雷　刚　（挥手）出发！

〔红旗漫卷，刀光闪耀。

〔自卫军精神抖擞，飞速挺进。

〔切光。

第九场　漫卷红旗

〔当天早晨。狮子口。

〔幕启。景同第一场，唯杜鹃花遍山怒放。

〔数团丁持枪急上，搜索。

〔一自卫军战士自树丛中闪出，冷枪击毙一团丁，急隐蔽。又一战士自草丛后闪出，冷枪击毙一团丁，急隐蔽。战士甲用枪托击毙一团丁。在山洞内隐蔽的战士用钢叉刺死一团丁。

〔众团丁慌乱。

〔草丛中忽跃出一持红缨枪的战士，与匪搏斗，刺死一团丁，隐于石后。两团丁欲寻，战士复跃出，亮出流星与两团丁格斗，砸死一团丁。

〔杜小山上，夺团丁枪，刺死团丁。

〔杜小山、持流星的战士"旋子"，亮相。

〔众战士自隐蔽处同时急速闪出，眺望。

〔杜小山鸣枪诱敌。众战士同时急速隐蔽。杜小山与持流星的战士跃入草丛。

〔毒蛇胆率众团丁追上。

〔两团丁仓皇退上。

一团丁　团总，发现共军主力，我们已被包围！

毒蛇胆　啊？赶快命令部队，马上给我撤退！

〔红旗高举。柯湘、雷刚、李石坚各率战士急上。

〔柯湘立于高坡，举枪射击毒蛇胆。毒蛇胆闪躲，逃下。

〔杀声震天，军号凌空，枪声激烈，敌被包围。

〔彩霞烂漫。

〔柯湘、雷刚、李石坚、罗成虎各率持着刀、枪、兽网等武器的自卫军战士穿插追过。

〔工农革命军众战士追过。

〔数战士擎红旗、悠藤条腾空而过。

〔李石坚追团丁上，持藤牌、舞单刀与众团丁猛烈格斗，砍死、打翻团丁后，追一团丁下。

〔二团丁欲追李石坚，战士甲持三节棍截住格斗。山洞中闪出一自卫军战士，挥刀杀死另一团丁，急隐蔽。

〔雷刚喊："杀！"挥大刀上，与三团丁激战。大刀挥处，团丁丧胆。三团丁举枪刺来。雷刚勇猛劈砍，力夺三团丁枪，怒喝："走！"押俘虏下。

〔杜小山跃出草丛，用双匕首与数团丁格斗。团丁欺杜小山年幼，一齐扑来。杜小山翻"倒猫"，抓藤条悠走。众团丁扑空，寻追。

〔突然，柯湘持刺刀枪追毒蛇胆上，勇猛劈刺，击倒数团丁，打翻毒蛇胆。

〔毒蛇胆狼狈欲逃，雷刚、李石坚、众战士一拥而上，四面包围。毒蛇胆等走投无路，滚聚一团。众战士撒开埋伏的兽网，将群匪一网打尽。

〔杜鹃花和红旗相映生辉。柯湘、雷刚与众战士威武豪壮地一同亮相。

〔幕落。

——剧　终

　　《杜鹃山》1964年由张艾丁等根据王树元同名话剧本改编，同年公演，并参加华北京剧现代戏调演，导演张艾丁、萧甲，主要演员裘盛戎、赵燕侠、马连良、马富禄、马长礼等。1969年由汪曾祺改为《杜撰山》（后更名为

《杜泉山》）。1972年，王树元、黎中城、汪曾祺、杨毓珉成立创作组，集体讨论，分场执笔创作《杜鹃山》，同年，北京京剧团重排，杨春霞饰柯湘，马水安饰雷刚。1974年由北京电影制片厂拍摄成彩色艺术片。

作者简介

王树元　男，生于1931年出生，山东章丘（今济南）人，原上海歌剧院第一代歌剧演员，后改做编剧，话剧《杜鹃山》的作者。代表作品还有话剧《两个血手印》歌剧《大野芳菲》《雷锋之歌》等。

黎中城　男，1941年出生，广东顺德人，生于上海，剧作家，毕业于上海戏剧学院戏曲创作研究班。曾任上海京剧院院长、艺术总监、上海市戏剧家协会副主席、周信芳艺术研究会会长，独立或合作创作作品三十余部。较有影响的作品有舞台剧《杜鹃山》《廉吏于成龙》《盘丝洞》《狸猫换太子》《扈三娘与王英》等。

汪曾祺　（1920—1997），男，江苏高邮人，中国当代作家、散文家、戏剧家，京派作家的代表人物。汪曾祺在短篇小说创作上颇有成就，对戏剧与民间文艺也有深入钻研，主要作品有《受戒》《晚饭花集》《逝水》《晚翠文谈》等，参加过样板戏《沙家浜》的创作。

杨毓珉　（1919—1998），字雨明，男，山东蓬莱人，剧作家。1944年毕业于国立西南联大中文系。解放后，历任北京京剧院四团团长，《戏剧电影报》主编，北京市剧协秘书长、顾问。主要作品（含合作）有京剧《蔡文姬》《雏凤凌空》《沙家浜》《杜鹃山》《梅妃》，河北梆子《拜月记》，昆曲《桃花扇》等。

· 话　剧 ·

于无声处

宗福先

时　间　1976年夏初。

地　点　何是非家的客厅。

人　物　何是非——五十八岁，某进出口公司革委会主任。

刘秀英——五十二岁，何是非之妻，退休的小学教师。

何　为——三十四岁，何是非的儿子，某医院外科医生。

何　芸——三十岁，何是非的女儿，市公安局干部。

欧阳平——三十一岁，北京郊区某小吃店服务员，何芸的初恋　　男友。

梅　林——六十岁，遣散回乡的老干部，欧阳平的母亲。

第一幕

〔1976年初夏那些几乎令人窒息的日子里，一个闷热的上午。

〔何是非家的客厅。

〔这是一座独栋的花园楼房。房间里布置得略显豪华而又不俗气：有长沙发、大书柜、钢琴、落地风扇及其他布置得体的家具。舞台左侧有楼梯通往楼上，楼梯前是一条走廊，通往何芸的房间；舞台右侧有一扇门，通往何为的卧室；前方也有一扇门，通往厨房；舞台正中是大玻璃门，通向外面花园。

〔正是江南"梅雨"季节。连日的阴雨，今天好容易才住了一会儿，但重重叠叠的浓云依然把天空堵了个严严实实。屋里蒸热难熬。

〔幕启。钟声打十点。

〔刘秀英打开玻璃门，外面传来令人心烦意乱的知了叫声。刘秀英是个小学教师，一辈子都在用简单、朴素的语言教导孩子们要学好，要做个正直的人。她自己也就是这样一个好人，忠厚、老实、心地善良，从来不会说谎。她性格软弱、温顺，特别对何是非从来都是百依百顺。她爱何是非，崇敬何是非。但是，近年来她却时常会一个人发呆，有时说些谁也听不懂的疯话，并且动不动就哭。问她，她什么也不说。谁也猜不出在她身上发生了什么事。大家都认为她有点精神失常了，终于她因病提前退休了。她本来就是个不爱说话的人，现在变得更是沉默寡言了，默默地在这个小天地里转着，为丈夫和子女操持家务。现在，她听完了沉重的钟声，又呆住了。

〔楼梯响了。

〔下楼的是何是非。他比刘秀英大六岁，但看上去比她年轻多了。乌黑的头发，红润的脸膛，精神饱满，一望而知保养得极好。他身材适中，微微有些发福，举止稳重矜持，说话细声慢气又很自信，显然是个知道自己身份的人。新中国成立前他是外国洋行里的一个小职员，生了肺病被一脚踢出。多亏他的邻居、一个地下党负责人的接济，他才治好了病。从此他开始靠拢党，1949年年初入了党，新中国成立后一直在外贸系统工作。

〔此刻何是非拿着一瓶贵州茅台和几块纱巾下楼了，他把纱巾在沙发靠背上仔细地铺好，退后一步欣赏着。看得出，他对这个舒适的家十分得意……

何是非 （转身看见了刘秀英）秀英！又发呆了。唉，你瞧瞧，家里现在是多顺心的日子哦，就是你……

〔刘秀英不语。

何是非 （温柔地拉刘秀英到沙发上坐下）秀英，这两年你心里到底有点什么不痛快？告诉我嘛！这辈子，多苦多难的日子咱们俩都一块儿过来了，现在，你还有什么心事不能跟我说呢？

〔刘秀英却十分惊恐地挣脱何是非站了起来。

何是非 （无奈地长叹一声）孩子们呢？

〔刘秀英摇摇头。

何是非 （向走廊，喊）小芸！小芸！

〔无人应声。

何是非 又跑出去了？她的事她自己倒袖子一甩，什么都不管！大为，大为！

〔何为从自己屋里出来。他是个外科医生，曾被认为是个有希望的青年，但现在却变得懒懒散散，几乎对什么事都认真不起来了。此刻，他的衣衫下摆半边塞在裤子里，半边吊在外头，一手捧着书本，一手拿着把大蒲扇，穿着拖鞋踢踢踏踏晃了出来。

何　为　爸爸。

何是非　（讽刺地）大少爷，你也动弹动弹，别净看着你妈一个人忙。

刘秀英　他有病，让他歇着吧，我来。

何是非　你就别向着他了，过去你对孩子们的要求也是蛮严格的嘛！有病？什么病？思想上的病！外头火热的阶级斗争不去参加，成天晃晃悠悠，什么正经事也不干！

何　为　（晃着手里的书）我正在研究我们伟大的文艺旗手江青推荐的世界名著《飘》，这可是最正经、最最正经、最最最正经的大事！

何是非　（怒）你——

　　〔何为懒懒地打了个哈欠。

何是非　你不仅对不起这个时代，也对不起我！为了这个家我是呕心沥血，里里外外、大大小小，哪一件事不是我在操心？可你呢，成天跟影子似的在屋里晃来晃去，没有一句好话、没有一张笑脸……（对刘秀英）好了，你去准备饭菜吧，都十点多了，再磨蹭客人就来了！（上了楼梯又回过身来对何为）你自己的亲妹妹，三十岁了还没男朋友，你就真的一点儿都不关心？（上楼）

　　〔何为往长沙发上一躺，把何是非铺好的纱巾全都扯了下来，捧起了书看着。

　　〔楼上传来何是非的声音："秀英，秀英！"

刘秀英　啊？

　　〔楼上，何是非的声音："的确良白桌布你搁哪儿了？"

刘秀英　大衣柜左边下头。（走近何为，把纱巾重新铺好）大为，别躺这儿，回头你爸爸又该生气了。

何　为　活该！谁叫他生了我这么个不争气的儿子呢！

刘秀英　大为，你妹妹今天介绍的这个朋友，人好不好？

何　为　妈，您这话问了我足有二十遍了！我告诉您了，根据报纸上官方介绍，他是天底下头等大好人，浑身上下毫无缺点，连肚脐眼都没有。

刘秀英　不知道他老实不老实？

何　为　老实！老实极了！是上海文攻武卫的这个（竖起大拇指），专管抓人杀人！

刘秀英　啊！

何　为　不过，妈，您可千万别怕他，因为据说谁怕他谁就不是好人，好人都不怕他。爸爸瞧着他就挺顺眼嘛。对了，这事您问爸爸去，这个女婿是他找来的。（翻身看书）

刘秀英　他找来的？不行！小芸！小芸！

　　　　〔何芸从走廊里上。这是一个长得漂亮、脾气温顺的姑娘。她的生活经历非常简单，中学毕业后分到了市郊农场，之后何是非通过路子把她调到了市公安局。她的思想方法简单幼稚，但是，她毕竟不是一个卑下的人，她不能无视斗争的现实，在1976年那样严酷的斗争面前，她陷入了深深的、不可解的矛盾之中。她在认真地思索、顽强地探求，但她还没有得出应有的、最后的结论。今天，她更是心事重重，因为，她面临着生活道路上另一重大抉择。

何　芸　妈！

何　为　你在里头？爸爸叫你，你装蒜？

　　　　〔何芸不语。

何　为　（发现何芸眼圈有点儿红）大喜的日子怎么掉眼泪了？唉，未有抗婚志，空洒泪千滴。

何　芸　（怒）哥哥！

何　为　（也突然生了气）我要是你，就等欧阳，找欧阳，到处去找他，决不见那个唐有才！

刘秀英　小芸，我不准你理那个姓唐的！不准，不准！（使劲儿抓住何芸的胳膊摇着）

何　芸　妈妈，您怎么了？（慌忙把刘秀英抱住，搀到沙发上坐下）哥哥！你跟妈妈胡说了些什么！

何　为　我？替你夸了半天女婿。哼，我才不管你们的闲事呢！瞧，《飘》，*Gone with the wind*，随风飘荡。（下）

何　芸　妈，您别听哥哥瞎说。那个人我也不熟悉，只是开会见过几次。

253

可爸爸说他好，大概，还可以吧。

刘秀英　不，你爸爸——他，他不会看人！

何　芸　妈妈，您又说胡话了，爸爸还能连个人都看不准？

刘秀英　孩子，你不懂啊！

〔何是非拿着桌布和一个小镜框下楼。

〔刘秀英把后面的话咽了回去，慢慢地站起身来，呜咽着进了厨房。

何是非　你刚才到哪儿去了？（把小镜框放在书柜上，调整了一下角度，欣赏着，回过身来发现了何芸眼睛红红的，明白了，片刻）小芸，过来。

〔何芸顺从地和何是非一起在沙发上坐下。

何是非　家里人这几年对你的事关心很不够啊。你哥哥这个人自私透顶，光顾自己。你妈呢，偏又得了精神病。你都三十了，不能再拖了……

何　芸　可我……不想见唐有才。

何是非　见个面怕什么？他是市革委会领导，又分管你们公安政法这一片，他托人跟我说想跟你交往交往，我拿什么理由拒绝？再说，认识认识也没坏处。这个人，出身好、根子正，在路线斗争中嗅觉灵敏，立场坚定。听说，中央首长对他十分器重的哩！

何　芸　这跟我有什么关系。

何是非　关系大得很！当干部，有背景跟没背景差太多了！你实在是太幼稚，尤其在1976年的今天，形势错综复杂，斗争大起大落……

何　芸　爸爸，我正要跟您说这个，我现在是完全糊涂了，什么都看不明白了……

何是非　你想说什么我全都知道！风云变幻的1976年，谁没经历过一番思想斗争呢？我们改天好好地谈，可今天，你还是先见见唐有才，好吗？

〔何芸沉默不语。

何是非　（站起来把桌布铺好，突然回头问何芸）你是不是心里还是扔不掉那个——欧阳平？

254　　何　芸　爸爸！

〔何是非探究地注视着何芸，何芸把眼睛避开了。

何是非 是啊，你从小跟欧阳一块儿长大，两小无猜，青梅竹马，我当初也认为他是个不错的孩子。可是后来，他做得太没良心！

何　芸 （站起，胸脯激烈地起伏）爸爸，别说了！

何是非 九年前，不是他无缘无故把你扔了的吗？九年来，你到处打听他的下落，等他、找他。可他呢，居然连一个字都不给你，石沉大海，无影无踪，一个人怎么能够下得了这种狠心?！

〔何芸走到钢琴前坐下。

何是非 小芸，爸爸不是存心揭你的伤疤，这笔账，该了结了！休将往事常思念，剪不断，理还乱！你干脆想想透吧。

〔刘秀英拿着个醋瓶子上。

何　芸 妈，买醋？我去。

何是非 不，你自己好好准备准备。我去，我也是劳碌命。（下）

何　芸 妈妈——（突然搂住刘秀英）妈妈，您说，欧阳和梅阿姨，他们现在在哪里？

刘秀英 我老梦见他们都死了，都死了！

何　芸 （恐怖地）妈妈！（伏在沙发上哭泣）

〔刘秀英抽泣着进了厨房。

〔片刻，何芸走到钢琴面前，坐下来弹起《红梅赞》。在乐曲里，她倾注了自己浓郁的感情。

〔欧阳平风尘仆仆地提着两个旅行袋从中门上。他黑黑瘦瘦的，两眼炯炯有神。这是一个饱经风雨的人，已经完全洗脱了身上的学生气。表面上他是一个很沉静的人，感情不大外露，但内心却永远燃烧着革命激情的烈火。他像石头一样的坚硬、顽强、实在。

〔听到那熟悉的、扣人心弦的、略微带了一点儿哀伤的乐曲声，欧阳平呆住了，望着何芸的背影，激动地听着。

〔何芸弹完了，精疲力竭地扑倒在钢琴上。钢琴痛苦地发出了一声轰鸣。

〔欧阳平张了张嘴，但又紧紧地咬住了，他悄悄地、慌乱地朝门外一步一步退去……

〔何芸站了起来，"啪"地盖上了钢琴盖。

何　芸　好了！结束了，永远结束了！（回过身来，突然看见了欧阳平）你?!

〔时间、空气，一切的一切，全都凝固了。

何　芸　是你？欧阳？

欧阳平　（慌乱地）好像是我。

〔何芸不顾一切地扑上去，欧阳平两手提着包，被何芸紧紧抱住。片刻，欧阳平从何芸的拥抱中挣脱出来，推开了何芸。何芸惊愕地看着他。

欧阳平　（把眼神调开了）我妈妈还在外头。

何　芸　梅阿姨?

〔欧阳平转身出了中门。

何　芸　（站了片刻，强使自己镇静下来）哥哥，快来！（跟出中门）

〔何为从房间里出来，手里依然拿着那本书和那把大蒲扇。

何　为　（看了看钢琴）成天弹这个调，烦人哪！（坐在沙发上发愣）

〔何芸、欧阳平搀着梅林从中门上。梅林只有六十岁，但看上去已经是风烛残年了。一头银丝，一脸皱纹，枯瘦的身子，连迈步都极困难了，但她却几乎永远在笑！她好动、爱说话，永远对生活抱有浓厚的兴趣和充足的信心，无论面临什么样的打击，她都是那样安详。人们常常会感到惊奇，这个瘦弱的身躯里，怎么容纳得了那么巨大的生命力？

〔何为听见脚步声赶紧往沙发上一横，把那本书捧起来看。

何　芸　哥哥，来客人了！

〔何为干脆翻身朝里。

欧阳平　大为！

何　为　（慢慢翻身起来，惊讶地）欧阳?!

梅　林　对，欧阳，还有我。

何　为　（迟疑地）梅阿姨?

梅　林　小淘气，认不出来了？

何　为　梅阿姨！

〔众人搀梅林到沙发上坐下。

256　何　芸　（走到厨房门口）妈，您看谁来了？（进厨房）

梅　林　平儿，去看看你刘阿姨。

〔欧阳平也进了厨房。

何　为　（没话找话）梅阿姨，身体好吗？

梅　林　你这个大夫怎么当的？连这个病病歪歪的样子都看不出来？

〔何为不忍地把眼神挪开了。

〔厨房里传来什么东西砸掉的声音。

何　为　梅阿姨，您坐。（关切地进厨房）

〔梅林立刻露出了筋疲力尽的样子，使劲儿按住肝区，斜靠在沙发上。

〔何是非从中门提着醋瓶上，看见梅林。

何是非　你找谁？

〔梅林不语，看着何是非。

何是非　（凑近梅林的耳朵，大声地）老太太，你找谁？

梅　林　我不聋。

〔何是非吓了一跳，但他渐渐认出了梅林，倒退两步。

梅　林　是啊，一个叫花子似的脏老太婆，跑到你这个漂漂亮亮的屋子里一坐……

何是非　梅……梅大姐？！

梅　林　是我，梅林。

何是非　我真认不出来了！梅大姐！

〔刘秀英跌跌撞撞从厨房里出来，欧阳平、何为、何芸跟出。刘秀英无声地走到梅林身旁，死死地抱住了她。

梅　林　秀英！

〔刘秀英哭了。

梅　林　十多年没见了，应当高兴啊！

刘秀英　想不到这辈子还能活着见到你们！

何　为　您净说这些丧气话！

何　芸　（对梅林）妈妈太兴奋了，一听说你们来了，把锅都扔了。

〔刘秀英破涕为笑。

梅　林　我六五年调到外地，就没见过嘛。秀英，身体好吗？

刘秀英　梅大姐，你可受罪了。

梅　林　你瞧，我这不是挺神气吗？

何　芸　梅阿姨，这几年你们……（看了一眼欧阳平）

何　为　怎么一下子音讯全无？

梅　林　无非是受了点儿风吹雨打嘛！老何，你没淋着点儿雨？

何是非　啊，啊，梅大姐你现在……

梅　林　遣散回乡了，在镇上每天扫地。

何　为　又是一大"新生事物"，省部级干部回家扫地。

何　芸　可是为什么？

梅　林　他们说我是叛徒。

何　芸　叛徒？怎么可能？

何　为　证据呢？

梅　林　据说是"旁证材料确凿，铁案如山"！

欧阳平　可定案的时候不给妈妈看。

梅　林　怎么，这事你们都不知道？

何是非　简直岂有此理！这些人还有没有政策观念？

刘秀英　梅大姐冤枉啊！你冤枉啊！（痛哭）

何　为　哼，我真想给中央"文革"的领导写封信，要求为秦桧落实政策。

梅　林　为谁落实政策？

何　为　秦桧，就是对岳飞实行"专政"的那个。

梅　林　为什么？

何　为　因为他发明的"莫须有"定案法，对目前巩固某些人的专政起了神奇的作用！

梅　林　（大笑）可他们现在比秦桧高明多了，假材料能给你搞一卡车！

何是非　梅大姐，咱们要相信群众相信党，要经得起——啊，我也糊涂了，您是老革命了，这些比我懂得多。

刘秀英　他、他们害苦你了！（抱住梅林痛哭）

何是非　小芸，搀你妈歇歇去吧。

　　　　〔何芸扶刘秀英上楼。

梅　林　秀英这是怎么了？

何是非　别提了，秀英得了精神病。

258　梅　林　精神病？

何　为	两年前妈妈突然大病一场，好了以后就变成了这样。有时候很清醒，比好人都清醒。有时候说话就是语无伦次的，老说梦见你们都不在了。

何　为　两年前妈妈突然大病一场，好了以后就变成了这样。有时候很清醒，比好人都清醒。有时候说话就是语无伦次的，老说梦见你们都不在了。

梅　林　也许是受了什么刺激？

何是非　我们想了这么多年也没想出来，她会受什么刺激。她的生活一直是这么顺顺当当、简简单单。问她，她什么也不说。唉！

梅　林　平儿，给我两块饼干。

〔欧阳平给梅林递上饼干。

梅　林　老何，还在干老本行？

何是非　啊。

何　为　梅阿姨，爸爸现在升官了，是进出口公司的革委会主任！

梅　林　怪不得！老房子里的人说你几年前搬家了，我还以为跟我一样扫地出门了，到这儿一看，好大的气派！

何是非　组织上关怀嘛！

梅　林　老何，我这次登门是想请你帮我一个忙。

何是非　有什么事您只管说！

梅　林　请你帮我联系一下老陈和老孙，我想跟他们见个面。

何是非　他们两个人？

梅　林　越快越好。这几年我写过好几封信，他们都没有回信。

何是非　……

何　为　孙阿姨六九年不明不白地死了，造反派说她是畏罪自杀，我们都不信。陈伯伯后来被关押，现在下落不明。

〔梅林和欧阳平震惊无语。

〔何是非不时地看看表。

〔何芸从楼上下来。

梅　林　小芸，妈妈好点儿了？

何　芸　我给她吃了点儿镇静药。

梅　林　你现在在哪儿工作？

何　芸　市公安局。

何是非　最近她很忙。对了，小芸，你讲讲现在全国通缉的那个反革命。

欧阳平　全国通缉的反革命？什么罪行？

〔欧阳平与何芸交换了一下目光。

何　芸　（勉强地）他到处散发一些悼念周总理的诗。

梅　林　我可不理解，悼念周总理居然是反革命？

何是非　哎，小芸，不那么简单吧！据说他们悼念周总理是幌子，实际上矛头对准党中央！

欧阳平　那我更不理解了！悼念周总理和反对党中央，这两件事怎么联系得起来？

〔欧阳平和何芸又交换了一个短促的目光。

何　为　欧阳，你这个人就是那么顶真，这种事只能意会，不能言传，懂吗！

梅　林　有意思。何为你呢，还在当外科医生？

何　为　嗯，不过我可一点儿都不忙，成天混日子！

梅　林　看得出来，这身打扮就跟济公一样。

〔何为不好意思地把衣服拉拉好。

何是非　这几年顶不像话的就是他！无病呻吟，小病大养，成天吊儿郎当、无所事事，就差架了鸟笼牵条狗了！简直不配生活在这个伟大的毛泽东时代！

梅　林　老何，你言过其实了吧？

何　为　倒也没有，相差不多。

梅　林　有意思，你原来对外科蛮钻的嘛！你和你的老师不是还想移植肝脏吗？

何　为　那都是城市老爷、卫生路线的流毒，没事净搞科技尖端。上边希望我们能够研究一种普及的手术。

梅　林　什么手术？

何　为　"钳口术"，（比画着）把每个人的上下嘴唇打俩眼，铅丝一穿一拧……让人人都闭嘴。

〔梅林、欧阳平哈哈大笑，何芸也忍俊不禁。

何是非　你也是三十好几的人，干吗整天这么不疯不傻的！

梅　林　不，挺有意思。我本来倒打算请你看看病的，可这个"钳口术"我受不了，我这个人顶喜欢说话的。

　何　芸　梅阿姨什么不舒服？

欧阳平 妈妈近年来肝疼得厉害，恶心，想吐，吃不下东西。

何　为 噢？那到我们医院检查一下吧？

何是非 这事包给大为。大为，梅阿姨的身体你负责。

梅　林 不用了。我们今天是路过上海，顺便来看看你们，马上就走。

欧阳平 这次我想把妈妈接到北京去养病。

何　为 那就先在我们这儿养些日子嘛！

何是非 虽说地方挤点儿，可是……

欧阳平 不想给你们添麻烦了。

何　为 我看你也有点儿不正常了，别废话，留下。（看表）先吃饭，吃完饭去医院。

何　芸 饭菜都差不多了。哥哥，你来端端。（进厨房）

何　为 对了，爸爸知道你们来，准备了一桌好菜！（也进厨房）

欧阳平 （看了看）何叔叔，你们今天请客？

何是非 ——哦，小芸的男朋友来吃便饭。

〔欧阳平手中玻璃杯里的水泼了出来。

〔梅林一阵肝痛，几乎不支。

〔何为端两碗菜上。

何　为 （将碗放桌上）瞧，贵州茅台，爸爸特地拿出来招待你们的。（一下子将酒开了封）

欧阳平 （急切地）妈妈！妈妈！

〔何芸闻声从厨房里出来。

何是非 快，马上送医院！

何　为 先到我屋里躺躺！

〔欧阳平扶着梅林，何为、何芸跟着进入房间。

〔何是非看了看表，拿起了电话，沉吟了一下，又挂上，走出了中门。

〔片刻，欧阳平、何芸从房间里出来。

何　芸 梅阿姨身体一向很好，怎么会垮成这样？

欧阳平 （沉重地摇摇头）妈妈在运动中被整整关了六年，吃、喝、拉、睡都在一间三平方米的黑屋子里，连窗户都没有。最长一次，她十四个月没见太阳……他们打她，拴住头发吊起来，用大皮靴踢

261

她的肝部，叫妈妈弯着腰，在她脖子上用细麻绳吊了二十斤的砖头……他们采取所谓"疲劳战术"，竟然连续十三天不许妈妈睡觉，眼睛一闭就用皮鞭抽……一闭就抽……

何　芸　（恐怖地）别说了！别说了！

欧阳平　后来，妈妈得了肝病，可他们不但不给治疗，反而加倍地折磨她！

〔一阵沉默。

何　芸　欧阳，住下吧。为了梅阿姨的身体，你们来吧！

欧阳平　（苦笑）你收留两个不明身份的人，好吗？

何　芸　我？不明你们的身份？我们两家过去一块儿生活了近二十年，我从小就天天跟着你玩，我……不了解梅阿姨，不了解你？

欧阳平　今天的欧阳平，已经完全不是你所熟悉的那个人了。（凝视着何芸）

〔何芸沉默了。

〔何为上。

欧阳平　怎么样？

何　为　可能……太晚了！

何　芸　什么?!

何　为　肝腹水已经很严重了，至少，是肝硬化……欧阳，你糊涂！为什么早不替她看？

欧阳平　这些年他们不准我调到妈妈身边工作，她一个人在乡下，当地卫生院没人敢给她看病，她的病历卡头一页就盖了个大戳子"黑八类"！

何　为　你带她出来嘛！来找我！

欧阳平　妈妈没有一分钱生活费，我也因为妈妈的问题被迫离开了部队，把我分配到北京郊区一个小吃店里当服务员，每个月工资三十二块。

〔一阵沉默。

何　为　小芸，去叫辆车，马上送梅阿姨上医院。（进屋）

〔何芸欲出门。

欧阳平　我去吧。你今天不是……有客人吗？

何　芸　谁告诉你的？

欧阳平　不要对我保密，祝贺你！（转身出中门）

〔何是非上。

何是非　梅阿姨情况不好？

何　芸　嗯。（欲进屋）

何是非　小芸，我打电话给唐有才，他已经出来了，大概马上就到。

何　芸　（低着头）我要送梅阿姨去医院。

何是非　唐有才来了怎么办？

何　芸　我不知道。

何是非　小芸，你又要开始做梦了！

何　芸　爸爸，别逼我。我不能见唐有才！

〔电话铃响，何是非接听。

何是非　喂……（把话筒递给何芸）你的电话。哟，火上烧的是什么？
（进厨房）

〔欧阳平从中门上，何芸想叫住他，但他径直进屋了。

何　芸　喂……是我……现在到局里来？今天我家里有事……一定要来……
是。（挂断电话，进走廊）

〔欧阳平、何为扶着梅林上。

梅　林　平儿，我的包！

欧阳平　哦。（转身又进屋）

〔何为扶着梅林从中门出。

〔何芸穿民警制服上，欧阳平拿着个皮包也从屋里出来。

何　芸　欧阳，我不能去医院了。

欧阳平　（笑了）是叫你留在家里嘛。（欲走）

何　芸　（急了，拦住欧阳平）不，我要到局里去。

欧阳平　到哪儿去都行嘛！

何　芸　真的，我要去参加紧急侦破会议！全国通缉的那个现行反革命犯
今天逃到了上海。

欧阳平　噢？

何　芸　看完病你千万别走，我们好好谈一谈，好吗？我有好多好多话要
问你！

〔外面传来何为的声音："欧阳，快点儿！"

〔欧阳平冲出中门。

何　芸　（追出去）欧阳，在家等我。（从另一方向下）

〔何是非端着个锅从厨房里出来。

何是非　这饭都煮成焦炭了，怎么吃啊？小芸！小芸！大为！

〔刘秀英慢慢地从楼梯上下来。

何是非　（气极）怎么全走了！

〔外面突然有人在叫："老何！老何！"

何是非　（惊恐地）唐有才?！（毕恭毕敬地走到门口迎候）

〔幕落。

第二幕

〔当天下午四时。何是非家的客厅里。

〔天变得越来越闷了，一丝风都没有。树叶有时神经质地抖动几下，叫人以为它们立刻就会翩翩起舞。但是，没有，它们又令人失望地垂下了脑袋。看样子，还要下雨。

〔幕启。钟声打四点。

〔刘秀英向门外呆望了一会儿，走到桌子前面。片刻，她抓起桌上一张纸看着，惊慌地看看四周，咬咬牙，一撕两半。

〔何是非从中门上。

何是非　秀英，你一个人在家？

〔刘秀英无语。

何是非　四点了，他们还没有从医院回来？

刘秀英　回来了，都在屋里。

何是非　噢。民兵小分队有人来过吗？

刘秀英　民兵小分队?！没有。（赶紧走到桌子前头，把碎纸攒在手心里）

何是非　（发现刘秀英惊慌的神色和藏在背后的手）你手里拿的是什么？

刘秀英　没什么。

何是非　没什么？给我看看。

刘秀英　……

何是非　（上前从刘秀英的手中硬夺了过来，展开纸条，怒）你真是疯了！

这个东西也能随便撕吗?! 嗯?

〔刘秀英不语。

何是非 （语气缓和了下来）这是不是民兵小分队送来的？秀英，过去你当老师的时候，不是成天教孩子们要正直，不能说谎，可你自己……

〔刘秀英仿佛被扎了一刀似的，惊骇地看着何是非，片刻，哭着上了楼。

〔欧阳平、何为从屋里走出。

欧阳平 何叔叔，您回来了。

何　为 （望着刘秀英的背影）刚才挺好，怎么一会儿病又犯了？

欧阳平 大为，你是医生，刘阿姨的病你就不能再想想办法？

何　为 不明原因的病是没法治的。

何是非 唉！大为，你梅阿姨的情况……

何　为 肝硬化、肝腹水都是肯定的了，至于……还有一个化验报告没出来，待会儿我去取，希望没什么问题。

欧阳平 （低低地）我懂了。

何是非 你怎么不让梅阿姨住院呢？

何　为 医院里没床位，要等几天。

何是非 哦。欧阳，别着急，你妈妈的病有希望，肯定有希望。你们就安心在我这儿住着吧。

欧阳平 谢谢您，何叔叔。

何是非 噢，秀英说刚才民兵小分队张同志来过了，留了张条，要你们带着证件和单位介绍信去报个临时户口。（递上纸条）瞧，秀英不留神撕破了。

欧阳平 证件我有，可妈妈……

何　为 你听清楚了，还要单位介绍信，你们有吗？

欧阳平 没有。

何是非 欧阳，这事你抽空去一趟，好在也不麻烦。我去看看你刘阿姨。（上楼）

欧阳平 （半晌）我倒无所谓，反正豁出去了。可妈妈……他们出生入死几十年打下这九百六十万平方公里的江山，如今却连自己的立锥之地都不给他们！

何　为　这就是唐有才们的"全面专政"！

欧阳平　妈妈来上海就是为了找孙阿姨、陈伯伯……算了，我们还是今天就离开！

何　为　不行！梅阿姨的身体已经经不起路上的颠簸了！

欧阳平　……

何　为　住下吧，管他什么唐有才"盐有才"！

欧阳平　这个唐有才究竟是什么人？

何　为　上海滩上绝无仅有、出类拔萃的——大混蛋！论才，无才；论德，缺德；论貌，可又没貌！

欧阳平　（笑了）你这张嘴啊！

何　为　真的。告诉你个笑话，此人有一回接见外宾，谈话一个半钟头他骂了一百多次"娘"，平均半分钟一个。后来连外国人都听得耳熟了，就问翻译：What is the "他娘"？翻译愣了半天，只好回答："这是唐先生家乡的方言，大概就是问你好的意思！"

欧阳平　（大笑）别说了，这样的人何叔叔会把他介绍给小芸？

何　为　唐有才有权有势有后台嘛。他是上海那个"造反司令"的救命恩人，"赤膊兄弟"，谁都惹不起他！

欧阳平　可是，难道何叔叔也变了？

何　为　哼，你那个"何叔叔"啊……反正，不是他变坏了，就是我变坏了。

欧阳平　你也确实变得厉害，过去你什么事情都是挺认真的嘛。

何　为　我是受伤了，不治之症。

欧阳平　什么伤那么可怕？

何　为　我是——看伤了。

欧阳平　看伤了？

何　为　这些年的"路线斗争"搞得人晕头转向，说真话——犯罪；说假话——有功；说官话——保险；说屁话——高升！算啦，我是发誓赌咒，百事不问，一日三餐，吃饱睡足。（又躺在沙发上）

　欧阳平　不对。刚才在医院里一穿上白大褂，你马上就好像变了一个人，很严肃很认真嘛！

何　为　（坐起）我是个医生，看见病人能不认真吗？可就因为太认真了三天两头挨批，说我埋头钻研业务，想成名成家，走白专道路……算了，我走白痴道路，当个大傻瓜，行了吧？

欧阳平　（大笑）你这个伤，我有药治。

何　为　什么药？除非是敌敌畏。

欧阳平　怎么样，来十瓶？

何　为　你真打算送我归天？

欧阳平　我看你这么活着太费劲，成天得学济公，装傻瓜，心里头还不停地折磨自己，你真的愿意就这么混吃混喝？

何　为　（打断）看来，你还跟当年当空军飞行员一样，"让理想为我插上翅膀，在空中自由地翱翔！"

欧阳平　我早就回到结结实实的地面上来了！

何　为　那你叫我怎么办？我承认，自己现在简直是活得——

欧阳平　（轻轻地）可怜！

何　为　（仿佛挨了一鞭子）对，是可怜！可我……

欧阳平　大为，你不是这样的人，你不应当成为这样的人！

何　为　你懂吗？我再认真下去，就要活活把自己憋死了！

欧阳平　那你就喊嘛！把心里的痛苦、心里的爱、心里的恨，全都痛痛快快地、大声地喊出来！

何　为　喊？我一个平民百姓……

欧阳平　中国的平民百姓有八亿！

何　为　可中国老百姓的忍耐精神实在太好了，他们不想喊……

欧阳平　胡说！别忘了鲁迅先生说的："要论中国人……要自己去看地底下。"

何　为　地底下能有什么？石头，烂泥。

欧阳平　对，坚硬的石头、朴实的泥土，还有——奔腾的岩浆！

〔何为不响了。

欧阳平　大为，清明节悼念周总理的那些日子里，你没到天安门广场去看看。花圈如山，人群似海。每一个悼念周总理的花圈被抬进广场，就会引起一片哀恸的哭声；每一首讨伐奸贼的诗歌被人们念出来，就会爆发一阵喝彩声！面对着人民英雄纪念碑，人们轻轻地呼唤：周总理，你在哪里？面对人民英雄纪念碑，人们高声地呐喊：一小撮祖国的罪人，你们见鬼去吧！挥泪悼念总理，洒血讨伐奸雄！几十万人，几百万人，日夜不断，川流不息……大为，只要到那大海的怒涛中去待上一会儿，你马上就会懂得：中国人民成熟了！中华民族有希望！

何　为　（片刻）可现在呢？又是万马齐喑，一片沉默。

欧阳平　沉默。眼前这一片可怕的沉默，正预告着一场更可怕的风暴来临！——（从口袋里掏出一本小册子）我把天安门广场上的诗文整理了一本集子，你看看。

何　为　《扬眉剑出鞘》？

欧阳平　这就是现在，1976年夏天，中国老百姓的真实面貌！

　　〔何为贪婪地翻阅着。

　　〔何芸从中门上。

何　芸　欧阳、哥哥。

何　为　（抬起头来对欧阳平）欧阳，你是个有骨头的！（看见何芸）啊，欧阳，我中午跟你说的那事，你考虑过没有？

欧阳平　大为！

何　为　好、好，我不干涉你们的内政，你们自己谈吧！（下）

何　芸　梅阿姨检查下来怎么样？

欧阳平　最后结果要待会儿才知道。

　　〔何芸与欧阳平默默地、局促地相视着，片刻又都慌乱地把眼睛避开了。

　　〔《红梅赞》的乐曲在空中轻柔地飘荡。

　　〔何是非下楼。

何是非　小芸回来了？见着唐有才了吗？

何　芸　爸爸！

何是非　这有什么不好意思的？欧阳，你看看她三十岁的人了，谈个朋友还这么害臊。

欧阳平　噢，我得去看看妈妈。（进屋）

何是非　唐有才到局里来找过你了吧？

何　芸　爸爸，这个人太可怕了！

何是非　可怕？

何　芸　他一直嬉皮笑脸盯着我看，我讨厌这个人！

何是非　不要光凭主观印象嘛！你知道你们局里这次为什么把这么重大的
　　　　案件交给你？就是因为唐有才去打了招呼！

何　芸　要他打什么招呼？

何是非　你呀，还蒙在鼓里呢！你们局领导最近对你印象很差，说你今年
　　　　以来经常表现出立场不稳，模糊、动摇、犹豫、旁观。

何　芸　可是原因我都告诉你了，我怀疑有人在反周总理。

何是非　那不过是你的错觉。

何　芸　（慢慢地摇头）刚才你没听出来？梅阿姨、欧阳也有这个看法。

何是非　他们？……哦，他们的事，唐有才没跟你说？

何　芸　说了。他要我跟叛徒划清界限，还要我——赶他们走。

何是非　噢？唐有才待会儿还要来吃晚饭，这事不好办哪！

何　芸　爸爸，梅阿姨真会是叛徒吗？新中国成立前地下党里她一直是您
　　　　的上级，您应当了解啊！

何是非　那当然，我不知道她当没当过叛徒。而且，你也知道，新中国成
　　　　立前我生了肺病被洋行老板一脚踢出来，多亏梅大姐资助我去治
　　　　疗，这救命之恩我一直铭记在心。看见她落到今天这个地步，我
　　　　能好受吗？可是，我们都是共产党员，不能把私人感情置于党的
　　　　利益之上，还是要相信组织、相信群众！

何　芸　……

何是非　作为父亲，我还要劝你一句，小芸，不要再白白地折磨自己了！
　　　　〔何芸站起。

何是非　你是个公安干部，按照规定，你的婚姻是要经过组织审查批准
　　　　的。他是个叛徒的儿子，这件事，已经没有可能了！
　　　　〔何芸待了片刻，猛地转身冲下。
　　　　〔欧阳平、何为扶梅林上。

何　为　梅阿姨——

梅　林　好，我不出大门，就在屋里转转，总行了吧？

何是非　梅大姐，您好点儿了吧？

梅　林　大为说我只是脂肪肝，那无非就是肝上的肥肉多了一点，这算什么病？可是他又不准我动，这葫芦里也不知卖的什么药？

〔欧阳平扶梅林到沙发上坐下。

梅　林　平儿，给我两块饼干。

何　为　梅阿姨，您刚吐完……

梅　林　吐完了再吃嘛，不吃病怎么好？（接过饼干艰难地咬着）

〔何是非赶紧给她递上一杯水。

梅　林　老何，这几年的外贸工作不太好搞吧？

何是非　尽力而为吧。

何　为　爸爸，你也太谦虚了！梅阿姨，我爸爸这几年的干劲可足了，给您瞧样东西，（取书柜上的照片给梅林）张春桥接见我爸爸时的留影，这可是张光荣的历史性照片啊！

〔梅林掏眼镜看照片。

何　为　这坐在当中的是张春桥。他身后左边第三个，手里高举语录的，就是我爸爸。

梅　林　那时候，我可正蹲在黑屋子里呢！

何　为　爸爸从那以后可是鸿星高照、平步青云啊！（晃晃悠悠地下）

〔一阵沉默。

〔电话铃响。

何是非　（接电话）喂……是我……报临时户口？好的，好的。（挂断电话）梅大姐，民兵指挥部又来催你们去报临时户口了。

梅　林　你告诉他们，我准备晚上去睡大街，有事叫他们到街上来找我！

何是非　梅大姐，您别生气，再商量吧。

梅　林　文化大革命真是千金难买的好时机啊！

何是非　对、对，史无前例嘛！啊！荡涤一切污泥浊水！

梅　林　这话说得好！它会冲去一切政治小丑脸上的油彩！

何是非　深刻，深刻！梅大姐到底是四十年党龄的老党员了。

梅　林　不，被开除了——叛徒嘛！

〔又是一阵沉默。

何是非　我得去看看秀英，梅大姐您歇会儿。（上楼）

　梅　林　把电扇打开。

欧阳平　妈妈，您不能吹风。

梅　林　打开，我觉得闷哪！

〔欧阳平打开电扇，挪远了点儿。

梅　林　（自言自语）以前他私心杂念多了一点儿，可无论如何还不至于啊……

欧阳平　妈妈，我觉得可怕的正是这一点。为什么社会上的许多沉渣，某些人心底的沉渣，恰恰都在今天堂而皇之地泛滥出来，仿佛他们的丑恶品质在"文革"中才找到了最充分施展的机会……

梅　林　某些人的政治路线需要这种丑类，他们也就应运而生。害人，害党，害国家！

欧阳平　妈妈，也许我们今天不该到这儿来。

梅　林　我有很重要的事找陈伯伯和孙阿姨。另外，我也想看看你和小芸这件事……

欧阳平　妈妈！

梅　林　九年前这件事你做得太糊涂！

欧阳平　妈妈，请您以后不要再提这件事了！

梅　林　为什么？

欧阳平　因为……这件事对于我已经不可能了！

梅　林　理由呢？（盯着欧阳平）

〔欧阳平把眼睛避开了。

梅　林　（慢慢地）平儿，我觉得你有什么事瞒着我。

欧阳平　妈妈，没有。

梅　林　（沉重地）有！一件——大事！（肝区又疼了起来）

欧阳平　妈妈！

〔刘秀英下楼，急步走到梅林面前。

刘秀英　梅大姐，你走吧，带着欧阳，快走，离开这儿！

梅　林　秀英，你怎么了？秀英——

刘秀英　快走，求求你，离开我们家吧！

欧阳平　刘阿姨！

刘秀英　（失声痛哭）走吧！走吧！

〔何是非下楼。

何是非　又犯病了？哎呀，真不知道我作了什么孽！

〔何是非硬把刘秀英从梅林身上拉开，扶到楼上去了。楼上不断传来刘秀英悲惨的哭声。

梅　林　去，看看你刘阿姨。

欧阳平　您去躺躺吧。

梅　林　弄弄明白，怎么回事。（下）

〔何芸上。

〔欧阳平与何芸相对无言。

欧阳平　我去看看刘阿姨好点儿了没。（转身欲上楼）

何　芸　（终于忍不住了）欧阳！

〔欧阳平停住脚步。

何　芸　（片刻）梅阿姨情况怎么样？

欧阳平　刚才不是已经告诉过你了吗？（又要走）

何　芸　欧阳！（哀怨地）难道你连跟我说几句话都不愿意了？

欧阳平　哪有那么可怕！

何　芸　来吧，坐一会儿。

〔欧阳平只得走回来，在沙发上坐下。

何　芸　你瘦多了。

欧阳平　可没病没灾。

何　芸　精神还不错。

欧阳平　小吃店的服务员没精打采的还成？每天得从早到晚吆喝："哎，牛肉汤面一碗，锅贴二两！"

何　芸　（笑了）你还是那么调皮。（片刻）告诉我，九年前是怎么回事？

欧阳平　陈年老账，还翻它干什么？

何　芸　告诉我。不然——我一辈子得不到安宁！

欧阳平　那时候，我一天之内成了反革命子弟、"狗崽子"，我不愿拖累别人。

何　芸　你以为我会那么糊涂？

欧阳平　（摇摇头）以前，我自己也那么糊涂，老把社会主义革命想象得跟坐软席列车一样的舒服、顺当；经历了十年"文化大革命"的风风雨雨，我才真正懂得了什么叫革命。

何　芸　（沉默片刻）也许我没你想得深刻，但你应当相信，我们都是共产党员……

欧阳平　（打断何芸）不，我不是党员。

何　芸　这怎么可能？

欧阳平　他们取消了我的预备党员资格，后来我打过许多次入党报告，他们理都不理。原因就是，我有这么一个"叛徒"妈妈，一个——好妈妈！

何　芸　欧阳，不要这样，也许他们将来会吸收你入党的。

欧阳平　"他们"?！妈妈早说了，党不是"他们"的，党会战胜"他们"的！林彪不是已经被党粉碎了吗？"他们"也快了！

何　芸　（片刻）梅阿姨戴叛徒帽子，究竟是怎么回事？

欧阳平　（冷笑一声）你知道吗，说妈妈被捕叛变是在四七年三月到五月。

何　芸　（跳起来）四七年三月到五月?！不可能！那正是梅阿姨替我爸爸看病的时候，而且她把妈妈、哥哥和刚生下来的我都接到你家，咸菜萝卜干一起吃，整整一块儿生活了八个月！不，这段时间我们全家都可以作证，梅阿姨根本没有被捕过！欧阳，这很简单，只要我爸爸写个证明材料……

欧阳平　没那么简单。那些人自己也明白叛徒罪名是无中生有。妈妈的真实"罪行"是冒犯了两个大人物。

何　芸　谁？

欧阳平　因为妈妈抗战时在周总理领导下工作过，某些大人物就拐弯抹角地想从妈妈那儿挖总理的材料，妈妈向党中央揭发了他们。

何　芸　真有这样的人？反总理？

欧阳平　到今天你还看不明白吗？

何　芸　我是一直在怀疑啊。最近，抓的现行反革命中，有不少人所谓的"罪行"仅仅就是悼念周总理。上边还拼命要我们顺藤摸瓜，抓他们身后的所谓"正在走的走资派"，我不明白他们究竟想干什么？

欧阳平　你只要仔细回忆一下，为什么前两年有人提出"批林批孔批周公"的混账口号？为什么报上"批宰相""批当代大儒"的谩骂之声不绝于耳？为什么总理刚去世，尸骨未寒，有人就迫不及待地要拿四个现代化开刀？为什么悼念周总理就是犯罪，就要遭到迫害镇压？……他们要从人民心里拔去周总理这棵参天大树啊！我们能不扬眉剑出鞘吗?！

〔静场。

何　芸　扬眉剑出鞘？上午我说的那个现行反革命就是到处散发一本叫作《扬眉剑出鞘》的诗集，他胆子也真大，直接给张春桥寄了一本，这事简直轰动了。张春桥大发雷霆，限时限刻要把他逮捕归案。今天上午，北站有工作人员说看见过这个人，估计此人到了上海，上边还特别指定要我负责侦缉破案。

〔欧阳平呆住了。

何　芸　欧阳，你怎么了？

欧阳平　没什么。

何　芸　不舒服？

欧阳平　有点儿累。

何　芸　（温柔地）欧阳，小时候你有什么心事总是告诉我的。现在，也告诉我吧，告诉我嘛！（慢慢搂住了欧阳平）我相信，你一定有好多话要告诉我，我也有好多好多话要告诉你……

〔欧阳平一动不敢动。

何　芸　（突然扑在欧阳平的肩上）欧阳，这九年，你害苦了我！

〔欧阳平一下子站起，挣脱开来，何芸惊愕地望着他。

欧阳平　（强作笑容）我，顺便告诉你个事，我……我已经有爱人了。

何　芸　什么?！

欧阳平　我的心、我的一切，都献给了……

何　芸　别说了！

欧阳平　（片刻）我，对不起你！（再也不能自制，冲进房间）

〔何芸心碎了，双手蒙面坐倒在沙发上。

〔何为上。

何　为　我到医院去取梅阿姨的化验单。怎么，又不高兴了？我还等你去买糖给我吃呢！

〔何芸哀痛地哭了。

274　何　为　好了好了，大喜的日子哭什么。刚才在医院，我问过欧阳了，你还不趁他在眼前赶紧抓住他把婚事办了？哎，别哭了，给你看样东西，精彩极了，欧阳编的诗集——《扬眉剑出鞘》！

何　芸　（抬起泪眼看，惊恐万状）啊?！（昏倒）

　　　　〔幕落。

第三幕

　　　　〔当天下午五点。何是非家的客厅里。

　　　　〔天渐渐暗下来，马上要下大雨了。

　　　　〔幕启。钟声打五点。

　　　　〔欧阳平坐在沙发上，何为激动地在他周围转来转去。

何　为　你说，究竟出了什么事？

　　　　〔欧阳平脑袋深深地陷在两只大手里，不语。

何　为　小芸醒过来以后就跟傻了一样，你呢，又不说话！

　　　　〔欧阳平仍然不语。

何　为　你就开开口吧，我的老祖宗！

欧阳平　（抬起头来）我只能说一句，我对不起小芸，让她……白等了。

何　为　（片刻）原来是这样！"白等了"！你说得好轻松啊！你知道这九年她是怎么一天一天地等过来的吗？她像发疯一样地到处打听你的下落；她望眼欲穿地盼你，盼你哪天会突然回到她的身边；她成天弹琴，弹《红梅赞》，听得我的心都碎了！——你走吧，离开这儿，马上离开。

欧阳平　大为！

何　为　父亲是那样的人，母亲又得了这样的病，我只剩这一个妹妹了，你懂吗？我不能眼看着她跟妈妈一样发疯！

欧阳平　大为！

何　为　我，你刚才骂得对，我是在糟蹋自己，只配吃敌敌畏。可我的妹妹，她应当有希望，她应当生活得幸福、美满、安宁！

欧阳平　我敢说，我比世界上任何一个人都希望她生活得幸福、美满、安宁！

何　为　撒谎！如果你愿意，这些东西你能够给她，世界上也只有你才能

	给她！
欧阳平	我愿意。可是我，恰恰是我，无法给她带来这些！（痛苦地咬住了嘴唇）
何　为	为什么？
欧阳平	不要问了，大为，不要再问下去了！
何　为	——那么你就走开！
欧阳平	我是要走了，而且以后恐怕再也不会回来了。大为，我对你有个最后的请求——
何　为	说吧。
欧阳平	我想把妈妈托付给你。
何　为	你要上哪儿？
欧阳平	我是说你是医生，请你尽力替她医治。
何　为	这不用你叮嘱，从小我就把梅阿姨当成自己的妈妈。（看表）我要去医院取化验报告了。（走到门口又反身回来）要不，等我回来，看了化验报告你再走。
	〔何为与欧阳平慢慢地走近。
何　为	（握住欧阳平的手）别怪我，欧阳！希望你理解我。
欧阳平	希望你也能理解我。
何　为	再见！（匆匆出中门）
欧阳平	（追到门口）带把伞，要下雨了！
	〔何是非从走廊上。
何是非	（满脸怒气）欧阳，你干的好事！
欧阳平	（惊讶地）何叔叔？
何是非	（大声地吼着）难道你要把小芸逼死？！
欧阳平	何叔叔！
何是非	你！你自己去看看，你把她气成什么样子？我找你妈说去！（欲进屋）
欧阳平	不，何叔叔，要骂您骂我，妈妈刚睡着，她的身体实在太差了……
何是非	我跟你没话可说！（硬要推门）
欧阳平	（愤怒地）你！

何是非 这是在我的家里!

〔门开。梅林出现在门口,逼视着何是非。

欧阳平 (赶紧上去扶住梅林)妈妈!

梅　林 怎么,要赶我走了?

何是非 不、不,梅大姐——

欧阳平 妈妈,您还是多睡会儿吧。

梅　林 你何叔叔那么大嗓门在门口嚷嚷,我睡得着吗?

〔欧阳平无可奈何地搀梅林到沙发上坐下。

梅　林 孩子,我听几句话的力气还是有的。(按住肝区)

何是非 您的肝又疼了?

梅　林 疼也得听你说啊,想说什么就快点儿吧。

何是非 唉,梅大姐,有些话我本来不该说。

梅　林 不该说,就别说!

何是非 可是我……

梅　林 就是想说那些不该说的话,对吗?

何是非 这怎么说呢?

梅　林 直说。

何是非 今天你们来,我是衷心欢迎。

梅　林 那好啊,欧阳,咱们就在这儿安营扎寨,住它三年五载。

何是非 ……可是,您自己都亲眼看见了,秀英也闹,小芸也哭,家里弄得鸡犬不宁。

梅　林 这是要下逐客令了?

何是非 我是实在没有办法啊!

梅　林 我懂了。我们妨碍了你,我们俩身上的味儿跟你这屋子里的味儿格格不入。

何是非 不、不,我没这个意思!

梅　林 我有这个意思!本来,我还想跟你好好谈谈,想不到,你这么快就要赶我们走了。(使劲儿按住肝区)

何是非 不、不,没有,您别误会。整整三十年前,我落了难,是您救了我和我一家;今天,我又何尝不想竭尽绵薄之力,替您做点儿事呢?可是……

梅　林　可是什么？

何是非　……

梅　林　你连把嗓子眼儿里的话说出来的胆量都没有了？

〔何芸慢慢地上。

何是非　不、不，是小芸要我赶你们走！

梅　林　不可能吧？

何　芸　是我说的。

梅　林　小芸？

何　芸　爸爸，让我跟梅阿姨单独谈几句，该说的，我自己说。

何是非　好吧。你有话好好说，梅阿姨身体不好，别惹她生气。梅大姐请你多包涵。（上楼）

梅　林　小芸，你的脸色怎么那么难看？

〔何芸痛苦地望着欧阳平，欧阳平默默地进屋。

何　芸　梅阿姨！（搂住梅林，眼泪流了下来）

〔静场。

梅　林　（体力已渐渐不支）孩子，有什么话你说呀！

何　芸　梅阿姨！……您让欧阳走吧，让他赶快离开这儿，赶快！

梅　林　是不是出了什么事？

何　芸　不、不，没有。可是，我希望他快走，快走！

梅　林　（沉吟片刻）我们是要走了，可走以前我想问你几句话。你，爱过他吗？

何　芸　爱过。

梅　林　现在呢？

何　芸　……也许，我从来也没有像现在这样爱他！

梅　林　他也爱你啊！欧阳是个硬汉子，这些年他宁折不弯，跟那些人斗，受的罪也不比我少。可是，他没有低过头。只有两件事，折磨得他受不了，一件是不准他入党，还有一件就是……忘不了你。他嘴上什么也不跟我说，可有什么事能瞒得过做母亲的呢？

何　芸　可他告诉我，他有爱人了！

梅　林　大白天的说梦话。

何　芸　他亲口说的，他的心、他的一切，都……（顿住了，突然猜到了欧阳平的意思，更为感动，失声痛哭）梅阿姨！

梅　林　你们两个都不要再耍小孩子脾气了。在眼前这种最艰难的岁月里，如果知道自己心爱的人坚定地和自己站在一起，那你们就会无所畏惧！——你们永远不要分开了，好吗？

何　芸　好！……不，梅阿姨，现在您还是马上让他走！离开上海！

梅　林　离开……上海？（肝区疼痛万分，吃力地）小芸，出了……什么事？

何　芸　梅阿姨，您怎么了？

梅　林　告诉我，快，说真话！

何　芸　梅阿姨！梅阿姨！

〔欧阳平闻声上。

欧阳平　妈妈！

梅　林　平儿……告诉我……（昏过去）

欧阳平　妈妈！妈妈！（对何芸）你跟妈妈说了什么?!

何　芸　（痛苦地）我……

〔欧阳平抱起梅林进屋，何芸欲跟进，被欧阳平拦住。何芸痛苦万分地走回到沙发前坐下。

〔刘秀英慢慢地下楼来。

刘秀英　（呆呆地自言自语）今天要出事了！今天要出事了！

〔何是非幽灵似的出现在楼梯口。

何　芸　（哀痛地）妈妈！他们要抓欧阳，要抓欧阳啊，妈妈！

〔何是非下楼。

何是非　谁要抓欧阳？

刘秀英　（变色）小芸！

何是非　你别捣乱。小芸，谁要抓他？

刘秀英　小芸！（捶打着何芸）你别瞎说！别瞎说！

何　芸　妈妈，您怎么了？

何是非　唉，这病越犯越重了！别管她，快说，谁要抓欧阳？

刘秀英　（哀求地）小芸！（哭了起来）

何　芸　妈妈，您有什么话要对我说吗？

〔刘秀英欲言又止，哭得更伤心了。

何　芸　妈妈！（搂住刘秀英）

何是非　秀英，有什么话待会儿你对我说，好吗？小芸，你先说，怎么回事？也许咱们还能想点办法。

何　芸　欧阳他就是……

〔刘秀英欲呼，何是非攥住了她的手。

何　芸　欧阳就是——全国通缉的那个"反革命"！（蒙面跑下）

〔何是非、刘秀英都愣住了。

何是非　（来回踱了两步，烦躁不安）怎么这种麻烦事都让我遇上了！简直是流年不利嘛！

〔刘秀英观察着何是非。

何是非　不行，万一让唐有才他们知道了……（犹豫了片刻，转身欲出门）

刘秀英　（突然跳起来，以少有的敏捷拦住何是非）你上哪儿去？

何是非　秀英，你别捣乱！（推开刘秀英）

刘秀英　（固执地不让）你上哪儿去？

何是非　我有要紧事！

刘秀英　（显得十分清醒）什么要紧事？

何是非　你——（想硬推开刘秀英）

刘秀英　（寸步不让）你不能再干那种事了！

何是非　不能干什么？

刘秀英　不能……不能再干九年前那种伤天害理的事！

何是非　（震惊）什么？你说什么？九年前我干什么了？（突然惊慌起来）你、你怎么知道的?！

刘秀英　我知道，我都知道……

何是非　秀英？

刘秀英　我求求你，他们母子已经让你害得够苦的了！要不是梅大姐，你的骨头早就不知道烂到哪儿去了。我求求你，别再害他们了！

何是非　原来这几年你……（坐倒在沙发上）

刘秀英　我心里什么都明白。我不疯，我不傻，我就是憋了一肚子委屈没地方说，我难受……（哭了）

何是非　秀英，我也是被逼出来的啊！当时我好不容易才取得了造反派的信任，和唐有才他们挂上了钩。他们逼我说梅大姐是叛徒，我敢说"不是"吗？而且那是上边无产阶级司令部的意思，只要我敢说半个不字，顷刻之间他们就会叫我粉身碎骨啊！

刘秀英　可你把梅大姐害得多惨啊！

何是非　不，她不能怨我，她只能埋怨政治斗争太残酷！你以为这些年跟着唐有才他们转，我就容易吗？这真跟打仗一样，紧张、危险、可怕。我没别的办法，我只有闭上眼睛，豁出一切，不怕拼光血本，把什么都赌上，也许还能闯出一条路来，不然……

刘秀英　什么？你说的是什么？

何是非　(发觉失言) 啊！随便瞎说。秀英，这些你就都别管了。这些年，我做的一切都是为了你，为了我们这个家。我包你能过个舒舒服服、太太平平的晚年，你放心，你要什么，我都能给你办到！

刘秀英　这辈子，我什么也没跟你要过，什么都听你的，顺着你。今天，我就求你这么一件事，救救欧阳！

何是非　秀英，我也想过，要是能够救他，我一定放他走，也算是我报答梅大姐一回！

刘秀英　好，我去叫他走！

何是非　可是救了欧阳，我怎么办？一会儿唐有才就要来，要是他知道这么重要的一个现行反革命犯让我给放走了，那我几年来费尽心机、惨淡经营起来的这一切，就全都完了！

刘秀英　可你就不顾欧阳的死活吗？

何是非　那是他自己不识时务！难道他还看不出来吗？大局已经定了，翻不了天了！他一个跑堂的充什么英雄好汉？秀英，欧阳反正是跑不掉了，谁抓住他对他都一样，可这一出一进对我们是天壤之别啊！(出门)

刘秀英　(追上去拖住何是非) 不行，你不能……

何是非　秀英你别捣乱，唐有才快到了，我必须赶在他前面……
〔刘秀英死死拖住何是非不放。何是非一脚把刘秀英踢翻在地，跑下。

刘秀英　(捂住胸口，趴在地上，喊) 小芸，小芸！
〔何芸上。

何　芸　妈妈！怎么了？(欲扶刘秀英)

281

刘秀英　快，替我叫欧阳！

何　芸　妈妈！

刘秀英　（发疯似的捶着何芸的腿）你叫！你给我叫！

何　芸　欧阳！欧阳！

　　　　〔欧阳平上。

欧阳平　刘阿姨，这是怎么了？（帮何芸把刘秀英扶到沙发上）

刘秀英　欧阳，快走，背着你妈快走，家里有鬼，鬼……（晕过去）

何　芸　妈妈！妈妈！（架着刘秀英上楼）

　　　　〔欧阳平转身进屋，片刻，拎了个旅行袋出来。在门口痛苦地站了一会儿，转身欲走。

　　　　〔何芸下楼。

欧阳平　我本来想等大为的化验报告，现在，只好不等了。告诉大为，明天我到医院去找他。还有，我妈妈到现在昏迷不醒。

何　芸　啊?!

欧阳平　我实在不忍心把她一个人留在这儿！

何　芸　梅阿姨我负责照顾，放心，你快走吧！

欧阳平　她床头有个小包，这几年妈妈从来不离身，你千万替她留心保管。

何　芸　知道了，你去吧！

欧阳平　谢谢你！

何　芸　从小到大，我们之间从来不说一个谢字啊！

欧阳平　我走了。（欲握何芸的手，发现她手中的诗集）

何　芸　我看了，我很喜欢它！（诵）

　　　　　"清明洒泪究何罪？

　　　　　血雨腥风卷地飞！

　　　　　党心民心不可辱，

　　　　　于无声处听惊雷！"

欧阳平　我只希望大家看到这把匕首的闪光以后，能够坚定这样一个信念：人民不会永远沉默！

何　芸　人民不会永远沉默！可你为什么不告诉我呢？你对我的估计错了，跟九年前一样的错了！必要的时候我也会化作匕首的！

欧阳平　（紧紧地握住何芸的手）我走了！（欲下）

何　芸　欧阳！（追上去）让我再看看你！

　　　　〔欧阳平欲走，何芸抓住他不放。

何　芸　你，快走吧！

　　　　〔欧阳平转身出中门。

　　　　〔何芸痛苦难言。

　　　　〔何是非迎面上。

何是非　欧阳！你上哪儿去？（硬拉着欧阳平回来）

欧阳平　何叔叔，我妈昏迷不醒，实在走不了，请您原谅，我一个人先走。

何是非　什么？梅大姐昏迷不醒？会不会因为我……唉，都怨我一时糊涂，说了几句气话，我真浑啊！……来来（夺过欧阳平的旅行包）欧阳，你们谁都别走了，这儿就是你们的家，刚才都怨你何叔叔老糊涂了……

欧阳平　（夺回旅行袋，诚恳地）何叔叔，我仔细地考虑过了，我留在这儿确实不太合适。

何　芸　爸爸，你就让他快走吧！

　　　　〔欧阳平欲出中门。

何是非　（急忙堵住门）就要下大雨了，你妈又昏迷不醒，叫你走，我于心不安。小芸，我的意思，出去也不一定——安全，留下来，我们另想办法。

何　芸　那也好。

　　　　〔欧阳平无可奈何地回来。

　　　　〔电话铃响。何芸接电话，继而交给何是非。

何是非　喂，老张啊？……什么？报临时户口？哈哈，我的老朋友你还信不过？……不，不，误会，误会……好！老唐那儿我去打招呼！好好，麻烦你！（挂断电话）——瞧，全解决了。来来，歇会儿。欧阳，千万别生你何叔叔的气呀！

　　　　〔刘秀英出现在楼梯口。

刘秀英　欧阳，你还没走？

何是非　哎呀，你这个疯病可怎么了得！（把刘秀英往楼上死命推着）

刘秀英　我没有疯！你刘阿姨没有疯！（挣扎着但无济于事，终于被何是

283

非推上楼去）

何是非　欧阳，你可千万别走！（上楼）

　　　　〔欧阳平下决心拎起旅行袋欲走。

　　　　〔幕后传来梅林的呼喊声："平儿，平儿！"欧阳平进屋。

　　　　〔何芸呆然。何是非下楼。

何是非　欧阳没走吧？

何　芸　没有。爸爸，我们还有什么别的办法呢？

何是非　你说呢？

何　芸　连夜送他走，送到外婆家去！

何是非　这么做，好吗？

何　芸　那儿是乡下，比较安全。

何是非　（淡然一笑）你听错了我的问题。我是说，这么做，好吗？你我
　　　　可都是共产党员。

何　芸　梅阿姨、欧阳是比我们更好的共产党员！

何是非　你在说胡话了！梅林九年前已经被开除了党籍，欧阳从来就没入
　　　　过党！

何　芸　可他们都是党的最忠诚的战士。

何是非　"党的忠诚战士"，却会受到党的通缉，这如何解释呢！

何　芸　不是党通缉欧阳，是"他们"！党不是"他们"的，党会战胜
　　　　"他们"的！你看，欧阳说得多好！（把诗集递给何是非）

　　　　〔何是非贪婪地看着。

何　芸　（突然开始清醒）爸爸！你究竟什么意思？

　　　　〔何是非不答，继续翻着诗集。

何　芸　（一把夺回诗集）爸爸！回答我！

何是非　我回答你，我们应当坚决检举揭发现行反革命分子欧阳平！

何　芸　什么？！

何是非　小芸，我知道你对欧阳有感情。可是，革命利益高于一切，我们
　　　　必须大义灭亲，把他交出去！

何　芸　（挥着诗集）可他只不过是悼念周总理……

何是非　悼念周总理也不行！

　何　芸　什么？！

何是非　唐有才没向你交底？周恩来已经成了某些人心目中的一面旗帜，一面用来对抗中央首长的旗帜，我们就必须……（恶狠狠地做了一个砍伐的动作）

何　芸　啊?!　我明白得太晚了！

何是非　明白就好。小芸，你一定要坚强，既然欧阳平成了扛黑旗的急先锋，那就是我们的阶级敌人。我们对他不能再流露出一丝温情，要对他刻骨仇恨！

何　芸　（冷笑几声）刻骨仇恨?!

何是非　（毛骨悚然）小芸！你，你疯了？

何　芸　妈妈疯了，哥哥疯了，我——也疯了！

何是非　小芸！

何　芸　从小，我就把你当成老革命、老干部，我为自己有这样一个父亲而感到自豪；这么多年哪，特别是欧阳不在身边的这些日子里，我一直把你当成生活中最可信赖的人。我爱你，我崇敬你，有了什么高兴的事，我第一个告诉你；有了什么矛盾、痛苦，我又是第一个向你求救……有时候我也怀疑你的某些做法，可你总是偷偷地向我诉苦，说你也热爱周总理，你心里也十分矛盾、十分痛苦。我，相信了你……难道，这一切你都是在演戏，演戏?!

〔何为从中门上。

何　为　好家伙，这场大雨！哎，咱们家周围怎么有那么多黑影子在晃来晃去啊?（进走廊）

何　芸　（出门向两边张望，然后回来）——是你？

何是非　（冷酷地）是我，我打了电话。唐有才想亲自来抓他，可是考虑到你的名誉，他决定送你一个现成的立功机会。（看表）现在六点，命令你在七点之前亲手逮捕欧阳平！否则……

何　芸　卑鄙！

〔低沉缓慢的钟声打响六点。

〔幕落。

第四幕

〔紧接前幕。何是非家的客厅。

〔外面大雨倾盆，狂风呼啸。

〔幕启。何芸慌乱地来回走着。

何　芸　怎么办？怎么办？都怪我，都怪我啊！

〔欧阳平从屋里出来。

欧阳平　小芸！

〔何芸打了个寒战。

欧阳平　你这是怎么了？

〔何芸看着欧阳平，眼泪无声地流了下来。

欧阳平　我这次来，你最大的变化就是学会哭鼻子了。过去，你可是个顶爱笑的人啊！

何　芸　（走上前拥抱欧阳平，呜咽着）欧阳，我对不起你！

欧阳平　（犹豫片刻，终于也紧紧地回抱何芸）不要这样说，是我对不起你！九年前我离开了你，现在，我又不得不离开了。这回，我不知道，我们什么时候才能相逢，还能不能再相逢……

何　芸　不，我今生今世都不会离开你了！

欧阳平　别说傻话了。你已经知道了，我就是他们要抓的那个"现行反革命"。我必须立刻离开上海……（慢慢松开何芸）

〔何为擦着头发上的雨水上，见欧阳平和何芸抱在一起，欲走开。

何　芸　（痛哭失声）欧阳，他们已经包围了这幢房子，就要进来逮捕你了！

〔静场。

何　为　（冲回来）为什么？这是为什么？

何　芸　就为了他到处散发《扬眉剑出鞘》！

〔何为震惊。

欧阳平　（打开玻璃门，对外面看了片刻，镇定自若）我，一个小吃店里端面条、卖锅贴的小小服务员，编了几首小诗，说了几句真话，居然惊动了张春桥、张大老爷，到处搜捕，全国通缉，闹得他们兴师动众，鸡飞狗跳！要是有十个人站出来说真话呢？要是一百个、一千个，要是全中国的人民都站起来大胆地说真话，说自己的心里话，张大老爷们又该怎么办呢？

何　为　欧阳！这一天，不远了！可你……（紧紧握住欧阳平的手）

欧阳平　大为！——妈妈的病怎么样？

何　为　梅阿姨她……

何　芸　哥哥，怎么样？

欧阳平　快告诉我，我的时间不多了。

何　为　没什么，你放心吧，就是有点肝硬化，也不厉害。

欧阳平　大为，这几年你还没学会撒谎。

何　芸　哥哥，到底怎么样？

何　为　（突然发火了）到底怎么样，到底怎么样，（走到欧阳平面前，沉痛地）梅阿姨是……晚期肝癌！

何　芸　啊?!

　　　　〔欧阳平呆住了，慢慢走到沙发前坐下。

　　　　〔静场。

欧阳平　几十年枪林弹雨都闯过来了，可现在，却要倒在背后打来的冷枪上！

　　　　〔静场。

欧阳平　小芸、大为，千万别告诉妈妈。

何　芸　你放心。

何　为　我就说，一切正常。

欧阳平　不，我是说，关于我被捕的事也不要告诉妈妈。你们就说我……随便说我到哪儿去了。请你们替我……照顾她、安慰她，也请你们替我……送她。

　　　　〔何芸失声痛哭，何为也背过脸去。

欧阳平　我替你们找了个不好办的差事，是吗？好在，辛苦你们的日子——不长了。

何　为　你放心吧，梅阿姨交给我。

　　　　〔房门开了，梅林出现在门口。

何　芸　交给我。

梅　林　什么宝贝？我这么个老太婆还你争我夺的？

欧阳平　妈妈，您怎么自己起来了？（急忙上前搀扶梅林）

梅　林　生命在于运动。我要是光听你们的，成天躺着，恐怕早就见上帝去了。

〔众人扶梅林到沙发上坐下，但谁都不敢正面看她。

梅　林　你们这是怎么了？

欧阳平　没什么，妈妈！

〔何芸悲痛欲哭，欧阳平急忙制止，被梅林发现。

梅　林　背着我装神弄鬼！你们不说，我也猜到了。大为，是不是我的病——不行了？

何　为　没有！我刚从医院回来，一切正常。

梅　林　你又去过医院了？

〔何为语塞。

〔梅林依次看了看何为、欧阳平、何芸。

梅　林　平儿，把我那个包拿来。

〔欧阳平进屋。

梅　林　（诵）"南国烽烟正十年，

　　　　　　　此头须向国门悬。

　　　　　　　后死诸君多努力，

　　　　　　　捷报飞来当纸钱。"

知道这是谁的诗吗？

何　芸　陈老总的。

〔欧阳平取小包复上。

梅　林　（接过小包）我恐怕自己哪次昏过去，就醒不过来了。欧阳，这件事我得跟你交代明白。（把小包一层一层打开）这是我九年来应当交的党费，每月两块。

欧阳平　妈妈！您哪儿来的钱？我每个月寄给您的钱刚够吃饭啊！

梅　林　少吃一口不就有了？新中国成立前也是这么交党费的嘛！

欧阳平　妈妈！怪不得您的身体……

梅　林　共产党员就应当用自己的生命来交党费。

　何　芸　（扑在梅林身上）梅阿姨！

梅　林　干吗都这么愁眉苦脸的？我顶见不得这个了。小芸，别这样。这几天，我回顾了自己的一生：十六岁参加革命，十八岁入党，到现在四十多年了。回首平生无憾事，只恨不能亲手……孩子们，记住陈老总的诗，捷报飞来之日，一定要给我烧纸钱！

欧阳平　（强压悲痛）妈妈，我们记住了。

梅　林　平儿，这个包里还有一份我写给党中央的重要的揭发材料！万一我……你一定要想方设法把它送到北京。

〔欧阳平欲接包又缩回了手，倒退两步。

何　芸　（接过包）梅阿姨，交给我吧！我保证完成任务！

梅　林　（疑问地）嗯？（看见旅行包）平儿，你要走？

〔一声钟响。何是非下楼。

何是非　六点半了。

梅　林　不用你赶！

何是非　说得对，这回不用我赶了，有人来请欧阳走。

梅　林　谁？

何是非　小芸，唐有才这个人你是知道的。

何　芸　（恨极）无耻！

梅　林　这是怎么回事？

欧阳平　没什么。

何是非　没什么？说得轻巧！梅大姐，你的儿子是个罪大恶极的现行反革命，逮他的人已经等在外边了！

〔梅林一阵摇晃。

欧阳平　（担心地抱住梅林）妈妈！

梅　林　（严厉地）告诉我，你做了什么事？

欧阳平　我编了本悼念周总理的诗集《扬眉剑出鞘》。

梅　林　（舒了一口气）为什么不告诉我？

欧阳平　我怕您为我担惊受怕。

梅　林　你呀，妈妈这个老共产党员是泥捏的吗？

欧阳平　妈妈！

梅　林　好儿子！（久久地抚摸着欧阳平的头）我不怕我的病，也不怕斗争残酷，就是怕你们年轻人，在"文革"中看到党内不像你们想

289

象的那么干净，看到斗争复杂、曲折，就软弱动摇、就唉声叹气、就看破红尘！现在，我放心了！别惦记我，去吧，（推开欧阳平，用尽全身力气）到监狱里、法庭上，去跟他们作一场——最后的斗争！

〔这几句话耗尽了梅林的力气，她倒在沙发上，喘息着。

何　芸　梅阿姨！

何　为　梅阿姨！

欧阳平　妈妈，我走了，胜利的那天，我再回来看您！

何是非　不行！梅林也必须一块儿离开这儿。

何　芸　什么？外头下着大雨！梅阿姨病成这样！

何是非　人性论！我不能收留一个现行反革命的母亲、一个叛徒！这是我最起码的无产阶级立场！

何　为　（狂怒地）人性论?！那你到底还有点人性没有?！你知道吗？梅阿姨也许只有几天了……（发觉自己失言）

欧阳平　（急忙上去扶住梅林）妈妈！

〔静场。

何　芸　梅阿姨！

梅　林　（平静地）平儿，给我两块——饼干！

欧阳平　妈妈！

梅　林　给我！大为，我要试试看，向你们医生宣判的死刑挑战！

何　芸　梅阿姨！

何　为　梅阿姨！

〔刘秀英脸上、手上都是血，扶着楼梯慢慢下来。

欧阳平　刘阿姨！（上前搀扶刘秀英）

何　芸　妈妈？你怎么了？

刘秀英　你爸爸把我锁起来了……

何　芸　什么？

刘秀英　（紧紧抓住梅林的手）梅大姐，出卖欧阳的，是他；九年前，说你是叛徒的，也是他！

众　人　（惊）啊?！

　梅　林　我最不愿意相信的事还是发生了。

〔一阵酷烈的沉默，何是非发抖了。

刘秀英　梅大姐，这么些年来，他一直在我们面前唉声叹气，说他也想你们，担心你们会不会出了什么意外……可是两年前，那天晚上，我替他收拾东西，突然看见了他写的那份材料，才知道，原来就是他……我想说，可又怕说出来会连累大为、小芸一块儿毁了，我只好这么憋着、憋着……我十七岁上嫁过来，就一心一意跟着他，看见他跟着你走上了正道，入党，当了干部，我高兴。我这辈子把自己的一切，统统给了他！可谁想得到……（轻声地）他原来是这么一个人。

〔静场。

梅　林　秀英，你哭吧，哭出来心里就痛快了。

刘秀英　（慢慢地摇摇头）这两年，我哭够了，眼泪哭干了，不想哭了。

梅　林　（紧紧地搂住刘秀英）秀英！

何　为　（对何是非）原来，把梅阿姨和欧阳、把妈妈和小芸九年来搞得这么苦的是你?！

〔何为狂怒地举起了大花瓶，慢慢向何是非逼近。何是非吓得连连倒退。

何　为　（把大花瓶又轻轻地放下）算你运气。要是在昨天，我毫不犹豫地就会拿我这条不值钱的命换你的命。可今天，我觉得自己还可以活得更有价值一些。

何是非　（慌乱地）当时情况复杂，他们说梅大姐自己已经承认了，只是缺一份旁证材料……我本来……可是……

欧阳平　叛徒?！你才是出卖灵魂出卖同志的叛徒！

何是非　（逃上楼梯）你们骂吧，骂吧！反正还有五分钟！（上楼）

〔静场。

欧阳平　妈妈，我该走了。

梅　林　（默默地把欧阳平的头拉到自己怀里，片刻，推开他）你……走吧！

欧阳平　小芸，他们是不是要你带我走?

何　芸　欧阳，我跟你一块儿去坐牢！

欧阳平　别忘了妈妈交给你的任务！

何　芸　（不顾一切地扑上去紧紧地搂住欧阳平，哭了）欧阳！

欧阳平　（温柔地搂抱着何芸，替她擦眼泪）不要这样，不要让他们那些
　　　　人看见我们的眼泪。

何　芸　欧阳！我等着你，哪怕是一辈子，我都会等着你！

梅　林　小芸，别说这些傻话了，他犯的是"弥天大罪"啊！

何　芸　（走到梅林面前，突然跪下来，扑在梅林怀里）妈！我送他走了
　　　　以后，就来伺候您，我一步也不离开您！妈妈，我的好妈妈！

梅　林　小芸！

刘秀英　（抽泣着）梅大姐，你就收下她吧，收下她吧！

　　　　〔何为抹着眼圈匆匆地进房间。

梅　林　孩子，我的好孩子！

　　　　〔何为提个小皮箱复上。

欧阳平　大为，你上哪儿？

何　为　你以为这个家我还待得下去吗？我送梅阿姨去找我的老师，我们
　　　　一块儿来试试向死神、也向"他们"挑战！

欧阳平　（感激地）大为！

刘秀英　我也走！

梅　林　秀英？

刘秀英　我实在没办法再跟他生活了……

何　芸　（痛心地）妈妈，我们一块儿走！

　　　　〔何是非出现在楼梯上，但不敢下来。

何　为　欧阳，你身上诗集还有吗？

欧阳平　有。

何　为　拿来，我们替你接着发！

　　　　〔欧阳平取出几本诗集给何为。

欧阳平　我留一本给公安局。

　　　　〔何是非在楼上再也待不住了，颤颤巍巍地下来。

何　为　（看见何是非）用不着这么贼头贼脑的！喏，看清楚了，全在我
　　　　手里，明天你又能去卖大价钱了！

　　　　〔何芸下。

292　梅　林　我索性把升官发财的秘诀全告诉你吧，这屋里的人让你全卖完

了，也只不过五个，你应当到大街上去做这个买卖。

欧阳平　对，八亿中国人哪！

〔何芸穿民警制服上。

〔沉重的钟声打七点，人们的心随着钟声颤抖。

〔何芸紧紧搂住欧阳平。片刻，欧阳平走到梅林面前。

欧阳平　（哀痛地）妈妈！再见了，妈妈！

〔何芸、何为、刘秀英都忍不住流下眼泪。

梅　林　咱们革命队伍有个规矩，欢送出征的亲人从来都是敲锣打鼓，高
高兴兴的，今天咱们也都得笑着告别！

〔何芸、何为、刘秀英忍住眼泪。

梅　林　（艰难地站起来）好，出发！

〔梅林走上一步，把自己的包交给何芸，何芸郑重地接过。

〔欧阳平、何芸、梅林、何为、刘秀英一起向门口走去。

何是非　（冲下楼来，声嘶力竭地）等一等！

〔五个人默默地回身，无限轻蔑地注视着这个仿佛突然变得苍老
起来的可怜虫。

何是非　你们，全都走了？

〔没有人回答何是非。

何是非　（上前拉住何为、刘秀英）大为、秀英，我也是为了这个家，为
了你们啊！

〔刘秀英慢慢地拨开了何是非的手。

何是非　梅……梅大姐，你也可以留下来，我负责跟唐有才说……

梅　林　（朝何是非逼近了几步，又回过身去）走！

〔何为打开玻璃门，外面风雨呼啸。

〔何为、刘秀英挽着梅林走出去。

何是非　（一下子拽住何芸）小芸！我老了，你们不能留下我一个人……

〔何芸挣脱了何是非。

何是非　爸爸从小疼你，我是为了你，为了这个家啊！

〔何芸用力把何是非推开，和欧阳平一起昂然地闯入风雨之中。

何是非　都走了，剩下我一个人了，真安静啊。

〔猛地一道亮得可怕的闪电。

〔何是非吓得跳起来，恐惧万分地等着……

〔仿佛过了许久许久，空中迸出一声惊天动地的炸雷！

〔幕落。

——剧　终

《于无声处》创作于1978年，同年10月由上海市工人文化宫业余话剧学习班演出于上海。由于剧作具有"文革"后冲破禁锢、解放思想的内涵，曾经引发讨论。同年11月进京演出前，已在上海演出了四十五场，场场爆满，在京连演四十一场。此后，全国各省市都移植演出此剧，演出团体达三百多个。此剧获文化部、全国总工会特别嘉奖。1979年上海电影制片厂将其拍成同名电影。

作者简介

宗福先　男，1947年出生，江苏常熟人，生于重庆，上海市作家协会专业作家。2007年被文化部授予优秀话剧艺术工作者称号。创作作品有（含合作）话剧《血，总是热的》《谁主沉浮》，电影《血，总是热的》《鸦片战事》《高考1977》等。

·舞　剧·

丝路花雨

甘肃歌舞剧院《丝路花雨》创作小组集体创作

执笔：赵之洵

人　物　神笔张——男，序幕中四十五岁，画工。

英　娘——序幕中十二岁，神笔张之女。

伊努思——男，序幕中三十六岁，波斯商人，后为商队首领。

河西节度使——男，约五十岁。

市　监——男，约四十岁。

窦　虎——男，序幕中二十余岁，强盗。

青年画工、胡女、白须老人、伊努思夫人、莲花童子、河西节度使夫人。

序　幕

云蒸霞蔚的纱幕上，翱翔着散花的飞天：五色缤纷的花雨中，推出剧名。

飞天扯开了纱幕，就像拉启了历史的帷幔，把观众带进了鼎盛的唐代，带到了连通欧亚的丝绸之路。

阳光照耀在沙原，商旅络绎于古道，声声驼铃，曲曲羌笛，悠然腾上青天。啊，阳关已经在望，艰辛的行程就要结束了。波斯商人伊努思兴奋地跳下驼背，招呼落在后面的伙伴们快快赶上来……

一股飓风拔地而起，搅得天昏地暗。伊努思被卷入飓风的中心，冲无处冲、躲没法躲，他拼命挣扎，疾声呼救，最后绝望地倒在风涛的漩涡里。黄沙如水，正在淹没着他的身躯。

风渐渐停息了，闯过风沙的老画工神笔张，整了整背上的行囊，又替女儿掸去发间、衣上的沙土。英娘偎依在父亲身边，擦拭着胸前的长命锁。看来，她十分珍爱这件佩饰。猛然，父女二人发现了伊努思，急忙跑过去，扒开沙堆，捧水给他喝……晶莹的水，挽救了奄奄一息的蒙难者；晶莹的水，滋润着中外人民冰清玉洁的友谊。

伊努思急于去追赶商队，神笔张把自己的水葫芦送给他。面对心地善良、急公好义的父女，伊努思满含着热泪，深情地致礼，告别而去。

天色向晚，沙海沉寂。神笔张父女赶路途中，又遇上了一伙拦路行劫的强人。神笔张解开行囊：除了画笔，一文不名。强人头子窦虎，一眼看中了英娘，唆使手下的歹徒抢走了她。神笔张上去厮拼，只夺下了女儿的长命锁。

第一场

〔五年之后。

〔敦煌市郭。

〔幕启。

〔五年后的敦煌市郭。坐商打开了店铺，摊贩摆好了货物，人们都在静候着开市的锣声。掌管市场的官吏市监，神气活现地作了一番巡视，下令敲响了铜锣。市场霎时热闹起来了，唐胡贾客、僧俗人等蜂拥而至，熙攘一片。波斯商队的首领伊努思刚刚谈好了一笔丝绸生意，又来应酬选买珠宝的贵妇。他殷勤、干练，显然是一位精于交易的巨商。

在穿梭的人群里，神笔张左顾右盼，寻找着女儿。他神情焦切，步履沉重，苍老了许多。窦虎带领他那半是贩卖人口、半是街头卖艺的百戏班子招摇过市，闯开摊场，人们争看着男童女娃的跟头把式和富于古风的七盘舞。

窦虎看见市监来了，更是分外卖力，百般讨好，他唤出了个衣饰华丽、面目姣好的姑娘出场献艺。市监色眼一亮，死死盯着她。姑娘在窦虎的喝令下，含愁起舞，悲戚而又美丽，宛如朵冰裹的红梅，又似一株雪压的兰芝。她那精湛、纯熟的舞技，博得了人们一次又一次喝彩，也挑起市监一丝又一丝邪念。他叫过窦虎，频频耳语……

窦虎叫姑娘敛钱，然后与市监窃议而下。看客们满怀同情和赞赏地将钱放在姑娘的铜盘里。神笔张分开众人，走到姑娘跟前——"孩子，我没有钱，送你一张画吧。"姑娘凝视着展开的画幅，那笔力、那技法，似乎是她从小就熟悉的，她抬头一看，心头一颤，失手把铜盘摔在地下。原来这姑娘正是神笔张失散了五年的女儿英娘。

父女相认了，昔日意外的离散，今朝如梦的重逢，有多少淌不完的苦泪，有多少诉不完的别情。

窦虎上，硬要拉走英娘。神笔张气愤填膺，据理力争。窦虎拿出典身契："这丫头是我买来的！"神笔张一眼就看穿了这个伪造契约的骗局，请求市监为他公断。

市监假惺惺地说："典契之上盖有官家大印，我亦爱莫能助。"

一纸文约，杀人不见血，才欢聚，又惨别，父女哭作一团，百姓掩面而泣。正在这时候，伊努思挺身而出："有典就有赎，我来替姑娘赎身！"他叫手下的胡女捧出两盘重金，窦虎财迷心窍，不顾市监的明拉暗挡，当场交割了典身契。

事情发生得竟是如此突然、如此神奇，父女俩迷惘不解地看着这个仗义疏财的胡商。伊努思将典身契还给了神笔张，随后问道："还记得我吗？"神笔张摇了摇头，伊努思转身拿出水葫芦。顿时，旧的记忆被勾起了，新的情谊更深厚了。

神笔张、伊努思、英娘欢聚的造型。

市监与窦虎密谋的特写。

〔幕落。

第二场

〔幕启。

〔莫高窟某一新建的洞窟里，如豆的灯火在昏暗中闪烁。英娘秉
灯，神笔张挥毫，父女两人相依为命，共沥心血在画窟，在涂壁。

一幅西方净土画已经初具规模了，只是在伎乐天群像的正中还空着一方白墙。神笔张画到这里，停下笔，沉入苦想之中。

乖巧的英娘为了不打扰父亲的思路，轻轻地放下油灯，又轻轻地捧起粗陶的画钵磨起颜料来。

两个年轻的画工走上，向神笔张请教晕染的方法。神笔张耐心指点，复又继续他的思索。一画工献策：请他画击鼓菩萨，他觉得不中意。英娘摆起姿态：让他描舞剑仙女，他以为不新鲜。显然，他是在选择最美的形象。

英娘觉得父亲过于劳累了，上前劝他歇息，神笔张不肯。英娘拿起琵

琶，忽然想出一个主意，只见她走到父亲身后，调皮地拨响了琴弦。神笔张果然放下画笔，入迷地聆听起女儿的弹奏。

英娘且弹且舞，情致深沉而热烈，动作优美而多变，她再也不是强作欢笑供人玩赏的歌舞伎，而是获得了自由和父爱的艺术家。她跳着跳着，好似心儿在飞、身儿在飞，甚至连手上的琵琶也飞了起来。正是这一新巧的舞姿，举琴的造型，激发了神笔张的灵感。他拿起画笔，一挥而就。顷刻间，白壁上出现了酷似英娘的反弹琵琶伎乐天。这幅来自活水源头的画中神品，使得整个洞窟，摆脱了佛国的森严，打破经常的呆板，充满了人间的春色，闪烁着艺术的光辉。

伊努思赶来辞行，因为商队明天就要启程回国了。朋友间临别前的聚谈，分外情长。胡女们请英娘教她们跳舞，于是，洞窟里又出现了唐胡人民同歌共舞的活的画面。

纷乱的脚步声报道着市监的到来。神笔张知道这个昏官对波斯人为英娘赎身一事始终耿耿于怀，所以让女儿把客人们引到另一个洞窟去。

窦虎进洞，东张西望，窥见反弹琵琶伎乐天，更觉找对了庙门儿。他急忙禀报市监，然后遁去。市监扑向伊努思等人藏身的洞子，神笔张迎面走出，拱手待命。市监不见英娘，只得把一纸官谕交给神笔张，窃笑而下。

神笔张展开官谕一看，恍如突遭雷击。伊努思等人跑来，惊问原委，英娘拾起官谕，上书"纳为官伎"四个大字。顿然间，她什么都明白了。这是市监巧借名目，意在霸占她。她扑在父亲怀里，失声痛哭。神笔张抚摸着女儿，想起那首自幼就听惯了的悲唱："工匠莫学巧，巧即他人使，身是自来奴，妻亦官人婢。"按照唐律，画工塑匠人是贱口，户是贱户，一家老小，任凭征调。难道就眼睁睁看着女儿身陷火坑吗？可是，不去又有什么办法呢？他心如刀绞，悲悔交集，他怨恨自己空有一双描画天堂的巧手，却不能让女儿逃脱市监的魔掌。

伊努思以手扪胸："假如信得过，就让我把孩子带往波斯去吧。"

神笔张经过一番思考，觉得只有远走他乡，方能避祸，于是让英娘拜伊努思为义父，把女儿托付给患难与共的朋友。英娘换上波斯人的衣服，依依不舍地与父亲作别。她取下长命锁，捧给神笔张："父亲啊，一把长命锁，从小戴在身，意在父女常相聚，谁知二度又离分。就让它做女儿的替身，留下来侍奉您的晨昏吧。"告别一毕，英娘、伊努思等人正欲举步，偏遇市监率众进洞。

市监见状，大发雷霆，叫手下的亲随去抓英娘。伊努思奋力挡开恶奴，市监张开官谕相胁："此乃大唐王法，我看谁敢违抗。"

伊努思愣住了，不知该怎样对付。神笔张急中生智，掏出藏在怀里的典身契，递给伊努思。伊努思会意，展开文约："这上边也有大唐官印，买卖自由，人随约走，我也要看看谁敢阻挡。"

市监瞠目结舌，无言对答。伊努思率胡女们拥着英娘，昂然走出洞窟。市监的如意算盘又落空了，他恼羞成怒，将一副枷锁扔在神笔张脚下。

〔幕落。

第三场

〔幕启。

〔三年之后波斯某地。葡萄吐翠，玫瑰铺红，喷泉在树丛中闪光，柱头在藤蔓间矗立。这里是伊努思的花园，到处充满着东方风格的幽深荫爽。

英娘在这里几度寒暑，与波斯人朝夕相处，互传技艺，情同手足。这天，她正给女伴们教授唐土的工笔刺绣，银针飞处，丝绢上出现了各色各样的花卉、山水、鸟兽、鱼虫。

女伴们散去了，英娘又埋头刺绣。蓦地，绣物上那反弹琵琶的构图，牵动了她怀乡思土的柔肠。她想到远离万里、恍如隔世的老父，想到夕阳下的三危山、月夜里的宕泉河……英娘的独舞。

见伊努思的小儿子跑了上来，英娘连忙擦去腮边的泪水，她从不愿意让伊努思一家看见她的伤感。可是，她也没有想到今天竟有了久盼的回国机会。伊努思夫妇兴冲冲地走来，告诉她唐朝要召开二十七国交谊会，伊努思被封为通商使节，立刻就要率领商队出发。英娘看到使书，知道自己也能随队返乡，高兴、激动，但又有些依恋，波斯也是她的第二故国啊！

出行的号角吹响了，送行的人群拥来了。他们捧出旅行的水囊、御寒的毡毯，装备自己的商队。他们拿来输往唐地的瓜菜籽种、波斯锦缎，充实自己的商队。一位眉须皆白的老人，送他的两个孙子参加商队，伊努思痛快地收下了。这两个青年拨起马铃，欣然起舞，炫耀着他们高超的驭术、精壮的年华，于是引起一场粗犷而强悍的马铃舞。

女伴们捧来葡萄美酒，为英娘送行。英娘接受姐妹们的盛情，感念的泪水和杯中的美酒一样醇郁、一样充盈。她按照唐人的习俗，把酒洒向波斯的青天，洒向波斯的大地，然后给在场的男女老幼一一致礼。白须老人敲响了铃鼓，邀请英娘跳舞。英娘理解老人深长的用心，她随着鼓点缓缓起步，把三年里学到的波斯舞蹈，淋漓尽致地跳了出来。唐人装、安息舞，在她飞快地旋转中，在她奔放的舞步里，是那么和谐地融合成为一个艺术的整体。

欢乐的群舞之后，伊努思拿来一只镶满宝石的琵琶。他用钥匙一转，琵琶分为两半。他把使书放在里面，把簪状的钥匙交给英娘。出发的时刻到了，英娘将她刺绣的反弹琵琶伎乐天郑重地献给白须老人和伊努思夫人，特以感谢她留居了三年的亲如故土的异国。

〔幕落。

第四场

〔幕启。

〔昏暗的洞窟里，朦胧与静寂中，长镲在铮铮作响。那是神笔张走来，一双枯瘦的手，点亮了油灯，作起画来。

几年来繁重的劳作和苦痛的囚居，使他头上长满了白发。流逝的岁月留下来的唯一痕迹，就是这金碧闪闪的壁画、栩栩如生的彩塑。现在洞窟可以交工了，他环视着自己心血创造的一切，轻舒了一口气。但是又想到远在异国的女儿，胸中更涌起如潮的思念。他从怀中取出长命锁，用手抚摸着，渐渐沉入似睡非睡的梦幻之中。

突然，壁画中的反弹琵琶伎乐天活起来了。操箜篌的舞女拨响了琴弦，吹洞箫的乐人奏起了笛音，净土里充满了生命，整个洞窟辉耀着五彩的霓虹。神笔张惊喜地看着这一切。反弹琵琶伎乐天，也就是英娘，奔到老画工身边。父女二人又一次团聚了。

从绽开的荷花中，跳出了莲花童子，围绕着父女旋舞，就像传说中童子们终于找到了自己的妈妈一样，在欢庆天伦的乐聚。年复一年眺望着凡间的凭栏天女，也许最敏感世人的悲欢离合，她们步出栏杆，舒袖起舞。专司报喜的美音鸟，飞到神笔张父女身边欢歌、雀跃。神笔张抬眼望去，一叶御风而行的波斯壁毯，降落到这欢舞的仙界，壁毯上走下来的竟是神笔张日思夜盼的朋友伊努思。神笔张紧握着朋友的手，高兴地笑了……

神笔张取出长命锁刚要为女儿戴上，幻觉消，甜梦醒。神笔张又回到了现实世界之中。但这幻梦更激起了他对亲人的怀想，他恨不得一锤砸断手上的长铐，穿过茫茫的丝绸之路，去找自己的女儿。

随着钟磬的乐响，河西节度使和他的夫人进洞朝香。辉煌的灯火把石窟映得格外灿烂，敦煌壁画那迷人的风采，一览无余地展现在人们面前。节度使和他的夫人十分赏识这里的画艺，尤其钟爱那幅反弹琵琶伎乐天。

"这是谁画的？"节度使问道，神笔张趋前答话。

节度使下令赏赐。神笔张谢恩之际，猛地露出了手上的长铐。节度使及夫人为之一震。神笔张泪如雨下，他跪禀道："大人倘能开恩，就赏我一个自由的人身吧。"贤明的节度使慨然允诺，命人替神笔张解开了枷锁，并赏给他一支官制的画笔。

〔幕落。

第五场

〔幕启。

〔阳关之外，茫茫大漠，辽阔无边，沙海涛涌，气象万千。一座烽火台雄峙于丝绸古道之上，与远处的烽燧遥遥对望，台上的刀矛辉耀着夕阳。

一行大雁掠过长空。神笔张匆匆走来，他看着南来的雁阵，想着西行的女儿，慈心若碎，望眼欲穿。背后传来人声，他回头一看，似有所戒，悄然藏于草丛之中。

市监身着便装，疾奔而上。他从驿站的快马那里得知伊努思来唐的信息，不禁萌生拦路行劫、图报前仇的歹念。此刻，他微服出关，就是要寻隙下手。作细的窦虎跑来报讯：波斯商队快到了，英娘也在其中。这就更刺激了市监的报复心和占有欲。他指使窦虎啸聚一伙强人，干掉了烽火台上的守卒，继而黑巾遮面，四下埋伏。

这些行径，都被神笔张一一看在眼里。夕阳西下，暮色四合，叮咚的驼铃由远而近。英娘抢先跑上，捧起故国的沃土，紧紧贴在胸前。回到父母之邦的大欢喜，使她纵情地欢舞、狂歌。伊努思和商队的人都来祝贺她。

猛地，一声呼啸，强人们从暗处杀出，袭击波斯商队。伊努思一边抽出弯刀应战，一边指挥若定地让人保护英娘与胡女们冲出重围，激烈地格斗。伊努思等人终因寡不敌众，败退下去。

货物被抢，琵琶被劫，伊努思被执。窦虎请出市监。市监得意忘形，连连追问英娘的下落。伊努思恍然大悟，顺手扯下市监蒙面的黑巾，怒斥这通匪行劫的奸官贼吏。窦虎打昏了伊努思，市监正要杀人灭口。突然，神笔张手持火把冲上，这个一生文弱的老画工，为护丝路，为救友人，居然变成了陡降的天兵、威武的巨神。市监等人吓得呆若木鸡。神笔张转身向烽火台奔去，窦虎乘此机会一箭射中了他的后背。神笔张翻倒在地，复又挺身而起，拼出最后的力气，攀上高台，点燃了报警的烽火。顿时，烈焰烛天，烽红四野，神笔张在火光中慢慢地倒下，强人们在火光中狼狈逃窜。

画角频吹，刁斗急敲，守边骑勇，护路府兵，相继过场，追拿强人。

屯田的百姓，跑散的波斯人，也随后赶来。当伊努思从昏迷中醒转，知道点火报警的竟是神笔张，他顿时泪如泉涌。那情感的波澜，翻腾的是悲痛，也是崇敬："老朋友啊，当初是你把我救出了沙龙的血口，今晚又是你使我幸免了强盗的屠刀，我该怎样报答你这高山一样的厚义，大海一样的深恩啊！老朋友，快快醒来吧，看看你那哭成泪人的女儿吧，她就在你的身边啊！"

千声呼，万声唤，神笔张终于睁开了双眼。他拥抱了伊努思，颤抖着双手，给英娘戴上了长命锁……这时，天边出现了第一抹早霞，那艳红的霓彩，像敦煌壁画中的仙女们飘举的天衣，更像神笔张为友谊抛洒的热血。一支驼队正行进在霞光里，铃声是那样悠扬，步态是那样安稳。闯过了暗夜，排除了险阻的丝绸之路，又开始了新的一天。看着这如诗如画的景象，神笔张欣慰地笑了。这是他最后的笑，他笑到了最后……

英娘抚着父亲的尸体悲痛欲绝。在场的唐胡兵民不约而同地朝着神笔张跪了下来，一齐祭奠这位忠贞的老人。他为艺术而生，生得光辉；他为友谊而死，死得壮烈！从烽火台上升起了道引魂幡，那灵幡和着哀歌，和着长哭，缓缓地、缓缓地插入云端，就仿佛天地也有知，天地也有情，特地为神笔张挂起了雪白的挽幛。

〔幕落。

第六场

〔幕启。

〔敦煌。百卉遍地，硕果满枝，竞千红，放万紫。宏伟的琼楼重阁，雕梁画栋；华美的朝花宫灯，巧夺天工。一派盛唐美景。

二十七国交谊会隆重地揭幕了。

喧腾的鼓乐声里，显赫的仪仗队中，河西节度使夫妇偕同各国商使步入会场，分宾主落座。观景台上汇集了半个世界。为迎远方来宾，教坊的乐伎率先跳起霓裳羽衣舞：云一样轻，梦一样美。为报主人盛情，客人们也纷纷以舞为谢：印度少女的表演妖媚多姿，非洲男儿的鼓点如雷动地。

宾主之间，互赠礼物。东土的绫罗绸缎、彩陶美瓷，西域的象牙灵犀、佛像宝塔，荟萃一堂。人们啧啧称赞，市监却不以为然。他叫窦虎捧来宝石琵琶，奉与节度使。琵琶果然引起轰动，宾主离座，争相观赏这稀世珍宝。市监与窦虎相视而笑，踌躇满志。

一个吹笛子的胡人突然闯入会场，请求献艺并获得节度使的准许。随着笛音的召唤，四胡男托盘而上，盘上站着一个蒙纱的姑娘，跳起新颖奇巧的盘上舞。全场一致为之倾倒。

笛歇舞罢，一胡人撕下假须，姑娘甩开面纱，竟是伊努思与英娘二人。阳关遇盗，使书已失。他们无法证明自己的身份，又怕再遭市监暗算，才想出这化装闯会、献艺告状的巧计。

英娘双手捧着父亲临终前留下的那支官制画笔，跪呈节度使。节度使睹物思人，惊问其故，英娘陈诉波斯商队被劫和神笔张被害的惨状。节度使震怒了，动问强盗是谁？英娘指控仇人，市监伪言巧辩，双方相持不下。伊努思拿过市监方才敬献的宝石琵琶，英娘抽簪开锁，取出通商使书。真相大白，市监、窦虎被执而下。节度使亲切地抚慰伊努思。

害除了，仇报了，丝绸之路更加畅通无阻了。中外人民用鲜血凝成的友谊，固若磐石。四海同庆，万方乐奏，欢歌盛舞。

〔暗转。

尾　声

飞天撒下了吉祥的花雨，花雨化成了连云的大道。十里长亭，杨柳依依，河西节度使率众欢送各国商使踏上归程。英娘赶来与伊努思告别，像神笔张一样，她也把一只水葫芦赠给了这位患难相扶、欢乐与共的友人。

伊努思走远了，英娘还在眺望着那驼队的廓影，那穿越万里、绵延千秋的丝绸之路……

——剧　终

《丝路花雨》1979年5月23日由甘肃省歌舞团首演于兰州黄河剧场，赵之洵参与编剧并执笔，刘少雄、张强、朱江、许琪等任编导。

作者简介

赵之洵　男，1934年出生，哈尔滨人，剧作家，诗人。曾任中国作家协会甘肃分会副主席、甘肃省少数民族作家协会副会长，甘肃省第六、七届政协委员会委员。代表作品有大型舞剧《丝路花雨》。

·藏　剧·

文成公主

胡金安

人　物　文成公主——唐太宗之女，时年十八岁，简称"公主"。

松赞干布——吐蕃英主，时年二十五岁，简称"赞普"。

伦布噶瓦·东赞域宋——吐蕃大伦，请婚正使，简称"禄东赞"。

尺色茹·恭顿——吐蕃小伦，请婚副使，简称"恭顿"。

李道宗——江夏郡王，现任礼部尚书，护送文成公主入蕃使臣。

琼宝坚桑赞——吐蕃大臣，亲唐主和派首领，禄东赞支持者，简称"琼宝"。

俄梅勒赞——吐蕃大臣，反唐主战派首领。恭顿的上司，简称"俄梅"。

唐太宗——贞观皇上，文成公主之父。

其加桑旦——请婚随从，恭顿的使差，简称"其加"。

阿　旺——琼宝坚桑赞之子。

紫　玉
丹　凤——文成公主的侍女。

诺曷钵可汗——吐谷浑王，唐太宗封他为河源郡王，简称"可汗"。

老大娘——原系文成公主乳娘，现是宾馆店主。

聂迟尚——赞普官府大臣。

俊　美
强　久——怒江牧民。
达　娃

王御医——随文成公主入蕃的御医。

大唐文武大臣、女官、内侍、宫女若干，长安群众若干。

吐蕃文武大臣、请婚随员、内侍、宫女若干，逻些群众若干。

金驾、仪仗、农工百艺若干，龙灯、轿子舞者若干。

第一场　遣使

〔贞观十四年（藏历铁鼠年，公历640年），春。

〔吐蕃逻些布达拉宫议事厅。

〔鼓钹声后，起前奏。在前奏音乐声中——幕前词（说雄）："藏汉联姻结鸾凤，千年佳话人传颂，从此息兵结和好，亲如一家乐融融。请看藏戏《文成公主》，故事发生在一千三百多年以前……"

〔长号、唢呐、鼓钹声中幕徐启。

〔宫女四人，内侍四人，引松赞干布上。

〔幕后伴唱：

"多少干戈激部落相争，

诛叛逆替先王复仇雪恨。"

赞　普　（唱）十多年披戎装南北转战，

　　　　　　　统吐蕃镇西域国享太平。

（说雄）我松赞干布，十三岁即位以来，辗转沙场十余载，统一吐蕃，国泰民安。只是心事一桩未了，实乃憾事。大唐贞观皇上，有一公主名曰文成，她不仅品貌出众，而且才德超群。一心想与她结成良缘，既能助朕治蕃，亦可引进中原文化，强我疆土，富我黎民，真乃万民之幸也。怎奈几次请婚未允，不知何故？是嫌我荒土贫瘠或嫌我高寒路远？是要结仇于后世或试我有无真诚之意？左思右想不解其因，还是请众噶伦商议为好。请众噶伦前来议事！

内　侍　（向内高喊）赞普有命，请诸位噶伦上殿议事！

〔内呼："请诸位噶伦上殿议事！"

〔内应："是！"琼宝坚桑赞、俄梅勒赞、禄东赞、恭顿、聂迟尚以及官族大臣等上。

〔众臣施礼。赞普示意众臣坐下，众臣就座。

众噶伦　臣等恭候旨令。

赞　普　列位噶伦！（唱）

　　　　　　　与大唐姻亲事长久未定，

　　　　　　　请尔等上殿来商议迎亲。

俄　梅　臣启禀赞普——（念）

　　　　　　　吐蕃地广数千里，

　　　　　美女犹如花洒地。

　　　　　任凭蝴蝶花中舞，

　　　　　选位赞蒙何足奇？

赞　普　噶伦俄梅勒赞，此言未免太俗气了吧！

俄　梅　吐蕃历代无有与中原通婚先例，若与大唐联姻，唯恐乱了先王的法礼。

赞　普　（说雄）法为时变，礼与俗化，怎可一成不变！何况迎得文成公主，就是迎得中原文化，此乃图强之策，不必多虑。众爱卿意下如何？

禄东赞　（念）大唐文明天下扬，

　　　　　繁荣盛强人共仰。

　　　　　赞普之意引先进，

　　　　　重整庶政效先王。

俄　梅　（念）幅员广阔皮裘酪浆，

　　　　　兵强马壮称霸西疆。

　　　　　安守基业逍遥自在，

　　　　　多此一举未免荒唐。

琼　宝　此言差矣！文成公主她容貌比莲花还美，学问比雪山还高，武艺比壮士还强，心肠比菩萨还好。迎得这样赞蒙，引进中原先进，可助我吐蕃繁荣昌盛，正是先王之意、黎民之愿，何谓多此一举？

俄　梅　噶伦琼宝坚桑赞，依你之见，岂不要灭我文明、毁我民族吗？

众大臣　大人你?!

赞　普　流水岂能冲走黄鸭，狂风怎能刮下雄鹰？

俄　梅　臣实为吐蕃大计、赞普鸿业着想。

赞　普　但愿如此。

俄　梅　臣尚有一事，可否容禀？

赞　普　何事讲来。

俄　梅　去年请婚未允，出兵攻打唐松州，欲让唐朝瞩威应允。谁料我等兵败，只好作罢。这次又派人请婚，唐王他——

琼　宝　贞观皇上乃今世之雄，宽宏大量，料想尽知我出兵本意。若能派一名得力噶伦，再去讲明赞普的真诚之意，我想定会应允。

赞　普　噶伦所言，正合朕意。你看差何人为宜？

琼　宝　依臣之见，噶瓦东赞定能胜任。

赞　普　甚好。

俄　梅　赞普若决意遣使请婚，臣推荐尺色茹·恭顿前往。不知英主意下
　　　　如何？

赞　普　唔！（唱）

　　　　　　各位噶伦听旨令，

　　　　　　赞普我已主意定。

（说雄）即派使臣去大唐，替我再次去请婚。噶瓦东赞为正使，
另派副使是恭顿。带去骏马五百匹，还有珠宝与金银，铠甲精镶
白莲花，献与唐皇作礼聘。此处密函有三封，遇到疑难再相呈。
选择良辰吉祥日，速速启程长安行。朕盼公主早日下降，如寒夜
之盼朝阳。（唱）

　　　　　　但愿迎得公主还，

　　　　　　赞普雪原候佳音。

禄东赞
恭　顿　领旨。

　　　　〔幕落。

第二场　夸使

〔贞观十四年，秋。

〔幕前词（说雄）："太阳上山又下山，月亮缺了又团圆。请婚使
者禄东赞，餐风饮露奔中原。蹚了九十九道河，翻了九十九座
山；进了八百里秦川，到了辉煌的长安。波斯的使者来了，天竺
的使者来了，霍尔、格萨的也来了，各国使者都来了。请婚如同
考格西，大显奇才数东赞，长安城里谁不夸，皇宫深院谁不赞。
唐王龙颜悦，公主心喜欢。"

〔简短的藏戏鼓点，引出悦耳的古老音乐曲调。

〔幕启。

〔文成公主骑马上。

〔幕后伴唱：

"跨上御马白龙驹,

银蹄腾空耳贯风。"

公　主　（唱）犹如驰骋沙场上,

抖擞英姿显神通。

（念）虽有壮志上九重,

怎奈身居广寒宫;

有翅难展愁满腹,

何时驾云凌长空。

（扬鞭催马）各国使臣来长安请婚,吐蕃使臣智慧惊人。常言道,强臣之上有英主,勇将手下无弱兵。想必松赞干布一定少年英俊,我若能下嫁吐蕃,那该——

〔幕后伴唱:

"羞怯怯面红耳赤,

喜滋滋如糖似蜜。"

公　主　（唱）祝愿奇缘天注定。

可酬宏愿慰吾心。

（念）辅助赞普兴吐蕃,

利乐黎民苦耕耘;

文化交流常相促,

巩固唐蕃永和亲。

〔幕后伴唱:

"化干戈为玉帛,

大唐西陲康宁。"

〔文成公主跃马驰下。宫女紫玉、丹凤上。

丹　凤　紫玉姐,近来咱公主,清晨起来,便在御花园里练骑习武,别提多高兴。

紫　玉　丹凤,你快来看,公主骑技高强,真可谓今世女英雄。

丹　凤　可不。为招驸马,皇上考了又考,试了又试。若是草率从事,岂不毁了咱家公主嘛。

紫　玉　想那吐蕃使臣禄东赞的才智过人,吐蕃英主更是英明远见——

丹　凤　紫玉姐,你能把赞普的三封密函讲与我听听吗?

| 紫 玉 | 好，待我学来。吐蕃使臣远道来迟，皇上单独召见。皇上开言道——（学唐太宗，唱）

　　　　"你家赞普松赞干布，

　　　　三番两次遣使请姻。

　　　　却又出兵攻我池城，

　　　　其意为何令人费解！

　　　速去问明方能提亲。"

丹　凤　哎呀，想那吐蕃、长安相隔甚远，非一日可以往返。这……这……岂不……

紫　玉　傻丫头，此乃皇上有意试探。

丹　凤　那禄东赞如何回禀？

紫　玉　他连忙施礼。（学禄东赞）"臣启皇上——"（说雄）"大唐吐蕃相隔万里，往返数月必误良机。这有赞普密函一封，皇上龙目请观仔细。"（做呈信状）

丹　凤　信上写些什么？

紫　玉　皇上拆信观看，念道：

　　　　"望请唐王把怒息，

　　　　联姻和好乃本意；

　　　　干戈不息天地怨，

　　　　造福百姓恳且急。"

丹　凤　好！赞普如何得知皇上的提问呢？

紫　玉　皇上惊喜，暗道："真乃远见卓识、才德非凡。"

丹　凤　后来呢？

紫　玉　唐王又问道——（唱）

　　　　"朕想吐蕃高寒地冷，

　　　　与我唐朝天地之分；

　　　　身着毛皮食之以肉，

　　　　何以治理方可强盛？

　　　速去问明才能提亲。"

丹　凤　这怎使得，赞普还有密函吗？

紫　玉　禄东赞又施礼回："臣启皇上！"（说雄）"大唐吐蕃相隔万里，往

返数月必误良机，这有赞普密函一封，皇上龙目请观仔细。"（又做呈信状）

丹　凤　好极了。

紫　玉　皇上拆信念道：

>　　　　"恭请文成辅蕃政，
>
>　　　　整顿法规引先进。
>
>　　　　中原吐蕃常交往，
>
>　　　　喜看前程花似锦。"

丹　凤　妙啊！

紫　玉　皇上龙颜更喜，暗道："真乃胆略宏大，才谋双全。"

丹　凤　皇上该满意了！

紫　玉　没哩，皇上继续问道——（唱）

>　　　　"今日允婚唐吐和亲，
>
>　　　　事过几载翌约忘尽；
>
>　　　　虐我公主攻我城池，
>
>　　　　百姓涂炭团结焉存？
>
>　　　速去问明方能提亲。"

丹　凤　（忙施礼）"臣启皇上——"（说雄）"大唐吐蕃相隔万里，往返数月必误良机，这有赞普密函一封，皇上龙目请观仔细。"（做呈信状）

紫　玉　（拆信状，念）

>　　　　"话出口难收，
>
>　　　　箭出弦难回。
>
>　　　　我意绝然无反悔，
>
>　　　　愿为前哨守边陲；
>
>　　　　汉藏世代永相传，
>
>　　　　团结之花放光辉。"

（扶丹凤）"噶伦沿途辛苦，速去歇息，请婚之事再作商议。"

丹　凤　"臣恭候圣旨。"（做退朝状）

丹　凤
紫　玉　哈哈哈！

〔文成公主内唱：

　　"不做深宫弱女娇，

　　　愿为天下人中豪。"

紫　玉　丹凤，公主回来了！

丹　凤　公主，在哪里？

紫　玉　傻丫头，那不是吗？

〔丹凤迎文成公主，紫玉从另一方下。

〔马嘶鸣。丹凤引文成公主上。紫玉捧茶上。

紫　玉　公主辛苦，请用茶。

公　主　是奶茶么？

紫　玉　是！自您吩咐后，奴婢便知道公主练骑归来是喝甜奶茶的。

公　主　（接过杯一饮而尽）真香。

〔紫玉接过茶杯。

丹　凤　公主，龙井茶何等清香，为何要饮这甜奶茶呢？

公　主　这不好么？如今学喝甜奶茶，将来……我还要学饮酥油茶哩！

丹　凤　酥油茶？我等从未听说。

公　主　你不愿喝么？

丹　凤　我喝它做什么？

公　主　看来你不愿与我同往。

丹　凤　公主到何处去呀？

紫　玉　到需要去的地方去！

丹　凤　需要去的地方？啊，我晓得了。

公　主　你知道何处？

丹　凤　嗯……嗯，到时皇上一声令下，公主您该上哪儿就上哪儿呗！

公　主　回答得甚巧，这回你可不傻了。

紫　玉　禀公主：能否把你的心事讲给奴婢听听？

公　主　心……事？

丹　凤　请公主给我们讲讲！

公　主　好！不过，千万不要声扬出去。

丹　凤
紫　玉　请公主放心。

315

公　主　（唱）主仆朝夕和睦处，

　　　　　　　　难言之情可相吐。

　　　　（念）群使云集长安府，

　　　　　　　　父王撰题考众儒。

　　　　　　　　吐蕃赢得群之冠，

　　　　　　　　全城异声赞天赋。

紫　玉　（念）一蚁巧穿翡翠珠，

丹　凤　（念）百驹腹饥自求母；

紫　玉　（念）檀木逝水分根梢，

丹　凤　（念）黑夜酒醉不迷途。

公　主　（唱）噶瓦东赞才出众，

　　　　　　　　赞普英智令人慕。

　　　　（念）三封书信解疑难，

　　　　　　　　英明预见今世疏；

　　　　　　　　心中骤然生爱慕，

　　　　　　　　殊胜姻缘似天注。

　　　　（唱）若能下嫁吐蕃去，

　　　　　　　　愿助赞普展宏图。

丹　凤
　　　　太好了！太好了！
紫　玉

　　　　〔女官上。

女　官　禀公主，适才皇上传旨。明日清晨，让各国使臣在三百名美女中
　　　　认出公主，认出者可迎公主下嫁。

丹　凤
　　　　这……
紫　玉

公　主　知道了！

　　　　〔女官下。

丹　凤　哎呀！想那禄东赞，从未见过公主，如何认得，这便如何是好？

紫　玉　傻丫头！

　　　　〔文成公主沉思，慢步走向天幕。

　　　　〔幕落。

过　场

〔紧接前场。

〔二幕前，其加桑旦上。

其　加　（念）生就奴才相，不会做大官，

老爷一声唤，两腿跑得欢；

只要有油水，累死也心甘。

嘴上抹着蜜，顺杆往上攀，

看风把舵使，随机能应变。

主笑咱也笑，主哭咱就喊，

他把眼一瞪，助威又呐喊，

谁说没本事，你来试试看！

要问我的名，嘿嘿！嘿嘿！其加桑旦。

〔恭顿内喊："其加桑旦——"上。

恭　顿　其加桑旦！

其　加　拉翁，我在这儿，恭顿老爷！

恭　顿　上何处去了？害我四处寻找！

其　加　知道您要找，我昨晚就在这儿等您哩！

恭　顿　收拾东西，准备回逻些。

其　加　怎么，公主不接回去了？

恭　顿　唐王又出难题了。

其　加　他的题真多，又出什么题来？

恭　顿　唐王要使臣们在三百名一样打扮的美女之中，认出文成公主来，
这谁也认她不出！

其　加　就是，我也认不出来。

恭　顿　你就是认得出来，又有何用？

其　加　可不，我算啥。我就是认出来，也不算数。

恭　顿　非也。我意是你就是认得出来，又不知唐王还要出什么题了。

其　加　那就让他出好了，看他有多少！

恭　顿　我不能再泡了，都快一年了。

其　加　是不能再泡了。

恭　顿　可是，噶瓦东赞他仍不想走。他言道："迎不到公主，死也不回逻些。"

其　加　是啊！迎不到公主，如何回逻些呀！

恭　顿　老爷，我不想待了！

其　加　对呀！我也待烦了。

恭　顿　走！收拾行李去。（下）

其　加　是！我的个天老爷呀！走得了吗？管他哪，天塌下来，有高个儿顶着。走就走！（随下）

　　　　〔幕落。

第三场　求助

　　　　〔紧接前场，傍晚。

　　　　〔长安，禄东赞下榻处。

　　　　〔二幕启。禄东赞独自对窗沉思，心潮起伏。

禄东赞　（唱）纵有考题千千万，

　　　　　　　　定要迎得公主还！

　　　　〔其加桑旦抱着一大包东西上。

禄东赞　其加桑旦，你欲何往？

其　加　上哪儿？（对观众）他还蒙在鼓里哩！是这——

　　　　〔恭顿上。

恭　顿　其加，为何将东西拿到此地？

其　加　老爷，您不是——

恭　顿　啊！是我让他清理清理。

其　加　（旁白）我以为就我扯谎哩，他比我还厉害。

禄东赞　不是清理过了，为何还要清理？

恭　顿　多清理几次，也——

其　加　也可早点儿回逻些呀！

恭　顿　你——

其　加　有话就说清楚，干吗吞吞吐吐，说一半留一半，也不怕它霉烂在肚里。

禄东赞　其加！

其　加　拉翁，老爷！

禄东赞　怎么，你住厌烦了么？

其　加　是恭顿老爷……

恭　顿　嗯？

其　加　不，不！是我……是他……是我，唉！是我能走得了吗？我——

禄东赞　既然恭顿老爷没让你走，你也不想走，那就把东西拿回去吧！

其　加　是！（旁白）还是东赞大人好。（拿东西下）

恭　顿　噶伦拉——（唱）

　　　　尊声大人听我言，

　　　　考试是假实刁难。

　　　　纵取魁首也枉然，

　　　　请您仔细斟酌为好。

禄东赞　（说雄）大人为何出此言，迎娶公主非等闲。她虽深宫女婵娟，精通文史与历算；抱负远大胸怀广，智慧才德实非凡。皇上视为掌上珠，草率下嫁心怎安？英主赞普有远见，密书且把龙心宽。你我请婚负重托，未迎公主怎回还？

恭　顿　（唱）我等离藏近一年，

　　　　久住长安如何办？

禄东赞　（说雄）我请大人向东看，宫廷楼阁多壮观。大人再请往西看，广阔田野金浪翻。来来，再把南面看，梨果压枝把头点。再请你把北面看，琅琅书声传耳边。文明制度天下冠，能工巧匠遍长安。够咱学来够咱看，（白）助我兴蕃好典范。

恭　顿　山羊喜攀岩壁，绵羊欢喜草原。吐蕃文明习俗，本乃世代相传；只可蹈常袭故，不宜数典忘祖啊！否则，不就自毁我民族与文明么？

禄东赞　固步自封，墨守成规，夜郎自大，闭关自守，不虚心学习中原先进，引进文明，吐蕃不能繁荣昌盛，才真是自毁我民族与文明。恭顿大人，赞普屡次三番遣使请婚，正是为此。我等取水而来，岂能空桶而归呀？

恭　顿　既然如此，我倒要看你如何认得公主！（下）

禄东赞　只要有毅力，岂有难越之山。（稍停）要认公主貌，得找知情人。适才，倒也找到曾在皇宫里送菜的、洗衣的，还有赶车的，均说未曾见过。这——（来回走着，十分不安，走到窗下陷入沉思）

〔店主老大娘上。

老大娘　（唱）各国使臣来长安，

　　　　　　　吐蕃噶伦住我店。

　　　　提起禄东赞，聪明非凡，全城谁不夸、谁不赞，对人和蔼可亲。他言道吐蕃人，不分男女老幼都能歌善舞，还教我来——（学跳舞，唱）

　　　　　　　区！区！区区区区！

　　　　　　　区区区区！区！区！

　　　　　　　勒斯玛拉几切！

　　　　　　　勒斯玛拉尼切——松！

　　　　哈哈哈！真有意思。（见禄东赞）天色已晚，大人尚未歇息，待我与他打点酥油茶来。（下）

禄东赞　（唱）眼看夜临人将静，

　　　　　　　知情之人何处寻。

　　　　〔老大娘端茶复上。

老大娘　东赞大人、东赞大人、东赞大人！

禄东赞　啊！老大娘来了，快请坐。

老大娘　我的个天哪！何事让你如此着迷，莫非思念她……么？

禄东赞　大娘，哪里话来！我又遇到难题，哪还有心思……唉，想她哟！

老大娘　看把你说的，谁都说你智慧惊人，还有何难可言。我若有女，尚想选你为婿哩！（大笑）来来来！先别急，喝点酥油茶。

禄东赞　谢了，不想喝了。

老大娘　为何不喝？莫非嫌我打得不好。

禄东赞　哪里，很好！

老大娘　为打酥油茶，我还真学了一阵。喝吧！这可是皇上的旨意。

禄东赞　怎么？是皇上的旨意？

老大娘　自你给皇上赞普的三封信后，皇上龙颜甚喜，传旨下来，要我等对吐蕃使臣不得怠慢，以吐蕃礼仪相迎，按吐蕃习俗相待，这酥油茶么要朝夕常备。

禄东赞 哎呀！感谢皇恩，也谢谢老妈妈！

老大娘 哟！别那么客气。我告诉你一个好消息——

禄东赞 消息再好，也无心去听。

老大娘 公主她——

禄东赞 她怎么样？

老大娘 你不是无心听么？

禄东赞 这我可得听！

老大娘 （笑）公主她呀，对吐蕃可关心了。整天骑马习武，准备去逻些呢！

禄东赞 是真的？

老大娘 谁还骗你！

禄东赞 老妈妈，你是如何知道的，你见过公主吗？

老大娘 这有何大惊小怪的！

禄东赞 哎呀！你可是我的救命恩人哪！（欲跪）

老大娘 （急忙扶起禄东赞）这怎么使得！

禄东赞 你何时见的公主，她——

老大娘 我曾是公主的乳娘。别看她年方十八，是金枝玉叶，娇生惯养。可她琴棋书画、诗词歌赋、天文历算、刀枪剑戟、射箭骑马，样样精通。像这样的好公主，别说陛下难舍，连我这告假出宫之人，还常思念哩！

禄东赞 着啊！人之常情嘛！

老大娘 好！该歇着了。（又欲走）

禄东赞 请别走，我的重大问题尚未解决哩！

老大娘 还未解决？那我全给你说了吧！公主召我进宫，向我打听吐蕃的风土人情啦、百姓生活乐苦啦、房屋建造啦、农田耕种啦，无所不问。

禄东赞 你给她讲了没有？

老大娘 把你给我讲的全说了——（唱）

　　　　幅员广阔万宝藏，

山有森林地平阳。

禄东赞　（说雄）金银铜铁皆齐备，五谷六菽能生长。牛羊遍山野，皮毛堆满仓。

禄东赞
老大娘　（唱）天下常太平，

　　　　　　　人民得安康。

禄东赞　太好了！太好了！

老大娘　这下她可高兴了。（下）

禄东赞　咦，大娘呢？老妈妈！老妈妈！

〔老大娘复上。

老大娘　哎！又有何事？

禄东赞　大娘啊！（唱）

　　　　　大娘所言我欣喜，

　　　　　怎奈皇上又出题。

（说雄）明晨皇宫校场上，三百美女集聚齐。谁能认出唐公主，方能允婚把亲提。求求大娘告诉我，公主她有何标记。这串珍珠虽说少，略表东赞寸心意。（递上珍珠）

老大娘　好啊！你想用此串珍珠，让我出卖公主，背叛皇上？你真是把我看扁了！

禄东赞　（唱）大娘大娘莫生气，

　　　　　珍珠难酬您功绩。

（说雄）我家赞普早仰慕，公主贤才与美丽，若能迎得公主还，可助赞普一臂力。重整庶政引文明，雄秀山川迎晨曦。怎奈未仰公主面，美好愿望化泡影。为了唐蕃永和好，愿请大娘说仔细——献上洁白的哈达，表达纯洁的心意。

老大娘　这还差不离。不过……皇上身边能人甚多，掐算卜卦，得知是我所讲，我可吃罪不起！

禄东赞　这……

〔禄东赞急得团团转。老大娘一旁暗自发笑。

禄东赞　有了！（念）

　　　　　三块白石架铁锅，

一张木凳锅中卧；

再将锅中盛满水，

阿妈就在凳上坐。

手持铜号对我说，

量他神算难查着。

老大娘　这是何意？

禄东赞　老妈妈，这样任何占卦者，只能占出"这个告密者，住在木山之上，木山下为铁海，而铁海又被三座银山所托，告密者用的是铜嘴银牙百讲，此乃神仙也"。

老大娘　哈哈哈！别人都说你聪明，真乃百闻不如一见。我本想试试你，可你还真有办法。我虽未曾去过吐蕃，但是，我信得过你们，我接受你的心意。（接过哈达）大人请听——（念）

公主容貌秀且端，

温文雅致笑微含。

如珠似宝朱砂痣，

端端正正双眉间。

秀眉下边生慧眼，

肤色白润檀香散。

彩蝶头上盘旋舞，

金蜂银蜂飞双肩。

禄东赞　我代表赞普和吐蕃臣民表示万分感谢！

老大娘　别谢我了，谢贞观皇上吧！

禄东赞　啊！谢皇上隆恩。（跪拜）

〔暗转。

〔音乐起。在古曲声中引出伴唱，光渐明。

〔幕后伴唱：

"旭日含羞冉冉升，

校场披霞彩缤纷。

美女三百翩跹舞，

疑是梦游履仙境。"

〔文成公主与众宫女身着彩服，在伴唱声中起舞。

323

〔幕后伴唱：

　　　"百花争艳牡丹馨，

　　　群娇藏秀璞玉珍。

　　　各使误把花王认，

　　　吐蕃识珠无瑕琨。"

〔各国使臣跳着各自国度的风土舞，各选一宫女下。

〔禄东赞在群女中选出文成公主。

〔乐曲明朗、欢腾。文成公主羞退，众宫女围绕，禄东赞拜求。

〔幕落。

过　场

〔二幕前，其加桑旦上。

其　加　阿啧啦！奇迹！奇迹！（舞蹈）扎西晓卓几切！扎西晓卓尼切！
　　　　扎西晓卓松松！哈哈哈！（念）

　　　　　唐王爱的是公主，

　　　　　要让使者认公主。

　　　　　美女之中藏公主，

　　　　　谁知哪个是公主。

　　　　　各国认的假公主，

　　　　　噶瓦认的真公主。

　　　　　唐王审验是公主，

　　　　　当场允婚给公主。

　　　　　赞普早就想公主，

　　　　　吐蕃臣民盼公主。

　　　　　这次赢得好公主，

　　　　　咱该准备迎公主。

　　　　哈哈哈！

〔恭顿上。

恭　顿　笑什么笑？

其　加　老爷，咱家噶伦真乃神机妙算，一认就着。

恭　顿　这有何用？唐朝有人说咱赞普年过古稀。

其　加　哪有此事！不知谁个所讲？

恭　顿　出自唐大臣侯君集之口，还言我赞普已娶尼婆罗尺尊公主。

其　加　这，他们如何得知？

恭　顿　此次允婚是假，其中必有奸诈。禄东赞已被留作人质。

其　加　啊？！

恭　顿　他已欣然领受，并被封为唐朝右卫大将军，还纳琅玡公主之外孙女为妻。

其　加　那他在吐蕃的原配呢？

恭　顿　这有谁能知？

〔可汗上。

可　汗　恭顿大人！

恭　顿　啊！可汗大人。

可　汗　皇上传旨，要在河源筑馆，迎接公主与赞普以成嘉礼，如今我驰马先行，在玉树恭候大人到来。

恭　顿　多劳驸马。

可　汗　岂敢，就此告别。

恭　顿　请！

〔可汗下。

其　加　老爷他是——

恭　顿　他乃吐蕃之仇敌，河源郡王诺曷钵可汗。

其　加　原来是他！

恭　顿　待我修书一封，速报俄梅大人知晓。（下）

其　加　这怎说来如此复杂？唉！我管这等闲事做甚？（欲下，去而复返）我管得了他么？（下）

〔暗转。

第四场　送别

〔贞观十五年（藏历铁牛年，公历641年），春。

〔长安渭水桥畔。残雪微薄，柳枝吐翠，鼓乐鞭炮齐鸣。

〔幕后伴唱：

　　　"正月十五闹元宵，

　　　狮子、龙灯齐欢跃；

　　　珠联璧合鸾凤配，

　　　喜庆唐蕃永和好。"

〔在伴唱声中，二幕启。

〔一龙一狮造型，在伴唱的乐曲中欢腾起舞，下。

〔文武大臣、众内侍、宫女、百姓先后出。

〔鼓乐声中文成公主乘凤辇上。

公　主　（唱）渭水桥畔柳丝摇，

　　　　　　残雪映晖江山娇。

〔内呼："圣驾到！"众臣肃立，文成公主下凤辇。内侍引唐太宗上。

唐太宗　（唱）威震中外大唐朝，

　　　　　　贤臣虎将逞英豪。

　　　　　　更喜皇儿怀壮志，

　　　　　　远嫁吐蕃千里径。

　　　　　　安定西陲睦邻好，

　　　　　　保障欧亚丝绸道。

　　　　　　立下万世不朽功——

〔幕后伴唱：

　　　"齐夸巾帼女佼佼。"

〔唐太宗入座。

公　主　儿臣见驾，父皇万岁！

唐太宗　罢了，赐座。

公　主　告坐！

众大臣　臣等见驾！愿吾皇万岁！公主千岁！

唐太宗　平身。众爱卿，看今朝——

众大臣　（念）车似流水马如蛟，

　　　　　　旌旗似海人如潮。

　　　　　　汉蕃婚媾成一家，

　　　　　　中原吐蕃架虹桥。

助赞普利百姓——

众　人　（接念）化干戈为玉帛。

世代永和好！

万岁！万万岁！

唐太宗　（大笑）皇儿听见没有？此乃父王之心愿也。

公　主　父皇啊！儿臣自幼蒙父皇教诲，自当上体父怀，可我——（唱）

未辞长安恨行晚，

临行反觉别离早。

难舍父母骨肉情，

咽喉哽咽泪湿袍。

唐太宗　（唱）皇儿不必把泪抛，

儿女情长落人笑。

公　主　只因父皇存秋高照，皇母玉体欠安，孩儿我——

唐太宗　皇儿，你可曾记得，你那观曲江春耕的诗么？

公　主　尚还记得："心随雨泽滋新稼，手把犁锄辟大荒！"

唐太宗　着啊！昔日皇儿有如此的抱负，今日理应勇于前往才是。来来来，你看这渭水桥前袅袅柳丝，不畏残雪压枝，吐芽争春，何等之好啊！

公　主　（会意地，念）

儿愿折得长安柳，

插遍高原雪山头。

学那杨柳性不娇，

任插天涯根叶茂。

唐太宗　皇儿所言，正中父怀。内侍，折柳来！

〔内侍折柳呈唐太宗。

唐太宗　（说雄）休看婀娜柳丝柔，能携雨露润西畴；皇儿善体父王心，素有壮志冲九霄。吐蕃赞普为世雄，以法治国实难求。我儿此番辅蕃政，弭战息兵睦邻州。儿虽远离天边去，父王心慰宏愿酬！

〔唐太宗赐柳，文成公主双手捧过。

公　主　儿臣遵命。（将柳交宫女）

李道宗　启禀万岁：公主妆奁千种和农艺百工，俱在渭水桥前，候旨启程。

唐太宗　皇儿来看那宝车百辆，内装五谷蚕桑、经典诗书、纸笔笙竽等，并有农艺百工相随，为儿西行之用。

公　主　多谢父皇。

唐太宗　吐蕃赞普信佛教，皇儿也自幼礼佛，将释迦牟尼佛像奉迎入蕃。

公　主　谢父王天恩！

内　侍　（高喊）文武百官与公主敬酒。

〔音乐声中百官敬酒。

唐太宗　内侍看酒。恭顿大人，回到吐蕃，望向赞普表明朕爱禄东赞才高过人，并非留作人质，日后自当让他返回逻些。

恭　顿　臣遵旨照办！

唐太宗　公主入蕃，迎接大任落在贤卿肩上。朕夫妇极爱此女，一路上托贤卿多多照拂，今饮此酒略表惜别之意。

恭　顿　谢万岁！臣定遵命。

唐太宗　如此甚好，护送公主起驾！

李道宗　起驾！

〔文成公主拜别唐太宗与众人，上凤辇。

〔龙灯、狮子舞出。

〔一行人携粮种、农具、药物、书籍，大力士推觉阿佛像，军士们携各种仪仗，宫娥们吹奏各种乐器，拥公主鸾舆向吐蕃进发。

〔幕后伴唱：

　　　"宝车百辆农艺众，

　　　浩浩荡荡如长龙；

　　　文成公主登凤辇，

　　　踏破残雪迎春风。

　　　今日辞别父皇去，

　　　但愿唐蕃千秋共。"

〔幕落。

第五场　远行

〔贞观十五年（藏历铁牛年，公历641年），暮春。

〔临近河源地带。

〔幕前词（说雄）："辞别长安向西行，驱车驰马跨不停。喜庆四海成一家，鸾俦凤侣奇缘定。公主远嫁去吐蕃，高歌中原播文明。何惧万里跋涉苦，须防小人起歹心。"

〔幕启。

〔白云绕山，河水西流。仪仗随员过场。李道宗、恭顿上。

李道宗　（唱）千里骋驱在古途，

　　　　　　　捧节护符送公主。

〔农艺百工过场。

〔幕后伴唱：

　　　　"河源迎亲安排就，

　　　　天涯欢聚乐无穷。"

恭　顿　郡王爷！

李道宗　小伦恭顿。

恭　顿　想郡王爷在长安，身居楼台亭阁，食之美味佳肴。如今蒙受关山跋涉之苦，实乃狡兔被鹰叼，无奈空中叫，何法之有？

李道宗　恭顿大人，此言差矣！老夫奉天子之命，护送公主，乃大喜之事，受点苦也是值得的。

恭　顿　啊！郡王爷忠言绝伦，小伦深受教诲。

李道宗　前面山高路险，小心侍候。

众　人　是！

恭　顿　郡王爷请！

李道宗　请！（下）

恭　顿　哎呀！想这老头儿实难对付。一路之上，戒备甚严，阻挠不得，陷害不成。俄梅那里如何复命，我这高升之梦料难实现。这如何是好？现行至险道，待我见机行事便了！看你唐皇把亲允，中途让他横祸生。（下）

〔紫玉、丹凤引文成公主乘辇上。

〔幕后伴唱：

　　　　"白驹过隙不觉晓，

　　　　早行晚宿何辛劳。"

公　主　（唱）广寒深居豪且华，

怎及天外风姿多。

（念）鸟语花香令人陶，

山青水秀多逍遥。

〔幕后伴唱：

"一路美景观不尽，

行程不知几多少。"

公　主　（唱）此去吐蕃结英豪，

但愿姻缘偕头老。

〔幕后伴唱：

"从此唐蕃一家亲，

不辜父愿免心操。"

公　主　看前面有山一座，不知何等山来。

紫　玉　适才听随员言讲，此乃日月峰。

公　主　啊！日月峰，如此说来离河源不远了。

丹　凤　启禀公主，前面山高路险，请公主换乘御骑也好过山。

公　主　待我徒步登山一望。

〔文成公主下辇。辇夫推辇下。文成公主等人上山。

公　主　尔等快些行来。这野花清道，白云绕山，日月峰何等好看。

紫　玉
丹　凤　真如同到了仙境一般。

公　主　（吟诗）奇峰峭壁从天落，

白云绕山花满坡。

劲松挺拔苍柏翠，

春风送来万世歌。

〔幕后伴唱：

"山河英姿尽眼舒，

长途奔波感慨多。"

紫　玉
丹　凤　太好了！

丹　凤　公主，您看那苍松之上，猕猴攀藤跳跃，好似迎接公主来了。

公　主　可见这唐蕃和亲意义何等重大，连猕猴亦来欢迎。哈哈哈！

紫　玉　公主，请看驮着妆奁的马匹已登上高峰。

丹　凤　哎呀！你们看，那农艺百工，在峭壁悬崖攀登而上，好险哪！

〔恭顿探头下。随员阿旺上。

公　主　你我下山赶路去吧！

〔文成公主等人正绕路下山，山顶轰隆作响。

阿　旺　公主快闪开——

〔阿旺跃上前去，护住文成公主。坠石下，将阿旺砸翻在地。文成公主、紫玉、丹凤忙上前扶起阿旺。

公　主　勇士醒来。

〔阿旺苏醒。

公　主　怎么样了？

阿　旺　（看文成公主微笑）只要……公主无恙，我等无妨。

公　主　勇士姓甚名谁？

阿　旺　我乃琼宝坚桑赞之子，名叫阿旺。

公　主　感谢你救我脱险。

阿　旺　小的岂敢，我奉禄东赞大人之命，暗中保护公主西行……适才，我好像看见……（一阵剧烈疼痛，昏厥）

公　主　速请御医精心医治，不可怠慢。

〔紫玉、丹凤扶阿旺下。李道宗、恭顿上。

李道宗　公主，可曾受伤？

公　主　多亏阿旺相救，不然——

恭　顿　想这山道怪石林立，常有坠石之险，可得小心才是。

公　主　此石坠得蹊跷，其中必有缘故！

李道宗　恭顿大人，速去查来，不得有误！

恭　顿　是！倘若真有此事，待我查明严惩！

〔紫玉、丹凤上。

紫　玉　回禀公主，御医看过，言说："内伤甚重，但也无妨。"

李道宗　公主，恐天色有变，速速越过山岭，进入平原，以保平安。

公　主　请郡王前面开道。

李道宗　遵命。

丹　凤　请公主上马。

〔文成公主上马。

李道宗　众将官——

众　人　在!

李道宗　急速赶行。

众　人　是!

　　　　〔李道宗、恭顿下。

　　　　〔狂风大作,冰雹倾泻。文成公主等一行人与风雪搏斗。

　　　　〔风停雪止,雨过天晴。

　　　　〔幕后伴唱:

　　　　　　"冰雹倾泻,狂风呼啸,

　　　　　　好似猛虎嚎叫。

　　　　　　英女何惧万重险,

　　　　　　赢得彩虹挂山腰。"

公　主　前面到了什么地方? 为何不走?!

　　　　〔李道宗、恭顿上。

恭　顿　启禀公主——（念）

　　　　　　前面河流挡道,

　　　　　　水急巨浪咆哮。

　　　　　　公主适才受惊,

　　　　　　覆舟之险难料。

李道宗　依你之见呢?

恭　顿　不如东转长安, 再作商议。

李道宗　此话怎讲?

恭　顿　臣为公主安危着想。

公　主　恭顿大人!（唱）

　　　　　　想我西行千里路,

　　　　　　何惧艰难与险阻!

　　　　（念）别说小河把道挡,

　　　　　　纵是天河亦强渡!

恭　顿　怎奈无有摆渡之舟!

公　主　紫玉! 传我旨令, 人马暂息, 速派人上山砍来藤条, 扎成皮筏,以便渡河之用。

紫　玉　领旨。（下）

恭　顿　启禀公主，此河名曰倒淌川。

公　主　你说何来？

恭　顿　（念）天下江河皆东去，

　　　　　　　唯有此河向西流。

公　主　向西流？

恭　顿　此地有一民谣——（念）

　　　　　"汉人来到倒淌川，

　　　　　揮泪回首向东看。

　　　　　过川如过鬼门关，

　　　　　过去容易过来难。"

李道宗　恭顿大人，此话怎讲？

恭　顿　嗯……嗯……此乃当地民谣。

公　主　我看此民谣倒可改它一下——（念）

　　　　　公主来到倒淌川，

　　　　　决意西去不东看。

　　　　　此川虽是鬼门关，

　　　　　今朝过后变通坦。

恭　顿　嗯，好！

李道宗　对岸来了一彪人马，想必是可汗迎接公主来了。

恭　顿　启禀公主，想那可汗与我赞普历来不和，依臣之见，还是……不
　　　　见为好。

公　主　哈哈！吐谷浑诺曷钵可汗乃大唐河源郡王，王妃弘化公主是我姐
　　　　姐，还有何可怕的？何况父皇早有安排，特意让他前来接我的。

恭　顿　那……是小的误会了。

　　　　〔可汗内声："你等将人马驻扎此地，待我上前迎接公主。"上。

可　汗　郡王爷！

李道宗　可汗，上前见过公主。

可　汗　河源郡王诺曷钵迎接公主。

公　主　多谢可汗。

可　汗　啊！郡王爷，我已命舒贵前往逻些迎接赞普去了。

李道宗　如此甚好。

可　汗　渡船已经准备停当，请公主起驾！

〔幕后伴唱：

　　　"翻过日月山，

　　　跨越倒淌川。

　　　任凭狂风暴雨骤，

　　　万里征途艰且难。"

〔文成公主乘辇下，众人随下。

〔二幕闭。恭顿上。

恭　顿　（念）设计陷害又未成，

　　　劝她东转枉费心。

　　　想起东赞留长安，

　　　忽地让我主意生。

　　　密书一道送俄梅，

　　　让他逻些浪翻腾。

　　　（击掌）其加哪里？

〔其加上。

其　加　早在这儿侍候您哩！

恭　顿　这有密信一封，速送逻些大伦俄梅勒赞亲收，不得有误。（欲下）

其　加　是！老爷赏钱。（伸手讨要赏钱）

恭　顿　（给钱）给！去吧！

其　加　多谢大人。（看钱）还不够买饼子呢！呸！（下）

〔暗转。

第六场　奸阻

〔幕启。

〔逻些布达拉宫前广场。鼓乐齐鸣，仪仗队、文武大臣上。

〔幕后伴唱：

　　　"逻些城一片欢腾，

接赞蒙英主亲迎。"

〔内侍、宫女引松赞干布上。

赞　普　（唱）抑不住内心喜悦，

想不尽美好憧憬。

众　臣　迎接赞普金驾！

赞　普　众爱卿久等了。

众　臣　等得不久。

赞　普　聂迟尚——

聂迟尚　臣在！

赞　普　（说雄）贞观皇特派来江夏郡王，为护送唐公主跋涉入蕃；带来
百工技艺、诗书礼乐粮种桑蚕，农具水磨，还有那觉阿尊佛。河
源王派舒贵送信与我，请我等去玉树迎接赞蒙。朕派你为先行重
任相托，携书札乘快马切莫延拖。（交信）

聂迟尚　（接信）遵命。（下）

〔俄梅内喊："英主请稍待！"上。

俄　梅　启禀赞普！

赞　普　何事惊慌？

俄　梅　适才接到恭顿密书一封，请赞普过目。（呈信）"亲迎之事，望请
赞普从缓。"

众　臣　啊?！亲迎从缓？

赞　普　（念）"东赞自愿不返藏，背主求荣降大唐，封为右卫大将军，抛
妻再娶荣华享。倘若唐蕃动刀枪，叛贼愿为前驱将。"这、这……
这还了得！

琼　宝　启禀赞普，此乃恶人告状，不值一信。

俄　梅　东赞乃国家重臣，恭顿岂敢擅奏。

琼　宝　据臣所知，绝非如此。

赞　普　老爱卿请速讲来。

琼　宝　赞普容禀——（唱）

东赞长安去求婚，

几番考试显奇能。

（说雄）不但迎得唐公主，亦为吐蕃把光争。贞观爱他才智高，

335

欲结恩义留京城。大唐外籍臣将多，封位进爵亦合情。东赞平日忠心耿，不会背主另投君。纵然东赞系叛将，唐王岂肯留重任？再言停妻再娶事，此乃唐王一片心。东赞力辞皇不允，万般无奈方成婚。（唱）

> 还望英主多思忖，
>
> 流言蜚语不可信。

赞　普　听你之言，甚有道理。

琼　宝　东赞留住长安，并非他贪图荣华富贵，乃恭顿向唐王献策留人质于长安。

俄　梅　何人为证？

琼　宝　我儿阿旺来信所言。

俄　梅　想那恭顿为人深沉持重，岂会替唐王献计？你儿所讲纯属一派胡言。

琼　宝　"虎之花纹呈外，人之花纹藏心。"恭顿对东赞心怀妒忌，主战反和，建议留东赞为质，实为阻挠公主入蕃。

俄　梅　事关战和大计，岂能如此妄加推测。

琼　宝　狼无食草之习，无须推测。

赞　普　两卿不必争论，是顽石或为真金，日后便知，玉树亲迎立即登程。

众　臣　起驾！

俄　梅　请赞普三思而行！

〔暗转。

〔幕间词（说雄）："覆雨翻云施毒计，一波未平一波起。玉树迎亲行来迟，鸾舆已发怒江壁。公主遇难情紧急，速去怒江莫迟疑，一旦见得公主面，疑团消除险化夷。"

〔光复明。

〔玉树行宫，临时宝座前，赞普焦急地踱着步子。

赞　普　（唱）行来未仰梦中伊，

> 却留马迹伸向西。

（念）万事难测真离奇，

> 迁馆怒江是何意？
>
> 为何不见聂迟尚，

书札落在谁手里？

难道唐朝施毒计？

难道东赞真投敌？

此事蹊跷费猜疑，

尚须体察观仔细。

〔琼宝、俄梅上。

琼　宝
俄　梅　（施礼）参见赞普。

赞　普　免礼，询问之事如何？

琼　宝　大唐留守人员讲："李大人乃遵赞普御札之意办理的。"

赞　普　聂迟尚？

俄　梅　聂迟尚行踪不明，想他平日做事谨慎，恐有意外！

〔马蹄声急促。内报声："禄东赞求见！"

赞　普　唔？怎么他回来了？

琼　宝
俄　梅　臣启禀赞普，禄东赞——

赞　普　不必争先，慢慢讲来！

俄　梅　他背主求荣，突然归来，居心难测——

琼　宝　他忠心耿耿，万里而归，必有大事！

俄　梅　赞普见他不便，让老臣与他周旋。

琼　宝　东赞乃吐蕃重臣，岂有不见之理，真有何事亦可当面问清。

俄　梅　还是不见为好！

琼　宝　理应当见！

俄　梅　不能见！

琼　宝
俄　梅　依臣之见——

琼　宝　应该见！

赞　普　见！你等暂且退下。

琼　宝
俄　梅　是！（下）

赞　普　传禄东赞来见！

内　侍　传禄东赞进帐！

〔禄东赞上，走进帐内，看到赞普背俯伏。

禄东赞　（唱）东赞奉命去长安，

　　　　　　　　庆幸请婚尚圆满。

赞　普　是啊，非常圆满，可至今不知公主去向？

禄东赞　这……

赞　普　朕问你——（说雄）听说你在长安城，深得唐皇的爱宠。封为右卫大将军，招为驸马留在京。（白）可有此事？

禄东赞　感谢圣恩，确有此事，但并非驸马，乃琅玡公主之外孙女段氏……

赞　普　这有何两样？（说雄）派你长安去请婚，尚未迎回逻些城；停妻再娶抛原配，却与唐女先完婚。任唐大将犹还可，叛主降唐作保证；何言唐蕃风波起，愿为先驱把职殉。（白）绑了！

〔内侍上前绑禄东赞。

禄东赞　请赞普容臣细禀！（跪下）

赞　普　讲！

禄东赞　（唱）唐王赐婚委重任，

　　　　　　　　意在唐蕃永和亲。

　　　　（说雄）留京并非卑职意，实乃恭顿将本呈；唐王崇奖忠义士，鄙弃卖主求荣臣。远嫁公主为和睦，何谓唐蕃风波生？

赞　普　那你不在长安，回来做甚？

禄东赞　（念）臣在长安思逻些，

　　　　　　　　公主西行常挂心。

　　　　　　　　道宗请旨遣人归，

　　　　　　　　唐王垂询入蕃情。

　　　　　　　　臣怕局变情急紧，

　　　　　　　　深恐赞普误迎亲。

　　　　　　　　不辞而逃兼程回，

　　　　　　　　至此方知主驾临。

赞　普　长安逻些相隔万里，唐皇岂肯让你轻易逃走？

禄东赞　（念）皇上知臣不辞逃，

　　　　　　　　意在巩固唐蕃好。

　　　　下令沿途勿阻拦，

　　　　赐臣宝马速赶道。

　　赞普啊！（唱）

　　　　望主莫把谗言信，

　　　　唐王尚有一御诏……

赞　普　（起身）御诏呢？（见禄东赞被捆）松绑！

　　　〔内侍为禄东赞松绑。禄东赞起立，解下黄缎包，取御札呈赞普。

赞　普　（接过御诏，朗读）"唐蕃亲好乃天下之福，朕以爱女远托赞普，
　　　　愿赞普夫妇福泽无量。唐蕃永敦盟好，百姓共乐升平。禄东赞于
　　　　此次亲好，贡献甚大，不辞而别，朕不深究。——贞观十五年四
　　　　月。"琼宝坚桑赞！

　　　　〔琼宝等众臣上。

琼　宝　臣在。

赞　普　把御诏带回逻些供在天香阁内。

琼　宝　（恭接御诏）遵命。

赞　普　（下位抚禄东赞）东赞爱卿，万里捧旨辛苦了。

禄东赞　为唐蕃睦邻和好，臣再劳苦亦心甘情愿。

赞　普　好，奉酒上来。

　　　　〔内侍奉酒上。

赞　普　适才东赞爱卿受屈，朕赐酒压惊。（赐酒）

禄东赞　谢主深恩！（跪接酒，一饮而尽）

　　　　〔内侍接过酒杯下。

赞　普　你刚才说，局面变化急紧是何意啊？

禄东赞　臣离逻些之时，赞普言讲公主早日下嫁如寒夜之盼朝阳，可公主
　　　　至玉树两月有余，赞普却迟迟未到，这——

赞　普　朕请婚初意未变，只因——

俄　梅　只因公主一行，不行我俗，这且不讲。如今赞普如约亲迎，李道
　　　　宗竟擅自将行馆移往怒江北岸……

禄东赞　非也。臣在长安听到移馆之事，乃赞普亲自决定。贞观皇上不
　　　　解，多次询问怒江北岸地形，臣据实上奏。皇上说："既然如
　　　　此，赞普改变亲迎地点，却是为何？"臣只得说："怒江北岸距逻

些较近，许因赞普国事繁忙，所以舍远求近吧。"

赞　普　我分明说的是到玉树亲迎，何时说过到怒江北岸？

禄东赞　唐皇深知蹊跷，让臣将李大人上呈之赞普亲笔御札交还英主，请英主明察。（呈上御札）

赞　普　（接过御札）啊！御札何人篡改？

俄　梅　启禀赞普，御札被改，依臣之见，实为长安朝廷之阴谋诡计。怒江北岸地势险要，吐谷浑与我素来不和，望赞普切莫误入陷阱！

禄东赞　唐太宗英明大度，将爱女远嫁吐蕃，江夏郡王李道宗为人老成持重，护送公主入蕃，肩负和亲重任，有何阴谋可言？

俄　梅　难道我们倒有阴谋不成？我看你去长安一年多，已不是吐蕃人了！

众　臣　你——

赞　普　众卿不必争论！禄东赞——

禄东赞　臣在。

赞　普　命你率领近卫军前面开道，去怒江北岸。

禄东赞　遵旨。

赞　普　众爱卿！

众　臣　在。

赞　普　随我去怒江北岸亲迎公主。

众　臣　是！

禄东赞　起驾！

〔赞普率众臣下。人马嘶鸣声。

〔幕落。

过　场

〔二幕前。

〔二女牧民拥一唐女，手捧羊毛和毛织品过场。一男牧民与一唐农工过场。

〔幕后伴唱：

"四海沾甘露文明布送，

雪岭迎朝阳冰有消融。"

〔俊美上。

俊　美　自文成公主一行来到怒江江畔，教耕种传纺织亦授工艺，御医早晚为民行医。我那老伴儿得王御医诊治，手到病除救得一命，真该好好谢谢才是。

〔强久内喊："王御医！我父亲正等您去哩！"

俊　美　说着人，人就到。

〔强久与王御医上，达娃随后追上。

达　娃　王御医，这奶酪您不带上，我奶奶生气了。

王御医　达娃，你奶奶体质虚弱留给老人用吧！

俊　美　王御医，你为乡亲治好病，这点儿小意思，也该收下。

王御医　俊美大爷，我奉公主旨意为众乡亲医治，何须酬劳？你等应谢公主才是。

众　人　公主恩重如山。

　　　　谢公主恩典！

〔众人朝远方施礼。王御医悄下。

俊　美　王御医，咦？人呢？哎呀，"巴查麻古"（食品名）早凉了！

强　久　是呀！我家"学汁"（食品名）早做好了。

达　娃　强久大哥，（指远方）那不是！

众　人　王御医！

　　　　王御医！（追下）

〔恭顿、其加鼠头鼠脑地上。

恭　顿　适才所言，全记下了？

其　加　记下了，万无一失。老爷！

恭　顿　信在何处？

其　加　在这儿。老爷！

恭　顿　一定要从公主身边过，不可久留，将信留下便逃，切记勿误！

其　加　是！

恭　顿　事成之后，有重赏！

其　加　谢老爷！

恭　顿　去吧！

〔其加溜下。

恭　顿　正是——布下迷魂阵，错中求生存。（下）

〔暗转。

第七场　巧遇

〔二幕启。

〔怒江边。文成公主站在崖石上。

〔幕后伴唱：

　　"峭壁悬崖寒风飚，

　　　时光流逝人焦愁。"

公　主　（唱）不见赞普迎亲至，

　　　　　　　但闻怒江日夜吼。

〔幕后伴唱：

　　"怒江吼啊！怒江吼！"

公　主　（念）不知怒江何所忧，

　　　　　　　吼我，万里远嫁抛双亲？

　　　　　　　怒我，父皇重托尚未酬？

〔幕后伴唱：

　　"你可见呀！你可见！"

公　主　（念）人嘶马鸣旌旗稠，

　　　　　　　好战恶人纠贼寇。

〔幕后伴唱：

　　"你可知啊！你可知！"

公　主　（念）利乐吐蕃成欺妄，

　　　　　　　睦邻怀远是诡谋。

〔幕后伴唱：

　　"怒江啊！尽情地吼！"

公　主　（念）滔滔江水莫枉流，

　　　　　　　魑魅魍魉全冲走！

紫　玉　公主，起风了！

公　主　（唱）狂风吹散遮天云，

迎来旭日照九州。

自离长安以来，历尽人间坎坷，看来事非偶然。更蹊跷的是，遵赞普之意移馆怒江北岸，不见赞普前来，对岸却又布满人马，欲强令我东转长安，不知何故？紫玉——

紫　玉　在。

公　主　适才，郡王爷派人打探，不知可曾回来？

紫　玉　尚未见归来。

公　主　你等多加小心。

紫　玉　遵命。

丹　凤　那边有生人前来。

紫　玉　莫非歹徒？

丹　凤　紫玉姐，您引公主暂避，待我问来。

公　主　小心从事。

丹　凤　是！

〔文成公主、紫玉避下。

〔一武士悄上。

丹　凤　（拔剑上前）来者何人？看剑！

武　士　好厉害！

〔武士仓促应战，不几回合，丹凤手中之剑被击落，武士逼向丹凤。紫玉上。

紫　玉　休得无理！

武　士　哟，又来一个。

〔紫玉亦不是武士对手。武士大笑。

〔文成公主内声："闪开了！"上。

武　士　看来这个不一般，得认真对付。

〔文成公主与武士对打。

公　主　（唱）看将军英俊年少，

〔幕后伴唱：

　　　　"似天格人才一表。"

武　士　（唱）看小姐美貌多娇，

〔幕后伴唱：

"像仙女秀丽窈窕。"

公　主　（接唱）将军他武艺高强。

〔幕后伴唱：

"好像那捣海龙蛟。"

武　士　（接唱）小姐她剑术熟巧。

〔幕后伴唱：

"如同那展翅凤鸟。"

公　主
武　士　（唱）他可是吐蕃赞普？
　　　　　　她可是唐朝公主？

公　主
武　士　（唱）收兵器细问端详！

你——

武　士　（唱）看打扮贵客来唐朝，

公　主　（唱）我正是长安弱女娇。

将军你——

武　士　小将是奉赞普之命，前来迎接文成公主的。小姐你是——

公　主　我么？（踌躇）我是公主的侍女。

武　士　公主的侍女？（指丹凤、紫玉）这几位姑娘呢？

公　主　她们都是我的——好姊妹。

武　士　哎呀！若不问清，险些自家人伤了自家人。

丹　凤　我还以为你是江那边过来的哩！

武　士　江对岸是何人？

紫　玉　这要问你家赞普方能知晓！

武　士　这……我……我家赞普不曾知晓啊！

公　主　怎么赞普……他并不知道么？

武　士　正是。赞普如约赴玉树亲迎，不知公主……为何将行馆擅改到怒江。

公　主　将军此言差矣！我……我家公主是遵赞普之意才移到此地，想不到欢迎公主的却是弓箭和刀枪！

武　士　小姐不必误会，这绝非赞普之意。他……他……他正在巡查此事。

　公　主　如此甚好。

〔其加窜上，将黄缎包遗留台上后，仓皇逃下。丹凤追下。

武　士　哪里逃！看箭！（射箭）

〔幕内其加一声惨叫。

公　主　（拾起黄缎包，打开，取出一信，看后大惊）啊！

武　士　（接过信，念）"舒贵大人，我已抵怒江北岸，一切准备停当，今晚三更时分，以火为号，里应外合。一举成功。切切勿误。禄东赞。"这还了得，朕非严惩不贷！

公　主　将军你是——

武　士　啊——我是赞普派来迎接公主的呀！

公　主　适才你讲何来？

武　士　这……

〔丹凤上。

丹　凤　启禀公主，适才那厮中箭堕下江去。

公　主　丹凤，你——

丹　凤　啊——（捂嘴）

〔武士变赞普。

赞　普　啊——哈哈哈！我等都不必隐瞒了。公主，赞普这厢有礼！

〔幕后伴唱：

　　　　"有意迎亲卿离去，

　　　　无意江畔巧相逢。"

公　主　赞普，文成还礼了！（羞愧退后）

赞　普　公主，你看这信如何处置？

公　主　想那禄东赞忠心耿耿，对此次和亲功劳尤甚，绝不会做此蠢事，定有人暗中陷害。

赞　普　正合朕意。但不知如何辨出忠奸？

公　主　我有一辨奸之计，不知可否？

赞　普　公主请讲！

〔暗转。

〔幕后伴唱：

　　　　"赞普有意试宫秀，

　　　　公主巧计辨忠奸。"

〔幕落。

第八场　辨奸

〔幕启。

〔紧接前场。行馆。

〔侍女引文成公主上。

〔幕后伴唱：

"贤公主谋多智广，

施巧计奸邪难藏。"

公　主　（念）要得吐蕃兴，

主明臣忠良。

（唱）贼纵有千般伎俩，

管叫他自投罗网。

有请赞普！

紫　玉　有请赞普！

〔赞普上。

赞　普　（说雄）奸信谁之笔？恭顿又何往？事出必有因，群臣义愤昂。

黎民盼安康。岂容贼猖狂，今宵辨忠奸，公主神威扬。（白）

公主！

公　主　赞普！辨奸之酒业已准备停当。

赞　普　传文武大臣觐见！

紫　玉　传文武大臣觐见！

〔众文武大臣上。

众　臣　参见赞普、公主！

赞　普
公　主　罢了！

赞　普　（念）各位大人听端详，

今请诸位将酒尝。

辨奸之酒神水酿，

百味珍药凝琼浆。

任凭歹人费心机，

饮罢自会实言讲。

公　主　紫玉、丹凤，备酒上来！

紫　玉
丹　凤　是！（一人捧酒壶，一人托酒杯）

公　主　给各位大人各敬酒一杯，饮后无须半个时辰，就会将实情讲出来的！

〔紫玉、丹凤给各位大臣敬酒。

禄东赞　（最先接过酒杯，念）

烈火炼金仍是金，

诬陷岂能假变真。

（唱）我心坦然何所惧，

饮尽玉液献忠心。

〔禄东赞将酒一饮而尽。其他文武大臣都一一饮酒，俄梅最后端酒杯。

俄　梅　（念）心惊胆战手儿颤，

两唇不敢把酒沾。

如若饮下这杯酒——

真的实情全都讲出来了。（念）

性命难保头要断。

这这这可怎么办？

（将酒倒至袖内）

〔紫玉与丹凤下。

众　臣　启禀赞普、公主，我等都饮过辨奸酒了。

赞　普　我且问尔等，每个人是否都真的饮过酒了？

众　臣　都真的饮过了。

俄　梅　臣不但饮过了，杯盏滴了又滴、舔了又舔，真乃滴酒未剩。

公　主　饮了便好。紫玉、丹凤，文房四宝伺候。

〔紫玉、丹凤托文房四宝上，向众大臣各发纸一张。

公　主　尔等先将辨奸酒的味道写了呈来。

〔众大臣提笔便书，写毕呈上纸条。俄梅最后呈上。赞普与文成

347

公主一一看过。

赞　普　俄梅勒赞！

俄　梅　老臣在。

赞　普　你把你所写的念来！

俄　梅　（接过纸条，念）"玉液琼浆，色纯青香，甘甜滋润，妙药神汤。"

赞　普　嘟！何出谎言？

俄　梅　为臣所讲句句属实。

赞　普　此乃怒江之水，并非酒浆，群臣都说无色无味不香，可你一派胡言！

俄　梅　啊？酒我是喝了的呀！

赞　普　内侍，查来！

内　侍　（上前查验俄梅）启禀赞普，俄梅袖口潮湿。

赞　普　还有何话可讲！你这奸贼如何指使恭顿破坏迎亲，妄想挑起事端，还不从实招来！

俄　梅　酒只是喝少了点，其他为臣是一不知二不晓啊！

　　　　〔内呼："河源郡王可汗求见。"

赞　普　有请！

　　　　〔可汗上。赞普与文成公主下位相迎，互相礼毕。

可　汗　想我河源与吐蕃，如今已成亲属，理应和睦相处。可恭顿窜来吐谷浑与舒贵勾结，欲挑起事端破坏睦邻和好，以达阻挠公主入蕃之目的。

赞　普　恭顿现在何处？

可　汗　就在帐外。（向外）带上来！

　　　　〔一吐谷浑侍从押恭顿上。

恭　顿　（伏地）臣罪该万死，但这都出于俄梅大人之计。

赞　普　聂迟尚现在何处？

可　汗　御医正为他治伤。

赞　普　恭顿，朕之书札何人所改？

恭　顿　这可不是小臣所为！

俄　梅　望赞普恕罪，老臣实为吐蕃着想，唯恐有负先王，出于忠心一片……

赞　普	还敢狡言相辩！
俄　梅	臣认罪服罪，恳求恕罪！
赞　普	险些误我大计，祸国殃民，岂能容你，押下去斩了！
公　主	赞普！俄梅等人实乃罪大恶极，理应问斩。但念其过去有功，今日尚能认罪服罪，望请赞普免其死罪，革职留用，赐尔将功折罪之机。
李道宗	公主所言甚有道理，请赞普采纳。
众　臣	臣等愿保，望赐予将功折罪之机。
赞　普	看在公主分儿上，各位大人讲情，免尔等一死！
俄　梅 恭　顿	感谢赞普、公主不杀之恩！
赞　普	下去吧！

〔俄梅、恭顿下。

赞　普	禄东赞！
禄东赞	臣在。
赞　普	传令，明晨启程，迎公主回逻些。
禄东赞	是！

〔幕落。

第九场　插柳

〔幕启。

〔逻些大昭寺门前。布达拉宫隐约可见。

〔在鼓乐声中，仪仗队、内侍、宫女上。

〔河源郡王可汗以及吐蕃大臣禄东赞、琼宝、聂迟尚等上。

〔宫女们跳着吐蕃古典朗玛舞。

〔吉服盛装的赞普与文成公主在宫女的引导下上。

〔唐朝护送使臣李道宗上。

赞　普	（向李道宗一躬到地）吐蕃婿松赞干布祝愿大唐贞观皇上、皇后陛下圣安。
李道宗	两陛下安！皇上愿赞普夫妇白头偕老，福泽无量。

349

〔李道宗与赞普互献哈达。众臣行礼致贺。

〔紫玉、丹凤以金盘献礼物，吐蕃宫女接礼物。赞普、文成公主隆重还礼。

〔宫女捧"曲玛"（供盒）跪台阶下。琼宝接过呈上，赞普与文成公主各抓一小撮青稞向空中撒下。

〔一宫女呈上哈达。琼宝随将"曲玛"交宫女，又向赞普、文成公主献哈达。文成公主还哈达披琼宝颈上。可汗献哈达，赞普还哈达。各大臣献哈达，文成公主一一还哈达。

〔李道宗与禄东赞互献哈达。二人给聂迟尚献哈达，聂迟尚还哈达。

〔俄梅与恭顿捧厚礼上，跪献，内侍接过。

〔宫女捧酒上。聂迟尚上，敬酒。赞普与文成公主举起金杯。

众　人　（欢呼）恭贺赞普与赞蒙吉祥如意，百年偕老。

〔赞普举杯一饮而尽，文成公主掩袖而饮。

〔宫女捧柳上，赞普与文成公主同插柳。

〔幕后伴唱：

　　"雪岭回春冰解冻，

　　　雄鹰迎得长安凤；

　　　万民齐颂唐柳曲，

　　　唐蕃和睦亲弟兄。

　　　万岁！万岁！万万岁！

　　　联姻佳话万年颂！"

〔一对牦牛欢舞而出。欢乐的吐蕃鼓舞起。宫女们跳着央玛舞拥赞普与文成公主手携手到台前。

〔幕落。

——剧　终

《文成公主》改编自藏戏传统剧目《甲萨白萨》（作者不详），此剧本吸收了田汉的话剧《文成公主》和多方史料传说。1980年由西藏自治区藏剧团首演，导演胡金安，配曲兼唱腔设计边多，主要演员有兰嘎、阿玛次仁、次仁平措等。

作者简介

胡金安　男，1933年出生，四川成都人，原18军157团战士，1950年在芒康参加藏训班，1954年回重庆学习，1959年重新回到拉萨，先后在西藏自治区藏剧团、文化厅从事文化工作，是新西藏藏戏艺术重新崛起和繁荣发展的见证人。

· 京 剧 ·

徐九经升官记

郭大宇　习志淦

人　物　徐九经——大理寺正卿。（丑）

刘　钰——四品将军。（武生）

李倩娘——刘钰的未婚妻。（正旦）

刘文秉——安国侯，刘钰义父。（净）

徐　茗——徐九经侍童。（娃娃生）

李小二——酒家，李倩娘堂兄。（生）

并肩王——皇帝叔父。（老生）

尤　妃——并肩王之妃。（二旦）

尤　金——尤妃之弟。（小生）

尤　母——尤金之母。（老旦）

司务 甲乙——大理寺司务。（丑）

幻影 甲乙——徐九经幻影。（丑）

傧相甲、乙，中军、太监、小校、丫环、家将、家院、衙役、宫女、刀斧手等。

第一场　抢亲

〔幕启。

〔尤家喜堂。家院、丫环来往穿梭，忙碌布置。

〔傧相甲、乙上。

傧相甲　吉星高照——

傧相乙　喜气满门——

〔丫环拥尤母上，尤母哈哈大笑。

傧相甲　夫妻和美——

傧相乙　多子多孙——

傧相甲乙　动乐，搀新人——

　　〔尤金上。

　　〔丫环拥李倩娘上。

傧相甲乙　一拜天地，二拜高堂，夫妻对拜——

李倩娘　（惨呼）天哪——（突然掀掉盖头，甩下红斗篷，露出一身白孝，手捧灵牌，激动地唱）

　　　　　手捧着钰郎的灵牌，

　　　　　珠泪滚滚——

尤　母　嗯，今天乃大喜之日，你怎么身穿孝服？

李倩娘　为祭刘钰亡灵！

尤　金　倩娘，刘钰已经战死沙场，你又何必如此？

李倩娘　（哭）钰哥呀！

尤　金　死了钰哥，还有我这金哥呀。

李倩娘　贼子！（唱）

　　　　　开口大骂贼尤金！

　　　　　依权仗势忒凶狠，

　　　　　乘人之危强抢亲！

　　　　　倩娘我死是刘家鬼，

　　　　　生是刘家人，

　　　　　拔出钢刀寻自尽——

　　（拔出钢刀欲自刎）

尤　金　（一把拉住李倩娘）哎呀，使不得！

　　　　〔李倩娘与尤金争夺钢刀。家院上。

家　院　启禀少爷，大事不好啦！

尤　金　何事惊慌？

家　院　刘钰带领人马冲进府来啦！

　　　　〔尤府大乱。刘钰率小校冲上，拨开众人，怒视李倩娘，见孝服、灵牌，恍然大悟。

李倩娘　钰郎——

355

刘　钰　　倩娘——

李倩娘　　（唱）啊——钰郎啊！
刘　钰　　　　　　　倩娘

李倩娘　　（唱）是梦，是醒，是假，是真？

刘　钰　　倩娘啊！刘钰从军八载，血战沙场，蒙安国侯宠爱，收为螟蛉义
　　　　　　子，今随父帅凯旋了。

李倩娘　　钰郎。

尤　金　　嘟！胆大刘钰，竟敢闯入王室内亲府中，大闹花堂，调戏我妻，
　　　　　　该当何罪？

刘　钰　　尤金！尔敢强夺我妻，吃某一剑！（拔剑）

尤　母　　哎哟，快来人哪！这小子要杀人啦！

刘　钰　　饶尔不死！回府！

　　　　　　〔尤金阻拦。

刘　钰　　（以剑逼住尤金）便宜了你！

　　　　　　〔刘钰、李倩娘下。小校随下。

尤　母　　哎呀，他怎么把新娘抢走啦？

尤　金　　母亲哪！这花堂被闹，娘子被抢，好不叫儿气……气……

尤　母　　我的宝贝儿子，可别气坏了。快去找你王妃姐姐，求王爷出面，
　　　　　　把倩娘追回来！

尤　金　　倩娘、妻呀！（抱住尤母）

尤　母　　（挣脱尤金）我是你妈！

　　　　　　〔幕落。

第二场　辩冤

　　　　　　〔幕启。

　　　　　　〔安国侯府邸。家将、中军引刘文秉急上。

刘文秉　　（念）班师还朝气轩昂，

　　　　　　　　　　孽子抢亲面无光！

　　　　　　〔刘钰上。

　刘　钰　　参见爹爹。

刘文秉　儿是刘钰？

刘　钰　正是孩儿。

刘文秉　奴才！（唱）

　　　　　小奴才做事太任性，

　　　　　败坏了三军的好名声！

　　　　　你，你，你，忘了为父的谆谆教训，

　　　　　闯花堂夺人妻——

　　　　　军纪王法难容情！

　　　　绑了！

刘　钰　爹爹呀！孩儿久蒙爹爹教诲，怎敢做那违法之事，您实实屈煞孩
　　　　儿了。

刘文秉　哼！可是你闯入尤家喜堂？

刘　钰　正是孩儿。

刘文秉　可是你仗剑抢走新娘？

刘　钰　也是孩儿。爹爹，尤金他……

刘文秉　住口！军纪王法岂能容你，与我——斩！

刘　钰　爹爹！

刘文秉　斩！

刘　钰　爹爹！

刘文秉　斩！斩！斩！

　　　　〔李倩娘内呼：“刘钰冤枉——”冲上。

刘文秉　你是何人？

李倩娘　民女就是与刘钰自幼订亲，为他苦守八载的李倩娘。

刘文秉　李倩娘？刘钰在尤府所抢之女，莫非就是你？

李倩娘　正是。

刘文秉　你既然与刘钰订下百年之好，为何又与尤金拜堂成亲？

李倩娘　侯爷呀！（唱）

　　　　　八年前钰郎他边庭效命，

　　　　　倩娘我奉高堂、侍公婆，望门空守茹苦含辛。

　　　　　灾荒年，爹娘、公婆俱遭不幸，

　　　　　抛下了倩娘女孤苦一人。

357

那一日慈亲坟前把香敬，

泣血哀鸣叹伶仃。

贼尤金百般调戏廉耻丧尽，

软硬兼施强逼婚。

倩娘我守贞操花堂之上寻自尽，

多亏了钰郎他从天降临！

刘文秉　好恼！（唱）

将士边关舍性命，

妻小在家受欺凌！

错怪钰儿心不忍，

（扶起李倩娘，为刘钰松绑）儿啊！（接唱）

是非定要论分明。

天理昭昭王法在，

岂容歹徒胡乱行！

不怕他皇亲国戚权势大，

为父与你把腰撑！

写张状，递衙门，

诉原委，述实情，

定让那大理寺严惩尤金！

李倩娘　　全仗侯爷做主！
刘　钰　　全仗爹爹做主！

〔幕落。

第三场　荐徐

〔二幕外。

〔司务甲、乙捧状上。

司务甲　（数板）稀奇，

司务乙　（数板）古怪。

司务甲　（数板）一个姑娘两家爱，

司务乙　（数板）两张状子一齐来。

司务甲　（数板）刘钰告尤金，

　　　　　　　　把他的老婆拐。

司务乙　（数板）尤金告刘钰，

　　　　　　　　抢他的少奶奶！

司务甲　（数板）一个抢，

司务乙　（数板）一个拐，

司务甲乙　（数板）两家都有大后台！

司务甲　（数板）刘钰的干爹安国侯，

　　　　　　　　是统领兵马的大元帅。

司务乙　（数板）尤金的姐夫并肩王，

　　　　　　　　跟皇帝的老子是双胞胎。

司务甲　（数板）这张状，侯爷后面把印盖。

司务乙　（数板）这张状，王爷手谕写明白。

司务甲　（数板）这个说，尤金该死。

司务乙　（数板）那个说，刘钰该埋。

司务甲　（数板）这个要依法重办！

司务乙　（数板）那个要严惩不贷！

司务甲　（数板）龙虎相斗，

司务乙　（数板）鱼鳖遭灾。

司务甲　（数板）正卿见了状，

　　　　　　　　眼斜嘴也歪；

司务乙　（数板）少卿见了状，

　　　　　　　　头往地下栽！

司务甲乙　（数板）堂堂皇皇的大理寺，

司务甲　（数板）病的病，

司务乙　（数板）歪的歪；

司务甲　（数板）痴的痴，

司务乙　（数板）呆的呆。

司务_甲_乙	（数板）烧火的都想开小差。

司务甲　（数板）官司无人问，

司务乙　（数板）状子无人睬。

司务甲　（数板）大官溜得快，

司务乙　（数板）苦坏小当差。

司务甲　（数板）硬着头皮把状退，

司务乙　（数板）老天保佑，

司务_甲_乙　（数板）无祸无灾！（下）

〔暗转。

〔二幕启。

〔并肩王府。宫女侍立。司务甲、乙惊颤颤跪在一边。

〔并肩王怒气冲冲来回踱步。尤妃、尤全在一旁观察并肩王的脸色。

并肩王　（问司务甲）正卿得何病症？

司务甲　正卿羊角疯越犯越凶。

并肩王　（问司务乙）少卿呢？

司务乙　少卿中邪气不能动弹。

司务_甲_乙　只怕十天半月也好不了啊！

尤　金　哼！哪里是中邪气、羊角疯？分明患的是恐"侯"之症！

并肩王　好气也！（唱）

心中恼恨刘文秉，

居功傲上盛气凌人。

纵孽子夺人妻横蛮凶狠，

藐视王法包藏祸心。

大理寺惧淫威不敢把案问，

辜负了我皇家宠幸之恩。

将此案交与那刑部鞫审——

司务甲　千岁，刑部尚书已回乡省亲。

并肩王	嘿嘿！（接唱）

偏偏此时去省亲。

传王谕将此案交往吏部——

司务乙	吏部尚书的爸爸死了，原郡奔丧！
并肩王	啊？将此案交都察院，让都御史审理！
尤　金	兄王啊，都御史请旨出巡，已于昨日离京！
并肩王	你待怎讲？
司务甲	刑部——
司务乙	吏部——
尤　金	都察院——
司务甲乙	俱都无人！

尤　金 并肩王	（大怒，狞笑）嗬哈哈哈！（唱）

一个小小的安国侯，

吓倒了六部大臣！

气死我也！

众　人	（跪）王爷息怒！

王爷息怒！

并肩王	滚！滚！滚！

〔司务甲、乙和宫女退下。

尤　金	姐姐……
尤　妃	嗯！（佯骂尤金）此事皆因你起，招惹王爷动气，还不与我跪下！
尤　金	姐姐……
尤　妃	跪下！

〔尤金跪。

尤　妃	千岁，万万不可动气呀。
尤　金	难道此事就罢了不成？
尤　妃	多嘴！与我退下去！

〔尤金下。

尤　妃	啊，千岁休要为此事动气。如今，那安国侯兵权在手，又刚刚立

361

了大功，慢说千岁您啦，就是万岁爷，也得让他三分。咱们惹不起，难道还躲不起吗？

并肩王　啊，我堂堂皇叔，就怕了他不成？待我亲审此案！

尤　妃　千岁亲审嘛……此意欠妥。依妾妃之见，倒不如找一个如意的官儿代审此案，岂不是更能服众？

并肩王　如今，到哪里去寻这样的官儿。

尤　妃　想那刘文秉如此飞扬跋扈，这满朝文武之中，难道就没有一个仇人吗？

并肩王　这仇人么……（思考）有了。那日在万岁龙案之上，见一奏折，有一名官吏，精明干练，刚正不阿，执法严明；巧就巧在他与刘文秉，确有深仇大恨！

尤　妃　有这等之人，再好不过啦，但不知他与那刘文秉有何旧怨？

并肩王　此人才华横溢，当年大比，他两榜夺魁。金殿面君，圣上见他相貌丑陋，心中不喜。适有刘文秉在旁，奏了一本，言道："若将此人点为状元，有失朝廷的体面。"圣上准奏，将此人黜为进士，放了个小小县令。

尤　妃　此人姓甚名谁？

并肩王　就是那玉田知县徐九经！

尤　妃　徐九经……

并肩王　他在玉田，九年不得升迁，皆因当年之故。他能不对刘文秉耿耿于怀么？

尤　妃　千岁高见！您若大大提拔他，他必然感激涕零，为王家竭力效命！

并肩王　好。本王进宫，奏上一本，保他到大理寺办案！

尤　妃　来人！

〔太监上。

太　监　有。

尤　妃　吩咐搭轿，王爷进宫！

太　监　是啦。外厢备轿，王爷进宫啦！

〔幕落。

第四场　上任

〔幕启。

〔玉田县郊外。徐九经内唱："御札一道传圣命——"

〔徐茗牵马上，徐九经疾步随上。

徐九经　（接唱）万岁爷宣诏我这——

　　　　　　相貌不扬，年岁不大，

　　　　　　官阶不高，资历不深；

　　　　　　不俗不庸，不亢不卑，

　　　　　　鼎鼎大名，大名鼎鼎，

　　　　　　鼎鼎大名的徐九经！

徐　茗　老爷，您瞧，歪脖树到啦！（唱）

　　　　　　今日里歪脖树摇头晃脑，

　　　　　　晃脑摇头，多高兴。

徐九经　（唱）老朋友它知我——

　　　　　　平步青云把官升，把官升！

徐　茗　老爷，我听说，九年前您刚到玉田县的时候，还为这歪脖树写过
　　　　诗呢。

徐九经　（笑）那是一首"打油诗"！

徐　茗　老爷，您听——（念）

　　　　　　"分明栋梁材，

　　　　　　零落路旁栽。

　　　　　　为何遭小看？

　　　　　　皆因脖子歪！"

徐九经　那是老爷怀才不遇，以此树自比之作。（唱）

　　　　　　九年前在科场我文章得意露锋颖，

徐　茗　（唱）本应当高中皇榜第一名！

徐九经　（接唱）又谁知半路杀出了个刘文秉，

　　　　　　他说我——

　　　　　　四体不匀称，

五官不端正，

容貌不英俊，

嗓音不柔润。

说老爷当了状元朝廷脸面会丢尽，

要做高官今生休想看来生。

今生休想看来生！

徐　茗　（唱）老爷您好比擎天柱——

徐九经　（唱）做了打狗棍！

徐　茗　（唱）老爷好比定海针——

徐九经　（唱）做了钉鞋钉！

徐　茗　（唱）老爷好比大……

徐九经　（唱）大牯牛掉进枯水井！

我好比灵官菩萨——

徐九经
徐　茗　（唱）做了灶神。

徐九经　（唱）治国安邦靠学问，

自古来忠臣良将又有几个大美人？

今日里王爷保举我交上好运。

徐　茗　（唱）也亏您廉明清正，

兢兢业业九冬春！

徐九经　哈哈……今日老爷时来运转，那首歪脖树的"打油诗"，我要略
作改动。

徐　茗　老爷请。

徐九经　（念）生就栋梁材，

不怕路旁栽。

刮目再相看，

脖子……

徐　茗　（接念）并不歪！

徐九经　你这意思是说……老爷我变漂亮啦？

徐　茗　只要做了大官，就没人敢说丑！

364　徐九经　此话有理。就说这歪脖树吧，要是它有朝一日被哪位木匠师傅看

中，选去做金銮宝殿的大梁，谁敢说它不正？那歪脖子……正好雕个龙头呢。

徐　茗　　看起来，成材不成材，全看木匠的本事啦！

徐九经　　歪树直木匠嘛。只可惜世上像王爷这样的"木匠"太少啦！

徐　茗　　老爷，王爷乃当今皇叔，您把他比作"木匠"……嘻嘻嘻！

徐九经　　哎，老爷此番升迁，全亏王爷保举。我既以此树相比，王爷当然就是"木匠"啦。

徐　茗　　比得好，比得好。

徐九经　　此番进京，可别忘了去拜访王爷，以答谢他的提携之恩。

徐　茗　　您放心，忘不了。

徐九经　　好。徐茗，走！

徐　茗　　走。

徐九经　　这边走。

徐　茗　　京城是在那边呀。

徐九经　　哎，你怎么把我的老规矩忘啦？

徐　茗　　什么老规矩？

徐九经　　老爷每路过歪脖树，都要到李小二的酒店中……

徐　茗　　老爷，您不是戒酒了吗？

徐九经　　是戒酒啦！

徐　茗　　那还去干什么？

徐九经　　去辞个行。

徐　茗　　我怕您不是辞行，是又犯了酒瘾吧？

徐九经　　（闻）哎，酒香！酒香！

徐　茗　　小二哥来啦！

　　　　　〔李小二抱酒坛上。

李小二　　给大人叩头，给大人贺喜，恭喜大人荣升！

徐九经　　小二，老爷高升你也知道啦？

李小二　　知道啦，知道啦！我这不专门给大人送行来了嘛。

徐九经　　徐茗，这真是有情有义之人啊！酒家呀——（唱）

　　　　　　想当年我走霉运，

　　　　　　喝你的酒才开心。

哎呀呀,

你害得我得了酒病,上了酒瘾,

离了它我就难活命。

李小二　（唱）"醉半仙"成了老爷一美名。

徐九经　哈哈……

李小二　（唱）徐青天为民做主执法公正,

徐九经　（唱）只要是有凭有证,

老爷生来最会做顺水人情。

从今后再有那豪强劣绅、恶霸横行欺百姓,

你们就写——

写张状子送进京,

大理寺找我徐正卿。

李小二　（唱）衙门口,不让进。

徐九经　你就说——

李小二　说什么?

徐九经　（唱）你就讲——

李小二　讲什么?

徐九经　（唱）你就说老爷是你的姑表亲!

李小二　哈哈哈,取笑了,取笑了。

徐九经　徐茗,走。

李小二　老爷,小人特意送来老酒一坛,祝贺老爷高升!

徐九经　（唱）你的盛情我心领,

老爷我戒了酒再不饮。

也免得一天到晚醉醺醺,

误了大事情!

不喝啦,不喝啦!

李小二　什么?徐茗小哥……

徐　茗　老爷!（唱）

还念他一片真心意诚恳。

老爷,送出手的礼、泼出盆的水,您让他怎么再拿回去呢?

　徐九经　怎么,你让我收下?

徐 茗	老爷，您不是要去拜谢王爷吗？这玉田的土产，正好送人情呢。
徐九经	谢"木匠"？拿它去谢"木匠"。收下，收下。
李小二	多谢老爷。
徐九经	照价给钱。
李小二	不不不，小人怎能要老爷的钱呢？
徐九经	小二，做官的白吃白喝老百姓的东西，人家要骂娘的！（唱）

　　　　　决不能少你半分文，

　　　　　不少你半分文。（交银）

李小二	谢大人！
徐九经	天不早啦，回去吧。
李小二	我再送大人一程。
徐九经	酒家。
李小二	老爷！
徐九经	小二。
李小二	大人！
徐九经	你……回去吧。
李小二	老爷慢走。（缓缓而下）
徐九经	徐茗，过了歪脖树，就出玉田县啦。
徐 茗	是啊。
徐九经	咱们走了，还回不回来呀？
徐 茗	回来？回来干什么？

　　　　〔鸟叫声。

徐 茗	老爷，您听——
徐九经	（听）乌鸦！
徐 茗	乌鸦？老爷，出门碰见乌鸦叫，可不是好兆头啊！
徐九经	（喷嚏）阿嚏——胡说！（唱）

　　　　　分明是喜鹊向我报喜讯！

徐 茗	老爷，是乌鸦！
徐九经	喜鹊！
徐 茗	乌鸦。
徐九经	喜鹊！

徐　茗	老爷，您看！

〔乌鸦叫。

徐九经　哎呀，果然是一只黑毛乌鸦！（唱）

　　　　　这乌鸦叫得我肉跳心惊！

（与徐茗看乌鸦飞去）

〔幕落。

第五场　到任

〔二幕外。

〔司务甲、乙上。司务乙打呵欠。

司务甲　怎么，没有睡好？

司务乙　徐大人昨晚到任，今天五更就点卯，把他那县衙门的规矩搬到大理寺，谁受得了啊！

司务甲　你放心，他是兔子尾巴长不了。

司务乙　长不了？他可是王爷保荐来的，来头不小啊。

司务甲　管他多大来头，看了状子一样发昏。

司务乙　听说他在玉田县倒颇有名声。

司务甲　那是县城，这是京城。七品县令来做三品正卿，只怕是爬得高，摔得重。

司务乙　闲话少讲，打开二堂，伺候便了。

　　　　〔二幕启。徐九经手捏状纸，趴在公案下。

司务乙　咦！徐大人？！

司务甲　（对司务乙）看见状子，羊角疯犯了吧。

司务乙　怕是中了邪。

司务甲　羊角疯！

　　　　〔徐九经打鼾。

司务甲　嘻，原来是睡着了。

司务乙　嗯，睡着了。

司务甲　这哪儿像个正卿？

司务乙　可不是嘛，瞧他那长相。

司务甲　还有那脖子，

司务乙　那胳膊腿儿……

司务甲　那肩膀儿……

司务乙　说话的嗓子眼儿……

　　　　〔徐九经打喷嚏，醒。司务甲、乙忙上前。

司务甲乙　徐大人。

徐九经　你们都来啦？好，好好，帮个忙！

　　　　〔司务甲、乙扶起徐九经。

徐九经　二司务。

司务甲乙　伺候大人。

徐九经　你们在嘀咕老爷我吧？

司务甲乙　大人……

徐九经　你们说，老爷我这身材……

司务甲　大人身材伟岸、堂堂正正！

徐九经　哦？那我这长相……

司务乙　大人天庭饱满、地角方圆，眉清目秀、五官端正！

徐九经　咦？那我这胳膊腿儿……

司务甲　大人四肢匀称！

徐九经　还有我这嗓门儿……

司务乙　您的嗓音柔润，说话比唱歌的还好听。

徐九经　嘻嘻！

司务甲　嘻嘻！

徐九经　哈哈！

司务乙　哈哈！

徐九经　啊——

司务甲乙　啊……

徐九经	（变脸）捧热屁！老爷我这叫身材伟岸？这叫眉清目秀？这叫四肢匀称？这叫……
司务甲	大人乃天下奇人，当然有此异相。
徐九经	真会说话呀。（问司务乙）你说呢？
司务乙	呃，大人确实有一丁丁儿……丑。
徐九经	丑就是丑！还一丁丁儿丑。老爷当年就是因为丑，才丢了状元没做！
司务甲乙	丑，丑。
徐九经	老爷我生得丑，丑话说前头。从今往后，谁再说瞎话，臭奉承，老爷就割了他的舌头！
司务甲乙	是是是。（背白）好厉害呀！
徐九经	前任二卿真的犯了病？
司务甲	正卿中了邪。
徐九经	还有一位……
司务乙	少卿羊角疯。
徐九经	何时患的病？
司务甲	尤金、刘钰送状的那天。
徐九经	在何地发作的呢？
司务乙	俱在公堂之上。
徐九经	俱在公堂之上？！哈哈……我把那二位大人，好有一比——
司务甲	比作何来？
徐九经	黄鼠狼打屁——溜得不光彩！
司务甲乙	大人心如明镜。
徐九经	（对司务乙）这张状，你看啦？
司务乙	看过啦，是尤金告刘钰。
徐九经	告他什么？
司务乙	告他花堂抢亲，强夺人妻！
徐九经	这人妻……

司务乙　就是李倩娘。

徐九经　这张状背后还有王爷手谕。

司务乙　命咱们严惩刘钰，伸张国法。

徐九经　那就该把刘钰捉拿归案喽?

司务乙　理当捉拿归案!

徐九经　嗯。(对司务甲)这张状子，你看过啦?

司务甲　看过啦，是刘钰告尤金!

徐九经　告他什么?

司务甲　告他仗势逼婚，强夺人妻!

徐九经　这人妻……

司务甲　还是那李倩娘!

徐九经　这张状背后也有侯爷的批文。

司务甲　命咱们重办尤金，森严法禁!

徐九经　那就该把尤金捉拿归案了?

司务甲　理当捉拿归案!

徐九经　刘钰该抓?

司务乙　该抓!

徐九经　尤金也该抓?

司务甲　该抓!

徐九经　有见识。

司务乙　大人夸奖。

徐九经　有胆量。

司务甲　大人过誉。

徐九经　好，来呀!

司务 甲乙　有。

徐九经　命你二人，速去王府、侯府，将尤金、刘钰捉拿归案!

司务 甲乙　啊!(哆嗦，跪)

徐九经　哎，二位怎么矮了半截呀?

司务乙　大人开恩，我家有八十岁的老娘!

司务甲	大人开恩，我家也有八……八个月的娃娃！
徐九经	（暗笑）捉拿凶犯与你们娃娃、老娘有什么相干？起来、起来。你们可知道，这桩公案有个名堂！
司务甲乙	大人指教！
徐九经	这叫作双龙夺珠！
司务甲乙	双龙夺珠？
徐九经	你们没看见，为了一个李倩娘，王爷、侯爷不是都在那儿较劲儿吗？
司务甲乙	这两条龙一搅，水可就浑了。
徐九经	浑得很哪！

〔徐茗内声："老爷——"上。

徐　茗	老爷，不好啦！
徐九经	有话慢慢讲。
徐　茗	老爷呀！（念）

　　　　　　大街之上人谈论，

　　　　　　侯府结彩又张灯。

　　　　　　刘钰倩娘完花烛——

徐九经	啊？
徐　茗	（念）就在明日午时辰！
徐九经	侯爷呀，侯爷。本官刚刚到任，还未审案，你就急急忙忙让刘钰、倩娘完婚。你眼里，还有我这个正卿吗？嗯，有意思……
徐　茗	老爷，明儿个他们拜完天地，再审这桩案子，可就没意思了。
司务甲	是啊，那生米就煮成熟饭了。
司务乙	得想个法子，不能让他们成亲哪！
徐九经	想法子，想法子……（问司务乙）你有何高见？
司务乙	呃，要是没有李倩娘，就好办了！
徐九经	一句废话！（问司务甲）你有何良策？
司务甲	呃，大人，要是有两个李倩娘……

徐九经　废话一句！徐茗，你呢？

徐　茗　要是李倩娘长得像老爷一样……

徐九经　那就太平无事喽。（一拍大腿，径直朝台下走去）

〔众人忙拉徐九经。

徐　茗　老爷，您上哪儿？

徐九经　趁着饭没做成，把那"生米"先端出来呀！

司务甲乙　大人要上侯府？

徐九经　二龙夺珠，不能先让侯爷夺跑了。

司务甲乙　大人，这可不是闹着玩的。

徐九经　嗨！今天不是把李倩娘弄出来，就是把老爷我弄进去！

司务甲　大人，您有此胆量？

徐九经　没此胆量，也不敢来大理寺做这个正卿！今天，老爷拼上这一顶
乌纱、两榜进士、三品正卿，不把李倩娘弄出侯府，老爷我就不
姓徐！

徐　茗　老爷，常言道："侯门深似海"，只怕侯爷连府门都不会让您进哪。

徐九经　哎，如今我与他同朝为臣，敢将我拒之门外？

徐　茗　王爷、侯爷不和，您又是王爷保举，加之九年前的旧怨，他给您
一碗闭门羹，又何足为奇呢？

徐九经　这……哎，明天他们不是拜堂成亲吗？老爷我要是以贺喜为名，
前去送礼，侯爷总不会不见吧。

徐　茗　对！他不会把送礼的人拒之门外。不过，这一时半刻，到哪儿去
弄礼物呢？

徐九经　礼物……咱们不是有坛玉田老酒吗？

徐　茗　那是留着送王……"木匠"的。

徐九经　唉，如今半道杀出个"铁匠"，顾不了那"木匠"了，快取去，
快取去！

〔徐茗和司务甲、乙下。

徐九经　（唱）舍不得孩子打不了狼，

　　　　　一坛酒换一个李倩娘。

〔徐茗和司务甲、乙抬酒上。

〔徐九经挥手下。徐茗及司务甲、乙抬酒随下。

〔幕落。

第六场　谒侯

〔幕启。

〔安国侯府邸。刘钰、李倩娘伴刘文秉上。

刘文秉　哈哈……（唱）

　　　　有情人成眷属天意难违抗，

　　　　待明日完花烛淑女配才郎。

刘　钰　（唱）夫妻团聚情欢意畅，

李倩娘　（唱）八载相思凤愿已偿。

刘　钰　（唱）老爹爹来主婚恩深义广，

刘文秉　（唱）愿你们白头偕老地久天长。

刘　钰
李倩娘　多谢爹爹。

　　　　〔中军上。

中　军　启禀侯爷，有人送礼来了。

刘文秉　嗯，礼单呈上。

　　　　〔中军呈礼单。

刘文秉　玉田老酒一坛，徐九经……

刘　钰　徐九经……他是何人？

刘文秉　他是与为父有旧怨之人。

刘　钰　旧怨之人？

刘文秉　因他相貌丑陋，九年前在金殿之上，曾被我参过一本，因而未得
　　　　高官。

刘　钰　既然如此，为何又来送礼？

刘文秉　我儿有所不知，如今他由并肩王保举，任了大理寺正卿，审理抢
　　　　亲一案。今日前来送礼，只怕醉翁之意不在酒。

　刘　钰　可恼！（唱）

　　　　　　　既然是老匹夫将他来保，

　　　　　　　定是那王府中恶犬一条！

李倩娘　钰郎——（唱）

　　　　　　　倒不如趁此时探明分晓，

　　　　　　　看看那徐九经是人是妖？

刘文秉　倩儿言之有理。唤他进府问询一番，也未尝不可。

刘　钰　即便如此，也得煞煞他的威风！

刘文秉　为父自有道理。倩儿回避，卫士走上。

刘　钰　卫士走上！

　　　　〔李倩娘下。众卫士上。

众卫士　参见侯爷！

刘文秉　站立两厢！

众卫士　啊！

刘文秉　中军听令，叫徐九经报门而进！

中　军　哒！侯爷有令，徐九经报门而进！

　　　　〔内声：“徐九经报门而进！”

　　　　〔徐九经内声：“来也——”上。

徐九经　（唱）好一座威严侯爷府，

　　　　　　　人未进门闻三呼。

　　　　　　　一霎时我的心跳得咚咚咚咚像打鼓——

　　　　哎！（接唱）

　　　　　　　王命在身我怎能犯迷糊。

　　　　　　　我定住了神，稳住了步，

　　　　　　　未进门先把气运足！

　　　　〔刘钰迎上。

刘　钰　你就是徐九经？

徐九经　正是。

刘　钰　侯爷命你报门而进，你要仔细了，打点了！

徐九经　知道，知道了。报——大理寺正卿徐九经告进！（进门，跪）徐
　　　　九经叩见侯爷。

刘文秉　嗯，起过一旁！

徐九经	谢侯爷。(起身,见未赐座)啊侯爷,下官就这么站着讲话吗?
刘文秉	你要怎样讲话?
徐九经	下官不才,却也是大理寺正卿啊,今日过府送礼,为何连冷板凳都无有一条呢?
刘文秉	我侯府乃清白之地,焉有尔的座位!
徐九经	侯爷言外之意,是说卑职有不清不白之处了?
刘文秉	嘿嘿,区区七品县令,晋升大理寺正卿,若无吹牛拍马之技,欺上压下之能,焉能如此腾达,一步登天!
徐九经	依侯爷之见,凡升官者,必是那欺上压下、吹牛拍马之徒,您就是靠这一手爬上来的吧?
刘文秉	住口!老夫文韬武略,辅万岁安邦治国,方有今日。
徐九经	下官为官九载,廉明清正,才得升迁!
刘文秉	此番若非那并肩王保举,尔焉能如此!
徐九经	九年前不是您安国侯见弃,我何用等到如今!
刘文秉	莫非你还记恨老夫?
徐九经	我若记恨侯爷,就不会登门送酒了。
刘文秉	这个……
徐九经	今日下官过府送礼,侯爷非但不能以礼相待,反而显权弄势,以大凌小,只怕有些不清不白吧?既是不清不白之地,自然无有我这清白人的座位了!
刘文秉	好一张利口。
徐九经	卑职心直口快!啊侯爷,您不会见怪吧?
刘文秉	啊?
徐九经	啊?
刘文秉 徐九经	(同笑)……
刘文秉	好,给徐大人看座!
刘 钰	爹爹……
徐九经	谢座!

〔刘钰故意置一反座。徐九经骑坐椅上。

| 刘文秉 | 哎,你这是怎样的坐法? |

徐九经	侯爷，若依少将军设座之坐法，我就要面墙而坐。面墙而坐，恐对侯爷不恭，下官只得如此。
刘文秉	中军，将座打正。
	〔中军打正座位。徐九经坐下。〕
刘文秉	徐大人，多谢你为老夫送来这贺喜酒。
徐九经	不不不！下官送来的乃是谢恩之酒。
刘文秉	老夫与你只有旧怨，何来恩情？
徐九经	哎，侯爷对下官有天大的恩情。
刘文秉	恩从何来？
徐九经	是这么回事。想这抢亲一案，侯爷和王爷各据一方。不得罪王爷，就得罪侯爷；不得罪侯爷，就得罪王爷。明日侯爷为少将军一完婚，这案子我就不用审了。在万岁面前，您替我交了差；在王爷面前，您替我免了难；在百姓面前，您替我挨了骂！这样大的恩情，我不谢您，又谢谁呢？
刘文秉	啊？老夫为人正直，谁能骂我？！
徐九经	怎么？您还不知道哪？为这抢亲一案，整个京师骂声一片，把您可骂苦喽！
刘文秉	骂老夫何来？
徐九经	侯爷听了要生气，还是不讲的好。
刘文秉	一定要讲！
	〔徐九经与刘文秉耳语。〕
刘文秉	大声些。
	〔徐九经又与刘文秉耳语。〕
刘文秉	再大声些！
徐九经	哎哟，他们骂您不是东西！
刘文秉	啊！
徐九经	（唱）骂侯爷飞扬跋扈专横独断， 目无王法，黑心烂肝！
刘　钰	（大怒）我要了尔的命！（拔剑）
徐九经	（躲在刘文秉身旁）您看，我说不讲，您非要我讲。
	〔刘文秉止住刘钰。〕

377

徐九经　他们不但骂侯爷，还骂少将军呢！

刘　钰　骂我何来？

徐九经　你先把这玩意儿收起来。（把刘钰手中的剑推入鞘内，唱）

　　　　　少将军市井无赖小人得志，

　　　　　依仗着干爸爸强夺人妻，你无法无天！

刘　钰　哎呀！

刘文秉　哇呀！（气极）

徐九经　侯爷、少将军，千万别生气。话已讲明，礼已送到，请把原状收回，下官告辞啦！

刘文秉　慢！老夫既已状告大理寺，你必须将此案审个清清楚楚、明明白白！

徐九经　我说侯爷，您儿媳已经到手，明日拜堂成亲就行了，管它清楚不清楚呢！外面爱骂什么，就让他骂什么，反正您也听不见！

刘文秉　我父子并非那违法乱纪之人，岂能容人信口雌黄！

刘　钰　你定要将是非明辨！

徐九经　侯府明日就要完婚，只怕此事难以说清了。

刘文秉　不是你提醒，老夫倒错办此事。也罢！老夫就将钰儿的婚期推迟几日，待你审完此案再行完婚，你看如何？

徐九经　侯爷，您是个明白人，倩娘身在侯府，不推婚期是完婚，推迟婚期还是完婚！下锅的"米"，还有不成熟饭的吗？

刘　钰　你言下之意，要倩娘到哪里去呀？

徐九经　哪里去？没地方去，看来只有……

刘　钰　怎么样？

徐九经　明日照常完婚！下官告辞啦。

刘文秉　徐大人慢走！你方才之言，甚是有理。倩娘在侯府，恐被非议。闻听你才华过人，你要与老夫想个万全之策。

徐九经　下官才疏学浅，想不出来。

刘文秉　一定要想！

徐九经　想不出来。

刘文秉　一定要想！

　徐九经　想不出来。

刘文秉　想！

徐九经　想？嗨，这不是叫我为难嘛！倩娘留在侯府不行，去往王府更不行，这叫我大理寺……为难哪！

刘文秉　大理寺……有了！徐大人，就将倩娘交付与你，带回大理寺避嫌一时也就是了。

徐九经　侯爷，这可不行。倩娘去往大理寺干系甚重，我不能自找麻烦。

刘文秉　倩娘已牵扯到此案之中，理当由大理寺看管。

徐九经　下官管不了！

刘文秉　一定要管！

徐九经　管不了。

刘文秉　一定要管！

徐九经　管不了。

刘文秉　管！

徐九经　管？哎，早知如此，不该前来送礼。

刘文秉　休要啰唆！来，多派人役，护送倩娘到大理寺暂住一时！

刘　钰　啊，爹爹，徐九经乃王爷保荐之人，若将倩娘交付与他，须防有诈！

徐九经　（大笑）还是少将军有见识。侯爷没瞧出诈来，你倒瞧出诈来了。真是好人难做呀，下官告辞啦！

刘文秉　慢！老夫主意已定，就将倩娘交付与你。徐大人！命你明日开庭审案，将倩娘断还刘钰！

徐九经　明日开审？

刘文秉　审案之时，老夫要亲自观审。倘有半点差错啊……哼哼！小心尔的狗头！

〔刘钰将徐九经推出府门。

〔二幕落。

〔徐九经呆若木鸡。徐茗上。

徐　茗　老爷！老爷！

徐九经　（渐缓过气来）哎哟。

徐　茗　老爷真行，一坛酒就把倩娘换出来啦！

徐九经　换，换出麻烦啦！

徐　茗　啊！

徐九经　侯爷命我明日结案，将倩娘断还刘钰，如若不然，他就要我的
　　　　脑袋！

徐　茗　哎呀，这……这可不好办！

徐九经　不好办，也得办哪！

徐　茗　那……除非有柄尚方剑！

徐九经　尚方剑……对，尚方剑！

徐　茗　老爷，您上哪儿？

徐九经　欲求尚方剑，得把王爷见。

徐　茗　去见王爷？哎呀，不行。那坛酒送给侯爷了，咱们拿什么做见面
　　　　礼呢？

徐九经　找侯爷把酒要回来，不就得啦。

徐　茗　送出的礼，还要得回来呀？

徐九经　试试看。门上有人吗？

　　　　〔中军上。

中　军　徐大人，何事？

徐九经　呃……下官进府之时，曾送老酒一坛。如今侯爷让我替他说话，
　　　　那酒留在府上，难免有些风言风语。别人骂我拍侯爷的马屁倒没
　　　　什么，就怕侯爷自己落个贪财受贿之名，不好听啊！

中　军　哪有送礼又要还之理？

徐九经　你就照这样回禀一声。

中　军　候着。（下）

徐　茗　老爷，这几句话，就能把酒要回来？

徐九经　你瞧着。

　　　　〔中军抱酒坛上。

中　军　徐大人，侯爷传话，原礼退回。命你速速回府办案，不得有
　　　　误！（下）

徐九经　有劳了。哈哈……（唱）

　　　　　　赚回个倩娘本钱还在，

　　　　　　再把那尚方剑换得来。

哈哈哈哈。

〔司务甲、乙上，抬酒下。徐九经下，徐茗随下。

〔幕落。

第七场　求剑

〔幕启。

〔并肩王府邸。宫女引尤妃上。

尤　妃　（唱）徐九经他去那侯府送礼，

　　　　　　　分明是藐视我皇亲国戚。

　　　　　　小人得志忘恩负义——

〔尤金上。

尤　金　（唱）笑眉头喜心中快步如飞！

　　　　姐姐。

尤　妃　（怒气未息）罢啦！那徐九经……

尤　金　徐九经果然是王府心腹。

尤　妃　那……他为何去侯府送礼呢？

尤　金　送礼是假，接出倩娘是真！

尤　妃　怎么，他把倩娘从侯府接出来啦？

尤　金　正是。

尤　妃　王爷真是慧眼识真金。

尤　金　此人果然有胆有识。

〔太监上。

太　监　启禀王妃，大理寺正卿徐九经求见。

尤　妃　哦？定是为送倩娘而来。

尤　金　快快传见！

尤　妃　慢！请。

尤　金　对，对，有请！

太　监　是啦。有请徐大人！

〔徐九经上。

徐九经　侯府报门进，王府一声请。（在门外）老王爷好啊！

尤　金　（迎出）徐大人，学生尤金这厢有礼。

徐九经　还礼，还礼。尤公子真是谦恭有礼。

尤　金　王爷不在府中，王妃召您相见。

徐九经　王妃？只怕有些不便吧。

尤　金　不妨事，随我来。（引徐九经进府）

徐九经　徐九经拜见王妃。（跪）

尤　妃　徐大人少礼。

徐九经　谢王妃。（起）

尤　妃　来啊！

宫　女　有。

尤　妃　与徐大人看座。

宫　女　是。

徐九经　谢王妃。

尤　妃　与徐大人捧茶。

宫　女　是。

徐九经　愧领盛情。

尤　妃　与徐大人掌扇。

宫　女　是。

徐九经　下官不敢！下官不敢！

〔宫女给徐九经搬座、捧茶、打扇。

尤　妃　啊，徐大人，闻听人言，你乃是两榜魁元，却为何只做了个小小
　　　　县令？

徐九经　唉，一言难尽！都只为那安国侯刘……

尤　妃　（对宫女）退下！

〔宫女下。

尤　妃　徐大人，此番若不是王爷保你进京，只怕你永无出头之日了。

徐九经　王爷提携之恩，下官没齿不忘。

尤　妃　只要你尽心为王爷办事，日后定会有你的好处！

徐九经　下官铭刻心中。

尤　金　啊，徐大人，今日过府敢是为送倩娘而来？

徐九经　李倩娘？下官已将她送往大理寺了。

382　尤　金　啊？你不将她送还与我，送往大理寺是何意呀？

徐九经　本官还要当堂论断哪!

尤　金　哎呀呀,哪个要你当堂论断哪?我兄王保你进京,就是要你替我夺回倩娘,你却装腔作势,假充正经,真真岂有此理!

徐九经　(意外,背白)嗯?歪嘴吹灯——有股子邪气呀!(正色)尤公子,我这官儿可不是为你做的。

尤　金　这……

尤　妃　啊,徐大人,自从倩娘被贼人抢去,我弟茶饭不思,急于相见,因此冲撞了徐大人,且莫见怪。

徐九经　不妨事,不妨事。尤公子,你与倩娘订婚,可有凭证?

尤　金　我有婚书为证。

徐九经　拿来我看。

尤　金　徐大人,婚书在此。(递与徐九经)

徐九经　(看婚书)有了这张婚书,倩娘就是公子的了。

尤　金　多谢大人!

徐九经　哎呀,王妃呀!适才安国侯命我,明日了结此案。他、他还要亲自观审!

尤　妃　他要怎样?

徐九经　他威胁下官,若不将倩娘断还刘钰,他就要我的脑袋!

尤　妃　啊?!(唱)

　　　　　　　闻此言不由人气冲牛斗,

尤　金　(唱)刘文秉抗王府强做对头!

　　　　　　徐大人,难道你也怕那安国侯不成?

徐九经　王妃、公子呀,下官手中若有柄尚方宝剑,安国侯就奈何我不得了。

尤　妃　尚方宝剑……

尤　金　姐姐呀,看来小弟的性命就系在这尚方剑上了。你、你、你要为小弟做主!

徐九经　唉,王爷是万岁的叔叔,连尚方剑都请不到,还说什么王家的威风?

尤　妃　也罢!(唱)

　　　　　　请王爷进宫去把本启奏。

徐大人，你且回去，尚方剑立刻就到！

徐九经　只要有尚方剑，我担保李倩娘——（唱）

　　　　　　　她姓尤不姓刘！

尤　妃　送客！

　　　　〔尤妃、尤金下。

　　　　〔徐茗送酒上，徐九经示意拿回。

　　　　〔幕落。

第八场　苦思

　　　　〔二幕外。

　　　　〔李小二挑酒上。

李小二　（唱）采办货物京城进，

　　　　　　　顺路探望徐大人。

　　　　（观看）大理寺。（放下担子，欲进）

　　　　〔司务甲、乙上。

司务甲　哎哎哎！哪儿来的穷小子，胆敢到大理寺胡跑乱闯？

司务乙　真是狗胆包天！

司务甲　滚滚滚！

李小二　我要找徐九经，徐大人！

司务甲乙　大人公务繁忙，不见！不见！（推李小二）

李小二　（着急）亲戚也不见？

司务甲乙　（一惊）亲戚？

李小二　姑表亲！

司务乙　（马上献媚）哎哟，您怎么不早说呢？

司务甲　（拉司务乙）别忙，我看不像，先问问他。

司务乙　对对！（对李小二）你先等会儿。

　　　　〔徐茗上。

384　司务甲　上差，徐大人的亲戚来了。

徐　茗　亲戚？我们老爷命犯孤独，没有亲戚！

司务乙　（变脸）混蛋！

　　　　　〔李小二跪地。

司务乙　你小子敢冒充大人的姑表亲，我……（举手欲打）

徐　茗　姑表亲？有一个。

司务甲　慢，有个姑表亲。

徐　茗　快快有请！

司务乙　（又变笑脸）嘿嘿嘿。快请起，快请起。（扶起李小二）

徐　茗　小二哥，你来啦？

李小二　徐茗小哥，我来看望徐大人。

徐　茗　大人公务繁忙，你先吃饭吧！

李小二　我的酒……

司务乙　我给您挑着呢。

　　　　　〔徐茗、李小二下。司务甲、乙挑担随下。

　　　　　〔二幕启。

　　　　　〔大理寺二堂。徐九经在审阅案卷。

　　　　　〔徐茗捧酒上。

徐　茗　老爷用"茶"。

徐九经　放下。

徐　茗　老爷用"茶"。

徐九经　（接杯，闻）你这是……

徐　茗　（念）龙口夺珠威风大，

　　　　　　　断案如同刀斩麻。

　　　　　　　明日公堂伸正义，

　　　　　　　今夜且把酒当"茶"。

徐九经　好一个酒当"茶"。

徐　茗　您不喝？

徐九经　明日要把抢亲案审个清清楚楚，老爷就得明明白白。要是今夜喝
　　　　得糊糊涂涂，明日就会颠颠倒倒。

徐　茗　没那么难吧！明日您把倩娘断给尤金，再问那安国侯一个纵子行
　　　　凶罪，不就成啦！

385

徐九经　没那么容易，古人云"三思而后行"。去，把李倩娘带来。

徐　茗　怎么？您要夜审李倩娘？

徐九经　没有倩娘的口供，老爷心里不踏实。快去！

〔徐茗下。徐九经继续审阅案卷。

〔徐茗内声："倩娘随我来。"引李倩娘上。

李倩娘　徐大人，为民女申冤！

徐九经　李倩娘，这是大理寺二堂，不要害怕。你把安国侯怎样纵子行凶，刘钰如何花堂抢亲，他们又是怎样威逼恐吓于你，诉个清楚明白，老爷一定为你做主。

李倩娘　大人此言差矣！我与刘钰自幼订亲，情投意合，怎说他花堂抢亲？他又逼我何来？大人哪！抢亲者亦非刘钰，乃是狗贼尤金！

徐九经　嘿嘿，这才是阴错阳差、七扯八拉，把我搞糊涂了。那尤公子温文尔雅、仪表堂堂，怎会去抢亲呢？

李倩娘　尤金乃衣冠禽兽，徐大人切莫以貌取人！

徐九经　以貌取人？我恨的就是以貌取人！当年若不是安国侯以貌取我，本官也不会丢掉状元！

李倩娘　难道徐大人要将昔日之怨，报在倩娘身上？

徐九经　哎哎哎，打破碟说碟，打破碗说碗，两码事。你既然与刘钰自幼订亲，为何又与尤金拜堂呢？

李倩娘　大人哪！（唱）

少小时与刘钰鸳盟早订，

未成婚国难起两下离分。

八年来爹娘公婆俱遭不幸，

抛下我茕茕孑立守闺门。

盼郎归，我望穿秋水不见影，

盼郎归，我常伴残月待天明。

贼尤金衣冠禽兽下流成性，

强逼我改节移志换门庭。

倩娘我守节不从命，

贼子他差来了丫环、养娘、恶奴、家丁，如狼似虎，拉拉扯扯、拉拉扯扯，把我抢进了尤家门。

倩娘生就刚烈性，

大闹花堂怀抱亡灵！

一身孝服白冷冷，

一把钢刀亮铮铮。

为保贞操寻自尽，

老天睁眼钰郎归——我绝处逢生！

还望大人，高悬秦镜，

明察秋毫，详参细情。

秉公而断，持平而论，

抑恶扬善，森严法禁。

为官清正，万里鹏程，

为虎作伥，千秋骂名。

为民做主，十方仰钦，

为人要讲，天理良心！

和血掺泪，悲愤难忍，

哀哀陈词，句句实情！

徐九经	为保贞操，着孝服于喜堂，以死相拼！听来倒也感人。只是…… 你说与刘钰自幼订亲，有何凭证？
李倩娘	这凭证么……
徐九经	没有凭证，叫我如何相信你呢？
李倩娘	大人哪！（唱）

我与刘郎订亲有凭证——

徐九经	凭证在哪里？
李倩娘	（接唱）天作证来地为凭。
徐九经	天地怎能为凭？
李倩娘	（接唱）三亲六眷尽知晓——
徐九经	说出一个来。
李倩娘	（接唱）玉田县内有一人。
徐九经	玉田县？说来说去，说到我老窝去了，玉田县有你什么人哪？
李倩娘	（接唱）与倩娘是同宗兄妹相称，
徐九经	他叫什么名字？

李倩娘	（接唱）他姓李名石磙。
徐九经	干什么的？
李倩娘	（接唱）卖酒为生。
徐九经	哈哈！李倩娘，你撒谎也不看看对谁？老爷我在玉田县是有名的"醉半仙"，要讲这卖酒的，我敢说是无店不知、无人不晓！玉田县三十六家卖酒的，金磙、银磙、铜磙、铁磙，我都知道。单单不知一个什么李石磙！
李倩娘	我那石磙兄在玉田卖酒多年，大人一查便知。
徐九经	不用。正巧从玉田县来了老爷的亲戚，咱们一同叫个见证！来呀，把老爷的亲戚请来。
徐 茗	是。（下）
李倩娘	我倒明白了。
徐九经	明白什么？
李倩娘	想是徐大人得了王爷的好处，便与他们串通一气，以假乱真！
徐九经	呵，倒会反咬一口！（厉声）李倩娘！什么自幼订亲，天地为凭？俱都难以证实！今天你有人证还则罢了；若无人证，你就有反行诬告之罪！
李倩娘	徐大人，明日公堂之上，你若不能秉公而断，倩娘只有以死相拼！
徐九经	嘿嘿，老爷怕这怕那，就不怕要死的。
	〔徐茗引李小二上。
李小二	徐大人，徐大人！（打量李倩娘，不禁一愣）你……
李倩娘	（打量李小二）你……
李小二	你是倩娘妹？
李倩娘	你是石磙兄？
李小二	倩娘妹！
李倩娘	石磙兄！
徐九经	你们认识？
李小二	她是我堂妹。
李倩娘	他是我堂兄！
徐九经	得，我的人证成了她的人证！
李小二	（问李倩娘）你为何深夜在此？

李倩娘 （问李小二）你为何来到衙中？

徐九经 （把李小二拉到一旁）你就是李石磙？

李小二 是啊，是啊。自从当了卖酒的小二，就丢了石磙这个大名了。

徐九经 倩娘可曾自幼订亲？

李小二 订啦，订啦。

徐九经 她，她、她、她许配谁啦？

李小二 许配给刘钰啦。

徐九经 可曾立下凭证？

李小二 天地为凭，有我作证！

〔徐九经支持不住欲倒。李小二、徐茗扶住徐九经。

徐九经 哎呀，且住！原以为刘钰花堂抢亲，我才去王府求请尚方剑，为的是严惩刘钰，伸张国法！可如今抢亲的却是尤金不是刘钰，尚方剑一到——

〔内声："王爷驾到——"

徐九经 哎哟，正怕它，它就来喽！快回避。

〔徐茗引李倩娘、李小二下。

〔太监引并肩王上。并肩王抱尚方剑。

徐九经 （拜接尚方剑）恭迎千岁。

并肩王 徐大人！（唱）

> 明日里大理寺公堂审案，
>
> 凭婚书断倩娘要执法如山。
>
> 此一案若断得遂王心愿，
>
> 我保你踏金阶厚禄高官！

徐九经 千岁，只是这案情大有出入啊！

并肩王 嗯？

徐九经 下官现已查明，刘钰、倩娘实乃自幼订亲，这强夺人妻者……

并肩王 难道是那尤金不成？

徐九经 千岁明断！

并肩王 徐大人，莫非你忘却了九年前安国侯陷害之仇？

徐九经 这……

并肩王 忘却了本王保你进京之恩？

徐九经　这……

并肩王　徐大人！本王保你进京，就是要你为某效力。如今王法就是婚书，婚书就是王法！明日公堂审案，本王要亲自观审，若有半点差错……哼哼！你要小心了。回府！（拂袖下）

〔太监随下。

〔徐茗抱酒坛跑上。

徐　茗　老爷，这酒还没送王爷呢？

〔徐九经见酒坛，夺过痛饮，徐茗急拦。

徐　茗　老爷，这酒是送王爷的，您怎么喝起来啦？

徐九经　我原以为侯爷不是好东西，现在看来，王爷才真不是好东西！（捧坛又喝）

徐　茗　（拦）老爷，您不是戒酒了吗？

徐九经　当初戒酒，是为了好好做官！如今我……开戒啦！（又喝）

徐　茗　老爷！（夺过酒坛）

徐九经　徐茗，怪不得出门碰上乌鸦叫呢。早知这样，咱们就是在玉田县卖酒，也不该上这儿来呀！

徐　茗　是啊，无官一身轻嘛！

徐九经　也怪老爷未明真相，就去求请尚方剑。我、我、我是自己挖坑，自己跳啊！（夺过酒坛，喝酒）

徐　茗　（复夺）老爷，您不能喝啦！（抱酒坛下）

徐九经　（醉步）怎么办？怎么办？我若成全刘钰，就是抗旨不遵，王法不容！若把情娘断给尤金，良心何在？天理怎容？王爷依王法压我，侯爷据理逼我，还有这尚方剑……（唱）

　　　　当官难，难当官，

　　　　徐九经做了一个受气官，

　　　　一个窝囊官！

　　　　自幼读书为做官，

　　　　文章满腹得意洋洋，我进京考大官。

　　　　又谁知我才高八斗难做官，

　　　　皆因是，爹娘没有为我生一副好五官。

　　　　我怨，怨，怨五官，

头名状元到那玉田县——

当了一名小小的七品官!

九年来,我兢兢业业做的是卖命官,

却感动不了那皇帝大老官!

眼睁睁不该升官的总升官,

我这该升官的,只有梦里跳加官!

原以为,此番升官我能做个管官的官,

又谁知我这大官头上还压着官。

王爷、侯爷官告官,

偏要我这小官审大官。

他们本是管官的官,

我这被管的官儿,怎能管那管官的官。

官管官,官被管!

管官,官管,官官管管,管管官官,

叫我怎做官?!

我成了夹在石头缝里一瘪官!

我若是顺从王爷做一个昧心官,

阴曹地府躲不过阎王和判官!

我若是成全了倩娘做一个良心官,

怕的是,刚做了大官又罢官!

是升官?是罢官?

做清官,还是做赃官?

做一个良心官?

做一个昧心官?

升官,罢官,

大官,小官,

清官,赃官,

好官,坏官,

官、官、官官官官官官官!

我劝世人莫做官!

莫做官!(伏案入睡)

〔隐约传来呼叫声："徐九经——"

徐九经　（唱）蒙眬中似有人将我呼唤——

〔出现幻影甲、乙。

徐九经　你们是谁？

幻影甲乙　哈哈，自己不认识自己，我们就是你！

徐九经　什么？你们是我徐九经？

幻影甲　我乃徐九经的良心，

幻影乙　我乃徐九经的私心。

幻影甲　为官不可不讲良心，

幻影乙　为官哪个没有私心？

幻影甲　为官不讲良心，不如猪狗。

幻影乙　为官不讲私心，到处碰头！

幻影甲　凭良心，倩娘应该断给刘钰！

幻影乙　凭私心，顺从王爷，倩娘该姓尤。

幻影甲　倩娘该姓刘！

幻影乙　该姓尤！

幻影甲　姓刘！

幻影乙　姓尤！

〔幻影甲、乙互相厮打。

徐九经　别打啦！你们打架我难受！

幻影乙　当年安国侯以貌取人，害我不浅，正好报此旧怨！

幻影甲　伤害无辜，公报私仇，有违天理，定要遗臭万年！

幻影乙　如今是有他，没我！

幻影甲　这会儿是有我，无他！

幻影乙　你快快决断，

幻影甲　你休要拖延！

幻影乙　你快说！

幻影甲　你快讲！

幻影乙　说！

幻影甲　讲！

〔幻影甲、乙紧逼徐九经。徐九经大叫一声，钻到公案下。幻影甲、乙隐去。

〔徐茗上。

徐　茗　老爷！老爷！您怎么啦？

徐九经　（唱）哎呀呀，我的心……心在哪边？

徐　茗　老爷，王爷派张公公来啦！

徐九经　啊？

〔太监捧鹤杯疾步上。

太　监　徐大人，你来看！（举杯）此物乃剧毒之药，名曰"仙鹤顶上红"！沾上一滴立刻升天！王爷特意命咱家送来，赏与徐大人。你若效忠王室，加官晋爵前程无量；若不从命，这"仙鹤顶上红"便是你归天之物。王爷另择他贤来审此案！传谕已毕，咱家告辞啦！（将鹤杯递与徐九经，下）

〔徐九经两眼发愣，呆若木鸡。

徐　茗　老爷！老爷！

徐九经　（见鹤杯，喃喃地）"仙鹤顶上红"……"仙鹤顶上红"……这追命的"仙鹤顶上红"！

徐　茗　老爷，这是王爷想要您的命啊！

徐九经　唉，人活百岁，难免一死，一死就让它死了吧！（突然想起什么，从身上摸出一锭银子）

徐九经　徐茗。去，买口大缸来。

徐　茗　老爷要大缸干什么？

徐九经　给老爷办后事呀！

徐　茗　（边哭边说）办后事要缸干什么？

徐九经　（声泪俱下）徐茗，老爷一辈子就是离不开酒。

徐　茗　您还喝呢？

徐九经　老爷死了，你一不要买棺木，二不要烧纸钱。

徐　茗　那把您埋在哪儿？

徐九经　装上一坛玉田老酒，把老爷的尸首泡在酒缸内，埋在那歪脖树下。我在那九泉之下，也不忘你的大恩哪！（欲跪）

徐　茗　（急扶）老爷，您不能死啊！（哭）

徐九经　我不死，就得昧着良心把倩娘断给尤金！

徐　茗　您死了，王爷换人重审，倩娘照样得断给尤金！

徐九经　真要如此，倩娘也难免一死呀。

徐　茗　与其两人都死，不如只死一个。

徐九经　你是说……

徐　茗　倩娘要是死了，也不会被人争来抢去啦！

徐九经　（眼睛突然一亮，猛地抓起鹤杯）哈哈！哈哈！（踉跄而下）

徐　茗　老爷怎么啦？老爷！老爷！（追下）

　　　　〔幕落。

第九场　醉审

　　　　〔静场。金鸣三下。

　　　　〔徐茗内声："下面听着：徐大人传话击鼓升堂！"

　　　　〔幕启。

　　　　〔大理寺正堂。校尉、刀斧手呼堂威上。

　　　　〔徐九经手捧鹤杯，醉醺醺地上。徐茗随上。

　　　　〔司务甲、乙上。

司务甲　启禀大人，并肩王到！

司务乙　安国侯到！

徐九经　王爷来啦？

司务甲　来了。

徐九经　侯爷来啦？

司务乙　来了。

徐九经　神鬼都到，有戏好瞧。请！

司务甲乙　有请！

　　　　〔并肩王、刘文秉分上。相遇，怒目而视，各不相让。

　　　　〔徐九经迎上，向并肩王、刘文秉施礼。

并肩王刘文秉　徐大人，本王侯看你审案来了。

徐九经	是是是!
并肩王	你要按婚书而断!
刘文秉	你要按实情而断!
徐九经	照办,照办。
并肩王	你要仔细了!
刘文秉	你要打点了!
并肩王	你与我升堂!
刘文秉	你与我问案!
徐九经	升——堂!(转身,勉强站住,整衣)

〔并肩王、刘文秉抢上正座。

〔徐九经见状,搬出小凳,放在公案下,坐定。

徐九经	带原告!
徐 茗	原告上堂!

〔刘钰、尤金上。

刘 钰 尤 金	参见大人!(施礼)
徐九经	老爷在这儿呢,起过。

〔刘钰、尤金分立两旁。

徐九经	你们都要倩娘,老爷我刮肚搜肠,说判就判,说断就断!
刘 钰 尤 金	大人明快!
徐九经	尤金。
尤 金	学生在。
徐九经	你有婚书,倩娘应断与你!
并肩王	好!有胆有识!
尤 金	秦镜高悬。
刘文秉	断得不公。
刘 钰	一派胡言!
徐九经	瞧瞧,一句话没说完,就乱了套啦。老爷下面还有半句——刘钰 与倩娘订亲,也有人做保。
并肩王	徐大人,哪里来的人证?

刘文秉　徐大人，传人证上堂。

徐九经　带人证！

徐　茗　人证上堂！

〔李小二上。

李小二　给老爷叩头！

徐九经　李小二，有话当堂讲来。

李小二　回老爷话。李倩娘乃小人堂妹，自幼与刘钰订亲，小人可以做证。

徐九经　不许说谎！

李小二　句句实言！

徐九经　下去！

〔李小二下。

并肩王　徐大人，你唤出此人，敢是说尤金的婚书不真？

徐九经　王爷说真，就真。

刘文秉　如此说来，这人证是假的了。

徐九经　卑职没有说假！

并肩王　倒会两边讨好。

刘文秉　真乃油滑之徒！

并肩王
刘文秉　徐九经！你若偏袒凶犯，本王侯决不轻饶于你！

徐九经　（猛地跳起）这哪儿是我在审案哪？分明是在审我嘛。此风不止，大理寺威风何在？（变脸）徐茗，请圣命！

〔徐茗下，捧尚方宝剑复上。

徐九经　（接剑）尚方剑到！

并肩王
刘文秉　（下座，拜）万岁！

徐九经　对剑如面君，谁再敢胡言乱语，我就当堂宰了他！

〔并肩王、刘文秉惊。

徐九经　王爷、侯爷，给万岁爷让个地方。徐茗，吩咐大吹大擂，老爷二次升堂！

徐　茗　升堂——

〔徐九经归正座。并肩王、刘文秉分坐两边。

徐九经 带李倩娘！

徐　茗 李倩娘上堂！

〔李倩娘上。

李倩娘 叩见大人。

徐九经 李倩娘，叽喳喳公堂喧哗，乱哄哄两耳发麻，醉醺醺难分真假，糊涂涂将你遣发。

李倩娘 不知本人怎样发落？

尤　金 我有婚书为证。

刘　钰 我有人证在堂。

尤　金 倩娘应断与我。

刘　钰 倩娘应断与我。

徐九经 （拍案）都听我的！刘钰与倩娘订亲，有人证在堂；尤金与倩娘订亲，有婚书在手。为此，倩娘只有委身刘、尤二家，方能消灾平祸。本官判决：李倩娘单月事刘钰，双月事尤金，同为二人之妻，按月轮换！

众　人 （惊）呸！

并肩王 （念）糊涂官断的糊涂案，

刘文秉 （念）一妇二夫怎周全？

众　人 （念）一腔怒气实难按——

　　　　（逼向徐九经）

徐九经 （示剑）不要命的请上前！

〔众人无奈而退。

李倩娘 徐大人，这就是你的天理良心？这就是你的秉公而断？

徐九经 这叫作公平合理，老少无欺。

李倩娘 你这遭天杀的狗官！（唱）

　　　　　　狗赃官胡乱断了案，

　　　　　　趋炎附势黑心肝！

　　　　　　手中挥舞尚方剑，

　　　　　　执法乱法是非颠。

　　　　　　你那里天理良心做门面，

　　　　　　其实是，千人咒，万人怨。

贪赃枉法、为虎作伥、口是心非、笑里藏奸的禽兽官!

徐九经　李倩娘——（念）

> 倩娘休将本官怨，
>
> 你的冤难比我的冤!
>
> 本官有心成全你，
>
> 王命在身我难上难。
>
> 今日断案违心愿，
>
> 我一生清白全丢完!
>
> 你忍辱还可把富贵享，
>
> 老爷我为你——要上西天。

（举鹤杯，悲伤）瞧见没有，这是剧毒药酒，名曰"仙鹤顶上红"，沾上一滴，立刻升天。老爷今日委屈了你，我知道你恨老爷，老爷也是不得已而为之，如今只有以死赎罪啦。我死以后，你就按月轮换吧!（欲喝）

李倩娘　（拉住徐九经）倩娘不愿受辱，情愿以死殉情!（夺杯）

徐九经　不、不! 你是一朵鲜花还没开，怎么就死呢? 我可是连根都烂了。你还是让我死，你就一心一意地去"换"吧。

李倩娘　让我死!

徐九经　我不能活着让人家戳脊梁骨。

〔李倩娘和徐九经夺杯。李倩娘喝下酒。

刘　钰　（悲呼）倩娘——

李倩娘　钰郎!（唱）

> 实指望结发夫妻偕白首，
>
> 又谁知，八载相盼瞬息欢聚，
>
> 生离死别一世恩爱付东流!
>
> 保贞操舍性命甘饮毒酒，
>
> 盼夫君来年清明哭我的坟头。（倒地）

刘　钰　（抚尸大恸）妻呀!

并肩王
刘文秉　徐九经! 尔竟敢假借圣命，逼死无辜，待本王侯上殿参奏一本，要

尔狗命!（拂袖下）

徐　茗　老爷！王爷、侯爷都走啦。

徐九经　走啦？（抖起精神）刘钰、尤金听判：本官将李倩娘一刀劈成两半，分与你刘、尤两家，责你二人各出银一万两，以正房大礼将其厚葬！

刘　钰　我妻已遭惨死，怎能让她尸分两地，仍背那两家妻室的丑名？小将甘愿出双份银两，以保我妻名节！

徐九经　两家之妻，岂能由你一人独葬？

尤　金　徐大人，安葬倩娘与我无关！

徐九经　嗯？她不是你的妻室吗？

尤　金　天大的笑话！

徐九经　笑话？有婚书为证。（递婚书给尤金）

尤　金　这婚书么？（边撕边说）是假的。

徐九经　怎么？假的？

尤　金　怎么样？

徐九经　啊——当堂具结，与你无事。

　　　　〔徐茗递给尤金供词，尤金画押。

尤　金　徐大人，学生告辞了。

徐九经　上哪儿去？

尤　金　回府。

徐九经　你呀，走不了啦！咄！大胆尤金，伪造婚书，强夺人妻，诬告良善。来呀，将他重责四十！

尤　金　我乃王室内亲，你们哪个敢打？

徐九经　哼！

尤　金　哼！

徐九经　哼！

尤　金　哼！

徐九经　冲撞本官，再加四十！拖下去与我打！打！打！

　　　　〔刀斧手将尤金拖下。

刘　钰　徐九经！案情已明，你逼死无辜，该当何罪！

徐九经　少将军不要发怒。徐茗，清水伺候！

　　　　〔徐茗递清水给徐九经。

徐九经　倩娘、倩娘，邪恶已除，你回来吧！（唱）

　　　　　　呼唤玉魂感苍穹——

　　　〔徐九经喷清水，李倩娘动。

刘　钰　（惊）啊？你这是……

徐九经　少将军，她喝的不是毒药，是——（唱）

　　　　　　冒名顶替的"仙鹤顶上红"！

　　　〔李倩娘苏醒。

　　　〔徐九经、徐茗下。

刘　钰　倩娘！

李倩娘　钰郎！

　　　〔李小二上。

李小二　是徐大人用计成全了你们，惩罚了狗贼尤金！

李倩娘　徐大人！徐大人在哪里？徐大人在哪里？

李小二　咦，刚才还在大堂之上，这会儿怎么不见了？徐大人——

　　　〔司务甲、乙托盘上，盘内放有冠带。

司务乙　大人换了衣帽出府去了。

司务甲　临行前，还留诗一首。（递笺）

李倩娘　（念）"王法条条空自有，

　　　　　　　大人弄权小人愁。

　　　　　　　脱袍挂冠吾去也，

　　　　　　　歪脖树下卖老酒！"

李小二　徐大人弃官而去了！

众　人　徐大人——（向后堂拥去）

　　　〔二幕落。

　　　〔徐九经穿青衣，戴小帽，挑酒担上，徐茗扛着酒旗随后。

　　　〔幕落。

　　　　　　　　　　　　　　　　　　——剧　终

　　《徐九经升官记》取材于张寿臣演出的传统单口相声《姚家井》，曾用名《仙鹤顶上红》，1980年湖北省京剧院首演，导演余笑予，"京剧第一丑"朱世慧饰演徐九经，李春芳饰演李倩娘。该剧已有京剧、豫剧等多个版本出现。

作者简介

郭大宇　男，1948年出生，剧作家，与习志淦合作的《徐九经升官记》获文化部、中国剧协联合颁发的优秀剧本奖，搬上银幕后又获文化部颁发的优秀戏曲片奖。

习志淦　男，1947年出生，湖北枣阳人，剧作家，"鄂派京剧"代表作家之一。迄今创作上演剧目二十七种，代表作品有《徐九经升官记》《膏药章》《洪荒大裂变》《射雕英雄传》《阿Q正传》等。

·话 剧·

小井胡同

李龙云

老街坊们都说，小井要是有个会说书的该有多好……

——题记

人 物（人物年龄以第一次出场时为准）

滕奶奶——穷苦的武术名家滕凤山的孀妻，戊戌年间降生在北
京，是小井胡同一块历史的碑石。

水三儿——男，三十多岁，世袭的引车卖水者，跟滕凤山学过武
术，师徒有生死之交。

吴　七——男，三十来岁，国民党警察巡长，油滑，胆小怕事，
但心眼儿好。

毕　五——男，四十岁，心狠意毒，坏，出身于人贩子世家，其
父老毕五在前清时垄断着往紫禁城输送太监的事业。

刘家祥——男，三十多岁，十四岁进电车厂跟滕凤山学手艺，但
也打过鼓儿，做过小买卖。

刘　嫂——三十来岁，刘家祥之妻，正直，有点迷信，心软，但
嘴上厉害，不怕事儿。

疤拉眼大哥——十八岁，小名叫"大启子"，十来岁时失去父
母，开始自谋生计，靠画糖人为生，是大杂院里穷孩
子们的靠山。

二　妞——八岁，刘家祥的姑娘，疤拉眼大哥最知心的小朋友，
大名叫刘桂英。

小结实——五岁，刘家祥的养子，是一对被枪杀的共产党人的遗
孤。刘嫂怕拉扯不大，抱到庙里许了愿，得个法名叫
"僧保"。

马德清——男，四十多岁，"魏宅"的老家仆，慈眉善目。

七十儿——十六岁，"魏宅"买来的一个孩子，后成为马德清的
义子。

许　六——男，三十多岁，是以织袜子为生的小手工业者，胆
小，老实，窝囊。

春　喜——三十多岁，从良的下等妓女，许六的续妻，心眼不

坏，但常常被病态心理所折磨。

小妮儿——九岁，许六前妻之女，后被刘家祥夫妇要走，改名刘
　　　　桂芝。

石掌柜——名瑞丰，男，三十多岁，开粮店的小商，精明、世
　　　　故，有点自私，但心眼儿不坏。

石　嫂——三十来岁，石家内掌柜的，一个字不识，却自以为聪
　　　　明，常被别人当枪使。

杨半仙——男，四十岁，改卖年画的测字先生。

小环子——男，二十五岁，卖假药的，馋、懒，不要脸。

小力笨——男，十七岁，石家的小伙计，正派，没有野心。

小媳妇——姓周，二十多岁，小力笨之妻，依仗权术，曾爬上居
　　　　委会主任的宝座。

陈九龄——男，二十多岁，石掌柜的师侄，被抓去的国民党伙
　　　　夫，没文化，对社会上的大是大非分不太清，心眼儿
　　　　不错，嘴特别好说。

九嫂子——二十多岁，陈九龄之妻，心好、本分、少言寡语，
　　　　遇事儿没主意。

小　曹——男，二十来岁，小井的"管片儿"警察，后升为所
　　　　长，耿直、善良。

大牛子——陈九龄之子，1954年生人，"七零届"。

大　马——男，二十岁，街道合线厂的红卫兵，1976年成为工
　　　　人民兵，表面看缺点心眼儿，实际是"光往里傻不
　　　　往外傻"。

增　福——二十五岁，石掌柜的侄子，菜市场卖鱼的，老实，不
　　　　会说瞎话。

小六九——1966年生人，二妞（刘桂英）的儿子，刘家祥的外孙。

小　宋——男，合线厂红卫兵，后为工人民兵。

伙　计——男，三十来岁，"都一处"饭庄的伙计。

国民党兵甲乙——三十来岁。

红卫兵 甲乙——男的，十五六岁。

四川来京串联的红卫兵——两男一女。

小伙子 甲乙丙——大牛子在火葬场的朋友，都是男的，二十多岁，膀大腰圆，浑身力气。

梨贩子——男，五十多岁。

民警 甲乙——三十来岁，公安局的武装警察，都是男的。

第一幕

〔民国三十八年（1949 年）一月二十一号——农历腊月二十三，俗称小年。晚饭前后，恰是申时尾、酉时初——灶王爷即将升天的时刻。

〔北平和平解放前夜。

〔北平，小井胡同。

〔这是一条南北走向的小胡同。往右走，出南口，可以奔娘娘庙；往左走，出北口，是小市。胡同的腰部凹进去一块，成了一片长方形的小空场。同时，使胡同腰部出现了一小段南北墙。舞台选的恰恰就是胡同这个腰部。可别小看了这片小空场！太平年间，每逢冬夜，卖馄饨的、卖熟羊蹄儿的、卖老豆腐的、卖灌肠的……哪个做小买卖的走进小井，不得在这儿撂撂挑子，吆喝几声呢！到了夏天，空场上长的那棵老椿树，可给老街坊们造了福喽！它那大伞似的身板儿，洒下那么大片的树荫凉儿。人们端着粥碗，凑到树底下，诉说着一天的穷苦和委屈……

正中是七号，是个住着贫苦下层市民的大杂院。院门的顶端，用青砖、瓦片砌成的"五瓣花"的门楼，已经很破旧，门板上早年间刻下的对子"处事留余地，存心居自安"，由于风吹雨淋，早已模糊不清。院里，迎门一堵砖砌的破影壁。

偏右，闪出来的那段南墙上还有个小门。门楣上，一个搪瓷灯伞闪着蓝光，门框上挂着个小小的瓷牌牌，上书：魏宅。这是魏宅的后门，包着铁皮的门板上生满了铁锈，看来主人多少年没有打开过它了。可这些日子，小门开开了！八路军把个北平城围得铁桶一般，魏宅乱了阵脚！

不远处，临时修起的天坛机场上，飞机像苍蝇似的，飞起来，落下去，加上来空投物资的运输机，整天嗡嗡声不断。八路军的大炮专往飞机场上干，不许跑！整个小井胡同也是人心浮动，谁还有心过小年呢？穷人们心里真有一股说不清的滋味，苦日子总该熬到头了吧?！他们盼着八路军快点进城，但又最好别动枪动炮的——北平是古都啊！

〔幕启。

〔飞机嗡嗡声渐渐远去了。透过隐隐沉下去的炮声，从胡同北口飘来了卖关东糖的苍凉叫卖声："约糖！约关东糖!"接着，南院响起了一阵祭灶的爆竹声，但稀稀拉拉，不成气候。少顷，爆竹声停了。

〔刘家祥左手掐着从灶龛上揭下的灶王爷纸像，右手拎着一根火筷子走出院门。这是一个不懂得上愁的人，但这些日子可真沉不住气了！肚里饿得作不过主来……

〔警察巡长吴七手里捏着一小打大红的纸片子，从胡同南口走来。

刘家祥　（一眼看见了吴七）七爷！七爷，（凑过去）不是说傅作义跟八路军拉上手了吗？怎么大前儿个夜里，齐化门外，又溜溜地响了一宿的枪呢？

吴　七　（往四周瞅瞅，压低嗓门）那是自来水厂，二〇八师兵变！跟傅作义掰了……

刘家祥　这帮孙子……

吴　七　刘大哥，您还没听说呢！八路军怕傅作义压不住碴子，叫打开西直门，派两个纵队进城，归傅作义指挥……

刘家祥　多么仁义！那么傅作义呢？

吴　七　傅作义能含糊吗？这回动真的了！（捂住半拉嘴）把二〇八师给灭啦……

〔此时，从北口隐隐传来了一个哑嗓有板有眼地哼唱声。唱词是

407

"北平俗曲——门神灶"，曲调用的是老年间的"太平歌词"：

"腊月二十三，送神上天，

祭的是人间善恶言。

当家人跪倒，

手举着香烟……"

〔吆喝声："画儿来！卖画！"测字先生杨半仙穿着个短撅撅的破棉袄从北口走来。他一只手捂着冻红了的耳朵，一只手抓着一卷年画。

吴　七　怎么着？杨半仙，不测字儿啦？

杨半仙　（用袄袖子抹抹鼻涕）吴巡长，您圣明。这年头，阔主不信命，信这个！（伸出右手，用拇指与食指拢成个圆圈儿）美钞！大头！穷主呢，兜里镚子儿没有。刘大哥，拉兄弟一把，来张年画，杨柳青的，地道的卫抹子。（把画打开）您来这张——《庆乐丰年》……

刘家祥　庆乐丰年？嘿嘿，我这肚子里都是豆腐渣……

杨半仙　这张，您瞧瞧这张——《他骑骏马我骑驴》……

刘家祥　（端详着年画）瞧这小驴儿，腿上这肉多瓷实！七爷，我怎么琢磨，都觉着这条小驴儿，它不够我吃一顿的……

杨半仙　什么话呢！得，您比我饿！（卷起画）刘大哥，我服您了！（细着嗓哼唱着）

……当家人跪倒，

手举着香烟。

不求富贵，

不求吃穿。

好事儿替我多说，

坏事儿替我隐瞒……

〔杨半仙边唱边走下，声音渐渐远了。

刘家祥　七爷，头午您猜我奔哪儿了？我奔了趟北海！万一他们空投不准，飘过来一袋呢？

吴　七　这么兵荒马乱的，您真能打哈哈……

刘家祥　咱们拿杂和面窝头当块金砖，人家（指指小门）拿美国洋面当黄土扬着玩儿……

吴　七　洋面？刘大哥，您说什么呢！人家，便宜坊的什锦火锅，苏式盒子，仿膳的栗子面小窝窝头……

刘家祥　凭什么？七爷，凭什么他们吃香的、喝辣的，咱们肚子饿得山响！八路军也真沉得住气！小钢炮对着城门一支，大梯子一竖，北平，早拿下来了……

〔刘嫂，小名叫凤珍，手里领着小结实走出院门。

刘　嫂　（对小结实）慢着，乖，瞅着道儿。哟！吴巡长……（看见了刘家祥手中的灶王爷）有在大街上祭灶的吗？你必得出个箍眼儿！让我说你什么好！

刘家祥　没听见打炮吗？房塌了砸死我！

刘　嫂　你心眼儿甭攥得小酒盅似的！八路军的炮弹长眼睛，不炸穷人！

吴　七　刘嫂，您这是……

刘　嫂　上娘娘庙，给我们小结实许个愿……

刘家祥　你净出幺蛾子！大儿子扎了耳朵眼儿，活了吗？（指着自家的后山墙，对吴七）轮到二儿子，明明是个小子，偏叫"刘丫头"。想一出是一出……（压低了嗓音）再说，人家小结实不是咱自个儿生的，命不像咱刘家这么不济……

刘　嫂　大腊月的，我不跟你吵秧子！吴巡长，您知道，（低声）这孩子没爹没妈，我瞧着心里难受！愣说人家是八路，给……怎么揍儿了！（突然想到）吴巡长，听说这孩子是您从监狱里抱出来，搁胡同口的？

吴　七　（急了）刘嫂，刘嫂，别价呀！您别这么说呀！好嘛，（手在脖子上一抹）您这不是要我的吃饭家伙吗？（慌忙举起手里的片子）得！我这还有正经事儿。丁局长——丁大头的老太太七十大寿，我得去敛份子……

刘家祥　（急了）又出份子？

吴　七　他妈的，临走还得来个"爆余"，再捞一把。在街上捡个老太太，弄到家里硬说是他妈，办七十大寿！大杂院里一撒片子，谁敢不出份子？谁敢！儿子是二○八师的营长，跟军统勾着……坐蜡的事，都是我的……（把一张片子塞到刘家祥手里）

刘　嫂　吴巡长，我们不跟您过不去。（对刘家祥）甭理他这碴儿！接着他！（大声喊）二妞！二妞！（对刘家祥）你把二妞找回来，别让拍花子的拐走。小结实，乖，跟妈走……（对刘家祥）不预备点草节儿、料豆儿吗？神马吃什么？灶王爷像你似的，上哪儿都腿儿着？你不是祭灶呢，你是糊弄我呢！

吴　七　刘嫂，男不拜月，女不祭灶，走您的……

〔刘嫂领着小结实往南口走去。一阵水车轧地的"吱喽吱喽"响声中，水三儿戴着磨肩，脚上系着搭布，拉着水车从北口走来。水三儿的名字像他的职业一样，也是世袭的。到他这辈儿，人们只知他姓马。他身后拉的那种水车，新中国成立初期还可以看到。车身是个椭圆形的大木匣子，匣后底部有个放水的塞子。

水三儿　（取下水桶，放好水，挑到院门口，冲院里喊）水！（眼睛近视，伏在门垛子跟前儿，掏出石笔，在蜘蛛网似的记号上又添了一道）

吴　七　水三儿，水钱也涨吗？

水三儿　（指砖垛子上的白道）您瞧见了吗？一挑水一道。老街坊们穷得连水钱都挤不出来了！瞧着这一片片的鸡爪子我都想哭！这是怎么话说的……（进院）

〔许六走出院门。他身穿一件六成新的藏蓝布大褂，但大褂太小，箍在身上紧紧巴巴的，不管怎么抻、拽，底下还是露着一截"耍了圈"的破棉袍，脚下着一双旧毛窝。

许　六　（指指院里）刘大哥，您给我听着点儿，我们小妮儿在炕上躺着呢。我趁着天黑……省得让人瞧见……

吴　七　您这是……（明白了）得，也好！省得您老想着六嫂子……难受……

刘家祥　许六，不弄份执事、响器？

许　六　（凄然一笑）您别寒碜我了，领个从良的……

刘家祥　那也得让老街坊们接接呀！

许　六　甭接，她也来。论说呢，她是我个远房的表妹，您见过。她呀，就贪着我老实，非跟我不可，认头……

吴　七　六爷，您这叫走了桃花运……

许　六　吴巡长，您这不是打我脸吗！您说我们招谁惹谁了？好好地缕着

坛根儿开个小袜子铺，告诉修飞机场，拆房！我们小妮儿她妈那脾气，瞒不了您，沾火就着！把命搭上了……（又要掉眼泪）

吴　七　六爷，我招您伤心了……

许　六　不是那么话说，您哪！我，就凭我许六，小妮儿她妈过世不到两月，我从黄花院里领个从良的……我不是人！孩子小啊，什么都甭说了……得，刘大哥，您受累……（下）

吴　七　唉！家家有本难唱的曲儿。我还得去敛份子……（下）

刘家祥　（走到椿树下，左手掐紧灶王爷的脖子，右手的火筷子指着灶王爷的鼻子）还用我说什么吗？你可都听见了，警察局长捡个老太太，大伙儿就得送份子。肚子里一下子豆腐渣，得去修飞机场。（越说越气）告诉你说，我那点关东糖可都是从牙缝里挤出来的。到天上说几句好话，别他妈顺嘴胡扯！（嚓地划着洋火，点着纸像）你要真有灵验，就给傅作义带个话儿——刘家祥说了，他要再打，他是孙子！我跟你说这些有什么用！（用火筷子狠狠地搅一搅纸灰）上天！滚！（气哼哼地转身进院）

〔滕奶奶身穿青市布裤子、蓝士林褂子出现在北口。她的丈夫滕凤山跟北京有名的"义贼燕子李三"学过武术，后到电车厂当工人，因领工人闹事被枪杀在窑台儿。她三十几岁开始守寡，膝下无儿无女，但人穷志不短，靠做佣人为生。人贩子毕五满脸堆笑，手里托着一套叠得非常整齐的缎子衣裤，紧紧地跟在滕奶奶的身后。

毕　五　（央告着）老太太，老太太，您穿上，穿上。三十六拜都拜了，可就差您这一哆嗦了！

滕奶奶　当老妈子用不着这么打扮我！到底怎回事儿，说！

毕　五　这么说吧，请您去啊，借您这个人使使……啧！还不明白吗？您滕老太太，一点就透的主儿啊！没见吴巡长四处撒片子吗？丁局长明儿的飞机票，今儿办七十大寿缺个老太太……

滕奶奶　拿我当他们家老太太使？

毕　五　要不怎么说您有造化嘛！全北平城有这么便宜的事没有？就看着您的气色好！穷，可带着股豪横劲儿。谁不知道滕凤山——滕二爷跟"燕子李三"学过武术，杀富济贫！滕二爷活着那阵儿……唉？您别走啊！（追上去）您去享半天清福，完了事呢，咱们娘儿俩二一添作五，衣裳归我，首饰是您的……

滕奶奶 （哗啦一声把手里的几件首饰摔在毕五身上）滚！老太太不那么下三烂，不干让人戳脊梁骨的事！给丁大头当妈？我要有他这路缺德儿子，一落草就掐死他！

毕 五 喷！给脸不要脸不是？（要翻脸）知道毕五是干什么的吗？

滕奶奶 你跟你爸爸一路货！拐卖人口，私设……

毕 五 （打断）告诉你！老毕五，七品，管着刑慎司，专往紫禁城输送太监！给丁大头当妈？你没他妈这个命！（弯腰捡着地上的假首饰）滕凤山，一个臭开电车的，领工人闹事……实话跟你说：毕五，一个片子，绑，窑台儿！

滕奶奶 好小子！闹了归齐是你打的黑枪……（扑上去抓毕五的脸）
〔此时，水三儿挑着水桶走出院门。

毕 五 怎么着？想动劲儿？（伸手抓住滕奶奶的两只腕子）耶！我还真没细端详过你。隔着头二十年，你必是个顶俏实的小娘儿们……（一眼看见了水三儿，松开手）水三儿？三爷……

水三儿 （搁下水桶）你还认识我？

毕 五 （被逼得往后退）谁不认识您呢！这条水道是您的世袭……

水三儿 （威严地）我骂你几句！

毕 五 别！别价！您骂起来，四六联，长短句，三天三宿不带重样的。您这嗓门话匣子似的，我呛不住……

水三儿 撅过来，我踢你两下！

毕 五 （带着哭腔）三爷，别价呀！您是滕二爷的真传，您这腿铁棍子似的，谁不知道您"金钩马"呀！我值不得您一踢……

水三儿 （打雷似的）扇！自个儿扇自个儿的嘴巴！
〔毕五开始抽自己的嘴巴。

水三儿 使劲儿！滚！

毕 五 （临走忘不了地上的首饰）假的，假的也有用项。（下）

水三儿 师娘，您这么满世界给人家当老妈子，多业障！我起小就没娘，师父救过我的命，我养着您……
〔刘家祥从院内走出。

412 刘家祥 谁？师娘！您打门口过怎么不进门呢？

滕奶奶　你拉家带口的，也不够嚼谷……

刘家祥　师父是为大伙儿把命搭上的。我再不够嚼谷，也不能短了您的嘴……

滕奶奶　甭打咕！你歇班俩多月了，弄着一群孩子。三儿，我跟着你……

刘家祥　三哥，那，那师娘可就交给您了。（对滕奶奶）等缓过这阵儿，我让二妞去接您……得，我先去迎迎凤珍。

〔水三儿拉着水车，与滕奶奶、刘家祥三人往南口走去。

〔疤拉眼大哥肩挑着画糖人的挑子，手领着二妞从北口走来。这种画糖人的，现在早已看不到了。挑子的一头是个炭火架着的铁勺，勺中有蜜状的糖汁，另一头是个方形木柜，柜面上画满了各种鸟兽器皿的图形，中央一个转针。小孩儿花一分钱可转转针一次，针指到何物，画糖人的便用热糖汁为你画出何物。疤拉眼大哥与二妞刚与别人打过架。身后，小孩儿的唱骂声还在响——他们在拿疤拉眼大哥的生理缺陷取笑："疤拉眼，去赶集，买个萝卜像个梨……"

疤拉眼大哥　（放下挑子，抹抹嘴角的血）二妞，下回别惹他们，那是"正德和"的少掌柜的，家里开着金店……

二　妞　我没惹他们！疤拉眼大哥，你的嘴让他们打破了。

疤拉眼大哥　不要紧，你看，（用袄袖子在嘴上一抹）不破了吧？

二　妞　疤拉眼大哥，你什么时候才给我画那个灯笼呢，老没工夫吗？

疤拉眼大哥　二妞，你是个乖孩子。你看，孩子们拿一分钱，上我这儿一转，什么也没转着，我就给他一小块糖。可要是一转，转上个凤凰、灯笼唔的，不是得用我好些糖吗？我这一天就如同白干，就得挨饿。二妞，你有妈，我谁都没有，谁疼我呢？二妞疼我……

二　妞　疤拉眼大哥，你什么时候才能吃顿饱饭呢？

疤拉眼大哥　你听，城外头不是打炮呢吗？（小声地）八路军一进城，穷人就能吃饱饭了。（坐在柜后，用几根铁丝开始编个罩子）年头是得改啦！街上净是抢吃的。这不，卖白薯的黄大爷让我帮他编个铁罩子。（猛然想到）哎，他给了我两块烤白薯……（从座下取出白薯）二妞，给你一块！

〔二妞接过白薯，笑了。

疤拉眼大哥 甜吧！二妞，你这么机灵怎么不让你妈送你上学呢？金鱼池东边，金台书院，门脸儿可大了……

二　妞 上学得给校长送戒指、蒲包……

疤拉眼大哥 噢！那是上不起。

〔杨半仙哼唱着那套"太平歌词"又转回来了。

杨半仙 （走到二妞跟前儿，盯着二妞的白薯，咽了口唾沫）吃什么呢，二妞？（咬了咬牙，啪地往二妞的白薯上啐了口唾沫）

二　妞 干什么你？白薯脏了，你赔我！（把白薯扔在地上，哭了）

〔杨半仙捡起白薯，掸掸土，大口吃起来。

疤拉眼大哥 你这么大个人，抢孩子吃的……

杨半仙 （眼一翻）我不要脸嘛……

疤拉眼大哥 （把自己的白薯递给二妞）二妞，不哭！（不知怎样哄二妞，随手从地上捡起个蜗牛）二妞，你听我给你唱："水牛、水牛，先出犄角后出头。"嗬嗨！

二　妞 冬天，水牛是死的……

疤拉眼大哥 啊，对！水牛也怕冷。（从兜里掏出几个烟盒叠成的三角）二妞，给你！三角。"骆驼"的，"红土"的，"老刀"的……（挑起挑子哄二妞进院）

〔卖假药的小环子，怀里揣着一把醋壶，袄袖子里掖着一把筷子，满面春风地上。他的衣裳又油又脏，胳膊上搭着一件破旧的美国夹克。在他身后，"都一处"饭庄的小伙计不远不近地跟着。

小环子 哟，杨半仙！

杨半仙 嚯，小环子！

小环子 （旁若无人）你猜今儿我奔哪儿了？"都一处"！马莲肉，晾肉面筋、三鲜烧麦……嘿！东西，地道！我馋了多少日子啦！

杨半仙 就您这身打扮？

小环子 我借了件褂子呀！（抖搂开衣裳）美国夹克！这年头，看出来没有？先落挂好下水再说！靠他妈卖假药，连豆汁都喝不上……（从怀里掏出醋壶）"都一处"，老字号！您瞧瞧，醋壶都是景德镇的……

伙　计 （往前凑凑）您让我跟到哪儿拿钱呢？

小环子　八路军快进城了，听见没有？改朝换代，不都得乐乐吗？（一拍胸脯）这是正经照顾主儿，甭那么认识钱！

伙　计　有您这样的照顾主吗？吃完饭抬屁股就走，临完了还抄我们一把醋壶、掖走一把筷子。

小环子　（拍着伙计的肩膀）这么着得了，今儿个呀，算你请我，明儿个呢，我请你！咱哥俩奔"丰泽园"！再不，"又一顺"，手抓羊肉！你点字号。喷！不放心不是？（从怀里掏出一个玻璃面的小纸盒，上系红绸条）你带着这盒人参……

伙　计　（抓过小盒，看都不看就撇在了地上）人参？少玩儿这套！香菜根儿！香菜疙瘩！（劈手夺过醋壶）算我们掌柜的倒霉！（转身下）

杨半仙　（轻轻一脚把小盒踢开）得，我又学会一招。（下）

〔小环子弯腰捡他的"人参"。刘家祥与刘嫂领着小结实从南口走来。吴七肩膀上搭着一打袜子从北口走来。

吴　七　您来双袜子穿？（看清是刘家祥）哟！刘大哥？（缩回手）

刘家祥　撒片子带卖袜子？

吴　七　就这一回。再干，不是人养的！一帮大兵把绒线铺给抢了，我捡了一打袜子，说瞎话是孙子！都是穷挤的……孩子的事办完啦？

刘　嫂　我看那老道许是饿迷糊了。在小结实脑袋上摸了摸，告诉赐个法名叫僧保，就给打发回来了。糊弄人！

小环子　（看见了小结实，眯缝着眼睛凑过来，话里有话地）哟！小结实长这么大啦？（狡诈地瞧瞧吴七）

吴　七　（要溜）得，刘大哥，忙您的……

小环子　（一把抓住吴七的胳膊）七爷，您别走啊！（笑里藏满讹诈）七爷，您胆儿可够大的！吃着锅里占着碗里的……您把小结实搁胡同口那阵儿，他也就三四岁，啊？

吴　七　（惊慌地）你，你打算怎么着？

小环子　您真是饱汉子不知饿汉子饥！您不得有份意思吗？（又用眼瞄瞄刘嫂）

刘　嫂　小环子！就算是这么回事，有能耐，你就施展！我是镞子儿没有。你小子逮缝儿就下蛆！阎王爷要不是打盹儿，他不会给你披

上张人皮！小结实，走！（领小结实进院）

小环子　都是久在街面上混的主儿，但凡有辙，我不办绝户事儿……

吴　七　这么着，您来两双袜子使，行不？（递过袜子）这是怎么话说的……（下）

小环子　（接过袜子）刘大哥，瞧您的啦！您管我顿抻面吧！您哪么给我弄包花生仁呢……

刘家祥　（抬腿往院里走）我那儿，耗子药兴许还有几包。（下）

小环子　（紧跟刘家祥身后）您别那么说呀！（进院）您哪能……（下）

　　〔魏宅的后门"吱"一声开了，老仆马德清提着个灯笼，走出院门。

马德清　（举灯照着门槛儿）三少爷，迈门槛儿。

　　〔魏家三少爷七十儿一身公子哥的打扮，走出小门。

七十儿　（目光中充满惊恐）马爷，您送我上哪儿？

马德清　上老姑奶奶家呀！

七十儿　（声音颤抖地）您冤我！您领我上坛根儿……（突然扑通一声跪下）

马德清　您干什么？哪有主人给奴才下跪的？

七十儿　刚才我都听见了！他们干吗要弄死我？

　　〔马德清噗地吹灭了灯笼，匆忙关上了魏宅的小门。

七十儿　当着外人的面，我是三少爷；可关起门来，我是最下等的奴才……就您一人对我好……

马德清　起来，你起来！听话，我都告诉你。

　　〔七十儿站起身。

马德清　把你买进魏宅那天，不是抢开了吃了一顿嘛！还记得这档子事吧？魏秃子跟大伙儿说，你是他的老儿子，刚从苏州接来。客人里头有个天津侉子……

七十儿　（不住地点头）顶大俩眼珠子？

马德清　对，就是他！那是人寿保险公司的经理。吃着饭，魏秃子就给你在保险公司保了险。月金五十，保到六十岁。你爸爸——魏秃子这个老王八蛋后天的飞机票，今儿个晚上让我领你到坛根儿，（从怀里掏出个纸包）就用这块槽子糕……你一死，明儿早上他们就到保险公司，明白了吧？

〔七十儿扑通又跪下了。

马德清　七十儿，起来！别让我着急。（哆哆嗦嗦地从怀里掏出一卷票子）这点儿钱，你带着。走！快走！

七十儿　那，您呢？

马德清　甭管我！我另有奔头。（深情地盯着七十儿）我马德清半截入土的人了，没有家小。日后你要有个出头之日呢，惦记着回来看看我……

七十儿　（突然叫了一声）爸爸——

马德清　走！快走！

〔七十儿与马德清分南北不同方向下。半晌，石家内掌柜的——石嫂，从大杂院里走了出来。她往四下里望了望，见没有人，往前挪了两步。

石　嫂　（轻声嘟囔着）黑小子，白小子，坐在炕上吃饺子。（嗽了嗽嗓子）黑小子，白小子……

〔石掌柜从院内走出，这是个好心的小商人。

石掌柜　（几步蹿到石嫂身边）今儿刚几儿呀？叫孩子都是三十晚上！大节下的给人添堵……

石　嫂　我这不是先练练吗？德性！

石掌柜　成天修飞机场，挖战壕。这心，老提溜到嗓子眼上！有孩子？鸡都他妈下不了蛋……

石　嫂　命！上辈子办了缺德事，绝户！打进了你们石家的门，就……

〔此时，路灯唰地灭了。

石掌柜　得，又他妈停电了。你磨叨、磨叨，我不比你烦！开粮店的，眼看着就得吃豆饼……

石　嫂　赖谁呀？好容易发上一盆面，几个臭当兵的，生在炉子上给贴着吃了……

石掌柜　把兵驻在老百姓院里……我恨不得活埋了他们！

〔国民党兵甲、乙手里拎着一个大号的发面盆走出院门。

兵　甲　石掌柜，要调防了。您待弟兄们真不含糊！弟兄们还真舍不得走。官差不自由啊，没办法！（举起手里的面盆）带着它，算留个纪念，明儿见！（下）

417

石掌柜　（立刻装出笑脸）明儿见！老总，明儿见！（见大兵已走远）发面吃了，连盆都带走！（咬牙切齿地）明儿见？明儿八路军进了城都剐了你们！（猛然想到）怎么又换防呢？（对石嫂）小力苯在家吧？

石　嫂　在。（对院内喊）小力苯！小力苯！

〔石掌柜家最得宠的伙计小力苯，边系着大襟上的扣子，边从院里奔出。

小力苯　师娘，叫我？

石掌柜　小力苯，瞧这劲头，八路军一时半会儿进不了城，咱们得留点后手！你到柜上盯着点儿，他就是给一车金豆子，那包大米也不能出手！记住啦？走！马上！

〔国民党伙夫陈九龄身穿又脏又破的下等兵军装，从南口走来。

陈九龄　（嗓门顶大）师叔！师婶！

石掌柜　小九？你他妈还穿着这身老虎皮哪？

陈九龄　我们掌柜家的两个伙计，非去一个不可！（小声地）师叔，邓宝珊、张东荪从西直门出城了！

石掌柜　张东荪？

陈九龄　燕京大学的教授啊，傅作义的代表！（听到远处传来隐隐的炮声）又开炮了。小力苯，去年那拨米，我们处长让补的发票呢？

小力苯　（递过发票）师哥，老规矩，一百五十斤一包的按一百八十斤开的，十块钱一包的开成十二块……

石掌柜　小力苯，再往宽了开点儿，小九不也有点落头吗？

陈九龄　那哪成啊！

石掌柜　八路军快进城了。

陈九龄　八路军才不许贪污揩油呢！

石掌柜　唉！你糊涂蛋！那你们处长这是怎么开的？

陈九龄　那当然了！人家是处长。谁不想吃点儿好的，喝点儿好的！您说对不对，师婶？

石　嫂　凭什么许他不许你？问问他！

陈九龄　师婶，您真会疼我。我活腻歪了？一拍手枪，军法处！闹着玩的？

〔众人进院。小力苯往北口走去。

〔从良妓女春喜跟在许六身后从南口走来，当走到老椿树下边时，春喜犹豫地站住了。

许　六　（无可奈何地）你这会儿后悔还不晚……我穷，穷得一个屋子四个旮旯。

春　喜　（真挚地）穷，我不怕。只要离开那个地方，我就算是个人了……可是，你得给老街坊们透个话儿，谁也不许小瞧我！谁要是揭我的短儿，我可什么都干得出来！

许　六　你放心，除了刘大哥一家子，没人知道。往后，事事我都依着你，可有一样……你得待我们小妮儿好……

春　喜　用我起誓吗？我也是从小没妈。我今年才二十四，日后准能生养。多了不要，就要一个小子。一儿一女，多么好呢！
〔小环子用洋火棍剔着牙缝，走出院门。

小环子　许六？六爷……这是……（凑到春喜面前，辨认出）哟！这不是春喜吗？（一拍大腿，嗓门顶大）从良啦？嗬！啧！有意思……六爷，明儿，明儿往后，我就得干瞧着啦……

许　六　（不知所措地）小环子！小环子……
〔满院的人闻声拥出院门。

小环子　（兴奋得手舞足蹈）六爷，您真是好眼力啊！春喜，春喜那真是另有一股劲儿！（眯着眼，摇着头，赞叹连声）啧！啧！

刘家祥　小环子！你是人不是？
〔刘嫂、石嫂纷纷去劝慰春喜。

刘　嫂　许六，你怎那么窝囊?！你没长手吗？抽他！抽他兔崽子！

小环子　（嘻嘻笑着把脸伸到春喜面前）对！大妹妹，抽！你这小手往我脸蛋上捆这么一下，小环子对得起你，半年不洗脸……
〔春喜哭着奔进院门。

许　六　（伸出那从没打过人的手，凑到小环子面前，使了半天劲，但巴掌最终捆在了自己的脸上）许六，你怎这么没骨头啊！人家骑到你脖子上拉屎，你都不敢挪挪地方！（蹲在地上掉眼泪）
〔众人拉着许六进院。

小环子　别价！六爷，别价呀！（嘻嘻笑着往南口走去）
〔小结实咬着手指头，怯生生地站在门口。毕五手里举着串糖葫

419

芦，从北口走来。

毕　五　来！小结实，来呀！糖葫芦，白海棠的……（下）

〔小结实被引走。接着传来了毕五咬牙切齿之声："小兔崽子！来吧，你——"恰在此时，水三儿从南口过来，听到了小结实的哭嚷声。

水三儿　（对着大杂院狂喊）刘嫂！刘嫂！小结实让拍花子的拐走喽！老街坊们，小结实让拍花子的拐走喽！

〔院里人除石嫂与春喜之外全都拥出院门，许六跟在大家身后。

众　人　（急切地呼喊）小结实！

〔人们正欲追赶，突然从左侧传来了哗哗的流水声。

水三儿　（站住了）谁把我的塞子拔啦？操他穷舅舅的，谁把我水车的塞子拔啦！小环子，你站住！（追下）

〔石嫂风风火火地从院内跑出。

石　嫂　许六！许六！春喜喝了取灯儿啦！春喜喝了取灯儿啦！

〔春喜披头散发地从院内奔出。

春　喜　（抓住许六的胳膊）我受不了啦！我喝了、喝了取灯儿啦！我想活，可这个世道，不让我活！

许　六　（手足无措，跺着脚）不能喝！取灯儿那东西不能喝！

众　人　（惊慌地）快！灌！灌肠子！

〔人们七手八脚地把春喜拖进院去。

〔霎时，小空场上一片宁静。

〔远处又一次传来了嗡嗡的飞机声和解放军的炮声。

〔稀疏的爆竹声和卖糖瓜的吆喝声更加苍凉。

〔突然，路灯唰地亮了。随着一串清脆的叫卖声，小力笨矫健的身影闪进了小井胡同。小力笨的喊声像一阵春雷炸响在北平的上空。

小力笨　看报！看报！看《平明日报》《华北日报》！看傅作义将军发表文告：北平和平协议签字生效！看报！看报！

〔小井胡同的老街坊们一齐拥出街门。小力笨胳膊上搭着报纸，臂系"工人纠察队"的红袖章，对老街坊们柔和地笑着。

420　石掌柜　（惊喜交集）小力笨！合着你是，你是……

〔不知哪家的公鸡不分时辰地叫了起来。一声鸡啼，引得满城的雄鸡齐唱。

〔隆隆逝去的飞机声……

〔幕落。

第二幕

〔1958年夏末秋初。黄昏。小井胡同七号。

〔一晃，九年过去了。老街坊们赶上了"大跃进"的1958年。这是一个梦幻般的年代。整个夏秋，小井都沉浸在一片狂热之中。人们被那明天仿佛就能出现的共产主义吸引住了……

〔这是一座普普通通的大杂院。正面是两间东房。一间住着刘家祥一家，一间住着陈九龄夫妇和他们的大牛子。靠着许六家的南墙山是街门。门里那个砖砌的破影壁早就拆掉了。透过不大的街门，可以看到空场里那棵大伞似的老椿树。南房只有一间半。一间住着许六一家，剩下的半间堆放着疤拉眼大哥留下的一些东西。东房与南房虽说都较矮小，但因经过修缮，显得并不寒碜。北房住的是石家。石家是房东，住房自然要宽绰一点儿。遗憾的是，房子好像是哪位大家主的过厅改成的，表面看前廊后厦，四梁八柱，可总让人觉得房子不规矩，不受看。北房与东房之间有个小小的夹道通往里院。说是里院，实际上仅有两间不大的东房，一间堆着石家用不着的杂物，一间留给小媳妇。

院里，贴着刘家的北墙山，在夹道口新安了个自来水龙头。整个大杂院的气氛让人感到干净、轻松、和美。

往远处看，是刚刚落成不久的一所中学。红砖楼壁上，是一条分两行横书的大标语："教育为无产阶级政治服务，教育与生产劳动相结合"标语的前半条隐进侧幕里。

〔幕启。

〔学校里正在教唱歌曲《毛主席来到咱农庄》。清脆悠扬的童声齐唱飘进院里。院里的老街坊们正在召开居民小组会：刘家祥、刘嫂、石掌柜、许六诸人散坐在小凳、马扎上，两位新人物也坐在人群里。那个低眉敛首、手中纳着鞋底子的女人是陈九龄的妻子，人称"九嫂子"；另一位嘴角含笑、很有心计的小媳妇姓周，是小井胡同正在升起的一颗可怕的新星。

〔那个年代，开会之前时兴唱歌。今天教唱的是《社会主义好》，长成大姑娘的二妞站在廊子前做教歌员。

〔半晌，学校里的歌声停住了。

二　妞　（抖抖手里的歌篇）听听！人家唱得多齐齐！石大爷，我说您一句，您别不爱听。您呀，词儿也对，调儿也对，可就不是一块儿的。末了一句应该是：（唱）

　　　　"全国人民大团结，

　　　　掀起了社会主义建设高潮，

　　　　建设高潮！"

石掌柜　姑娘，我这嗓子像截儿小烟筒似的，它别不过弯儿来。真要是卖东西还凑合……（喊）别加塞儿嗨！二妞，你就……

二　妞　您又来啦！解放都九年了，还二妞呀、刘丫头呀……

石掌柜　桂英！刘桂英！石大爷下回再不长记性，你叫石大爷的小名：小歪子。

刘　嫂　（站起身）桂英，今儿就教到这儿吧！上边说了，头"十一"呀，这个歌大伙儿都得唱会了。头午"片儿"上开了会，大伙儿兴许都听说了——（从兜里掏出块小白布）炼钢献宝这事呢，咱们七号得了白旗。根儿就在春起整风那阵儿煮了夹生饭，院里不团结。大伙儿都瞧见了，（指指身边的小媳妇）整风领导小组给咱们派了个人来：街道合线厂的负责人，有文化，丈夫是志愿军。（对小媳妇）小周，你站起来，让大伙儿瞅瞅！

〔小媳妇站起身，把自来水笔斜插在大襟上，对大家笑着。

刘　嫂　咱们院人多，聚齐了不容易。他九嫂子，小九呢？

九嫂子　跃进去了。又盖十大建筑，又砌小高炉，忙。

刘　嫂　石嫂呢？石嫂没来。

九嫂子　昨儿个她跟我要了股五色线，许是奔娘娘庙拴娃娃去了。

〔远处的天空里突然闪出一片红光，接着胡同里传来了报喜的锣鼓声。人们纷纷往街门口拥去。

刘家祥　准是大井！大井出钢了！

小媳妇　大井上去了，小井怎么办？老街坊们，咱们七号不能老拖小井的后腿，得赶紧想主意……

刘家祥　是啊！（急得直搓手）这不是要人的好看嘛！（焦急中一眼看见了街门上的镣吊儿）嗨！怎么把它忘了。（走上去就往下卸）

石掌柜　唉，那能有几两铁！刘嫂，还是得在土炮上打主意……

众　人　土炮？哪有土炮？

刘　嫂　是这么回事：昨儿个石大哥提了个头儿，说咱们间壁呀，是前清的炮局，屋子底下兴许埋着土炮。可要是挖炮呢，就得扒房……
　　　　〔邻院传来了人们竖梯子上房的喊声，接着，砖头瓦块落在地上发出哗哗的响动。

石掌柜　听听，五号动手了！这事儿我也是听别人说。这几间破南房呢，是我的。可为了大跃进，就是割我身上一块肉，我要是眨巴一下眼睛，那叫我跟政府二心。（为难地摊开双手）可这南屋里，一间住着许六一家子，那半间呢，搁着你疤拉眼大哥的东西。眼看着志愿军就都归国了……

刘家祥　石大哥，这回可是政府用着咱们了。甭含糊！人都得有点良心。从打记事起，见过这么好的政府没有?! 三反五反、镇压反革命、枪毙毕五、公安局帮咱们登报找小结实……

许　六　政府对咱们，那是一百一！可扒房这事儿，得细合计合计，不能有枣没枣都打一竿子。

九嫂子　刘婶，还是先到房管局看看这片的蓝图。这房子底下要是装过下水道，就不能有土炮；没有下水道呢，兴许有门儿……
　　　　〔邻院扒房的响动更大了。有人在喊："躲开！躲开！一、二、三，拽！拽……"石嫂满面春风地奔进院门。

石　嫂　哟，开会哪！

刘　嫂　又奔娘娘庙啦？

石　嫂　娘娘庙早扒啦。我听吴七说，油篓胡同有个四十八岁的娘儿们添了个大小子，落草就八斤半！我去访访……我今年三十九，还有九年的盼儿……
　　　　〔许六家的屋门咣地被推开了，但只听屋门响，不见人出来。

小媳妇	（小声问刘嫂）谁呀？
刘　嫂	春喜。从打整风跟石嫂撕破了脸儿，两人一直不过话。（转对许六）甭言语，不是冲你！

〔许六屋中，春喜啪地拧开了收音机，歌声传了出来："年年我们要唱歌，比不上今年的歌儿多……"

石　嫂	（脸一耷拉，对许六屋中甩过句闲话）找不自在就说话！谁也甭想压谁一头子……
石掌柜	你少搭茬儿！
石　嫂	住街坊还是闹光棍?!小井快搁不下她了！
许　六	（只好站起身，往自家屋门口靠过去）你小点儿声行不行？这儿商量事呢。

〔屋内的收音机哗的一声反倒更响了。此时，许六的女儿小妮儿颈系红领巾，手里拿着几张《北京晚报》走进院门。

| 小妮儿 | 刘大妈，大井出钢了！区长都来啦！拿着大红花……（说得高兴，手里的报纸哗地掉在了地上）哎呀！我光顾看出钢了，报纸忘了卖了。这勤工俭学……我妈又得打我……（要哭） |
| 石掌柜 | 小妮儿，别哭！晚报好卖，倒给石大爷，石大爷包圆了。（抓过报纸，从兜里掏出一把硬币，往小妮儿手上倒着）接着！二分、四分、六分…… |

〔春喜呼地冲出屋门，几步蹽到众人面前，手指头戳着小妮儿的鼻子尖。

| 春　喜 | （厉声）把钱给人家！乖乖地给人家！听见没有？ |

〔小妮儿老老实实地把钱倒回石掌柜手里。

| 石掌柜 | （苦笑）您对我们两口子怎么这么大劲头…… |
| 春　喜 | 现眼的玩意儿！（狠狠地在小妮儿的屁股上搧了几巴掌，边打边拽咧子）我叫你满世界跑去！你跑蟠桃宫、跑娘娘庙，跑到哪儿你也是吃货！养个鸡还能下蛋呢，养你干什么？你一点儿好心眼儿都不长…… |

〔石嫂噌地站起身，被刘嫂一把按住。

| 刘　嫂 | 你别抻茬儿。 |
| 刘家祥 | 小妮儿她妈，这可就是你的不是了。孩子勤工俭学大跃进去了， |

你这么又打又骂的，搅得四邻八家不安……

石　嫂　（发现民心可用，甩开刘嫂凑上去）刚才你冲谁拽咧子呢？

春　喜　冲谁拽咧子？这儿没你说话的份儿！

石　嫂　怎没我说话的份儿？你把话说开喽！

春　喜　盐打哪儿咸？醋打哪儿酸？甭架着秧子欺负我一个人！

小媳妇　（威严地咳嗽了一声）咱们七号的问题，不是一天两天了。整风不光没整出团结，倒整出了疙瘩。一个院上不去，就拖了小井的后腿，小井上不去，就拖了区里的跃进！咱们这个会，就是补课，有话摆在桌面上……

春　喜　春天街道整风、自我教育，我在会上说了句：石嫂，（手一指房檐下的燕窝）你不该为了这窝燕子反对轰麻雀……

石　嫂　谁反对轰麻雀？那是一群性命儿！轰得老燕子不敢落脚喂食儿，小燕就得饿死！

春　喜　那你就骂我绝户！人在气头上，话不好听，我回了她一句，不定谁绝户呢！好，你就真办开了绝户事儿。你跟我们小妮儿怎么说的？当着大伙儿，说！

石　嫂　（理屈嘴不软）孩子这么大了，不用别人说，她什么都懂……

春　喜　懂？都是你教的！（伤心地）我跟许六九年了，我是没生养，怨我吗？你们两口子，肚里那盘小九九谁不清楚？出主意扒房，哼！街面上刚哄嚷十五间以上的私房交公，你们那房整十五间！割你一块肉不嚷疼？会说的不如会听的！（一巴掌抽在小妮儿身上）屋去！往后我天天揍你！

〔派出所小曹身穿警察服走进院门。

小媳妇　今儿个这事，咱们不算完。

刘　嫂　小妮儿，先去洗洗脸。照理说，石嫂不该给人一家子分生，可春喜你虐待这孩子，不是一天两天了。

〔春喜、许六、小妮儿进屋。

石掌柜　曹同志，您给断断……

小　曹　石大爷！您哪，把心搁在肚子里，房子不是交公，是代管！听明白没有？老街坊们，第三批归国志愿军已经到了。（对小媳妇）您的房子，（指指夹道）就安排在里院。我跟石大爷说好了，三号那间太小。最可爱的人嘛！您说是不是这个理儿？

石掌柜　看怎么说了！容易吗，脑袋掖在裤腰带上，一把炒面一把雪……那是国家的功臣！（对石嫂）咱们那间屋子还得再归置归置……

〔石家夫妇走进里院。

小媳妇　我去看看房子。（跟进了里院）

二　妞　曹同志，这批归国的有疤拉眼大哥吗？

小　曹　他没个大号，不好打听。

刘　嫂　头两年还有讯儿。这几年……想起来我这心里就憋个大疙瘩。

〔昔日魏宅的老仆马德清走进院门。

马德清　（进门就嚷）在这儿哪！瞧我这顿找。小曹，您的电话，段上来的。

小　曹　马大爷，这阵子您可干得真不含糊！老街坊们这表扬信成打子地往我这儿递。看电话，外带着扫街！瞧这小井，老跟镜子面儿似的……

马德清　（脸红了）您别这么说呀！大跃进嘛，都得伸把手……

小　曹　我走啦！老街坊们，还得铆把劲儿啊！湖南又放卫星啦！一亩稻子打一万五，小孩儿在上头打滚儿漏不下去。刘婶，让各家把耗子尾巴赶紧交上来，上头根据数字好评比，废铜烂铁还得再凑凑……得，我去接电话。（下）

马德清　（凑到刘家祥面前）大兄弟，我那儿子来信啦！（掏出信）这两天就回来！我先跟大伙儿垫个话儿。他回来，必上咱们七号来打听，叫孩子们到合线厂喊我一声。

刘家祥　马大哥，您这儿子，真给您争气！那么兵荒马乱的，逃出北京城不说，还参了军，当了记者……

刘　嫂　这半年多没讯儿，甭说您，大伙儿心里都七上八下的。前一阵儿，不少文化深的人都出了错……

马德清　这儿没外人，跟你们老公母俩说句过心的话，有儿子跟没儿子，不是一弓劲！不怕您笑话，我二叔前清那阵儿在宫里当差——老公。临了，我给他过了继。我呢，在魏宅当了半辈子的下三烂，没有家小。谁想到临解放、临解放了，我收下这么体面个儿子！让您说，这心里什么劲头？！天天就跟驾着云似的，美！（低声）

石大哥来了。（大声）得，回头见！（下）

〔石掌柜夫妇抱着一些乱七八糟的东西与小媳妇同时走出里院。

石掌柜 （掸掸前襟的土）齐啦！

小媳妇 石大爷，您受累了。（对大伙儿）整风补课这事儿，对上边的意见也得抓紧提。（试探地）我听说呀，三号有个短期临时户口，小曹也给补了三十斤粮票。再有呢，我瞧着这小曹呀，多少有那么点架子，说官僚吧，又够不上……（看人们的脸色）

刘　嫂 你那是跟他处的工夫短。小曹这孩子，实诚！

小媳妇 （话赶忙往回收）就说呢！大伙儿也都这么说。非让咱们提意见，怎么办呢？我这也是听别人瞎反映。刘大妈，街道上这摊事还得您打头阵，我当小菜碟儿。得，房子有了，我搬东西去了。（下）

〔人们各回各的屋。陈九龄穿着一身建筑工人的工作服，帽子抓在手里，神采飞扬地上，走进院门。

陈九龄 （进门就嚷）大牛子他妈！大牛子他妈！师叔、师婶！

〔石掌柜、刘家夫妇、九嫂子停住了脚。

九嫂子 又干吗？（对刘嫂嗔怪地）您瞅！这么大人了，没正形儿！

陈九龄 今儿个这会，开得痛快，痛快！我得喝两盅。

石掌柜 什么会？

陈九龄 向领导交心的会啊！（连说带比画）全公司，两千多号人，你是历史问题、现行问题……只要是干过对不起政府的事儿，自个儿说，交心！（捂住半个嘴）不瞒您说，我们这部门，人杂，尽是"折箩"！谁说完了，主任过来，拍肩膀。厂长，握手、鼓励。我干瞧着眼热，没的说了。（羡慕地）主任拍肩膀！闹着玩的？陈九龄，露脸的时候瘪茄子啦？什么话呢！没有？编！上！

石掌柜 你上去说啦？

陈九龄 那还有假嘛！从打学徒起，真的、假的，只要是不是人的事儿，云山雾罩，说！什么民国三十六年电车厂罢工抓了五个人，黑名单，陈九龄开的……

刘家祥 真是你开的？

陈九龄 没影儿的事！（只顾说）好，陈九龄台上一站，满堂彩！主任过来，拍肩膀！先进！这会开的，痛快！

九嫂子 有往自个儿脑袋上扣屎盆子的吗？一会儿警察就得来抓你！你怎么这么二百五?!（急得直拍大腿）

刘家祥 明儿个，起个大早，直接奔厂子。是一说一，是二说二。你告诉领导，昨儿个我那是吃错药了……

陈九龄 有那么悬吗？不至于吧？我先眯一觉再说。（进屋）

〔九嫂子跟进屋去。滕奶奶拄着拐杖走进院门。

滕奶奶 凤珍、凤珍！（凑到刘嫂面前，神秘地）是说七号得了白旗吗？（从怀里掏出个小布包）我这儿有你老祖留下的一个小铜佛。（将里三层外三层的包布打开）我们院动员我好几回了，我没舍得交，你拿着！算你们七号交的！非把他们比下去不可……

刘家祥 师娘，您可真会向着咱们！一个小铜佛能有几两呢？

滕奶奶 瓜子不饱是人心！你说话就让我不爱听……

〔从许六房中又传来了春喜打骂孩子的声音："打今儿个起，我不是你妈！治不了你，我不姓我这个姓儿！"许家的屋门哐地被推开了，小妮儿疯了似的跑了出来。滕奶奶慌忙把小铜佛藏到怀里。

小妮儿 刘大妈！刘大妈！我妈又让我跪搓板呢！您，您收下我吧……（扑通跪在了刘嫂面前，抱住了刘嫂的双腿，叫了一声）妈！

〔春喜追出屋门，许六紧随其后。

许 六 （拦住春喜）你有完没完？有完没完？

春 喜 你给我屋去！

小妮儿 我就不屋去！

春 喜 我是你妈，我就得管你！

小妮儿 你不是我妈！我妈早让国民党打死了……

刘 嫂 小妮儿，站起来！疖子熟了就得挤！孩子管我叫妈，你也听见了。这不是一天两天了，你这么虐待她，到底打的什么主意？

春 喜 刚才大伙儿可都听见了。孩子，我是不打算要了。眼珠子还指不上呢，指着眼眶子！整风，不该把我的香火整绝了。都是她妨的，没她我准生养！

滕奶奶 凤珍！这孩子咱们要了。（对春喜）你要敢再动小妮儿一手指头，咱们就找个地方说说去！

春 喜 孩子拉扯这么大，不是气吹的。两千斤煤球，三袋白面……

滕奶奶	还要什么？给！都给！
许　六	（急得直拍腿）不能这么办！不能这么办！
春　喜	（话已出口，没台阶下，另找辙）孩子你们领走，可有一条：你们刘家得搬出这个院！看着自个儿的孩子管别人叫妈，我受不了！
	〔大杂院里突然静了下来。
小妮儿	刘大妈！妈，答应她！答应她！咱们搬！
刘家祥	（走到春喜面前）他婶儿，咱们好聚好散。我这是跟您商量，您搬出去成不成？再者说，炼钢、挖土炮，您这房子正好要扒……
	〔恰在僵局之时，传来了买破烂的打鼓儿声。小环子穿着一身很脏很旧的衣服出现在街门口，他肩挑着两筐，后筐上盖着块破灰布，耳朵上夹着半截烟卷，手里拿着一面比铜钱略大的小鼓，咯咯地敲着，走进院门。
石掌柜	哟！小环子?!
小环子	（有气无力地）师叔……
刘家祥	（凑过去）怎么着，爷们儿！刑满了？
小环子	（不满地）您哪，哪壶不开提哪壶……
石掌柜	你这是……打鼓儿啦？
小环子	（把筐往地上一放）我还能干什么呢？落架的凤凰不如个鸡。什么都甭说了！凭我小环子，管个财政部，白玩儿！现而今，我成了擦桌子布，哪脏往哪支我。（把扁担横在两筐中间，坐在扁担上，取下耳朵缝里的半截烟卷，掏出火柴，嚓地在鞋底子上划着，点上）刚出来那阵儿，夹个青布包，打软鼓，哪月也弄上两份俏实买卖！（谈到得意处，来了点儿精神）碰上唐宋名画、青州古砚，拿拿他们的老赶，给他说个一钱不值，白占地方。一倒手，就是成打的票子。唉！现在完喽！全民炼钢，专收废铜烂铁……老街坊们都好吧？（一抬头）别跟看猴似的围着我嗨！
春　喜	（拨开众人，平和地）小环子！
小环子	春……六、六嫂子！（怯生生地站起）
春　喜	你来干吗？
小环子	跃进计划，小井这片我包，一个礼拜两趟……
春　喜	你过来！过来，过来呀！我这儿有点破烂……

小环子　哪儿呢？（二二乎乎地凑了过去）

春　喜　（猛然抡圆了胳膊，啪啪地扇开了小环子的嘴巴）都是你们这些王八蛋！不是你们，我没有今儿个！

小环子　（捂住脸）这是怎么话说的！（一抹嘴）扇流血了……劲头真不小……

春　喜　许六，孩子归他们！咱们搬！搬家！（双手捂着脸哭着跑进屋里）

许　六　（嚷着）小妮儿她妈，咱们不能搬！小井的街坊不错……（追进屋里）

小环子　你说我招谁惹谁了？真不知哪块云彩有雨。（挑起筐）

　　　　〔水三儿胳膊上戴着蓝布套袖、身系白布围裙走进院门。九年不见，他已成了走街串巷的流动售货员。他的围裙上印着"小井商店"的字样，左胳肢窝里夹着个长方形的大木鱼，右手提着一只布鞋。

水三儿　（一把拦住小环子）你等等！（转对门外喊）他在这儿呢！吴七，你进来，进来！甭怕他！

　　　　〔吴七左手抓着个黑布围裙、右手攥着个钉鞋的拐子上。

吴　七　我不怕他！我把钉鞋的拐子都带来了。

水三儿　（走到小环子面前，举起那只鞋）小环子！有没有你这么坏的？你在土站上捡这么只四处穿帮的破鞋……吴七，他怎么跟你说的？

吴　七　他跟我说："吴大哥，您给我前后包头，前后掌儿，挂弯子。您怎么结实怎么给我弄。"到今儿两个多月了，闹了归齐他不来取……您要是送来一双，我们还能拿去委托，您搁这儿一只……

小环子　吴大哥，说句过心的话，我是想让您练练手艺。群英会，五行八作都出了能人，就缺个缝鞋的。咱们哥儿们，这么些年了……（想往外溜）

水三儿　那年，春喜喝取灯儿就是你闹的！今儿让你认识认识"金钩马"，（左腿一扫）这叫"坡跤"！

　　　　〔小环子慌忙闪过。

水三儿　（伸脚挑起小环子的右腿）这叫钩子！

吴　七　三哥，背胯！给他来个背胯！

　　　　〔水三儿真不愧是"金钩马"，小环子脆脆当当地被扔在了地上。

水三儿	吴七，让他拿钱！（对小环子）少一个子儿，我劈了你！许六，你告诉春喜，她那口气，我替她出了。可打这往后，她要敢再虐待小妮儿，我就把孩子接走。

小环子 （掏钱）我今儿出门没挑好日子。

〔水三儿、吴七、小环子出院子。

〔滕奶奶、刘嫂领着小妮儿进屋。

石　嫂 （羡慕地）唉，命！家无梧桐树，引不来凤凰鸟。

〔小媳妇怀里抱床被子，领着穿旧军装的小力笨走进院门。

小媳妇 就这院儿。

小力笨 （放下手里的网兜，四下里看着）说了半天是这儿啊！这是我们掌柜的家。

〔石家夫妇闻声转回身。

小力笨 石大爷！

石掌柜 谁？哟，小力笨！

石　嫂 咳！闹了归齐是小力笨！（喊）刘嫂！小力笨回来啦！

〔刘家祥夫妇与二妞同时走出屋门。

石掌柜 （端详着小力笨）好！好！小力笨，有出息！大侄女，你们小力笨，不是凡人！八路军一进城，好，（对小力笨）您可真帅！"啪"，拿出个小本，北平各家粮行的仓库、存粮，门儿清！合着您是地下党！在我这儿学了二年徒，风雨不漏！您这功夫，瓷实……

小力笨 我算什么地下党，外围！在共产党里我也是小力笨。哟！这是二妞啊？长这么高了……

二　妞 您知道，疤拉眼大哥回来了吗？

小力笨 二妞……（心酸地摸着二妞的肩膀）疤拉眼大哥，他，他早牺牲了……

众　人 啊？

小力笨 （心情沉重地从怀里掏出个小布包）刚到朝鲜那阵儿，我们凑到一块儿就聊起小井的老街坊们。疤拉眼大哥老说，"小井就是我的家。我没爹没妈，可我有个小妹妹，叫二妞。二妞这孩子，甭提多么体贴人了……可我欠二妞一个灯笼。几儿打败了美国人，回到小井，我必带给我们二妞这个小灯笼。"（说着打开了布包，拿出一个飞机残片制成的小灯笼，灯笼异常精巧，闪着银光）这是他拿美国飞机的碎片给你做的……

〔二妞开始抽泣。

小力苯 他还说，二妞喜欢"三角"。你看，这是他给你捡的朝鲜烟盒、美国烟盒……（如数家珍似的翻动着）留着吧，二妞，记住疤拉眼大哥……

〔二妞珍重地双手捧过烟盒、灯笼。

石掌柜 别紧着难受了。小力苯，到屋里歇会儿……

小力苯 不啦！我先得到房管局去报个到。（走出院门，下）

〔小媳妇进里院。其余人回到自己屋中。马德清的义子七十儿提着一个蒲包上，走进院门。他身穿军装，但领章、帽徽都不见了。

七十儿 （站在院门口）马德清在这儿住吗？

〔九嫂子与刘家祥同时各自推门走出。

刘家祥 您是？

七十儿 我是马德清的儿子，七十儿。

刘家祥 噢！知道！知道！您在这儿坐坐，他九嫂子，你跑一趟！

〔九嫂子小跑着奔出院门。

七十儿 大叔，您贵姓？

刘家祥 免贵姓刘，刘家祥。

七十儿 （异常热情）您就是刘大叔？我爸爸信里老提您。这些年，多亏了您的照顾！

刘家祥 咳！老街坊了，说不着这个。这回不走了吧？

七十儿 （羞惭地低下了头）还得走。刘大叔，您不是外人，不瞒您说，我在鸣放那阵儿犯了错误……

刘家祥 （身不由己地站起，脱口而出）右派？

七十儿 （说开了，反倒轻松了）其实我是好意。（听到院外匆忙的脚步声）您可千万别告诉我爸爸！

〔马德清与九嫂子健步如飞地走进院。

马德清 哪儿呢？我儿子在哪儿呢？

432 **七十儿** 爸爸！

〔小媳妇从里院走了出来。

马德清　（满脸的皱纹都笑开了）七十儿，过来，过来见见！这是刘大叔！（自豪地）瞧瞧，这就是我那儿子！党员，记者。这回，就是说出大天来，咱们爷俩儿也不分开啦！

七十儿　爸爸，暂时还得分开……

马德清　怎么？

七十儿　我调工作了，去北大荒，支援边疆建设……

马德清　好！（无所谓地）你上哪儿，我跟你到哪儿！

七十儿　别！爸爸，您别！

马德清　我都是半截入土的人了，离了你，我活不了。刘大哥，把我那点儿东西拿给我！（突然想到周围有人，伏在刘家祥的耳边）把我那点儿东西拿给我！（不放心地看了看小媳妇）

刘家祥　马大哥，您不能脑门子一热就走。还是先让七十儿到那边打个前站，落下脚呢，再来接您……

马德清　那也成。（抚着七十儿的肩膀，笑着）儿子体面，爸爸脸上就有光。论人品，没得挑；论政治，党员！到哪儿都让人瞧得起。明儿娶了儿媳妇，我就在家抱孙子了！刘大哥，咱先说好了，不管到了哪儿，喝喜酒，我都把您接去！您可一定得到！

刘家祥　一定！一定到！

〔七十儿扶马德清走出院门。

小媳妇　（始终疑惑地看着）刘大爷，不是说马德清的儿子是军人吗？

刘家祥　咝……嗐！今儿我怎么觉着这身上揪揪巴巴的不得劲儿……（进屋）

〔小曹走进院。

小媳妇　小曹！刚才呀，我帮您收集了几条意见。我说出来，您可别往心里去……

小　曹　那是啊，无则加勉嘛！

小媳妇　有人说呢，小曹有个亲戚，虽说是短期临时户口，也给补了三十斤粮票，还不是朝里有人……

小　曹　这是没影儿的事啊！您说我多冤！

小媳妇　就说呢！我当时就批评了他们。

小 曹 谁？到底谁这么说？不是咱听不进批评，这……

小媳妇 （瞄瞄刘家）谁说的，我能告诉您吗？我一说，您一听，咱们哪儿说哪儿了，不能在老街坊中间拴扣子！

〔公安局的武装民警甲、乙走进院门。

民警甲 小曹！哪屋？

小 曹 （指指陈九龄家）东屋。

民警乙 陈九龄！陈九龄！

〔陈九龄趿拉着鞋，睡眼惺忪地走出屋，九嫂子尾随其后。众人拥出各自屋门。

民警甲 你是陈九龄？

陈九龄 不错！砌土高炉？上单位里说，家里窄憋……

民警乙 我们是公安局的，请你去核对一点儿情况。

陈九龄 噢！哎？凭什么带我？你跟街坊四邻打听打听，陈九龄办事，钉是钉，铆是铆，说话嘴对着心……

民警甲 知道你嘴对着心，所以才核实一下你在交心会上的发言。

陈九龄 噢，那发言啊？那黑名单可不是我开的……

九嫂子 （急了）二位同志，我们这口子，他半膘子！嘴好胡嘞嘞……

小 曹 人命关天的事，您得去说清楚了。

陈九龄 （对九嫂子）谁半膘子？你呀，什么都不懂。人民政府不会错拿一个好人。说清楚了就回来，走！

〔民警甲、乙与陈九龄下。九嫂子追出。

小 曹 （对拥向院里的众街坊）大伙儿别乱！公安局在敌伪档案里查出个叫陈九龄的人，有两条人命。可小九的历史上呢，没这一段。上边怕是重名，一直没动他。今儿头午这事大伙儿都听说了，到底怎么办，还说不准。可不论出了什么事，咱们小井的大跃进不能耽误。上面研究了，为了钢铁翻番，土炮，挖！房子，扒！住家户的生活问题，段上保证解决！

石掌柜 干！搬东西！（走进疤拉眼大哥的屋子，转身拿出了那个铁勺）这是疤拉眼大哥画糖人的勺子。他，人不在了……（不知怎样处理）

〔人们的心里咯噔一下子。

小媳妇 （接过铁勺）疤拉眼大哥要是活着，也会把它献出来！再贵重的东西，为了大跃进，咱们也不能含糊！

〔此时，就听隔壁的房子哗啦一声倒了。有人在嚷嚷："土炮！土炮！土炮露出来啦！"人们在欢呼。

小　曹 五号可走在咱们前边了！咱们七号的白旗，这回非拔了它不可！

滕奶奶 小曹说得对。想跃进，就得豁得出去！（从怀里掏出小铜佛，最后又用手绢擦了擦，放在了铁勺里）

二　妞 （捧着疤拉眼大哥带回的小灯笼，走到铁勺面前，真挚地）疤拉眼大哥，你不会埋怨我吧？你死了，是为了国家。二妞把灯笼献出去，也是为了咱们国家。（把灯笼轻轻地放进铁勺）

〔大杂院里突然静了下来，只有金属相碰的声音在叮当清脆地响。小力笨手里拿着个纸卷奔进院门。

小力笨 曹同志！曹同志！您看这蓝图：南屋底下还真挖过下水道。土炮要埋呢，也就是在北屋底下……

石掌柜 什么？北……北屋……

〔大街上骤然又响起一阵报喜的锣鼓声、鞭炮声。有人在喊："小井出钢喽！"

石掌柜 （咬了咬牙）拆！把房子拆了！挖完土炮政府给咱们盖高楼！老街坊们，干！

小　曹 对！吃食堂，盖高楼！共产主义，眼面前儿的事了！

〔远处，土高炉工地的大喇叭里又在播放那首《年年我们要唱歌》："……全国比先进，遍地开花朵。十五年要赶上那老英国，嗨！齐唱胜利歌！"人们沉浸在对共产主义的憧憬中。

〔幕落。

第三幕

〔1966年9月初。

〔虽说已到夏末秋初，可整个北京城却仍像泡在一片狂热的大海里。这么说吧，就如同不知起哪儿猛地刮来了一股热乎乎的大风，没有一个人能顶得住，也没有谁想去顶，都得顺着风往前辘轳。

〔小井胡同七号。与上一幕相比，院里没什么太大的变化。早晨五点多钟，胡同里的路灯还亮着。家家都还挂着窗帘，大杂院仿佛睡着了，还没醒过来……从不远处的马路上传来了稀稀拉拉的自行车车铃声和头班公共汽车的喇叭声。街门虚掩着，好像有人起早出去过。

胡同对面那所中学，已经成了来京串联的红卫兵临时接待站。大楼的玻璃碎了几块。楼顶上，新装了一只高音喇叭。楼壁上潦潦草草地刷着两条大标语。一条是："只许左派造反，不准右派翻天！"；另一条是："撼山易，撼红卫兵难！"

〔幕启。

〔宁静中，只有北京站隐约叮咚的钟声在小井胡同上空飘荡着。街门口的路灯唰地熄灭了。突然，学校楼顶的高音喇叭响了："首都红卫兵军校'八·一八，毛泽东思想宣传站，现在开始战斗！"接着，放音乐，是一首用地方戏曲调谱制的语录歌。"我们共产党人，好比种呀子，人民好比……"喇叭里，一个女学生的声音："哎！哎！不对，不对！安反了。那面儿，那面儿……"音乐停了。片刻后，响起了《东方红》的前奏曲，但歌词还没出现，曲子突然又断了。一个男学生的声音："哎？怎么又不响了……"女学生匆忙的声音："关上！先关上！"啪的一声，喇叭不响了。大杂院里恢复了宁静。片刻后，街门吱喽一声被推开了。九嫂子手里提着个空网兜，慌慌张张地走进院里，径直奔到刘家窗根下。

九嫂子 （小声地）刘婶、刘婶！还没起哪？快起来！（声音在发抖）

〔刘家的窗帘拉开了。刘嫂系着大襟上的纽扣，走出门。

刘　嫂 怎么了你？说话都不是正经动静儿！

九嫂子 可了不得了，胡同口打人哪！跪着好几个，头发都剪了，脑袋打得花瓜似的……我可看不了……

刘　嫂 谁家？

九嫂子 小楼上那家！说是地主兼资本家。（想了想）吴七恍惚也跪在里头……菜我都没买，吓死我了。（抹了一把脑门子上的汗）刘婶，您说我可怎么办哪？（吓得要哭）

刘　嫂　……你怎么啦？你这孩子怎这么不听劝呢！虽说小九在监狱里，可他是他，你是你！"十六条"上写得明明白白的，不唯成分！你甭那么搁不开。

九嫂子　这两天，我这眼皮子老跳。刘婶，小九是您眼瞅着长大的，电车厂那黑名单，真不是他开的……

刘　嫂　这点事儿，街道上都清楚！天底下重名重姓的有的是，可这阵儿说不清。话说回来，也没他这么二百五的……

〔街门口出现了两个红卫兵，他们穿着发白的旧军衣，胳膊上戴着红箍。

红卫兵甲　（进门就喊，嗓门挺大）门口这对联是谁贴的？

红卫兵乙　啊？对联是谁贴的？（进院）

〔几乎家家都有人偷着掀起窗帘的一角往外看，但没人敢出来。

红卫兵甲　怎没人言声儿啊？

〔半晌，石家的屋门吱的一声开了，石掌柜手拿着写好的大字报和两张房契，战战兢兢地走出门。

石掌柜　（嘴皮子直哆嗦）是我写的，您哪……

红卫兵甲　横批上写的是"兴无灭资"，错了！不破怎么立？改过来！"灭资兴无"！先破后立！

〔红卫兵甲、乙转身往门外走去。全院的人都松了口气。

石掌柜　（心由嗓子眼回到肚子里，追着红卫兵的屁股）噢，对！您说得对，太对了！不破怎么能立呢！瞎掰！我麻利儿就改……

〔红卫兵走远了。

刘　嫂　（指着石掌柜手里的东西）您这是……

石掌柜　我写的大字报。房子交公，房契，送房管局……决裂！（话不知怎么说）观念私有，决裂！

刘　嫂　瞧您吓的，嘴直拌蒜……

石掌柜　我先改改这副对子……（回屋）

九嫂子　刘婶，我这心里头还有块病。这十来年给合线厂打线剩的那点儿零头，我都攒了起来。将将巴巴给大牛子织了个线裤。（用下巴额指指夹道）那小姑奶奶管着合线厂，万一抄家抄出来，不又是娄子吗？

437

刘　嫂　（猛然想到）哟！我那也有点儿。（汗下来了）那不赖咱们呀，往回交他们不要！

九嫂子　到时候说不清啊……

刘　嫂　扔了！扔了不结了！你甭跟惊了枪的兔子似的。他妈的，我这心里也胆儿突突的……（边想主意边自言自语）小妮儿出去破四旧去了，刘丫头根本不着家。（小声）大牛子在家吧？

九嫂子　在，他够不上红卫兵。

刘　嫂　让他背个书包，远远的，扔城外头去……就手把我那点儿也捎上。

〔九嫂子匆忙回屋。街门口响起了一阵叽里咕噜的四川话。小曹领着几个来京串联的红卫兵从街门口路过。红卫兵是两男一女，他们背着书包，卷着旗子，看来是刚下火车。

红卫兵男　（操四川话）接待站在啥子地方哟？

小　曹　前边就是了。红卫兵军校，条件差点儿，您将就……

红卫兵女　条件有啥子好坏，革命嘛！毛主席几号接见？

小　曹　三五天的事儿，有讯我必通知您。

〔红卫兵走了，但四川话还在响。

刘　嫂　曹所长、曹所长！（迎上去）

小　曹　（走进院门，手在脸前摇得像"拨浪鼓"）别！刘婶，别！您千万别再叫我所长，我靠边站了，现在专管安排红卫兵的住处……

刘　嫂　（压低嗓门）吴七挨打啦？

小　曹　是啊，家给抄啦！伪警察呀！（小声地）一家子哭得泪人儿似的。遣送还乡！河北省青龙县，苦地方……

刘　嫂　谁领去的红卫兵？

小　曹　谁？还有谁？（伸出小拇指，嘴往夹道一努）刘婶，知人知面不知心！刚来小井那阵儿，多喜兴的小媳妇！见人不乐不说话，小嘴儿，那叫甜甘。到我当了所长，真拍得我晕晕乎乎的……这些日子，她疯了！领着人打吴七哪……

〔石掌柜端着墨盒、毛笔走出屋门。

小　曹　（赶快提高了嗓门）石大爷，房子腾好了吧？大串联，高潮在后头。学校、旅馆、澡堂子都住满了，连中南海都住进了红卫兵。中央首长夜里亲自给盖被卧。报上说了，这是毛主席的客人，实在不行就得往住家户里安排。

石掌柜　曹同志，放心！政府用咱们的房，那是看得起咱们！石瑞丰决不含糊。昨儿夜里倒腾了一宿。住人，现成！

小　曹　好！石大爷，有您的……（出院门，下）

〔石掌柜去改街门上的对联。刘嫂走回屋。大牛子背着个鼓鼓囊囊的书包，被九嫂子送出屋门。

刘　嫂　（推开自家屋门，伸出头）大牛子，大牛子，过来！

〔大牛子进刘嫂屋。刘家祥趿拉着鞋，端着盆洗脸水，走出屋，到自来水管子跟前儿。

刘家祥　（发现水池子边上有两匹黑布）哎？这是谁的两匹布？

〔九嫂子、刘嫂听到动静都走出屋门，看着布发呆。石掌柜闻声也赶了过来，手里的墨盒在不断抖动。

刘家祥　（搁下盆，抱起布）"金鹿"牌的？年头不少啦！石大哥，昨儿夜里您腾屋子，是你们丢的吧？

石掌柜　（怕什么来什么）哎哟！刘大哥，哪儿能够呢！我那点家底儿您还不清楚吗？这些年早垫进去了……

〔石嫂早就在屋内偷看着一切，此时破门而出。

石　嫂　刘大哥，这节骨眼儿上，说话可得钉是钉，铆是铆！这是人命关天的大事！我们不是趁落儿的主儿，老街坊们心里明镜似的。

〔小媳妇十分沉稳地走进院门。

刘家祥　没人要，我扛回去。（摸布）做裤衩？太厚，做鞋面儿？几儿才能穿完呢？

小媳妇　（冷笑了两声）咱们这个院，说句不好听的话，庙小神灵大。您把布搁这儿！（眼盯着布）它是从别的院飞来的？家里存着这么多布，到底是什么主儿？谁吃过剥削饭，谁自个儿心里不清楚吗？当年我们小力笨学徒那阵儿，吃饭摔了个碗，好，让使笊篱吃！多王道……

石掌柜　大妹妹！（给小媳妇长一辈）我是雇过一两个伙计，可这布真不是我的。我算小商，是你们红五类团结的对象……

小媳妇　（把布夹起来）这事儿，非掰扯清楚了不可！（进里院）

刘家祥　得，又是个娄子……

石　嫂　（对石掌柜）你还不快去给增福打个电话！（脸对着刘嫂，实际冲里院甩话）我呢，快五十的人了，开不了怀儿了。瑞丰他大哥，要给我们过继个侄子。（索性站到夹道口）看看我们这个侄子，就知道我们是什么主儿了。

〔石掌柜下。

刘　嫂　（打开自家屋门）大牛子！乖，让你受累了。（对石嫂，想说瞎话却编不圆）我们二妞不是生了嘛！今儿个出院，我给那"小不点儿"做了个斗篷。（嘱咐大牛子）麻利儿就回来……

〔大牛子背着鼓鼓囊囊的书包奔出院门。吴七被合线厂的红卫兵大马、小宋押着走进院门。

吴　七　（哭腔地）老街坊们，说句公道话吧！

〔大杂院中所有的人，包括里院的小力笨夫妇都走了出来。

吴　七　我是当过国民党警察。可"公安六条"上写着：军、政、警、宪、特，"警"是指警长以上，我是巡长，我不够线儿。再者说，我救过八路军孩子的命……

小媳妇　空口无凭！孩子呢？孩子哪去了？

吴　七　我给搁在刘嫂门口了。我知道刘嫂心善，必能收养他。我当时胆小，我混蛋！要知道有今天，我脱裤子当袄也把他拉扯成人……

小媳妇　甭废话！人呢？

吴　七　让拍花子的拐走了……

大　马　兴许就是你给谋害了！你是双料的！走！

刘　嫂　等等！（拦住）小结实是让拍花子的拐走了！水三儿亲眼得见。滕奶奶也知道这个事儿。

〔二妞怀里抱着"小不点儿"，搀着滕奶奶走进院门。

滕奶奶　凭什么斗吴七！小结实确实是吴七抱回来的。年头乱，拍花子的拍走，保不齐的事儿。毕五枪毙了，毕五得留下口供，政府应该有底子！把吴七轰走，家里孩子、大人怎么过？

小媳妇　滕奶奶，话不能那么说！一个旧警察能救好人的命？说得过去吗？小结实是烈士的后代，丢了？丢哪儿去了？（眼瞄瞄刘嫂）自个儿的亲生儿女怎么不丢？

〔二妞怀里的"小不点儿"哇的一声哭了起来。

小媳妇　吴七不光这一件事，他还有现行问题。小宋，押走！

　　　　〔"现行问题"使得大家谁也不敢再说话。

吴　七　老街坊们，只要大伙儿有这么几句公道话，吴七就算没白活。吴七给大伙儿鞠躬了……

小媳妇　大马，你上我这儿来一下。

　　　　〔小宋把吴七押走。小力笨始终皱着眉头看着眼前这一切，后随小媳妇、大马走进夹道。

二　妞　妈，这孩子不能老叫"小不点儿"，得有个正名。

刘家祥　早不来晚不来，偏乘这乱劲来，纯粹是添乱！我看就叫"添乱"得了……

滕奶奶　你少废话！我这心里别提多闹得慌了。我今年六十九，就叫他"小六九"吧。

　　　　〔九嫂子、刘家祥、滕奶奶、二妞各自回屋。一辆平板三轮停在了院门口，水三儿手里拎着一筐鸡蛋走进了院门。

水三儿　（抹抹脑门上的汗）二妞她妈，鸡子儿我奔来了。你告诉二妞，这是伏天的蛋，搁不住……有事儿言声，我去还车。（转身要走）

　　　　〔石掌柜进院。

石掌柜　（满脸装出来的喜悦与轻松，一甩手）刘嫂、三哥，房契交了！这人要是一成了无产阶级呀，心里头甭提多轻快、豁亮了……（猛然意识到四周无人，凑过去，小声哀告着刘嫂）嫂子，您把那两匹布认下吧！那布是我的。您出身历史没碴儿。我雇过伙计，吃过剥削饭……小姑奶奶说了，没完！

刘　嫂　其实我也是泥菩萨过河……（狠了狠心）行！我替您……

石掌柜　您拉我这一把，我一辈子忘不了您这点儿好处……

水三儿　布在哪儿呢？我认！回头我替你认下！头解放，钱毛，谁有俩子儿不换成东西？（边走边说）没什么大不了的！（出院）

　　　　〔看电话的马德清走进院门。

马德清　（有意大声喊）石大哥！石大哥！您的电话！（见石掌柜往夹道努嘴，心领神会。蹭到院里边，嘴对着夹道，大声喊）石大哥！您的电话！是您的"空司"那个侄子来的，说一会儿就来看您！就这么个意思。敢情您还有个当解放军的侄子！

石掌柜	是啊，谢谢您了！真让您受累了。
	〔马德清转身要走。大马肩扛着那两匹黑布，跟在小媳妇身后走出夹道。
小媳妇	马德清，你等等！
马德清	您叫我？
小媳妇	叫你。（平和地）你有文化，上边的政策你都懂。
马德清	我懂……
小媳妇	报上说得好：文化大革命，就好比是两军打仗，不是我吃了你，就是你吃了我，没有中当间儿那条道儿……
马德清	那是啊！左派、右派么……
小媳妇	你那点事儿，我们都掌握。说吧！
	〔马德清开始用袖子抹脑门子上的汗。石掌柜、石嫂也开始抹汗。
小媳妇	你到底站在哪一边？
马德清	我说，我都说了……（看看石掌柜）大兄弟，对不住你了。（转对小媳妇）刚才那个电话是假的……是石大哥让我那么说的……
石　嫂	（猛地扑上去砸了石掌柜一拳，责骂道）都是你！吓得胡出主意！（转身奔进自己屋，哭了起来）
小媳妇	（一愣，不明其详，但旋即镇定了）慢点儿！说清楚了！
马德清	昨儿晚上，石大哥跟我说：这年头，要是有个当兵的亲戚在家里晃上半天，准能把门面戳起来，省得街道上老疑惑家里的成分……
石掌柜	（接过话茬儿）马大哥！底下的，让我自个儿说。自个儿说，罪过兴许小点儿……我呢，有个侄子，是菜市场卖鱼的，今年二十五。我让他借身军装，今儿个晌午到我这儿吃顿饭……
大　马	（忍不住扑哧乐了，对马德清）傻帽儿，问你的不是这档子事儿！
马德清 石掌柜	啊？
小媳妇	大马，你少多嘴！马德清，你还有一样东西没拿出来！
马德清	东、东西？什么东西……
小媳妇	再点你一句，五八年，你那个右派儿子临走之前，你嚷嚷着要跟去。你对刘家祥说了一句……还用我往下说吗？
刘家祥	（一直在背着手瞧热闹，一下子明白了）哟！大侄女，您可真是

好记性！（玩世不恭地）马大哥，您是有件东西！您还想蒙混过关？（冲小媳妇一竖大拇指）大侄女，你这回可真逮着大个儿的了！（转身进屋）

马德清　（误会了刘家祥的恶作剧，爆发地）这年头，人都他妈靠不住啊！（气得蹲在地上）

刘家祥　（手里捧着一个杏黄缎子包的小木盒从屋内走出）瞧瞧，马大哥，他们要的是您这点儿宝贝……

小媳妇　大马，接过来！

马德清　（忽地站起身）二妞她爸，咱们这么些年的老交情了，我可真没想到，你这么没骨头！你不仁，我也不义！那天你说：这文化大革命，就仿佛是一家子不打算过了，老大从掌柜的那儿弄来一把切菜刀，老二从掌柜的那儿抽出一根擀面杖。哥俩儿，打！往死了干！不下毒手是孙子……（气得直哆嗦）

刘家祥　（发现弄假成真，也急了）马大哥，马大哥！您怎么啦？我这是跟他们打哈哈，您怎么跟我动真的啦？

马德清　你打哈哈？（抢过包袱，抖抖索索打开）老街坊们都知道，我二叔在宫里当太监，出了宫靠什么过？他从药司里偷了这么一箱子秘方子。轮到我，也是一辈子没有家小，收个养子，成了右派。（指指箱子）我指着它过一辈子！（拿出药方子抖搂着）这都是钱！是我的棺材本儿！

刘家祥　这是怎么话说的。（冲小媳妇）干脆说吧，凭这打子药方子，你能把马德清怎么着？东西是我收的，我兜着！

小媳妇　（毫不示弱）你兜着？就凭刚才马德清揭发的那段话，你自个儿说说，你是什么问题？

大　马　反对文化大革命！现行！

马德清　（冷静下来，开始后悔）我岁数大了，记性不大好。他那天说的，兴许不是这么个意思……

刘家祥　马大哥，您甭后悔。（转对小媳妇，仍是嬉笑怒骂）大侄媳妇，你不就是要寒碜寒碜你刘大叔吗？咱们这么办：我呀，把我这点儿问题，都写在纸上，贴在胡同口。你看怎么样？

小媳妇　（无言可对，对马德清）你先回去！

〔马德清下。

刘家祥 来干脆的！摇头不算点头算！不言声儿就是同意了！就这么办啦！（进屋）

石掌柜 我呢？

〔恰在此时，石掌柜的侄子增福穿着身军装走进院门。

增　福 二叔！忙哪？（见石掌柜不言声，接着往下演）部队战备这么紧张，好不容易才请了半天的假。首长说，你二叔不就是到咱们部队来过的那个老同志吗？人很老实啊。（很不自然地摘下帽子）我婶呢？（擦脑门上的汗）

大　马 （凑过去）您是哪个部队的？

增　福 空司的……

大　马 （嗅了嗅鼻子）我怎么闻着你这身上一股咸鱼味儿呀！海军吧？

〔石嫂猛地冲出屋门。

石　嫂 增福！快跑！他们全知道啦！

小媳妇 往哪儿跑？

大　马 空司的？菜市场卖鱼的！平常卖东西就给小分量，现在又冒充人民解放军！哪儿偷来的这身衣裳？说！

增　福 （冲石掌柜撒气）都是您！尽出幺蛾子。实话都说不利落，偏让我说瞎话。就刚才那几句，昨儿我练了半宿。这两天不是看错了秤，就是找错了钱……

小媳妇 大马，甭跟他耽误工夫！送走，交他们单位处理。

〔增福随大马下。

石　嫂 （骂石掌柜）你比谁都精！好容易过继个儿子，让你给送进去了，怎么跟大哥交代？你说，怎么交代！

小媳妇 大伙儿都看见了。咱们这个院，斗争多复杂！明的、暗的、里边的、外头的……简直是个小"三家村"。（甩手走出院门）

〔刘家祥拿着张大纸条子从屋内走出。

刘家祥 石大哥，您给我听听！（念条）刘家祥，男，五十二岁。平时好打哈哈，解放前差点儿入了"一贯道"，这儿一括弧，听说道徒得吃素，走半道又回来了。一年见不着四两肉，吃素。括弧完了……

444 石掌柜 刘大哥，我这心里闹得做不过主来，您还有心思打哈哈……

〔陈九龄突然出现在院门口。他身穿一套皱皱巴巴的屎黄色裤褂，光着脚穿双矮腰的绿球鞋。

陈九龄　（兴致勃勃，嗓门挺大）师叔！你好啊！师婶！

九嫂子　你，你怎么回来啦？老天爷，你真会挑日子！

刘　嫂　小九，你怎么回来啦？

石掌柜　跑回来的？快去自首！

陈九龄　跑回来的？哪儿的话呢！陈九龄到哪儿都是好样的！离刑满还有一年，往外跑？不干那路傻事！造反派把我们轰回来的！政府都听造反派的，陈九龄不听造反派的？开玩笑！

〔小曹走进院。人们习惯地叫着："小曹""曹所长"。

陈九龄　小曹！怎么着？当所长啦？行啊！你记住了：人哪，到哪儿都光出好心眼儿，别出坏心眼儿。光许别人对不起咱，不许咱对不起别人……

小　曹　小九，你怎么回来的？

陈九龄　造反派轰回来的！这还能冤你吗？那边乱了套了，都轰跑了，不跑不答应。

小　曹　你说的，也许是实话。这么着，你先跟我到派出所照个面儿。咱们这边呢，出函跟新疆那边联系联系，看看怎么回事。在有讯儿之前呢，你得住在拘留所里。

陈九龄　那好说！陈九龄到哪儿都是好样的。

〔陈九龄与小曹正要往外走，小环子脸上一副志得意满的神情，搭讪搭讪地走进院。他上身穿件该洗的灰褂子，下身是条很旧的军裤，配上那顶国防绿的帽子，显得那么不搭调。

小环子　哟？小九！

陈九龄　小环子！

众　人　小环子？

小环子　（转着圈地打量陈九龄）一身屎黄?！怎么着？爷们儿……（看看小曹，明白了）跑出来的！是不是？（戏弄地）无产阶级专政，天罗地网，像个大筛子，哪儿跑？

刘家祥　（不凉不酸的）天罗地网？筛子眼还是大！稍微改改尺寸，就不会让你小子在筛子外头活得这么有滋有味的……

陈九龄　小环子，人哪，得往正道上走。你呀，早晚非犯错误不可……

小　曹　陈九龄，少说两句吧，咱们走吧！

陈九龄　走。（话非说完不可）小环子，你不犯是不犯，只要犯错误，就小不了……

小环子　走啦？不送！有工夫来吧！（乐了）

〔陈九龄随小曹下。

小环子　（不屑一顾）这小子，肚子里都是屎。（转对刘家祥）刘大哥！您哪，这么大岁数，白活！您压根儿就没找准过庙！谁能想到，小环子还会有这步好运？杨半仙要不是死了，我真想让他给我测个字儿……（从裤子兜里掏出个皱皱巴巴的红箍来）您瞜瞜……

刘家祥　你？小环子，就凭你，入了红卫兵？

小环子　（把箍掖进兜里）红卫兵能要我吗？我有前科，屁股上打着记号。我入的是"红外围"。（神采飞扬）刘大哥，我告诉你一本真经：人活着，得自个儿合适！想合适，就免不了出点小错。是这么个理儿不是？可您记住了，咱不往圈儿外头闹！到什么时候，小环子都是内部矛盾。内部矛盾，有人敢挤对，跟他没完！

石掌柜　你今儿个这是……

小环子　我来找小力苯。运动初期，他是我们那儿的工作组。凭他！捏我？小环子是软柿子？姥姥！北大，张承先撤了！我非给他上点儿眼药不可。（冲夹道喊）小力苯！（突然想到，问刘家祥）他媳妇在家吗？

刘家祥　不在。

小环子　不在？不在我先等等。（坐在石家廊子下，跷起腿，点上颗烟）

〔小媳妇左手拎着大牛子的书包，右手拉着大牛子的手，走进院门。

小媳妇　（把大牛子领到刘嫂与九嫂子面前）大牛子，乖！自个儿说！

大牛子　（往后退缩）说什么！我说什么来的？我什么都没说……

小媳妇　乖，刚才你怎么说的？不是你妈让你把线扔护城河里吗？好好的线，为什么扔呢？想当红卫兵就得跟家里划清界限……

大牛子　我背着书包跑到龙潭湖，我老觉着后边有人跟着……我爸爸是国民党兵，我不该帮他们办事……

小媳妇 好！好孩子！哼！对社会上革命小将们的行动，有些人真是心惊肉跳！

九嫂子 我，我不是心惊，我昨儿个着凉了，身上冷……

刘　嫂 这点线，是这些年打线的零头。每回交活，你们合线厂都不收。这本来没什么藏着掖着的……

　　〔小宋肩上扛着那两匹黑布，大马手里掐着一大打子封条走进院门。

大　马 （气势汹汹）石瑞丰！石瑞丰！

石掌柜 （腿开始筛糠）干什么？抄……抄家？

大　马 （对小媳妇）现在就抄吗？

　　〔街外有人大吼一声："闪开喽！"接着水三儿分开围观的人群大步奔进院门。

水三儿 你们干什么？存着两匹布就成了资本家？还有没有王法？告诉你们说，布是我的！有话跟我说！

小媳妇 你的？

小环子 （把烟在鞋底上蹭灭，站起身）哟！这不是"金钩马"吗？还是这么好打不平！你也不翻翻皇历。（凑上去，翻翻布，掸掸手上的土）不错，这布是水三儿的！时传祥是粪霸，你是水霸！这些年，水三儿就没断了往废品站扛布！都是虫咂过的，金鹿牌……

众　人 小环子！你胡呛！

　　〔大马、小宋一下子拧住了水三儿的胳膊。

水三儿 （运足了气，一抖腕子，大吼一声）开！（将大马、小宋甩出去）真动手，你们再搭上俩也不是个儿！（手指着小媳妇）可惜了小力苯，那么厚道个孩子，娶了你这么个混账媳妇！

小环子 （听到小力苯三个字，眯缝起眼睛看看小媳妇，明白了。转身冲夹道里就喊）小力苯！王宝德！王宝德同志！

　　〔小力苯自夹道内走出。

小力苯 小环子？（厌恶地皱起眉头）

小环子 我说在单位找不着你呢，躲家来了。

小力苯 你天天到单位去闹哄，大伙儿都办不了公。工作组的方向路线是错了，可并没把你怎么着啊！

小环子　今儿咱们不谈这个。（义正词严地）今儿我就问你一句话，你到我们废品公司，是搞革命还是搞破鞋？

小力苯　（急了）你满嘴胡呲什么？

小环子　（咬上就不撒嘴）甭装傻充愣！你跟食堂做饭的那个大姑娘，天天谈到夜里两三点。那姑娘长得是不错，可你有家，有爱人！同志，你是国家干部啊！现在怎么办？那姑娘吃东西就恶心，满世界找山里红……

小力苯　（跳到黄河洗不清，气得直喘粗气）你，你……

小媳妇　（奔到小力苯面前）好啊，你……

小力苯　（拍着大腿）没这么回事！没这么回事！

〔小媳妇捂着脸跑进夹道。

小环子　（装傻）这是？这是你爱人？（后悔似的）早知她是你爱人……喷！这事闹的……我也是太气愤……

小力苯　（指着小环子）好！小环子！我算服了你了！你行你行！（转身去追小媳妇）

〔大马、小宋也随着奔进里院。

石掌柜　（凑过去）小环子，真有这事儿？

小环子　（嚓地点着烟）没影的事。我今儿先掰一块让他尝尝……

刘家祥　小环子，你小子合着逮谁咬谁！

石　嫂　报应！该！

〔小曹大步流星地奔进院门。

小　曹　三大爷，老街坊们，快！马大爷挺了！我听了听，好像是痰！痰厥！

水三儿　快去弄个平板三轮！

〔全院的人忙乱地拥到院里，拥出街门。人们吵吵着："快！别耽误了！"同时，从里院传来了小媳妇伤心的哭嚷声："好啊你！小力苯！你这个没良心的东西！"

〔此时，学校楼顶上的高音喇叭响了，正在播送《红旗》杂志1966年第十二期社论。但由于院里一片嘈杂，加上喇叭本身时强时弱的声音，人们仅能断断续续地听出："……这场运动，势必……灵魂深处……问题……破四旧、立四新……"

〔幕落。

第四幕

〔1976年10月8日。晚半天。

〔"四人帮"已经抓起来了，但消息还没在北京城里传开，没有传进小井胡同。就连"四人帮"手下那群人，也都还蒙在鼓里，还在折腾。

〔这个秋天，好像比往年来得早。小井胡同七号。院门口的老椿树过早地枯黄了，落叶在秋风里飘滚，发出哗哗的响声。它那发秃的枝杈，气势险恶地铺压在院子的上方。太阳灰蒙蒙的，云彩像沉重的铅块，像巨大的碾盘从高天压下来，压向小井人们的心头。唐山丰南大地震刚过去俩月，地震使院子的门楼变得残破不全，夹道口的院墙塌出个一米来宽的大口子。房前屋后，随处可见加固山墙用的杉篙。

刘家的东房，塌了一堵大山。几块塑料布和油毡纸凑凑合合地遮挡着风雨。院里的墙壁上，散乱地贴着"人定胜天"的小纸条和花花绿绿的地震知识宣传画。诸如："地震时为什么会喷沙冒水""自然灾害也有两重性"云云。时过境迁，纸条在风中翻卷着一角。

远处，中学大楼的楼壁，裂出道不显眼的长缝子。原来那条竖着刷写的"坚持深入批邓、促进抗震救灾"的大标语，好像是被匆匆忙忙地涂抹了下去，换上了横书的"继承毛主席的遗志，将无产阶级革命事业进行到底"。因前几个字隐在侧幕条里，我们仅能看到标语的后半截。

〔幕启。

〔院子里很静。在廊子下，挂着的一个旧钢精锅盖在风中磕碰着廊柱，发出吱吱嘎嘎的响声。从北屋石家的收音机里，隐隐飘来了杨春霞教唱《杜鹃山》的声音："家住安源萍水头……"半晌，刘家的屋门开了。九嫂子抱着一床新被套和一份叠好的被里被面从屋里走出来，往自己家走去。石嫂胳膊上戴着黑箍，手里提着个点心匣子走进院门。

石　嫂　(迎过去)他九嫂子，你这是……

九嫂子　……我帮刘婶点儿忙，给刘丫头和小妮儿做结婚的被卧……

石　嫂　(猛然地)老天爷！你怎么把箍摘了？

九嫂子　有戴着孝箍帮人办喜事的吗？再说，都一个月了……

石　嫂　今儿个八号！明儿个才一个月呢！没听说，上礼拜花市有一家娶媳妇的，让工人民兵给砸啦！伟大领袖过世不到一个月，娶媳妇，真会挑日子……

九嫂子　刘婶没打算办！就说是旅行结婚。她也是强打精神……(同情地)二妞让他们抓走了，姑爷离婚了，刘大叔的腿又砸折了，住在医院里，您说……

石　嫂　黄鼠狼专咬病鸭子！话说回来，要不是那小姑奶奶冒坏，把防空洞挖在刘嫂屋底下，房子震不倒！我真怕刘嫂有个好歹，这些日子她眼睛老发直。

九嫂子　她主要是想六九！法院把孩子断给了他爸爸，这不是摘了刘婶的心尖子嘛！姑爷办事也绝，一个猛子调回了包头……

〔廊子上的锅盖又在响。石家的屋门哐地被推开了，石掌柜手里拎着个半导体收音机，气丧丧地奔出门。

石　嫂　(接着九嫂子的话茬儿，突然想到)今儿我在五路汽车上，看见陶然亭门口立着个小孩儿，跟小六九长得分毫不差。我心说，能是他吗？

九嫂子　许是您眼花了……

石掌柜　(无名火在心里阴燃着，劈手拽下那个锅盖，扔在煤堆上)弄这么个王八盖子，偏他妈挂这儿吵人！(转对石嫂)你听风就是雨！包头到北京，千数来里地。一个十来岁的孩子……

石　嫂　我没跟你说话！(摸着九嫂怀里的被面)线绨的？照说刘嫂娶儿媳妇，我也该帮点儿忙。可我插不上手，绝户。不像你，全福人儿……

石掌柜　你甭这儿胡嘞嘞！小九给定成畏罪潜逃，至今关在监狱里，他九嫂子算什么全福人儿？(没发现刘家的屋门开了，刘嫂走出屋，还在说)结婚就是喜吗？刘嫂是眼泪泡着心！小妮儿跟刘

丫头插着队，结了婚孩子就扎那儿回不来啦……（一眼看见了
刘嫂，语塞）

石　嫂　（迎上去）刘嫂，大喜……

石掌柜　（也身不由己地凑过去）刘嫂，大喜……（脸上的笑比哭都难看）

刘　嫂　（凄然一笑）同喜，同喜……

石　嫂　刘嫂，您得往宽了想。咱们这孩子，老实。毛主席一挥手，孩子
　　　　们下乡了！几儿毛主席再一挥手，咱们这孩子就回来啦……

石掌柜　你让我说你什么好？净是淡话！（捧着半导体，嘟嘟囔囔地往屋
　　　　里走）毛主席过世都快一个月了……挥手……

　　　　〔九嫂子自觉无趣，抱着被回屋。

石　嫂　（话没说圆，赶紧找辙，举起手里的点心匣子）刘嫂，医院我就
　　　　不去了，我给刘大哥装了个匣子……

刘　嫂　又让您花钱……

石　嫂　说什么呢！仨瓜俩枣的。

刘　嫂　石大哥，您帮我瞧瞧这封信。（从兜里掏出封信）小妮儿上商场
　　　　了，刘丫头换票去了……

石掌柜　（接过信）包头来的！兴许是您那姑爷……

刘　嫂　离了婚了，还算什么姑爷……

石掌柜　（把信打开）刘嫂，是您那姑爷！信上说，六九从二号早上离开
　　　　家，一直没回去！问问上这儿来没有？

刘　嫂　啊！六九？

石　嫂　我说什么来的！我在陶然亭看见那孩子，备不住就是六九！

石掌柜　（不爱听）你又来了！刘嫂，咱们六九，心重。打二妞抓起来，
　　　　孩子神经就有了毛病。他一个人能跑到北京？让我说，先往包头
　　　　挂个长途，问问怎回事……

　　　　〔刘嫂要哭。此时，刘桂芝——小妮儿手里拎着个空网兜走进院门。

小妮儿　妈……

刘　嫂　（抬起头）回来啦！煤油炉呢？

小妮儿　（胆怯地）我没买……妈，您别生气。我们插队这些年，年年家
　　　　里给我们贴钱……能省两个就省两个。人家当地人，多少辈子没
　　　　有煤油炉，也过来了……我跟刘丫头的事，老街坊们吃块糖，就

行了，不用办……

刘　嫂　（固执地）好孩子，依着妈！不给你们预备齐了，我对不住你亲爹亲妈……

〔街门一响，小六九身穿一套很脏的衣服走进了院门。他的口袋里鼓鼓囊囊的，不知塞着些什么东西。

石　嫂　（一眼看见了小六九）六九？

刘　嫂　（惊讶地）六九？

小六九　姥姥！（一下子扑到刘嫂怀里，哭了）

刘　嫂　（心里无限酸楚）好孩子！别哭！（蹲下为小六九擦着眼泪）你怎么跑这儿来啦？

小六九　（一边啜泣着，一边倔强地）我没哭！我才不哭呢！我坐火车来的。一查票，他们就把我轰下去，我就等下一辆，再上来……（不小心，兜里的东西啪地掉在了地上，露出了一副眼镜和一长串钥匙，慌忙地捡拾）

刘　嫂　（捡起眼镜）眼镜？

小六九　……给我妈带来的。我妈判作业离不开这个眼镜……

刘　嫂　这么大串钥匙，干吗使的？

〔小六九一把抓过钥匙，捂在胸前。

石　嫂　六九，刚才你是不是在陶然亭来的？

小六九　（非常惶恐）您怎么知道的？石奶奶，您可别给我说出去！说出去，我就不能救我妈了……

众　人　救你妈？

小六九　（坚定地）救我妈！我妈是好人！我知道监狱在哪儿！陶然亭西边，自新路……（举起那串钥匙）姥姥，我攒了这么些钥匙……

石　嫂　好孩子，别胡说八道！（对刘嫂）瞧孩子脑袋上这汗！虚。瑞丰，快去给孩子沏碗糖水……

〔石掌柜匆匆奔进屋。

石掌柜　（在屋门口）六九，上石爷爷这来！嗨！你把孩子领过来！

〔石嫂领着小六九跟在石掌柜身后走进屋。刘嫂与小妮儿也欲往石家走去。许六手里拎着个中号果筐走进院门。搬离小井十八年了，他已变成年近六旬的老人。

许　六　（内疚、气短、胆怯地）刘嫂……

刘　嫂　许六？你怎么来啦？桂芝，你爸爸来啦。过来，叫，叫啊！这孩子，叫你爸爸！

许　六　（动情地）小妮儿，你哪怕骂爸爸两声呢！别不理爸爸……爸爸窝囊……

小妮儿　您又是偷着来的？

许　六　（从兜里掏出个小纸包）小妮儿，你跟刘丫头结婚，爸爸给你们买了两双袜子，爸爸让你们天天踩在脚底下，心里多少踏实点儿……

小妮儿　（心里也不好受）我听不了您这个……

许　六　爸爸不是不惦记着你。我瞧着，她也有点后悔……（对刘嫂）嫂子，我想跟您商量商量，让小妮儿迁我那边去住几天……

小妮儿　干吗？我不去！

许　六　你听我说呀！（对刘嫂）街面上不少插队的都办回来了。小妮要算我那头的人呢，就成了独生子女，能办困退……那边我都疏通好了，只要这边街道上给盖个戳儿就齐啦……

小妮儿　您甭打这个主意，我一天也不回去！妈，您可不许答应啊！（甩手进屋）

许　六　喷！（无可奈何）耍小孩子脾气！嫂子，（举起手里的果筐）我，我打算在这边儿上点供，可是，我、我不知这话该怎么说……

刘　嫂　许六，为孩子们的事我也走了不少的脑子。可这阵儿，我顾不过来。像你说的那样，先把小妮儿办回来，倒是个办法。小妮儿听我的，你甭急。可有一样，咱们一分钱的供也不上！

〔吴七穿一身很破旧的衣服走进院门。

吴　七　刘嫂。哟！这不是六哥吗？可老没见了！

许　六　可不是！搬走十八九年了。您这是……

吴　七　（苦笑）我是进京上访的。火车站、天坛、马路沿子……四海为家……

刘　嫂　（对吴七）大兄弟！我说话，你可别多心。这阵儿，我也钱紧。可我有粮票！我能接济你！（对屋内喊）桂芝、桂芝！给你吴大叔拿点粮票……

吴　七　（急忙拦阻）别！嫂子！别！今儿个我不是为这个来的……

许　六　你？

吴　七　（从兜里掏出个红纸包，里面装的是钱）刘嫂，不是要娶儿媳妇吗？吴七、吴七给嫂子道喜……吴七不能忘了嫂子……（激动得热泪纵横，鞠了个躬）

刘　嫂　（眼圈红了）大兄弟！大兄弟！（力辞）你可不能这么办！你比我难！你跑遍九城，去给人家崩爆米花儿，拉扯着一群孩子……我帮不上你，心里就够难受的了，你还……（哭了）

吴　七　（抓起刘嫂一只手，塞钱）嫂子，嫂子，别难受……日久见人心！吴七能活过来，全仗着看见了嫂子那片心，看见了老街坊们那片心。这十来年，小井人们的交情，金子都买不来！嫂子你，你眼面前儿是个大坎儿。甭瞒我！刘大哥在医院里，咱们二姐让他们押着……嫂子，你要再不接着，吴七、吴七可给你跪下啦……

石掌柜　（猛地破门而出）刘嫂！收下、收下！收下吧！（激动地拉住许六和吴七的手）两位兄弟，今儿个晚半晌儿都在我这儿！这些日子，石大哥有一肚子的话，要找俩过心的人说说……

吴　七　石大哥，不啦！孩子们在胡同口干活儿呢。改天、改天我必来……
　　　　（告辞出院）
　　　　〔许六被石掌柜拉进屋里。刘嫂手捧着吴七那包用汗水和泪水换来的票子，站在院里发呆。小曹搀扶着年近八旬的滕奶奶走进院门。滕奶奶人还硬朗，但已双目失明。她左手挂着拐杖，右手端着一碗黄澄澄的小米，一边喊着小六九的名字，一边急切地向前摸着。

滕奶奶　是六九回来了吗？

小　曹　您慢点儿，小米洒了！滕奶奶，您别老八板儿了。这一套，不管用……

滕奶奶　（固执地）怎么不管用呢？我不如你们？！孩子就是清明那阵儿吓着的，消消惊就好了……（眼看不见）六九！六九！（喊）凤珍！凤珍！

　刘　嫂　师娘，我在这儿！

滕奶奶　六九呢？水三儿说他瞧见六九进院了……（叫）六九！六九！

　　　　〔石嫂领着小六九从屋内走出。

石　嫂　滕大妈，六九在这儿！

小六九　（扑上去）老祖！

滕奶奶　（双手在小六九的头上摸着）宝贝儿！宝贝儿！老祖的心尖子，
　　　　你可回来了……（手在颤抖）没娘的孩儿（不知怎样疼爱才好，
　　　　一边摸着孩子的脑袋，一边数说着民谣）"胡噜胡噜毛，吓不
　　　　着；胡噜胡噜手，吓不走……"

　　　　〔小曹眼里闪动着晶莹的泪花，走到小六九跟前。他蹲下，细心
　　　　地给孩子扣着胸前的纽扣，手在微微地抖动。

　　　　〔滕奶奶领小六九进屋。小曹心情沉重地走到刘嫂面前。

小　曹　（看看院里没外人，抓起刘嫂的手，把一卷票子塞到了刘嫂手
　　　　里）刘婶，桂芝跟刘丫头结婚，（指指自己的警服）我身份不
　　　　同，正日子就不来了。我呀，就这么点儿意思，十块钱……大
　　　　婶，不许驳我的面子……（话不由己）您拿着这几块钱，我心
　　　　里多少踏实点。大妹妹的事，我使不上劲，老觉着没脸见老街
　　　　坊们……（哭了）

刘　嫂　老曹，别价，别这么说……

　　　　〔小曹突然伏在刘嫂的耳边，小声地叽咕了几句什么。

刘　嫂　（如五雷轰顶）啊！真的？

小　曹　（用力抓住刘嫂的双手）刘婶，刘婶！您可挺住了，您不能……

　　　　〔夹道里传来了小媳妇的咳嗽声。

小　曹　刘婶，我先去了，有事就言声儿。（下）

　　　　〔小媳妇从里院走了出来。十年不见，她比过去更加成熟老练了。

小媳妇　刘婶，听说小六九跑回来啦？一会儿街道要在咱们院开个会，批
　　　　斗反革命分子，您最好给六九挪个地方……

刘　嫂　批斗反革命，孩子碍哪门子事呢？

小媳妇　让您挪呢，就有挪的道理。我一说，您一听。挪不挪，在您……

　　　　〔一辆平板三轮车进了小井胡同，水三儿擦抹着脑门子上的汗
　　　　走进院门。

水三儿　（冲院里粗重地吼叫）过来几个人！搭把手！（说完转身立在院门

口，仿佛在指挥别人搬运什么娇贵的东西）兄弟，慢！慢着！千万别磕在门框上……（不满地埋怨着）啧！真是的！撅着头二年，这点儿事我一个人全包了……（边说边倒退着走进院里）

〔随后，吴七吃力地背着刘家祥迈过门槛儿。许六、石掌柜、小妮儿等听到水三儿的喊声，同时拥到院门口，大伙儿七手八脚地把刘家祥往屋里抬。听到了动静，滕奶奶出现在刘家屋门口。

滕奶奶 谁呀？抬什么呢？

石掌柜 三哥，怎么抬回来了？

水三儿 医院说，没有四百块钱的押金，手术不给做。我说，他是工人，公费医疗。可医院说，厂子里早递过话去了，刘家祥不算工伤，工资也不发！

刘　嫂 凭什么？

滕奶奶 家祥那伤口都化了脓，再耽误就残废了……

小媳妇 （不卑不亢）是这么回事：电车公司上街道来过了，我们没添枝没加叶，实事求是地反映了情况。天安门事件那几天，刘家祥，一天不拉，搁下饭碗就奔广场，他拐拉的小井多少人去闹事？！就说刘婶您，还不是从过小年就往纪念碑端饺子！不错，刘家祥的腿是地震砸折的。明说了吧，他要是腿不折，照样抓起来！

刘　嫂 没钱，不能治病……连工资都不发，还让不让人活？

小媳妇 新社会不会饿死一个人！你不是还在粘苍蝇拍吗？

刘　嫂 可你们街道把我的苍蝇拍给掐了……

小媳妇 不是让你改锁扣眼了吗？

刘　嫂 你明明知道我的眼睛不好，偏偏这阵儿给我换活儿……

〔防震指挥部的大喇叭突然响了起来，喇叭里播放的是当时最流行的那首"反潮流"的曲子。

〔工人民兵大马手里举着个半导体喇叭从院门口走过。

大　马 各居民小组注意！各居民小组注意！批斗反革命分子大会改在小井七号院里举行。各向阳院赶快把人组织好！请赶快把人组织好！

小媳妇 （冷笑一声）你有困难？（脸对刘嫂，眼瞄着吴七）你不是还有粮票供着上访的人吃吗？（转身进里院）

〔许六提着果筐想跟进夹道。

吴　七　（一把拦住许六）许大哥，咱们真就栽在她手里？不能给她递软
　　　　话儿！

许　六　（轻轻拂开吴七的手）吴大哥，为了孩子，我，我不要脸了……
　　　　（走进夹道）

〔大牛子飞似的奔进院门。

大牛子　妈！妈！刘奶奶、刘奶奶！我听说，批斗大会，批斗的是我二
　　　　姑……

滕奶奶　啊？是二妞！

九嫂子　谁说的？

大牛子　胡同里都嚷嚷动了！都这么说。

刘　嫂　娘，是这么回事。刚才，小曹都……都跟我说了！

滕奶奶　（怒发冲冠）他们知道家祥躺在炕上，知道刘丫头要成家，可他
　　　　们偏到你眼面前儿来斗你的孩子。他们的心不是肉长的！他们是
　　　　从石头缝里蹦出来的！

〔此时，刘家的屋门吱的一声开了，小六九站在屋门口，像大人
　　　　一样神情严峻地望着人们。泪水在孩子的眼眶里浮动着。刘嫂突
　　　　然伏在滕奶奶的肩头哭了起来。

滕奶奶　凤珍，甭哭！哭不是能耐！（自己早已老泪纵横）哭不能把他们
　　　　的心哭善喽！我这眼睛就是这几年掉泪掉瞎的……咱们家祥，多
　　　　么老实巴交的工人！二妞，走道连个蚂蚁都不愿踩；小六九，才
　　　　多大点儿呀，让他们给吓出毛病来了……挤对急了，我，我什么
　　　　都干得出来……

〔突然，从刘家屋里传出了一个老爷们儿呜呜的哭声。啊，是刘
　　　　家祥！这个一向善良、幽默的汉子终于痛哭失声了。一种无限的
　　　　惶恐猛地袭上了刘嫂的心。

刘　嫂　（一下子抱住了滕奶奶的胳膊，喊了起来）师娘！师娘！我心里
　　　　没主心骨了！一会儿他们就把二妞押来啦！不能让二妞看见六九
　　　　啊！儿是娘的心头肉，二妞要是看见六九这样……

滕奶奶　（急了）水三儿！水三儿！你领着六九躲躲这儿！让六九跟咱们
　　　　娘俩走！

457

水三儿 （从屋门口领过小六九）六九，好孩子，跟三爷去吧，三爷那儿有小人书……

小六九 （看到了水三儿眼角的泪花）三爷，你哭啦？

水三儿 （低下头）没有。三爷长这么大，没掉过一个眼泪……

小六九 我姥爷说，三爷是滕老祖的徒弟，是铁汉子……

水三儿 （抬起头）三爷是铁汉子！六九跟三爷在一块儿，谁要敢动六九一根汗毛，三爷就把这一罐子血倒给他们……

滕奶奶 凤珍！凤珍！钱，你甭上愁，我去操持。为了给家祥治腿，我、我得舍出我这老面子！你可别笑话师娘……

水三儿 （急了）娘，您要干吗？用不着您，有大伙儿呢！您要再有个好歹，水三儿……（难过得说不下去了）

滕奶奶 娘能干什么？娘打算……娘的主意拿定了！（决绝地）水三儿，领好了六九，你扶着我，走！

〔人们簇拥着滕奶奶、水三儿、小六九走出院门。

〔许六提着果筐，低着头走出夹道。

石掌柜 （迎上去）怎么着？不行？！

〔许六摇了摇头。石掌柜劈手夺过果筐扔在廊子上。

石掌柜 （咬牙切齿地）丫头养的，不让人过了！（背着手，像狼似的在原地转着圈，想主意，一眼看见了大牛子，眼睛一亮）大牛子，你过来！

〔大牛子凑了过来。

石掌柜 你那天说，有几个朋友分到火葬场啦？

大牛子 （点头）啊。

石掌柜 你跟他们过得着吗？

大牛子 过得着！铁哥们儿！

石掌柜 （一把抓住大牛子的手）你屋来，我跟你说个事！（又拉起许六）你也来！

〔石掌柜、许六、大牛子三人走进北屋。

〔院里仅剩下吴七、刘嫂、石嫂、九嫂子。

石　嫂 刘嫂，我看咱们干脆把街门锁上，全走！给他来个空城计……

刘　嫂 （摇摇头）不，不，我得看看我们二妞。

〔喇叭里"反潮流"的曲子更加起劲地演奏着。大马的半导体喇叭又在哇哇地响。胡同里传来了嘟嘟的口哨声和"开会喽！开会喽！"的喊声。人们纷纷拥出屋门。

刘　嫂　（一把抓住小妮儿和九嫂子的手，急切地）孩子们，当着那些人的面儿谁也不许掉眼泪！听见了吗？（决绝地抹了抹眼角，下了决心）

〔石掌柜对大牛子咬着耳朵，送大牛子出了街门。小媳妇听到了哨声，从里院走了出来。民警甲和大马以及小曹押着二妞走进院门。院里一片宁静。

二　妞　（走到刘嫂面前）妈！

刘　嫂　二妞，你要是妈的儿，不许掉眼泪儿！

二　妞　我记住了。妈，六九呢？

刘　嫂　你奶奶抱走了。

二　妞　奶奶好吗？

刘　嫂　好……

二　妞　妈，有一句话，您得告诉六九：他妈不是反革命！也别让他埋怨他爸爸，他跟我离婚，是没法子……

石　嫂　二妞，妞子……（动了感情）你瞅，你往四下里瞅瞅！老街坊们，哪个人眼角不是潮乎乎的！你把脑袋抬高点儿！不丢人，孩子！走到这步，不丢人！小井的老街坊们知道你……

〔一片宁静之中，突然从街上传来了一个老人撕人心肺的喊声。啊，是滕奶奶！老人的喊声嘶哑、急切，悲壮！像惊雷炸响在小井胡同的上空："老街坊们！小井胡同的老街坊们……"滕奶奶跌跌撞撞地摸到了院门口，只见她的满头银发被风吹散开，飘动着。她右手拄着拐杖，左手端着个竹篾子，颤抖着手臂，用拐杖探摸着走进院门。

〔所有在场的人都被惊呆了，院里死一样的静。

滕奶奶　（站在院门口）老街坊们！小井胡同的老街坊们！刘家祥的腿砸折了，刘家祥的姑娘为悼念周总理让他们抓走了！刘家、刘家揭不开锅了！老街坊们！看在滕奶奶的老面子上，帮刘家迈过这个坎儿吧！

〔人们瞠目结舌，在死一样的沉静中，只能听到低低的啜泣声。

滕奶奶 （自语）没人？怎没人言声儿？

〔二妞刚要叫"奶奶"，刘嫂一把捂住了她的嘴。刘嫂擦擦眼角，轻轻地走到滕奶奶面前。掏出小曹和吴七送来的红纸包，放在了滕奶奶的竹篦子里。接着从口袋里摸出仅有的几个"钢镚儿"撒在篦子里。在令人窒息的沉静中，只有"钢镚儿"落下的清脆响声。

滕奶奶 你是谁？怎不吭声？全小井没有我不认识的人，你是谁？（手在竹篦子里一摸，一惊）你给这么多？（扔开拐杖，一只手在刘嫂的头上摸着、摸着）你是谁家的媳妇？好孩子，你能活一百岁。我替刘家祥、替刘家祥一家、替我们小六九给你磕个头……（扑通一声跪在了地上）

众 人 （再也控制不住了，齐叫）滕奶奶！

刘 嫂 （凄楚地）师娘！（跪在滕奶奶面前）

滕奶奶 （震惊）啊?！你是凤珍！（手中的竹篦子哗地扣在了地上，内疚地）凤珍，别埋怨娘！娘知道你脸皮儿薄，我是怕家祥的腿……

〔水三儿疾步奔进院门，慌忙去搀扶滕奶奶。

水三儿 妈！妈！您别这样！您这样让大伙儿心里过意不去……

〔九嫂子把竹篦子捡起；石掌柜、许六、小曹，甚至大马都把口袋中的钱放在了竹篦子里；小力苯走上前，也往篦子里搁钱。

滕奶奶 （回绝水三儿）你甭管！他九嫂子，你扶着我走！

〔九嫂子拗不过滕奶奶，扶她出门。街面上重又传来了滕奶奶悲怆的喊声。

小媳妇 这会，不能开了。（对民警甲）请你们先把人押走。

〔此时，小六九疯了似的奔进院门。

小六九 （狂叫着）妈！妈！我是六九！（扑了上来）

二 妞 六九，妈在这儿。妈想抱抱你……（想抱小六九，但手上戴着铐子）

水三儿 （先是惊呆了，旋即明白过来。抱起小六九，凑到二妞面前）亲！六九！亲亲你妈！

〔小六九的小嘴在二妞的脸上用力地吻着。

小六九　（举起手中的眼镜）妈，您的眼镜，判作业时得使。（接着，伏在母亲的耳边，小声地诉说着什么）

二　妞　（惊慌地）别！好孩子！别！听妈的话，不能那样……

民警甲　（心情沉重地）走吧！

小六九　（突然用力抱住了民警甲的两只胳膊，大声喊着）妈，快跑！你快跑！

〔民警甲并不挣脱，仅是同情地看着孩子。

二　妞　六九！听话！快撒开！等着妈，妈早晚会回来！

〔小六九困惑地撒开了手，扑在水三儿怀里哭了。

民警甲　（仍是沉重地重复着）走吧……

〔二妞被民警甲押走。水三儿领着小六九追出院门。小媳妇转身想往里院走，吴七几步追上。

吴　七　（指着小媳妇的鼻子）明说了吧！你就是为了要占我那几间房，才把我撵走的。这阵儿，你的侄子还住在那儿。我要告你！一辈子告你！我崩爆米花跑遍北京城，我有嘴……

小媳妇　（刻毒地）我真后悔！当初借着那个乱劲儿，我应该把你们都轰走！

〔胡同里突然传来了汽车喇叭声。一个二十多岁的棒小伙子，耳朵上夹着根过滤嘴烟卷，一边退着步，一边扬着手臂指挥着："倒！倒！倒！好咧！"汽车刹车声传来的同时，一辆车上漆着蓝白道的火葬场运尸车停在院门外。接着指挥倒车的小伙子和另两个膀大腰圆的年轻人，大步走进院门。

小伙子甲　（从兜里掏出一个卷了边的破脏本，翻动着，嗓门像大喇叭似的）这儿是小井胡同七号吗？

石掌柜　（迎上）七号，不错，您哪！你们是……

小伙子乙　火葬场的。（大拇指往后一跷）拉尸车！

小伙子甲　（仍是低着头翻本）谁叫王宝德？

小力笨　（疑疑惑惑地）我，我叫王宝德……

小伙子甲　你给火葬场打的电话？

小力笨　没有啊！我们没死人，打的哪门子电话呢？

小伙子甲　你媳妇周淑英在哪儿？

小媳妇　我就是……

小伙子甲　你就是？（打量着）怎么又站起来啦？（大拇指往身后一跷）上车吧！

小媳妇　我凭什么上车？我没死！

小力苯　这是怎么话儿说的……

小伙子乙　（一把抓住了小媳妇的脖领子）没死人，你们打电话叫车……

小伙子甲　（逼到小媳妇面前）甭废话！你叫周淑英不是？拉的就是你！上车！

小伙子丙　（跟上）甭跟她啰唆！死活拉她走！

小力苯　这几位同志，我们确实没打过电话……

小伙子甲　（斩钉截铁）不可能！（拍着小脏本）胡同、门牌、性别、人名都没错儿！

小伙子乙　跟火葬场开玩笑？没门儿！（指着小媳妇的鼻子）我们这车，没跑过空趟儿！油钱、工钱，哪儿出？是死是活得拉回去一个！多少正经死者拉不过来，你们这儿拿人涮着玩儿！

小力苯　这几位同志，这么办：该多少钱，我们出！我们交钱还不成吗？你们几位受累了……

小伙子甲　交钱？噢，不拉你们的人收你们的钱，那还叫为人民服务吗？有话，跟我们头儿去说！（吼叫）上车！

小伙子乙　（指着小媳妇）早就听说你在这片儿顶霸道。告诉你，逢年过节就来拉你！哥儿几个，起！

〔小伙子甲、乙、丙七手八脚地把小媳妇架了起来。小媳妇喊叫着、挣扎着，但毕竟拧不过几个大小伙子。

小力苯　（追到小媳妇面前）我倒霉就倒在你身上！这些年，我算看透了你，你真不是东西！你把老街坊们都给我得罪了！（一甩手）拉走吧！拉走！我不管了！咱们离婚！（气哼哼地走进里院）

〔火葬场的车响着喇叭开出了小井胡同。

〔石掌柜点上颗烟，眯缝着眼睛望着移过街门口的车身。

吴　七　（对许六）许大哥，小井真出了高人啦！这回，非把她撂高粱地里不可！

　许　六　你说，咱们怎么就想不到呢？

〔大牛子十分激动地跑进院门。

大牛子 石爷爷！石爷爷！（神秘地）听说了吗？（强制住自己，伏到石掌柜耳边轻声诉说着）

〔石掌柜脸上出现了异乎寻常的激动，嘴角的肌肉在抽动。人们从中看出，大牛子带来了令人震惊的喜讯。

〔大牛子伏在水三儿的耳边诉说着。

〔小井人民，一传俩，俩传仨……到处是叽叽喳喳的耳语声。

石掌柜 （声音在发抖）大牛子，你说的，是真的？

大牛子 那还有假！您听！

〔远方隐隐约约传来了爆竹声、锣鼓声和口号声。鞭炮声、锣鼓声越来越响，越来越响……

石掌柜 （眼眶中忽地涌出了泪水，大喊一声）大牛子，给石爷爷打酒去！

〔刘家的屋门哗地被推开了，刘家祥拖着一只断腿，倚在门框上。他先是想笑，脸上的肌肉抽动着，抽动着，但最后却呜呜地哭了起来。

刘家祥 （边哭边喊叫着）三哥！三哥……

水三儿
许　六　（几乎同时喊道）大牛子！去！给爷爷们打酒去！
吴　七

〔锣鼓与鞭炮声响彻云霄。大杂院里的人们沉浸在一种远涉苦海，爬上堤岸的狂喜之中。

〔幕落。

第五幕

〔1980年夏末。黄昏。小井胡同居民委员会改选后的第三天。

〔落日的余晖给整个小井胡同染上一层橘红。白天热了一天，这会儿刚刚凉快下来。晚饭之后，手脚勤快的人把凉水泼洒在街面上。胡同显得干净，清爽。忙碌了一天的人们，手提着马扎、板凳，陆陆续续地走出街门，坐在树荫凉里聊天、解乏。表面看，人们今天的心情像往常一样平静，其实都在惦记着居委会改选的命运……

胡同比第一幕时顺眼多了，柏油小路代替了坑坑洼洼的土路，加之地震震坏的院墙与门楼早已经过修缮，看着很齐整，但又让人感到胡同显得窄了，上山下乡的孩子们差不离都办回来了，屋子不够住，房前屋后不得不往外接吗？是窄了。"魏宅"的后门早已堵死。

七号院里，高矮不一地新竖起几根电视天线。讲究的，用的是那种多单元抗干扰的线组；凑合的，用根钢筋窝成个不封闭的扁圆。顶不顺眼的，是五十年代残留下来的一份矿石收音机的天线——一根竹竿子上捆着个破旧的铁笊篱，竖在半空。人们好像有意保留它，以记载时代的变迁。

从南口飘来了电吉他和琵琶齐奏的流行乐曲。典型的时髦西洋乐器和古老的中国民族乐器合奏，显得不大搭调。但曲子很轻松，没有让人不舒服的感觉。北口，早年间的小市，如今变成了新辟的自由市场，嗡嗡的人声从那里隐隐传来。背着口袋、提着秤的、挎着鸡蛋篮子的农民，偶尔吆喝着从胡同里走过。整个气氛，让人感到一种苦斗后的安闲与疲乏！

〔幕启。

〔年过花甲的水三儿与孙子辈的大牛子坐在电线杆子跟前的路灯下，守着个棋盘正在鏖战。水三儿一边轻轻哼唱着《空城计》，一边有板有眼地摔打着手中的棋子。石掌柜手捧着半导体收音机，眯缝着眼睛靠在帆布躺椅里，正在欣赏刘兰芳的《岳飞传》。今天播讲的段子是"东窗下秦桧夫妻设计，风波亭岳飞父子归神"。石掌柜身边的小凳上，放着个茶杯。刘家祥穿着双拖鞋，胳肢窝里夹着张小报，左手提着个马扎儿，右手端着个茶缸子走出院门。收音机里的《岳飞传》告一段落，女播音员的声音："传统评书《岳飞传》，今天就播讲到这里……"

石掌柜　（啪地闭掉了收音机，睁开眼睛往四下里一撒眸，一眼看到了刘家祥）刘大哥！刘大哥，（欠起身）这朝里要是出了奸臣哪，你再有能耐的人，也施展不开！（指着收音机）听着这段书，我心里堵得慌……

刘家祥　（坐在马扎儿上）那还用说嘛！到什么时候，奸臣当道也太平不了。您甭说这么大个国家，小井小不小？（伸出小拇指）出了这么个……"四人帮"那阵儿，好劲！

石掌柜　刘大哥，说真的，我真想给咱们政府写封信！叫他们上边琢磨个主意，立个章法，让有能耐的人都施展开喽！中国，有的是能人……

刘家祥　是要改章程！（举起手里的《参考消息》）您瞧！您瞧这小报上！石油部长给撸了！

〔吴七右手托着二斤切面，左手拿着个"老头乐"，挠着后脊梁，从南口走来。

吴　七　（接过话茬儿）撸得好！瞧这劲头，上边这回下狠茬子啦！要不怎么连居委会都让大伙儿选举了呢……

石掌柜　吴大哥，您坐这儿。（端起杯子，递过小凳）我这正想找俩过心的人掂对掂对。（凑过去，小声地）您给我个底，这回（伸出小拇指）她这个主任，真能下了驾吗？

刘家祥　（满不在乎）真是的！您有什么不托底的？大伙儿选的！噢，选了不算？合着拿大伙儿耍着玩儿？那还叫什么民主啊！

石掌柜　（脑袋摇得拨浪鼓似的）刘大哥，我截您一句。这事儿，（斩钉截铁）难说！三天了，上头为什么还不批呢？我再问您一句：要不是老曹在这儿亲自坐镇，选举不得泡了汤？刘嫂，就凭刘嫂能上得去？吴大哥，有这么一说没有？

吴　七　不批下来，心里老是个事。改章程，就得喊哩喀嚓！我这心里都急得慌。闹了这么些年，老百姓总算看见了奔头。可选个居委会还这么费劲！

〔此时，下棋的水三儿与大牛子的争吵声打断了人们的话茬儿。

水三儿　拔招儿是不是？搁那儿！臭大粪……

大牛子　（嬉皮笑脸地）三爷，缓一步，就缓一步！明车暗马偷吃炮，您踩着我车！

水三儿　（乐了）这小子！（搁下棋子儿，凑过来）吴七，甭那犯嘀咕！不是"四人帮"那阵儿了！小媳妇，她捣不了蛋！不是七点开会吗？老曹一到就全明白了。

〔小环子手里平端着杆秤，秤盘子里满满一下子羊肉，从自由市场来。

小环子　（凑到水三儿面前）三叔，就剩这点儿了。瞧见没有：大三叉儿、小三叉儿、横档儿。涮着吃，没治了！我给您切好了，五吋盘，两头冒……

石掌柜　吃涮锅子得秋后。这阵儿涮出来跟棉花套子似的，纯粹吃那点儿佐料了……

水三儿　（有意吓唬）小环子，这程子你可够忙活的。告诉你说，悠着点劲！备不住哪天又拉资本主义尾巴……

小环子　（比谁都明白）您还真别拿实话当瞎话说，政策说变就变，我是见好就收！听说了吗？（伸出小拇指）她下来了，可老曹，老曹要调走！贬到天堂河，看犯人……

众　人　（大惊）啊？真的？

小环子　信不信在您！这半年，小环子没说过瞎话！

刘家祥　她，就这么大道行？生能把老曹搬走？

〔石掌柜突然使劲咳嗽了一声，大家都停住了口。小媳妇领着个土里土气的梨贩子从南边走来。梨贩子肩上搭着个粗布口袋，眼睛乐成了一条缝。

小媳妇　（亲昵地）甭用开条，到那儿就说是我让您来的，他必得安排您住下，省得您去蹲澡堂子。（手往前一指）过了马路，离您刚才卖梨的地方几步道儿。记住了，叫小桥旅店……

梨贩子　大侄女，我那点儿梨，成色是差点儿劲。不行你就给落个价儿……

小媳妇　二叔，一个子儿不落，我也能给您打发出去！刚才我都跟街坊们说了……（一抬头看见了水三儿诸人，略显紧张，低下头走了）

〔梨贩子往北口走去。

吴　七　瞧瞧！还是那么神气，弄点儿破梨，胡同里一喊，谁敢不买！谁敢？我想起老年间撒片子来了……

小环子　瞧见了吧？心里不像有病的样儿！得，回见！（下）

刘家祥　他妈的，这小子说的是真的？

水三儿　你真是的！小环子，撒尿和泥的主，能听他的！（伸出小拇指）别看她挺着胸脯，今儿她不敢看我这俩眼！犯蔫！老曹她搬不动！

〔人们心里都是疑疑惑惑的。刘嫂与九嫂子抬着个二屉桌，从院里走出。

水三儿 （开玩笑）怎么着，主任升堂了？

大牛子 （喊）升堂喽！

九嫂子 （啪的一巴掌打在大牛子脊梁上）别这儿没大没小的！滚！

〔大牛子拉着水三儿又去下棋。

吴　七 嫂子，您什么时候升堂，头一道官司可就是我。我户口回来了，可我的房，小媳妇的侄子搬走了，她又住了进去……

刘　嫂 我这衙门，比芥菜籽儿都小。大兄弟，平心说，我真有点儿打怵……

刘家祥 （不爱听）又来了不是，大伙儿这是给脸！

刘　嫂 你甭又窜辕子！小媳妇上下都有人。

刘家祥 （打断）有人！有人！不是"四人帮"那阵儿了！（正为老曹调走的事儿烦恼，真动了气）今儿个我生日，她偏得让你不痛快。这是怎么话说的……

刘　嫂 我又没说不干。得，您是大爷……

吴　七 嫂子，您还真不能含糊！昨儿许六跟我说，小媳妇跑春喜那儿去了一趟，撺掇着春喜跟您来要小妮儿……

石掌柜 早不闹晚不闹，偏拣这日子口儿。为选举她真下了功夫了……

〔石嫂手里拿个竹篦子走出门，想从石掌柜身后溜过去。

石掌柜 干吗去？你！

石　嫂 （自知理亏，站住了）主任的一个本家，弄来点儿梨，市场上没卖出去……

刘家祥 那叫梨？枣儿似的，还三毛钱一斤？

吴　七 嫂子，您真让她欺负住了。（把切面搁小凳上，站起）您怎那么怕她？

石　嫂 不是那么说，吴大哥，免气！电视机咱们都买得起，还在乎这俩钱吗？哪怕买来就倒土筐里呢！免气……

刘家祥 您哪！横是听说选举没批下来，心里打鼓？（"将军"）石大哥长这么大，可没见他怕过谁。

石掌柜 （见坡就下）回去！今儿你要买了这点儿梨，我就把电视机砸喽！

九嫂子　石婶！（伸出小拇指）她都下台了，您还有什么不踏实的？（感慨地）这些年，我这心老提溜到嗓子眼儿上。一到过年过节，她必领着人来查户口！明明什么也查不着，成心给你添堵……

石　嫂　你们都知道什么？老曹……唉！

　　　　　〔陈九龄穿着一身屎黄色的衣裤由南口走来。十多年不见，他并不见老，只是显得黑了。

陈九龄　（拍拍大牛子的肩膀）同志，打听个人——大牛子家在这儿住吗？

大牛子　（头都不抬，拨拉开肩上的手）别大牛子、大牛子的！你是他什么人？

陈九龄　我是他爸爸！

大牛子　（起身）你是他爸爸？我就是大牛子！大牛子没你这么个土鳖爸爸！玩儿去！

陈九龄　嘀！这小子嫌他爸爸寒碜！他妈的，儿不嫌母丑，狗不嫌家贫……

石掌柜　小九？你是小九？

陈九龄　您是……（一眼认出）师叔！哎哟！师叔，可想死我喽……（哭了）

石掌柜　你这回，不是造反派轰回来的吧？

　　　　　〔大牛子见状匆匆跑到九嫂子身边。

陈九龄　（擤了擤鼻涕，仍是那么爱说）师叔、师婶，十五年！溜溜十五年！您猜把我弄哪去了？新疆，新疆还得奔西！好，我那个劳改队长，大个子，脾气暴。可您记住了，陈九龄到哪儿都是好样的！种菜，一睁眼，菜秧都冻死了，陈九龄栽啦？什么话呢！活泥，捏成小窝头。（连说带比画）老阳儿一下山，一棵小苗扣一个，嗨……到我走那天，大个子队长捏眼儿了……

九嫂子　你这个半膘子！（搀起陈九龄的胳膊就往院里拉）

陈九龄　哎！哎？噢，这是大牛子他妈。

　　　　　〔陈九龄夫妇及大牛子进院。人们也纷纷往里拥。春喜手里提着个点心匣子跟在许六身后从北口走来。二十多年不见，春喜也已变成五十多岁的老太太。当她看到老街坊们时，犹豫了。

许　六　……走啊！刚才不是说得好好的吗？

石　嫂　你？春喜！（不记旧仇，冲着院里喊）刘嫂、刘嫂，春喜来啦！春喜来啦！

刘家祥　春喜！你，你，亲家母，您怎么有工夫来啦？

〔刘嫂、九嫂子和小妮儿闻声出院。

春　喜　……来看看老街坊们……刘嫂，当初，我真不该……我想我们小妮儿……我受不了了……（心酸，掉眼泪）

刘　嫂　（拉着春喜的手）春喜，这就是小妮儿！她跟刘丫头都办回来啦！小妮儿，过来！叫——（命令地）叫妈！

〔小妮儿低下头，不言声。

春　喜　小妮儿，好孩子，妈对不起你。这些年，我一直想来，可老觉着没脸来。今儿个，当着大伙儿的面儿，你叫我一声，脆脆当当地叫我一声妈！我就是马上死喽，也合上眼了……

小妮儿　……妈！

春　喜　唉，好孩子。许六，咱们走吧！

刘家祥
刘　嫂　（死命相拦）别走啊！大老远来了，哪能走啊！

石　嫂　春喜，别走。我这个人，刀子嘴、豆腐心。小妮儿一叫你妈，我这鼻子特别酸。老街坊了，那阵儿干吗你咬我，我咬你的？也赖我……

春　喜　石嫂！这些年，也说不清赖谁，就像做了场梦。就觉着这浑身上下，乏，乏透了……刘嫂，听说了吗？前儿小媳妇抽冷子跑我那儿去一趟，告诉说："刘家大姑娘、大儿子都起来了，她凭什么拢着小妮儿不撒手？告她！"

石掌柜　他六嫂子，您可别上当，她这是挑事！

春　喜　石大哥，您甭说我也清楚。她是什么东西？暴发户！

刘家祥　亲家母，屋里坐！咱们屋里说……

〔二妞拿着张报纸从南口走来。

二　妞　（一眼看见了吴七）吴大爷，吴大妈可在家门口骂您哪："老不死的，这儿等面下锅，他不定又哪儿哨去了。"

吴　七　（慌忙抄起小凳上的切面）干了！我把这茬儿给忘了……（匆匆

奔下）

石掌柜　六九呢？

二　妞　让他奶奶接走了……

石　嫂　二姐，赶紧复婚，结了。他顶大个老爷儿们，三回五回地说软话。你呀，见好就收，还押个什么劲儿……

二　妞　我都不急，您急什么？再押他两天，正好是离婚四周年，明白了吧！（举起报纸）差点儿把大事给忘了！爸爸，报上把小井的事登出来了。（指着报纸）《小井居委会的改选说明了什么》。

　　　　〔所有在场的人都围了上来。

刘家祥　真的？上头怎么说的？念念！

二　妞　说小井居委会是个彻头彻尾的假典型……马德清马大爷的死，居委会有责任；还说陈九龄确实是造反派轰回来的，居委会却给监管部门写信，说他潜逃来京后，破坏小井的文化大革命……（手在报纸上挪动着）这儿、这儿讲到了吴大爷的房子，报上说："几乎这届居委会所有的干部，都乘着混乱挤占了别人的好房……"

石掌柜　好！痛快！痛快！

二　妞　特别是这段：（念）"小井居民渴望已久的民主选举终于实现了，但是，选举结果至今尚未得到有关方面的承认。小井居民正焦灼地期待着……"

刘家祥　这篇稿子是谁写的？

二　妞　落款是两人：一个叫马保国，一个是本报通讯员肖立本。（小声地）我听人说，肖力本就是小力笨。

众　人　真的吗？

二　妞　您听这音儿呀！肖力本，小力笨……

刘家祥　小力笨真是个好人！有共产党的味儿。

石　嫂　那个马什么国是谁呢？听着耳熟……

石掌柜　马保国，嗯！（突然想起）七十儿！马德清的儿子！

刘家祥　能是他？

石掌柜　没错儿。落实政策回到报社当了记者，就是他！

470　　刘家祥　噢！想起来了！有这么一说。前几天不就是他在五号开了几个座谈会吗?(感慨地)那人受了这些年挤对,还是这么耿直……

二　妞　爸爸,我听街面上都在嚷嚷,说老曹要调走!是真的吗?

〔人们的心里咯噔一下子,谁也不再说话。沉静,只有电吉他和琵琶的弹奏声隐隐飘来。恰在此时,收音机里传来了嘟嘟的报时的钟声——7点了。北京站叮咚的钟声又在小井的上空隐约飘荡着。远处传来了吴七的吆喝声:"开会喽!开会喽!"几乎所有刚才出现过的人都凑到了这片小空场上。他们拿着小凳、马扎,来倾听小井居委会改选的最后结果。吴七手里拎个马扎,喜气洋洋地奔上。

吴　七　老曹来了!老曹来了!诸位,老曹是要调走了,可不是受贬,是提拔了!提到局里当科长啦!(突然捂住脸哭了)

众　人　(惊喜地)是吗?

水三儿　我说什么来的,好人总得有个好报!

〔小曹手里提着一包点心,带着无限惜别的心情从北口走来。

石掌柜
水三儿
刘家祥　(同时迎上去)老曹!老曹!怎么着?听说真要把您调局里去?
吴　七

小　曹　三大爷、石大爷,我就是来跟老街坊们告别来了……(深情地望着小井胡同,望着朝夕相处的老街坊们)当年,来小井那阵儿,大伙儿都叫我小曹。可不是吗?那阵儿,我才这么高!哪个婶子、大嫂没给小曹补过袜子、拆过棉袄?滕奶奶把我当成亲孙子,吃口什么差样的,都得给我留点儿。可小曹给大伙儿干什么了……(眼圈红了)

刘　嫂　老曹,别这么说。

小　曹　二十多年了,越处越跟老街坊们过心。上哪儿找小井这样的老街坊去!人这么好,心这么善!(激动得哭了)

〔大伙儿也哭了。

刘家祥　小曹,你什么样,大伙儿心里清楚。调到局里,是好事!是大喜事!小井这片儿不还是你管吗?老街坊们再舍不得让你走,也得高高兴兴地送你走!

众　人　对!

小　曹　小曹惹大伙儿伤心啦!（破涕为笑）咱们再说点儿高兴的事儿。居委会改选的事儿,上边有了回话了!（大声）支持咱们的民主选举!打今儿个起,刘大婶就是咱们小井居委会的主任了!

〔众人鼓掌。

刘　嫂　老曹,大婶本来还想靠你一把呢……

小　曹　靠大伙儿!靠老街坊们!大婶,看出来了吧!甭说一个国家,就咱们小井这么个小胡同,每往前挪一步,都不容易!可越是这样,咱们越得往前奔!

吴　七　嫂子!老主任了,不能含糊,干!

石掌柜　刘嫂,干!大伙儿给您戳着!

刘　嫂　干!冲大伙儿,我干!

小　曹　老街坊们,大爷、大婶们,回见了……我有工夫就回来看大伙儿。（举起手里的点心包）我得去看看滕奶奶……

九嫂子　（看到了走来的滕奶奶）老曹,您看!滕奶奶来了,滕奶奶看老曹来了!

〔滕奶奶,这块小井胡同历史的碑石,眼睛虽说看不见,但身板仍是那么硬朗。她手拄着拐杖疾步走来。

滕奶奶　（急切地）凤珍!凤珍!是说小曹要走吗?小曹在哪儿?曹儿!小曹!（扔掉拐杖,两手往前摸了过来）

小　曹　（慌忙迎上去）滕奶奶,滕奶奶,我在这儿!这儿!

滕奶奶　小曹,好孩子,奶奶真舍不得让你走啊!（一下子伏在了小曹的胸膛上）

〔刹那间,小空场上变得那样静。从南口传来电吉他和琵琶合奏的中国古典乐曲,叩击着小井胡同人们的心灵。

滕奶奶　（抬起头）孩子,当了官儿,可别忘了奶奶,别忘了小井的老街坊们……

小　曹　奶奶,您放心吧……

滕奶奶　咱们北京人的老规矩,出门饺子进门面。凤珍,咱们娘俩给小曹包顿饺子。（颤颤巍巍地从怀里掏出个小纸包）我这儿有点七厘散、六神丸,你好犯个小病,拿着吧!

小　曹　（珍重地接过小纸包）奶奶，昨儿我到局里报到，局长还给您带好呢！他说，有工夫就来看您……

滕奶奶　是啊！都想看看小井……

〔电吉他更响地弹奏着。滕奶奶突然转了个身，她仿佛眼睛没有瞎，仿佛什么都能看到似的，细细地看着小井，看着小井的一草一木……

〔小曹看着滕奶奶的满头银发，眼睛模糊了，银发在风中飘动着，轻拂着小曹湿润的面颊，像是在对他诉说着小井人民心灵最深处的情感，小曹心里忽地涌满了一股暖流……

小　曹　奶奶，您想什么呢？

滕奶奶　我这眼睛看不见。这些年，不知小井变成什么样了！老百姓，还能想什么？！就盼着，打这儿往后，让咱们小井胡同消消停停的，消消停停的吧……

〔远处的电吉他与琵琶的齐奏声更响了。这次，琵琶奏主旋，电吉他伴奏。乐曲是那样的协调、含蓄、深邃……

〔幕徐徐闭。

——剧　终

　　《小井胡同》创作于1980年冬，1983年7月13日至15日于北京人民艺术剧院内部试验，1985年2月11日正式公演，导演刁光覃，首轮连演一百一十二场，成为北京人民艺术剧院的保留剧目。该剧人物形象真实自然，语言质朴生动，富有京味儿话剧特点，被誉为"一幅北京市井当代的风俗画卷"。

作者简介

李龙云　（1948—2012），男，北京人，剧作家。代表作品有话剧《有这样一个小院》《小井胡同》《这里不远是圆明园》《荒原与人》《正红旗下》《叫我一声哥，我泪落如雨》，独幕剧《洗三》《球迷》《李龙云幽默短剧集锦》，中长篇小说《古老的南城帽》《落马湖王国的覆没》等。

· 商洛花鼓戏 ·

六斤县长

陈正庆　田井制

时　　间　　1980年。

地　　点　　陕南山城、农村。

人　　物　　牛六斤——县长。

　　　　　　熊喜富——公社社长。

　　　　　　吉首魁——生产队长。

　　　　　　南山秀——农村女青年。

　　　　　　南大婶——南山秀的母亲。

　　　　　　南有余——南山秀的父亲。

　　　　　　朱牡丹——牛六斤的妻子。

　　　　　　高晓明——农村青年，朱牡丹的姨外甥。

　　　　　　吉大嫂——妇女队长，吉首魁的妻子。

　　　　　　小　刘——县政府的小车司机。

　　　　　　小　王——公社干事。

　　　　　　老　杨——公社文书。

第一场

〔光起。

〔山城春会，市场繁荣，歌声阵阵。

〔幕后伴唱：

　　　　"二月二，龙抬头，

　　　　春风化雨醉九州。

　　　　山城闹春会也，

　　　　十里飘彩绸。

　　　　好政策铺平那富裕路，

　　　　一步一层楼！"

〔歌声中，牛六斤臂戴执勤袖章、手执电动喇叭上。

牛六斤　喂！乡亲们，今年会大人多，大家不要拥挤，要有秩序。粮食市场在南关，土特山货在北关，牲畜市场在西城壕，农具、蔬菜在……哟，她来了，糟糕！（溜下）

〔朱牡丹上。

朱牡丹　（唱）走了南关到北关，

　　　　　　　逛会来了我朱牡丹。

　　　　　　　市场热闹看花了眼，

　　　　　　　越看我心里越喜欢。

　　　　　　　看人家我怨老牛，

　　　　　　　逛会不该把我丢。

　　　　　　　听说他在十字口，

　　　　　　　哟，你看呀——

　　　　　　　张罗的喇叭拿在手，

　　　　　　　还戴了一个红袖袖。

　　　　　老牛！（跑下，拉牛六斤复上）

牛六斤　　你倒拉扯地做啥嘛！

朱牡丹　　做啥？哼！（唱）

　　　　　　　今天初八明初九，

　　　　　　　你过生日四十六。

　　　　　　　待客的吃喝还没有，

　　　　　　　你存心叫我把人丢。

牛六斤　　（唱）过生日，米面油盐啥都有，

　　　　　　　熬一锅菠菜豆腐烩羊肉。

朱牡丹　　不行！这菜能招呼客？（唱）

　　　　　　　县政府里你为首，

　　　　　　　掌权的人儿百人求。

　　　　　　　柳局长，要送酒，

　　　　　　　冯经理，要送肉。

　　　　　　　沛主任、彭书记，

　　　　　　　我姐家的连襟子叔，

　　　　　　　都要给你来贺寿，

　　　　　　　咱不招待没理由！

牛六斤　　嘻！我说你呀！（唱）

　　　　　　　你请客收礼不停口，

　　　　　　　特权思想要研究。

老牛我的脾气拗,

客不请来礼不收。

这个生日我不做,

我看你客咋请来礼咋收?

朱牡丹　（唱）你闲事少管跟我走,

牛六斤　（唱）我要到牲畜市上去看牛。

朱牡丹　（唱）陪我买鸡好下酒,

牛六斤　（唱）我到粮食市场去跄蹴。

农具市场我也走,

看一看供应周不周。

咱不如,两分手,

各取所爱都自由!

朱牡丹　不行,你自由不成,跟我买鸡去!

牛六斤　我老牛刚才声明啦,不过生日不做寿,要买鸡你买去。

朱牡丹　咦!不过生日就不吃鸡啦?你没听人常说嘛:黄鸡肥,乌鸡香,滋补赛过人参汤。平常你忙得顾不上,明日为你熬鸡汤,把你也给胖里补一补、养一养。

牛六斤　哎,你看我一不瘦,二不胖,两头"刚亭"都一样;我也不补,也不养,牛六斤越活越刚强。我还忙着哩!（欲下）

朱牡丹　哎呀呀,当了个七品芝麻官就不顾老婆不顾家了,要是当了省长……

牛六斤　哎……大街市上你别胡喊叫嘛!（无奈地）好好好,我跟你去!（下）

〔朱牡丹欲下,适逢南大婶提篮卖鸡上。

南大婶　谁要鸡,能下蛋的肥母鸡。

朱牡丹　肥母鸡,碰了个巧。哎,卖鸡的,拿过来看看!

南大婶　不用看,我这是良种来杭鸡,正下蛋哩!

朱牡丹　谁管它下蛋不下蛋,我是看肥不肥,杀的吃哩!多少钱?

南大婶　仨母鸡你都要了,给六元钱算啦!

朱牡丹　六块,少了卖不卖?

南大婶　好同志哩,我就没给你多要,这一只足有四斤重哩!

478

朱牡丹　四斤？我就不信！（拿出弹簧秤称鸡）

南大婶　我没哄你吧！

朱牡丹　这……差不多。是这，仨鸡四块。

南大婶　好同志哩！我是急着给病人抓药哩，要不是磨扇子压手，正下蛋的良种鸡，我咋也舍不得卖。你看，这不是药单子。

朱牡丹　我又不是医生，看你药单子干啥！四块钱卖不卖？不卖我就走呀！（佯走）

南大婶　这……（看了看药单子）唉！你、你拿去吧！

朱牡丹　看，这不对啦。给钱！

南大婶　十块，我没啥找你。

朱牡丹　哎哟！哪里还搜腾不下四块钱咧！（从另外兜里摸）给……这是三块钱你先拿上，把鸡送到我家，再给你取一块钱！

南大婶　同志，我还急着给病人抓药哩……

朱牡丹　那也行，你先抓药去，一会儿到县政府家属院取钱。

南大婶　那你……

朱牡丹　我叫朱牡丹，黄不了你，你到家属院问，没有人不知道我的。（提起鸡）今天又拾了个大便宜！老牛，鸡、鸡买下了！（下）

南大婶　唉！（从另一侧下）

　　　〔南山秀与高晓明上。

南山秀　（唱）你我相约赶会来，

高晓明　（唱）穿过东街到西街。

南山秀　（唱）今朝你帮我把柴卖，

高晓明　（唱）单等明春冰河开。

南山秀　（唱）你担山货前边走，

高晓明　（唱）你挑鸡蛋后边来。

南山秀　（唱）同把容貌改，

高晓明　（唱）共把富根栽。

南山秀　（唱）相亲又相爱，

高晓明　（唱）二老笑开怀。

高晓明
南山秀　（唱）一家人亲亲热热过日月呀，

幸福花儿开。

南山秀　晓明，你真的不嫌我家穷？

高晓明　难道我哄你不成？有咱俩这好劳力，农业、副业一起抓，还愁富不起来！

南山秀　好！找我妈去。

高晓明　山秀，咱俩私下把事说定，今天我给城里我二姨打个招呼，回去给我妈把事说明，改天专门到你家来看望两位老人。

南山秀　那……你可一定来啊！

高晓明　这事还能忘了。（欲下又返回）山秀！（不好意思地取出纱巾给南山秀系上）

南山秀　（深情地）晓明！

　　　　〔高晓明和南山秀深情相望。少顷，高晓明高兴地跑下，南山秀目送良久。

　　　　〔南大婶上。

南大婶　山秀。

南山秀　妈。

南大婶　柴卖啦？

南山秀　卖啦。

南大婶　我娃买了个纱围巾？

南山秀　不，我见他了。

南大婶　谁呀？

南山秀　就是、就是我给你说的五里坪我那个同学。

南大婶　噢，人哩？

南山秀　他走了，说改一天专门来咱家看你。

南大婶　好！好！

南山秀　妈，这是卖了柴的钱，快给我大抓药！

南大婶　药抓下了。妈知道卖柴的钱不够，没跟你商量，把咱那三只良种鸡卖了四块钱！

南山秀　啊！妈，你！

南大婶　唉！卖良种鸡妈也心疼，可为了给你大抓药……

南山秀　妈，咱家要搞副业，全靠那三只良种鸡起根发苗哩，今年我想把蛋攒下多孵几窝鸡娃，你把它卖了，把根断了，咱的家庭副业怎么搞嘛！

南大婶 秀啊，为了给你大抓药治病，不卖它再卖啥呀！妈帮我娃多卖几担柴，以后再另捉鸡娃。

南山秀 咱的良种鸡说啥也不能卖，就是借钱也要把鸡赎回来！

南大婶 好娃哩，咱人前一句话，算了！

南山秀 怕啥哩，咱那是良种鸡，给她买鸡的说清楚了，她不会不退的。我寻熟人借钱去！（转身寻人）

〔吉首魁怀抱电视机上。

吉首魁 黑旦他妈，快走！

〔吉大嫂追上。

吉大嫂 哎哟，看把你跑得欢的！

南山秀 吉队长，你也赶会来啦。

吉首魁 嘿，恁大的会，叔还能不来！

南大婶 首魁兄弟，你还买了个硬纸箱子。

吉首魁 啥，硬纸箱子？哈……老嫂子，这是电视机，四百多块哩！坐到自己屋里就把电影、戏都看啦，还不给他戏园子掏票钱！（唱）

　　　　吉首魁逢着好时机，

　　　　责任制富了我老吉。

　　　　粮食丰收有根基，

　　　　花钱凭的会养鸡。

　　　　余粮换来缝纫机，

　　　　鸡蛋变成电视机。

　　　　明年要买拖拉机，

　　　　后年我旅游坐飞机！

吉大嫂 看你把烧得哟！

吉首魁 怕啥哩！咱凭劳动挣下的，卖的三千斤余粮钱没动弹，光这一回卖鸡蛋、鸡娃的钱，买电视机都没用完。

南山秀 队长，我妈给我大抓药，把我家的那三只良种鸡卖啦。我想赎回来……

吉首魁 那好么，良种鸡卖了太可惜！

481

南山秀　要赎回来，还差两块钱，我想向你借点儿。

吉首魁　借钱？

吉大嫂　能成。十块、八块都有哩。掌柜的……

吉首魁　他妈！（拉过吉大嫂）借给南家咂穷坑，啥年月才给还呀？

吉大嫂　你——

吉首魁　山秀，叔今天买电视机把钱花光啦。这……

吉大嫂　胡说哩，你身上还有几十块哩么。

吉首魁　咂钱咱家还要买砖翻修门楼子哩！

南山秀　吉队长，你顾一下紧，我回去担柴卖了就还你。

吉首魁　不是叔不顾紧，我今天就要给人家交砖钱哩！（搬起电视机欲下）

吉大嫂　他大——

吉首魁　少管闲事，走。（抱起电视机下）

　　　　〔吉大嫂追下。

南大婶　秀，只怪咱太穷，让人看不起……（擦泪）

南山秀　妈，你别难过，我另找熟人去！

　　　　〔牛六斤上。

牛六斤　哎！你娘俩哭的咋哩，把东西丢啦？

南大婶　唉，不是的，娃是舍不得她那几只良种鸡！

牛六斤　鸡，咋啦？

南大婶　同志！（唱）

　　　　　　　家住南岭西沟口，

　　　　　　　他大常年病床头。

　　　　　　　求医吃药钱无有，

　　　　　　　我卖了良种鸡把药求。

南山秀　（唱）卖柴赎鸡钱不够，

　　　　　　　要赎鸡还差一块六。

南大婶　（唱）队长他有钱不借扬长走，

　　　　　　　气得女儿泪长流。

牛六斤　噢，原来是这么回事。姑娘甭愁。（掏钱给南山秀）给，快赎鸡去！

南大婶　这……同志，看样子你是市管会的，请留个姓名，以后好还你！

牛六斤　先不用说这，快赎鸡去！

南山秀 好！过两天还钱，我到市管会找你。妈快走！（扶南大婶下）

牛六斤 咦！春会上有买电视机、收音机、缝纫机的，可也有卖了良种鸡给病人抓药的……这个问题值得研究呀！（唱）

> 县长我今天来值勤，
>
> 春会上看到了两样人，
>
> 很多人——
>
> 的良、涤卡买了一捆，
>
> 进馆子不吃素来专挑荤。
>
> 卖余粮用的铁牛运，
>
> 银行里去把票子存。
>
> 喜煞我牛六斤！
>
> 也有人——
>
> 借贷无门家贫困，
>
> 良种鸡卖钱抓药很伤心。
>
> 吃了上顿愁下顿，
>
> 称一斤咸盐少三分。
>
> 羞煞我牛六斤！
>
> 看起来——
>
> 要知群众的乐与苦，
>
> 就必须走出机关门。

〔南山秀、南大婶返上。

南山秀 同志，还你这钱！

牛六斤 咋，没找见人？

南大婶 找见啦！

牛六斤 那……

南山秀 唉！（唱）

> 赎鸡找到她门口，
>
> 拿钱向她把鸡赎，
>
> 她门里扔出钱一块，
>
> 言说是——
>
> 泼水在地难回收！

南大婶　（唱）我好话说尽把她求，

　　　　　　　求她还鸡把钱收。

　　　　　　　她言说——

　　　　　　　明天请客要下酒，

　　　　　　　叫我来拾鸡骨头。

牛六斤　啊，太欺人啦！她是哪个单位的？

南山秀　（唱）有钱的人儿出气粗，

　　　　　　　她说是——

　　　　　　　她老汉是县长本姓牛。

牛六斤　（一惊，背白）啊！这闹来闹去闹到我头上啦！

南山秀　（接唱）权当我的鸡儿喂了狗，

　　　　　　　感谢你帮我把鸡赎。

　　　　　　　好同志，还你钱！（递钱，跑下）

南大婶　山秀……（追下）

牛六斤　哎，姑娘！（欲追又止）唉！看来又得跟我那个歪婆娘叨叨一场。

　　　　（望着手里的两元钱，百感交集）

　　　　〔收光。

第二场

　　　　〔光起。

　　　　〔接前场，第二天黎明。

　　　　〔政府家属院。小刘上。

小　刘　（唱）牛县长叫我来帮忙，

　　　　　　　不到五点起了床。

　　　　　　　照他的吩咐我不敢嚷，

　　　　　　　捡一块石头撂过墙。

　　　　〔牛六斤轻手轻脚上。

牛六斤　（唱）听见石头响，

　　　　　　　暗号已对上。

　　　　　　　咳嗽一声三击掌，

小　刘	牛县长!
牛六斤	嘘!(接唱)

> 要小心——
> 别惊动床上你胖婶娘。

小　刘	牛县长,干部们都说你坚持原则,办事镪火,可你见了我胖婶子咋就怯火成咿样子嘛!
牛六斤	(风趣地)唉!好娃哩,世上事情就是咿,一物降一物,斑鸠降鹁鸽。你娃娶上一个麻迷子老婆跟我一样!
小　刘	我才不怕哩!
牛六斤	我是怕?我是讲究工作方法,大事抗,小事让,没工夫跟她吵闲仗。你说对不对?
小　刘	嘿嘿,对着哩!哎,你叫我天不亮悄悄来帮啥忙哩?
牛六斤	我要到分水岭去一趟。
小　刘	我去发动车。
牛六斤	不要车。
小　刘	那叫我……
牛六斤	小刘!(唱)

> 你胖婶买了三只鸡,
> 杀了吃肉太可惜。
> 我要给卖鸡的送回去,
> 她翻脸给我发脾气。
> 因此我想了一条计,
> 请你帮我来偷鸡!

小　刘	啊,偷鸡!
牛六斤	(接唱)咱两个都要有勇气,

> 事烂了我替你背贼皮。
> 事成了干部会上表扬你,
> 咱小刘为群众办事很积极。

小　刘	那行,啥时候动手哩?
牛六斤	现在乌洞黑正是时机。我在屋里内应,你在外边偷鸡。鸡还下了仁蛋,咱也给伢送去。鸡嘴捏紧,翅膀攥牢,动手!

〔牛六斤与小刘溜下。

〔暗转。

〔分水岭公社院落。窗台上电话铃响。

〔老杨上。

老　杨　（接电话）喂！是的。李书记党校学习去了……要熊社长！好，好！（内向喊）熊社长，县民政局电话。

〔熊喜富上。

熊喜富　（接电话）喂！我是熊喜富。啥？给我们公社拨了一笔扶贫贷款？嗨！那好嘛。给多少？五千块！能不能再多给点儿？哈……好，再见，再见！（挂电话）老杨，这下把事办了，民政局给咱拨了五千块钱，咱的业余剧团没有戏箱，借给三千元叫买去。剩下的两千把咱的戏台子往阔的拾掇拾掇。

老　杨　熊社长，听民政局说这次是扶贫款，牛县长亲自抓着哩。咱公社还有些困难户，这样做是不是……

熊喜富　不要紧，现在咱分水岭的光景好过着哩，极个别困难户好办，咱还有救济款哩。老杨，县广播站要咱公社劳动致富户的典型材料，你抓紧写一份，既要实事求是，又要生动具体，在全县震它一下子！我给你找份资料参考参考。（下）

〔小王拿扑克牌上。

小　王　哎，老杨，甩两把！

老　杨　我还忙着哩！（欲下）

小　王　忙啥嘛，三家等一家。走！

老　杨　小王，我真的忙着哩！再说，县长刚开罢整顿机关作风会议，咱这松松垮垮的作风，也得改改啊！（唱）

新选的县长牛性子，

整风会上拍桌子。

心好声大炮筒子，

办事从不看面子。

他说是，

端上铁碗浪场子，

　　　　　　　不如回家抱孩子。

　　　　　　　咱们再不变样子，

　　　　　　　小心挨头子！

小　王　放心，放心，现在说归说，干归干。牛县长又不下来看，没事。走，走！（拉老杨）

老　杨　不行，不行！我还有一摊子材料要写哩！（下）

小　王　哎呀！你这人真是……（追下）

　　　　　〔吉首魁忙忙火火地上。

　　　　　〔熊喜富上。

吉首魁　熊社长，熊社长！

熊喜富　哎呀，吉队长，我正打算找你哩。

吉首魁　找我？

熊喜富　叫你给咱上广播，介绍介绍致富的经验哩！

吉首魁　熊社长，这都是沾了现在政策的光了。前几年，我这十二能，照样是个叮当穷。

熊喜富　哈……是呀。现在是不喊口号不动员，群众不缺粮和钱。去年的救济粮就熬煎得没人要，你看这变化多大！嘿！我这社长也好当得多啦！哈……

吉首魁　可不是吗，我现在养的鸡伢品麻的都不吃粗粮啦！

熊喜富　哈……首魁，听说你把电视机都买回来了，还有啥打算？

吉首魁　现在责任到户，一不敲钟叫人，二不安排活路，要队长干啥嘛。

熊吉富　胡说哩，老戏上还有乡约地方哩，生产队没个队长还行！

吉首魁　要上队长也是聋子的耳朵样子货。

熊吉富　就是样子货也得摆上，没见哪个聋子把耳朵割了。说实话，公社现在也没多少事，我这社长能说不当啦？

吉首魁　好好好，当就当。熊社长，我还请你给我帮个忙哩。

熊喜富　啥事？

吉首魁　人常说，穷有尽头富无边，我准备养水貂呀。听说咻比养鸡利还大，我还想多逮几对子哩。貂儿子不好买，想请你帮忙想个办法。

熊吉富　行。我给貂种场赵场长写个条子，你去找他，保证没问题。

吉首魁　哎呀，你这可真是雪中送炭呀！

熊喜富　哎，我这叫锦上添花，支持你再发！哈……说办就办，立即兑现。（写条子给吉首魁）

吉首魁　哎呀，熊社长，你可给我把大忙帮了！那你休息，我回去准备貂笼子呀。

熊喜富　你先给咱带头养，将来咱公社普遍发展。

吉首魁　好，有空来家看电视！（下）

熊喜富　行嘛，哈……

〔小王上。

小　王　熊社长，打扑克不？

熊喜富　（看了看表）行，甩两把！（同小王下）

〔牛六斤手提鸡笼，肩挎挎包上。

牛六斤　（唱）说稀奇来道稀奇，

　　　　　　　老牛我成了偷鸡的。

　　　　　　　三个蛋偷得很顺利，

　　　　　　　小刘才是个笨东西。

　　　　　　　急得我帮他捏鸡嘴，

　　　　　　　把帽子掉到了鸡窝里。

　　　　　　　到公社先找熊胖子，

　　　　　　　同他一块去送鸡。

　　　　（向四处看了看）有人没？呃，这公社咋没人哩！

〔小王拿着扑克牌上。

小　王　哎，你找谁呀？

牛六斤　找社长。

小　王　社长正在开会哩，有事下午来！（欲下）

〔鸡叫声不止。

小　王　噢，原来是个收鸡贩子。哎，鸡贩子，现在不需要开证明，要收鸡到村里随便收去，公社没养鸡。

牛六斤　公社没养鸡，我可知道公社有一个老熊哩！哎，小伙子，春耕大忙不下乡，上班时间打扑克，你们熊社长不批评？

小　王　批评，熊社长正跟我打对家哩！

488　牛六斤　噢！小同志，实行了责任制，干部不光要替千家万户操心，还要深入调查研究，不断完善责任制，担子可是越来越重了啊！

小　王　嗬，没看出你这个鸡贩子水平还不低哩！去、去、去！快贩你的鸡去，你倒算老几嘛！（欲下）

牛六斤　不要忙，你莫管我是老几，你给我叫熊喜富去！

小　王　哎呀，我看你差几成儿！说话口大气粗，没高没低，装得和个县长一样！（厉声地）走！出去，出去！（推牛六斤）

〔熊喜富拿着扑克牌喊上。

熊喜富　小王，小王！（发现牛六斤）咦，牛县长，你来啦！

小　王　啊！牛县长？

牛六斤　来半天了，不是你来救驾，叫这小伙子早把我轰出去了！

小　王　牛县长，我不认识你，这……

牛六斤　没关系，一回生，二回熟，三回就是老朋友。小伙子，把我掀出去不要紧，可不能把那些扛扁担、穿草鞋的群众往出掀啊！哈……

熊喜富　哈……走，屋里坐。

牛六斤　外边畅快。

熊喜富　也好。小王，泡茶。

小　王　唉。（下）

牛六斤　老熊啊，春耕大忙，办公时间领头打扑克，这不像话吧！

熊喜富　老伙计，说实话哩，自从实行生产责任制，公社轻松得多了。

牛六斤　（严肃地）老熊啊，照你这号轻松下去，干脆，我给你们放长假，都回去给老婆抱娃去！

熊喜富　老伙计，你不了解情况……

牛六斤　我了解。上班时间打扑克还说正在开会哩，像什么话！这儿是人民公社，不是下棋打牌的俱乐部，把机关办成这号松松垮垮的样子，群众养活你这号社长是吃冤枉的。

熊喜富　哎呀，你听我说嘛……

牛六斤　我说完了你再说。看看群众一锄一锹地搞春耕，不少家庭全家起营，连十来岁的娃娃都下地了。你社长却好，坐在机关当老爷，打扑克。你以前没有这些毛病，现在怎么变得这么马哈！县上刚开完整顿机关作风会议，我在会上八八八九九九地讲了好几个小时，抵个屁！

〔小王端茶上。

小　王　牛县长，你喝茶。（递水，下）

熊喜富　牛县长，你的批评我接受，现在农村的情况的确不是前几年咱在
　　　　向阳公社你当书记、我当社长的时候了。那时候，为了削平鹞子
　　　　岭，咱俩没黑没明地领上群众苦干。结果群众越干越穷；你害下
　　　　胃病、关节炎，现在还断不了根；我那时瘦得只剩下九十八斤
　　　　啦！现在你看我，哈……

牛六斤　老伙计，胖了不好，容易得血管硬化、高血压，你可小心着！

熊喜富　不咋的！哈……

牛六斤　老熊呀，开春以来，社员的生产、生活还有什么问题？

熊喜富　没问题。生活上不缺粮，不缺钱。生产上咱不抓不管搞得蛮先。
　　　　真正是"包产到户，闲了干部"。

牛六斤　"包产到户，闲了干部"？这可是个新发明！

熊喜富　嘿，实情么！（唱）

　　　　　　　　责任制给群众添喜解愁，

　　　　　　　　走一家富一家家家流油。

　　　　　　　　下乡走一走，

　　　　　　　　如同在春游。

　　　　　　　　每顿饭，四个菜来一壶酒，

　　　　　　　　老虎杠子五魁手。

　　　　　　　　饭一吃，咱就走，

　　　　　　　　大小事情都没有。

牛六斤　（唱）所以把你吃了个够，

　　　　　　　　吃得你腰比碌碡粗。

　　　　　　　　群众的疾苦抛脑后，

　　　　　　　　这种做法值得研究。

　　　　　　　　要我说呀，责任制联产到了户，

　　　　　　　　应该是忙了咱干部。

　　　　　　　　机械化、水利化咋样布置？

　　　　　　　　科学种田咋实施？

都是些新题目。

既看到有劳之家穷变富，

切莫忘还有个别困难户。

熊喜富 困难户？老牛啊，现在我们分水岭公社难找了！（接唱）

如今是家家肥来没有瘦——

牛六斤 那好，今天咱俩就带着这，（拎起鸡笼，鸡叫，接唱）

访贫问苦走西沟。

熊喜富 鸡？

牛六斤 对！

〔收光。

第三场

〔光起。

〔紧接前场。

〔南大婶家。屋中央挂着毛主席像，两边对联写着："翻身不忘共产党，幸福全靠毛主席"，横额为："社会主义好"。左侧有门通内室，右侧隔窗内另有一屋。

〔南山秀在火炉旁煎药。

南山秀 （唱）冷风无情透寒窗，

我为爹爹熬药汤。

火苗儿时暗时旺，

药味儿苦中飘香，

勾起山秀思绪长。

南山里生啊泥土里长，

风雨中挺啊艰难中强。

未在苦时愁眉皱，

却在嫁时添悲伤，

泪水常在心中淌。

远嫁奔他乡，

病亲谁照望？

我怎忍——

抛下茹苦爱女的娘！

欲招上门郎，

家穷堵门窗，

失望中——

一条纱巾系鸳鸯。

压不住盼啊止不住想，

盼晓明登门快商量。

拔穷根怎样打这翻身仗，

携手发愤图富强。

贷款不求熊社长，

致富就靠我们俩。

晓明啊——

我盼你、等你、思你、念你，

你为何来得这么慢呀，

等得人心儿慌！

〔高晓明提礼品，扛一束葡萄苗上。

高晓明　山秀！

南山秀　晓明，你，你……咋才来嘛！（接过礼品、树苗）

高晓明　大妈呢？

南山秀　出去啦，我大在哩。（对屋内喊）大！晓明来啦！我大睡着了。

高晓明　山秀，这是我们新培育的"商山明珠"优良葡萄，当年挂果，来年高产，我专门带给你的。

南山秀　这树苗多好啊！（深情而向往地）我今天就把它栽下，等你上门来，咱们一块儿培育，让它在咱们分水岭开花结果！

高晓明　（难言苦衷地）开花结果……

南山秀　坐嘛！（欣喜难捺地按高晓明坐于凳上，拿着葡萄苗进内室）

高晓明　（环顾四周）唉，山秀可真苦啊！这个家多么需要我来呀！

南山秀　（拿着一双鞋复出，羞涩地）晓明，给。

高晓明　这……

南山秀　咋，嫌不好？

高晓明 不不！（接鞋）好，做个纪念吧！

南山秀 （惊疑）你说啥？

高晓明 山秀——（唱）

　　　　那天赶会咱说定，

　　　　谁料我妈想不通。

南山秀 啊？

〔南有余从窗内坐起。

高晓明 （接唱）她言说你大瘫子病，

　　　　骂我寻着跳穷坑。

　　　　又说是我若上门分水岭，

　　　　她就先死在五里坪。

　　　　我二姨暗中作活动，

　　　　我要进城去招工。

〔南有余痛苦地以拳击头，睡下。

南山秀 啊！（唱）

　　　　一瓢冷水冷如冰，

　　　　一股热血心头凝；

　　　　一腔希望化泡影，

　　　　一番钟情竟落空。

　　　　事到此刻心平静，

　　　　想自己也应想晓明。

　　　　我不能为己牵累他，

　　　　割爱还得强忍疼。

　　　　黄连苦水我一人饮，

　　　　铁心伴娘把气争。

　　　　罢罢罢我把心一横，

　　　　解下这纱巾断恋情。

　　　　晓明，祝你幸福！（将纱巾递与高晓明，眼含热泪跑进内室）

高晓明 山秀……（心绪万千，左右为难，少顷，下了决心）山秀，你别难过，我回去再跟他们斗争！（留下纱巾，拿起南山秀送的鞋，痛苦地跑下）

南山秀　（追出）晓明……

〔南大婶提着菜篮上。

南大婶　秀！

南山秀　妈……

南大婶　晓明还没来？

南山秀　他……他没来。

南大婶　你看妈把豆腐都割下了！

〔南山秀偷偷抹泪。

南大婶　我娃咋啦？

南山秀　（急忙掩饰）没、没咋，熬药烟熏的……

南大婶　嗯，我娃的心事妈知道。再等一天他再不来，妈就托人叫他呀！

南山秀　妈，我的事你往后就别操心了，照看好我大要紧啊！（将树苗置于桌上，含泪进屋）

南大婶　（不解地）我娃今日是咋啦？

〔南有余从窗内坐起长叹不语，两眼痴呆。

南大婶　啊？掌柜的，是不是病又重了？来，快把药先喝了！（递药碗）

〔南有余颤抖地接过药碗，猛地将药碗摔在地上。

南大婶　啊？你……你是疯啦！为了这服药，我卖了咱那三只鸡，山秀娃为借钱赎鸡受了多少气，流了多少眼泪！你咋能这样胡来嘛！

南余有　我喝药还能咋？他妈，你要是真心疼我，我求你，你给我买两包老鼠药！

南大婶　啊！你、你咋能起下这心嘛！（唱）

　　　　　药碗摔在地，

　　　　　摔碎我的心！

　　　　　土改时节咱成亲，

　　　　　相依相伴三十春。

　　　　　哪怕你终身床上睡，

　　　　　是瘫子我也觉得亲。

　　　　　我受尽劳累心不悔，

　　　　　炕头上有你这个说话的人！

　　　　　今日为你把药递，

你无端摔碗啥原因？

南有余　他妈，娃刚才哄你哩，娃的亲事……瞎啦！

南大婶　你胡说啥呀？

南有余　我没胡说。五里坪的小伙子刚来啦，那捆树苗就是他拿来的，伢娃说他妈嫌咱穷，嫌我不得到人面前去，死都不让娃上咱门来！唉，我要再不死，还把我娃拖累到啥时候去呀！（长叹一声睡了下去）

南大婶　啊！（伤心，呆立）

〔南山秀从内室出。

南山秀　（扑向妈妈怀中，声泪俱下）妈！

南大婶　（理智地）秀，我娃不哭，起来！（替南山秀擦泪）从今往后，妈把招上门女婿这条心死了，妈把我娃往出嫁。

南山秀　咱家不变富，女儿不离咱这个家。

南大婶　不！妈这副老骨头撑得起，我娃放心。你去招呼你大，妈给他另熬药！

〔南山秀进内室。

南大婶　（捡起药碗）唉，这一摊子我咋挑得起呀！（放好药罐熬药）

〔牛六斤提鸡笼上。

牛六斤　（唱）送鸡找到老南家，

　　　　　　房上缺瓦把草搭。

　　　　　　倒倒院墙把路岔，

　　　　　　门楼子垮成光山花（即山墙）。

　　　　　　不用访来不用查，

　　　　　　看情景就是个困难的人家。

　　　　屋里有人吗？（进屋）

南大婶　噢，这不是市管会那位同志吗？

牛六斤　是的，是的。你看看院里那三只鸡是不是你的？

南大婶　（出门看鸡）哟，就是的，就是的！同志，这鸡咋到了你手里啦？

牛六斤　大嫂！（唱）

　　　　　　你把鸡卖给了一个胖婆娘，

　　　　　　羊搠子头发卷在头上。

南大婶　对，对，就是她！

牛六斤　（接唱）她爱占便宜不讲理，

　　　　　　　　压低价钱乘人急。

　　　　　　　　你要赎鸡她不许，

　　　　　　　　害得你娘俩受委屈。

　　　　　　　　她这种做法令人生气，

　　　　　　　　因此我偷……偷偷查访问底细。

　　　　　　　　今天我专程来找你，

　　　　　　　　物归原主给你送回鸡。

　　　　　　　　鸡还下了三颗蛋，

　　　　　　　　一并还你是应该的。

　　　　　　　　顺手我把鸡蛋取，

　　　　　　　　呀！黄水流在挎包里。

　　　　唉！刚才只顾赶路，咋把鸡蛋给忘了，这……

南大婶　同志，你快坐下！不要紧，鸡蛋打了还有鸡哩。叫你跑这远的
　　　　路，把你害的。我一会儿就凑钱，你给人家买鸡的捎上。

牛六斤　这事不急，三年五载都能跟上！

南大婶　那使不得！秀——

　　　　〔南山秀由内室出。

南山秀　妈……

南大婶　市管会你这位好叔叔把咱卖了的鸡送回来了。

南山秀　（对牛六斤）叔叔，太感谢你了！

牛六斤　姑娘，鸡儿回了老窝，这一下再别哭鼻子抹眼泪了。（笑）

南大婶　秀，快给你叔叔把布袋洗一下去！

南山秀　哎。（拿挎包下）

牛六斤　大嫂子，你家几口人，几个劳力？

南大婶　算起来三口，可老汉是个瘫痪，全靠药养活着哩。我一天光侍候
　　　　他还忙不过来……劳力嘛，就女子一个。唉！光景过得不像个光
　　　　景。同志，你甭笑话。

牛六斤　你家的日子过成这样，我们当干部的很有责任啊！政府决心千方
　　　　百计帮助困难户赶上富裕户。大嫂，你对改变家庭的穷困面貌都

有些啥打算呀？

南大婶　好同志哩，我这光景是老鼠钻竹竿——过一节算一节！要赶上人
　　　　家富裕户……难呀！（倒开水）同志，你坐到高处喝口水。（顺手
　　　　把桌上的树苗放地下）

牛六斤　咦，这葡萄苗子不错，从哪儿弄来的？

南大婶　五里坪的。听说头年挂果，二年高产，谁知是真是假。

牛六斤　真的、真的。我听说五里坪新培育出一种"商山明珠"，正准备
　　　　上他们那儿去看呢，没想到在这儿碰到了。大嫂，你把它在房前
　　　　屋后栽起来，咱山里要富，离不了多种经营啊！另外你再搞点儿
　　　　家庭副业，比方说你跟女子养点儿鸡啦、长毛兔啦、奶羊啦……
　　　　〔南山秀上。

南山秀　唉，想搞，没本钱呀！

牛六斤　哎！县上不是给公社拨了一批扶贫贷款吗？到公社贷点去！

南山秀　贷啥哩？听杨文书说，熊社长要用那笔钱买老戏箱、修戏台子哩。

牛六斤　噢？

南山秀　哼！我看透了，现在有些干部为了给自己脸上贴金，给上边只报
　　　　喜不报忧，把我们穷人全忘啦！

南大婶　山秀，你不敢胡说，国家年年都救济咱着哩。

南山秀　妈，我知道，咱对不起国家！可你看看咱头上的那伙领导：熊社
　　　　长嫌贫爱富，吉队长只顾发家，牛县长的胖婆娘也依势压人，那
　　　　位牛县长十有八九也是个官僚老爷！

南大婶　嗯！这犟女子真真是个二杆子！

南山秀　怕啥哩，就是他牛县长在当面，我也敢说！

牛六斤　对！该说就说，该骂就骂。

南大婶　对啦，对啦。（拉过南山秀，悄声地）市管会你叔叔跑这么远的
　　　　路给咱送鸡，还没吃饭哩。去，快借几个鸡蛋回来。

南山秀　唉！（下）

南大婶　（对窗内喊）他大，你起来陪市管会的同志坐一坐，我给咱做饭
　　　　去！（进屋）
　　　　〔南有余坐起。

牛六斤　老大哥。

南有余　噢，同志，多亏你，你坐。

牛六斤　你这病是……

南有余　唉，没法说！

牛六斤　（发现药锅）这药是给你熬的吧？

〔南有余点头。

牛六斤　你睡下歇着。

〔南有余睡下。

牛六斤　（倒药，尝了尝后放在桌上凉着，抬头望见画像、对联，又四顾陋室，百感交集）我这个县长没有当好啊！（唱）

　　　　茅屋敬奉毛主席，

　　　　一副对联情倍深。

　　　　回头望——

　　　　共产党前赴后继救穷人，

　　　　翻身的人家境虽苦不忘恩。

　　　　农村中何止一位南大婶，

　　　　此情如火烧我心，痛煞牛六斤！

　　　　看眼前——

　　　　春风解冻人振奋，

　　　　粮丰林茂新农村。

　　　　问题是干部的作风待改进，

　　　　如不然民心离党党离民，急煞牛六斤！

　　　　肩头顿觉添责任，

　　　　要抓好层层带头人。

〔熊喜富上。

熊喜富　老牛，老牛！我在吉首魁家把你咋等等不来。快走，吉队长把酒菜都摆好啦！

牛六斤　先不忙你的四个菜、一壶酒，你先看一看这户人家的光景怎么样。

熊喜富　噢！这是我们公社有名的牛笼嘴尿不满，年年都救济着哩，这情况我知道。

牛六斤　就是这一家，卖了良种鸡给病人抓药的呀！可你还说你们公社没有困难户。

熊喜富	老牛，就是到共产主义还会有差别哩。只要大部分群众富起来，我看就可以啦！
牛六斤	噢，那像这样的困难户，咱就不管啦？
熊喜富	咋不管呢，到年终救济款下来多给一点儿不就完了嘛！
牛六斤	光靠国家救济，那不是长法。咱们要帮助、扶持有困难的群众依靠自己富起来。听说县上给的扶贫贷款你让买戏箱，修戏台子，困难户想借点儿钱搞副业你都不给。我给你说清，扶贫专款一分一文不能挪用，必须全部用在扶贫上。
熊喜富	这谁嘴长的可给你说啦。买戏箱咿我是刚有个想法，公社党委还没研究，我敢随便给？
牛六斤	不怪别人嘴长，是你自己有毛病，我听到的情况还不少哩。县委发的二十八号文件你们落实了没有？
熊喜富	还没有哩。
牛六斤	你们公社像南家这样的困难户、军烈属、五保户、单职工户，到底有多少？你调查了没有？
熊喜富	没有。
牛六斤	责任制以后，这些家庭遇到的困难是啥？应当如何解决？
熊喜富	这……
牛六斤	老熊，你这当社长的一天都干些啥呀！……看来我们的工作作风有问题，而不是"包产到户，闲了干部"。我想给县委写个报告，建议全县开展一场扶困帮穷活动，上自县长，下至生产队，都要确定自己的扶贫对象。为了搞好这项工作，我打算先在你熊胖子这个公社搞试点，你看咋样？
熊喜富	我看你是三牛拉犁，多余一套。上边又没有指示叫这样搞，你何必独出心裁哩。万一弄不好，犯个错误划得着吗？
牛六斤	难道咱能眼看着困难户的死活不管？再说按实际情况不断完善责任制，是咱们义不容辞的责任，咱能犯错误嘛！
熊喜富	如果你一定要搞，把点放到别的公社去，我不承担！
牛六斤	对别人还可以商量，对你熊胖子我可敢行政命令，你非承担不可！
熊喜富	你……
南有余	（从窗内坐起）同志，不要为我家这烂摊子让你们干部伤了和气。

499

唉！我一死，这一河水都开啦！

牛六斤 哎，咋能这样说，你家有困难，我们一定想办法帮助解决，可不敢胡思乱想，快来喝药。（递上药碗）

〔南有余接过碗喝药。

〔南山秀端着一碗鸡蛋跑上。

南山秀 妈，鸡蛋借来了。

南大婶 （从室内出）噢，熊社长也来啦。今日你和市管会的同志都在我家吃饭。

熊喜富 啥市管会的同志？他是牛县长！

南山秀
南大婶 啊！牛县长……
南有余

〔南有余扶拐从里屋出，跌倒。牛六斤抱起南有余。

〔收光。

第四场

〔光起。

〔接前场，数日后的一个黎明。

〔分水岭的春天，婆婆石洞旁。山路两边野花烂漫，葡萄树、苹果树，新枝正发。台中有石可坐。远处可见南山秀劳动的剪影。

〔幕内女声伴唱：

"月儿偏过岭，

别家未出工。

南山秀啊，争气的女，

挥汗耕耘晨雾中。"

〔光转亮。鸟语声喧。南山秀走下石坎，喝了口山泉水。

南山秀 （唱）双双春燕相戏耍，

朵朵彩云追朝霞。

山秀呀，口说是终身不嫁，

晓明他却在心里把根扎。

明知婚事已作罢，

总觉得眼前常开并蒂花。

昨晚上做了一个梦呀，

哎呀呀，我真傻，

梦的还是晓明他！

〔南大婶提饭罐上。

南大婶　秀，我娃快来吃饭。

南山秀　妈，我把那块地挖完就回来了。你咋不在家照看我大，这几天我大痴痴呆呆的，万一……

南大婶　你大因为晓明不上门一直想不开，鸡没叫就起来夹着拐子到你二舅家去了。唉！要治你大的心病全在我娃哩。妈思量好了，吃过饭，咱娘俩马上找你吉大嫂去。

南山秀　我知道你又提咻事呀！咱这个家离不开我，我也离不开咱这个家。妈，难道你真的要撵女儿出门吗？

南大婶　好娃哩，你听妈说……

南山秀　就是不听嘛！（吃饭）

南大婶　（唱）分水岭有个老山歌，

从古到今人传说。

说的是这个石婆婆，

生了个女儿叫石娥。

石娥长得如花朵，

割草放牛在山坡。

石婆婆吃穿靠石娥，

小石娥整天去做活。

她只顾己来只顾乐，

忘了给石娥缠小脚。

石娥长到十八九，

再缠也是大片脚。

大脚姑娘难出嫁，

小石娥变成了老石娥。

石婆婆才知错，

哭瞎了双眼窝。

到现在呀——

婆婆石还在这儿坐,

好像给人把话说——

有女别把女耽搁。

我的秀啊,

你要听娘说。

南山秀　（唱）妈妈唱起老传说,

她用山歌来劝我。

我也唱支老山歌,

贴心的话儿对妈说。

妈！（接唱）

分水岭有个落凤坡,

一双凤凰林中落。

生儿育女巢中卧,

百鸟朝凤多快活。

那年林中遭天火,

大火围住了凤凰窝。

老凤催着小凤躲,

小凤护娘不离窝。

相依为命两不舍,

眼泪流成一条河。

感动西天如来佛,

飘来一座藏凤阁,

如今还在落凤坡。

山姑娘永世不离穷娘窝,

我的娘啊,你赶也赶不脱。

南大婶　（疼爱地）这犟女子！如今家里不用你操心了,牛县长叫帮贫哩,听说公社定下吉队长包的咱家,我娃你就放心走吧！

南山秀　妈,你不知道,人家吉队长嫌咱家穷,说啥也不包。公社找了他几次,人家躲得不闪面。妈,我就不信,离了别人咱就富不起

来！（拿起镢头下）

南大婶 山秀，山秀！（追下）

〔吉首魁跑上，在坡坎处几乎跌倒。

吉首魁 （唱）脚底下抹油慌忙溜，

　　　　死婆娘火上来浇油。

　　　　婆婆石边把圈子兜……

〔吉大嫂追上。

吉大嫂 （唱）你跑的莫非把人偷！

（拉住吉首魁）哼！你给我说你干啥丢人事啦！

吉首魁 我啥时候干过丢人事？

吉大嫂 那人家熊社长在前门喊，你为啥从后门溜哩？没干啥丢人事，你
躲着是咋啦？

吉首魁 我不躲就把麻达弄下啦！（唱）

　　　　婆娘家头发长来见识短，

　　　　心里头环环少来嘴巴尖！

　　　　熊社长这回给咱把瞎事办，

　　　　硬叫咱扶贫包老南。

　　　　南家是个老困难，

　　　　穷捻子把咱要蘸干！

吉大嫂 （唱）你讲究还是个男子汉，

　　　　自私抠门小算盘。

　　　　南家归你队长管，

　　　　你能睁眼看他受可怜？

　　　　你呀你——

　　　　心眼儿小得像针尖尖！

吉首魁 咋？如今是"包产到户，各给各富"，你还想胸怀地球？他牛县
长又不是神仙，能把南有余咖瘫子腿拉展？咖跟死人一样，扶不
起来！

吉大嫂 算咧算咧，你不包了我包！

吉首魁 啊，你包，你包还不是把猫叫个咪！咱农民怎能跟脱产干部比
嘛，把咱套到辕里，人家尻子一拍离了农村，不是把萝卜给咱撂

下了！你想，山秀一出门，咻屋里就垮架了，咱把咻井绳能扶得立起来？说话容易，事情难办得很着哩！你回去，我还急着到屠宰厂给咱的貂儿子买心肝肺哩。咱的工夫连一天都耽搁不起。（欲下）

吉大嫂　你，你去不成，你给我回！（拉吉首魁）

吉首魁　啊，熊社长撵来啦，你快丢手！（甩脱吉大嫂）

〔熊喜富内喊："首魁……"上。

吉首魁　（跑向另一侧）啊，牛县长咋从那边堎上也来啦！

吉大嫂　来了好嘛，县长、社长、队长一搭商量商量扶贫的事。你倒跑啥哩嘛！

吉首魁　你甭管！

吉大嫂　我偏要管！

〔吉首魁绕到石后，吉大嫂紧追。吉首魁复转出，无路，发现另一侧山洞，急忙钻了进去。

〔熊喜富追上，屈身往洞口察看。吉大嫂由石后转出，一把扯住熊喜富的耳朵。

吉大嫂　我叫你跑！

熊喜富　哎……

吉大嫂　哎哟，咋是熊社长！

熊吉富　首魁呢？

吉大嫂　我才从这石头后边撵出来，就没影了。

熊喜富　咦，他还能上天入地？

吉大嫂　跑不远，（发现石洞）八成钻进石洞里去了。

熊吉富　没错，这一下看他往哪儿钻？你把那边守住。（坐在洞口另一边，划火吸烟）首魁，你给我出来！

吉大嫂　你个鬼不出来，死到洞里啦！

熊喜富　首魁，你不给我撑面子，我就不给你留出路。牛县长叫扶困帮穷哩，帮了穷不影响你富嘛。帮好帮不好你总得把事情给我支应住。你不包，我给牛县长咋交代哩！

吉大嫂　你个死鬼听见没有？

　熊喜富　叫我进去拉去！（欲进洞子）

吉大嫂	熊社长，咖里头拐洞子多，你摸不着向，我进去给咱拉去！（轻手轻脚地钻进洞里）

〔牛六斤提鸡筐上。

牛六斤	老熊，你在这干啥？
熊喜富	哼！干啥？还不都是你给咱惹的麻烦！放着自在不自在，逮得老鼠咬布袋。这不，公社定下吉首魁包南有余，可他死活不包。找他几次，他溜得不闪面，现在躲到洞里去了，咳！
牛六斤	我看首魁钻得对着哩。
熊喜富	啥，还对着哩？
牛六斤	对着哩。你不是说"包产到户，闲了干部"吗？首魁的行动就是对你这种认识有力的还击！（亲切诚挚地）伙计，基层干部想不通，是咱的工作没做好，思想没真通。我看你就是这样！
熊喜富	我？
牛六斤	你社长都怕麻烦，图自在，还怎么说服人家吉队长哩！（对洞内）首魁，你出来，咱们好好商量商量。
吉大嫂	（边说边出洞）你给我出来！（拉出一个人来）啊！有余哥，这咋是你呀？
南有余	都不要管我，我还是死了好！
熊喜富 牛六斤	啊?!（向吉大嫂）快叫她南大婶来。
吉大嫂	（向内喊）南大婶、山秀！（跑下）
熊喜富	首魁，都快出人命啦，你还不出来！

〔吉首魁钻出出洞。

吉首魁	有余哥，你咋能给咱胡整嘛，唉！

〔南大婶、南山秀急上。吉大嫂随上。

南山秀	啊！爹……（扑向南有余）
南大婶	他大，你咋跑到这里寻短见来啦！
南山秀	大，你到底是为啥嘛！

〔南有余低头不语。

牛六斤	老南，你怎么啦？

〔南有余表情木然。

熊喜富　南有余，首魁不包你，咱另想办法解决么，你咋给咱捅这乱子哩！啊？

吉首魁　牛县长，不是我不包嘛，帮穷又不是走过场，要帮出实效哩，像我有余哥这人……我没办法！

牛六斤　哎呀，除了死法尽是活法。首魁，我给南家想了治穷致富的办法，我说出来你先看行不行。

吉首魁　只要县长有办法……

牛六斤　老南，你是熬煎你的腿病？这不愁。我到南山推广五里坪的葡萄，给你寻了个老中医，他说像你这种腿病针灸能治好。明天我用小车给你把他请来，先给你治病。你家的日子要过好，离了你弄不成事哩。你看，我给你把搞副业的办法也想好了。（示鸡筐，唱）

　　　　那一天娃借来鸡蛋十二个，

　　　　我给你换来鸡娃一窝窝。

　　　　送鸡时三个鸡蛋我打破，

　　　　我老牛赔你三个鸡娃婆。

　　　　今年先养十五个，

　　　　明年繁殖它一百多。

　　　　你不跑不走院里坐，

　　　　挣的钱比我县长多！

众　人　（唱）不跑不走院里坐，

　　　　挣钱赛过壮小伙。

牛六斤　老南，你看咋样？

　　　〔众人注目。南有余点头，众人喜。

南大婶　她大，你说好不好？

　　　〔南有余又摇头又抹泪。

吉首魁　哎……牛县长，你看咋相？

牛六斤　噢，有余哥，你是熬煎没劳力种地？嗨，咱有的是办法！（唱）

　　　　山秀姑娘真不错，

　　　　争气聪明又好学。

　　　　叫她领头当组长，

葡萄园承包一面坡。

张寡妇，娃娃多，

缺儿少女王背锅。

"一头沉"干部李铁锁，

闷娃他姐赵月娥。

张王李赵四姓人，

专业承包办法多。

我帮你来你帮我，

不愁家里劳力缺。

众　人　（唱）我帮你来你帮我，

这个办法真不错。

〔南有余点头，众人喜。

熊喜富　老南，这一下该没问题了吧？

〔南有余看了看南山秀，复又摇头叹气。众人惊。

牛六斤　咦，这病到底在哪里害着哩？（挠头）

南大婶　牛县长，啥都不怪，她大的病根子我知道，他是为女子……（对牛六斤低语）

牛六斤　高晓明，五里坪的那个娃？

吉大嫂　就是的，就是的！

牛六斤　哎，弄了半天，才是柿树上结了个软枣——小柿（事），老南！

（唱）牛六斤学着当月老，

上门的女婿你莫把心操！

众　人　（唱）县长当月老，

你再莫把心儿操！

牛六斤　（唱）上门的女婿我来包。

南有余　（悲喜交集地）牛县长啊！你能看得起我们乡里人，把我这残废人也放在你心上，你的好处我死也忘不了啊！我想来想去心里难过呀。这几年我拖累家里，拖累公家，现在咋还忍心拖累你县长嘛！我咋想，我这绊脚石一死就再不害大家，再不害我女子了！没想到，你为我家想得这么周到，连我娃的上门女婿你也操心到了。牛县长，我一肚子话要说，喉咙噎得说……说不出来

呀！我……我南有余给你磕个响头！（跪地）

牛六斤　老南。（扶起南有余）

〔众人喜。

南有余　牛县长，你放心，我不死了，我死了对不起你呀！我要好好活
　　　　呀！（高兴地蹦了起来，猛地）啊！我不得活，我不得活……
　　　　（坐地）

众　人　（惊）又怎么啦？

南有余　牛县长、熊社长，快救我！我、我把老鼠药喝到肚里了……

众　人　（大惊）啊！

牛六斤　快送医疗站！

熊喜富　来，（背起南有余急跑，至坡坎处猛地跌倒）哎哟！

众　人　啊！熊社长！

〔收光。

第五场

〔光起。

〔前场数日后。

〔县政府家属院。牛六斤家门前，朱牡丹盼望牛六斤归来。

朱牡丹　（唱）老牛下乡分水岭，

　　　　　　　　今天回了城。

　　　　　　　　做好饭菜把他等，

　　　　　　　　盼他回家中。

　　　　　　　　别看我，平时对他嘴头子硬，

　　　　　　　　我老汉，我不心疼谁心疼！

〔牛六斤上。

牛六斤　哎，老朱！

朱牡丹　哟！你咋才回来？你没看都几点啦？

牛六斤　化肥供不上，农民很着急，开完电话会又跑了一趟化肥厂。

朱牡丹　你呀，这也急，那也急，咱家里电视机没买、家具没做你咋不
　　　　急哩？

牛六斤	家里的事好办，以后再说。哎，饭好了没？饿得前心挨着后心了。
朱牡丹	听说你今日回来哩，早都准备好啦！
牛六斤	哎，做的啥吃喝？
朱牡丹	大米饭，炒鸡蛋。
牛六斤	炒鸡蛋？哎，得是咱买的那仁鸡下的？
朱牡丹	鸡，叫贼娃子偷走了！（顺手从窗里拿出一项帽子）看，这就是贼娃子遗下的，我给公安局把案都报了。
牛六斤	几个鸡，偷了算啦，还值得报案？
朱牡丹	咋不值得？非法办他不可！
牛六斤	嘿嘿！掌柜的，你买鸡想叫我吃哩，权当我吃了。归还给那家有困难的社员，可比我吃了香得多呀！
朱牡丹	对了，对了，谁跟你这犟牛能说得清嘛！
牛六斤	哎，老朱，有个事还得你给咱办一下。熊胖子为了救社员把腿摔了，今天出院，晚上给我俩准备些酒，炒几个菜！
朱牡丹	这事能办到，还要给你办得漂漂亮亮的。哎，我也有一件事要你办哩！
牛六斤	啥事？
朱牡丹	你得先答应办不办？
牛六斤	你不说啥事咋办嘛？
朱牡丹	老头子——（唱）

       前几天来了他大姨，

       专门进城来看你。

       核桃、栗子拿笼提，

       雪白的柿饼大黄梨。

       还有一件你心爱的，

       土布做的白衬衣。

牛六斤	哎呀，她大姨把我还恁稀奇的。
朱牡丹	伢叫你给办事哩！
牛六斤	啥事？
朱牡丹	老头子！（唱）

       我给大姐许下愿，

　　　　　　　　　　要把外甥户口迁。

　　　　　　　　　　给娃找个工作干，

　　　　　　　　　　你当县长有这权。

牛六斤　　噢，这事——（唱）

　　　　　　　　　　我老牛，是有权，

　　　　　　　　　　转个户口不算难。

　　　　　　　　　　只可惜前门开得圆又圆，

　　　　　　　　　　后门上锁又加闩。

　　　　　　　　　　门背后有个打鬼鞭，

　　　　　　　　　　再大的本事没法钻。

朱牡丹　　（唱）别人难钻我能钻，

　　　　　　　　　　县长你是我老汉。

　　　　　　　　　　能办你得办，

　　　　　　　　　　不能还得办。

　　　　　　　　　　这事若不遂我愿，

　　　　　　　　　　朱牡丹我要给你闹翻天！

牛六斤　　老朱！（唱）

　　　　　　　　　　你今年已经四十多，

　　　　　　　　　　要分清里外听人说。

　　　　　　　　　　家里事你说咋过就咋过，

　　　　　　　　　　我不怕人说我怕老婆。

　　　　　　　　　　原则事老牛从来不放过，

　　　　　　　　　　你翻天我也不怯火。

朱牡丹　　啊，你不办？

牛六斤　　办不成么！

朱牡丹　　咋办不成？只要有你县长一句话，他下边给办得停停当当的，哪个单位好，给哪个单位去哩！

牛六斤　　群众选我当县长要我为全县人民办事哩，我咋能只顾咱一家子？我给你说清，咱家里还是老规矩，不符合原则的事你少提，提了我也不办！

510　　朱牡丹　　你当真不办？

牛六斤 办不成!

朱牡丹 好呀,办不成你就甭吃饭!(进屋关门)

牛六斤 哎,开门!……唉!咋遇下这麻迷子嘛!(唱)

> 当县长,管群众,
>
> 自己的老婆说不清。
>
> 工作一天整,
>
> 回家吃不成。
>
> 气上心,我搬起石头把门碰!

(举手欲砸门又忍住)唉!(接唱)

> 惹人笑还说咱没水平。
>
> 没办法坐在门外等,
>
> 或许伢还有夫妻情。

哎哟!这真个把人往死的饿呀!唉,这还冷得不成么!

朱牡丹 (开窗扔出一件衣服)给!(又关上窗)

〔小车喇叭声。小刘拿鸡筐急上,叫门。

小 刘 牛县长、牛县长!

牛六斤 我在这儿!

小 刘 你不回家睡觉,咋坐在外边打盹儿哩?

牛六斤 屋里热,外头凉么!

小 刘 立了秋啦,还热?咦,不对头吧!(推门)哎呀,我婶子咋把门关了?

牛六斤 这……哎!你婶子叫贼把鸡偷得怯火啦。顺手关门,为了防贼!(与小刘使鬼脸)有啥事?

小 刘 听说熊社长在你这里?

牛六斤 说来哩,还没到。

小 刘 我弄了个粘牙事情,今天送赵书记到东牛槽下乡,回来路过分水岭,有个大婶子说他们公社熊社长在城里住院哩,叫我捎三只鸡给他补身子。我送到医院,伢说刚出院,到你家又找不到人,这往哪送去?

牛六斤 这事不粘牙。你交给我,他一会儿准来,我交给他。

小 刘 好!

牛六斤　咦！这不是咱俩偷的……

小　刘　嘘……噢，原来就是那只鸡！原来那个婶子是南大婶……

牛六斤　小刘啊，这三只鸡二进县城，值得研究！

小　刘　鸡有啥研究的？

牛六斤　这可是群众对我们干部的一片深情啊！好，你休息去。我一定交给熊社长。

小　刘　那好！（下）

〔牛六斤将鸡筐放于石桌下。

〔熊喜富上。

熊喜富　老牛！

牛六斤　老熊，全好了吧？

熊喜富　你看，没问题啦！

牛六斤　那就好！

〔二人分坐石桌旁。

熊喜富　老牛，你可真难找。我赶到化肥厂人家说你上了酒厂，到酒厂又说到蚕丝厂去了，捉了半天迷藏总算把你找到了。

牛六斤　老熊，在今天布置多种经营的电话会上，特意介绍了你们分水岭公社扶困帮穷的试点经验。很多公社要向你熊胖子取经哩，你可要好好准备准备呀。

熊喜富　咄事我连想都没想。咱一天大事都忙不完，你却是鸡也管、猪也管，弟兄们吵架分家你都管。伙计，男婚女嫁那号事，管不好了烧手哩！

牛六斤　啥？怕烧手？怕烧手你不会甭当官！南家的主要困难是缺劳力，找不下个上门女婿，一辈子都富不起来。

熊喜富　咄家穷得谁去嘛！卖了的鸡你能偷着送去，女婿咱给伢从哪里偷呀？老牛！我还是老主意，这号事少管！

牛六斤　哎呀，你这话太混账啦！一个共产党员对待人民群众能是这种感情？你来看，群众对咱干部是啥感情。（提出鸡筐）这是西沟一个群众给你捎来的三只鸡，叫你补身体哩！

熊喜富	是吉首魁吧？
牛六斤	不，是南大嫂。
熊喜富	啊？！
牛六斤	（有意地）我叫你胖嫂子给杀了，咱俩是你吃肉我喝汤，叫我跟你沾个光！
熊喜富	（夺鸡在手）牛县长，这鸡不能杀。
牛六斤	咋不能杀？
熊喜富	唉！这两年我只满足现状，不关心群众疾苦。可群众对我们……看来我这里头的确值得研究啊！（指头）
牛六斤	哈……正常现象。
熊喜富	哎，说正事，山秀的女婿你给瞅下了没？
牛六斤	我才给摸了个情况。来来来，坐下，咱俩商量商量。如果你也认为合适，咱就给他"包办"了！
熊喜富	外边冷呼呼的，到屋里泡些茶，咱消停说。
牛六斤	甭急，还有问题哩！（起身，向屋内）老朱，熊胖子来啦！
朱牡丹	（忙开门）哎哟，熊社长来啦！
熊喜富	哎，嫂子，得是又把老牛关到门外边啦？
朱牡丹	听咁鬼给你胡说，谁关门来。熊社长，快屋里坐，茶给你泡好了。

〔熊喜富进屋。

朱牡丹	（挡住牛六斤）哼！熊胖子来了，我给你赏个脸。可还得把话说清，娃的户口进了城，工作、住房、二级工、对象，你这个当县长的姨夫，都要包办到底哩！
牛六斤	哎！那当然么！熊胖子，你出来一下。

〔熊喜富出门。

熊喜富	板凳还没暖热，咋可叫哩，啥事？
牛六斤	老朱，娃的事我给办，叫熊社长安排到公社葡萄研究站工作去。

〔熊喜富茫然。

朱牡丹	哟，那还不是在农村吗？
牛六斤	熊胖子说啦，娃是科研人员，以后他负责往城里调。
朱牡丹	那就好，那就好！老熊啊，这事就拜托你了。我给咱温酒炒菜，

513

你跟老牛好好喝几盅子。（下）

熊喜富 老牛，你把我说得云里雾里的，这到底是咋回事呀？

牛六斤 来来来。（对熊喜富耳语）

熊喜富 哎呀，这怕不敢吧？

牛六斤 没事！哈哈……

〔收光。

第六场

〔光起。

〔初秋。午后。

〔远山，层林尽染；川道，稻浪滚滚，芙蓉竞芳；河水淹没了列石，泛起朵朵浪花。

〔南有余肩扛长木槽走矮子舞步上。

南有余 （唱）急忙走，急忙跑，

我给鸡娃走做槽。

牛县长，好领导，

救我残人命一条。

出门再不怕人笑，

都夸我——

跟咱县长把朋友交。

大摇大摆穿村过，

一溜风越过了小石桥。

换个肩直奔洲河套……

哟！这下把乱子董（捅）齐了！

哟，来时河里干干的，没想到回来时水库放水，没个桥，列石也淹啦。这下麻达咧！（着急）

〔吉首魁上。

吉首魁 哎，有余哥！

南有余 吉队长，你也回呀！

吉首魁 嗨，我正准备到你家里去哩！有余哥，这一下你放心，兄弟把你

　　　　家包啦，一包到底！还有个喜事呢，给咱山秀把对象也说好啦！

南有余　真的？哎呀兄弟，哥该咋谢你呀！

吉首魁　亲帮亲，邻帮邻，社员本是一家人，有谢的啥哩！（唱）

　　　　　　牛县长谈话到我家，

　　　　　　批评我当队长忘了大家。

　　　　　　加上我那婆娘家，

　　　　　　也说我光知顾自家。

　　　　　　一番道理说到家，

　　　　　　把我的利己主义搬了家！

　　　　　　因此我走了东家到西家，

　　　　　　千方百计帮穷家。

　　　　　　我给山秀找下家，

　　　　　　今天报喜到你家！

南有余　好，好！

吉首魁　走，回！到家后给你细细说！

南有余　兄弟，你先走。

吉首魁　你还有啥事呀？

南有余　（难为情地）唉！你看这水……我这腿……

吉首魁　噢，水库一放水，可把你整了。来，我背你过！

南有余　这水齐腰深哩，不好背。

吉首魁　真格哩，这咋办？

　　　　〔熊喜富提鸡筐与牛六斤上。

牛六斤　哎，吉队长，熊社长给你找的扶贫对象不错嘛，你两个好得不拆伴啦！

吉首魁　牛县长，再甭要笑我啦，我这才开了个头，老鼠拉锨把——帮大忙还在后头哩！

牛六斤　好嘛！老南，你这是个啥东西？

南有余　我做个鸡槽，两头吃食中间喝水。

熊喜富　咦，想得周到。你俩到哪里去呀？

南有余　回去呀，叫水给隔住了。

吉首魁　水大，背有余哥还不好背。

熊喜富	真个水还不小。这样，今晚咱都歇到公社，明天水小了一块儿走。
牛六斤	不行，不行！事情今天要定点子哩！一个人不好背，咱三个把老南抬上过！
吉首魁	行！

〔牛六斤、吉首魁抬起鸡槽，熊喜富扶南有余坐于鸡槽上。

| 南有余 | 嘿，县长、社长、队长都帮我哩，我还有啥难关过不去的！ |
| 吉首魁 | 有余哥，坐稳。走！ |

〔幕后伴唱：

"奇哉怪哉，

楸树上结了蒜薹。

自古都是民抬官哟，

共产党的官儿把民抬。"

〔伴唱声中众人做涉水舞蹈绕场下。

〔暗转。

〔南大婶家，鸡舍、篱笆、葡萄、葵花，一片兴旺景象。

〔欢乐的音乐声中，南山秀给葡萄浇水，南大婶给鸡撒食。

南大婶	（唱）鸡儿啄食扑拉拉，
南山秀	（唱）葡萄挂果醉丹霞。
南大婶	（唱）牛县长，办法大，
南山秀	（唱）扶困帮穷人人夸。
南大婶	（唱）唯有一事心头挂，
南山秀	妈！（唱）

我愿学石娥不离妈！

〔牛六斤、熊喜富、吉首魁、南有余上。

南有余	她妈，领导们都来啦！
南大婶	哟，县长、社长、队长，你们都来了。
熊喜富	（捧鸡筐）南大嫂，我熊喜富也给你送鸡来啦！
南大婶	熊社长，这鸡你咋还没吃？
熊喜富	良种鸡，养着、养着！
南大婶	你的腿好了？

| 熊喜富 | 好啦。 |

〔南大婶接过鸡筐交南有余送下。

吉首魁　嫂子，兄弟给你报喜来啦！

南大婶　（喜悦地拉过吉首魁，悄声地）娃的事成啦？

吉首魁　成啦。

牛六斤　啥事嘛，还瞒着我和老熊？

吉首魁　牛县长、熊社长，听我向二位领导慢慢地汇报啊！（唱）

　　　　　以前我鸡儿刨食只向里，

　　　　　现在我改了鸡脾气。

　　　　　要为南家帮大忙，

　　　　　给山秀找了个好女婿。

熊喜富　噢，你给把上门女婿找下了？好！

牛六斤　（背白）哟，吉队长咋把咱的行插了。

熊喜富　那好嘛，找下哪里的？

吉首魁　熊社长！（唱）

　　　　　小伙子家住富平县，

　　　　　山秀姑娘嫁出山。

　　　　　为了帮咱渡困难，

　　　　　彩礼给了两千元。

熊喜富　啥，两千元？！

南山秀　首魁叔，你……

南大婶　他叔，你咋给咱闹这个事嘛！

吉首魁　好事嘛。

牛六斤　哈哈……

吉首魁　牛县长，你们的意思我知道。其实这也不算买卖婚姻，南家有困
　　　　难，他山外帮助一下是应该的。

牛六斤　哈哈……

熊喜富　叫人高兴了半天，才是个空喜欢。咿又不是上门女婿，你倒闹了
　　　　个啥嘛！

牛六斤　应该高兴，高兴的是吉队长进步了，有了乐于助人、关心大家的
　　　　精神，好！

吉首魁　好啥哩！过去我做得不够，今后还要给困难户多想些这样的办

法哩!

牛六斤　不过,你这样的办法把事情可没办成哟!

吉首魁　啊,得是两千元要得太少了?我再给上个二架坡,要两千五问题不大。

牛六斤　哈……吉队长,买卖婚姻使不得!即使能成,死水怕勺舀,三千五千也有花完的时候,花完了,又怎么办呢?

吉首魁　唉,南大嫂常说她这光景是老鼠钻竹竿,过一节是一节,这回总能帮点忙吧!

牛六斤　同志呀,帮忙要从根本上帮,他家关键是缺劳力。可你把咱的劳力还往外掀哩,这不是帮了倒忙吗?

吉首魁　我也知道上门女婿好,可谁能给寻下嘛!

牛六斤　你要寻不下,那就轮到我这个"媒婆子"了。

吉首魁　嘿……你是说笑哩,谁家县长还给社员说媒哩。

牛六斤　哎,我这个县长抽空儿还爱弄这号事。一会儿人来了,你可要热情接待哩!

南山秀　牛县长,这事你也不能包办。

牛六斤　我就是要包着办到底哩!没错,你给咱接人去。

南山秀　他到底是谁呀?我不接。(进屋)

南大婶　你看这女子……

牛六斤　不要紧。你们给咱准备些吃喝,她不接了,我给咱接去!(下)

南大婶　哟,这啥都没准备……

吉首魁　没问题,我回去提肉拿菜,啥都是现成的。(欲下)

熊喜富　那你给人家富平……

吉首魁　好办,写封信就说女子不同意,事瞎咧。

南大婶　对,事成与不成,咱及时给人家回个话。熊社长,你在门上招呼,叫我把屋里收拾收拾。(下)

熊喜富　行。

〔小王、老杨急跑上。

小　王　熊社长,瞎啦……

熊喜富　啥事么,大惊小怪的!

老　杨　牛县长他老伴儿到公社找你,说你给他外甥找的工作是什么葡萄研究员，今天就报到。我说没这事，伢说你给人家说好的……

小　王　我说公社根本就没这个单位，只听说你跟牛县长给山秀招了个上门女婿，伢一听歪得很，说你把她欺骗啦，坐小车到西沟跟你闹事来啦！我俩抄小路先给你报个信。

熊喜富　哎呀，你这嘴咋这么长嘛！你说不了解不就完了啦。不行，不行！我得躲一躲。（欲躲）

〔小车喇叭声传来。

老　杨　避不及了，人来啦！

熊喜富　啊，怎么办，一会儿你俩看我的眼色行事。（低声耳语）

老　杨
小　王　对。

〔朱牡丹同小刘上。

朱牡丹　熊胖子、熊胖子——

熊喜富　胖嫂子，你来啦！

朱牡丹　熊胖子，我外甥工作在哪里？

熊喜富　葡萄研究站，没问题嘛！

朱牡丹　哄人！我调查清了，你两个通同一气，把我外甥哄来当上门女婿，是不是？

熊喜富　没这事。娃是研究员，研究员。

朱牡丹　算了吧！事到如今，你还想给我审板子，公社根本就没那么个单位。

熊喜富　你不了解，刚成立的。小刘，你把老朱先送回去，我去招呼给娃报到去。

〔熊喜富同老杨、小王溜下。

朱牡丹　想溜呀，溜不掉！（追下）

〔小刘随下。

〔吉首魁提肉同吉大嫂上。

吉大嫂　山秀，牛县长给你把女婿娃引来啦！

〔吉大嫂进屋，拉南山秀上。南大婶、南有余随上。

〔牛六斤同高晓明上。

牛六斤　山秀，就是这个小伙子，你看咋个相？

〔南山秀背转身执意不看，牛六斤示意高晓明说话。

高晓明　山秀！

南山秀　（喜出望外）晓明！（转过身热情地迎了上去）

牛六斤　你看行不行？不行了我可引走呀！（风趣地拉高晓明）

南山秀　（忍俊不禁）牛县长！

高晓明　妈！

南大婶　哎！

高晓明　大！

南有余　噢！

吉首魁　成了，成了！我给咱炒菜招待客。（下）

〔熊喜富急忙跑上。

熊喜富　老牛，露包了，露包了！

牛六斤　啥事情？

〔朱牡丹追上。

朱牡丹　熊胖子你给我老实交代！

牛六斤　哎，老朱，你咋来的？

朱牡丹　坐小车来的！

牛六斤　胡闹哩，公家的小汽车不是我老牛的自行车。小刘，以后再遇到
　　　　这号事我找你算账！

小　刘　对，对！

朱牡丹　我今日先要找你算账哩。平时我给你赏脸哩，今天不赏啦！晓
　　　　明，你过来，你来做啥来了？

高晓明　二姨，我……

熊喜富　（打断地）娃是研究员，报到来了！

牛六斤　嗨！戏既然烂了，咱就打烂处唱。老朱，我今天就给你明说，娃
　　　　在这里当上门女婿来啦！

朱牡丹　啥？不成！

高晓明　二姨，我愿意，我俩早就说定了！

朱牡丹　不行，定了也得退！

南山秀　二姨，鸡卖了都不能赎，我俩的事定了，也就不能退了！

朱牡丹　啊?！

南大婶	现在咱养的鸡多了，你想吃鸡就来逮，亲家。
朱牡丹	谁跟你是亲家！
牛六斤	唉，你嘛！
众　人	哈……

〔吉首魁上。

吉首魁	饭熟了，菜好了，坐席！
牛六斤	娃她姨，得席就坐，省得丢人。（拉朱牡丹）
朱牡丹	不行，这事没我姐的话，谁说了都不行！
吉首魁	是呀，牛县长，听说娃他妈不同意嘛，你咋给引来啦?
牛六斤	吉队长，现在我可给你汇报呀！（唱）

　　　　　　我说媒去到五里坪，

　　　　　　才知道两个娃早有情。

　　　　　　只因他妈想不通，

　　　　　　棒打鸳鸯各西东。

　　　　　　我费尽口舌牵红线，

　　　　　　担保南家能过好光景。

　　　　　　他妈听了很高兴，

　　　　　　同意让娃把亲成。

　　　　　　愿你俩——

　　　　　　相亲相爱勤劳动，

　　　　　　拔掉苦根填穷坑！

熊喜富	（唱）赡养老人行孝敬，
	治穷致富把气争。

吉首魁 吉大嫂	（唱）咱相扶相帮相照应，
	同富同乐奔前程。

南大婶 南有余	（唱）感谢领导把婿送，
	难忘党的大恩情。

高晓明 南山秀	（唱）今朝双双喜相逢，

感谢媒人鞠个躬!

〔牛六斤拉朱牡丹同受鞠躬礼。

众　人　（唱）喜相逢，鞠个躬，

天飘彩云山挂虹。

吉星高照幸福路，

山村处处飞歌声。

〔歌声中，大幕徐落。

——剧　终

　　《六斤县长》原名《县长、社长和队长》，创作于1981年，1982年由商洛地区剧团首演，导演昊于、王富民，费庆民饰牛六斤，陈东民饰熊社长，1982年赴西安连演五十余场，同年11月在全国现代戏年会和文化部戏剧创作题材规划会演出。十多个省、市的艺术团体移植演出。剧本获得第二届全国优秀剧本奖（1982—1983）。

作者简介

陈正庆　（1946—2007），男，1943年出生，陕西洛南人，曾任陕西商洛剧团团长、陕西省戏曲研究院副院长。创作有小戏小品《拆墙》《对鞋》《流水传情》等三十多个，大型花鼓戏《屠夫状元》《六斤县长》《小官、小贩、小教师》《山魂》《情系鸳鸯楼》等十多部。获得全国优秀剧本奖、田汉戏剧剧本奖，《屠夫状元》等先后改编拍成电影。

田井制　男，1940年出生，陕西商州人。1955年从艺于商洛市剧团，戏迷们称之为"商州戏模子"。代表作品有《六斤县长》《屠夫状元》《小官、小贩、小教师》《福寿图》《王宝钗》《祥云谷》《揽月》《穿越》《农家媳妇》等近百部剧作。